新 视 界

始于未知　去往浩瀚

国家出版基金项目
NATIONAL PUBLICATION FOUNDATION

中国诗歌叙事传统研究

# 赋比且兴

先秦两汉诗歌叙事传统研究

杨秀礼 石强
吕树明 王世冲 著

上海远东出版社

**图书在版编目（CIP）数据**

赋比且兴：先秦两汉诗歌叙事传统研究 / 杨秀礼等著. —上海：上海远东出版社，2023

（中国诗歌叙事传统研究丛书）

ISBN 978 - 7 - 5476 - 1927 - 8

Ⅰ.①赋… Ⅱ.①杨… Ⅲ.①古典诗歌–诗歌研究–中国–先秦时代 ②古典诗歌–诗歌研究–中国–汉代 Ⅳ.①I207.22

中国国家版本馆 CIP 数据核字（2023）第 102787 号

| 出 品 人 | 曹　建 |
| 责任编辑 | 王智丽 |
| 封面设计 | 观止堂 _ 未氓 |

本书为国家社科基金重大项目"中国诗歌叙事传统研究"课题（15ZDB067）研究成果

本书获 2022 年度国家出版基金资助

中国诗歌叙事传统研究丛书

**赋比且兴：先秦两汉诗歌叙事传统研究**

杨秀礼　石　强　吕树明　王世冲　著

| 出　　　版 | 上海远东出版社 |
| | （201101　上海市闵行区号景路 159 弄 C 座） |
| 发　　　行 | 上海人民出版社发行中心 |
| 印　　　刷 | 上海颛辉印刷厂有限公司 |
| 开　　　本 | 890×1240　　1/32 |
| 印　　　张 | 15 |
| 插　　　页 | 4 |
| 字　　　数 | 337,000 |
| 版　　　次 | 2024 年 4 月第 1 版 |
| 印　　　次 | 2024 年 8 月第 2 次印刷 |
| ISBN | 978 - 7 - 5476 - 1927 - 8/I · 377 |
| 定　　　价 | 88.00 元 |

# 丛 书 说 明

"中国诗歌叙事传统研究"丛书一套七册,是国家社科基金重大项目"中国诗歌叙事传统研究"最终成果的结集。这七种书,由该课题六个子课题的成果(六册)和首席专家执笔的《诗心缘事:中国诗歌叙事传统研究引论》(一册,以下简称《引论》)组成。

感谢国家社科基金领导小组批准我们课题组以丛书形式结项。

感谢结项评审专家组不辞辛劳、认真负责地审阅本课题 200 万字左右的成果文本,特别感谢他们给予本成果的好评和提出的许多宝贵批评意见。这对我们增强信心继续修改以提高书稿质量,是巨大的鼓舞和帮助。

我们的课题偏于理论探讨的性质,特别应该充分发扬学术民主,百花齐放、百家争鸣,集思广益,乃至求同存异,所谓"旧学商量加邃密,新知培养转深沉"。课题的进行是科学研究的过程,即使课题结项,研究成果进入社会,也只是新的更大范围探讨商榷的开始。在将近六年的研究和写作过程中,我们一直抱持着这样的理念,也是这样实践的。我们的研究成果,从《引论》到所有子课题的文稿,均经个人钻研撰写,传阅互读,反复讨论斟酌修改甚至重写,终于形成几部(而不是一部)

1

学术专著。这些著作有一个共同的论题，有一致的理论基调和旨趣追求；而研究对象，除《引论》外，则各为中国诗史的某一段落。各子课题参与撰写的人数不等，学术水平也有参差，但各子课题负责人均认真组织，认真统稿，各自完成为一部独立的著作。毋庸讳言，各书在论述的结构安排，材料的选取运用，特别是文字风格上，是各具特色，各有短长，但都达到了一定的学术要求。鉴于这个情况，我们决定，各书保持自己的特色，不再进一步统一，而以丛书形式出版。丛书不设主编，各册相对独立，按撰写的实际情况署名，以体现对执笔人劳动和著作权的尊重，体现学术自由争鸣、文责自负的原则。

文史异同与关系问题，正在成为学界关注的热点，而叙事和叙事传统正是沟通文史的根本关键。深入研究叙事，绝不仅仅是对西方学界的呼应，而且是我国文史学术自身发展的需要。希望这套丛书对此有所贡献。

感谢上海远东出版社的大力支持，感谢诸位编辑的辛勤劳动。

感谢国家出版基金的有力资助。

感谢一切关心本书的学界同行和阅读本书、批评本书的所有读者。

中国诗歌叙事传统研究课题组

2022 年 10 月

# 目　　录

绪论................................................................1


第一章　《周易》古歌与诗歌叙事传统的萌芽...............20

　　第一节　甲骨古歌:《周易》古歌前文本及叙事.........20

　　第二节　《周易》古歌概述与勾稽...................38

　　第三节　《周易》古歌事象组合与重复叙事...........53

　　第四节　《周易》古歌副文本叙事...................86


第二章　《诗经》与诗歌叙事传统的奠基................115

　　第一节　《诗经》叙事缘起.......................115

　　第二节　《诗经》的叙事类型.....................149

　　第三节　《诗经》的叙事手法:赋比兴...............182


第三章　《楚辞》与诗歌叙事传统的演进................254

　　第一节　《楚辞·离骚》自传性叙事.................254

　　第二节　《楚辞·九章》"赋""比""兴"法的叙事性...285

第三节　《楚辞·天问》题图叙事⋯⋯⋯⋯⋯⋯⋯312

第四节　《楚辞·九歌》信仰仪式叙事⋯⋯⋯⋯338

第四章　秦汉诗歌叙事传统的传承与新变⋯⋯⋯⋯359

第一节　秦代诗歌的叙事形态及功能⋯⋯⋯⋯⋯359

第二节　汉乐府歌诗叙事的戏剧性特征⋯⋯⋯⋯389

第三节　汉代诗歌对"诗骚叙事传统"的因革⋯⋯427

后记⋯⋯⋯⋯⋯⋯⋯⋯⋯⋯⋯⋯⋯⋯⋯⋯⋯⋯⋯⋯⋯468

补记⋯⋯⋯⋯⋯⋯⋯⋯⋯⋯⋯⋯⋯⋯⋯⋯⋯⋯⋯⋯⋯471

# 绪　论

改革开放后，祖国大地兴起了方法热潮，西方各种学科学术理论作为"他山之石"被广泛引介应用。各学科眼界得以洞开，获得突飞猛进式的发展，这同时也形成对我们固有传统学术观念思想、研究方法的巨大冲击。热潮退却大浪淘沙，除了近乎缭乱、喧闹的记忆，剩下的便是沙滩上为数不多依然闪光的珍珠金子，叙事理论应是当中闪着璀璨光芒的一颗。叙事理论能在中国大地持续发扬光大，根本原因与国内外学界对其理论体系的不断发展完善有关；与能弥补我国传统研究轻视文本内研究，如叙事者、叙事人称、叙事视角、叙事节奏、叙事顺序等关联也大；更在于专家学者自觉性的在地化改造。得益于后经典叙事理论，目前叙事理论在国内已出现了文体跨界的自觉并得以广泛推广，并与文本外文化性因素关注相结合形成了新的热点。可以预判，以叙事为抓手成为当下一种新的古典文学学术增长点，起码可以维持一段时间。

叙事中国化，或建构中国特色叙事学科目标的实现，必须建立在对中国叙事资源全面系统的整理、提炼、升华等基础上，前提工作之一是叙事性对象的确认。尴尬的是，"抒情传统"作为中国传统文学的阐释体系，目前在很大程度上仍继续规定着海内外学界关注与讨论的范式，成为理解中国传统文学最重要的一个维度。"抒情传统"范式的得出，很大程度是因为基于传统中国首先是一个诗的国度，而诗更多属于抒情文学这一基本认识。同时从在传统文学所占质和量的比重看，没有诗歌参与的本土叙事体系建构起码是不完整的，甚至失去了最华丽耀眼的部分。诗歌在传统中国文学中的此种地位，其相关叙事性研究也受到了学者较多的关注，但目光多集中于传统认识中的叙事诗或"拟史"痕迹比较浓厚、事象比较清晰的诗歌性作品。传统诗歌诚然有相当数量的叙事性作品，学者就此展开研究也有其必要性和重要意义，尤其为将叙事介入更普遍意义的诗歌，即非叙事性文学作品的研究做了基础铺垫工作。同时一个不可忽视的事实是，中国叙事诗歌在创作丰富性、艺术成熟性、影响深远性等方面远不及抒情诗歌，包括理论总结也不如抒情诗歌发达。就目前的现状而言，真正代表中国诗歌乃至文学特色部分的仍然是抒情性诗歌。在文学史研究走向深层叙事的过程中，全面、系统、深入地探触传统资源是必然要求，尤其是在建立本土化、能与世界对话叙事研究的时代召唤下，试图鸵鸟式规避抒情传统与叙事之间的关系，起码不是全面研究应有的方法与态度。董乃斌等先生从一贯被认为是抒情载体的古典诗歌入手，通过以叙事传统演进变化作为坐标轴，管窥中国古典文学的发生发展脉络，考索历代诗歌性作品所葆有的叙事传统，建立起诗歌叙事传统贯穿线，已为诗歌叙事传统的挖掘延拓积累了不少新鲜实用的范式性经验。

"中国抒情传统"是参照于西方文学体系，为确立中国文学特质以便将其树立于世界文学之林，采取与西方文学叙事传统参互比较而获得的判断，很大程度上也因应了抒情性诗歌在我国传统文学中的分量与地位。中国传统诗歌整体诚然属于抒情文学体系，能否进行叙事性研究，归返中国传统文学尤其是诗歌的实际，以概念辨析为起点进行更为接近事实的认识是可行办法。首先需明确叙事文学与文学叙事的概念区分，叙事与抒情同时兼具文体与方法的意义，叙事文学属于文体范畴，与抒情文学相对；文学叙事则属于创作技巧范畴，即在文体范畴的抒情文学中，叙事与抒情作为创作技巧是可以并存的。就叙事与抒情而言，在文学创作与研究实践中，还应存在介于其二体之间即抒即叙、非抒非叙的文体类型，只是人们根据惯常文体规范，与抒叙所占比重等标准作了简单化的二分。董乃斌先生认为："我们研究诗歌作品，研究其中的叙事和抒情，并不一定要事先确定它们是何种文本；在我们看来，它们多是叙事和抒情相结合的状态，是一种综合性的文本。"① 这启示了先秦两汉诗歌性作品叙事研究的展开，先入为主的偏见性极有可能会阻碍研究的深入。

又抒情诗的情感本身并不具备抒发特性，客观发生之"事"才是主观抒发之"情"的源头和载体，无论诗歌怎样侧重抒情，都往往免不了要涉及"事"、依托"事"，这两者之间的关系犹如"毛"与"皮"的关系，"皮之不存，毛将焉附"。要达到淋漓尽致的情感抒发效果，抒情诗本身便不能缺少叙事性元素，否则"情"就成了无源之水、无本之木而显得苍白空洞，所抒发的情感也因此失去深度与厚度；只有叙事与抒情相互关联，诗歌所抒发的情感才可产生深刻共鸣。抒叙作为看似平行的两种诗歌建构方式，却殊途同归于审美或诗歌之道，两者的分界

---

① 董乃斌：《关于中国历代诗歌叙事研究的思考》，载董乃斌、杨万里主编《古代城市生活与文学叙事》，上海大学出版社 2015 年版，第 9 页。

也趋于混沌并走向汇通，在诗歌艺术中尤其如此。此即《老子》所谓"道生一，一生二，二生三，三生万物"，诗歌主体虽属抒情文体，但由抒叙两种建构方式而形成的文本形态却丰富多样。"就艺术的实践来看，在某种意义上，有些诗歌被称为抒情诗，有些诗歌被称为叙事诗，倒不如称为抒情叙事诗或叙事抒情诗更为恰当。"① 谭氏对抒情诗与叙事诗的概括也支持了笔者的这一基本认识。

故此我们可以认为，传统诗歌应存在一以贯之的叙事元素，甚至存在有待于发掘整理的叙事传统，抒情性强抑或叙事性较强的诗歌，现实事件、人物生活、历史典故等叙事要素均有可能被之涵摄进文本。诗人情感的抒发往往寄托于事象，事象叙述又有感情的浸润，两者呈现水乳交融的状态。只是诗歌艺术形态层面的叙事因素、机制、功能、规律等，因学术偏见而未获得应有的重视与中肯评价，叙事性诗歌及诗歌叙事性价值因被遮蔽，长久以来处于晦暗不明的状态。整体性关注传统诗歌的叙事元素，是建构中国特色叙事学科不可或缺的重要工作，这一工作对培育传统诗歌研究新的学术增长点也有重要意义，甚至是一项创新性工作。

诗歌叙事传统的建构要经得起历史考验，必须要深入中国诗歌创作与理论提炼的历史与现实中去。其中重要的溯源性或前提性工作，便是对先秦两汉时期诗歌性作品叙事元素的发掘与整理，以此作为诗歌叙事经验的历史来源，丰富后世诗歌叙事资源的历史纵深思考维度。同时先秦两汉诗歌性作品叙事研

---

① 谭君强：《叙事学导论——从经典叙事学到后经典叙事学（第二版）》，高等教育出版社 2014 年版，第 19 页。

究的目标不应仅是为后世的诗歌叙事元素提供例证，而是应发掘当时诗歌叙事实践中呈现出的经验与理论智慧，以此为中国诗歌叙事传统建构作出更具深度的贡献，也为文化自信甚或"文化走出去"提供作品与理论素材资源。当然，先秦两汉诗歌性作品叙事的探讨，并无意打破或否认诗歌抒情传统观念，而是以新的理论维度挖掘被后者遮蔽的叙事艺术因素，还原出更为真实全面的诗歌创作与理论面貌，最终为中国诗歌叙事传统的确立提供文献、理论佐证。通过分析先秦两汉诗歌性作品事类事态要素，抉发此类要素与诗歌抒情之间的互溶互渗关系；在此基础上，勾稽诗歌承载的叙事特质，梳理叙事元素的流变脉络，综合统筹诗歌文本内外部元素，揭示先秦两汉诗歌作品抒情与叙事互动博弈、同存并进，各成传统的发展状态。

本书的研究目标既然是系统整理与提炼先秦两汉诗歌性作品叙事元素，实现先秦两汉诗歌性作品及其叙事概念、对象、方法与发展规律等材料梳理与理论总结，并以此为基础发掘一以贯之的叙事元素，以最终建构诗歌叙事传统，对研究范围、对象、学理依据、研究方法等便有必要作简单交代。

叙事概念的简单化理解即与抒情相对，是按一定逻辑顺序组织事件或故事元素，兼具文体与手法功能的创作现象，一以贯之的创作手法元素则是叙事传统主要的关注层面。"叙事"之"叙"作为记录讲述的动作行为，本初并无指定对象，客观之事可叙，主观情志亦可叙。"事"主要包括事件和事件性两个层面：所谓事件既可指向现实发生的事件，又可指涉文学层面的故事，带有历史性质意味。囿于体类规制，诗歌表现的事件大多是事件发展中的场景片段、行为动作，与小说、戏剧强调文本拥有相对完整的故事情节有所不同，事件的环节性剖面与完整事件进程都是本书讨论的范畴。关于事件的性质类别，本书采信董乃斌先生的观点，即"我们不仅要研究诗歌所含有、所关涉、所表现的种种故事，还要研究与诗歌相关的种种事态、事象、事件（也就包括了故事与准故事），乃至于跟故事距离更远的事由、事脉或历史过程，等等。所谓'事'，其实是包含了人类一切生活内容在内的社会现象，乃至与人的生活发生联系的一切自然现象等，简言之，世上凡有人参与的一切活动，都可以成为文学所表现的'事'，也就成为我们研究要关注的'事'"①。

本书研究的目标是通过寻检先秦两汉诗歌性文本的叙事关联因素，剖析其间事件成分、要素构成与来源，系统勾勒先秦两汉诗歌性文本葆有叙事元素的演变发展脉络，勾稽出其中相对稳定的规定性特质，重点描述相关叙事元素在先秦两汉时期诗歌性作品的样态情形、发展脉络。以叙事理论为视角探究叙事因素在先秦两汉诗歌性文本外部生成、内部编排的意义功能，探究诗歌性文本摄取加工现实事象，诗歌作者编排组织叙事要素所运用的技巧策略是重点工作。在此基础上为诗歌研究提供别样的视角观照，还原出诗歌性文本与现实事象的关系，弥补较长时间内诗歌研究过于依附抒情而导致叙事缺失的现象，以期纠正中国文学抒情传统一家独大的偏颇。而扭转以中国文学素材迎合西方理论现象，改变中国传统诗歌创作与叙事理论研究不平衡的现状，实现叙事理论"中体西用"则是本书的更高目标或现实考虑。

---

① 董乃斌：《关于中国历代诗歌叙事研究的思考》，载《古代城市生活与文学叙事》，第9—10页。

　　目标的实现有赖于多种科学研究方法的综合运用，先秦两汉诗歌性文本根据时间状态的不同，大致可分为文本前研究、文本自身研究、文本后研究三种类型，并主要对应于生产、传播、消费三个环节。研究利用传统"以意逆志"的方法推敲，或尝试用西方理论来理解或还原先秦两汉诗歌的叙事实践；同时重视"知人论世"的手段，深入理解社会、历史、心理等对诗歌叙事的积极或消极作用。即在发掘诗歌文本内叙事资源外，本书还将自觉对文本外传播、消费等社会、文化因素进行考察。将叙事理论与中国传统文化视野相结合，立足于先秦两汉诗歌性创作的实际，突出先秦两汉诗歌性作品的主体地位和价值，让西方文学理论为我所用，拓宽研究视野。整体理念如下。

　　其一，文本分析是研究展开的基础。目前某些叙事研究存在理论先行、过分强调与依赖理论的缺陷。研究基本范围和主要对象既已明确，据此细致爬梳勾稽相关诗歌性作品后，本书主要借鉴主题学的研究方法，将相关叙事元素进行分类排比，使之直观呈现，勾勒出一以贯之、可资构建诗歌叙事传统的元素。

　　其二，广泛吸收古今中外叙事理论资源。本书通过元素筛选、理论理解与概念阐释等，结合先秦两汉诗歌性作品文本特质，重点关注先秦两汉诗歌性作品叙事中"形散神不散"、以意使事等特色，将诗歌所关涉表现的故事，及与此相关的事态、事象、事件，乃至与故事距离更遥远的事由、事脉或历史过程等等，包含人类一切生活内容在内的社会现象，乃至与人的生活发生密切联系的一切自然现象等作为叙事对象，整合提炼先秦两汉诗歌性作品叙事逻辑系统。

　　其三，诗歌叙事学或叙事传统发掘建构的基础，是传统叙事资源的重新整理总结，前提是回归原点即历史还原，先秦两汉诗歌性作品的叙事研究不能脱离其生存的土壤，如果不与时代、环境、创作主体思想心态等结合，则研究可能会流于空谈。但全面还原历史更多只是一种理想或努力方向，就如人们不能回到自己过去的生活一样。同时我们必须承认今天人类的生活方式是承继于人类整体过去的生活经历，即过去的社会历史基因血液形塑了今日之人类，加上某些有价值意义历史陈迹的保存，两者的结合使得探寻叙事文化密码变得完全有可能，尽管这种做法有先入为主或者以今论古的嫌疑。

总而言之，经典叙事学以结构主义为支撑，立足于文本内部叙事因素的探究诚然有其积极意义，不可否认同时也容易产生机械化、简单化的弊端。有鉴于此，本书在撰写中努力关注表层叙事结构与深层文化内涵互相关联制约的关系，寻找两者有机结合互动的机制，借此以还原诗歌叙事的内在动因，阐发诗歌叙事现象的思想文化背景。具体而言，如相对于先秦两汉的散文叙事文本，当时诗歌叙事的历史意识呈现出私人化、碎片化特色，这也成为诗歌叙事与历史或小说戏曲叙事的重要区分向度。由"历史意识"而产生的"拟史"与"拟史批评"，借助相关创作与批评的实践总结，实现文体跨界被运用于诗歌性文本叙事，如《诗经》的历史性叙事、《楚辞》的私人化叙事就有不少这样的作品或元素，在现实主义与浪漫主义的分际与互动中，促成著名的"诗史"观念。处于轴心时代前后的先秦两汉，恰逢中国经典文本创制和体系建构时期，如《周易》《诗经》和楚辞的代表《离骚》都曾被形塑为"经"，作为民族记忆、价值观念的核心元素，具有超越一般诗歌文本的特质，相关叙事及批评相较于后世诗歌自然体现出更多的诗教或政教意识。又如先秦两汉时期诗歌的创制、传播与消费，因为书写条件的限制，以声音口传为主要传播方式，对当时诗歌性文本叙事内容、题材、形式、风格等所具有的重要影响，对中国传统诗歌的生产、消费、传播及发展也有其重要作用等。

先秦两汉诗歌叙事研究是以诗歌性文本的文献研究为基础，以叙事元素及类型的个案研究为核心，通过对考察叙事元素类型聚合、流变等，探讨诗歌叙事模式及文化意蕴，形成具有开放性和包容性的理论方法。

研究对象的系统性、全面性与科学性是保证研究展开的基本性充分条件。目前殷商之前可释读的体系性文字尚无发掘，虽有题作于殷商之前的相关作品①，所谓"《康衢》《击壤》，肇开声诗。上自陶唐，下暨秦代，凡经史诸子中有韵语可采者，当歌咏之，以探其原"②。此类主要见于两汉文献，据传创制于上古五帝时期的古歌谣作品，笔者认为即使初创时代为真，经过近二三千年的口传才以书面文本固定下来，与其本来语言形态也应区别甚大。以甲骨文为代表的商代是目前有体系性文字流传的最早时代，笔者将甲骨古歌作为中国传统诗歌文本的起始萌芽，也即以商代中晚期为研究时间的起点。本书研究截止时段，从历史纪年的物理时间来看，当与曹魏代汉、三国确立的时间即公元 3 世纪 20 年代大致相近，同时鉴于当时诗歌发展

①　从考古发现的各种早期书写资料来看，早在人类由原始走向文明社会的过渡时期，处于不同地区（主要见于黄河和长江流域下段）的华夏先民，便有意识地进行过使用书写符号记录语词的一些尝试。（王蕴智：《史前陶器符号的发现与汉字起源的探索》，《华夏考古》1994 年第 3 期）

②　叶燮、沈德潜著，孙之梅、周芳批注：《原诗·说诗晬语》，凤凰出版社 2010 年版，第 84 页。

实际，《古诗十九首》与建安诗歌就其反映的时代主题与艺术形态风格而言，将之归结于魏晋则更为合适。故此本书研究的时段即先秦两汉时期，这一时期，自觉的诗歌创作尚未成熟，其外延除典型的诗歌形态如《诗经》《楚辞》、汉乐府外，尚包括传世文献载录的歌谣（吟诵）、杂辞、俍诗等作品以及出土文献如有韵诗歌等，作品体量相当大。就汉代而言，据逯钦立《先秦汉魏晋南北朝诗·汉诗》12 卷所辑，两汉诗歌共计 638 首，另如张衡《思玄赋》、马融《长笛赋》等赋作所系诗，及《焦氏易林》、铜镜铭文等出土文献所包括的歌谣性作品等尚未纳入统计范围。上述文献的诗歌类作品自然也是我们的研究对象，笔者对此也进行了搜罗爬梳、赏析评价、挖掘当中叙事元素并总结提升等工作。而呈现在书的作品文献则是笔者广泛阅读、比较之后的选择性结果：甲骨文辞作为我国目前可见存世最早的成文作品，据其文例，可勾稽出一定数量的歌谣性作品，可视为我国最早的可见可信诗歌作品，也可作为出土文献诗歌的代表。《周易》卦爻辞也保存有一定数量的古歌作品，是后世诗歌章句之法的重要形态及思想资源，也可作为传世文献勾稽诗歌作品的代表。甲骨文辞与《周易》所辑古歌主要代表了前《诗经》时代泛诗作品形态，代表着殷商周初诗歌叙事智慧的总体发展水平。随后笔者分别以《诗经》为西周到春秋时期、《楚辞》为战国时期、汉乐府为两汉时期诗歌叙事智慧总体发展水平的代表，并作为各个时段的主要研究对象。本书同时又将甲骨文、刻石颂诗等作为商代、秦代诗歌的代表用以过渡承接，总体呈现反映时代连贯性而各具特色的历史特征。

先秦两汉诗歌最大的特点，是自觉的诗歌创作在某些阶段尚未产生，作品多散逸在各种文献中。本书第一章便是基于这一现象，主要针对由甲骨文、《周易》文本勾稽而出的诗歌性作品，对中国诗歌文本作可信性溯源，并展开叙事性研究。作为最早可见可信的古歌作品，甲骨古歌多以神明为接受对象，因娱神而虔诚构拟，因此具备"兴"的元素。其文例多以不同方位、时间元素反复进行贞问，从中可勾稽句式相对整齐的诗歌性作品，是为甲骨古歌。甲骨古歌是甲骨文辞容纳叙事要素最主要的文字组织形式之一，风格简练经济，从中可见"赋"的萌芽。《周易》创制和解读思维多元散漫，甚或隐晦，由其卦爻辞勾稽而获的古歌存在形态看似随意、各不相干，结合卦爻结构、卦旨，整体呈现"形散神不散"的诗歌叙事章法特质。而《周易》之"象"对后世诗歌叙事影响甚巨，本书认为首先《周易》语象进入诗歌文本是经过一定的组合方式的，这种组合深受《周易》哲学观念影响，书稿基于《周易》相关阴阳哲学观念着力于其古歌语象组合的中观层面——卦内各卦爻辞即单位古歌歌辞，探讨古歌语象单线延续、双线并置和多线辐射，及以此为基础的多种变形，如单线延续的直线型、螺旋型，双线并置的反对并置与相近并置等组合方式及相互关系，属于古典诗歌叙事章句的溯源性研究。不可否认，因《周易》卦爻的特殊生成机制与结构形态，其古歌文本存在多种样态的语象"重复"叙述形式。本书最后以单篇古歌内部重复为例，结合《周易》卦爻结构分析出"辞同事同"关涉着《周易》古歌语象的辅助叙事功能。"辞同事不同"是语象在不同时空（时位）状态的呈现方式，"事同辞不同"与古典诗歌，尤其是民间性歌谣"重章复沓"手法关系紧密，不同样态的语象"重复"分别承担着不同的抒叙功能。因《周易》文辞风格简练、勾稽方式不同，其古歌具体数量存有争议。本书对此作了较细致的爬梳，并将非古歌作品的卦爻图符作为图像、卦名作标题、象辞作提要或序、非古歌卦爻辞作插入叙述等，从副文本的角度进行讨论，是为本书的一大亮点。诚然，由甲骨刻辞与《周易》勾稽而出的古歌作品叙事，因其产生年代及与丰富多彩的前文本，如宗教哲学思想等千丝万缕的关系，对后世诗歌产生了广泛而深远的影响。

《诗经》是中国诗歌叙事传统发生期的代表作品，突出表现在众多独特的叙事元素使用与手法应用的发展上。首先，《诗经》的作品已经展现了丰富的"事"件类型，西周时期诗歌尤其突出表现在三《颂》、《大雅》等作品中，"事"件类型主要包括祭祀、战争等国之大事。随着两周之际王纲解纽、王官之学散佚后，《诗经》的创作主体随着文化下移，而开始遍布到社会各个阶层①。越来越多来自社会各种阶层、具有不同生活经验的作者群体，造成诗歌所叙之"事"的触角也同时越来越广泛深入，从"国之大事，在祀与戎"逐渐延伸至"饥者歌其食而劳

---

① 关于西周春秋时期作者群体的身份变迁及其特点，邵炳军教授在《春秋文学系年辑证·绪论》中认为："就传世文献与出土文献观之，西周时期卜辞刻者（作者）主要为卜筮之官，铜器铭文器主（作者）主要为国君、卿、大夫，《尚书》'六体'作者主要为周王、国君、卿。要之，西周时期创作主体主要包括周王、国君、卿、大夫四个阶层。而春秋时期作家群体的社会阶层涵盖面要广泛得多。"其中"据桓二年、襄九年、十四年、昭七年、哀二年《左传》，《国语·周语上》《齐语》《晋语四》等文献记载，春秋时期依然有天子（王）、诸侯（公）、卿、大夫、士、庶人（'众人''庶民'）、农、工（百工）、商、皂、舆、人臣、隶、僚、仆、台、圉、牧等十八个社会阶层。这些不同的社会阶层，可分为贵族、平民（自由民）、奴隶三个基本阶级结构。"（详参：邵炳军：《春秋文学系年辑证》，高等教育出版社2013年版）《诗经》的作者群体的身份构成与变迁，大概也类同于此。

者歌其事"，与民生息息相关的包括战争、行役、戍守、祭祀、婚姻恋爱、田猎、农事、燕饮以及日常生活之中的送别、出行、赠物、各国风俗等等。《诗经》中丰富的事件类别为中国后世诗歌叙事题材选择奠定了坚实的基础。其次，采诗、献诗制度同时也有力地提供了贵族之事与平民之事进入诗歌的保障，并让代表着《诗经》创作与消费的雅俗沟通交流甚至共赏成为可能。《诗经》叙事愈发丰富的叙事类型，奠定了中国诗歌叙事的基本类型，比较典型的《诗经》叙事主要包括场景型、故事型、史诗型等，并产生了不同的叙事艺术特征。场景型叙事是《诗经》中应用较为广泛的叙事类型，多截取一个事件片段或场景镜头，重点叙述一个事件的侧面，或连续叙述几个片段，通过人物动作或空间变化来推动诗歌叙事。同时以四言为主的句式本身限制了《诗经》叙事的拓展，诗歌所叙之事往往简略，人物形象也隐约难见。故事型叙事作为场景性叙事的贯连或发展，基本已能叙述情节相对完整的故事，并塑造出典型的人物性格形象，《卫风·氓》可为代表，这一类型在秦汉以后成为中国诗歌叙事的典型。史诗型叙事往往见于文学发生期，具体到汉文化系统来看，主要见于西周，至春秋时期尚有少数诗歌带有史诗的痕迹。史诗型叙事善用极精练的语言将宏大的历史事件压缩为事件片段，叙事过程跳跃，并通过细节塑造英雄形象。再次，随着不同叙事类型的深化发展，其故事情节叙述与人物形象塑造必然要求更丰富的抒叙手法，赋比兴广泛参与到诗歌叙事之中是最突出的表现，在叙事方法上为后世提供了多方面借鉴。"赋"法在叙事过程中长于架构不同的时间、空间结构，为《诗经》提供了诸如顺叙、逆叙及打破时空线索等时空结构类型，奠定了中国诗歌此类叙事结构类型的基础。"比"法则通过将日常生活之事、动物之行、自然之象等丰富内容纳入"比"象建构诗歌叙事结构，而正是由于"比"象的使用，使得"比"法叙事呈现出一种隐微的风格特征。"兴"法以"自然之事""人事"入兴，与诗歌所叙之事形成同构关系，使诗歌在表层结构上构建出"景""事""情"依次呈现的雏形结构，在深层结构上则呈现出一种融合特质。

《楚辞》的"赋""比""兴"法叙事，直接影响到现实事件切入到诗歌文本的显现方式、表露程度，叙事要素的分配组织，诗中之事的叙述进程，等等。其既根源于楚地民族的文化传统，也因袭了《诗经》"赋""比""兴"法叙事手法。战国诗歌的自传性叙事，是在秉承先秦传记、写人叙事传统的基础上，叙事对象实现了由他者叙事向自我叙事的重要递变。《离骚》便是通篇聚焦于主人公自我形象的描述营造，诗人依次追述家世谱系，叙写自我情绪、理想志趣、政治遭遇、神游经历等一系列与自我相关的行动事项，并运用诸多艺术形式来促成自传性叙事的实现。如自我情感与事件的共生互动成为自传性叙事的基本逻辑，第一人称的叙事视角是关键要素，叙事场景的断续性、历时性连接成为叙事片段编排顺序。"赋"在《楚辞》叙事中赓续了《诗经》直陈叙述的传统，流变出铺陈叙述的方式。"赋"既可叙事，又可叙情，促进了抒情、叙事的融合。"比"在葆有《诗经》间接叙事的传统上，经过屈原的调剂干预，出现了象征性叙事、主体化叙事及事类叙述等方式类型。"兴"与《诗经》比较变化不大，《楚辞》创作也较少涉及，依旧保持着彼物与背后事件的接续关联。毋庸置疑，先秦时期存在着广泛的著图叙事习惯，通过绘制图像来记录社会事件是先民传播社会历史经验的重要方式。《天问》是屈原在观看宗壁性图像后创制而成的，其叙事内容自然是循宗壁图像而出，"天事图""地事图"及"人事图"是楚国宗壁图像的主要叙事内容，"人事图"为其叙事重心。足见宗壁图像叙事内容在《天问》事类形成中的基础性作用。在《天问》事类的组织编排中，屈原充分发挥主体想象，嵌入当下政治社会语境，促成文本事类的组织编排。如以"天"观念为叙事主线的编排方式，独特的问难形式贯穿起叙事进程的演进，以及个体的政治遭遇干预了叙事要素的分配等，这些事项体现了作者的主动创造力。要之，《天问》题图叙事是著图叙事历史传统与时代语境、个体丰沛想象的耦合产物，对后世诗歌叙事传统提供了有益启示。以巫觋降神为核心的信仰仪式叙事延续于整个先秦时期，作为叙事原型影响到《九歌》叙事要素的组织编排。《九歌》不仅有直接描述巫觋降神仪式的场景片段，其叙事结构的生成组织也受制于巫觋降神仪式流程。作者围绕巫觋降神仪式，形成了《九歌》丰富多样的叙事编排方式，如流程顺叙化、神灵故事化、场景回忆化等具体方式，显示出屈原在承继信仰仪式叙事的同时，对其进行积极加工改造的实践努力。此外，《招魂》《大招》等与复礼招魂仪式紧密相关，诗人吸纳了招魂仪式流程，渲染夸饰招魂辞，造就了瑰丽奇幻的叙事效果。

秦汉是中国历史上一次大变革时期，就诗歌而言，秦汉诗歌是中国古典诗歌承上启下的重要纽带。秦代诗歌带有浓重的政治叙事色彩。综观秦代具有一定规模的诗歌创作，如七篇秦始皇刻石颂诗和若干民间歌谣，发现秦代诗歌具有独特的时代风貌：诗歌书写与主要传播介质既有刻石文献，又有口耳相传；作家群体社会阶层既有上层文臣，又有底层民众；诗歌叙事容量既有宏观上的群体颂德，又与微观上的个体体验结合；诗歌叙事内容则既彰显大一统政治的伐善自矜，又揭露暴政下的民生疾苦；诗歌叙事属性既有政治叙事，又有民间叙事。同时，秦代诗歌的文学价值不仅在于其艺术审美，更突出地表现在政治文化和社会认识层面，其叙事与当时的政治环境息息相关，政治事件的线索清晰可循，但由于叙事主体的身份、立场和遭际的迥异，表现出判然不同的叙事态度和叙事风格：刻石颂诗以典雅规整的四言，热烈歌颂统一的秦王朝；民间歌谣以直白通俗的口语，深刻揭露底层的社会民生。这使得秦代诗歌叙事作为历史记录的组成部分，带有浓重的政治叙事色彩，继承着《诗经》美刺政治的优良传统，体现了秦帝国的精神风貌和时代特质。而植根于现实主义诗歌传统的汉乐府歌诗则"感于哀乐，缘事而发"，普遍采用截取故事场景或生活片段的叙事结构来组织故事情节，善于捕捉人物矛盾尖锐、事件冲突激烈的戏剧性时刻，并通过对这一时刻的精心剪裁和时空布局，表现处在这一时刻中的人物行动和心理状态，出现了像《孔雀东南飞》这样故事情节曲折完整的长篇叙事诗。戏曲是代言体，而非叙事体，即表演者扮演剧中人物，通过假托剧中角色的身份、口吻、行动、心理等直接演叙故事情节的发展，故事外叙述者的干预功能被故事内的代言者所弱化。汉乐府歌诗既属于叙事体的表达范畴，出现了由第三者故事外口吻叙述故事的作品，同时又具备代言体的表现方式，大量乐府歌诗直接采用诗中人物的口吻进行叙述，具有明显的代言体特征。由此可见，汉乐府歌诗具有戏剧性特征是充分成立的。汉乐府歌诗是继《诗经》、楚辞后中国诗歌史上的又一创作高峰，同时也是叙事诗创作的一个繁荣期。汉乐府歌诗正是以其突出的叙事性及在此基础上异彩纷呈的戏剧性，在中国诗歌史上及中国诗歌叙事传统中留下了浓墨重彩的叙事笔触。

　　赋比兴是独具中国特色的文学理论术语，先秦两汉诗歌艺术手法最为后世津津乐道者也莫过于此三字。董乃斌先生指出："赋既可以是叙事，但又不只等于叙事，它还可以是抒情乃至述意。……而比兴也并不就等于抒情，更多的情况下其实倒是描叙或述事，只是其描叙之事往往除诗面所写外还另有寓意而已。"① 当把赋比兴的叙事表征置于整个先秦叙事传统的流变进程中考察，大概可以发现赋比兴作为言说方式的本义性用法，在《周易》古歌中已有非自觉的应用，到了《诗经》创作时则广泛参与到相关作品叙事中，相对成熟定型的艺术手法为后世提供了多种借鉴。如"赋"法长于架构不同的时间、空间结构，提供了丰富的如顺叙、逆叙及打破时空线索等类型，奠定了中国诗歌叙事基本时空结构类型。"比"法则通过将日常生活之事、动物之行、自然之象等内容纳入"比"象建构诗歌叙事结构，使得"比"法叙事呈现出隐微的风格特征。"兴"法以"自然之事""人事"入兴，与诗歌所叙之事形成同构关系，使得诗歌构建出"景""事""情"依次呈现的表层结构，而在深层结构上呈现出一种相互融合的特质。《楚辞》在保持《诗经》固有叙事内核基础上，衍生出新的叙事特性。尤其是"赋""比"有了较多新的内涵，这与屈原积极的文学实践密切相关。"赋"不仅可以叙事，又可以叙情，促进了抒叙的融合。"比"在葆有间接叙事的传统上，经过屈原的调剂干预，出现了象征性叙事、主体化叙事及事类叙述等方法。"兴"变化虽然不大，《楚辞》

---

① 董乃斌：《从赋比兴到叙抒议——考察诗歌叙事传统的一个角度》，《徐州工程学院学报（社会科学版）》2016 年第 1 期。

创作较少涉及，但仍保持着彼物与背后事件的接续关联。就对"诗骚传统"的继承而言，《诗经》对汉代诗歌叙事的影响主要表现在现实主义传统和抒叙一体的叙事形态；楚辞对汉代诗歌叙事的影响，主要体现为在叙事中融入鲜明的个体抒情性。就汉代诗歌的叙事新变而言，主要体现在四个方面：一是"感于哀乐，缘事而发"的思想新变，这一思想体现了汉乐府歌诗重事而趋抒情、重情而归叙事的基本叙事形态；二是"赋比兴"之叙事手法的新变，赋在汉代诗歌中已发展为更加成熟的叙事手法，如外貌的铺陈描摹，既增加了叙述者的评论干预，又发掘了外貌描绘的叙事语义。比兴手法在汉代诗歌里也有所扩展与转变，比兴不仅可以与叙事互相补充，以间接叙事的形式起到某些叙事功能，还可以与场景叙事互相转化而直接参与叙事，成为叙事进程的一部分；三是叙事题材的新变，一方面表现为政治、战争、祭祀等同题材诗歌的内容新变，另一方面表现为农事、宴饮等旧题材诗歌的消退和游仙等新题材诗歌的兴盛；四是叙事语言的新变，主要表现为以五言为主、杂言为辅的语言体式和通俗自然、质而不俚的语言风格。汉代诗歌在继承与新变的叙事实践中，交织出独特而成熟的叙事艺术，开创了中国古代叙事诗的乐府传统，成为中国诗歌叙事传统链条的重要一环。总体而言，先秦两汉诗歌叙事是以赋比兴为典型艺术手法，以《周易》古歌为萌芽滥觞、《诗经》为奠基、《楚辞》为演进而形成"诗骚传统"；而汉乐府则是由"诗骚传统"衍生发展而来的新传统，两者对后世诗歌叙事均产生了深远影响。

本书作为国家出版基金资助项目、国家社科基金重大项目"中国诗歌叙事传统研究"子项目"先秦两汉卷"的最终成果，在项目开展过程中及书稿撰写前期，笔者作了大量的文献勾稽评析工作，但实际呈现在书稿中的部分却十分有限。由于是观照如此宏观性的题目，实存在大题小做等美中不足的问题，更有命题偏大而口径偏小的矛盾。然与书稿紧密相关的先秦两汉诗歌的主要叙事特质，应已得到较好的呈现与解读：如诗歌体裁由混沌而明晰，体式日趋丰富，而原有体式和叙事经验智慧并未因此消亡，它们或以各种形式融汇到新体式中，或吸收新体式养分，继续存在甚或得到更深入的发展，从而呈现出叙事在诗歌中的比重逐渐消减、而叙事元素及由此体现出的叙事智慧则日益成熟发达这一看似矛盾的现象。随着自我意识的觉醒并逐步增强，诗人的主体意识日益强烈，叙事自觉渐由朦胧而走向清晰，对叙事行为的驾驭也日渐成熟，到《楚辞》、"汉乐府"时代，诗歌已有较清晰的叙事自觉意识与叙事技巧。经过较深刻的讨论，可以明确风格清晰的"诗骚"与"乐府"两大传统，确实存在于先秦两汉诗歌叙事中且影响深远，故中国诗歌叙事传统形成于本时期是可信的。

# 第一章

# 《周易》古歌与诗歌叙事传统的萌芽

　　早于《诗经》产生的体系文字文本，目前可见可信的资料文献，主要有甲骨刻辞①和《周易》卦爻辞，"诗者，文之一体，而其用则不胜数。先民草昧，词章未有专门。"② 对这两种文本的诗歌特质，学界已有相关认识与探讨，并形成了一定的成果。同时基于不同文化背景形成的各种文本归类方式，使得该两种文本的具体诗歌性作品数量，仍未形成普遍共识。但以诗歌文本归纳方式为切入点，探讨甲骨刻辞和《周易》卦爻辞之叙事艺术形态，及相关诗歌性作品在中国诗歌叙事传统中的价值地位，是必要且可行的。

## 第一节　甲骨古歌：《周易》古歌前文本及叙事

　　"以甲骨卜辞、铜器铭文、《尚书·盘庚》和《诗经·商颂》为代表的殷商文学，是中国历史上第一批由文字记录下来的文

---

① 目前已发掘的甲骨文，主要包括殷商甲骨与周原甲骨两种，笔者重点拟讨论甲骨古歌对《周易》古歌的意义，故周原甲骨被排除在考察对象外。
② 钱锺书：《谈艺录》，中华书局1984年版，第38页。

学作品，而且是第一批可以通过出土文献与传世文献互相证明的可靠的文学作品。……殷商文学的产生，标志着中国文学史从此脱离了远古的传说时代而走向了文字书写的新时代，也标志着中国的诗歌舞艺术迎来了第一个繁荣期。"① 系统研究中国诗歌叙事传统，其开篇至迟当落在殷商时期。在赵敏俐先生所列的文学性文本中，《诗经·商颂》的成篇时间目前争议依然较大②。"传世的商代文字，只有《商书》，《商书》虽足以代表商代文学，但传写多误，很多是不能懂的，不如卜辞还能看出商代文章的真面目。其次商代的铭识，材料既远不如卜辞的多，也不能像卜辞这样和文学有关。"③ 尽管"卜辞的本身，本和铭识一样，不能代表商代的文学"④，在创制于殷商时期的简帛等长篇文献尚未见发掘之前⑤，将甲骨刻辞保存的古歌作品作为中

---

① 赵敏俐:《殷商文学史的书写及其意义》,《中国社会科学》2015 年第 10 期。

② 《诗经·商颂》的艺术水准不仅远超甲骨刻辞、《周易》卦爻辞、商末周初铭文等出土文献,也高于《尚书·商书》等传世文献篇章;《国语·鲁语》曰"昔正考父校商之名《颂》十二篇于周大师,以《那》为首"(徐元诰撰,王树民等点校:《国语集解》,中华书局 2002 年版,第 205 页),正考父是春秋时期宋国大夫,孔子的七世祖。《诗经·商颂》作时有商代与春秋两说,近来又有折中商代时初创、春秋时润色的主张。

③ 唐兰:《卜辞时代的文学和卜辞文学》,载《唐兰全集·论文集上》,上海古籍出版社 2015 年版,第 507 页。

④ 唐兰:《卜辞时代的文学和卜辞文学》,第 507 页。

⑤ 殷人在龟甲兽骨一类占卜材料上契刻出来的文字(包括少数习刻和记事刻辞),人们通称之为甲骨文。在非占卜材料上进行书写的,除了青铜器铭文及少量的玉、陶文之外,主要的还是用毛笔书写于竹木简上的文书。只是竹木简与上举诸种书写材料比较起来,更易腐蚀而经久性差,故其实物至今绝少见到。不过,《尚书·多士》本有明文记述:"惟尔知,

（转下页）

国诗歌叙事的真正源头，便有其现实不得已的考虑与价值意义。同时，甲骨刻辞古歌与《周易》古歌具有同源性特征，现已发掘的甲骨刻辞与《周易》卦爻辞主体制作时间相隔不甚远，甚至有数字卦等形式的存在，其功用目的、社会语境也相近，前者之古歌在内容与体制方面对后者有具体深刻的影响。对甲骨刻辞古歌性质和艺术的讨论，对探明《周易》古歌相关问题具有基础性意义。

## 一、殷商甲骨刻辞古歌的指认与勾稽

作为殷商中晚期商王室及贵族的纪事文献、占卜记录，殷商甲骨刻辞自清末由国子监祭酒王懿荣发现并自觉进行考察收罗始，便与敦煌塞上及西域各处汉晋木简、敦煌千佛洞六朝及唐人写本书卷、内阁大库元明以来的书籍档册，一并号为"此四者之一，已足当孔壁、汲冢所出"，是中国学问上之最大发现[②]。甲骨刻辞作为现有重要可信的殷商时期文献资料已发展成为一门国际化显学，具体到甲骨刻辞诗歌性作品及存在形态，学界也已有较多的考察认识。如陆侃如、冯沅君发现甲骨刻辞中具有"简单而朴素的古歌"，在《中国文学史简编·中国文学的起源》一节，他们还专门讨论了"卜辞与诗歌的关系"[③]；在

---

（接上页注）　惟殷先人,有册有典,殷革夏命。"今于殷墟出土的卜骨和陶片上,曾多处见有硃书和墨书的文字。在甲骨文字形中,还习见手持笔状的"聿"字(笔字初文)和"典""册"二字之本形,这些都契合《书经》的记载。(王蕴智:《"典""册"考源》,《殷都学刊》1994 年第 4 期。)

②　王国维:《最近二三十年中中国新发见之学问》,《王国维考古学文辑》,凤凰出版社 2008 年版,第 87 页。

③　陆侃如、冯沅君:《中国文学史简编》,开明书店 1932 年版,第 8—9 页。

后出的《中国诗史》中，又进一步将《卜辞通纂》375片，即《甲骨文合集》12870甲、乙片，与汉乐府诗歌《江南》进行对比观照。[①] 饶宗颐认为"卜辞除特具对贞形式为俪句的滥觞表示'赋形必双'的道理以外，遣辞方面，琢句练字，尤见修辞上造诣之高。殷人文学修养，有如刘勰所云：'缀字属篇，必经练择。'虽寥寥数字，亦费斟酌选择之功。而且，喜欢用奇字，务使参伍为胜，不同凡近。此种修辞技巧，沾溉及于诗、雅。不能说殷代没有文学"。[②] 谭丕模发现"甲骨文已有相当高的写作技术。它的文字已有韵脚、有节奏，是劳动节奏的配合，是劳动音律的和谐"。[③] 饶、谭二位虽未直接点明甲骨刻辞有古歌作品存在，对古歌性质却是大致认可的。刘奉光认为甲骨文是商周时代的记事文学，从体裁上可分为诗歌和散文两种，刘氏认为"（1）商代文人在文案工作的同时，力求把文句作得工整、顺口、押韵，形成了一定数量的档案诗。（2）商代文人在文案工作之余，特意创作了少量艺术水平较高的、与占卜记事无关的散体韵诗。"[④] 廖群、仪平策认为"甲骨文还把远古时代更为普遍的'歌''谣'形式，第一次用文字展示出来。也就是说，有些卜辞实际上就是一首合韵整齐、朗朗上口的诗歌。"[⑤] 受其

---

① 陆侃如、冯沅君：《中国诗史》，作家出版社1956年版，第7页。
② 施议对：《文学与神明——饶宗颐访谈录》，生活·读书·新知三联书店2011年版，第140—141页。
③ 谭丕模：《中国文学史纲》，高等教育出版社1956年版，第13页。
④ 刘奉光：《甲骨金石简帛文学源流》，吉林人民出版社2002年版，第15页。
⑤ 廖群、仪平策：《中国审美文化史·先秦秦汉魏晋南北朝卷》，山东画报出版社2007年版，第56—57页。

业师傅道彬解读《周易》卦爻方法、西方相关阅读理论等的启发，李振峰博士颇为新颖地提出了"从'纵向阅读'的角度，去除与占卜词汇相关的成分，只保留卜辞的命辞、验辞，卜辞的诗歌属性就会显露出来"的观点①。总体来说，对甲骨刻辞古歌的认识与创见学界已越来越丰富深刻。

　　上述学者体认甲骨刻辞的古歌作品性质，多重视节奏鲜明、音韵和谐，即关注结构形式及主题内容等因素。文章类韵文也注重韵律和谐、形式规整等层面要素，甲骨刻辞古歌如单从形式和内容方面体认，其本质性诗歌质素尚未能全面发掘②。甲骨刻辞古歌作品具有想象、联想和幻想等元素，尤其是比兴取象等手法的运用，也应是其诗歌性质讨论的重点。甲骨卜辞已有较自觉的修辞发明与运用，"壬寅卜，𠂤，贞若𢆶不雨，帝佳𢆶邑龙，不若。……王占曰：帝佳𢆶邑龙，不若。"（《合集释文》00094 正、反）③ 作为对贞式求雨卜辞，"龙"当为"庞"；

---

① 李振峰：《甲骨卜辞与殷商时代的文学和艺术研究》，哈尔滨师范大学 2012 年博士学位论文，第 7 页。

② 诗歌也不一定死守形式规整这一法则，如沈德潜指出《诗经》的形式特征："《三百篇》中，四言自是正体。然《诗》有一言，如《缁衣》篇'敝'字、'还'字，可顿住作句是也；有二言：如'鎧鲨'、'祈父'、'肇禋'是也；有三言：如'蠡斯羽'、'振振鹭'是也；有五言：如'谁谓雀无角'、'胡为乎泥中'是也；有六言：如'我姑酌彼金罍'、'嘉宾式燕以敖'是也；至'父曰嗟予子行役'、'以燕乐嘉宾之心'，则为七言；'我不敢效我友自逸'，则为八言。短以取劲，长以取妍，疏密错综，最是文章妙境。"（《说诗晬语》，第 84 页）

③ 胡厚宣：《甲骨文合集释文》，中国社会科学出版社 1999 年版，第 6 页。下文征引同一文献时，将仅随文标注《合集释文》版及页码信息，如：《合集释文》00094 正、反，第 6 页。

"不若","不"当为"丕"、为"大","若"当为"顺",即形容大而美好①,强调了卜辞修辞美学效果。甲骨刻辞已具备"比喻、拟人、借代、婉曲、隐喻、仿词、错综、兼语、排比、对偶、警句、韵语、省略、复现、复词偏义、实词虚化等"②修辞手段,多种修辞手法与比兴取象等诗歌艺术运用有紧密关系。"兴",甲骨文作"𦥑"(甲1479)"𣥐"(乙5327),造字取义为祭祀共同托举一物之仪式,甲骨刻辞创制的仪式特征与此有一定相近性,当宗教性情感意绪的生发引申出一般情感兴发,甲骨刻辞便有诗性特征。引发于甲骨刻辞的"兴",是孕育诗歌发展的温床。甲骨刻辞娱神的动机目的,客观上也发挥了娱人效果,尽管抒叙的"情事"并非完全是个人的,但对"情事"的体察显然已注入了当时人们主体生命的情感色彩。受殷商时期记录材料、方式条件与功能目的等的影响限制,目前所见甲骨刻辞具有明确比兴取象的资料并不多,但殷商时期以象兴意的行为已比较多见,如:"帝武乙无道,为偶人,谓之天神。与之博,令人为行。天神不胜,乃僇辱之。为革囊,盛血,卬而射之,命曰'射天'。"③巫术宗教思想与诗歌比兴手法在思维特质层面是相通的。"卜辞、彝铭所以多简短而质朴,只是实用的关系,而寻常长篇文字,是应该写在竹帛上的。不幸,竹帛的保存不易,所以,我们目前所能见到的只是些短篇。"④但残存的

---

① 胡性初:《甲金文修辞思想例释》,《修辞学习》1997年第5期。
② 潘晓彦:《"言"而知"文"与初期诗学语言观念》,《古籍整理研究学刊》2017年第06期。
③ 司马迁撰,裴骃集解,司马贞索隐,张守节正义:《史记》,中华书局1982年版,第104页。
④ 唐兰:《卜辞时代的文学和卜辞文学》,第485—486页。

比兴等诗歌艺术性手法在甲骨刻辞仍可见孑遗，如属于武丁时期的甲骨刻辞："八日庚戌 ✷ 各云自东 𝌱 母，昃〔亦〕✷ 虹自北飲于河。"①（《合集释文》10405 反，第 558 页）许并生重新释读断句为："八日庚戌，有云自东，自北出虹，（龙）饮于河。"卜辞"庚""云""东""虹""饮"，分别为耕部、文部、东部、蒸部，为阳声合韵，谐声主要在句尾，成为格式规整的古歌。② 此刻辞的特色在于将自然界出现于北方的"虹"，比拟成"龙""饮于河"，将静态的"虹"描绘成动态性活跃于河的"龙"，建构出虹首饮河的神奇动态镜头，是比较淳朴的诗歌比兴取象。

对殷商甲骨刻辞的诗歌性质，学界也有质疑的声音，如潘海东在对学者勾稽出的诗歌性作品与原版甲骨刻辞进行比勘后，认为"卜辞因其属性、功能、卜者意识和问者愿望，都只能属于另一领域"，并且目前所指认的甲骨诗歌完成时间有断续，学者存在较多的提炼和创作等③问题。笔者认为甲骨刻辞古歌创作之时间断续性特点，并不能构成否定其具有古歌性质的证据。诗歌文体的这种创作特性，在后世由集体创作完成的民歌性作品，如乐府民歌中体现尤为明显；文人创作因炼字锻句等原因，也不乏断续完成的作品，这在苦吟诗人的创作中当不少见。但潘氏仍在一定程度上指出了甲骨刻辞古歌之认定与勾稽方面，目前存在的某些遗憾与缺陷。区别于后世一般诗歌，甲骨刻辞

---

① 《合集释文》10405 反，第 558 页。
② 许并生：《先秦叙事诗基本线索及相关研究考察》，《文学评论》2006 年第 6 期。
③ 潘海东：《殷商"甲骨诗"商榷》，《首都师范大学学报（社会科学版）》2008 年第 4 期。

古歌体式本质上属于甲骨文例①研究的一部分，具有非常深刻的宗教性原因，甲骨文例与当时流行的卜法尤为相关，裹挟着宗教性思想内核。完整的甲骨刻辞包括叙辞（又称前辞，记占卜日期、地点、卜人名字）、命辞（又叫贞辞，记占卜之事）、占辞（依兆作出吉凶祸福的判断）、验辞（占卜后应验的记录）等部分。目前学界所辑甲骨刻辞古歌，一般由甲骨刻辞命辞部分勾稽而来，因命辞部分在文体形式、韵律节奏等方面相对符合古歌谣谚的某些质素，而将之纳入古歌体系。

> 戊子卜（叙辞）
>
> 殻，贞："帝及四月令雨？"一 二 三 四（命辞）
>
> 贞："帝弗其及今四月令雨？"一 二 三 四（命辞）
>
> 王固曰："丁雨，不𫞩辛。"（占辞）
>
> 旬丁酉，允雨。（验辞）②

该甲骨刻辞属于殷人祈雨的完整记录，其中叙辞、命辞、重贞

---

① 作为由李学勤提出的21世纪"甲骨学"研究7个课题之一，对于"卜法文例"的内涵与外延，学界尚存在一定争议。本书主要采信《中国语言学大辞典》（江西教育出版社1991年版，第6,7页）的定义："殷人在甲骨上书刻文辞的体例。具体内容有：在甲骨上书刻文辞的位置及先后次序，刻辞行文方向，同组卜辞的位置关系，正面卜辞与背面卜辞的相承，反映不同占卜方法的甲骨卜辞的类别（如单贞卜辞、对贞卜辞、成套卜辞等），卜辞的段落结构（前辞、命辞、占辞、验辞）等。"与甲骨刻辞古歌叙事紧密相关者，主要在第二部分，即卜辞的段落结构形式（即叙辞、命辞、占辞、验辞）、同版或异版甲骨上的卜辞形式（即正反对贞、选贞、同文例、成套卜辞、成批卜辞等）等内容。

② 《合集释文》14138，第739页。

次数、占辞、验辞要素完整，是较为典型的记叙文体，交代了时间元素（戊子、丁、辛、丁酉、四月）、人物（𣂪、王）、事件（"帝及四月令雨"的𣂪贞、重贞次数，王占，允雨）。命辞由"帝及四月令雨？""帝弗其及今四月令雨？"构成，即占卜以肯定和否定的语义各完成一次，而且"反卜"（否定语意命辞）与"正卜"（肯定语意命辞）序数也是连续的，构成了一组"对贞"刻辞。该则刻辞是久旱不雨，殷商统治者通过占卜而抒发对天帝普降甘霖的一种热切期盼情绪，属于未然叙事。久旱即求甘霖，命辞"帝及四月令雨？""帝弗其及今四月令雨？"通过正反设问的方式，造成反复抒叙，具有朴素的古歌特性。从诗歌叙事的角度，甲骨刻辞除辑出古歌作品的命辞部分外，其他如叙辞、占辞、验辞等，在探知甲骨刻辞古歌（命辞）作者，以及产生背景、朦胧接受意识等诗歌叙事外部因素、语境时，都是不可或缺的可靠材料，与甲骨刻辞古歌天然具有一种互动互构关系，成为后者叙事的相关副文本材料，甲骨刻辞可置于刻辞古歌叙事作整体性、背景性揭示。相较于诸如《诗经》《楚辞》等先秦传世文献，甲骨刻辞古歌从严谨概念的诗歌观念出发，其文本形态确实存在较多的缺憾，但这种缺憾是可以预见，甚至是可以被理解的。目前关于甲骨刻辞古歌性质及艺术特质的相关系统研究，因文献释读、发现时间、性质认定等原因，可拓展的空间还很大；随着甲骨刻辞和诗歌研究的不断推进，相关研究将不断得到深化。

## 二、甲骨刻辞文例与古歌体式

甲骨古歌体式样态，与甲骨文例关系密切。殷商之时的卜法现已很难完整复原，但仍为后世相关文献所追拟。

稽疑：择建立卜筮人，乃命卜筮。曰雨，曰霁，曰圉，曰雾，曰克，曰贞，曰悔，凡七。卜五，占用二，衍忒。立时人作卜筮，三人占，则从二人之言。

汝则在有大疑，谋及乃心，谋及卿士，谋及庶人，谋及卜筮。汝则从，龟从，筮从，卿士从，庶民从，是之谓大同。身其康强，子孙其逢，吉。汝则从，龟从，筮从，卿士逆，庶民逆，吉。卿士从，龟从，筮从，汝则逆，庶民逆，吉。庶民从，龟从，筮从，汝则逆，卿士逆，吉。汝则从，龟从，筮逆，卿士逆，庶民逆，作内，吉；作外，凶。龟筮共违于人，用静，吉，用作，凶。①

《洪范》据说是周武王克商后二年，访问并咨询号为"殷三仁"之一的商遗民贵族箕子，后者应此而陈述"天地之大法"的记录②。箕子提出帝王治理国家必须遵守的九种根本大法即"洪范九畴"，其中第七畴即君主请示神意的手段"卜筮"。从引文看，至迟在箕子时代，殷商占卜制度尚较为普遍存在"一事数卜"，即同一件事件进行多次占卜的形式，包括运用不同的卜法、不同的贞人来完成同一事件占卜的具体做法。

根据甲骨文例现有的研究成果，其简单形式至少包括单贞（对某一事件内容只进行一次占卜）、重贞（同一事件内容在占卜时进行两次或两次以上的连续卜问）、对贞（同一事件内容，

---

① 顾颉刚、刘起釪：《尚书校释译论》，中华书局2005年版，第1176页。
② 关于《洪范》篇的成书时间，学界有较大争议，主要集中于春秋、战国说。笔者认为《洪范》成书时代的争议是文本整理写成的问题，与《洪范》"稽疑"作为殷商时期思想是箕子作出总结的结果，并不必然构成矛盾。

以否定和肯定的语意进行占卜）、选贞（选择两个或两个以上并列的事件内容分别进行一次卜问）、补贞（选择占卜事件内容的不同因素或不同方面进行卜问，几条刻辞互相补充。这种刻辞在内容上互相补充，合起来表示一个完整的语义链）、递贞（在A时卜问B时之Z事，又在B时卜问C时之Z事，从而形成传递关系）等六类。在上列六类简单形式基础上，通过相互重合叠加，殷人又发展出更多复杂的文例形式，如重复对贞、重复选贞、对选、对补、对连、补对、三联卜辞（重贞、对贞、选贞卜辞的结合体，为殷人最复杂的一种占卜辞式），等等。复杂多变的占卜形式，形成了体式丰富的贞问卜辞，由此被勾稽的甲骨古歌抒叙形式也相应愈发复杂多变、丰富成熟。

> 正
>
> ［戊］午卜，**殸**，贞王**业**梦其**业囚**。
>
> 戊［午］卜，**殸**，［贞］王**业**梦亡**囚**。一
>
> 贞王**业**梦其**业囚**。二
>
> 贞王**业**梦亡**囚**。
>
> 王**冨**□上。
>
> 王**冨**□?
>
> 祖辛**帛**王? 一
>
> 祖辛弗**帛**王?
>
> 祖丁**帛**王? 一
>
> 祖丁弗**帛**王? 一
>
> 祖辛弗**帛**王?
>
> 王入若。
>
> 不自……? 二

自……？ 二①

这是一组重复对贞刻辞，叙辞、占辞、验辞及重贞次数俱全。在后文的讨论中，除特殊标注外，甲骨古歌所出刻骨的相关叙辞、占辞、验辞部分将一并略去，以方便将话题围绕命辞——古歌部分展开。上引刻辞的重章即复沓篇章结构，与远古时期的咒语、祈祷古歌具有相近的语言、情感表达方式，从诗歌角度考察，这一古歌已具备了较为繁杂的章节重复结构②。刻辞古歌描述的是商王对自己做梦，是否为某些先祖所寄托而有所疑虑，并试图通过祭祀的方式予以纾解。刻辞古歌中商王不厌其烦地占梦，生动展现了其内心愿望的强烈程度，这种重章复沓结构也客观展示出了增强作品艺术感染力的功能。甲骨刻辞古歌以重章叠句手法组织诗歌的手段，为《周易》古歌、《诗经》，特别是乐府诗歌等民歌所吸收继承，对相关诗歌的叙事艺术特色均有一定的影响。在诗歌叙事思维上，重复对贞方式为后世诗歌提供了一种模式，如汉乐府《有所思》，女主人公将爱情信物"拉杂摧烧"的犹豫，苏轼《水调歌头·明月几时有》的

---

① 《合集释文》17409 正，第 894 页。

② 卜辞的本质是向天帝卜问未发生之事的可能发展方向，及对占卜者可能产生的影响；相对于《周易》而言，甲骨占卜多强调占卜者对结果的被动接受。相关占卜人员采取主观行动以影响事件发展、进而趋吉避凶则少有记载。为提高占卜的精准概率，甲骨卜辞存在较普遍的重贞现象，即同一事件的贞问次数有时非常多，某些时候因重复贞问次数，或者骨版形制等的限制，出现了以数字表示重复贞问的次数，如《合集》第11423 片正面：甲申卜，贞零丁亡贝。一 二 三 四 五 六 七 八 九 二告 十 小告　小告 二 三 四 五 六 七，重复贞问数竟至 17 次。

"我欲乘风归去，又恐琼楼玉宇，高处不胜寒。起舞弄清影，何似在人间？"的彷徨等；乃至现代著名诗人田间 20 世纪 30 年代后期写就的一首街头诗——《假使我们不去打仗》，就是从打仗、即抗日出发为逻辑起点展开创作，只是诗人在创作中，将必须去打仗这一正面隐去，从反面即"假使我们不去打仗"，将可能发生"敌人用刺刀杀死了我们，还要用手指着我们骨头说：'看，这是奴隶！'"的情况，在正反设问中，通过省略正面设问、突出反面设问的手法，激发国人必须去打仗的爱国热情。

> 壬旦至食日不雨，壬旦至食日其雨？
> 食日至中日不雨，食日至中日其雨？
> 中日至廓兮不雨，中日至廓兮其雨？①

---

① 刘奉光将《小屯南地甲骨》624 片刻辞作了重新断句和分析，对体认殷商时期的创作意识有一定帮助。刘氏认为"'辛亥卜翌日，壬旦至食日不雨？壬旦至食日其雨？食日至日中不雨？食日至日中其雨？中日至廓兮不雨？中日至廓兮其雨？'(《小屯南地甲骨》624 片，见图 1)其实，这篇文献的传统句读是：'辛亥卜，翌日壬，旦至食日不雨？壬，旦至食日其雨？食日至日中不雨？食日至日中其雨？中日至廓兮不雨？中日至廓兮其雨'。旦即日出之时，食日即吃早饭之时，中日即日中正午之时，廓兮即廓曦，即廓霞，乃外出之人见太阳落在城廓村落之上，晚霞夕照之时。传统句读的'翌日壬'还讲得通，但第二个壬字单读则于文义、文例不顺。我们以甲骨诗歌为研究导向，发现'壬旦'连读正好与'食日'、'中日'对应，古人的本意乃是凑六句卜辞整齐、对偶、押韵，故把'第二天壬子日的早晨'称'壬旦'。又'中日'它例多写作'日中'，此处写'中日'，乃求与'食日'对应。可见将语言文句随宜组编为诗歌，是古人所好。"(刘奉光：《甲骨金石简帛文学论》，《学术研究》2005 年第 8 期)情况若属实，殷商时期已有较好的造句炼字乃至创作的自觉意识。

该古歌在叙述占卜降雨时，已有清晰的分段记时方式，其中旦为清晨，食日为早饭时刻，中日为正午前后，"廓兮"相对复杂些，当在日头偏西而斜的"昃日"之后，甲骨刻辞有"昃至（廓）兮其雨"（《合集》29801）的记载①。本则甲骨刻辞在章法上，通过对贞与选贞这两种文例相互结合的形式，形成有张有弛、跌宕起伏、尺水兴波的艺术特色。古人常说"文似看山不喜平"，又说"山无起伏，便是顽山"，对于诗歌叙事也是如此，善于营造叙事气势是诗人创作的重要手法。创制者顺着降雨可能发生的时间方位进行铺陈渲染，把受述者的注意力和情感愿望也聚焦到这一点上来，在选择与否定的循环中，叙事得以层层转换并被推向高潮。区别于一般的诗文创作，这种叙事所积累的深厚情感，在古歌叙事形成的是一个开放式结局，具有"不尽长江滚滚来"的气势。后世优秀诗歌多得其精髓，如宋子侯《董娇饶》在妙曼女子与鲜花的对话中，"不知谁家子，提笼行采桑。纤手折其枝，花落何飘飏。请谢彼姝子，何为见损伤？高秋八九月，白露变为霜。终年会飘堕，安得久馨香？秋时自零落，春月复芬芳。何时盛年去，欢爱永相忘？吾欲竟此曲，此曲愁人肠。归来酌美酒，挟瑟上高堂。"② 诗人便是着眼于对比花开花落与女子年华盛衰有时的差异之处：由落花感悟到青春易逝、花落来年还会开、而盛年一去不复返的残酷现实。在花与人的不断相互否定性对话中，最终将女子的忧伤，即主人公的"愁肠"一并写出，戛然而止，这与对贞、选贞机制下的

---

① 晁福林：《先秦民俗史》，上海人民出版社 2001 年版，第 190—193 页。
② 徐陵编，吴兆宜注，程琰删补，魏克宏点校：《玉台新咏》，中华书局 1985 年版，第 27 页。

甲骨古歌在抒叙形制上非常贴近。

由文例形式而生成的各式甲骨刻辞古歌，其抒叙形式对中国诗歌叙事有着非常重要的影响，笔者在此仅以例举的方式进行探讨，更深入全面的研究尚有待后期继续跟进。

### 三、甲骨古歌的空间化叙事

诗歌在中国的发展自《诗经》开始，除极少数作品，"都是歌唱瞬间感受的"，少见对抒叙情感、事件来龙去脉必要详尽的交代，它"是后来中国诗一直以这种抒情诗为主流的开端"①。葛晓音表达了相似的观点，葛氏以丰富的实例论证了汉魏五言诗叙事言情的一个重要特点，即"往往藉单个场景或事件的一个片断来表现，而场景片断的单一性和叙述的连贯性既形成了深婉浑沦的典型意象，又造成了汉魏诗自然流畅的意脉文气"，并称汉魏古诗"用一个场景或事件的片断来抒情"（即以叙述来抒情）为一种诗歌创作影响至巨的"原理"，其优越性在于"除了便于寻找连贯的节奏感以外，还为多种抒情手段提供了容量较大的表现空间"②。甲骨刻辞古歌因创制特点对叙事空间元素有较多强调，故对中国诗歌叙事空间化特点具有源头性意义。

从甲骨刻辞看，殷商先民已具有清晰的方位观与宇宙观③，

---

① 吉川幸次郎著，章培恒等译：《中国诗史》，复旦大学出版社2012年版，第20页。

② 葛晓音：《论汉魏五言的"古意"》，《北京大学学报（哲学社会科学版）》2009年第02期。

③ 叶文宪：《商人的方土观及其演变》，《殷都学刊》1988年第4期；江林昌：《甲骨文四方风与古代宇宙观》，《殷都学刊》1997年第4期。

相关神话也得以产生，形成了方位授时的传统①。受此影响，甲骨刻辞古歌有大量求东南西北四方、四土，偶尔配上"中"，构成五方、五土降雨、受年文字记录②。在生活中按时间线性发展的因果链，甲骨刻辞创制者通过理解体认，将之切换成为一个片段或剖面，并加以变形、夸张、综合等艺术处理，把原本应在不同时空出现的事件，强行挤压到几乎静止的相同时空里，使甲骨刻辞得以超越具体时空而享有永恒且神秘的意义，成为特色鲜明的古歌作品。

> 癸卯卜，今日雨。
> 其自西来雨？其自东来雨？
> 其自北来雨？其自南来雨？③

通过选贞，即选择两个或两个以上并列内容分别进行一次卜问的形式，使得此甲骨刻辞以规整的形制、和谐的音韵，成为古歌经典作品。"殷人贞卜，具有一定的仪式。无论是祈雨、祈年，抑或贞问其他国之大事，都由贞人主持，有时王还亲自参加。贞人中有主卜者，可能即卜辞上署名的人，也有陪列的若干贞人。贞卜开始，行礼如仪，主卜者一面口中念念有词地作祈祷，一面婆娑起舞，起舞时手中也许还操牛尾之类的神物。

---

① 郑慧生：《商代卜辞四方神名、风名与后世春夏秋冬四时之关系》，《史学月刊》1984 年第 6 期；李学勤：《商代的四风与四时》，《中州学刊》1985 年第 5 期。
② 胡厚宣：《殷商卜辞中所见四方受年与五方受年考》，深圳大学国学研究所编《中国文化与中国哲学》，东方出版社 1986 年版，第 54—61 页。
③ 《合集释文》12870 甲、乙，第 673 页。

主卜者领唱'今日雨'时，陪卜的贞人遂接着念：'其自东来雨？''其自西来雨？'……如此一唱互和，祈求之祭宣告完毕，音乐、舞蹈、诗歌的表演，也至此结束，是之谓'巫风'。"① 古歌的四个问句，采用完全相同的句式，每句只改换一个起关键性作用的方位词。一叠四句，显得匀称、整齐、紧凑。诗人将东西北南方位简简单单叙来，节奏明快，再叙自己对雨水降临于不同方位的热诚期待。从叙事来看，由空间元素营造的叙事链，云情雨意既可能捉摸不定地从东南西北四方一并袭来，气势颇为壮观；亦可能从某一方位降临，或从不同方位依次降临，时间元素的退隐，形成了多个叙事方向。古歌创制者不满足于将古歌烹制成一个充满历时变化的因果连环体，而是力图超越周而复始的因果式循环链，抓取降雨可能方位的横断面，完成一种循环往复。创制者将简单的求雨过程，通过对空间的强调消解其中暗含的时间性元素，取得了起伏跌宕的抒叙效果，故而此刻辞古歌可称之为后来《诗经》、乐府民歌等那些句式整齐、写法铺排的同类诗作的滥觞。

甲骨古歌多采用复沓的抒叙方式，主要原因在于作品均由甲骨卜辞勾稽而出，形制深受贞卜文例的影响制约。甲骨刻辞除了占卜刻辞外，还有一定数量的记事刻辞也保留着一些古歌作品，如上引"八日庚戌，有云自东，自北出虹，（龙）饮于河"。通过《山海经·海外东经》"君子国"的"虹虹在其北，各有两首"与《诗经·鄘风·蝃蝀》"蝃蝀在东，莫之敢指。女子有行，远父母兄弟"的记载推测，刻辞关于虹的叙事，可能与婚恋有关，是一种潜文本叙事。在勾勒虹首饮河的神奇静态

---

① 萧艾:《卜辞文学再探》,《殷都学刊》1985 年增刊。

画面时，创制者通过"自"字揭示了云由东而西、彩虹由北而南的空间延展过程。经由空间次第关系，暗含了先有云雨、后有彩虹的时间安排，在空间延展中完成时间线性叙事，生动准确记录了彩虹在时间和空间两方面的形成条件和出现过程。自然界的空间结构是指以点、线、面为基本要素的空间组合形式，而诗歌的空间结构则指由具备审美意味的系列事象群建构而成的审美性意境，诗歌大都具备审美、感人的形式。

> 东方曰析风曰劦，南方曰微风曰凯；
>
> 西方曰夷风曰彝，[北方曰宛]风曰伇。[①]

这首古歌同时见于《甲骨文合集》14295 版，"贞帝（禘）于东方曰析，风曰协，南方曰因风曰凯，贞帝（禘）于西方曰夷，风曰丰，北方曰勹风曰冽"，文辞略有不同。其中此版的西方名、风名与上引甲骨古歌互倒，胡厚宣考证当以 14295 版"西方曰夷风曰丰"为是[②]。这首古歌应属纪事甲骨刻辞，是至迟殷商时期发明的标准四季体系，也是确定日历与闰月的重要依据。作者为方便相关知识的传播记忆采取了诗歌形式，"这片'四方风'刻辞则不然，它把以上四方与时节相编配，并参照草木禾谷生长的特点衍生出了析、夹、夷、宛四方神名，象征草木禾谷春萌生、夏长大、秋成熟、冬收藏。在四方神名后面依次有风曰协、风曰微、风曰彝、风曰伇。这是根据四方风在不同时节的特征而命名的。风曰协，是指和煦之风；风曰微，是指微

---

① 《合集释文》14294，第 749 页。

② 参见胡厚宣：《甲骨文四方风名考证》，《甲骨学商史论丛初集（外一种）》，河北教育出版社 2002 年版，第 265—276 页。

弱之风；风曰彝，是指大风；风曰伇，是指烈风。在三千余年前人们崇尚鬼神、极度迷信的时代，能够对四方神名和四方风神给予准确的命名，无疑对国家的征伐、狩猎、畜牧、农事、灾害、疾病、祭祀等诸事产生深刻影响。"① 殷商先民对各方风向的性质和特点已具备丰富的认识并熟练掌握，与《山海经》《尔雅·释天》等文献也可相互印证。四方风名已具有较丰富内涵的意象性语辞，在空间方位性风名与神名的描绘中，同时包蕴了四时时间线性过程。

总体而言，甲骨刻辞在艺术手法和形式方面尚显稚嫩。不可否认，经过勾稽而成的相关甲骨古歌已具备一定的艺术形式与写作手法，对后世诗歌叙事具有独特影响力，比如由甲骨卜辞文例产生的事象组合方式及空间化叙事倾向等。

## 第二节　《周易》古歌概述与勾稽

"由《周易》中的短歌到《诗经》民歌，也显示出由《周易》时代到《诗经》时代，诗歌的创作艺术逐步提高的过程。如果我们说《周易》中的短歌是《诗经》民歌的前驱，似乎也接近事实。"② 可见《周易》短歌在中国诗歌史上具有崇高地位。

---

① 贾双喜等：《古典、洋典、舆图：中国国家图书馆的特色收藏》，《美成在久》2016 年第 2 期。

② 高亨：《〈周易〉卦爻辞中的文学价值》，载黄寿祺，张善文编：《周易研究论文集》（第四辑），北京师范大学出版社 1990 年版，第 143 页。多位学者对高氏此说皆予肯认，参见刘大杰：《中国文学发展史》，中华书局 1977年版；黄玉顺：《易经古歌考释》，巴蜀书社 1995 年版。

不仅如此,《周易》作为儒家"五经"之首、道家"三玄"之一,在思维方式、人生哲学等方面深深地影响甚至支配着国人。《周易》对于中国诗歌,尤其是叙事传统形成、发展的影响是全面而深刻的,这突出体现在国人在创制叙事性相关论述时喜欢援引、借助《周易》及其相关思想等方面。笔者对《周易》古歌的讨论,意在通过发掘并探究《周易》古歌作品的叙事特质及成因,阐明《周易》相关思想及其古歌在中国诗歌叙事传统形成过程中的价值地位。

## 一、《周易》文本①的创制者及其时代

先秦传世文献或由集体创作,或经后人加工修订,大多非一时一人所作,原始作者和创作年代均难以确指。《周易》古歌载体即卦爻辞的创制者与年代,是《周易》古歌叙事分析得以进行的前提性条件,牵涉到《周易》古歌分析的语境问题。传统通行说法主要为《汉书·艺文志》"人更三圣,世经三古",唐颜师古注引孟康曰"《易·系辞》'《易》之兴也,其于中古乎?'然则伏羲为上古,文王为中古,孔子为下古"②,即伏羲氏始画八卦和六十四卦图符,周文王为六十四卦编制卦爻辞,孔子作《易传》以昌明《易经》,这种观点在汉代以后广为流行。"文王为中古"的说法应是吸收了《系辞传》"《易》之兴也,其当殷之末世,周之盛德邪?当文王与纣之事邪?是故其辞危"

---

① 笔者所持《周易》文本概念,除特别指明,主要包含《周易》卦爻辞的文字文本与卦爻形的图符文本两部分。

② 班固撰,颜师古注,傅东华等点校:《汉书》,中华书局 1962 年版,第1704—1705 页。

观点的结果。尽管《系辞传》的语气不是十分肯定，在经学时代却是主流话语，即《周易》卦爻辞的创制时代当在殷末周初，创制者当为周文王或周文王、周公旦。经学失去主流话语权、辨伪疑古风气流行后，相关话题得以重新讨论。关于《周易》卦爻辞的创制者，除传统的周文王说外，主要有卜筮者①、南宫括②、殷商遗民③、文王周公④、周公⑤、狄族史家⑥、周厉王之臣⑦、孔子⑧、馯臂子弓⑨、《左传》作者的后人⑩，草创于殷商、渐成于西周、编定于孔子⑪等说法主张，相关成果后多被收集于

---

① 如顾颉刚：《〈周易〉卦爻辞中的故事》，余永梁：《易卦爻辞的时代及其作者》，见《古史辨》，上海古籍出版社1982年版，第3册，第4、169页。
② 如谢宝笙：《从'悔亡'一词追寻〈易经〉的作者》，《殷都学刊》1993年第2期；任俊华：《马王堆帛书〈周易〉窭字揭秘——南宫括作〈周易〉新证》，《许昌师专学报（社会科学版）》1996年第1期。
③ 如胡道静、戚文等编著：《周易十日谈》，上海书店出版社1992年版，第15页。
④ 如林炯阳：《〈周易〉卦辞爻辞之作者》，《周易研究论文集》（第1辑），北京师范大学出版社1987年版，第435—437页。
⑤ 如顾颉刚：《〈周易〉卦爻辞中的故事》，《古史辨》第3册，第4页。
⑥ 如李平心：《关于〈周易〉的性质、历史内容和制作时代》，《平心文集》第3卷，华东师大出版社1992年版，第259页。
⑦ 如宋祚胤：《论〈周易〉的成书时代、思想内容和研究方法》，《湖南师范大学社会科学学报》1994年第1期；张崇琛：《〈诗经·小雅〉与〈周易·卦爻辞〉的忧患意识》，《殷都学刊》1996年第2期。
⑧ 如廖平：《知圣篇》，见《中国现代学术经典：廖平、蒙文通卷》（蒙默编校），河北教育出版社1996年版，第148页。
⑨ 如郭沫若：《〈周易〉之制作时代》，见《青铜时代》，人民出版社1954年版，第81页。
⑩ 如本田成之：《作〈易〉年代考》，见《周易研究论文集》（第1辑），第239页。
⑪ 叶福翔：《〈周易〉思想综合分析——兼论〈周易〉成书年代及作者》，《周易研究》1995年第4期。

《百年易学文献菁华集成》①。《周易》创制者身份据各家说法，可概括为圣人、史家、卜筮者、儒生、臣子等；产生时代也可做出诸如殷末②、西周初、西周末、春秋、战国等不同概括。

　　历代尤其是 20 世纪以来学者对《周易》作者与形成时代的丰富认识，给问题的最终解决提供了各种有益启发。《周易》作为先民最高智慧结晶之一，从文献记载③、卦爻文本故事④、语言系统⑤、考古学与文献学如卜甲帛书⑥、筮辞宗教思

---

① 刘大钧主编：《百年易学文献菁华集成》(第 1 册)，上海科学技术文献出版社 2010 年版。

② 高文策：《试论〈易〉的成书年代与发源地域》，《光明日报》1961 年 6 月 2 日第 4 版。

③ 如廖名春认为"先秦文献关于周文王与《周易》有密切关系的记载是信而有征的；汉代文献关于文王、周公作《易》的观点是可以成立的；孔颖达的文王作卦辞、周公爻辞说虽为主观，但其'父统子业'说以文王为其父子的代表不失为一种合理的解释"(廖名春：《〈周易〉经传十五讲(第二版)》，北京大学出版社 2012 年版，第 181 页)。详参廖书《从文献的记载论〈周易〉的作者与时代》一节(第 163—173 页)。

④ 如李学勤逐一考证讨论了王亥、鬼方、帝乙、箕子、康侯等卦爻辞所涉历史传说及人物、方国名称，得出结论："《周易》经文所见人物及其事迹，确实都是很古老的。经文的形成很可能在周初，不会晚于西周中叶"(李学勤：《周易经传溯源》，巴蜀出版社 2006 年版，第 1—18 页)。

⑤ 如廖名春从语言比较角度，通过基本词汇、实词附加成分、虚词运用的考察，认为《周易》本经的成书应在殷末周初(见廖名春：《〈周易〉经传与易学史新论》，齐鲁书社 2001 年版，第 207—223 页；廖名春：《〈周易〉经传十五讲(第二版)》，第 163—173 页)。

⑥ 如曹定云以 1973 年安阳小屯南地出土卜甲中的五组数字即"易卦"为依据，指出：从这片目前所见殷周最大也最完整"卜甲"的整治方法与制作形制、钻凿形态、字体风格上看，"该'易卦'卜甲乃周人之物"；从占卦方法、卦爻数字、"九"和"六"等标志上看，它们"肯定是《周易》"，而且"很
(转下页)

想①等考察，其文本的形成应有一个历史性不断修订完善的过程，但通行《周易》卦爻文本主体在西周初年已初具规模应是可信的。《周易》经文，即卦爻辞被初步创制应早于《诗经》，这是探讨《周易》古歌时代语境的基础。据此《周易》经文的创制者可能的情况有卜筮者、周文王、南宫括、殷商遗民、周公、圣人等，上述个人或群体在当时语境中均可归属于卜筮集团，只是具体身份等级有所不同而已。基于讨论中心为诗歌叙事，笔者拟借鉴西方叙事理论的"隐含作者"（implied author）概念，悬置《周易》古歌确切创制者的相关考论，从《周易》古歌文本出发，以创制者的"第二自我"（second self）"隐含的替身"——巫史来界定作者。即以《周易》古歌是"隐含作者建立起了叙事文本的规范（norms）"②为认识基础，展开相关讨论。

---

（接上页注）　可能是周文王被囚于羑里时的遗留之物"，这证明"'文王演周易'之说确有其事"（曹定云：《论安阳殷墟发现的"易卦"卜甲》，《殷都学刊》，1993年第4期）。廖名春认为"帛书《要》告诉我们："文王仁，不得其志以成其虑，纣乃无道，文王作，讳而避咎，然后《易》始兴也。予乐其知……'这就是说，《周易》一书始出于周文王"（廖名春：《试论孔子易学观的转变》，《孔子研究》1995年第4期）。

① 如朱伯崑认为"卦爻辞的素材虽然来于筮辞，但其内容又不等同于占卜一类的繇辞……应该说是《周易》编者的观点，同西周的意识形态是一致的"（朱伯崑：《易学哲学史》（第1卷），华夏出版社1995年版，第21页）。杨庆中则直接将其发展为与西周初期思想一致的主张，"《易经》卦爻辞中所体现出来的宗教信仰、'德'性意识、政治观念等，与周初统治者的思想观念十分吻合"，认为《周易》成书当在西周初年（杨庆中：《周易经传研究》，商务印书馆2005年版，第93—107页）。

② Seymour Chatman，*Story and Discourse：Narrative Structure in Fiction and film*. Ithaca：Cornell University Press，1978，p. 148. 转引自谭君强：《叙事学导论（第二版）》，第32页。

## 二、《周易》古歌已有的认识与研究

对《周易》性质的讨论自古而今主要集中于卜筮、义理两方面。当下主流的观点认为《周易》源于数占，本为卜筮解疑之用，后经文王、周公父子创制改编，由孔子引发阐解，遂成为涵盖卜筮、哲理、社会政治思想的典籍。关于《周易》卦爻辞的诗歌特质，早在宋代陈骙已有"《易》文似《诗》……《中孚》九二曰：'鸣鹤在阴，其子和之；我有好爵，吾与尔靡之。'使入《诗·雅》，孰别爻辞"①的高论。而《周易》与文学尤其是古歌关系认识的发现可以推向更早时间。首先，古人通过如"象"性思维及卦爻象与卦爻辞的组合方式，发掘《周易》文学性思维。早在六朝时期的刘勰便曾指出："故比者，附也；兴者，起也。附理者，切类以指事；起情者，依微以拟议。""观夫兴之托谕，婉而成章；称名也小，取类也大。"②这当中《周易》的思想痕迹便非常明显，到唐代孔颖达更发展为"凡《易》者，象也。以物象而明人事，若《诗》之比喻也"③。除了从艺术手法的角度对《周易》古歌性质进行阐发外，清初顾炎武《易音》（《音学五书》之三）、江有诰《易经韵读》等更有对《周易》韵律方面的考订，为《周易》古歌的勾稽发掘奠定了学理性基础。

经学话语解构后，20世纪以来对《周易》的多学科研究获

① 陈骙：《文则注译》，书目文献出版社1988年版，第1页。
② 刘勰撰，詹锳义证：《文心雕龙义证》，上海古籍出版社2008年版，第1337、第1344页。
③ 王弼、韩康伯注，孔颖达等正义：《周易正义》，影印阮元校刻《十三经注疏（清嘉庆校刊本）》，中华书局2009年版，第32页。

得全方位解放，《周易》卦爻辞古歌讨论便是在此背景下全面展开的。闻一多、郭沫若、钱锺书、李镜池、高亨、李平心、刘大杰、张善文、陈良运、李炳海、王振复、傅道彬、姚小鸥、黄玉顺等主要从音韵、艺术手法、对《诗经》等后世诗歌的影响等角度，对《周易》古歌作品展开了较为全面的认识与研究；进入 21 世纪以来，已有多篇文章进行过很好的总结①。但对《周易》古歌的指认与研究还是存在不少缺憾，如目前研究的重点仍主要集中于若干单位卦爻辞，整体零碎而少系统性。张善文作为《周易》名家，认为卦爻辞的诗歌成分往往出现在"拟象辞"中。在《〈周易〉卦爻辞诗歌辑译》中，张氏从《周易》卦爻辞中辑录出 151 首短诗，并试译为现代汉语。② 傅道彬在《周易》古歌谣的指认与研究方面颇有创见性成果，其《〈周易〉爻辞诗歌的整体结构分析》③ 是较早试图揭示《周易》古歌整体性存在的一篇佳作。傅氏认为《周易》卦爻本来是一首首完整的古歌，但经过巫术与经学的篡改，却往往被切割附属于爻位，与断占辞粘合在一起而失去本来的面貌；当下要做的是从整体的角度去把握它、发掘它、还原它。具体说就是"改变自左至

---

① 疏琼芳：《20 世纪的〈周易〉古歌研究》，《中州学刊》2004 年第 2 期；程刚：《〈周易〉卦爻辞的文学性——〈周易〉与文学关系研究综述之二》，《河南科技大学学报(社会科学版)》2012 年第 2 期；姚小鸥、杨晓丽：《20 世纪〈周易〉古歌研究综论》，《文艺评论》2012 年第 8 期。

② 张善文：《周易与文学》，福建教育出版社 1997 年版，第 168—189 页。

③ 傅道彬：《〈周易〉爻辞诗歌的整体结构分析》，《江汉论坛》1988 年第 10 期。傅氏在其后的相关研究中，对这一做法进行了更深入的后续跟进，这比较多地反映在他的《〈诗〉外诗论笺：上古诗学的历史批评与阐释》(黑龙江教育出版社 1993 年版)及《〈周易〉的诗体结构形式与诗性智慧》(《文学评论》2010 年第 2 期)等著述中。

右的横读方式，进行自上至下的竖式分析"，并且把爻辞与占断辞分开，把一卦当中的卦爻辞作为一个古歌的整体来研究。傅氏为《周易》古歌勾稽开出了一条通途。但将别卦自初而上作整体性观察，是解读《周易》卦爻时位关系自古已有的基本方法，20 世纪以来，闻一多《古典新义》、高亨《周易古经今注》、李镜池《周易通义》等便将这种传统方法运用于《周易》卦爻辞组合结构的研究，如李镜池总结出"连环式结构方式""连类插叙法"等卦爻辞结构方式。房松令更是撰文提出："《易》每卦是一个整体，一卦六爻讲的是一个故事，这有《系辞》为证。""《系辞》也明白地告诉了我们一卦六爻是一个整体，讲的是一个故事。"① 以上论述均强调除了自左而右的解读方法外，《周易》卦爻辞的解读还应注意自初而上的整体性解读。20 世纪90 年代后，《周易》古歌专著的代表——黄玉顺的《易经古歌考释》，通过具体分析 64 卦，认为所有别卦均含古歌，其中《屯》《睽》《归妹》《小过》每卦更含有两首古歌，故最终确定《周易》共有 68 首古歌作品，俨然是一部古歌集子。黄氏在该书绪论中对《周易》古歌的认定和来源、命名也提出了自己的看法，诸如：卦爻辞无韵的是卜辞，有韵的是古歌，古歌是被采集引用而来的；卦的命名与《诗经》类似，要么是取句首字，要么是古歌诗意。就《周易》引用古歌的缘由、《周易》古歌湮没的原因、引用的体例、古歌产生时代等系列问题，黄氏也提出了一些较为独特的观点和看法。总之，黄氏此书在《周易》古歌研究方面有其突出地位，张岱年肯定该书"为古代诗学研究开

---

① 房松令:《〈易〉卦爻辞体制新探》,《辽宁大学学报（哲学社会科学版）》1986 年第 6 期。

辟了一个新区宇"①。

黄玉顺《易经古歌考释》确实也存在不足之处：其一，单从黄氏提炼的诗题来看，对《周易》所含事类遮蔽较多，比如《既济》卦，黄氏理解为"祭礼之歌"，据李镜池、曹础基等的考论，《既济》卦所涉事类起码有"初、上爻说行旅……二、四爻从服饰说……三、五爻说邦国大事"，这些事类均为"用济之二义与一些事例说明对立与对立转化之理"②。其二，黄玉顺对所辑《周易》古歌主题的解读与卦爻象、辞的整体理解也有不尽合理甚至错误之处，如黄氏将《蒙》卦之"蒙"解读为藤蔓植物，进而将爻辞勾稽出的"发蒙，包蒙，困蒙，击蒙"这一古歌，以"发"通"拔"、"困"通"稇"、"击"通"系"进行训解，进而解读为一首欢快的劳动之歌——"女萝之歌"③。单就文字训解，黄氏已甚为牵强附会，不甚合理；《周易正义》曰："'蒙'，昧也。物生之初，蒙昧未明也。""详观《蒙》卦六爻，在蒙者便当求明者，在明者便当发蒙者，而各有其道。"④《蒙》卦表达的是"启蒙"教育如何达成效果，这一思想也是《周易》学界的主流观点，黄氏的解读与《蒙》卦取义有明显的不同，违背了卦爻象辞与别卦主旨的一致性原则，脱离了《周易》与《象辞》的整体语境。黄氏此类明显不近《周易》情理的解读，在所勾稽的鹈鸟之歌（《谦》卦）、大象之歌（《豫》卦）等古歌作品中均

---

① 张岱年：《易经古歌考释·序》，见《易经古歌考释》，第2页。
② 李镜池，曹础基：《周易通义》，中华书局1981年版，第126页
③ 《易经古歌考释》，第28—29页。
④ 蔡清：《易经蒙引》，哈佛大学哈佛燕京图书馆藏明末敦古斋藏版，第32页。

有所表露。尽管多有不尽完美之处，但黄氏《易经古歌考释》一书于《周易》古歌及其事类分析的筚路蓝缕工作仍居功甚伟。

　　《周易》卦爻辞是否存在古歌尚存在一定的学术争鸣。比如王振复、王蕊认为《周易》卦爻辞类诗部分是"前诗"文化现象，"作为《易经》卦爻辞的有机构成，是中国上古易文化发展到殷周之际的必然产物，它是历史地'自然生成'的，而不是如有的学人所主张的是什么'古歌征引'的结果。""尽管《易经》的某些卦爻辞已经包含赋、比、兴的文辞表现因素，这不能改变这一部分卦爻辞的作为'占辞'的文化属性，其卦爻之象及其相应的卦爻辞的设立，目的不在审美而在于巫术占断。"故将《周易》卦爻辞视为古歌作品有失严谨。同时《周易》"出现了初朴的赋、比、兴的文辞表达，古老的音韵以及相应的人、事的铺叙，意象的营构和情感的抒发因素，并且易象相通于诗象，易象召唤了诗象，因而，本文把《易经》卦爻辞的这一种文本现象称之为'前诗'现象，看来并非无根之谈"①。以上观点后来被发展为："在《周易》原初的占筮语境中，筮法的控制使卦爻辞与卦爻象一一对应，不存在叙事主体以及完整的叙事结构，因而卦爻辞绝非歌谣式的叙事。卦爻辞和歌谣的异质性决定了两者迥异的传播特征。两者的专名'繇'与'谣'在先秦不相混用。目前学界根据卦爻辞与歌谣形式上的相近，普遍将卦爻辞定性为歌谣，并尊之为中国诗歌先导，其探求思路的合理性或值得商榷。"② 笔者

①　王振复，王蕊：《前诗：〈易经〉卦爻辞的文学因素》，《辽宁大学学报（哲学社会科学版）》2003 年第 03 期。

②　张节末、王莹：《〈周易〉卦爻辞非歌谣考》，《浙江大学学报（人文社会科学版）》2011 年第 4 期。

认为，《周易》原初为占筮语境的产物是确切的结论，同时也有必要关注到先秦文学性创作的真实语境，多是在非自觉文学创制活动中客观形成的。至于"卦爻辞和歌谣的异质性决定了两者迥异的传播特征"，姚小鸥从现有文献出发，得出："筮书本身是公开的，《周易》文本已为时人所熟悉。""筮书具有公开性和流传的广泛性，《左传》、《国语》中所记载的大量使用《周易》占卜的事例，皆可为证据。"① 结论及论证均可谓透彻。

笔者主要探讨《周易》古歌的叙事艺术，以及由此生发的诗歌叙事手法。在具体的讨论中，将采取相对泛化的古歌勾稽手段，以便更全面系统地对这一话题进行考察。

### 三、《周易》古歌的存在形式与勾稽

正如学者指出，20 世纪以来的《周易》古歌研究，由蜻蜓点水似的艺术感悟发展到深入细致的整理考释，由以一爻为单位的片言断句扩展为以一卦为单位的整体观照，对《周易》古歌的本来面貌得到了不断深入的认识。② 对《周易》古歌样式形态的认识，经历了由片断性向整体性的逐步推进过程。而整体性应是《周易》古歌存在的真实形态，这当中傅道彬、黄玉顺等专家学者的研究功不可没。但目前的研究也有不尽如人意之处，就傅、黄二位而言，傅氏在《〈诗〉外诗论笺：上古诗学的历史批评与阐释》主要整理并笺注了《周易》中《乾》《坤》《需》《同人》《贲》《剥》《离》《咸》《井》《渐》10 卦的古歌作

---

① 姚小鸥、杨晓丽：《〈周易〉古歌研究方法辨析》，《北方论丛》2012 年第5 期。

② 疏琼芳：《20 世纪的〈周易〉古歌研究》，《中州学刊》2004 年第 2 期。

品，后来在《〈周易〉的诗体结构形式与诗性智慧》中，又新开掘整理出《屯》卦的古歌作品；据笔者所见，傅氏共整理出 11首古歌，学术态度严谨，也近乎保守，在古歌认识发掘数量方面比较有限，难以保证研究的整体性效果。黄氏虽将《周易》64 卦勾稽整理出 68 首古歌，但"《易经古歌考释》将每一卦都敷衍为短歌作品，似较为牵强"①。古歌勾稽过于泛化，理解存在偏差等不足，难以保证相关研究的科学性。

从通行本《周易》来看，其古歌作品确实并非简明隶居于某一爻符之下，而是或被爻题所拆散，或被《周易》判词断语穿插其中，或被《周易》非古歌性叙辞隔断，或兼而有之，面目已相当模糊，多数情况并不好规范而全面地把握勾稽。对被拆散打乱的《周易》古歌，笔者主要在将非文学性的占断辞、非古歌的叙辞剔除后，通过对爻辞自初而上的阅读爬梳整理而出。这种复原性工作比较困难且有一定挑战性，因卦爻辞文本象征性及相关事象组合的跳跃性，更因接受者学养经历等的不同，出自不同主体勾稽的《周易》古歌结果自然也不尽相同，甚至言人人殊，目前学界的相关争鸣清晰地说明了这一点。尽管如此，《周易》古歌的勾稽整理依然是值得努力的方向，唯有如此，才能对相关问题有一个较为全面彻底的认识，中国诗歌叙事传统的溯源性工作也才能落到实处。

笔者认为，《周易》古歌的存在与勾稽方式，主要应以爻辞语象与卦爻取义的整体性为工作展开的基础。具体而言，《周易》卦爻语象及其取义主要有以下几种方式。

---

① 姚小鸥、杨晓丽：《20 世纪〈周易〉古歌研究综论》，《文艺评论》2012 年第8 期。

当别卦六爻仅以一种事象为主并贯穿整卦，卦的古歌最易获得，学界认可度也最高，如《乾》《咸》《遯》《旅》《渐》《艮》等。以《艮》卦为例，该卦以"自我安止"为取义，爻辞取象则分别为"趾""腓""限""身""辅"等人身部位，对身体相关部位的艮止成为讨论自我控制能力的基础。通过勾稽该卦各爻此类语象爻辞，便可得动态性事象组合"艮其趾，艮其腓，艮其限，艮其身，艮其辅，敦艮"，分别是艮止脚趾、腿肚子、腰、上身、面颊，是按照人的身体部位由下而上的顺序，实现了空间场景性转换，在这种转换中喻示并形成时间线性叙事，成为形式齐整的古歌作品。

而更多的情况是别卦六爻爻辞以多种语象喻示各爻，根据具体情形则可做如下细分：其一，别卦各爻辞所取语象虽不同，但所叙显为一事，即不同语象是同一事件在不同发展阶段特定的时空状态或所涉对象的呈现或喻示，如《谦》《离》《家人》《睽》《中孚》等。以《中孚》为例，现有的学界共识是从韵律节奏、艺术手法等方面，将九二"鸣鹤在阴，其子和之；我有好爵，吾与尔靡之"、六三"得敌，或鼓或罢，或泣或歌"两爻勾稽为独立的两首古歌作品。笔者认为，《中孚》卦六爻爻辞所涉事象虽有不同，但确为对同一事件的喻示性呈现：初九"虞吉，有它不燕"，便与婚娶准备有关，在求婚、议婚之前，主方应能自我揣度，并应请好"虞"即媒人向导，这样较好；如果情况有其他变故，则会不得燕宁安裕。九二"鸣鹤在阴，其子和之；我有好爵，吾与尔靡之"，以鹤在树荫下鸣叫，伴偶应声唱和，所谓"气同则会，声比则应"，是对至诚相交、互相感应的喻示，为男女求爱之辞。六三"得敌，或鼓或罢，或泣或歌"，此处之"敌"，取义当为"匹敌"，也即匹配、配偶之义，是迎娶新娘过程中的载歌载舞场景，而"或泣或歌"则为女方哭嫁现场。六四"月几望，马匹亡"，语义相对晦涩，"月几望"在《小畜》上九爻"既雨既处，尚德载。妇贞厉，月几望，君子征凶"、《归妹》卦六五爻"帝乙归妹，其君之袂，不如其娣之袂良。月几望，吉"中尚有二见。从以上两爻的爻辞取象来看，"月几望"一语与婚娶、夫妇相处等关系紧密。虞翻理解为"日月相对，故'月几望'"①，王弼解释为："阴之盈盛莫盛于此，故曰'月几望'也。满而又进，必失其道，阴疑于阳，必见战伐，虽复君子，以征必凶，故曰'君子征凶'。"② 故此爻所言当为女子嫁入男方家门，德盛不衰，却美盛不盈，至行三月庙见，克成妇礼，此时夫婿一方派人将送嫁用之马匹送返女方父母。九五"有孚挛如"，《说文》"挛，牵系也，从手䜌声"，《释文》"马云'连也'"，故取义为"牵系、连接"，爻辞所言，即夫妇家庭生活应以诚信之德互相牵系，共信共处，则生活自然无咎无害。上六"翰音登于天"，所谓"翰音，即鸡，《礼记·曲礼》：'鸡曰翰音'，《尔雅·释鸟》：'翰，天鸡'……《说文》：'鶾，雉（应作鸡）肥，翰音者也。鲁郊以丹鸡祝曰：以斯鶾音赤羽，去鲁侯之咎。'鶾即翰。"③《尚书·牧誓》"牝鸡司晨，惟家之索"，所言为商纣帝辛听用妇言，是帝辛大罪状之一。爻辞所言为女子只当专注家庭内务，不可自作主张。可见，《中孚》卦各爻取象均为婚娶持家之事，所有爻辞均围绕这一事件依序展开④，可

---

① 李道平：《周易集解纂疏》，中华书局1994年版，第154页。
② 《周易正义》，第53页。
③ 李镜池、曹础基：《周易通义》，第122页。
④ 详参杨秀礼：《〈周易〉"丧马"为"反马"婚俗考论》，《郑州大学学报（哲学社会科学版）》2018年第2期。

勾稽出完整古歌作品。

> 虞吉，
> 有它不燕。
> 鸣鹤在阴，其子和之；
> 我有好爵，吾与尔靡之。
> 得敌，
> 或鼓或罢，
> 或泣或歌。
> 月几望，
> 马匹亡。
> 有孚挛如，
> 翰音登于天。

　　其二，别卦各爻辞所取语象不一，目前亦很难直接归为对同一事件的叙述。大体而言，包含：①一别卦包含多首古歌，如黄玉顺勾稽认为《屯》《睽》《归妹》《小过》四卦均包含二首古歌①，《小过》卦古歌为"过其祖，遇其妣。不及其君，遇其臣"与"弗过防之，从或戕之。弗遇过之，飞鸟离之"，这两首古歌在篇章结构、叙事逻辑等方面是独立并列的。②一别卦只包含一首古歌，直接以卦名为主题，即其古歌为卦名的来源，比如

---

① 笔者认为黄氏对《屯》《睽》《归妹》三卦古歌的指认勾稽存在理解偏差，比如《屯》"婚礼之歌"与"猎鹿之歌"、《睽》"婚宴之歌"与"拉车之歌"、《归妹》"嫁妹之歌"与"伴舞之歌"所叙实为同一事件，故应可合并为一诗。详参本书《〈周易〉古歌重复叙事》一节的相关讨论。

《蒙》《需》《履》《豫》《萃》《升》《丰》等，这几卦的古歌都以卦名为主题，对其所寓行为状态进行描绘，在别卦中占据主体地位。另外一些别卦也只有一首古歌，但并不直接对卦名卦义进行阐释，如黄玉顺所辑《泰》《否》《大有》《随》《无妄》等古歌均如此。这些古歌多作为次要事象，在《周易》叙事中起辅助性作用。

为保证研究对象的完整性，对《周易》爻辞叙辞，笔者将尽力纳入古歌范畴进行考量，以单位别卦为整体进行综合性研究，如《中孚》卦古歌。这种处理方式将建立在对卦爻辞取义整体性理解的基础上，这种理解又以必要而可信的考论为前提，以求古歌勾稽的科学性。诗歌除了内容主题一致之外，尚有其自身独特的艺术基本规则；以成熟的诗歌形态来作要求，后文的某些具体做法难免有牵强之嫌，但这是由《周易》文本质素决定的。同时，既然笔者讨论的中心话题是中国诗歌叙事传统，即以《周易》及其古歌作品叙事特质，及对后世诗歌叙事的影响为对象目标，上述处理方法将有利于保证全面深刻理解《周易》思想对古歌及后世诗歌叙事传统形成的作用，明确《周易》在中国诗歌叙事传统中的价值地位。

## 第三节 《周易》古歌事象组合与重复叙事

《周易》本质是"象"的产物，"象"在《周易》中具有非常崇高的地位，《周易》之"象"也是中国文学"象"性文学的源头之一，更是《周易》古歌叙事的桥梁。"古者包羲氏之王天下也，仰则观象于天，俯则观法于地，观鸟兽之文与地之宜，近取诸身，远取诸物，于是始作八卦，以通神明之德，以类万物之情。"①《周易》取象是圣人仰天俯地进行观察的结果。"包羲氏""观"物、象之时，也"观其会通"（考察种种物象间的关系）、"观其变"（观察物象发生变化的过程），通过对物、象运行的观察，形成关于宇宙人生运行的整体性认识。纠合着《周易》文本结撰与述意方式，《周易》之"象"的叙事形态和功能多样复杂，营造出瑰丽变幻的文学特征。《周易》之"象"因此具有动词取象、法象之意，即《周易》取法宇宙人生的运作机制与规律，"诗贵性情，亦须论法，乱杂而无章，非诗也。然所谓法者，行所不得不行，止所不得不止，而起伏照应，承接转换，自神明变化于其中"②。这种诗法的精髓，乃是对《周易》动词化"象"的一种继承发展，《周易》之"象"必须经由各种不同组合方式进入古歌文本，方能完成各自不同的叙事功能。古歌事象组合是《周易》取法并揭示天地人生运行机制动词化"象"的突出表现，而重复叙事应是《周易》兼动词、名词之"象"而有之的综合性讨论。

## 一、《周易》古歌的事象组合

《周易》事象受其自身哲学观念影响，组合方式有单线延续、双线并置和多线辐射，及以此为基础的变形，如单线延续有直线型、螺旋型，双线并置则有反对并置与相近并置等形式，这些组合形式广泛存在于《周易》各卦之间、卦内、爻内等语辞中。从《周易》古歌存在形态来看，单位独立古歌歌辞主要

---

① 《周易正义》，第 179 页。
② 《说诗晬语》，第 83 页。

呈现于《周易》事象组合的中观层面——卦内爻辞，故笔者主要基于《周易》相关阴阳哲学观念，着力探讨这一层面的事象组合方式及相互关系。这不但有利于廓清《周易》文本形成、篇章连贯等问题，为《周易》文本解读提供一定启示，而且对古典诗歌事象组合的溯源性研究也有一定意义。

### （一）单线延续型事象组合：《周易》古歌蓄势化抒叙

阴阳是中华文化的特有观念，"《易》之为书，因阴阳之变以形事物之理"[①]，作为对事物存在方式的概括，阴阳之间存在对待关系。这种对待直接形成了阴阳的消长变化关系，所谓"观阴阳有对待之势，而后知阴阳有消长之机"[②]（解蒙《易精蕴大义》卷十），阴阳消长变化是阴阳观念的基本内容之一。在阴阳的消长过程中，事物获得了发展势能或动能，并在运动中达到动态性平衡。阴阳之间的消长变化是绝对的，而动态平衡则是相对的，同时阴阳之间的这一运动方式最终经由时间的推移来展开实现。落实到《周易》卦爻辞的抒叙方式上，主要体现为时间的延展性，即事象及其组合关系上的时间单线延续。《周易》本初作为卜筮之书的定位，主要是为预知未来、趋吉避凶之用，所涉时间观念如"时""时观""时位""时中""时义""卦时"等，所表现出的对时间体验与观察的自觉性是不言而喻的，这一点在《易传》中也得到了更多的完善发展。

由对待而促成的阴阳消长互动，其中直观的表现就是时间

---

① 朱熹：《朱子全书》，上海古籍出版社、安徽教育出版社 2002 年版，第 1959 页。

② 解蒙：《易精蕴大义》，《景印文渊阁四库全书》第 25 册，台湾商务印书馆 1983 年版，第 728 页。

的直线性延展。比如就《周易》爻位而言，其延展以由初而上为顺序。初爻爻辞的内容就可能更多涉及下部、低处的位置，或事件发展的起点，即"初"暗含时间的开始，亦即事物的起始状态。而其后的二爻至上爻的爻辞内容则可能涉及由初而逐渐向上、由低处而逐渐升高，或事件由起点而逐渐发展的过程，从中体现出时间的线性特质。这一特质又是受卦爻阴阳消长具体变化而得以实现的，《周易》的事象组合形式大多时候反映了这一情况。

> 咸：亨，利贞。取女吉。
>
> 初六，咸其拇。
>
> 六二，咸其腓，凶，居吉。
>
> 九三，咸其股，执其随，往吝。
>
> 九四，贞吉，悔亡。憧憧往来，朋从尔思。
>
> 九五，咸其脢，无悔。
>
> 上六，咸其辅、颊、舌。

《咸》卦是下经之首，作为象占卦，在《周易》别卦中并不多见。正如《序卦传》所说："有天地然后有万物，有万物然后有男女，有男女然后有夫妇。""咸"的本义当为"感"，《咸》卦借此发展为对男女交相感应问题的关注。这在卦辞"取女吉"即男女婚姻这一事象中也有所体现。有别于卦辞的宏观取象，《咸》卦爻辞主要是从微观取象，即人体的拇（脚拇指）、腓（小腿）、股（大腿）、脢（肩背）、辅颊舌（脸部），自初而上，依次排列。唯有九四爻取象不同，但"四"居上下体之间，暗指其为"心"，即感之器官或动作施行者，而非感之对象或动作受动者，讲的是感之过程中如何端正思想的问题。由此，《咸》全卦爻辞取象遵循了自初而上的次序，分别写出与感相关的六个人类身体部位，建构了一个有序空间关系。在这样的空间关系中，时间直线性的延展能够清晰地感觉到。显然，事象组合体现出的空间序列性与时间直线性之间存在互为表里关系，这一点可以从《周易》每卦六爻的爻题分别为"初""二""三""四""五""上"得到印证。初即为时间上的初始状态，而上为空间的终结性状态。"初"与"上"应为互文关系，即"初"除了时间的起始义外，尚暗含有空间的居下之义；同理，"上"除了空间的居上之义外，也暗含有时间的终结性意义。由此，其他四爻"二""三""四""五"便同时获得了时间和空间的序位意义。

与《咸》卦相近，《艮》卦各爻辞也是以人身部位取象为展开方式，如"艮其背""艮其趾""艮其腓""艮其限""艮其身""艮其辅"等，形成的也是通过有序空间展延出来的时间直线型事象组合方式。值得一提的是，《咸》卦与《艮》卦取义是互为反对的。"咸"为"感"，主"动"；"艮"为"止"，主"静"。这足以说明反对并置不但存在于《周易》卦内，也存在于其各卦之间。《周易》古歌事象的线性组合，是模拟其抒叙对象在现实生活中的自然形态，从而与接受者形成一种心理同构关系，让接受显得顺畅自然。应该说，上述这种单一事象系列展现出来的时间直线型事象组合方式，是比较容易确认的，也较为简单。但事物的时间延展，还可借助与之发生联系的其他事物，从镜像层面似影片方式得到集中或明或暗的展示。在《周易》别卦的抒叙中，常能见到同一事件的时间延展，可表现为与之相关的事象在特定阶段的不同展开。这些不同事象的镜像形成了连续性镜头，从中可以观照写勾稽出这些镜象所共同指向事物的时间线性特征，从而取得事象组合的时间直线型审美效果。《周易》古歌抒叙时采用的这一特点，使得其叙事密度加大，同时叙事呈现出跌宕起伏的艺术特点。

> 离：利贞，亨。畜牝牛吉。
>
> 初九，履错然，敬之，无咎。
>
> 六二，黄离，元吉。
>
> 九三，日昃之离，不鼓缶而歌，则大耋之嗟，凶。
>
> 九四，突如，其来如，焚如，死如，弃如。
>
> 六五，出涕沱若，戚嗟若，吉。
>
> 上九，王用出征，有嘉折首，获匪其丑，无咎。①

《离》卦为军事卦，六爻分三部分：前部说对敌警戒，中部说敌人侵袭，后部说对敌反击。第三爻承上，第四爻启下，记录了一个完整的战争故事，而爻辞取象呈现出上下爻之间的时间顺承关系，是一个连环式结构。具体而言，初九，敌人来试探，听到错杂的脚步声，"履错然"，来人很多（大概是发现了敌人来犯，由于警觉），终于没事了。六二，"黄离"，在敌人走后用鸟占卜，得元吉之兆。九三，太阳偏西时节，（敌人突然发动袭击，青壮男女）没有军乐，高歌抗敌；而年长者因体弱未

---

① 黄玉顺：《易经古歌考释》，第143页。基于行文简洁等考虑，后文如《周易》古歌与卦爻辞同出，除特殊情况，笔者将统一采取这一标注方式，即古歌部分只在《周易》卦爻辞相关部分加着重号以作提示，一般不予单独列出。

能参与战斗，只能在那里叹息。九四，敌人突然来袭，烧杀无所不作，最后丢下尸体扬长而去。六五，（遭受了敌人的抢掠屠杀之后，）大家痛苦悲戚，泪涕横流。上九，王率领人民反击复仇，斩杀对方的首领，并俘虏了许多敌人，大获全胜。① 显然，因《离》卦各爻所取事象均不相同，如果仅孤立地进行考察，则卦爻叙事表现出的时间延展性是很难完整发现的。同时因为各爻事象之间具有镜像特质，由此可以发现，它们共同展示的是同一事件（一次军事斗争）的不同发展阶段，六个爻辞便如同六幅色彩鲜明的画面依次罗列开来，在爻位的提引下依次展开，共同刻画出一次完整的战争经过，由此各自不同的事象在这一主题线索下清晰地显示了时间的直线流向。

直线与单向是时间延展的一个特点。然而在具体时空中，阴阳消长引发的情况更为复杂，如"阴阳转化"思想，即提示事物的发展存在反向转化的可能。《系辞传》就讲"《易》者，逆数"，其中"逆"指的就是阴阳的相逆相合，即阴阳交合、回环往复之义。在阴阳消长处于量变过程、尚未发生质变而导致反向转化之前，阴阳双方所占的比例及其变化，都在暗示事物的螺旋发展体现着发展的动态性平衡特质。从古代诗文法来说，此即是"转"，可以形成一种抒叙的反向蓄势，在文学文本中呈现一种曲折往复之美。《周易》别卦爻辞的某些事象组合方式就具有这种螺旋回复的特征，如《既济》卦爻辞取象，初九、六四、上六是"未济"的表现及状态，与其他三爻的"既济"取义呈反向状态，可视为事象螺旋型的组合模式。而《旅》卦爻

---

① 关于《离》卦卦爻辞的解读，笔者参考了《周易通义》的解读。详参李镜池、曹础基：《周易通义》，第60—62页。

辞取象的这一特征则更为明显。

> 旅：小亨，旅贞吉。
>
> 初六，旅琐琐，斯其所取灾。
>
> 六二，旅即次，怀其资，得童仆，贞。
>
> 九三，旅焚其次，丧其童仆，贞厉。
>
> 九四，旅于处，得其资斧，我心不快。
>
> 六五，射雉，一矢亡，终以誉命。
>
> 上九，鸟焚其巢，旅人先笑后号咷；丧牛于易，凶。①

从叙事角度看，《旅》卦初六至六五的线索脉络是比较清楚的。"旅人"为人"琐琐"，即意志薄弱、目光短浅②，埋下了旅人怀资出行悲喜剧的伏笔。初六爻辞也点出了"斯其所取灾"，即性格决定灾祸发生的可能性，作为一种预叙"取灾"与卦辞"旅贞吉"在取义上形成一转。在旅途居住的场所里，旅人"得其童仆"，获得了童仆热心真诚的帮助、照顾，加之旅资丰厚，正常应能无灾无祸，六二爻"无灾无祸"与初六"取灾"形成二转。然而，事情的发展却出乎意料，随后发生旅人在旅途中被"焚其次，丧其童仆"之悲剧，栖身之所被人焚烧，忠诚的童仆

---

① 黄玉顺对古歌的歌辞顺序作了微调，为"旅琐琐，斯其所。旅于处，得其丧斧。旅即次，怀其资，得童仆。旅焚其次。我心不快，丧其资斧，丧其童仆。鸟焚其巢，旅人先笑，后号咷。"(《易经古歌考释》，第256页)

② 《诗·小雅·节南山》有"琐琐姻亚"之句，据《毛传》释"琐琐，小貌"，孔颖达《正义》引舍人云："琐琐，计谋褊浅之貌。"(毛公传，郑玄笺，孔颖达疏：《毛诗正义》，影印阮元校刻《十三经注疏(清嘉庆校刊本)》，中华书局2009年版，第945页)

也离散不见了，旅人由此突然陷入危厉的境地，九三爻"危厉的境地"与六二爻"无灾无祸"形成三转。后来情况有所好转，旅人最终又有了自己的居处，"资斧"（钱财）也终于物归原主（即旅人），但种种经历毕竟让人心生不快，九四爻的"旅于处""得其资斧"与九三爻"旅焚其次""丧其童仆"形成四转。最后，情况居然发展不错，在旅居之处旅人竟然获得了一个"射雉"的机会。尽管付出失去一矢的代价，但所获甚多，让旅人得到了名声和爵命，六五爻的"终以誉命"与六四爻的"我心不快"形成五转。上九"鸟焚其巢，旅人先笑后号啕，丧牛于易，凶"，作为叙事的终结则是对整个别卦所写事件的简单概括。事象组合成的情节可谓紧张有致、跌宕起伏，在向情节"大结穴"奔进的行程中，一次次背离情节原有发展的惯常逻辑，呈现出向最终结局方向上漾开再回趋的"转折"特征。在拉与放之间，显示出事象之间的巨大张力以及叙事的灵动。这一艺术效果的获得，与《旅》卦各爻辞事象构建出的螺旋型组合关系紧密，甚至是互为表里的。

**（二）双线并置型事象组合：古歌的复调性抒叙**

如果说阴阳的消长与转化，主要影响了《周易》古歌直线与螺旋等单线型事象组合方式的产生与演变，那么对立、互根概念作为更为人所熟知的阴阳观念基本内涵之一，则主要影响了《周易》古歌双线型并置事象组合方式的产生与演变。《周易》认为，自然界的万物和各种社会现象及其内部组成元素，都存在着相互对立的两个方面，如上和下、大和小、动和静、冷和热等，这成为阴阳对立思想的直接来源之一。同时阴阳的对立又同时统一于事物本身，对立的双方又互相依存，任何一方都不能脱离另一方而单独存在。正如《睽》卦象辞所言："天地睽而其事同也，男女睽而其志通也，万物睽而其事类也。睽之时用大矣哉！"所以，阳依存于阴，阴依存于阳，每一方都以其相对的一方作为自己的存在条件，这就是《周易》阴阳互根（互为对方存在之根）的思想。阴阳对立互根表现出的是动态平衡的观念和思想，其着重于整体地思考问题，讲求对称、均匀、平和、相等、守衡之感。具体而言，则凡事物或行为都包含着多个相生对立的方面，只有当这多个对立的关系保持平衡时，事物或行为才处于一种合理或完善的状态。反之，如果这种平衡的状态被打破，这个事物或行为必然就是不合理或不完善的。

与这种观念互为表里，《周易》的卦爻辞也有类似的事象组合方式。如《革》卦讲变革的道理，分别从变革的时间（六二：巳日乃革之）、决心（九三：革言三就，有孚）、方式（九五：大人虎变，未占有孚；上六：君子豹变，小人革面）等进行多方位的叙事刻画，唯有初九（巩用黄牛之革）是从变革的反面入手。正如初九爻象辞所言"巩用黄牛，不可以有为也"，取义与《革》卦其他各爻强调有所作为的变革刚好相反。可见，反对型的事象并置在《周易》是常见现象，我们称之为事象双线型并置。

　　既济：亨小，利贞。初吉终乱。

　　初九，曳其轮，濡其尾，无咎。

　　六二，妇丧其茀，勿逐，七日得。

　　九三，高宗伐鬼方，三年克之，小人勿用。

　　六四，繻有衣袽，终日戒。

　　九五，东邻杀牛，不如西邻之禴祭，实受其福。

上六，濡其首，厉。

阴阳在《既济》卦六爻均当位，是六十四卦中唯一一个六爻皆顺的卦形，故取义为已经完成，象征事业成功、学业有成。但具体到爻辞，则可发现当中的初九爻辞是"曳其轮，濡其尾"，为《未济》初六"濡其尾，吝"、九二"曳其轮，贞吉"二爻爻辞的合体。《未济》卦卦辞有"小狐汔济，濡其尾"之语，义即狐狸济渡必提揭其尾，今其尾已濡湿，则济渡有涉难之虞；同时车子欲前行，却有阻力倒拽其车轮，可见初九爻辞所叙述的跋涉过程不够完满。六四"繻有衣袽，终日戒"，其中"繻有衣袽"，楚竹书释作"需又衣絮"，帛书释作"襦有衣茹"[1]，"衣袽"当为废弃不用的衣服，作防堵济渡船只漏水之用，"终日戒"肯定不是已经成功的状态。上六"濡其首"，济渡之时，水淹浸头，已有相当的危险，用爻辞断占之语，已经是到了危厉的境地。可见，这三爻讲的主要都是事业未成即未济的状态，和卦辞及二、三、五三爻爻象取义是反对关系；这种反对通过把取义相互对立或矛盾的事象组合在一起，形成对比关系，清晰深刻地显示了事物特征和情感内涵，凸现了由其间差异所形成的抒叙落差，并使情事在正反两极之间反弹以形成抒叙张力。

《既济》卦各爻事象的正反取义的结构方式，与该卦的叙事主旨或卦旨是分不开的。卦辞道"初吉终乱"，象辞解释为"水在火上，既济；君子以思患而豫防之"，即卦形为《离》下《坎》上，《离》为火，《坎》为水，水在火上，能有烧热之功，同时水也随时可以将火熄灭，本身并不代表万事大吉；故就取

---

① 濮茅左：《楚竹书〈周易〉研究》，上海古籍出版社2006年版，第233页。

反向义的初、四、六三爻而言，当为提醒成功背后潜在的危机。也就是说，《周易》阴阳互根的思想，在叙事张力形成的同时，又将这种张力统一于卦义场之内，形成圆融的美学叙事效果。同样，与《既济》卦相对的《未济》卦，九四爻以"震用伐鬼方，三年有赏于大国"，讲的是殷商高宗征伐鬼方，取得最终胜利，表述的是"既济"思想，与卦辞及其他爻辞主要讲事业即将完成而尚未完成的状态，相互之间构成了反对的叙事关系。

双线型并置除了"反对"这一基本形式之外，同时还存在一些变化形式，常见的如相近式并置。《节》卦初九爻辞为："不出户庭，无咎。"其九二爻辞为："不出门庭，凶。"两爻首句事象辞义相近，一为"无咎"即无灾祸，一为"凶"。《鼎》卦六五爻辞为"鼎黄耳、金铉，利贞"，上九爻辞为"鼎玉铉，大吉，无不利。"事象"金铉""玉铉"相近，取义也较近。更为典型的例子是《周易》首卦《乾》。

乾：元、亨、利、贞。

初九，潜龙勿用。

九二，见龙在田，利见大人。

九三，君子终日乾乾，夕惕若，厉无咎。

九四，或跃在渊，无咎。

九五，飞龙在天，利见大人。

上九，亢龙有悔。

用九，见群龙无首，吉。

《乾》卦以"赋"的白描手法，从初、二、五、上到用九取象主要为"龙"，九四爻取象并无明言，是属于语义省略，通过语境可知取象为"龙"。该卦以龙或潜伏在下、或初现在田、或在水泽中进退跳跃、或因大成而在天空中飞腾翻跃、或过亢而犹不及，讲"龙"在各种条件情势下的因应方式与表现，类似于《诗经》的"风"，形成的是单线型事象组合。"龙"作为一种虚幻动物，是子虚乌有式的形象，故《乾》卦情节看似远离现实、怪诞无稽，但作为中华民族的图腾象征，"龙"善于飞腾，能上天入海的原型性特征已深植于国人观念；正是基于龙这一原型性特征，《乾》卦创制者塑造出了离奇乃至荒唐的情节。此种情节设置使得《乾》卦充满了奇妙变幻之美，并同时将"元亨利贞"的人生道理以美学化方式予以展现。这种虚幻式叙事能使阅读始终游离于叙事之外，方便理解把握故事所寄寓的教谕、事理，也是《周易》动物寓言较常见的叙事形式。同时《乾》卦以"见群龙无首"作结，文本叙事在此戛然而止、悬置半空，形成了开放的结局形式，阐释空间也得以无限展开。唯有九三爻取象"君子"，不能直接参与到《乾》卦以"龙"为对象的线型叙事链中，初看显得突兀。"沈骥士曰：'称龙者，假象也。天地之气有升降，君子之道有行藏。龙之为物，能飞能潜，故借龙比君子之德也。'""干宝曰：'爻以气表，繇以龙兴，嫌其不关人事，故著君子焉。'"① 可见，《乾》卦爻辞的"龙"与"君子"本为互文，取义相同，"龙"在各种条件情势下的因应方式，其实也同是"君子"在不同人生境况中的因应方式。自然，《乾》卦九三爻与其他各爻便形成一种新的并置关系，即相近式并置。

---

① 《周易集解纂疏》，第28、第30页。

这样的例子在《周易》中还有不少，比如《无妄》六二，《坎》六四、上六，《损》六三、六四与同卦中其他爻辞的取象似乎也都风马牛不相及，但通过取义则可获知这是并置型组合方式的结果。比如《坎》六四、上六，与《坎》卦其余四爻取"坎"之象不同，直接应用了比喻性事象。"坎"之卦形为阳陷于阴中而不可动，取义为坎陷、险难。六四爻"樽酒，簋贰，用缶，纳约自牖，终无咎"，讲的是处于险难多惧时地，祭祀宴饮当"樽酒，簋贰，用缶"质朴无华，并以"纳约自牖"的方法取得别人的信任，是为出坎考虑；上六"系用徽纆，寘于丛棘，三岁不得，凶"：系为拘系，徽（三股绳）、纆（二股绳）指拘系犯人之绳索，丛棘当为囚禁犯人之处，即当时的牢狱，导致被拘系之人多年不得解脱出险。上六为阴柔却又处坎险之极，已到无可救药境地，非常危险。可见六四、上六事象取义还是统一于《坎》之卦义，与其他爻辞为近义型并置。与单线型事象组合相比，双线型的事象并置组合在时间或情感上很多时候均无明显承续关系，而是将不同时空事象作横向的平行组合，事象之间的关系是并置、铺陈、互补的，服从于统一的抒叙需要。

### （三）多线辐射型事象组合：古歌的极致化抒叙

《周易》各种形式的事象，本身应该是各自独立的，其种种组合方式最终都在为阐述卦旨服务，正面也好，反面也罢，抑或事象延续性的推演都是如此，从而形成以卦辞为凡、爻辞所涉事象为目的辞章形式。即无论是双线型并置，还是单线型延续，这两种事象组合方式最终都可归于另一个组合方式，即辐射型事象组合方式。所谓辐射型事象组合，即一首古歌由一个主事象——在《周易》中主要是卦辞取象，而派生出几个从属事象——在《周易》中主要为爻辞取象。这种事象群不仅内涵丰富，而且外延也很广，它往往以一个主导事象作为辐射源，在创作主体情绪与思想的激发下，该主导事象又裂变出一系列事象，最后推出一个新事象复合体，从而构成一个复杂统一的事象结构整体。常见的为因果逻辑关系，经典型态为"由因及果"，由因顺推而产生规律之美，并由此全面弄清楚时间的前因后果。另一种"由果溯因"的结构，"果"一开始就出现，很容易挑起读者的"期待欲"。

> 谦：亨，君子有终。
> 初六，谦谦君子，用涉大川，吉。
> 六二，鸣谦，贞吉。
> 九三，劳谦，君子有终，吉。
> 六四，无不利，㧑谦。
> 六五，不富以其邻，利用侵伐，无不利。
> 上六，鸣谦，利用行师，征邑国。

此卦似乎很难用并置或延续的组合方式来进行完整归纳。根据《谦》卦的逻辑思路，李镜池等认为："谦卦是一篇很精辟的合于辩证法思想的道德论。作者首先肯定了谦虚、谦让是好的，但认为必须是有条件的。然后说明要以明智、勤劳、㧑奋为前提来谈谦德，这是一种新的谦德论；最后以对敌抗战的例子加以论证。"认为《谦》卦的主旨在"君子有终"，故结论是"谦""谦谦君子"将获得"君子有终"，然后以"鸣谦""劳谦""㧑谦"为理论论据，最后以"利用侵伐""利用行师征邑国"为事实论据进行论证。① 《谦》卦包蕴的是一首哲理古歌，从叙事角度，几段爻辞之间组成的是并置关系，其中"谦谦君子""鸣谦""劳谦""撝谦"，与"利用侵伐""利用行师征邑国"形成两组相近型事象并置，而两组事象之间又形成反对型并置，但均可统一于主题，即卦辞"君子有终"，属于典型的因果逻辑关系，即众多的子事象为阐述"君子有终"这一主事象服务。还有一种相对显得较为隐秘的辐射型组合，如《大有》卦，似乎很难找出各爻取象之间的关系，但如以发散性思维从卦辞进行推演，则能获得一种新解读。卦辞"元亨"，即为大亨通的状态，是一种事象。初九"无交害。匪咎，艰则无咎"，即未涉于害，人若能居富思艰，则可无咎；九二"大车以载，有攸往，无咎"，以大车之材，任重道远堪当大任；九三"公用亨于天子，小人弗克"，讲奉献；九四"匪其彭，无咎"，为损益自谦；六五"厥孚交如，威如吉"，孚为信，即威力与诚信并重；上九"自天佑之，吉无不利"，则能获得上天佑助，吉无不利。可见，全卦所有爻辞取象都有如何获得并维持大亨通之义。

《周易》辐射型事象组合大部分逻辑关系较清晰，也容易把握。还有一种典型，即不但《周易》爻辞的事象组合由卦辞发散而形成因果逻辑关系，甚至爻辞所涉事象之间也体现出一种辐射性，常常表现为层层推进的特征。

> 涣：亨。王假有庙，利涉大川，利贞。
> 初六，用拯马壮，吉。
> 九二，涣奔其机，悔亡。

---

① 《周易通义》，第34页。

六三，涣其躬，无悔。

六四，涣其群，元吉；涣有丘，匪夷所思。

九五，涣汗其大号，涣王居，无咎。

上九，涣其血，去逖出，无咎。

据《正义》，《涣》卦初六"处散之初，乖散未甚，可用马以自拯拔，而得壮吉也"，即虽然和其他五爻不一样，未直接言"涣"，这是因为初六处在涣散之局势尚未成型，并及早进行拯救的缘故。九二"机，承物者也"，当为可凭安坐的阶梯或小凳子之类，是可及时离开而奔向安全之地的。六三"躬"则当为自身，不是及时离开，而是解决自身之涣。六四"群"当为群体，则是以整个群体即集体解决其涣问题。九五"王居"当为天子诸侯居处，更可看出君臣合力共治天下之涣的努力，涣至此已到了最严重的状态。故上六"去逖出"是出"涣"远害而无咎。[①] 可见《涣》卦六爻取象大概是按从浅入深直至出涣的演绎方式进行的，同时六爻取义又均以卦辞如何治理涣散为观照点。初、二、上三爻讲拯涣出涣，三、四、五三爻讲治涣济涣，与卦义从不同面向进行组合。与《涣》卦爻辞事象此种组合方式相似的，还有《需》卦的初九（郊）、九二（沙）、九三（泥）三爻，从郊外到河边沙滩，再到河中有淤泥处，呈现出由近及远的空间取象特征，取义随着与上经卦"坎"的距离而有轻重深浅之分。《同人》卦的同人于门（初九）、同人于宗（六二）、伏戎于莽升其高陵（九三）、乘其墉（九四）、同人于郊（上

---

① 可参杨秀礼：《正统论建构视域下的周人祭天——以〈周易〉为中心》，《河南师范大学学报（哲学社会科学版）》2019年第5期。

九），取象呈现的也是空间由近及远特征。在这种"由近而远"的空间变化中，附着于空间的景物也渐次呈现于读者面前，造成"渐层"效果，同时这些爻辞事象又统一服务于卦辞主旨。

成书于商末周初的《周易》，其古歌事象在连贯衔接方面，已存在单线型延续、双线型并置、多线辐射等组合方式，错综多姿，体现出较为成熟的篇章意识。因此，如果仅仅将《周易》视为卜筮杂乱无章的"断烂朝报"，显然有欠妥当，也不利于相关研究的进一步开展。《周易》所以难解的原因，除文辞简洁和史实难明，及相关解读形成的历史性迷雾之外，奇特的组织结构也是其中原因之一。理解《周易》的语篇组织、掌握它的结构规律，应是探索《周易》奥妙的一把重要钥匙。韩愈在《进学解》中曾经说到"《易》奇而法"，表达的应正是这一层意思。因为"法"就是规律，即《周易》的语篇组织结构，是有规律可循的。同理，刘勰《文心雕龙·明诗》也讲到"诗有恒裁，思无定位"。"有恒裁"即诗歌有其文体规定性的规则与体制；"无定位"就是诗歌在表情达意上力求变化。事象是诗歌性作品构成的重要艺术元素，也是当中最活跃的基本性元素。但单个事象只有通过特定的组合方式，才能在诗歌中展现和确认其生命魅力。诗人只有按照一定的构思、根据审美形式规律将事象进行组接和排列，才能完成对主题的抒叙。由此而言，《周易》事象组合与诗歌有相近之处，理应成为诗歌事象组合方式的有机部分，甚至是源头之一。

## 二、《周易》古歌的重复叙事

所谓组合方式，更多是指不同事象进入古歌文本的关联方式及由此产生的抒叙意义。先秦诗歌事象在文本中的呈现，同一事象重现也是一种重要而颇具特色的方式。事象重复广泛存在于《周易》古歌作品中，即重出于不同古歌或别卦之中，如《归妹》初九"跛能履"、九二"眇能视"，重见于《履》卦六三；六五"帝乙归妹"重见于《泰》卦六五；"月几望"重见于《中孚》六四、《小畜》上九等。从叙事学的角度，重复是一个含义相对宽泛的概念，米勒认为："在一部小说中，两次或更多次提到的东西也许并不真实，但读者完全可以心安理得地假定它是有意义的。任何一部小说都是重复现象的复合组织，都是重复中的重复，或者是与其他重复形成链形联系的重复的复合组织。在各种情形下，都有这样一些重复，它们组成了作品的内在结构，同时这些重复还决定了作品与外部因素多样化的关系。"① 米勒还把小说中的"重复"形式归结为"从细小处着眼"的"言语成分的重复：词、修辞格、外形或内在情态的描绘；以隐喻方式出现的隐蔽的重复"，与"从大处看，事件或场景"的重复及"重复其他小说中的动机、主题、人物或事件"三种形式。米勒讨论的虽为小说的重复现象，但他的发现与论述对认识诗歌的重复叙事也有所启发，如《周易》古歌在外形方面，存在一定数量的对偶修辞，爻内的如《中孚》卦九二"鸣鹤在阴，其子和之；我有好爵，吾与尔靡之"，六三"或鼓或罢，或泣或歌"；同卦不同爻的，如《大过》卦九二"枯杨生稊，老夫得其女妻"与九四"枯杨生华，老妇得其士夫"。又内在情态的重复，如《困》卦六三的"困于石"与"据于蒺藜"，"石"为坚重难胜之物，"蒺藜"为刺，两个物象提供了主人公所处的进

---

① J. 希利斯·米勒：《小说与重复——七部英国小说》，天津人民出版社2008年版，第3页。

退不得的尴尬而险峻境地的形象场景，可见《周易》古歌文本存在多种形式的抒叙"重复"。为避免讨论的拖沓游离，笔者拟采用米勒所说的细小处"言语成分的重复"这一形式，仅针对《周易》单篇古歌的内部重复现象展开讨论。《周易》事象的古歌内部重复，其中"辞同事同"关涉着《周易》古歌事象的辅助性功能；"辞同事不同"是事象在不同时空（时位）的状态呈现；"事同辞不同"则与古典诗歌，尤其是民间性歌谣中的"重章复沓"手法关系紧密，分别承担着不同的抒叙功能。

## （一）卦爻时位设置与"同辞不同事"

《周易》古歌经常借助事象以托寓思想。受上古语言、书写工具等时代条件及社会发展程度的限制，通行本《周易》的语言附加成分常有所缺失，导致事象呈现多向歧义。与卦辞取象不同，"夫卦者，时也；爻者，适时之变者也。"卦有卦时，事物现象在特定语境下有其发生演变规律，伴随规律而存在的"特定语境"便是卦时；卦时有相对时段的稳定性，因而是静态的，如《讼》卦为说明争讼的事理等。《周易》别卦六爻依次定向排列，每一爻即时位代表事物不同的发展阶段；由时位而产生的语境变易使得各爻事象的角色地位、立场状态产生变易。即使同一卦相同字词构成的事象，在不同时位语境中往往也有不同的意义和用法，此即"同辞不同事"。语境的这种不同，主要由处于不同爻位的爻画及与其他爻画的互动关系而促成，落实到《周易》古歌的叙事层面，则与诗歌叙事的时空（时位）设置紧密相关。《周易》事象同辞不同事，常见有辞同事象指代不同、辞同性质不同、辞同事象状态不同等形式。

观：盥而不荐，有孚颙若。

初六，童观，小人无咎，君子吝。

六二，窥观，利女贞。

六三，观我生，进退。

六四，观国之光，利用宾于王。

九五，观我生，君子无咎。

上九，观其生，君子无咎。

《观》卦六三、九五二爻的古歌辞均有"观我生"之语，在《〈周易〉古歌副文本叙事》一节，笔者将在卦名卦辞部分讨论《观》卦之"观"可作名词，读作 guàn，为观之根本，即卦辞"盥而不荐"所言：居上者，正其仪表以为下民之观，当庄严如始盥之初；又可作动词，读作 guān，是观之动作，即卦辞"有孚颙若"，既荐之后，天下之人莫不尽其孚诚，颙然瞻仰之矣；而《观》卦二爻重出的"观我生"取义可借鉴上述相关论述。"问：'《观》六爻，一爻胜似一爻，岂所据之位愈高，则所见愈大耶？'曰：'上二爻意自别，下四爻是所据之位愈近，则所见愈亲切底意思。'"① 《观》卦下四阴爻体现了时空延展的秩序性，同时又与上二阳爻构成地位的上下尊卑、阴阳贵贱关系。"夫欲知其君，则观其民；故我之生，则君之所为也。知君之所为，则进退决矣。"六三"观我生"实为观我生者，即君上"盥而不荐"的作为；"九五以其至显观之于民，以我示民，故曰'观我生'。"② 九五为卦主，阳刚居尊，如日中天，为四阴群小

① 黎靖德编，王星贤点校：《朱子语类》，中华书局1986年版，第1779页。

② 苏轼著，龙吟点评：《东坡易传》，吉林文史出版社2002年版，第88页。

所仰观；九五"观我生"，为观我生之者，即指引导子民百姓观君上所作所为，以期获得"有孚颙若"的效果。

> 履：履虎尾，不咥人，亨。
>
> 初九，素履，往，无咎。
>
> 九二，履道坦坦，幽人贞吉。
>
> 六三，眇能视，跛能履，履虎尾，咥人凶，武人为于大君。
>
> 九四，履虎尾，愬愬终吉。
>
> 九五，夬履，贞厉。
>
> 上九，视履考祥，其旋元吉。

《履》☲卦"履虎尾"这一事象，在卦辞及六三、九四爻辞中凡三见。"《本义》于三之履虎尾，曰不中不正以履乾，是以乾为虎，而三在其后也。于四之履虎尾，则曰亦以不中不正履九五之刚，是以九五为虎，而四在其后也"①。可见履之主体，与所履之虎即客体所指有不一致处。"兑，亦三画卦之名，一阴见于二阳之上，故其德为说，其象为泽。履，有所蹑而进之义也。以兑遇乾，和说以蹑刚强之后，有履虎尾而不见伤之象，故其卦为履，而占如是也。人能如是，则处危而不伤矣。"②即履之主体为下卦《兑》☱，客体即所履之虎为《乾》☰（乾为至健，为王，取兽中之王义），以《兑》遇《乾》，和悦以蹑刚强之后，故有履虎尾但不见伤之象，卦辞关注的是整卦叙事主旨。"彖亦

---

① 《周易本义通释》，第46页。
② 《周易本义》，第71页。

主三而言,曰'不咥人,亨',此曰'咥人,凶',何也?盖象总言一卦之体,爻则据其时与位而言,所以不同。故曰'易之为道也,屡迁'。"① 可见《履》卦爻辞古歌的"履虎尾"重出,重点当关注重出事象的时位关系,即叙事语境。六三古歌辞"履虎尾,咥人","才既不足,而又处不得中,履非其正,以柔而务刚,其履如此,是履于危地,故曰履虎尾。以不善履履危地,必及祸患,故曰咥人凶"。② 即六三爻以阴爻居阳位,据四象观念,西方兑宫为白虎,即兑为虎。六三为《兑》☱虎之尾爻,故有履虎尾之象,即履之主体为六三,而客体虎为下卦《兑》☱。六三以阴居阳,爻性决定其人性有阴柔而才力不足的特点,"视欲正,视而不正则眇者也。行欲中,行而不中则跛者也。"③ 爻位三属阳,有刚猛上进之志,"才弱而志刚者也,而又不中不正,故不自度量而一于进,敢于蹈危取祸"④。九四古歌辞:"履虎尾,愬愬。""九四阳刚而乾体,虽居四,刚胜者也。在近君多惧之地,无相得之义,五复刚决之过,故为履虎尾。"⑤ 即九五为《乾》卦中位,可取虎义,九四有履虎尾之象。《履》卦古歌辞"履虎尾"事象因所在爻位爻性不同,在卦内各爻及其组合所产生的关系也有所差异:六三据《兑》之位,其在《兑》之虎尾,九四同比于九五,为履九五之虎尾,四位阴柔,

---

① 王申子:《大易缉说》,纳兰性德:《通志堂经解》第2册,江苏广陵古籍刻印社,1996年版,第420页。
② 《周易程氏传》,第61页。
③ 耿南仲:《周易新讲义》,《景印文渊阁四库全书》第9册,台湾商务印书馆1983年版,第615页。
④ 《大易缉说》,第7页。
⑤ 《周易程氏传》,第61页。

故"九虽刚而志柔，四虽近而不处，故能兢慎畏惧"。

> 丰：亨。王假之，勿忧，宜日中。
>
> 初九，遇其配主，虽旬无咎，往有尚。
>
> 六二，丰其蔀，日中见斗，往得疑疾；有孚发若，吉。
>
> 九三，丰其沛，日中见沫；折其右肱，无咎。
>
> 九四，丰其蔀，日中见斗，遇其夷主，吉。
>
> 六五，来章，有庆誉，吉。
>
> 上六，丰其屋，蔀其家，窥其户，阒其无人，三岁不觌，凶。①

从《丰》卦六爻的整体来看，主要演绎的是日食现象自发生到消退的自然过程。"蔀"指丰席，为遮蔽物，此指蔽日之阴影，"丰其蔀"即阴影越来越丰大，是对日蚀现象的描写。"日中"指日蚀发生的时间正当中午，"丰其蔀，日中见斗"，指阴影越来越大，差不多把整个太阳都遮住了，以至于正午太阳最烈、阳气最盛时刻，天空阴暗至出现北斗七星——这一夜晚才能出现的天文现象。《丰》卦六爻依次定向排列，"变而不失其序"，演绎的是日食变化运动的合规律性。《乾》卦象辞"六位时成"体现的便是这一精神：依其意，"位"的变化是依"时"而动，"时"的比重较"位"为大，是"成"的关键。同见于《丰》卦六二、九四的古歌辞"丰其蔀，日中见斗"，因六二、九四"爻

---

① 黄玉顺认为《丰》为"日食之歌"，古歌调整为："丰其蔀，日中见斗，遇其配主。丰其沛，日中见沫，折其右肱。丰其蔀，遇其夷主。丰其屋，蔀其家，窥其户，阒其无人，三岁不觌。"（《易经古歌考释》，第255—256页）

时"不同，其爻位所指食相，即日食的空间性状态有所区别：六二属日全食即将形成的"食既"阶段；九四是日全食结束，即"食甚"过后，阴影逐渐消退时刻。两者就现象而言所指是相同的自然现象，但所蕴深层时空状态则有所不同，此即"辞同状态不同"，深刻体现了"爻也者，效天下之动也"的思想。

《周易》古歌的"同辞不同事"，更多是同一事象在不同语境中产生变化，是事物发展在规律支配下的必然产物。同一个事象在不同时位状态即"数"中，其标示的事物及状态各有不同，故"达乎数"便成为把握事物运数、规律，进而推定其特定时空状态，对其发展必然性做出预测的行为。表意系统的这一建构方式，是理解《周易》卦爻辞存在"辞同事不同"的最佳途径之一，即在不同时位状态下，同一事物的状态、运行及关系会有所不同，从而呈现出不同的样态。在此意义层面，"数"与"势"便有了必然联系，在叙事学视阈下的转义，便是叙事势能，这种势能因卦爻结构的运转、展开和整合内蕴于卦爻结构中而构成《周易》古歌的叙事动力。

**（二）叙事意象选择与"辞同事同"**

重复是诗歌常见现象，"《鸱鸮》诗连下十'予'字，《蓼莪》诗连下九'我'字，《北山》诗连下十二'或'字，情至不觉音之繁、词之复也。"[①] 与此相近，《周易》古歌也有一部分事象在卦爻发生时位转化时，依然保持相对静止状态，这种现象便是"辞同事同"。从叙事学角度，"同辞不同事"多是《周易》古歌的主事象或核心事象；而"辞同事同"在《周易》古歌中

---

① 《说诗晬语》，第87页。

则多见为修饰性功能事象，属于"叙辞"副文本性质，功能与"叙辞"副文本大致相同，主要是为《周易》古歌叙事渲染与强调某种气氛、场景，在相对静止的状态中，与发展变化的主事象形成类似"物是人非"的动静状态对比效果。

> 屯：元亨，利贞。勿用有攸往，利建侯。
>
> 初九，盘桓，利居贞，利建侯。
>
> 六二，屯如邅如，乘马班如。匪寇，婚媾，女子贞不字，十年乃字。
>
> 六三，即鹿无虞，惟入于林中；君子几，不如舍。往吝。
>
> 六四，乘马班如。求婚媾，往吉，无不利。
>
> 九五，屯其膏。小，贞吉；大，贞凶。
>
> 上六，乘马班如，泣血涟如。①

"乘马班如"在《屯》卦六二、六四、上六爻辞中凡三见，其中"班"通"般"或"盘"，意为盘桓、徘徊。"班如"即班然，盘桓不前的样子，意欲行而未遽行。"乘马班如"意谓骑马但却盘桓不前，在《屯》卦古歌叙事中是发挥催化功能事象，是原有情节即核心事件"婚媾"得以开展的必要条件，也是暗示"婚

---

① 黄玉顺认为《屯》共有二首古歌，其一为"婚礼之歌"，古歌为："屯如，邅如。乘马，班如。匪寇，婚媾。乘马，班如。求婚媾，屯其膏。乘马，班如。泣血，涟如。"其二为"猎鹿之歌"，古歌为："即鹿，无虞。惟入于林中，君子几不如舍。"（《易经古歌考释》，第22、23页）笔者认为《屯》卦所叙同一事，即"猎鹿之歌"为古婚礼"纳徵"的准备，详参《〈周易〉"丧马"为"反马"婚俗考论》一文。

媾"发展进度的背景性标志。"屯"及《屯》卦的相关释义能呼应这一理解,《说文》:"屯,难也。象草木之初生,屯然而难。从中,贯一尾曲之也。一,地也。"① 《屯》☳☵卦处于《乾》《坤》两卦之后,上为《坎》☵,下为《震》☳,"震"为雷,"坎"为水,故《屯》为雷雨之象,为春雷乍鸣、春雨初降、草木萌生仲春时节,"始雨水,桃始华。仓庚鸣""是月也,日夜分,雷乃发声,始电,蛰虫咸动,启户始出。"②《屯》卦象辞曰"屯,刚柔始交而难生"即刚柔阴阳始交媾,是二生三,进而生万物的起始阶段。《屯》卦叙事主题是生命在萌芽最为脆弱艰难之时,终将克服脆弱艰难并且茁壮生长,《屯》卦爻辞主要以人类最重要的社会现象"婚媾"的曲折经历进行比喻揭示。"婚媾"作为本卦核心事象,"乘马班如"三次重出为催化事象,对"婚媾"起细节扩充,并发挥辅助性功能作用。《屯》卦的"婚媾"共经历了六二"婚媾,女子贞不字",即男子初次求婚被女子拒绝③,六三"即鹿无虞,惟入于林中",男子狩猎,以备纳徵所需丽皮,六四"求婚媾,往吉,无不利"再次求婚的顺利,再到上六"泣血涟如"迎娶过程中的新娘哭嫁等完整曲折历程。这一过程环环相扣,波澜壮阔,有起有伏。"乘马班如"作为静止性事象分别出现于第一次求婚、第二次求婚、新娘哭嫁三个

---

① 许慎撰,段玉裁注:《说文解字注》,上海古籍出版社1981年版,第21页。
② 郑玄注,孔颖达疏:《礼记正义》,影印阮元校刻《十三经注疏(清嘉庆校刊本)》,中华书局2009年版,第2947—2949页。
③ "字"义一为怀孕,二为出嫁。如取孕育义,婚姻已结束,与《屯》卦爻意脉隔绝;如取出嫁义,女子拒绝出嫁,即六二爻与后文的继续求婚直至出嫁连为一体。这种结构方式,似乎也能说明六二爻所载并非抢婚遗俗,爻辞对女子的态度是十分尊重的。

婚娶关键环节，起到渲染气氛、提示情节发展状态的作用。

> 睽：小事吉。
>
> 初九，悔亡。丧马勿逐自复，见恶人，无咎。
>
> 九二，遇主于巷，无咎。
>
> 六三，见舆曳，其牛掣，其人天且劓。无初有终。
>
> 九四，睽孤，遇元夫，交孚，厉无咎。
>
> 六五，悔亡，厥宗噬肤，往何咎？
>
> 上九，睽孤，见豕负涂，载鬼一车，先张之弧后说之弧。匪寇婚媾，往遇雨则吉。①

"睽孤"这一事象在《睽》卦九四、上九凡二见，意指情势乖违、孤立无援的状态。《睽》卦叙述了女子初嫁遇人不淑（见恶人）、自返于家，后幸偶遇良善之人（元夫），并最终举办婚礼（匪寇婚媾）② 这一过程。古歌通过时空压缩方式增加了婚媾叙事强度，有"盖山水所难在咫尺之间，有千里万里之势"③ 效果。"六爻皆取先睽后合之象，初之丧马、自复，即四之睽孤遇元夫也。二之遇主于巷，即五之厥宗噬肤也。三之无初有终，即上之张弧遇雨也。合六爻处睽之道而言，在于推诚守正，委

---

① 黄玉顺认为《睽》共有二首古歌，其一为"婚宴之歌"，古歌为："睽孤，遇元夫，厥宗噬肤。睽孤，见豕负涂，载鬼一车。先张之弧，后说之弧：匪寇，婚媾。"其二为"拉车之歌"，古歌为"见舆曳，其牛掣，其人天且劓。"（《易经古歌考释》，第182、183页）

② 详参《〈周易〉"丧马"为"反马"婚俗考论》一文。

③ 唐志契著，张曼华校注：《绘事微言》，山东画报出版社2015年版，第19页。

曲含弘，而无私意猜疑之蔽，则虽睽而必合矣。"①《睽》卦六爻的叙事采取的都是先睽后合形式：内卦三爻为睽而有所待，外卦三爻为反而有所应。就人文现象而言，则为取象女子与男子耦合婚嫁这一核心事件，"睽孤"即女子在婚嫁过程中，未遇、未嫁之前孤单影只的形象，作为催化事件在婚媾叙事中渲染了"婚媾"前的一种孤寂氛围。

《周易》古歌作品的多重话语呈现，相应地构成了重复叙事中的语辞重复，"'重复'是思想的构筑，它去除每次的特点，保留它与同类别其他次出现的共同点，是一种抽象。"② 每一次反复都不是无谓的重复，也不是简单雷同，而是意义的叠加增殖。《周易》古歌事象重出，强化了古歌作品的主题含义，使得透过古歌表层文本领悟深层意义成为可能。

### （三）叠章复沓与"事同辞不同"

《观》卦古歌辞还存在"事同辞不同"的重复形式，如《观》卦九五与上九两爻的古歌辞。《观》卦上九"观其生"，承接的是九五爻的话题。上九不居君位，却还要讲君道，便不得云"观我生"，只可说"观其生"。既然上九继续讲九五的问题，二爻的古歌辞取义对象自然一致。只不过说"我生"讲的是主爻九五，立场亲近；说"其生"表示所言非主爻，立场相对疏远；而"其生"其实即"我生"。主体和客体及相关语境的不同，可能导致《周易》创制者在面对相同的事象时，最终选择使用不同的表达方式，以营造陌生化的美学效果。《周易》采用不同语辞表达同一事象的

① 《御纂周易折中》，第 179 页。

② 热拉尔·热奈特著，王文融译：《叙事话语·新叙事话语》，中国社会科学出版社 1990 年版，第 73 页。

情况，多数时候只是将爻辞相关文字，采用同义或近义字词进行等位词互换的形式，以完成对同一事象的指代，笔者将此归结为"事同辞不同"形式。"事同辞不同"是《周易》创制者对卦爻关键性事象的强调，而等位词替换手法则使得爻辞相关事象表现出微妙而不能曲尽的变化，创构出陌生而美妙的艺术境界。"诗有不用浅深、不用变换、略易一二字而其味油然而出者，妙于反复咏叹也。"①《周易》古歌"事同辞不同"形成了上述类似于诗歌，尤其是民间歌谣重章叠句的美学效果。

　　《周易》古歌辞"事同辞不同"从广义角度而言，其重复形式多样复杂，如比拟修辞造成的"事同辞不同"，包含：①以"人"作为喻体，如上文曾经讨论的《乾》卦之九三爻取象"君子"与古歌辞整体主体取象"龙"；②以"物"为喻体，如《剥》卦六五"贯鱼，以宫人宠"，其中"鱼"代指该卦众阴，而"宫人"则指后宫之人，如皇后夫人等，六五为五阴之首，下有四阴相续，其形如同鱼在水中依次而行，故说贯鱼，"鱼"与"宫人"所指相同，爻辞义为使后宫之人各有次序如贯鱼而加以宠御。此种比拟修辞后发展为比兴艺术手法，典型者如《大过》卦九二"枯杨生稊，老夫得其女妻"，程颐认为："杨者，阳气易感之物，阳过则枯矣。杨枯槁而复生稊，阳过而未至于极也。九二阳过而与初，老夫得女妻之象。老夫而得女妻，则能成生育之功。二得中居柔而与初，故能复生稊，而无过极之失，无所不利也。"②即九二刚过之人而能以中道与阴柔相济，恰似杨树虽枯萎，仍能长出嫩芽重发生机；正如年老男子娶得

---

① 《说诗晬语》，第84页。
② 《周易程氏传》，第159页。

年轻少妻，依然能克成生育之功；故"枯杨生稊"与"老夫得其女妻"所比为同一事，即九二刚过之人而能与阴柔相济；九五"枯杨生华，老妇得其士夫"在叙事方式上也略同于此。《中孚》卦九二等均属较为广义的同事不同辞，为避免文字过于枝蔓，笔者拟重点讨论同义语辞这一简单形式。

所谓"同义语辞"形式是指《周易》古歌多次用意义相同或相近的语词指称同一事象，如《蒙》卦九二"纳妇吉"与六三"勿用取女"，其中"纳妇"与"取女"所指均为"纳娶女妻"。同义语辞重复在形式上多类似于诗歌中的重章叠句，章法形式即各章只更换相应几个字，而句式基本不变，以达到反复咏唱的强调性效果，后世运用十分广泛，发挥着加深印象、渲染气氛、深化主题、增强诗的音乐性和节奏感等功能，相关叙事感情也由此得到淋漓尽致的抒叙，人物表现出一种回环往复的强烈感情。《周易》古歌这种现象比较常见，如《噬嗑》《遯》卦等。

噬嗑：亨，利用狱。

初九，屦校灭趾，无咎。

六二，噬肤，灭鼻，无咎。

六三，噬腊肉，遇毒，小吝，无咎。

九四，噬干胏，得金矢，利艰贞，吉。

六五，噬干肉，得黄金，贞厉，无咎。

上九，何校灭耳，凶。[①]

---

① 标注加着重号部分，为《噬嗑》卦古歌，黄玉顺将之顺序调整为"噬肤，灭鼻。噬干胏，得金矢。噬干肉，得黄金。噬腊肉，遇毒。何校，灭耳。屦校，灭趾。"（《易经古歌考释》，第107页）

"噬腊肉"的"腊肉"，《本义》谓："兽腊，全体骨而为之者，坚韧之物也。""噬干肺"的"肺"指"肉之有联骨者"，所谓"干肺"即为"干肉而兼骨，至坚难噬者也"[①]，是里面含着骨头的干肉，"腊肉"与"干肺"二者均特指含有骨头的干肉，连同"噬干肉"泛指的"干肉"，说明《噬嗑》古歌中噬嗑对象是坚韧难咬的干肉，与"噬嗑"这一动词组成相近或相同事象。从《噬嗑》卦初九"屦校灭趾"与上九"何校灭耳"，由"趾"而"耳"所构成的层位关系可知，分处三、四、五爻的"噬腊肉""噬干肺""噬干肉"属同意语辞事象重复，但存在程度逐渐加深的叙事趋向。每一字的改动都体现了微妙变化，相关叙事及意境得以推向纵深。若把几组变换词语联系加以品味，更能体会古歌的隽永意味。

> 遯：亨，小利贞。
>
> 初六，遯尾，厉，勿用有攸往。
>
> 六二，执之用黄牛之革，莫之胜说。
>
> 九三，系遯，有疾厉，畜臣妾，吉。
>
> 九四，好遯，君子吉，小人否。
>
> 九五，嘉遯，贞吉。
>
> 上九，肥遯，无不利。

《遯》卦卦形为䷠，四阳在上渐退，二阴在下渐长。"下三爻《艮》也，《艮》主于止，故为不往，为固志，为系遯。上三爻

---

① 《周易程氏传》，第120页。

《乾》也，主于行，故为好遯，为嘉遯，为肥遯。"① 跳脱出单一的整体思维后，《遯》卦古歌可在较开阔的视野下进行考察：即事物发展的主体性可用不同层次的方法进行分析，而不必局限于既有"直贯"式的思考模式，天地万物变化的多元性，可通过后天的人文诠释与分析获得多样丰富的认识。组成《遯》卦的经卦下为《艮》☶主止，故古歌辞"遯尾""系遯"，与副文本"勿用有攸往""执之用黄牛之革，莫之胜说""畜臣妾"均表示止而不进之义。上为《乾》☰主行，为行于遯隐，远离二阴，故"好""嘉""肥"所言均为遯隐之利好。同时"好""嘉""肥"在层次上也有所区别，"四之好，不如五之嘉；五之嘉，不如上之肥。上与二阴无应无系，故肥。肥者，疾急之反也。"② "好遯""嘉遯""肥遯"句式章法相同、用语相似，对整个诗篇的音律有重要组织、规范、支配和制约作用。"好遯""嘉遯""肥遯"同时具有很强的独立性，作为古歌主体，其重章复沓的旋律感，使得《遯》卦古歌具有了独特的形式美。

　　重复叙事作为上古先民思维能力发展到特定阶段的产物，表现出了该时期人们的叙事能力，即在进行感情抒发、事件叙述时对同一事象的抒叙能采取多次（一般是两次或三次）重复性讲述，这是早期文学的基本特点之一。《诗经》等的复沓与《周易》的重复在叙事功能方面有相似性，能够深化作品意义，使主题得以更好表现。以《诗经》为代表的经典诗歌复沓叙事，是为了适应事象得以接续。重复在诗乐舞一体的时代，同时让

① 项安世：《周易玩辞》，《通志堂经解》第 2 册，第 61 页。

② 姜宝：《周易传义补疑》，《续修四库全书》第 8 册，上海古籍出版社 2002 年版，第 516 页。

诗歌适应了歌唱和音乐演奏的需要。同时，通过重复的延续性可弥补口头叙事的即时性缺陷，方便事件在发送者与接受者间获得更好交流。区别于诗歌重复叠咏形式的生成机制，《周易》重复叙事虽然也是原始思维的产物，但更多源于咒语的启发。咒语是原始巫术的重要组成部分，它是一种具有"魔力"的口头语言，是原始人征服自然的重要手段。咒语往往通过关键语辞重复的表述形式，运用命令式语气试图达到控制自然、征服对手、逢凶化吉的目的。由于产生的思维原点不同，《诗经》等运用复沓叙事，章节之间的结构和语言基本相同，只将对应的少数字词进行等位替换，而被替换的字词往往是全诗的关键所在，是诗歌情事发展的线索。而咒语则是在意识朦胧中发出的高能量信息，通过叙事发送者（一般是巫觋）试图在人与人之间、人与动物之间、人与宇宙之间形成影响，传递能量，是无形和有形之间进行联系的桥梁和纽带。《周易》的重复叙事效果并不依赖字词的更换来实现，而是通过卦爻结构，即天人互动及由此所蓄势能形成的张力，产生发人深省的哲理性美感，由此事件结合原则强调的是空间及其关系，即逻辑性关系原则。

## 第四节　《周易》古歌副文本叙事

　　整体性是《周易》古歌的真实存在形态。《周易》文本具有样态各异的体裁成分，这给《周易》古歌的勾稽造成了困扰。笔者拟引入副文本理论，把《周易》卦爻辞文本作最简单的"古歌"与非"古歌"两分。将《周易》卦爻辞整体纳入古歌研究，为《周易》对中国诗歌叙事的影响做出全面而深刻的探讨。

"副文本"的核心内蕴对应于"正文本",是指正文本周边的一些辅助性文本因素,一定程度上也可看成整个文本的构成部分。副文本同时也是一种叙事或结构策略,或是一种扩展文本复杂关系的手段,许多副文本都被精心编织,参与到整个文本结构和意义建构中。副文本理论为发掘与开展《周易》相关文学结构研究提供了新的理论工具手段,对深入阐释《周易》古歌叙事结构框架和跨文本关系具有不可忽视的价值。基于《周易》文本中心是"象"即卦爻符的特殊属性,通行的做法是将包括古歌在内的卦爻辞,作为《周易》卦爻图符的一种生成性文本,即卦爻辞是卦爻图符的生成性副文本①。因笔者考论的中心为《周易》古歌,其副文本对象的确定,与传统的《周易》解读方式便有所不同。首先是将从《周易》勾稽爬梳出的相关"古歌"语辞视为正文本,将其他非"古歌"文本部分视为副文本,谨以《复》卦为例进行讨论。

䷗复

复:亨。出入无疾,朋来无咎。反复其道,七日来复。利有攸往。

初九,不远复,无祇悔,元吉。

六二,休复,吉。

六三,频复,厉,无咎。

六四,中行独复。

---

① 《周易》卦爻象是一种歧义性的概念范畴形式,广义性卦爻象包括卦爻辞与卦爻图符,狭义性卦爻象则仅指卦爻图符。为避免产生混乱,笔者将卦爻辞与卦爻图分别称引。

六五，敦复，无悔。

上六，迷复，凶；有灾眚。用行师，终有大败；以其
国君凶，至于十年不克征。[①]

与《周易》其他别卦一样，《复》卦古歌的副文本主要包括了卦
画"䷗"、爻形阴阳属性与位置关系的爻题、卦辞"亨。出入无
疾，朋来无咎。反复其道，七日来复。利有攸往"[②]、占断辞
"无祗悔""（元）吉""厉""无咎""无悔""凶，有灾眚"、非
古歌叙辞"用行师，终有大败；以其国君凶，至于十年不克
征"，以及作为古歌题名的卦名"复"。从相关文本构件各自所
承担的叙事功能出发，大概可以与后世的相关文本功能作如下
类比：卦图、爻画及爻画组合关系形成图符副文本，卦辞则近似
于诗歌作品中的"序"或"提要"，"占辞"与非古歌叙辞则发
挥插入性副文本功能，卦名为诗歌标题。同时，广义的《周易》

---

① 加着重号部分"不远复，休复，频复，中行独复，敦复，迷复"，即为所辑古
歌作品。黄玉顺认为："这是一首归客之歌，诗中主人公可能是出门行
商，因思恋家人而半途折回。从这种题材看，类似于'风'。全诗用'赋'
的手法，而集中笔墨于人物的心理描写：走哪条路？何日才能回家？时
而兴高采烈，时而忧心如焚。由于归心太切，结果迷失了方向，欲速而
不达，令人惋惜。这样成功的心理描写在古诗中是不多见的。"黄氏同
时将卦辞"反复其道，七日来复"，也视作古歌辞。（《易经古歌考释》，第
120页）

② 在《周易》古歌勾稽工作中，多有学者将卦辞也一并纳入古歌辞文本爬梳
范围，此有失严谨。其一，从《周易》卦爻构成来看，卦辞是独立于爻辞
初、二、三、四、五、上序列之外的；其二，从所涉主题内容来看，卦辞多有
概括提要之性质，也独立于爻辞叙事序列之外；其三，传统对于卦爻辞
的产生顺序，也有卦先爻后的说法。

包括《易经》和《易传》两部分，"经"为源，"传"为流。《经》和《传》构成了通行本《周易》的基本内容。《易传》应属于副文本形态中的"外文本"，无论就其内容还是产生时代，与本书的重点研究对象关系并不最紧密，故不拟将其纳为本节的讨论对象。

## 一、图文互仿：《周易》卦爻图符的叙事功能

语图即文学与图像关系，当下已成为文学叙事研究的重要方向之一。《周易》是目前所见最早成体系性的语图互文组合——卦爻图与卦爻辞，先贤时哲在解读《周易》卦爻中，已建构出成熟完备的语图互动思想体系①。《周易》本质上为"象"的产物，"象数理"三者，以"象"为基础，而卦爻图像则是《周易》"象"的根本，《周易》古歌融合诗画双重文本，用卦爻图像为自然界有形物赋形，并赋予其运动与思想机制，与《周易》古歌二者互为表里、互为补充。

《易纬》云："卦者，挂也，言县挂物象，以示于人，故谓之卦。"但二画之体，虽象阴阳之气，未成万物之象，未得成卦，必三画以象三才，写天、地、雷、风、水、火、

---

① 卦、象、辞、序一直是传统易学重要的研究对象，此四者的逻辑关系更是得到传统易学、尤其是象数易学的推崇。依象解卦、象卦互释，是传统易学的重要内容，在实质上，也建构了《周易》图文互动的理论思想基础。直到20世纪经学地位旁落后，对卦爻形与卦爻辞之间的关系，学界产生了不同的声音，其中李镜池《周易探源》甚至认为《周易》卦爻象辞之间并无关系，得到了易学界某些学者的响应；李氏在《周易通义》中对自己的观点有所修正。

山、泽之象，乃谓之卦也。故系辞云"八卦成列，象在其中矣"是也。但初有三画，虽有万物之象，于万物变通之理，犹有未尽，故更重之而有六画，备万物之形象，穷天下之能事，故六画成卦也。[①]

可见，《周易》的图符副文本，与通常意义上的图像比较而言，最大的特征是对具体事物及其性质的一种抽象，但这种抽象是"有"，而非西方抽象符号的"无"，即它是可以具体化的实有，属于半符号性质。正是在这个意义上，我们将《周易》卦爻符视为图符，并将之运用于副文本叙事。具体而言，《周易》图符副文本主要包括"二画之体"的爻画，及由爻画组合而成的"必三画以象三才"的三爻经卦图符，"更重之而有六画"的六爻别卦图符。这三种简单的《周易》卦爻图符，经由运动重新组合，生成新的图符及关系，比如爻位关系产生的乘承比应、别卦的错综互易等；这些图符及图符关系，为《周易》古歌提供叙事动能，揭示了《周易》古歌叙事趋向。

"六十四卦，只是一奇一偶。但因所遇之时、所居之位不同，故有无穷之事变。如人只是一动一静，但因时位不同，故有无穷之道理。此所以为《易》也。"[②] 爻画在性质上由阴爻"－－"、阳爻"－"组成，体现着"阴阳不测之谓神"的精神，"夫爻者，何也？言乎变者也。变者何也？情伪之所为也。"[③] 但

---

① 《周易正义》，第21页。
② 薛瑄：《薛文清公读书录》，影印《丛书集成初编》本，中华书局1985年版，第2页。
③ 《王弼集校释》，第597页。

静态性的爻象只有在时位关系下，才能更充分表现其自身对卦爻语辞叙述的功能意义。正如王弼所说："夫卦者，时也；爻者，适时之变者也。"① 卦有卦时，事物现象在特定语境下有其发生演变规律，伴随规律而存在的"特定语境"便是卦时，卦时相对而言是静态的。《易》卦六爻依次定向排列，每一爻便代表特定事物不同的发展阶段；由时位而产生的语境变易，使得各爻事象所扮演的角色、所持的立场，以及所处的地位也会产生变易。初、二、三、四、五、上，这个时位象数的真正绝妙之处，是设置了一个显示卦符无限运动或变化的时空坐标，配合爻符阴阳二性，形成了内蕴丰富的象数关系。"夫应者，同志之象也；位者，爻所处之象也；承乘者，逆顺之象也；远近者，险易之象也。内外者，出处之象也；初上者，始终之象也。"②《彖传》和《象传》通过"乘""承""比""应""中""正"等卦爻象符内部的结构性互动关系，建立起卦爻语辞与卦爻象符之间的深刻关联。"初上者，始终之象也"，初为时间上的初始状态，上为空间的终结性状态。"初"与"上"作为爻题，标示了《周易》卦爻之间所具有时空互文的关系，关于这一点，笔者在《〈周易〉古歌事象组合与重复叙事》一节已有所论及。六爻时位象数的这些特质，当与《周易》古歌叙事进行互文观照，便能清晰反映出古歌叙事在特定时空关系下，由时间之初始、空间之下而不断向时间之终结与空间之上演进的过程。由卦爻时位所营造的《复》卦叙事，"'迷复'与'不远复'相反，初不远而复，迷则远而不复。'敦复'与'频复'相反，敦无转

---

① 《王弼集校释》，第 604 页。
② 王弼撰，楼宇烈校释：《周易注》，中华书局 2011 年版，第 409 页。

易，频则屡易。'独复'与'休复'相似，休则比初，独则应初也。"① 艺术化地反映了复返过程的曲折性，以及主人公复杂的内心世界。

《复》卦古歌在按逻辑顺序叙写复返过程的同时，古歌辞之间通过爻位接榫起千丝万缕的互动关系，古歌辞遥相呼应形成了近似或者反对的并置关系，如"初"指卦之第一爻所处时位，"比"则是邻近的两个爻题组合形成照应关系。《复》卦所叙为反本复回的运动，即阴极而反，自然就有远近早晚的关系，初九因时间上处于初始阶段，空间上自然也在近处，反本最易，其古歌辞为"不远复"；上六因时间上处于终结阶段，空间上自然在远处，其反本最难，其古歌辞为"迷复"，此正所谓"远近者，险易之象"之义。正因为《周易》叙事时空设计有如此规定，其不同时空下的事件发展状态，最终会呈现差异甚至相反性结果，如初九为"无祗悔，元吉"，上六为"凶，有灾眚"。而所谓"夫应者，同志之象也"，所指为《周易》爻题之间存在较多的承乘应比关系：这种由各自不同时位而形成的互动关系，与诗歌叙事的承接、互应有密切关系，对《周易》古歌所叙之事的发展取向会产生深刻影响。《复》卦初九为六爻之独阳，是为该卦之主爻，六二古歌辞为"休复"，此处之"休"取吉庆、美善、福禄等义，这是因为"二虽阴爻，处中正而切比于初，志从于阳，能下仁也，复之休美者也。"② 六二"休复"的原因之一是与卦之主爻初九形成了比应关系，六二为阴爻，且能随

---

① 胡炳文：《周易本义通释》，哈佛大学汉和图书馆藏通志堂本，第97—98页。

② 程颐撰，王孝鱼点校：《周易程氏传》，中华书局2011年版，第136页。

从初九之阳的心志，两者在叙事上也形成呼应关系。六四古歌辞为"中行独复"，而"四行群阴之中，而独能复，自处于正，下应于阳刚，其志可谓善矣"。① 《复》卦五阴，六四独居其中，而尤能复返者，原因之一为"下应于阳刚"，即与卦主初九爻有呼应关系。"内外者，出处之象也"，在《复》卦的六三古歌辞"频复"也有反映，六三处内经卦《震》"☳"之上爻，为震动之极，"三以阴躁，处动之极，复之频数而不能固者也。复贵安固，频复频失，不安于复也。"②

爻题在时位关系的综合作用下，所建构的已不仅是静态性的图像副文本，而更像是一个影片或者短视频，看似静态的镜头形成了对比、照应等叙事关系，相互便形成了时空关系下的秩序关系，从而影响甚至规约着《周易》古歌的叙事逻辑。具体而言，不同时位状态下的爻题，将《周易》古歌所叙之事的不同状态进行并置，抓住《周易》古歌所叙之事在不同时空点的场景或事件要素，将之勾勒并置于一组画面中。以这种方式所创制的卦爻叙事看起来只是一个场景，其所叙事件发展也处于持续的变化过程中，但细究爻题所勾勒的情节可以发现，它们往往包含两个或两个以上的场景，每个场景都代表《周易》古歌所叙之事的重要片段或阶段，这在《周易》六十四卦是常见之象。

《周易》爻题规约着其古歌叙事的基本趋向，这种规约最终将看似散乱无章的相关古歌辞纳入别卦整体叙事中，成为具有章法结构性质的古歌作品，正如王弼所说："夫卦者，时也；爻

---

① 《周易程氏传》，第 137 页。

② 《周易程氏传》，第 137 页。

者，适时之变者也。"① 卦有卦时，事物现象在特定语境下有其发生演变规律，伴随规律而存在的"特定语境"便是卦时，相对而言是静态的。《易》卦六爻，依次定向排列，每一爻即代表事物不同的发展阶段；由时位而产生的语境变易，使得各爻事象所扮演的角色、所持的立场，以及所处的地位也会产生变易，故此对《周易》古歌作品的考察最为简便的方法是在别卦的视野下进行。

作为规约《周易》古歌叙事整体性的卦爻图符，其建构及象征意义的产生与发展大概经历了一个由简到繁的过程。《系辞传》将这一过程概括为"古者包牺氏之王天下也，仰则观象于天，俯则观法于地，观鸟兽之文，与地之宜，近取诸身，远取诸物，于是始作八卦，以通神明之德，以类万物之情"。卦爻象所能指的对象及其内涵的具体与丰富程度，能使"万物之形象""天下之能事"得以穷备，这足以让人叹为观止。从本体论上看，《周易》这个象数系统，正是以无（无极）、有（太极）、二（阴爻、阳爻）和三（"八卦"的三爻）几个象数为基础，来描绘万事万物之化育过程的。《周易》创制者自觉或不自觉地把自然界、社会和人（包括其物质生活和精神生活）的各种现象及相互关系，借六十四卦卦图予以包容和表现。故而卦之图符是圣人取象天地万物的结果，故可转化为万物的象征。《说卦传》对八经卦所象之物按照一定逻辑推衍进行了分类式的演绎列举，如就构成《复》"䷗"卦的《坤》"☷"与《震》"☳"而言，《说卦传》认为："《坤》为地、为母、为布、为釜、为吝啬、为均、为子母牛、为大舆、为文、为众、为柄，其于地也为黑。"

---

① 《王弼集校释》，第 604 页。

"《震》为雷、为龙、为玄黄、为敷、为大涂、为长子、为决躁、为苍筤竹、为萑苇。其于马也，为善鸣、为馵足、为的颡。其于稼也，为反生。其究为健，为蕃鲜。"列举可谓浩繁。但即便如此，八经卦作为天地万物的象征，其象征之物《说卦传》仍未能亦不可穷尽。王弼对此有深刻的认识，他认为："义苟在健，何必马乎？类苟在顺，何必牛乎？爻苟合顺，何必坤乃为牛？义苟应健，何必乾乃为马？而或者定马于乾，案文责卦，有马无乾，则伪说滋漫，难可纪矣。"① 根据《周易》的解经方式与习惯，宇宙万物因其性质或形态特征均可找到对应的八经卦。"其称名也小，其取象也大"，是对八经卦这一特征最经典的概括。简单的八种卦图，蕴含了天地万象，"是故触类可为其象，合义可为其徵"②，也就是说图像作为文本，在《周易》中被强调的是模糊性、多义性、不确定性。

既然八经卦已能穷尽天地万物之象，由经卦重合而成的六爻别卦之卦象，其重点便不再是简单的物类象征③。就其构成而言，别卦分别是由两个经卦上下重合而成，强调的是两个经卦所代表的事物或其性质在一定时空状态下的相互作用，并由此形成的一种变化运动。六爻卦图符主要便是着眼于揭示此类事物运动变化的规律，故《周易》六十四别卦之卦象已然不仅是静态组合之象，而是组合后相关卦象形成的对立统一运动关系。静态之象展示的是对象或对象组合的一个角度、一个侧面的僵滞状态，而叙事形态的包容性十分有限。相反，形成关系的事

---

① 《王弼集校释》，第 609 页。

② 《王弼集校释》，第 609 页。

③ 六十四别卦之卦形，也有取象者，如鼎"䷱"卦，所取便是鼎的象形。

物之间，则能展开活生生的动态之象，并从不同角度多侧面展示对象的变化与发展，从而具有无限的包容性。这种动态之象包含了不同具体对象的无限性与整体性，具有全息性特征。① 以《复》卦为例，从该卦图符来看，一阳爻在五阴之下，是阴发展到了极致，即六阴《坤》"☷"后，阳实现在初爻的重返。从组成《复》卦"☷"的经卦来看，内卦《震》"☳"代表健动，而外卦《坤》"☷"代表静顺；外表显性的静顺状态，实际内在地蕴含着勃勃生机，即暗藏着回复的力量与趋势。如果从经卦的人伦取义来看，则"《坤》为母"，"《震》为长子"，有子在下而上行，最终返归于母，即子在外，而终复归于家之义，此为《复》卦之六爻卦图为其古歌所叙之情事的喻示。

从理论上说，三爻卦画作为一种符码，其转换机制促成其取象的无限可能性，当链接到六爻卦这一机制时，可组合成的具体图景自然也可以供解读者发挥，六爻卦能通过宇宙外在千差万别的多样性，描绘出宇宙内在生成和构造一元的单纯性。正是基于这种同源、同质、同构的思想前提，《周易》把许多看上去不相干的事物联系起来，并从这种联系中获取信息和启示，此时《周易》卦爻辞等文本便有规制阐释方向等功能，也成为相关讨论成立的基本前提条件之一。

---

① 《连山》《归藏》对卦、爻（即象、数）的文本解读，存在多处不同于通行《周易》文字系统之处。同时保存于《左传》等先秦典籍中的占筮卦例也常与通行《周易》文本相异。发掘于汲县战国魏王墓中的《周易》竹书，据《晋书·束晳传》所载"其《易经》二篇，与《周易》上下经同。《易阴阳卦》二篇，与《周易》略同，辞则异。《卦下易经》一篇，似《说卦》而异。"故可推测，《周易》六十四卦卦形，原本应不止仅有现存通行本这一系统，通行本《周易》应该是历史淘汰的结果。

区别于一般的图符，由于《周易》六十四卦之卦符是阴阳二爻组合对具体物象的抽象，这种抽象性的图符由于各自组成的相近或相反性关系，使得各别卦之间也建立起种种联系，以单一的别卦为考察对象，是为卦变现象。这种卦变包括由爻变而生发的"变卦"或"之卦"①，与经卦变化而生发的错综易互等两种基本方式。"变卦"或"之卦"是相对于本卦，或亦称主卦、原卦而言的概念，由本卦经过某一个或若干个爻的变动、变化而来，也即变卦是由本卦在一定条件下发展变化而来的。从叙事的角度，本卦代表事物的初始、开始阶段的信息或目前的情况，而变卦则代表着事物发展变化的最终结果，也就是求测者通过一定手段方法得到预测性的最终结果、结局。② 卦变使

---

① 关于《周易》占卜，在求卦过程中，很大概率会出现一定的变量，如《系辞》所载"大衍之数"占卦法，在经过3次运算之后，将所得之数除以4，只可能获得6、7、8、9四个数字的一个，其中6、9为老阴老阳，不变，7、8为少阴少阳，变。具体规律与操作方法，如庄公二十二年《左传》载："陈历公生敬仲，筮之，遇观▤▤之否▤▤。曰：'是谓观国之光，利用宾于王。'"是以《观》卦六四为变爻，故以六四爻为占。古人朱熹《周易本义·考变占》、近代尚秉和《周易尚氏学·周易古筮考》等对此有详尽介绍。其他如米卦、金钱卦等均借鉴了这一思想。

② 比如陈历公筮生敬仲"观▤▤之否▤▤"，周太史的占语："'是谓观国之光，利用宾于王。'此其代陈有国乎？不在此，其在异国。非此其身，在其子孙，光远而自他有耀者也。《坤》，土也；《巽》风也；《乾》天也；风为天；于土上，山也。有山之材，而照之以天光，于是乎居土上，故曰'观国之光利用宾于王'。庭实旅百，奉之以玉帛，天地之美具焉。故曰'利用宾于王'。犹有观焉，故曰其在后乎！风行而著于土，故曰其在异国乎！若在异国，必姜姓也。姜，大岳之后也。山岳则配天。物莫能两大。陈衰，此其昌乎！"(杨伯峻：《春秋左传注(修订本)》，中华书局1990年版，第222—224页。)主要是通过本观▤▤内卦为《坤》土、外卦为《巽》风、内互卦为《艮》；之卦▤▤外卦为《乾》等进行的解读。

得别卦之间叙事发生关联，就《周易》古歌叙事而言，即是《周易》的副文本不仅包括所勾稽出的别卦成分，即内文本式的副文本（peritext），更有与之叙事发生关联的其他别卦所构成外文本式的副文本（epitext）。比如《复》卦☷☳，其六个变卦与本卦的叙事关系，可简单罗列如下：《复》卦初爻古歌辞为"不远复"，变卦为《坤》☷☷，有"君子有攸往，先迷后得"之义；《复》卦六二古歌辞为"休复"，变卦为《临》☷☱，有"元亨利贞"之义；《复》卦六三古歌辞为"频复"，变卦为《明夷》☷☲，有"利艰贞"之义；《复》卦六四古歌辞为"中行独复"，变卦为《震》☳☳，有"震来虩虩，笑言哑哑。震惊百里，不丧匕鬯"之义；《复》卦六五古歌辞为"敦复"，变卦为《屯》☵☳，有"元亨，利贞；勿用有攸往，利建侯"义；《复》卦六五古歌辞为"迷复"，变卦为《颐》☶☳，有"贞吉。观颐，自求口实"之义。"故举卦之名，义有主矣。观其《彖辞》，则思过半矣！""夫《彖》者，何也？统论一卦之体，明其所由之主者也。"① 从《复》卦各爻古歌辞与其各自的变卦卦辞关系来看，通过爻变而实现的卦变，使得《复》卦古歌与相关别卦之间形成了比较紧密的勾连关系，也使该卦古歌叙事呈现出更为复杂的状态。

由经卦变化而生发的错综易互等卦变，在陈厉公筮生敬仲"《观》☶☷之《否》☰☷"，周太史所作占语中已有提及。具体而言，由经卦而产生的卦变主要通过"错""综""交易""交互"四种运动演变方式来完成。《周易》别卦一经相对性置换、对位，往往能产生无尽的想象空间与多元的转喻方式，变换出新的转义结构。如错卦，韩康伯《系辞注》指"以异相明"的对

① 《王弼集校释》，第 591 页。

立卦，即同一爻位上的爻性阴阳相互对立的两个别卦，即是把一个别卦六爻阴阳属性互换而得出的另一别卦。在这两个六爻阴阳互对相关的别卦之间，古歌叙事也发生一定的联系，两别卦之间的叙事主题相近，但同时展示出不同的叙事视角或者角度。以《复》卦为例，该卦图符为"䷗"，其"错卦"图符为"䷫"即《姤》卦。作为《复》卦六爻爻性整体转变的结果，就卦爻辞的叙事效果而言，相对于《复》卦卦辞"出入无疾，朋来无咎。反复其道，七日来复。利有攸往。"即更多对复返运动的讲求；《姤》卦卦辞"女壮，无用取女"，强调的则是矛盾另一方势力过于强大，故应采取静待的态度。综卦又称反卦，是另一种常见卦变形式，是指把一个别卦的整卦图符完全颠倒过来而得出的新卦，类似于小孔成像原理，故亦称"镜像卦"。《易·杂卦》："《否》，《泰》反其类。"李鼎祚《集解》："终日乾乾，反复道也。"引虞翻曰："至三体复，故'反复道'，谓《否》《泰》反其类也。"《复》卦"综卦"的图符为"䷖"，即为《剥》卦，作为《复》卦六爻整体倒转的结果，《序卦传》认为是"无不可以终尽，《剥》穷上反下，故受之以《复》"，两者在叙事关联上是既斗争而又统一的矛盾关系。《复》卦"交易卦"的图符为"䷏"即为《豫》卦，作为由《复》卦上下经卦互换位置而成的结果，同时也喻示了局部结构的变化，《豫》卦卦辞为"利建侯行师"，讲的是积蓄力量而后有所行动之义，在叙事上为《复》卦提供了一个背景或者语境，即两者的叙事可相互参见。《复》卦的"交互卦"为《坤》"䷁"卦，作为由《复》卦取二三四、三四五爻为上下经卦而成的结果，因为是经中间五爻交互而相成的，故得此名。由卦中有卦、象中有象而衍生出重重相互关系，从"交互卦"图符的获得方式大概也能说明该变卦对本卦具有暗伏隐含的叙事功能。例如《坤》卦叙述着《复》卦古歌叙事方向的另一种可能，正如该卦卦辞"元亨，利牝马之贞。君子有攸往，先迷后得主，利。西南得朋，东北丧朋。安贞吉"所言，《复》卦叙事因与之相互联系而加入了新的元素或发展因子，从而引发了新的叙事图景，古歌所叙之事也由此获得新的发展趋势方向。

卦爻图符在《周易》文本中所占空间虽小，却是《周易》古歌的艺术灵感来源、前文本经验结晶。正是由于卦爻图符的暗示规约，《周易》古歌叙事的基本轮廓、走向的清晰勾勒才成为可能。卦爻图符在某种层面上，甚至可以视作《周易》古歌浓缩的叙事路线图。当然，在《周易》古歌文本一旦形成后，它对卦爻图符的阐释向度也有反向作用功能，故而卦爻图符与《周易》古歌是一种双向的互文性关系，涉及的是一种关乎文本建构与解构的文化建制行为。

比拟以通行的图像创作，由"其称名也小，其取象也大"之八经卦重合而成的六十四别卦卦图，对《周易》古歌的叙事整体设计，即卦图对《周易》古歌的叙事影响，主要体现在宏观层面，是对《周易》古歌叙事的整体勾勒，制约着相关古歌的叙事方向。而组成六十四别卦卦图的基本单位，即处于六个时位的爻画，则构成《周易》古歌图像的细节部分，这些处于不同时位下的爻画以相对微观的视角，从内部启发或制约古歌叙事的发展方向，"夫爻者，何也？言乎变者也。变者何也？情伪之所为也。"[1] 结合一定时位下的爻画观照分析，《周易》古歌叙事的相关特征及其成因，将会有更具体灵动鲜活的展现。同

---

[1] 《王弼集校释》，第 597 页。

时《周易》突出的思维模式之一即整体思维，全息性是该模式的显著特征，因此对组成卦图的爻画进行分析，能与卦图两者从不同的层次角度，共同形成更为立体综合的成果。

## 二、总提引起：《周易》卦名卦辞的叙事功能

由别卦图符生发的卦名[①]、卦辞是《周易》古歌的重要副文本，其中卦名多承担古歌题名功能，卦辞则多担当提要或序言功能。《周易》卦名作为古歌题名以最精炼的形式，提示了古歌叙事主题。其题名来源形式，与先秦时期一般文献篇章题名的获得有相近之处，但同时对卦旨与相关卦爻叙事的提示则更接近后世的题名形式，即更多是对卦旨与卦爻叙事的一种概括。比如"复"作为卦题，单纯就卦象"☷☳"而言，因别卦图符、经卦图符、卦主初九而造成的叙事发散性，导致其取象也具有无限多样性可能，由此形成卦爻具体叙事的多向性维度，使叙事变得难以捉摸、无从下手。"复"以动词的形式，提示《复》卦古歌所叙之事为一阳复返、君子之道初生向上不断前进的发展动态，"剥""晋""明夷""损""益"等卦名与此相似。除动

---

① 通行本六十四别卦卦名，传统《易》学认为，与卦爻辞同出圣人之手，故两者同时产生。自20世纪以来，随着对古书名篇方式研究的深入，受后世文献命名追题方式的影响，学界有了卦名应后于卦爻辞的思想，如高亨《周易古经今注》、李镜池《周易探源》、陈金生《〈周易〉与中国哲学》（《文史》第十四辑，中华书局1982年版，第303—340页）均作此主张。笔者认为卦爻名的最终定型，应后于卦爻辞，且存在一个历史淘汰与积淀过程，其例证之一，据邓球柏考据，出土的帛书本与通行本《周易》共有35卦卦名不同（邓球柏：《帛书周易校释》，湖南出版社1987年版，第52—56页）。

词名卦外，《周易》卦名尚有以名词形式提示古歌叙事客体或意象的形式，最经典者当为《鼎》卦与"鼎"字象形取义。"鼎"之甲骨文作"𩀱"（续5.16.4·甲）、"𩿁"（《合集》1248正）、"𩿁"（《合集》1363），商末周初金文，其形又作如"𩀱"（鼎方彝·商代晚期）"𩿁"（鼎父辛爵·商代晚期或西周早期），字体形制虽然有所简化，但字形均保持了上部像鼎器之二耳；中部像鼎器之容，或有饰画，或无饰画；下部则像有饰物的三脚或省作二脚，正像鼎器足部的样子。金文和甲骨文字形大同小异，鼎之耳、身、脚俱见。《鼎》卦卦象为"䷱"，卦名作"鼎"即是卦象的象形，其中初六爻似鼎足居下，九二、九三、九四为鼎身或鼎容，六五为鼎之二耳，上九为鼎铉。《鼎》卦古歌为："鼎颠趾，利出否？得妾以其子。鼎有实，我仇有疾，不我能即。鼎耳革，其行塞，雉膏不食。鼎折足，覆公餗，其形渥。鼎黄耳，金铉，鼎玉铉。"[1] 可见该卦古歌是以"鼎"为主要对象而全面展开抒叙的，可视作后世咏物诗的滥觞。又如"节"，其字形甲骨文目前尚未有释读，金文则作"𥰡"（《集成》10371）、"𥰡"（《集成》10374）等，篆文作"𥰡"（《说文》）。该字字形上为"竹"，下为"即"，从竹、即声。从"竹"，表示"节"与竹紧密相关，是竹子的部分，"节，竹约也"（《说文》），指竹子茎干鼓起来的部分。《节》卦卦象为"䷻"，其阴阳相间的卦形似竹节的象形，由竹节物体段与段之间连接的地方，进而由自然界事物的这种特性引申指社会人文的节操、制度、行为规范，以及节制减省等。《节》卦古歌为"不出户庭，不出门庭。

---

① 《易经古歌考释》，第232页。

不节若，则嗟若。安节，甘节。"① 是创制者由竹节的直观形象，引申抒发社会人事当"节以制度"的重要性，这与《诗经》成熟的比兴手法的美学意趣已经较为接近，只是将其中的比兴本体——竹节有所隐略而已。《周易》还有以形容词的形式为卦名提示古歌所叙之事形态特性的，如《渐》卦卦象为"☶☴"，上经卦卦象《巽》☴为木；下经卦卦象《艮》☶为山。"渐，渐进也。为卦止于下而巽于上，为不遽进之义"②，亦可谓如树木长于山为渐进过程，揭示事件发展缓慢这一特征。《渐》卦古歌为"鸿渐于干；鸿渐于磐，饮食衎衎。鸿渐于陆；夫征不复，妇孕不育。鸿渐于木，或得其桷。鸿渐于陵；妇三岁不孕，终莫之胜。鸿渐于阿，其羽可用为仪。"③ （《易经古歌考释》，第246页）古歌描述的是"进欲其知时，故鸿为象。进欲其渐，故以干、磐、陆、木、陵为象。"④ 与卦名"渐"暗合。而"六爻皆系于鸿者……往来有时，先后有序，于'渐'之义为切也。"⑤ 与《渐》卦取名用意相近者甚多，如"泰""否""蒙"等均是如此。当然，某些卦名所用之词因语法性质的多样性，取义亦呈现多向性特征，典型者如《观》"☴☷"，程颐认为"凡观视于物则为观。为观于下则为观。如楼观谓之观者，为观于下也。人君上观天道，下观民俗，则为观；修德行政，为民瞻仰，则

① 《易经古歌考释》，第272页。
② 朱熹著，廖名春点校：《周易本义》，中华书局2009年版，第189页。
③ 《易经古歌考释》，第246页。
④ 杨简：《杨氏易传》，哈佛大学哈佛燕京图书馆藏明万历二十三年（1595年）刻本，第8页。
⑤ 何楷：《古周易订诂》，哈佛大学哈佛燕京图书馆藏清乾隆十六年（1751年）闻桂斋藏版，第17页。

为观。风行地上，遍触万类，周观之象也。二阳在上，四阴在下，阳刚居尊，为群下所观，仰观之义也。在诸爻，则惟取观见，随时为义也。"① 即从别卦卦象，下经卦《坤》☷为地，上经卦《巽》☴为风，故有风行地上、吹拂万物即周观之象，可比附君王巡游四方、遍观民情；此时"观"作名词，取自上示下义，读作 guàn，有如楼观，是观之根本。从构成别卦六爻的组合关系看，《观》卦四阴在下，二阳在上，显示此卦阴气渐盛、阳气消退的趋势；然此卦又有阳刚（九五）居尊，如日中天，为四阴群小所仰观之象，此时"观"作动词，取自下观上义，读作 guān，是观之动作行为。②

正如诗歌标题一样，《周易》卦名作为古歌题名简洁精练，但提供的信息毕竟有限。所幸除卦名之外，《周易》卦辞对此具有较好的补强作用，所谓"故举卦之名，义有主矣。观其《彖辞》，则思过半矣！""夫《彖》者，何也？统论一卦之体，明其所由之主者也。"③ 作为《周易》文字体系第二项内容的卦辞，因对包括《周易》古歌在内的各条爻辞具有整体阐释功能，故对《周易》古歌叙事及解读具有重要价值。卦辞功能类似于文献提要或序言性质，故亦具有序跋、提要作为副文本所具有的叙事功能：一是促使文本得到阅读，二是使文本得到正确的解读。卦辞广阔的言说空间直接指向《周易》古歌，并与后者构成相互依存的关系。在阐释古歌之前对卦辞比照序跋进行必要

---

① 《周易程氏传》，第112页。

② 笔者关于《观》卦的相关讨论，可详参《"观"与"被观"：公共文化资源的社会功能实现》一文（《中国社会科学报》2017年6月27日第8版）。

③ 《周易注》，第395页。

的关注，可对古歌叙事进行预先感知。"序跋是参与正文本意义生成和确立过程中的最重要的副文本。它为读者进入正文本营造了阅读空间和审美氛围。"① 卦辞之于《周易》古歌叙事，其功能也近似。

《复》卦卦辞为"亨。出入无疾，朋来无咎。反复其道，七日来复。利有攸往"，"亨"即是"不远复""休复"之"吉"的预叙；"出入无疾"即是"频复"的预叙；"朋来无咎"，四与初应，是对"中行独复"的预叙；"反复其道"是对"敦复"的预叙，敦义为敦厚，"《临》以上六为'敦临'，《艮》以上九为'敦艮'，皆取积厚之极。《复》于五即言'敦复'者，《复》之上爻，迷而不复，故《复》至五而极也。卦中复者五爻，初最在先，故为'不远'；五最在后，故为'敦'。"② 因"反复其道，七日来复"，《复》卦至六五已达极点，故而"敦复"；"利有攸往"与"迷复"关系相对复杂些，"利有攸往"是认为持续不断地前往复返，而"迷复"是为"终迷不复，迷而不复"，其后以占语"凶，有灾眚"，叙辞"用行师，终有大败""以其国君凶，至于十年不克征"作了深刻生动形象的解说，卦辞"利有攸往"与古歌辞"迷复"形成了一种类似反讽的互动关系。《周易》卦辞与爻辞取义相反者甚多，如《履》卦卦辞"履虎尾，不咥人"，六三爻辞为："眇能视，跛能履，履虎尾，咥人凶。武人为于大君。"就《复》卦上六爻之美学效果，沈德潜曾说"《匏有苦叶》，刺淫乱也，中惟'济盈不濡轨'二句，隐跃其词以讽

---

① 彭林祥、金宏宇：《作为副文本的新文学序跋》，《江汉论坛》2009 年第10 期。
② 项安世：《周易玩辞》，《通志堂经解》第 2 册第 53 页。

之。其余皆说正理，使人得闻正言，其失自悟"①，在效果上比较接近。

除了《复》卦卦辞既有占断语如"亨""利有攸往"，又有象语"出入无疾，朋来无咎""反复其道，七日来复"外，《周易》卦辞有纯取占断语者，如《乾》《大有》《随》《恒》《遯》《大壮》《明夷》《蹇》《益》《鼎》《旅》《巽》《兑》卦等。此类卦辞多对古歌叙事主要作价值性的判断、评点，如《鼎》卦，卦辞为"元吉，亨"，与其古歌的关系便是如此："《鼎》在朝庙之中，燕飨则用之，养贤之象也。养民者存乎政，行政者存乎人，是其得失未可知也，故《井》之象犹多戒辞。至于能养贤，则与之食天禄，治天职，而所以养民者，在是矣，故其辞直曰'元亨'，与《大有》同。"②《鼎》卦卦辞对其古歌从叙事主旨作出了具体价值性判断。卦辞纯取事象者，如《豫》《观》《晋》卦等，数量相对少些。《观》卦卦辞"盥而不荐，有孚颙若"，《观》卦古歌为："童观，窥观；观我生进退。观国之光。观我生，观其生。"③ 因为"观"具有多元主体、多维视角，古歌在不同时位关系中，生成了立体、多向的意义世界，"观"之具体对象，古歌自身并没有交代。卦辞"盥而不荐"是"观"的主要客体对象，是祭礼进行前清洁其手的盥洗行为，表示对享祭神灵的尊爱敬畏之意，而此时祭祀所用之酒食尚未荐奉，马融说："'国之大事，唯祀与戎。'王道可观，在于祭祀。祭祀之

① 《说诗晬语》，第86页。
② 李光地：《御纂周易折中》，中央编译出版社2011年版，第228—229页。
③ 《易经古歌考释》，第102页。

盛，莫过初盥降神。"① 可见"盥"作为祭祀仪式的崇高地位。作为"观"的客体对象，"盥而不荐"由君主即"九五"来展演，形成"观"的客体最终指向"神道设教"。"有孚颙若"是最终取得的教化效果，对古歌叙事所指对象作了直观生动的交代，古歌主旨的解读由此具备了可操作的向度。

### 三、隔断插入：《周易》断占语、叙辞与副文本古歌的叙事功能

《周易》作为卜筮典籍，吉凶悔吝之类的占断辞在其文本中占据了相当的位置，此类占断辞又可称为断语，是一组形容词集合，所谓："吉凶者，言乎其失得也。悔吝者，言乎其小疵也。无咎者，善补过也。"② 并与《周易》记事、取象、说事之辞发生着内在关系。此外，《周易》经文尚有"亨""利""贞""艰"③ 等断语。由于对具体情形判断程度轻重不一，《周易》经文的简单断语往往又被添加词缀以补强叙事清晰度，如"吉"这一断语，有"大吉""终吉""中吉""初吉"，和"往吉""征吉""南征吉"，及"贞吉""永贞吉""居贞吉"，并"居吉""艰则吉"等不同词缀形式。除利用上述形容词性断占语对古歌叙事状态作出价值、情感或叙事趋向的判断外，《周易》文本还存在一定数量类似于叙事的断占语。以"利"为例，有"利见大人""利涉大川""利有攸往""利永贞""无不利""利居贞"

---

① 　李道平：《周易集解纂疏》，中华书局1994年版，第227页。
② 　《周易正义》，第159页。
③ 　廖名春认为"艰"当为"限"，即限止。（廖名春：《〈周易〉经传十五讲（第二版）》，第161页）

等，以简单的事象喻示吉凶。《周易》断语本身并无哲学与文学意蕴，只有在它们对具体情事进行评判时，才产生相关哲学或者美学意义。"系辞焉而命之，动在其中矣。吉凶悔吝者，生乎动者也……爻象动乎内，吉凶见乎外，功业见乎变，圣人之情见乎辞。"①《周易》文本的这一建构方式，使断语不可避免地成为《周易》创制者叙事价值判断取向的标识。

以古歌为中心，《周易》爻辞还存在较多本身并不构成古歌歌辞的叙辞，但对古歌所叙之事却有断占、说明功能，成为一种特殊的古歌副文本；在多个事象出现于同一爻辞时，这种现象尤为多见。《复》卦上六"迷复，凶；有灾眚。用行师，终有大败；以其国君凶，至于十年不克征。"其中"迷复"为古歌辞，"凶"为形容词断语，"用行师，终有大败；以其国君凶，至于十年不克征。"则分别以行师作战必终大败、国君治国将有凶险乃至多年不能成功，断占"迷而不复，其凶可知"的严重后果，以示警醒。叙辞作为《周易》副文本还有更为复杂的形态：

> 归妹：征凶，无攸利。
>
> 初九，归妹以娣，跛能履，征吉。
>
> 九二，眇能视，利幽人之贞。
>
> 六三，归妹以须，反归以娣。
>
> 九四，归妹愆期，迟归有时。
>
> 六五，帝乙归妹，其君之袂，不如其娣之袂良。月几望，吉。

① 《周易正义》，第178—179页。

上六，女承筐无实，士刲羊无血，无攸利。①

《归妹》卦初九古歌辞"归妹以娣"，程颐指出"女之归，居下而无正应，娣之象也。刚阳在妇人为贤贞之德，而处卑顺，娣之贤正者也。处说居下为顺义，娣之卑下，虽贤，何所能为？不过自善其身，以承助其君而已。如跛之能履，言不能及远也。"②叙辞"跛能履"作为副文本，以隐喻的方式对古歌辞"归妹以娣"作了文学化刻画，并作了预叙。六五古歌辞"帝乙归妹，其君之袂，不如其娣"，程颐指出"娣媵者，以容饰为事者也。衣袂所以为容饰也。六五尊贵之女，尚礼而不尚饰，故其袂不及其娣之袂良也。良，美好也。月望，阴之盈也，盈则敌阳矣。几望，未至于盈也。五之贵高，常不至于盈极，则不亢其夫。"③叙辞"袂良"作为副文本从反面突出"帝乙之妹"作为"妹之贵高者"，能"尚礼而不尚饰"的品性特征；"月几望"之取义为女子"阴之盈盛莫盛于此"，又能谦逊自守，笔者在第二节《〈周易〉古歌文本勾稽》中已有论及，在《归妹》卦中则主要用以暗喻帝乙之妹虽身居六五高位，下嫁（应）于九二，但因具备"常不至于盈极，则不亢其夫"的优良品德，从而获得"吉"的结果。通过作为副文本的叙辞，主人公"帝乙之妹"的形象得到更全面生动的展示。更值得关注的是，《归妹》卦九二与上六二爻的爻辞并未进入古歌文本系统，而是作为副文本承担独特功能。《归妹》九二"眇能视，利幽人之贞"，

---

① 《易经古歌考释》，第 250 页。
② 《周易程氏传》，第 312 页。
③ 《周易程氏传》，第 314 页。

正所谓"九二阳刚而得中，女之贤正者也。上有正应，而反阴柔之质，动于说者也。乃女贤而配不良，故二虽贤，不能自遂以成其内助之功，适可以善其身而小施之，如眇者之能视而已，言不能及远也。男女之际，当以正礼。五虽不正，二自守其幽静贞正，乃所利也。二有刚正之德，幽静之人也。二之才如是，而言利贞者，利，言宜于如是之贞，非不足而为之戒也。"① 即九二是意志坚定的贤惠女子，身份虽然为娣，在婚姻生活中，娣居偏侧不能自遂及远，但能辅佐嫡夫人，其价值功能类似于"眇能视""跛能履"。《归妹》上六："女承筐无实，士刲羊无血，无攸利。"所言则是："女归之终而无应，女归之无终者也。归者，所以承先祖，奉祭祀。不能奉祭祀，则不可以为妇矣。筐筥之实，妇职所供也。古者房中之俎菹醢之类，后夫人职之。诸侯之祭，亲割牲，卿大夫皆然，割取血以祭。礼云血祭，盛气也。女当承事筐筥而无实，无实则无以祭，谓不能奉祭祀也。夫妇共承宗庙，妇不能奉祭祀，乃夫不能承祭祀也，故刲羊而无血，亦无以祭也，谓不可以承祭祀也。妇不能奉祭祀，则当离绝矣，是夫妇之无终者也，何所往而利哉?"② 上六之女为娣而非嫡，故而其筐空而无实，没有蘋藻可供，不能祭祀。同时作为丈夫的士刲羊而无血，没有牲血可荐，祭祀也不能进行。《归妹》古歌中"娣"的命运由此得到了更深刻形象的揭示。就《周易》古歌的存在形态而言，这种整则爻辞作为古歌副文本参与叙事的现象比较常见，应给予关注。

我国是一个诗的国度，在诗歌发展的漫长岁月里，诗歌精

---

① 《周易程氏传》，第 312 页。
② 《周易程氏传》，第 314—315 页。

神逐渐渗透于其他艺术门类，出现众多诗歌与其他艺术门类相互融合的现象。非古歌《周易》文本组成部分以副文本的形式介入古歌叙事，发挥各自的叙事功能，诚然这是值得重点关注的对象。同时还必须就《周易》文本构成来看，古歌有很多时候在其中可能居于次要地位，发挥辅助主事象抒叙的功能，此时古歌就成为《周易》卦爻叙事的副文本或寄生文本。此种形态的《周易》古歌与该别卦叙辞的主体事象或文学体式融汇贯通，在叙事层面发生关系。这一形式在后世文学中发展为诗歌作为插入性副文本，经常出现在小说、戏曲、散文等文体中，发挥相关叙事功能。

　　家人：利女贞。

　　初九，闲有家，悔亡。

　　六二，无攸遂，在中馈，贞吉。

　　九三，家人嗃嗃，悔厉，吉。妇子嘻嘻，终吝。

　　六四，富家，大吉。

　　九五，王假有家，勿恤，吉。

　　上九，有孚威如，终吉。

《家人》卦古歌："'无攸遂，在中馈！'家人嗃嗃，妇子嘻嘻。"这是一首关于家庭教育与家风之歌，颇具日常生活情趣，而体裁则接近"风"体。在简洁的"赋"法铺叙中，家长气势汹汹的形象尤其逼真，尤其是丈夫的一本正经、不苟言笑的神情和妻子儿女的不以为然、嘻哈打笑形成了一种极其强烈的对比效果，不啻是对旧式家长权威的嘲弄和对封建礼节的讥讽，而其妻儿的纯朴天真之态则跃然于纸上[①]。《家人》卦辞为"利女贞"，所叙之义为："家人之道，利在女正，女正则家道正矣。夫夫妇妇而家道正，独云'利女贞'者，夫正者身正也，女正者家正也。女正则男正可知矣。"[②] 古歌"无攸遂，在中馈！"所言为"妇人之道，巽顺为常，无所必遂，其所职主，在于家中馈食供祭而已。"[③] 而"家人嗃嗃，妇子嘻嘻"所言为："嗃嗃，以义胜情，虽悔厉而吉。嘻嘻，以情胜义，终吝。"[④] 其中朱熹与弟子则认为这当中运用了假设的修辞，"问：《易》爻取意义，如《师》之五'长子帅师'，乃是本爻有此象，又却说'弟子舆尸'，何也？曰：'此假设之辞也，言若弟子舆尸，则凶矣。'问：'此例恐与"家人嗃嗃"而继以"妇子嘻嘻"同。'曰：'然'。"[⑤] 《家人》卦与其古歌叙事大致针对的是同样的人事现象，只是以不同的文本形式加以呈现。古歌以交织穿插的小段落，嵌入到《家人》卦散文体架构的叙事大结构中，在与卦爻辞构成互文性叙事关系的同时，对《家人》卦治家之道的叙事发挥了补强效果，与后世小说、史学等文献的"诗曰""赞曰""有诗为证"等文本形式颇为接近，意趣也较为接近。

《周易》古歌在初创时，由于创制者对其思想及内涵已有深刻的理解和把握，所以某些作为寄生文本的古歌，除补强叙事外还能点铁成金，对相关叙事做进一步的补充、引申和发挥，使得原本指向不明、浮于表面的叙事获得更为丰满、深刻的内

---

① 参《易经古歌考释》，第 177—178 页。

② 《周易程氏传》，第 207 页。

③ 《周易正义》，第 103 页。

④ 《周易本义通释》，第 24 页。

⑤ 黎靖德编，王星贤点校：《朱子语类》，中华书局 1986 年版，第 1752 页。

蕴，对丰富相关别卦文本样态、理解别卦主题思想具有积极作用。如《既济》卦，黄玉顺勾稽古歌为"东邻杀牛，不如西邻之禴，实受其福"是讨论祭礼之歌。古歌表现了这样一个主题：商纣侈奢务虚，故最终导致灭亡；文王节俭务实，故最终能代商而兴。其手法类似于"颂"。诗人用"赋"的手法，通过正反对比，雄辩地说明了殷周兴亡的原因①。而《既济》卦的卦辞为"亨小，利贞，初吉终乱"，所叙之义为："但人皆不能居安思危、慎终如始，故戒以今日《既济》之初。虽皆获吉，若不进德修业，至于终极，则危乱及之。"②《既济》卦的叙事性古歌则是从守以损约、行以诚敬的角度，对该卦"居安思危"的叙事主题具有例证效果，同时也是形象化的引申与发挥。

副文本为厘清《周易》古歌存在形式、并进行相关勾稽提供了很大帮助。正是在副文本理论指导下，《周易》古歌叙事的丰富性在更为宽广的视域中得到认识。作为副文本的古歌作品因其艺术特质，更加方便了《周易》思想与故事的流传。古歌不管在《周易》文本中居于何种地位，对促成其文本诗文相映成趣的艺术特征、增强其文本的观赏性和节奏感均功不可没。

《周易》与甲骨刻辞在本质上均属巫史文化传统的产物，在产生之初是沟通神灵的手段与文本记载，神灵是文本的最初受述者，可以想象先民为获得神灵更多的护佑，怀着虔诚恭敬之心竭其所能取悦于后者的状态，故而文本必然是精心建构、自觉追求审美效应的结果，因此具有较丰富的文学特质及叙事元

---

① 参《易经古歌考释》，第 284 页。
② 《周易正义》，第 149 页。

素。经过一定技术性处理勾稽而出的甲骨刻辞与《周易》古歌作品，作为巫史文化传统产物，多以神明为接受对象，因娱神而虔诚构拟，天然具有"兴"的元素。同时，甲骨刻辞与《周易》卦爻辞客观上又是对当时乃至之前人民生活思想的真实记录，是中国经验理性、重史文化的源头性之一，其古歌作为容纳叙事要素的最主要载体，风格虽简练经济，却多见铺排事象"赋"的萌芽。而作为先秦两汉诗歌叙事范式的"赋比兴"则是更深刻生动地呈现在相关古歌的"象"性叙事中，本章花了大力气，从甲骨刻辞与《周易》古歌的"象"性叙事艺术特质层面，及其与甲骨占卜、《周易》体现的哲学思想互动关系入手，探讨了甲骨刻辞与《周易》古歌的语象基本组合方式与变形，及古歌语象重复的形式及其功能特征等。而甲骨刻辞与《周易》古歌既是从相关文本勾稽而来，其古歌与甲骨刻辞、《周易》文本其他部分的关系，便能借鉴副文本理论进行探究。笔者以《周易》为案例展开讨论，力求为后世诗歌的副文本，如诗题、诗序等功能的探讨，尤其是对诗歌作为寄生文本在后世小说戏曲中的文体功能地位进行溯源性讨论。相对于甲骨刻辞而言，《周易》古歌的艺术手法已有所发展，比、兴在古歌作品中已有一定的发展与呈现，而赋法则相对比较成熟。笔者的讨论只是挂一漏万，赋比兴作为诗歌抒叙基本手法，本书虽然在相关话题的讨论中有所涉及，但毕竟未有专门的讨论，愿以后的甲骨刻辞与《周易》的文学艺术特色研究能开出更深广的路径。

# 第二章

# 《诗经》与诗歌叙事传统的奠基

甲骨与《周易》古歌作为文本勾稽式结果，严格意义上属于泛诗阶段的叙事讨论；真正分别代表着现实与浪漫两大派系的先秦诗歌是《诗经》与《楚辞》，以及散见于先秦典籍的其他同时代歌谣性作品，或接《诗经》，或近《楚辞》，或二者并存，"风骚"作为概称甚至成为中国传统诗歌乃至文学，及其文采、才情的代称，《诗经》《楚辞》对于中国传统文学的贡献及地位可见一般。本章拟以传世《诗经》篇目为主体，注重抒情传统与叙事传统的共生并存、互动相益关系，以此为切入点探讨《诗经》在中国诗歌叙事传统中的奠基性作用，梳理《诗经》叙事之缘起，总结《诗经》叙事类型，探讨赋比兴与叙事之关系，关注中国诗歌叙事传统发生期的基本特征以及其与抒情传统的互动关系。

## 第一节　《诗经》叙事缘起

诗歌所叙之"事"是研究《诗经》叙事所要解决的基本问题，本节将从以下几个方面进行论述：两周时期广阔的社会生活是怎样进入诗歌之中的；"事"的类别有哪些；"事"与"史"

的关系如何，同一件事在诗与史中的表现有何异同、各自特点与功用价值如何。

## 一、采诗、献诗制度对《诗经》叙事之推动

采诗、献诗制度推动了广阔的社会生活内容进入诗歌之中。其中，前者使得民间之事进入诗歌，后者则对贵族生活之事进入诗歌起了很大的推动作用。伴随着社会的剧烈变革，诗歌中呈现了各阶层民众生活的方方面面，涵盖了婚恋、战争行役、祭祀、农事、渔猎、燕饮、日常生活之事等。

《毛诗序》云"是以一国之事系一人之本，谓之风；言天下之事，形四方之风，谓之雅"。[①] 言及《风》《雅》均含一定的"事"，以"事"之不同区分为《风》《雅》。孔颖达指出了二《雅》述"事"差异，《小雅》所叙多为"饮食宾客""赏劳群臣""燕赐以怀诸侯""征伐以强中国""乐得贤者""养育人材"，于天子之政来说，皆为"小事"；《大雅》中则多为"受命作周，代殷继伐"、祭祀先祖、"能官用士"、泽被昆虫草木等"大事"，故"诗人歌其大事，制为大体；述其小事，制为小体"。[②] 据襄公十四年《左传》《礼记·王制》《汉书·艺文志》《孔子诗论》《国语·周语》《国语·楚语》等记载，周代存在采诗、献诗制度，这种制度推动了平民之事与贵族之事进入诗歌之中。[③] 以下具体来看。

---

① 《毛诗正义》，第 568 页。

② 《毛诗正义》，第 568 页。

③ 按：崔述《读风偶识》认为周代不存在采诗制度，言为后人臆度，其所列诸条理由亦无实据，其说或非也。崔述：《崔东壁遗书》，上海古籍出版社 1983 年版，第 543 页。

### (一) 采诗之于"叙事"

采诗制度推动了平民之事进入诗歌之中，此类诗歌主要保存于《诗经》的《国风》之中。"采诗"见于襄公十四年《左传》，师旷言"自王以下，各有父兄子弟，以补察其政。史为书，瞽为诗，工诵箴谏，大夫规诲，士传言，庶人谤，商旅于市，百工献艺。故《夏书》曰：'遒人以木铎徇于路。官师相规，工执艺事以谏。'正月孟春，于是乎有之，谏失常也"。①《夏书》今不存，师旷所论或有其据，以此推测，则夏代或已有专人负责采集民情。杜预《注》言"遒人"，即行人之官，"木铎"，木舌金铃，"狗（徇）于路"，所以求歌谣之言。②孔安国言"遒人"为宣令之官，"木铎"用以振兴文教。③《左传》完整记述了采诗制度的构成：正月孟春，由遒人摇着木铎求诗于民间。其后文献记载颇多：

> 《礼记·王制》：天子五年一巡守……命大师陈诗，以观民风，命市纳贾，以观民之所好恶，志淫好辟。④
>
> 《孔子诗论》第三简：邦风，其纳物也，溥观人俗焉，大敛材焉。⑤
>
> 《孔丛子·巡守》：古者天子将巡狩，必先告于祖、

---

① 左丘明著，杜预注，孔颖达疏：《春秋左传正义》，影印阮元校刻《十三经注疏（清嘉庆校刊本）》，中华书局 2009 年版，第 4251 页。

② 《春秋左传正义》，第 4252 页。

③ 《春秋左传正义》，第 4252 页。

④ 《礼记正义》，第 2874—2875 页。

⑤ 马承源主编：《上海博物馆藏战国楚竹书》（第 1 册），上海古籍出版社 2001 年版，第 129 页。

祢……命史采民诗谣，以观其风。命市纳贾，察民之所好恶，以知其志。命典礼正制度，均量衡，考衣服之等，协时月、日、辰。①

《汉书·艺文志》：古有采诗之官，王者所以观风俗，知得失，自考正也。②

《汉书·食货志》：孟春之月，群居者将散，行人振木铎徇于路，以采诗，献之大师，比其音律，以闻于天子。故曰王者不窥牖户而知天下。③

刘歆《与扬雄书》：诏问三代周秦轩车使者、遒人使者以岁八月巡路，求代语、僮谣、歌戏，欲颇得其最目。扬雄《答刘歆书》：尝闻先代輶轩之使奏籍之书皆藏于周秦之室，独蜀人有严君平、临邛林间翁孺者，深好训诂，犹见輶轩之使所奏言。④

宣公十五年《春秋公羊传》何休解诂：五谷毕入，民皆居宅，里正趋缉绩，男女同巷，相从夜绩……从十月尽正月止。男女有所怨恨，相从而歌，饥者歌其食，劳者歌其事。男年六十，女年五十无子者，官衣食之，使之民间求诗，乡移于邑，邑移于国，国以闻于天子。⑤

---

① 孔鲋撰，傅亚庶校释：《孔丛子校释》，中华书局 2011 年版，第 151—152 页。

② 《汉书》，第 1708 页。

③ 《汉书》，第 1123 页。

④ 扬雄撰，华学诚汇证：《扬雄方言校释汇证》，中华书局，2006 年版，第 1033、1035 页。

⑤ 何休注，何休解诂，徐彦疏：《春秋公羊传注疏》，影印阮元校刻《十三经注疏（清嘉庆校刊本）》，中华书局 2009 年版，第 4965 页。

许慎《说文解字》：迊，古之遒人，以木铎记诗言。①

综合目前文献来看，其一，关于采诗的时间，有三说。襄公十四年《左传》《汉书·食货志》"正月孟春""孟春之月"说，以为采诗在春天。刘歆《与扬雄书》认为采诗在"岁八月"。宣公十五年《春秋公羊传》何休解诂认为采诗"从十月尽正月止"，正是农闲的时间。过常宝《原史文化及文献研究》一书认为周代有"中春之月，令会男女"的风俗，同时春天作为祭祀的季节，必然产生大量诗歌，故其判定"采诗"当于春天。② 其说与《诗经》中诗篇的具体情况有一定出入，《诗经》中虽然保留了一些季节性歌谣，但并非全部。从目前的文献来看，采诗的具体时间可暂阙疑。

其二，关于采诗之人，有以下五说：

襄公十四年《左传》引《夏书》"遒人"说。杜预认为遒人即行人之官，孔安国云遒人为宣令之官，刘歆《与扬雄书》言采诗之人为"轩车使者、遒人使者"，许慎《说文解字》言即"古之遒人"，段玉裁《说文解字注》认为"𫐓""𬨂"与"遒"三字音同。③

班固《汉书·食货志》"行人"说。

班固《汉书·艺文志》泛言"采诗之官"说。

宣公十五年《春秋公羊传》何休解诂认为采诗之人为"男年六十，女年五十无子者"。

---

① 《说文解字注》，第 199 页。
② 过常宝：《原史文化及文献研究》，北京大学出版社 2008 年版，第 75 页。
③ 《说文解字注》，第 199 页。

李山结合马承源、庞朴对《孔子诗论》"敛材"一词的分析，认为采诗者为"贱民"。①

从诗歌中所反映的内容来看，采诗者或为"贱民"，则何休及李山之说可从，但从当前可见的文献来看，尚不足以确切判定采诗者的具体身份。

其三，关于采诗之作用。从民间采集来的诗歌，经过乐官加工而最终达于天子，这样，采诗制度成为沟通统治者与被统治者的一种有效渠道。于统治者而言，通过此制度可了解民情风俗、补察时政、考见施政得失，做到"不窥牖户而知天下"。于普通民众而言，采诗制度使得自己生活中所关注之事有了展现的机会，"饥者歌其食，劳者歌其事"，并能将其以诗歌的形式上达于天听。这样，采诗制度一方面推动了普通民众之事进入诗歌之中，另一方面它的长期存在从客观上强化了民众对于现实生活的关注，而此两种力量的结合使得下层社会之中广阔的事件得以进入诗歌之中。周代这种深入民间、探查人民疾苦的采诗制度成为中国诗歌史上的绝响，以致到唐代，白居易《采诗官》一诗尚追慕采诗制度，其诗言："采诗官，采诗听歌导人言。言者无罪闻者诫，下流上通上下泰。周灭秦兴至隋氏，十代采诗官不置……君不见厉王、胡亥之末年，群臣有利君无利。君兮君兮愿听此，欲开壅蔽远人情，先向歌诗求讽刺。"②

## （二）献诗之于"叙事"

献诗之事主要通过贵族进献诗歌用以向统治者讽谏，其推动了贵族之事进入诗歌之中，此类诗歌主要呈现在《诗经》中的

---

① 李山：《采诗观风及其意义的再探讨》，《诗经研究丛刊》（第 24 辑）。

② 郭茂倩：《乐府诗集》，中华书局 1979 年版，第 1389—1390 页。

《雅》《颂》部分。关于献诗之事，存世文献可以追溯到周穆王时期。昭公十二年《左传》载右尹子革谏楚灵王戒骄矜、止贪欲：

> 臣尝问焉。昔穆王欲肆其心，周行天下，将皆必有车辙马迹焉。祭公谋父作《祈招》之诗，以止王心，王是以获没于祗宫。臣问其诗而不知也。若问远焉，其焉能知之？①

子革追溯祭公谋父献诗之事以劝谏楚灵王。当时周穆王想要放纵自己的欲望，乘车马周游天下，祭公谋父于是作《祈招》之诗献于穆王。谋父，周卿士也，其劝谏穆王"止欲收心"，穆王听其劝谏得以善终。楚灵王听罢子革之谏，作揖而入于内，接连数日寝食难安。但最终楚灵王未能克制自己，以致国乱而兵败，自缢于逃亡途中。此处较早地记述了献诗的过程及其劝谏功用。

《国语·周语上》系统介绍了献诗制度的情况。邵公谏周厉王弭谤：

> 防民之口，甚于防川……是故为川者决之使导，为民者宣之使言。故天子听政，使公卿至于列士献诗，瞽献曲，史献书，师箴，瞍赋，矇诵，百工谏，庶人传语，近臣尽规，亲戚补察，瞽史教诲，耆艾修之，而后王斟酌焉，是以事行而不悖。②

---

① 《春秋左传正义》，第 4483 页。
② 《国语集解》，第 10—12 页。

　　首先，文中记录了献诗人员的构成，主要是"公卿至于列士"，韦昭注"列士，上士也"①，汪远孙云"列士，统上士、中士、下士言之，位有三等，故曰列。韦（昭）专属上士，非也"，② 朱东润《诗三百篇探故》认为"士"是春秋以前统治阶级的统称，"故《国语》所谓列士献诗，在列者献诗，其义要当于统治阶级称诗而已。"③ 综合来看，献诗的人员主要是由公、卿、士等贵族阶层成员构成。其次，言及献诗的劝谏功能。邵公认为献诗有助于宣民之口，天子根据公卿、列士所献诗歌中的情况来斟酌取舍，而后治理国家、施行政事才能够畅通。

　　献诗制度还可从零星的文献中观见。《国语·楚语上》载卫武公"箴儆于国"即与此有关：

　　　　昔卫武公年数九十有五矣，犹箴儆于国，曰："自卿以下至于师长士，苟在朝者，无谓我老耄而舍我，必恭恪于朝，朝夕以交戒我，闻一二之言，必诵志而纳之，以训导我。"在舆有旅贲之规，位宁有官师之典，倚几有诵训之谏，居寝有亵御之箴，临事有瞽史之导，宴居有师工之诵。史不失书，矇不失诵，以训御之，于是乎作《懿》戒以自儆也。④

　　徐元诰《国语集解》认为"师长"，即"大夫"也；"士"，

---

① 韦昭注：《国语注》，世界书局 1936 年版，第 4 页。
② 《国语集解》，第 11 页。
③ 朱东润：《诗三百篇探故》，上海古籍出版社 1981 年版，第 6 页。
④ 《国语集解》，第 500—502 页。

群士也。① 文中所载"戒"卫武公的卿、大夫、士，正与献诗制度的人员构成相吻合。韦昭认为"懿"，当读作"抑"，《懿》，即《诗经·大雅·抑》之篇。② 《毛传》认为《抑》为卫武公刺厉王之作，且用以自警。③ 朱熹《诗集传》认为《抑》为卫武公所作，且言卫武公使人日诵于其侧，用以自警。④ 《国语》中载卫武公晚年时尚要求卿、大夫、士要时刻警诫自己，结合卫武公以诗自儆，则卿、大夫、士必献诗劝诫也。关于献诗制度之功用亦见载于《国语·晋语六》，范文子言"故兴王赏谏臣，逸王罚之。吾闻古之王者，政德既成，又听于民，于是乎使工诵谏于朝，在列者献诗，使勿兜，风听胪言于市……有邪而正之，尽戒之术也"。⑤ 其言"在列者献诗，使勿兜"，韦昭注"兜，惑也"，⑥ 徐元浩《集解》引王引之说"兜，当为'覒'，《说文》'覒蔽也，从人，象左右皆蔽形，读若瞀。'勿覒，谓勿覒蔽也"。⑦ 此处指出通过公卿、士等在列者献诗，能帮助国君纠正邪曲，使其免于遭受迷惑。

此外，献诗制度在《诗经》中亦有迹可循。毛《序》中称"献诗"者，有《大雅·公刘》"召康公戒成王也。成王将莅政，戒以民事，美公刘之厚于民，而献是诗也"。《毛传》称献诗者

---

① 《国语集解》，第 501 页。按：此条下引王引之说，以为"师长"有二义，一曰公卿，一曰士，可备一说。
② 《国语注》，第 192 页。
③ 《毛诗正义》，第 1194 页。
④ 朱熹：《诗集传》，中华书局 2011 年版，第 273 页。
⑤ 《国语集解》，第 387—388 页。
⑥ 《国语注》，第 144 页。
⑦ 《国语集解》，第 388 页。

有《大雅·卷阿》，《传》"明王使公卿献诗以陈其志，遂为工师之歌焉"。献诗制度的痕迹还呈现在自述其名或身份的诗歌作品中。自述其名者，若《小雅·节南山》"家父作诵，以究王讻"，言周家伯父所作，诗中历数尹氏之乱政，为刺古以鉴今之作。《鲁颂·閟宫》"奚斯所作，孔曼且硕，万民是若"，言鲁大夫公子鱼（奚斯）所作，诗颂僖公重兴祖业、恢复疆土、建立新庙之功。或自述其身份，若《小雅·四月》"君子作歌，维以告哀"，言君子所作，诗中历叙夏、秋、冬三季之变，慨叹其悲惨遭遇。这些通过献诗产生的诗歌，本身保存了贵族的生活细节，诗中自述其名或身份，为我们探寻诗歌之本事提供了可能性。

## 二、《诗经》"事"之类别

采诗、献诗制度推动了当时的政治、经济、军事、文化等内容进入诗歌之中，使得两周社会生活的广阔图景得以在诗歌中较完整地呈现。童书业《春秋史料集》将《诗经》所涉之史料归纳为婚制、男女关系、奴隶制、武士制、宗法族制、农业、畜牧业、礼仪、气候物产、官制、王事、西周衰亡、阶级关系、货币、氏族室制、天灾等类别。[①] 当我们从叙事的角度来审视这些史料，《诗经》无疑通过文学的方式叙述了两周时期大量的历史事件及生活琐事。甚至一首诗歌中往往包括多种事件类别，而这些丰富的事类也极大显示了《诗经》叙事的容量。按照诗歌中所呈现之"事"，本文将《诗经》中"事"之类别归纳为：婚恋、战争行役、祭祀、农事渔猎、燕饮、政事、日常生活之事七类。

---

① 童书业：《春秋史料集》，中华书局2008年版，第184页。

### （一）婚恋之事

《诗经》中的婚恋之事包括恋爱求偶、婚姻生活等内容。诗歌展现了当时青年男女恋爱的各类图景。有男子追求心爱女子，若《周南·关雎》《郑风·有女同车》；有叙少女怀春，若《召南·摽有梅》；亦有女子拒绝男子追求，若《郑风·将仲子》《召南·行露》。同时还展示了当时男女相会的多种场景，写幽期密约，则有《邶风·静女》《陈风·东门之杨》等篇；写邂逅相遇，则有《郑风·野有蔓草》；写野外相会，则有《召南·野有死麇》《鄘风·桑中》；写男女出游，则若《郑风·溱洧》。这些男女恋爱的各类图景，为我们了解两周时代的社会状况提供了第一手材料。

诗歌中还记载了两周时期婚姻生活的种种，大致分为以下三种：其一，记载了婚礼的部分场景①。记"纳采""问名"则若《邶风·匏有苦叶》之"雍雍鸣雁，旭日始旦"；记"纳吉"则有《卫风·氓》之"尔卜尔筮，体无咎言"；记"纳徵"则有《召南·野有死麇》之"野有死麇，白茅包之"；叙"请期"则若《邶风·匏有苦叶》之"士如归妻，迨冰未泮"，《卫风·氓》之"将子无怒，秋以为期"；记"亲迎"则有《周南·樛木》《齐风·著》《郑风·丰》。其二，记载了婚后丈夫行役在外的种种状况。有写妻子送夫行役，若《召南·殷其雷》；有写丈夫行役在外的辛苦生活，设想与丈夫相见，若《周南·卷耳》《周南·汝坟》《召南·草虫》《卫风·有狐》；有写因夫行役在外而无心梳妆，若《卫风·伯兮》；有写久别重逢，若《郑风·风

---

① 按：《仪礼·士昏礼》记周代婚礼需要依次行"纳采""问名""纳吉""纳徵""请期""亲迎"。

雨》。其三，记载了婚后的不幸生活。有写遭遇凶年饥馑而被丈
夫抛弃，若《王风·中谷有蓷》；有写丈夫喜新厌旧而惨遭抛
弃，若《召南·江有汜》《邶风·谷风》《卫风·氓》。

### （二）战争、行役之事

此类事件包括战争、戍守、行役诸事。具体来看，其一，
写战争之事。若《小雅·出车》叙厉王时南仲伐猃狁之事；《小
雅·采芑》叙宣王时方叔伐蛮荆之事；《大雅·江汉》叙宣王命
召虎征淮夷之事；《小雅·六月》叙宣王命尹吉甫征猃狁之事；
《大雅·常武》叙宣王命皇父征淮徐之事；《秦风·无衣》写备
战，将士踊跃参军；《小雅·渐渐之石》写将士东征，展现征战
途中的场景；《桧风·匪风》写羁旅之劳；《王风·扬之水》写
戍守边国，屡易其地而不得返乡；《邶风·击鼓》写伐陈与宋；
《郑风·清人》写戍守军备，兵强马壮；《小雅·瞻彼洛矣》写
周王检阅六军。其二，写征役之事，反映将士行役在外，久戍
边疆而不得归家。若《召南·殷其雷》写王命急促，急奉王命
出行；《召南·小星》写小臣行役途中之劳；《邶风·雄雉》《王
风·君子行役》《小雅·何草不黄》《小雅·采绿》则写久役在
外，行役无期；《魏风·陟岵》写行役之人登高望乡，设想家人
想念自己。

### （三）祭祀之事

两周时期贵族生活中大量践行周礼规范，这些内容在诗歌
中亦有所呈现。若《召南·采蘩》写贵族妇女采蘩以奉宗庙祭
祀之事；《召南·采蘋》写贵族少女嫁前采蘋为"教成之祭"[①]；

---

① 《毛诗正义》，第602页。

《小雅·宾之初筵》"烝衎烈祖，以洽百礼，百礼既至，有壬有林"，写燕饮中祭祖之事；《鲁颂·骊》写祭祀马神。

### （四）农事、渔猎之事

两周时期整个社会的生产力依然处于较为低下的水平，仅靠农业种植无法满足人们生产生活所需，采集与渔猎依然是当时社会生活的重要组成部分。这些与时人生活密切相关的活动使得诗歌中保留了大量的农事、渔猎之事。

其一，农业生产之事。此类诗歌记录最多的当为采摘之事，若《周南·葛覃》写采葛，《周南·卷耳》之采卷耳，《周南·芣苢》之采摘车前子，《召南·采蘩》之采蘩，《召南·采蘋》之采蘋，《召南·草虫》之采蕨、采薇，《王风·采葛》之采葛、采萧、采艾，《魏风·十亩之间》之采桑，《唐风·采苓》之采苓、采苦、采葑，《小雅·采绿》之采绿、采蓝。其所采之物用途亦多种多样，或用于制衣，或食用，或入药，或用于祭祀，或用于染色。还有些诗歌记录了种植之事，若《鄘风·定之方中》言种植榛、栗，《齐风·南山》言种麻，《齐风·甫田》概言种田。此外，诗中还保留了部分与农业生产相关之事，若《周南·汝坟》言伐条枚、条肄，《周南·汉广》之刈楚，《齐风·南山》之砍柴，《魏风·伐檀》之伐木。

其二，渔猎之事。《诗经》中的部分诗歌记录了渔猎活动中的参与对象、工具以及捕获之猎物。其言狩猎之诗篇，若《周南·兔罝》写猎人设网捕兔，《召南·驺虞》写驺虞之官狩野猪，《王风·兔爰》之捕野鸡，《郑风·叔于田》《郑风·大叔于田》写贵族驾车狩猎，《齐风·还》之猎人相遇，《秦风·驷驖》之秦君狩猎于北园。其言捕鱼者，则有《卫风·竹竿》以竹竿钓鱼，《齐风·敝笱》之以鱼笼捕鱼，《小雅·采绿》之泛言钓鱼。

### （五）燕饮之事

燕饮是周代礼乐文化的重要组成部分。成公十四年《左传》言"古之为享食也，以观威仪、省祸福也"，燕饮以行礼、观德。[①] 从《左传》所载来看，到春秋时期燕饮之事在贵族生活中仍然十分普遍，诗歌之中亦有体现。若《召南·羔羊》记大夫之从容食于公所；《小雅·宾之初筵》记周王燕饮群臣，诗中概括提炼了燕饮中之行射礼、祭礼及饮酒的过程；《小雅·鱼藻》则概述了周王饮酒之事；《小雅·彤弓》则述周王燕饮群臣并赐彤弓之事；《鲁颂·有駜》之"夙夜在公，在公饮酒。振振鹭，鹭于飞"，则记燕饮观舞之事。

### （六）政事

采诗、献诗的重要功能之一是观民风、行讽谏，《诗经》中有着大量与国家治理相关之事，上至天子言行，下至百姓民情，涵盖了国家治理的方方面面，为我们了解两周时期的社会面貌提供了第一手资料。同时《诗经》对于政事的关注，也为中国诗歌的现实主义传统奠定了基础。

《诗经》有记载在位者励精图治者，若《鲁颂·閟宫》言僖公复兴祖业、恢复疆土、建立新庙；《小雅·裳裳者华》之述诸侯辅政；《鄘风·定之方中》之记卫文公迁建楚丘。有言策命之事者，若《秦风·车邻》言秦公被命为诸侯；《唐风·无衣》叙晋大夫为武公请命天子之使。有载求贤之事者，若《鄘风·干

---

① 《春秋左传正义》，第 4153 页。

旄》《唐风·有杕之杜》。

有叙佞臣乱国之事者，若《小雅·节南山》述周王用尹氏以致政乱，《小雅·小旻》述周王惑于邪谋，不能从善。有记国君亲小人而远君子者，若《秦风·晨风》《曹风·候人》《小雅·角弓》。有叙谗言祸国之事者，若《郑风·扬之水》《唐风·杕杜》《小雅·青蝇》《小雅·沔水》。有言女子涉政而致乱者，若《大雅·瞻卬》写幽王宠溺褒姒致政乱。

有记王室丑行者，若《鄘风·鹑之奔奔》《鄘风·墙有茨》《鄘风·君子偕老》《陈风·株林》。有叙王事繁多、其命无常、号令不时，而不能养父母，若《邶风·北门》《齐风·东方未明》《唐风·鸨羽》。有叙国之乱政，在位者不良，赋税繁重，不能体恤民情，致使政乱而民困，若《王风·葛藟》《鄘风·相鼠》《陈风·墓门》《魏风·硕鼠》《唐风·羔裘》《唐风·山有枢》《桧风·隰有苌楚》《小雅·正月》《小雅·四月》《小雅·十月之交》《小雅·苕之华》。有载叛变之事者，若《唐风·扬之水》叙潘父与桓叔密谋之叛，鲁费乡人《南蒯歌》叙南蒯之叛。[①] 有载丧葬之事者，若《鄘风·载驰》之许穆夫人归唁卫侯，《秦风·黄鸟》之秦穆公以三良殉葬。

### （七）日常生活之事

《诗经》中还记载了许多日常生活之事，诸如出行、送别、赠物及各国风俗等。言乘车出行者，若《邶风·北风》《鄘风·干旄》《卫风·竹竿》《郑风·有女同车》《齐风·载驱》；言乘

---

① 　按：《南蒯歌》，鲁费乡人作，见昭公十二年《左传》"（南蒯）将适费，饮乡人酒，乡人或歌之……"冯惟讷《古诗纪》、逯钦立《先秦汉魏晋南北朝诗·先秦诗》题作《南蒯歌》。

舟出行，若《邶风·二子乘舟》；言徒步出行者，若《郑风·出其东门》。有叙送别之事者，若《邶风·燕燕》叙庄姜送戴妫之事，《秦风·渭阳》记秦太子送重耳之事。有记赠物之事者，《郑风·缁衣》之赠缁衣，《秦风·渭阳》之赠车马、玉佩。① 有记各国风俗者，若《陈风·宛丘》《东门之枌》记陈国巫风盛行，好为巫舞；《郑风·溱洧》记上巳节青年男女相会之事。

此外，《大雅·生民》《公刘》《绵》《皇矣》《大明》等诗还叙述了周民族从始祖诞生、发展农业、迁徙征伐等一系列重大历史事件。

综上，采诗、献诗制度推动了两周时期社会生活的广阔内容进入诗歌之中，这些内容构成了诗中所叙之"事"，包含了婚恋、战争行役、祭祀、农事渔猎、燕饮、政事、日常生活之事等类别。同时，《诗经》中所展现的丰富事件类别也为后世诗歌叙事所吸收，并展开了更广阔的叙事图景。

## 三、诗史所叙之事及其关系

"事"构成了史官记事与诗歌叙事的基本对象与内容。明王守仁《传习录·卷上》云"以事言谓之史，以道言谓之经。事即道，道即事。《春秋》亦经，五经亦史"。② 清章学诚《文史通义·易教上》亦言"六经皆史也。古人不著书，古人未尝离事

---

① 按：《济洹歌》，鲁公孙婴齐作，见成公十七年《左传》："初，声伯梦涉洹，或与己琼瑰，食之，泣而为琼瑰，盈其怀。从而歌之……"逯钦立《先秦汉魏晋南北朝诗·先秦诗》卷一题作《梦歌》，邵炳军《春秋文学系年辑证》题作《济洹歌》。

② 王守仁撰，陈荣捷注：《王阳明传习录详注集评》，台北学生书局1983年版，第51页。

而言理，六经皆先王之政典也"。①两周时期诗歌叙事与史书叙事有着密切的联系。闻一多认为"诗"与"志"本为一字，"诗"字义包括"记忆""记录"与"怀抱"三层。"诗"的用途本有用于记事的一面，其叙"事"方法源于史传。②《孟子·离娄下》所载"王者之迹熄而《诗》亡，《诗》亡然后《春秋》作"③，可证《诗》本也是史之一种，而《毛诗序》"国史明乎得失之迹，伤人伦之废，哀刑政之苛，吟咏情性，以风其上，达于事变而怀其旧俗者也"④，则说明"诗即史"，"史官也就是诗人"，⑤其论诗、史叙事渊源颇能发人深省。下面来看诗、史所叙之事的具体状况。

### （一）诗歌对史书记事的继承与拓展

诗歌的叙事源于早期的史官记事，史官所记之"事"的类别及其对时间的关注于诗歌所叙之事影响重大。"事"构成了史官记事的基本对象与内容；时间则提供了"事"的逻辑序列，史官记事的内容及叙事的初始动力作为一种文化遗存及叙事的深层模式，都成为《诗经》叙事基本的出发点。

1. 诗歌叙事的拓展

首先，丰富的事件是构成"史"的基础，而史官职能的分化扩大了史书记事的范围，同时也扩展了诗歌所叙之事的类别。

---

① 章学诚著，叶瑛校注：《文史通义校注》，中华书局1985年版，第1页。
② 闻一多：《闻一多全集》（卷10），湖北人民出版社1993年版，第13页。
③ 赵岐注，孙奭疏：《孟子注疏》，影印阮元校刻《十三经注疏（清嘉庆校刊本）》，中华书局2009年版，第5932页。
④ 《毛诗正义》，第567页。
⑤ 《闻一多全集》（卷10），第12页。

追溯"事"与"史"的关系，需要从其字之本义着手。关于"事"与"史"，许慎《说文解字》："史，记事者也。从又，持中。中，正也。""事，职也。从史，屮之省声。"段玉裁言"事"古假借为"士"。① 过常宝认为"史"在甲骨文中用如"事"，主要是指"祭祀"之事。② 这一点从存世的甲骨文中可以得见。王国维《观堂集林·释史》认为殷商甲骨卜辞中均是"以史为事"，其时尚无"事"字，从毛公鼎、番生敦之铭文来看，二字已经开始分离，"卿事作事，大史作史"。③ 毛公鼎铭文：

> 父厝，雩之庶出入事于外，尃命尃政，埶大小楚赋……
> 父厝，巳，曰，彶丝卿事寮、大史寮于父即尹……④

陈梦家《西周铜器断代》认为"庶"字，文献中多作"诸"，"庶出入事于外"即"凡诸出入事于外者"。秦永龙《西周金文选注》将其解释为"对外往来的各种事宜"。⑤ "卿事寮""大史寮"，何景成《西周王朝政府的行政组织与运行机制》认为此二者"应是指与卿士和太史在同一官署负责同类职事的官员"。从铭文中可看到，"事""史"已开始分开使用，且具有相

① 《说文解字注》，第116—117页。
② 过常宝：《原史文化及文献研究》，第11页。
③ 王国维：《观堂集林》，载谢维扬、房鑫亮主编：《王国维全集》第8卷，浙江教育出版社2009年版，第175页。
④ 刘庆柱等主编：《金文文献集成》（第29册），线装书局2005年版，第51、53页。
⑤ 秦永龙编著：《西周金文选注》，北京师范大学出版社1992年版，第175页。

对独立的含义。"史"本义指"持书之人",后引申为"大官""庶官"的名称,且具备了"职事"的意义。后来三层意思各自出现了专用字形,在小篆中"史""吏""事"三字已判然分明,"持书者谓之史,治人者谓之吏,职事谓之事。"①

商朝史官记载的"事"以祭祀、农事、戎事为主,随着史官职能的分化以及社会阶层的变动、社会生活的丰富,"事"的范围不断扩展。至周代史官的职能进一步分化。许兆昌《周代史官职官功能的结构分析》一文将周代史官职能总结为六大类:文职,主要负责文字、文书工作,有记事功能;馆职,主要负责收集、保存档案文献及整理图书的工作;史职,主要负责史料的收集与汇编及史著的编纂与保存;礼职,主要从事礼仪活动;天职,主要负责预测、推算天道;武职,主要从事征伐活动。② 其中,记录和保存文献是史官最为重要的职能,而在这一职能之中,记事又是其核心部分。特别是进入春秋时期后,此种倾向愈加明显。从西周到春秋时期,社会的等级划分为天子、诸侯、卿大夫、士、庶人、工商、皂隶等层次,天子至诸侯、卿大夫、士皆有其职、封地,为贵族阶级;庶人、工商、皂隶等皆无职守,以劳动为生,属于被统治阶级。③ 社会生活的内容也随着各色人等的不同而呈现出不同的特点,"事"的内涵大大丰富起来。

其次,社会阶层的流动导致了诗歌创作主体的变化,扩展

---

① 《观堂集林》,第 176 页。

② 许兆昌:《周代史官职官功能的结构分析》,《吉林大学社会科学学报》1999 年第 2 期。

③ 顾德融,朱顺龙:《春秋史》(中国断代史系列),上海人民出版社 2003 年版,第 335 页。

了诗歌叙事的范围。经历了西周末年的战乱，进入春秋时期，庶人的地位相较于西周已发生了明显变化，具备了阶层上升的可能性。顾德荣《春秋史》一书指出春秋时期庶人已经开始分化，庶人中的上层开始摆脱平民身份，上升为统治阶级；其他地位较低的庶人，则随着"社"的瓦解，开始转变为个体农民。① 庶人阶层具备了上升的可能性，其中一部分成为"士"，此一时期"士"的阶层逐渐壮大，也间接导致了王官之学的下移。余英时《士与中国文化》认为"这种变化的一个重要的方面是起于当时社会阶级的流动，即上层贵族的下降和下层庶民的上升。由于士阶层适处于贵族与庶人之间，是上下流动的汇合之所，士的人数遂不免随之大增"。② 随着王官之学下移，士庶人"不治而议论"的现象逐渐增多。

社会形态的变迁必然导致诗歌创作的变化。邵炳军认为伴随着"礼乐征伐自天子出""礼乐征伐自诸侯出""礼乐征伐自大夫出"到"陪臣执国命"，春秋时期社会形态发生了巨大变化，这直接导致了诗歌创作功能由"辨妖祥"向"听于民"转变，由宗教目的向政治目的转变，同时诗歌的创作方式开始由集体转向个体，使得其叙事主体更加多元化，并展现出平民化的倾向，"逐渐构成了'王—公—卿—君—大夫—士—平民—奴隶'多阶层形态，为后世'官方—士人—民间'三极审美文化格局的形成奠定了坚实根基"。③ 社会各阶层之"事"，随着创作

---

① 《春秋史》（中国断代史系列），第341页。
② 余英时：《士与中国文化》，上海人民出版社1987年版，第12—13页。
③ 邵炳军：《春秋社会形态变迁与诗歌叙事主体构成形态演化》，《江海学刊》2015年4期。

主体的变化，在诗歌中得到了广泛的呈现。同时，随着西周初年以来"史"与"事"的分离，以祭祀为代表的宗教活动开始与社会事务逐渐分离。① 但这些变化因不同阶层的文化传承基因中携带了作为"史"的集体无意识，使得诗人依然保存了对史实的天然关注，这也是《诗经》对现实生活、历史关注的重要原因。

两周时期，随着社会的变迁及社会阶层的变化，不同社会等级的"事"得到了广泛记述。"诗"中所呈现之"事"已然带有了一种对"史"的关注与评判，并由祭祀和战争向着更为广阔的层面延伸。诗歌中日常生活之事的进入，使得"国之大事，唯祀与戎"的主导地位逐渐开始动摇。这一时期"事"所涵盖的范围得到了极大拓展，包括了婚恋、战争行役、祭祀、农事渔猎、燕饮、政事、日常生活之事等。另外，诗歌题材的变化也反映了诗人思想观念的变化。一方面，诗歌创作者随着社会形态的演变在构成阶层上产生了重要的变化；另一方面，阶层变动导致了社会思潮及日常生活的渐变，而有关"事"的理念，在此类潮流之下，亦发生了重要的变化。正是由于两周时期诗歌对现实生活及国家政治的强烈关注，构成了中国诗歌叙事传统中早期的现实主义特色。

2. 时间——史书叙事线索与诗歌叙事原始动力

史官记事功能最基本的一个出发点，便是对于时间序列的掌控，涵盖了纪日、纪月、纪年、纪季节等。时间是早期史官记事的内在逻辑线索，同时也成为诗歌叙事的一种原始动力。现有史料中，甲骨文提供了关于先民时间意识运用的早期线索。

---

① 过常宝：《原史文化及文献研究》，第13页。

首先，从殷商世系称号来看殷商时期的时间意识。司马迁《史记·夏本纪》记载了传世较早的以时间命名的帝王：孔甲，"帝廑崩，立帝不降之子孔甲，是为帝孔甲"；履癸，"帝发崩，子帝履癸立，是为桀"。[①] 殷商时期，以日为名，成为一种惯例，从王亥、上甲微之后均用日为名。以日为名，显示出商人对于时间的重视。王国维在《殷礼徵文》中，指出殷王以"十干为名"的定例：

> 然则商人甲乙之号，盖专为祭而设。以甲日生者祭以甲日，因号之曰上甲、曰大甲、曰小甲、曰河亶甲、曰沃甲、曰羊甲、曰且甲；以乙日生者祭以乙日，因号之曰报乙、曰大乙、曰且乙、曰小乙、曰武乙、曰帝乙。[②]

这里将出生之日、祭祀之日统一在一起。王国维认为商王名号可能是专为祭祀而设，这种命名可能出自子孙祭祀之用，而非父母命名，其说为确。侯外庐认为殷商时期以世系称号命名的特点，是商代已产生时间意识的重要符号标志。[③] 同时以日为名的殷制"说明时间观念的发现，是人类最初的意识生产"，其将以日为名归结为生产、生活的需要：

> 牧人生活对于一定的气候测验是最重要的，尤其风日雨日对于畜群至关重要，在卜辞中尚保存风雨灾异的贞卜，

---

① 《史记》，第86、88页。
② 王国维：《殷礼徵文》，《王国维全集》卷五，浙江教育出版社2009年版，第49—50页。
③ 侯外庐：《中国思想通史》（第1卷），人民出版社1957年版，第61页。

以测吉凶祸福。同时，季节性的自然气候，对于耕植的生产，对于征战的"王事"，对于本族的繁殖，其关系也是很重要的。故殷先人之以日为名，反映了对于自然环境变化的把握，特别是对于时间概念的掌握。①

这种基于生产生活需要所产生的时间意识，早期作为一种原始宗教的规定性，应用在祭祀、占卜活动之中，由此可见商人强烈的时间观念；而其与祭祀相联系，在强调时间的秩序、统一性与规定性的同时，具有一种宗教的神圣性，这与之后周代礼制中众多礼法时间的规定性一脉相承。

其次，从甲骨卜辞记录方式来看时间线索作为一种原始叙事动力。从存世的殷商甲骨来看，其内容有着相对确定的组成部分。一般来说，甲骨卜辞主要由叙辞、命辞、占辞和验辞四部分组成。叙辞是卜辞中关于占卜时间及占卜之人的记录；命辞是对占卜之事的记载，常以"贞"起，故又称"贞辞"；"占辞"用于记录占卜结果，对占卜之事进行预测；验辞，是后人关于占卜之事的补充内容。② 贝塚茂树将殷商甲骨卜辞以及青铜器铭文的记事特点总结为："在记述所发生事件时，先举发生事件的日的干支，然后再记事件，但根据不同情况，有的在末尾将包含日的月与祀（殷代用祀代年）以及和发生事件有关系的国家大事的祭祀和军事的记述被加进去的。"③ 过常宝认为叙辞、

---

① 侯外庐：《中国思想通史》（第1卷），第61页。
② 过常宝：《原史文化及文献研究》，第21页。
③ 贝塚茂树、高振铎：《古代历史记述形式的变化》，《松辽学刊》（社会科学版）1985年第2期。

命辞、占辞和验辞四部分共同组成了一种"典型形态"，且这种结构本身成为一种神圣叙事模式："人因某事祈求神灵指示吉凶，神指示吉凶。"甲骨卜辞记事主要是由贞卜者、贞问日月和相关事实三方面因素构成，这些也构成了早期叙事的雏形要素，即时间、人物、事件，其中又以时间要素最为重要，主要由干支日组成。甲骨卜辞中的叙事要素开始呈现出相对固定的模式，所叙之事在叙事链条上开始有意识地按照一定顺序呈现，使得时间要素构成了早期叙事的一种原始动力。此后，时间作为一种最初安排事件的线索，成为后世诗歌叙事中最为基础的逻辑框架。

随着时间意识在叙事中的普遍应用，以时间为基本框架的叙事模式开始形成一种"宗教性的权威"。[①] 这种叙事的内在线索，构成了早期叙事的主要顺序。这些我们可从甲骨卜辞的内容窥见一二。甲骨卜辞提供了较为原始的叙事成文，卜辞的叙事顺序，遵循着时间上的自然逻辑线索，体现出中国文学早期叙事的线性特点。同时从整个占卜的过程来看，占卜中验证的部分，因其最终体现了记事在未来时间中是否准确而具有了特别的意义。从时间的本质上来说，是对未来发生之事的一种渴望与期盼。早期的史官希望通过占卜来准确把控未来发生的事情，企图超越时间的限制，眺望未来之事，即文学中的打破时间的线性叙述。发展到两周时期，这种时间上的超越性在诗歌文本中呈现为插叙、倒叙等自由掌控时间的叙事，并开始得到较为普遍的运用。

《春秋》在时间观念上的一个重要突破便是"以四时纪时"，

---

① 过常宝:《原史文化及文献研究》,第83页。

即以春、夏、秋、冬四季提示时间。《春秋》中有一类特殊的记事方式，即只记录季节时序，而无具体事件。据李廉《春秋诸传会通》卷一统计，"无事"书"春正月"者 24 次，书"夏四月"者 11 次，书"秋七月"者 17 次，书"冬十月"者 11 次。[①]《穀梁传》认为"无事"所以书者，"不遗时也"，范宁云"四时不具，不成年也"。[②] 过常宝认为以四时记事包含了两层功能，在形式上来看，以季节时序组织人物、事件是对纪年的进一步发展；在价值上来看，季节时序为史官记事提供了一种"神圣的秩序依据"，它使得史官在记述事件的时候，获得了一种"批判的权力"。[③]

从甲骨卜辞中出现的干支记事，到西周铜器铭文中逐渐出现记王年，再到《春秋》中完整的年、月记事，时间观念经历了一个逐渐清晰、明确的过程，开始形成了相对完整的时间意识。时间意识在《诗经》当中亦有所体现。《诗经》中有关"年"的词汇有"年""岁""载"等；有关"季节"的有"春""夏""秋""冬"；"月"于《诗》中凡 52 见，涉及"正月""四月""七月""十月"等；描绘一天内时间的词语有"昧""旦""朝""夙""暮""昏""晦""宵"等。通过《诗经》中有关时间的词汇，可看出其中所展现的时间意识，而诗歌中事件的发展通过时间变化来推动，使其按照逻辑顺序依次分布在时间线索之上，在这一过程中，时间自然而然地成为推动诗歌叙事的

---

① 李廉:《春秋诸传会通》,《景印文渊阁四库全书》第 162 册,台湾商务印书馆 1983 年版,第 197 页。

② 范宁集解,杨士勋疏:《春秋穀梁传注疏》,影印阮元校刻《十三经注疏(清嘉庆校刊本)》,中华书局 2009 年版,第 5148 页。

③ 过常宝:《原史文化及文献研究》,第 99 页。

一种原始动力。其中以《豳风·七月》一诗最为典型代表。该诗以衣食为经，以月令为纬，分类逐月叙述农事之进展。首章序农事之原，二章至五章叙衣，三章至八章叙食，诗中既有对农事活动的概览性叙述，亦有对具体农事活动的聚焦性叙述。诗歌第五章，"七月在野，八月在宇，九月在户，十月蟋蟀入我床下"，叙述蟋蟀感寒气之迫，应节而变，最为精彩，由以此可见诗人对于时间变化的细节掌控及诗歌内在的叙事动力。孙鑛《批评诗经》称此诗曰："草木禽虫为色，横来竖去，无不如意。固是叙述忧勤，然即事感物，兴趣更自有余。体被文质，调兼雅颂，真是无上神品。"①

部分诗歌通过明显的季节变化推动诗歌叙事，若《小雅·四月》一诗，以夏、秋、冬的季节时序变化为经，以诗人南迁途中所见之景为纬，依次铺叙"逐臣南迁"之事。此处，诗歌中季节的变化成为诗歌叙事的原始动力。诗中的主人公在酷热难耐的夏天离开家乡，赶往被逐之地，经历了百花凋零的秋天及狂风呼啸的寒冬，随着时间流逝、季节更替，诗人离家乡越来越远。

有的诗歌将时间变化隐含在动物的行为之中，以此推动诗歌叙事，若《小雅·绵蛮》以羽毛漂亮的黄鸟落在山坡上、角落间及山坡之侧暗示时间变化，叙写旅途艰辛的行役之人；再如《唐风·蟋蟀》"蟋蟀在堂"，写蟋蟀由野外进入到屋内，暗示季节更替，进而引发诗人关于时间流逝的感慨；又如《王风·君子于役》，以"鸡栖于埘""牛羊下来"暗示在外行役君子当归之时间。还有一些诗歌，将时间变化与植物生长规律相

---

① 张洪海：《诗经汇评》，凤凰出版社 2016 年版，第 359 页。

结合,若《召南·摽有梅》以树上果实的变化暗示时间流逝,推动叙述诗中女子的急迫心事。

史官记事的发展、时间意识产生及其作为一种叙事的原始动力,这些构成了《诗经》叙事的基本要素。《诗经》在此基础之上展开了更为广阔的叙事。

### (二)诗史互证之"事"及其叙事差异

董乃斌将中国古代诗词叙事分为三类:"一种是事在诗词之内,一种是事在诗词之外,第三种情况则是诗词内外都有事。"①所谓"诗内之事",即诗歌文本本身已交代了其所叙之事的具体内容,此种交代可在诗歌具体诗句之中,亦可通过题目、题序等方式来交代,多使用赋法铺排事件。所谓"事在诗外",即诗歌文本本身隐微,难见其所叙之事,须借助相关史料记载来还原诗歌本事,往往采用比、兴之法。所谓"诗内外皆有事",即诗句往往提点部分事件的人物、时间及事件要素,或通过诗句将事件作一种镜头式的展现,但又难以见其全貌,须借助相关文献互相参证,才能窥得事件全貌。具体来看:

#### 1. 诗史互证之"事"

重史传统为中国文学叙事提供了基本内容,并引起其对时间线索的关注。部分诗歌之本事,直接载录于史书,这为探求诗之本旨提供了可靠的依据。具体到两周时期的诗歌来看,以第三类居多,即"诗内外皆有事",据诗、史、事之关系,具体可分为以下三类:

第一,诗歌所叙之事可以作为周代历史史料者。杨宽《西

---

① 董乃斌:《古典诗词研究的叙事视角》,《文学评论》2010年第1期。

周史》认为《诗经》中《大雅》的《皇矣》《生民》《绵》《公刘》《荡》《文王》《文王有声》《大明》《思齐》，《周颂》的《我将》《武》《赉》《般》《酌》《桓》等诗，歌颂了周人早期历史及文王、武王开国历史；《小雅》中的《出车》《六月》《采薇》《采芑》《渐渐之石》，《大雅》中的《江汉》《棫朴》《常武》等篇，则是描写有关王朝征伐四方猃狁、荆蛮（楚）、淮夷、徐戎诸事；《大雅·韩奕》是叙周王册封韩侯和韩侯入觐之事；《大雅·崧高》是讲周宣王命令召伯帮助申伯经营土地之事；《大雅·桑柔》是周厉王臣子芮良夫指责周王和执政大臣以及揭露当时政治黑暗腐败造成人民灾难的；《大雅·召旻》是讲天灾人祸严重，将要亡国；《周颂》中的《噫嘻》《臣工》《载芟》《良耜》，《小雅》中的《信南山》《甫田》《大田》《楚茨》都是述及农业生产的。①

　　第二，史书直载诗歌所叙之事者。若《豳风·鸱鸮》，本事见《尚书·金縢》；《卫风·硕人》叙"卫庄公娶于齐东宫得臣之妹，曰庄姜，美而无子，卫人所为赋《硕人》也"，本事见隐公三年《左传》；《鄘风·载驰》叙许穆夫人归唁之事，本事见闵公二年《左传》；《郑风·清人》叙高克之事，本事见闵公二年《左传》；《秦风·黄鸟》叙秦穆公以子车氏之三子奄息、仲行、鍼虎为殉事，本事见文公六年《左传》。《诗经》之外，春秋时期的部分歌谣诵，史书亦直接载录其所叙之事，若《大隧歌》涉及郑庄公及其母武姜由结怨到和解后重见之事，诗之本事见隐公元年《左传》；《凤皇歌》叙陈懿氏女嫁敬仲，其妻占卜之事，本事见庄公二十二年《左传》；《狐裘歌》叙晋士蒍为

---

① 　杨宽：《西周史》，上海人民出版社2003年版，第8页。

两公子筑城墙之事，本事见僖公五年《左传》；《舆人诵》叙晋惠公背内外之赂事，本事见《国语·晋语三》；《恭世子诵》叙晋惠公改葬太子申生事，本事见《国语·晋语三》；《原田之诵》叙晋楚城濮之战事，本事见鲁僖公二十八年《左传》；《侏儒诵》叙鲁于狐骀败与邾国事，本事见襄公四年《左传》，等等。

第三，诗歌所叙之事由《毛诗序》、诗文推知与史之所载相合者。《邶风·新台》《鄘风·墙有茨》《鄘风·鹑之奔奔》叙卫宣公淫乱之事，与桓公十六年、闵公二年《左传》及《史记·卫康叔世家》所记之事合；《齐风·敝笱》《齐风·南山》《齐风·载驱》叙文姜、齐襄公鸟兽之行，与桓公十八年、庄公二年、庄公四年、庄公五年、庄公七年《左传》，及《史记·齐太公世家》《史记·鲁周公世家》所载之事合；《陈风·株林》叙陈灵公与夏姬淫乱事，与宣公九年、宣公十年《左传》所载事合，等等。

2. 诗、史叙事内容差异——叙事中对于自然物象的处理

对叙事过程中所涉及的自然物象的不同处理是诗、史在叙事上的一个主要差异。到了两周之际，部分诗歌已开始注意到物象在叙事节点上的特殊作用。董乃斌从叙事分层的角度，将诗歌对景物、人物的描述纳入叙事链条之中①，指出诗中所写作

---

① 　按：董乃斌认为"叙事可以是讲故事（事件过程），但也可以是描叙事象、事态、事由、事脉、事之过程、事之曲折、事之结果、事之影响等等，凡不属主观的情绪、意识、观点之类的客观外界物象和生活事象，皆可列入'事'的范围。凡写此类内容（与直接抒情议论相对），就都含程度不等的叙事成分、叙事因子或叙事色彩。"详见：董乃斌：《从赋比兴到叙抒议——考察诗歌叙事传统的一个角度》，《徐州工程学院学报》2016年第1期。

者主观情绪心思之外的时间、景物、地点等因素，本身也可成为事件的组成部分，共同构成诗歌的叙事链。① 杰拉尔·日奈特《叙事的界限》将描写作为叙述的"奴隶"，服务于叙述。他认为严格意义上的叙事本身就包括叙述和描写两个层面，其一，描写本身可独立于叙述进行构思，但实际上并不处于自由状态；其二，叙述则不能脱离描写而存在。他还指出在史诗、中短篇和长篇小说等体裁中，描写可占据极大位置，但在根本上只对叙事起辅助作用。② 本文认为虽不必把描写说成是叙事的奴隶，但应该承认描写是叙事的一个独特方面，它服务于叙事，使叙事更加丰满，在叙事的过程中发挥着独特的作用。

　　叙事与描写的关系在两周时期似乎更加复杂，特别是有关自然物象方面。一方面，两周时期中国有关"自然"的认识尚未独立。徐复观《中国文学精神》一书指出"自然"一词，最早见于《老子》，共有 5 次："成功事遂，百姓谓我自然"；"希言自然"；"人法地，地法天，天法道，道法自然"；"道之尊，德之贵，夫莫之命而常自然"；"以辅万物之自然而不敢为"。但是"其基本意义皆为不受他力所影响、所决定，而系'自己如此'"。③ 另一方面，两周时期在万物有灵的原始思维之下以及山神、河神、天、地等杂糅的神道观念之中来审视感知自然，并在此基础上将景、物摄入诗歌，通过兴象、比象等不同物象与人"事"建立起天然联系。赵沛霖认为先秦时期人们对自然

---

① 董乃斌：《古诗十九首与中国文学的抒叙传统》，《北京大学学报》2014 年 5 期。

② 张寅德编：《叙述学研究》，中国社会科学出版社 1989 年版，第 284—285 页。

③ 徐复观：《中国文学精神》，上海书店出版社 2006 年版，第 210 页。

界的认识是"一种纯粹动物式的意识","人们还不能把自己与客观世界分别开来而达到自我意识",并且指出"由这样的蒙昧状态发展到把客观世界作为观照的对象,并把它作为'他物'援引入诗,显然是一个长期的历史发展过程"。① 《诗经》中的"景物",即自然之物,均是由人之所感,非独以美自然也。从这个层面上来说,《诗经》中的物象皆非独立之景,而是被纳入叙事的链条,包含在诗歌所叙之"事"中。

史之叙事将自然排除在外,已经具有人、物的自觉性区别,诗歌则保留了原始的思维惯性。在《诗经》中这种与自然的复杂关系多有展现。下面以子车氏之三子奄息、仲行、鍼虎为殉之事为例,分析诗中之事与史书所载之事的异同。先看史书记载:

> 文公六年《左传》:秦伯任好卒。以子车氏之三子奄息、仲行、鍼虎为殉。皆秦之良也。国人哀之,为之赋《黄鸟》。②
>
> 《史记·秦本纪》:三十九年,缪公卒,葬雍。从死者百七十七人,秦之良臣子舆氏三人名曰奄息、仲行、鍼虎,亦在从死之中。秦人哀之,为作歌《黄鸟》之诗。③

从文公六年《左传》记载来看,事件涉及的人物有"秦伯

---

① 赵沛霖:《兴的源起:历史积淀与诗歌艺术》,中国社会科学出版社1987年版,第4页。
② 《春秋左传正义》,第4002—4003页。
③ 《史记》,第194页。

任好"（秦穆公）、子车氏之三子奄息、仲行、鍼虎。事件的起因是"秦伯任好"，即秦穆公之卒。事件的结果是子车氏三子殉葬。①《左传》所叙此事，其人物、事件要素，皆以时间为叙事之线索，以涉及的人物及其行为作为构成叙事链条上的重要节点，平铺直叙，前后独立，以点到点，线性贯穿，共同完成一段叙事，叙事简略。

再看诗中所叙之事。《秦风·黄鸟》，前人论其诗旨如下。《毛诗序》云："《黄鸟》，哀三良也。国人刺穆公以人从死，而作是诗也。"②朱熹《诗集传》、姚际恒《诗经通论》、方玉润《诗经原始》、程俊英《诗经注析》皆从。前人所论，大体不出哀子车氏之三子奄息、仲行、鍼虎殉葬之事。其诗曰：

> 交交黄鸟，止于棘。谁从穆公？子车奄息。维此奄息，百夫之特。临其穴，惴惴其慄。彼苍者天，歼我良人！如可赎兮，人百其身！
>
> 交交黄鸟，止于桑。谁从穆公？子车仲行。维此仲行，百夫之防。临其穴，惴惴其慄。彼苍者天，歼我良人！如可赎兮，人百其身！
>
> 交交黄鸟，止于楚。谁从穆公？子车鍼虎。维此鍼虎，百夫之御。临其穴，惴惴其慄。彼苍者天，歼我良人！如

---

① 按：三良是否自愿从死，有二说：一为被迫从死说，毛《序》："《黄鸟》，哀三良也。国人刺穆公以人从死，而作是诗也。"二为自愿从死说，《史记·秦本纪》张守节《正义》引汉应劭《汉书集解音义》："秦穆公与群臣饮酒酣，公曰：'生共此乐，死共此哀。'于是奄息、仲行、鍼虎许诺。及公薨，皆从死，《黄鸟》诗所为作也。"此从毛《序》说。

② 《毛诗正义》，第793页。

可赎兮，人百其身！①

从诗歌所叙之事来看，其打破了事件的完整线索，将事件的前因后果隐去，仅仅截取了三良殉葬之时的场景片段，将叙述的重点放在自然物象之上，通过自然物象与事件形成的同构关系来叙述事件，并在其中隐约展现其对于事件的评价。此诗三章，全用"兴"法，分别以"交交黄鸟，止于棘""止于桑""止于楚"起兴，引起所叙之事。黄鸟、棘、桑、楚，本作为一种自然物象，在这里诗人从感事的角度出发，将黄雀落在棘、桑、楚上不停地鸣叫，作为一种组合摄入到叙事之中，形成了一种动态的事象，这个事象具有多重意义。《毛传》认为黄鸟飞而往来，终有其所，停于棘木之上，以兴人之寿命最终亦有其归处。② 郑玄《笺》认为黄鸟停在荆棘之上本为求己之安，若不能安于此棘，则移往他处，君臣之事亦如此。③ 马瑞辰《毛诗传笺通释》言《传》《笺》所说皆非诗义，诗中实以黄鸟停在棘、桑、楚之上为不得其所，以此兴起三良殉葬实为死不得其所④，且从古人名物多音近的角度出发，认为"棘"，急也，"桑"，丧也，"楚"，痛楚也，诗中以此讽刺三良殉葬之事。⑤ 马说近是。由黄鸟与棘、桑、楚共同构成的事象，一方面，作为起兴引起整首诗歌所叙之事；另一方面，通过音近或谐音所表达的急、

---

① 《毛诗正义》，第793—794页。

② 《毛诗正义》，第793页。

③ 《毛诗正义》，第793页。

④ 马瑞辰：《毛诗传笺通释》，中华书局1989年版，第390页。

⑤ 马瑞辰：《毛诗传笺通释》，第390页。

丧、痛，与子车氏三子奄息、仲行、鍼虎殉葬之事的悲哀形成了一种共鸣。同时，与《左传》中记事之简略平静不同。我们从诗歌中所用自然物象之中可以窥见其蕴含的强烈的感情色彩，从诗歌的直接抒情，"彼苍者天，歼我良人！如可赎兮，人百其身！"可更为清晰地感受到那种呼天抢地的痛哭。

从以上论述可观见"诗"与"史"叙事的差异，两者在叙事的方式、视角、重心及效应上均有所不同。从"史"的叙事中可以了解史实，而"诗"的叙事则可以激发读者的情感，带有强烈的感情色彩及倾向性。诗人眼中之事，必然是其所见、所闻之事，而诗人从现实生活中提取"事件"的过程，本质上是对"事件"的加工过程，这一过程使得诗中所叙之事暗含了作者自身思想、阶层背景的烙印，带有强烈的个人情感色彩。而史官所记之事则不同，史书是历史事件的真实记载，或者说是力求完整真实地记载事件，强调对"事"本身的"再现"，关注点在于事件本身。当然，不可否认的是史官在著述史书时也不可避免地带有个人情感因素，《左传》《史记》记载三良殉葬，惋惜同情之感油然生于笔下，但毕竟不能像《诗经·秦风·黄鸟》篇那样发出痛彻心扉的呼喊，这也是诗与史叙事的一大不同。

兹维坦·托罗多夫《叙事作为话语》一文指出言语本身具有客观性与主观性之别。[1] 常理中历史语言的客观性强于诗性语言，但具体到作品，通过同一历史事件中历史文献记载与诗歌内容的对比，可看出历史文献的客观性体现在材料的安排及历史事件的还原上。在诗歌叙事中，其语言在景物描写与情感抒

---

① 兹维坦·托罗多夫：《叙事作为话语》，张寅德编：《叙述学研究》，第304页。

发的交替过程中达到叙述目的，完成最终的表达。诗从提取的事件因素当中选择与心最为契合者，组织诗歌结构，确定在叙述完成时达到最终的叙述目的；而史中之"事"，则重在完成叙述，在叙述完整历史事件前因后果及具体经过上均较诗歌叙事充分，但其情感色彩弱于诗歌叙事。从文学作为一种叙述的角度来看，《诗经》在完成叙述时，更多将事与情相结合，呈现出一种事简、情显的风格特征。

综上所述，《诗经》所叙之"事"包括了婚恋、战争行役、祭祀、农事渔猎、燕饮、政事、日常生活之事等类别，涵盖了平民之事与贵族之事。《诗经》叙事与史官的记事传统关系密切，时间既是早期史官记事的内在逻辑线索，也是诗歌叙事的一种原始动力。两周时期诗、史所叙之事往往能够互相印证，而在具体叙事的过程之中，特别是在自然物象的处理上又表现出明显的差异。

## 第二节 《诗经》的叙事类型

本节根据人物形象的塑造、情节的完整性及事件的连续性，将《诗经》的叙事类型分为三种：场景型叙事、故事型叙事、史诗型叙事。[1] 这三种类型也是中国诗歌叙事传统中基本的叙事类型。

---

[1] 按：需要说明的是，"场景"在西方叙事学理论中是一个专用概念，与本书不同。在西方叙事学理论中，"时距"被划分为"省略""概要""场景""停顿"等四种情形，其中"'场景'即叙述故事的实况，一如对话和场面的记录，故事时间与叙事时间大致相等"。罗钢：《叙事学导论》，云南人民出版社1994年版，第149页。

## 一、场景型叙事

场景型叙事可以追溯到上古歌谣。若《弹歌》，"断竹，续竹，飞土，逐肉"，歌谣中叙述了从制作工具到狩猎的过程。整首歌谣由四个场景组成：砍伐竹子，将竹子连接在一起，击发弹丸，追捕猎物，其他细节均未写明。歌谣在叙述狩猎的过程中隐去了动作行为的主体，仅提示了数个场景，其叙事整体上呈现出一种简洁明快的风格特征。迟至春秋时期，场景型叙事在事件安排以及人物塑造方面已经有了长足发展。

场景型叙事往往淡化时间、空间线索，纯粹截取一个事件场景，恍若一个电影镜头。《诗经》中的诗歌涵盖了军队检阅、狩猎、乘舟、乘车、劳作场景、男女幽期密约等诸多场景，再现了当时人们生活中某一特定时空条件下的广阔图景。场景型叙事呈现出以下特质：

### （一）截取简洁的事件片段

《诗经》中的场景叙事涵盖了丰富的内容，若《邶风·二子乘舟》之乘舟场景；若《邶风·静女》截取恋爱男女幽期密约之场景；若《鄘风·干旄》截取驾车马招贤之场景；若《鄘风·载驰》截取许穆夫人归唁卫侯被阻之场景；若《王风·君子阳阳》截取一个歌舞场景；若《郑风·有女同车》截取乘车片段；若《齐风·还》截取狩猎过程中二人相遇的场景；若《齐风·载驱》截取一个女子出行的场景；若《魏风·十亩之间》截取劳作返家的场景；若《秦风·渭阳》截取送别的场景；若《陈风·株林》截取驾车马出行的场景，等等。场景型叙事往往打破完整的故事情节，仅提供事件片段作为整首诗歌中叙事链条上的关键节点，且通过这些事件片段可想象出一幅完整的画面，其所叙之事在整体上呈现出简略的特征。

有的诗篇通过空间的切换，带动叙事场景的推进，使得所叙之场景呈现出一种动态特征。若《魏风·十亩之间》：

> 十亩之间兮，桑者闲闲兮，行与子还兮。
> 十亩之外兮，桑者泄泄兮，行与子逝兮。①

诗歌二章全用"赋"法，叙写女子劳作之后返家的场景。"十亩"提示了事件发生的地点。马瑞辰认为先秦时期民众有公田十亩，庐舍周边田有二亩半，用于种植桑麻杂菜，此处仅言十亩，是举整数而言。"桑者"，提示了事件中的主人公，言采桑之人。观《诗经》中采桑之事多由女子承担，此处所言采桑之人或即为女子。首章叙述"十亩之间"的场景，"闲闲"，暇而不遽也。诗写一群女子在完成劳作之后相约返家。第二章地点切换到"十亩之外"，"泄泄"，舒而不迫也，写采桑者之从容。由"十亩之间"到"十亩之外"，事件的成分被压缩为极其简洁的片段，诗歌通过地点变化完成了诗中场景的延续。细读此诗，我们可通过诗中所截取的"十亩之间"与"十亩之外"两个地点的切换来想象出当时的场景：夕阳西下，采桑的女子在劳作了一天之后，开始结伴回家，她们边走边说笑着，从桑林之间走到了桑林之外，越走越远，她们的说笑声也逐渐消失在暮色之中。

有的诗篇打破了诗歌的时空线索，通过动词变化来推动场

---

① 《毛诗正义》，第759—760页。

景切换，若《周南·芣苢》一诗：

> 采采芣苢，薄言采之。采采芣苢，薄言有之。
> 采采芣苢，薄言掇之。采采芣苢，薄言捋之。
> 采采芣苢，薄言袺之。采采芣苢，薄言襭之。①

诗歌三章纯用"赋"法，截取了采摘芣苢的场景，打破了完整的情节链条，虚化了时间、空间的线索，将叙述的重点放在采摘的动作上。至于是什么人在采摘、采摘了芣苢用于何处，诗歌并未交代。"芣苢"，《毛传》认为即车前子，妇女服之易于怀孕，陆玑《毛诗草木鸟兽虫鱼疏》认为芣苢之子可用于治疗妇人难产。结合先秦时期采摘之事多由妇女承担，可推测此处采摘芣苢之人为一女子。诗歌通过重章叠句的形式叙述采摘之事，通过动词变化来推动叙事发展。"采"，取也，言刚刚开始采摘也；"有"，"藏之也"，言已经采得芣苢；"掇"，拾也；"捋"，取其子也；"袺"，"以衣贮之而执其衽也"；"襭"，"以衣贮之而扱其衽于带间也"。② 动作的变化构成了诗歌叙事的骨架，诗歌之中所叙的采摘场景由静而动，成为一幅动态画面。我们亦可通过想象将整个场景补充完整："恍听田家妇女，三三五五，于平原秀野、风和日丽中，群歌互答，余音袅袅，若远若近，互断互续，不知其情之何以移而神之何以旷。"③

场景描述限制了诗歌在情节内容上的连贯性，因而一首诗

---

① 《毛诗正义》，第591页。
② 《诗集传》，第7页。
③ 方玉润：《诗经原始》，中华书局1986年版，第85页。

中往往连续叙述某几个片段，并将其组合在一起以构成一个相对完整的事件线索。如《齐风·还》一诗，诗歌摄取两位猎人狩猎途中偶遇及共同追逐猎物的镜头。其诗曰：

> 子之还兮，遭我乎峱之间兮。并驱从两肩兮，揖我谓我儇兮。
>
> 子之茂兮，遭我乎峱之道兮。并驱从两牡兮，揖我谓我好兮。
>
> 子之昌兮，遭我乎峱之阳兮。并驱从两狼兮，揖我谓我臧兮。①

诗歌三章，全用"赋"法。三章复叠而言，仅仅在字词上略作变换。每章均是先点明人物，"子"是士大夫之间的称谓之辞；"还"，敏捷的样子；"茂"，美也，言其年壮力强如木之茂②；"昌"，言其气力之盛。叙写所遇之猎人身手敏捷。其次叙述两人相遇的场景，"峱"，山名也，其山在齐地，"当是如犬形"。③首章言"间"，次章言"道"，三章言"阳"，以此可见两人相遇的地点正是在"山之南山侧"的路上，"遭"，遇也，言两人为偶遇非相约而见也。接着写两人共同狩猎场景。"驱"，策马并驱，言与所遇之猎人共同追逐猎物。最后写称誉之事，叙写所遇之猎人作揖称赞"我"之"儇""好""臧"。诗歌将叙述的重点放在两人相遇及狩猎的场景之上，两者接续共同构成

---

① 《毛诗正义》，第 739 页。
② 鲁洪生主编：《诗经集校集注集评》，第 2223 页。
③ 鲁洪生主编：《诗经集校集注集评》，第 2218 页。

了一个相对完整的事件线索。

另外，我们在春秋时期的歌谣中，也可以见到场景型叙事的运用。如《大隧歌》，载于隐公元年《左传》，其叙事恍若一个电影镜头，摄取了事件的关键场景，歌曰：

> 郑庄公赋曰：大隧之中，其乐也融融。
> 武姜赋曰：大隧之外，其乐也洩洩。[①]

歌中记述了郑庄公与其母武姜在隧道之中见面的场景，首句为庄公所咏，次句为其母武姜和咏，二人均讲述了在"大隧"见面之事及感受。对于其为何在隧道中相见，诗歌中并未提及，但《左传》前文已叙及，诗即是文的延伸。

事件的完整经过见于隐公元年《左传》。其始郑武公迎娶了申国之女武姜，武姜生庄公及共叔段兄弟二人。庄公出生时足先出，惊吓到了武姜，武姜因此厌恶庄公而喜欢共叔段，想立其为太子，数次请求武公而未得允许。庄公即位之后，武姜向其请求将制邑封给共叔段，未得许，后共叔段居于京邑。这为其后郑国之乱埋下了隐患。共叔段在完成谋反准备之后，欲发兵袭郑，武姜将为内应，帮其打开城门。郑庄公及时发兵讨伐京城，共叔段出逃于共。庄公因历来之事怨恨其母，将武姜安置在城颖，并且发誓"不及黄泉，无相见也"。后庄公有悔意，经颖考叔建议，于是乃"阙地及泉，隧而相见"，母子和好如初。[②] 通过母子对咏，把当时的情景简要地描述出来。

---

① 《春秋左传正义》，第 3726 页。
② 《春秋左传正义》，第 3726 页。

### (二) 淡化人物形象

《诗经》中的诗歌已经开始有意识地塑造人物形象，因其创作主体主要由王、公、卿、君、大夫、士、平民、奴隶等阶层构成，使得其塑造的人物形象的类型也较为丰富。[①]《诗经》中的女子形象涵盖了弃妇、思妇、怨妇以及恋爱中的女子等多种类别，男子形象则包括了圣明君主与昏庸无能君主、贤德之臣与奸佞之臣、士人小吏、没落贵族、猎手、农夫、征夫、戍卒、行旅之人等。

杰拉尔·日奈特《叙事的界限》指出："任何叙事都包括对行动与事件的表现——它构成严格意义上的叙述，以及对人物的表现——即今日所称的描写。"[②] 本文前已论及描写是叙事的一个独特方面。场景型叙事类诗歌往往通过细节描写来塑造人物，因而人物的形象往往淡化，呈现出隐约难见的特征。

部分诗歌通过衣着、神态等细节描写来塑造人物，如《召南·羔羊》一诗：

> 羔羊之皮，素丝五紽。退食自公，委蛇委蛇。
>
> 羔羊之革，素丝五緎。委蛇委蛇，自公退食。
>
> 羔羊之缝，素丝五總。委蛇委蛇，退食自公。[③]

诗三章，全用赋法，截取一位官员"退食自公"的场景。每章前两句抓住人物服装的细节来塑造人物。首先，通过服装

① 邵炳军：《春秋社会形态变迁与诗歌叙事主体构成形态演化》，《江海学刊》2015 年 4 期。

② 张寅德编选：《叙述学研究》，第 284—289 页。

③ 《毛诗正义》，第 607—608 页。

提示人物身份。服制是周代礼乐文化的重要构成部分，"羔裘"按照周代礼制，为大夫之朝服。其例亦见于其他诗篇，如《郑风·羔裘》"羔裘如濡""羔裘豹饰"；《桧风·羔裘》"羔裘逍遥，狐裘以朝""羔裘翱翔，狐裘在堂"。孔《疏》引《论语》注："缁衣羔裘，诸侯视朝之服。卿大夫朝服亦羔裘，唯豹袪，与君异耳。"诗歌通过服装提示了人物的身份，《召南·羔裘》诗的主人公为一位大夫。其次，诗歌通过服饰的变化来写人物的品德。姚舜牧《重订诗经疑问》认为诗中曰"皮""革""缝"，皆有其深意。"曰皮则有毛附丽在，曰革则毛毸而鞹存也，曰缝则革敝而缝见也。五紽、五緎、五緫皆云素丝，是所谓表里一与素者也。"① 诗歌三章依次细致描绘了羔裘的变化，首章其毛尚存故称皮；次章言衣已穿旧，毛去而革存；三章言皮革破旧，缝制的痕迹显露出来。诗中屡言以素丝缝制，为的是说明人如其服，节俭朴素，表里如一也。

诗中后两句，写大夫退朝食于公所，从容自得的样子。襄公二十八年《左传》有"公膳日双鸡"，杜预注"卿大夫之膳食"，释为公家供卿大夫日常之膳食，刘履恂根据此条认为"自公退食"即是言在公家用膳之后而退②，其论精当。马瑞辰《毛诗传笺通释》认为："古者卿大夫有二朝，《鲁语》所云'合官职于外朝，合家事于内朝'也。其在公各有治事之朝，勤于治事，不遑家食，则有公膳可食。诗言'退食自公'，正著其尽心奉公。"③ 以此则三章之中屡言"退食自公"，回环叙述，正是在于

---

① 鲁洪生主编：《诗经集校集注集评》，第 366 页。
② 马瑞辰：《毛诗传笺通释》，第 88 页。
③ 马瑞辰：《毛诗传笺通释》，第 88 页。

铺叙此穿着羔裘的大夫尽心于王事，历久而不辍也。"委蛇委蛇"则叙其从容自得之貌，朱公迁《诗经疏义会通》言"从容自得，由其心无愧怍而然，德行可法，故容止可观也"。①

诗人以一个观察者的角度，通过客观地叙述此官吏的衣着和动作，写出了其在公家用饭后退朝的情状。前两句写其"衣服有常"，后两句写其"从容自得"。诗歌中仅提供了有关人物的部分细节，我们虽不能完整还原诗歌之中的人物形象，但却能隐约地看见一位俭朴而勤于政事的官员形象。

有的诗歌将叙述的重点放在人物的动作之上，以此来展现人物形象。若《邶风·静女》一诗：

> 静女其姝，俟我于城隅。爱而不见，搔首踟蹰。
> 静女其娈，贻我彤管。彤管有炜，说怿女美。
> 自牧归荑，洵美且异。匪女之为美，美人之贻。②

诗歌叙写青年男女幽期密约的场景。整首诗歌中主要是通过"俟""爱""搔首踟蹰""贻""归"五个动作细节来完成人物形象的塑造。"俟"，直接引出了场景中两个主人公形象：贞静美丽的女子与"我"，并交代了两人相约见面的地点，即城墙的一角。"爱"，《鲁诗》作"薆"，《齐诗》作"僾"③，《尔雅·释言》"薆，隐也"，《说文》"僾，仿佛也"，其义即隐藏之义。

① 鲁洪生主编：《诗经集校集注集评》，第 375 页。
② 《毛诗正义》，第 654—655 页。
③ 王先谦撰，吴格等点校：《诗三家义集疏》，岳麓书社 2010 年版，第 225 页。

"爱而不见"，写女子躲藏起来。我们可以想见当时的场景：女子远远地看见男子到来，故意躲藏起来让他着急，通过这一动作展现了女子的俏皮可爱。"搔首踟蹰"，截取男子的一个动作细节，写男子焦急的样子，通过这一细节我们可以想见当时的情景：男子来到相约之地，却未见到相恋之人，因而抓耳挠腮、不知所措，其焦急无措的形象跃然纸上。"贻""归"，从男子的视角叙写女子赠"彤管""荑"于心爱之人，着重表现男子内心的喜悦之情。在整个叙述中，人物的动作成为架构诗歌的核心和诗歌叙事的主要线索。人物动作带动了叙事，在提供部分细节的同时，暗示了完整的故事情节，以启发读者的想象，这也使得诗歌中的人物虽面目并不清晰，但已然灵动起来，使人如闻其声息。

还有部分诗歌，通过叙述人物的配饰来提示人物身份、地位。如《齐风·著》"充耳"提示人物的身份：

> 俟我于著乎而，充耳以素乎而，尚之以琼华乎而。
> 俟我于庭乎而，充耳以青乎而，尚之以琼莹乎而。
> 俟我于堂乎而，充耳以黄乎而，尚之以琼英乎而。[①]

先秦时期婚姻有"亲迎"之礼，《仪礼·士昏礼》载"亲迎"之礼，"主人爵弁，纁裳，缁袘……至于门外。主人筵于户西……女次，纯衣，纁袡，立于房中……主人玄端迎于门外……至于庙门，揖入，三揖至于阶……再拜稽首，降，出。妇从，降自西阶……婿御妇车……婿乘其车，先，俟于门外"。[②] 其大

---

① 《毛诗正义》，第 739—740 页。
② 郑玄注，贾公彦疏：《仪礼注疏》，影印阮元校刻《十三经注疏（清嘉庆校刊本）》，中华书局 2009 年版，第 2078—2085 页。

意是迎亲的女婿乘车来到妇人之家后在庭中等着，行礼后，妇人从内寝出来，跟随夫婿走出门，然后二人分别乘车至夫家。《著》诗截取了新女婿至妇人家等待行礼的场景，从待嫁女子的视角来描述整个过程。诗从空间着手，三章依次言"俟我于著""庭""堂"。只见夫婿由外而内，离自己愈来愈近，其内心的喜悦与激动之情暗含在这种空间距离的变化之中。继而女子看到自己的夫婿所佩戴之"充耳"，暗示了新郎的身份。"充耳"是古时候垂在帽子两旁的饰品，垂在耳朵旁边，可以用来塞耳避听，由三部分组成：紞，系在冠上的细线；纩，细线垂到耳边打成的结；瑱，即悬在纩下的玉①，贵族多用。由其夫婿所佩戴之充耳，大致可以推测其身份亦为贵族。诗歌三章反复言及充耳，强调男子佩戴之饰品，以彰显男子的地位、身份之尊贵，女子喜悦之情亦隐含在其之中。诗中并未明确交待人物的身份，通过诗歌所叙述的场景可推知其为迎亲的新郎，通过其所佩戴的饰品，可推测其或为贵族。

### （三）浓郁的抒情化倾向

董乃斌指出："中国古代诗歌从其源头《诗经》《楚辞》起，就表现出事、情融渗和抒、叙结合的特点"，诗中的叙事与抒情总是交融在一起，"互相支持，互相推挽，你中有我，我中有你的"。② 场景型叙事便呈现出这种抒情与叙事交融的特征。此类诗歌所叙之事带有浓郁的抒情化倾向，有的诗歌借事抒情，有的诗歌以情代事，其情节往往不够完整，人物形象亦不够鲜明，

① 向熹：《诗经词典》（修订本），商务印书馆2014年版，第60页。
② 董乃斌：《古诗十九首与中国文学的抒叙传统》，《北京大学学报（哲学社会科学版）》2014年第9期。

诗歌叙述的重心往往放在某种情绪或情感抒发上。

以情感推动叙事的诗歌，其所叙之事件均呈现出浓郁的情感色彩。如《小雅·彤弓》一诗，叙述周王以彤弓赏赐有功之臣的场景。诗歌三章，铺叙燕饮之事，而诗中"贶""喜""好"等情绪的变化成为诗歌叙事的内在动力，使得整个场景之中洋溢着和乐的氛围。再如《邶风·燕燕》一诗：

> 燕燕于飞，差池其羽。之子于归，远送于野。瞻望弗及，泣涕如雨。
> 燕燕于飞，颉之颃之。之子于归，远于将之。瞻望弗及，伫立以泣。
> 燕燕于飞，下上其音。之子于归，远送于南。瞻望弗及，实劳我心。
> 仲氏任只，其心塞渊。终温且惠，淑慎其身。先君之思，以勖寡人。①

诗歌叙述庄姜送戴妫的场景。其本事见于隐公三年、隐公四年《左传》，其始卫庄公娶齐国太子之妹庄姜，相貌美丽却未能有子。后又娶陈国之女厉妫，生孝伯，不幸早夭。厉妫之妹戴妫与卫庄公生子完，庄姜因养为己子。卫庄公另有宠妾生子州吁，颇受宠信且喜武事，庄姜恶之。卫庄公去世后，公子完继位，是为桓公。至隐公四年三月，州吁杀死其君桓公。戴妫乃桓公生母，其子被杀，不得不返回故国，因而有庄姜送戴妫归陈国之事。整首诗歌叙事意味鲜明，但又极富抒情色彩，述

---

① 《毛诗正义》，第627—628页。

事过程为庄姜的缱绻难舍之情所统摄，使得诗歌中的送别场景充满了浓郁的情感色彩。具体来看：

首先，诗歌将情感熔铸在景物描写及事件叙述之中。诗一、二、三章用"兴"法，以燕子起兴。一方面，因燕子春来秋去，正与此处离别之事相合；另外，桓公被杀在三月，则戴妫之归应在此后不久，故诗歌用燕子起兴也暗示了戴妫"大归"之事。前三章首二句着重描写燕子姿态，"燕燕"叠用，言双燕也。"差池其羽"，叙两燕同飞而不齐也。"颉之颃之"，"飞而上曰颉，飞而下曰颃"，写两燕同飞而一上一下。"下上其音"言两燕鸣叫而一在下一在上。诗歌中双燕同飞而不齐的场景与庄姜、戴妫分别之事形成了一种同构关系。庄姜送别的不舍之情使得其所叙之景亦带有了浓烈的情感色彩，情、景、事在其中融为一体。

其次，通过情感推动人物动作、行为的变化。依"妇人之礼，送迎不出门"，但诗中写庄姜由城内"远送于野""远于将之""远送于南"。陈国在卫国之南，故言南。三章之中屡言"远"字，正因其情之不舍故有远送之举。后写送至郊外，戴妫之车已渐行渐远，而庄姜依然望着远方，一直到目力所不及处。"瞻望"一词叙写庄姜之不舍尤甚，三章重言，正所以言其情之浓矣。诗先写庄姜送别时泪如雨下，其后戴妫渐行渐远，只留下庄姜站在离别之地啜泣，到最后言其思念，隐约可见戴妫离开之后庄姜落寞的身影，整个场景之中均充斥着这种浓郁的不舍之情。

有的诗歌事件成为情感的触发点，在情绪被触发之后，诗歌的重点转移到情绪的抒发之上，带有一种感事的特征。如《唐风·蟋蟀》一诗，叙述蟋蟀进入堂屋的场景，三章反复言及

"蟋蟀在堂"，此场景引发了诗人关于时光易逝的感叹，进而诗人自忖一方面要及时行乐，另一方面又牢记着自身的职责，不能过度享乐。再如《王风·黍离》：

> 彼黍离离，彼稷之苗。行迈靡靡，中心摇摇。知我者，谓我心忧。不知我者，谓我何求。悠悠苍天，此何人哉？
>
> 彼黍离离，彼稷之穗。行迈靡靡，中心如醉。知我者，谓我心忧。不知我者，谓我何求。悠悠苍天，此何人哉？
>
> 彼黍离离，彼稷之实。行迈靡靡，中心如噎。知我者，谓我心忧。不知我者，谓我何求。悠悠苍天，此何人哉？①

诗歌叙述周大夫行役在外，至于镐京，见到原先的宗庙宫室尽毁而其地长满黍稷的场景。诗人走在路上所见到的故国场景，成为诗歌中情感的触发点，引发了诗人的感伤及忧思。诗三章，朱熹《诗集传》认为皆"赋而兴"也。诗歌每章前两句叙诗人所见之场景。其行役至于宗周，见到一片片整齐的黍稷，而这些土地上原先均是宗庙宫室，现在则见不到任何痕迹，诗人由此而心生忧思。诗中言"苗""穗""实"，李诒《诗经蠹简》认为都是诗人一时之所见，"一阡之中皆有之也"②。三章采用一种递进式的写法，依次而言，其中暗含着作物生长的规律，且与后文诗中主人公情绪的变化形成了一种同构关系。其后二句，言其"行迈靡靡"，《毛传》"犹迟迟也"，诗人由于受情绪

---

① 《毛诗正义》，第697—698页。
② 鲁洪生主编：《诗经集校集注集评》，第1695页。

的影响而行走迟缓，其"惟欲徘徊于此而无意于行也"。[①] 三章依次言"摇摇""如醉""如噎"，诗人内心的忧思一层深似一层。方玉润《诗经原始》："三章只换六字，而一往情深，低徊无限。此专以描摹虚神擅长，凭吊诗中绝唱也。"[②] 诗后六句，三章反复咏叹，仿佛是人的疾声呼号，至此诗人的情感到达极致。诗歌中的场景在触发情感之后已为诗人的情绪所化，事隐于情而情含其事。

场景型叙事是《诗经》中较为常见的叙事类型，其在事件特征、人物形象塑造以及抒情化倾向等方面均对后世诗歌叙事产生了重要影响，成为中国诗歌叙事中基本的类型之一。如《邶风·燕燕》一诗所叙的送别场景，开创了中国诗歌中的送别题材，王士禛《分甘余话》卷三谓"宜为万古送别之祖"。[③] 再如《王风·黍离》一诗中由故国场景引发的忧思与今昔之变的感叹，成为中国文学中一个重要的母题，特别是在朝代更替之时，时见感叹黍离之悲的作品，若向秀之《思旧赋》、姜夔之《声声慢》（淮左名都）皆可见此体风神。

## 二、故事型叙事

故事型叙事有着相对完整的故事情节及较为鲜明的人物形象，展现了丰富的事件以及叙事技巧。故事型叙事不再满足于单一事件场景的展现，而逐步开始将不同的事件缀合在一起，情节前后连贯，共同构成一个完整的故事。同时强化了诗歌中

① 鲁洪生主编：《诗经集校集注集评》，第 1686 页。
② 方玉润：《诗经原始》，第 192 页。
③ 王士禛：《分甘余话》，中华书局 1989 年版，第 62 页。

人物形象的塑造，将事件的叙述与人物形象的展现密切结合，且人物形象开始由平面转为立体，由单个转向多个，诗歌中人物之间的关系也更为复杂。故事型叙事往往叙述一系列关联的事件，在处理众多事件的过程中开始探索更多叙事技巧以及诗歌的结构模式。

故事型叙事类诗歌在《诗经》存量较少，仅《卫风·氓》《郑风·女曰鸡鸣》《邶风·谷风》《郑风·溱洧》数篇，其中以《卫风·氓》最具代表。《毛诗序》云："《氓》，刺时也。宣公之时，礼义消亡，淫风大行，男女无别，遂相奔诱，华落色衰，复相弃背，或乃困而自悔，丧其妃耦，故序其事以风焉，美反正，刺淫泆也。"① 其言女子色衰见弃，得其实也；其言刺时，则于诗文实际内容未合。欧阳修《诗本义》："据诗之所述，是女被弃逐怨悔，而追序与男相得之初，殷勤之笃，而责其终始相弃背之辞。"② 其说于诗甚合，今从。朱熹《诗集传》言："此淫妇为人所弃，而自叙其事，以道其悔恨之意也。"③ 其"淫妇"之说，实属陈腐，而言女子自叙其事，则为卓见。④ 下面以《氓》为例来看《诗经》中故事型叙事的主要特质。先引其诗：

---

① 《毛诗正义》，第684—686页。

② 欧阳修：《诗本义》，《儒藏·精华编》第24册，北京大学出版社2008年版，第32页。

③ 朱熹：《诗集传》，第48页。

④ 按：关于《卫风·氓》诗旨，邵炳军《春秋文学系年辑证》一书归纳为10种："淫妇追悔"说、"弃妇追悔"说、"国人闵弃妇"说、"廊人所作"说、"刺时"说、"弃妇既责难前夫又追悔自身"说、"抨击为富不仁的商人"说、"怨妇诗"说、"弃妇自主、自觉、自省、自立"说、"弃夫诗"说。参见：邵炳军：《春秋文学系年辑证》，第265—266页。

氓之蚩蚩，抱布贸丝。匪来贸丝，来即我谋。送子涉淇，至于顿丘。匪我愆期，子无良媒。将子无怒，秋以为期。

乘彼垝垣，以望复关。不见复关，泣涕涟涟。既见复关，载笑载言。尔卜尔筮，体无咎言。以尔车来，以我贿迁。

桑之未落，其叶沃若。于嗟鸠兮，无食桑葚。于嗟女兮，无与士耽。士之耽兮，犹可说也。女之耽兮，不可说也。

桑之落矣，其黄而陨。自我徂尔，三岁食贫。淇水汤汤，渐车帷裳。女也不爽，士贰其行。士也罔极，二三其德。

三岁为妇，靡室劳矣。夙兴夜寐，靡有朝矣。言既遂矣，至于暴矣。兄弟不知，咥其笑矣。静言思之，躬自悼矣。

及尔偕老，老使我怨。淇则有岸，隰则有泮。总角之宴，言笑晏晏。信誓旦旦，不思其反。反是不思，亦已焉哉。①

## （一）情节连贯、事件丰富

故事型叙事类诗歌中所叙之事往往情节连贯，事件丰富。《卫风·氓》一诗以卫地女子第一人称视角完整地叙述了其与"氓"相爱、男方求婚、订婚、结婚、婚后生活及被弃的过程。诗歌由一系列关联紧密的事件构成，傅修延在《先秦叙事研究：

---

① 《毛诗正义》，第 684—686 页。

关于中国叙事传统的形成》一书中将《卫风·氓》中的事件归纳为 16 个：

> "贸丝"——"谈婚"——"送渡"——"约期"——"盼媒"——"卜吉"——"成婚"——"自嗟"——"守贫"——"士贰其行"——"劳苦受虐"——"兄嘲"——"自悲"——"失望"——"回首当年"——"豁达自慰"[①]

这些事件按照诗歌中情节的发展大致可分为四个阶段：订婚、婚姻、被弃、回忆。首先，来看订婚时期的事件，主要呈现在诗歌的第一、二章中，全用"赋"法，追叙两人相恋到结婚的过程。"贸丝"，"贸"，交易也，叙写男子抱着布匹，以交易的名义来见女子，实际却是为了与其商量结婚之事。孔颖达《疏》："《月令·季春》云：'后妃齐戒以劝蚕事。'是季春始蚕。《孟夏》云：'蚕事既毕，分茧称丝。'是孟夏有丝卖之也"。[②] 则此处"贸丝"提示了男子所至的时间正是在夏末之时。从下文来看，男子正是为商量婚期而来，此处并未能够达成一致。"送渡"，"送子涉淇，至于顿丘。匪我愆期，子无良媒。将子无怒，秋以为期"，女子送男子过了淇水，一直送到了顿丘。"约期"，"愆"，过也，"良"，善也。在送别的过程之中男子或有催促女子早定婚期之意，但诗中并未明言。诗中引用女子言语直接将

---

① 傅修延：《先秦叙事研究：关于中国叙事传统的形成》，东方出版社 1999年版，第 119—120 页。
② 《毛诗正义》，第 684 页。

其所作的解释呈现出来：自己并非有意推延婚期，而是男子没有好的媒人来说合，并且安慰男子不要生气，约定秋天结婚。王先谦《诗三家义集疏》云："此氓欲为近期，故妇言非我故欲过会合之期，因子尚无善媒耳。将子无怨，秋以为期可乎？"①"盼媒"，"乘彼垝垣，以望复关。不见复关，泣涕涟涟。既见复关，载笑载言"，"垝"，残缺之墙，"复关"，君子所近也，此处为借代，借以指称约期之男子。女子朝思暮想，终于到了两人约定之期，其登上残破土墙，殷切地张望着将要到来的男子，结果未能得见，其担忧男子负约而伤心哭泣不已；继而终于见到男子到来，便破涕为笑，继之以言。"卜吉"，"尔卜尔筮，体无咎言"，用龟曰卜，用蓍曰筮。古之婚姻，必以占卜问吉凶，庄公十二年《左传》载此类婚以占卜之事。言男子告知女子其已经占卜，占卜结果没有不吉利的言语，女子正适宜为家室。"成婚"，"以尔车来，以我贿迁"，"贿"财物也，此言女子之嫁妆，"迁"，徙也，诗写迎亲之事，男子驾车而来，女子携嫁妆往嫁。

其次，婚姻存续期间的事件。"自嗟"，为女子发自内心的呼喊，"于嗟鸠兮！无食桑葚。于嗟女兮！无与士耽"，鸠，斑鸠也，"耽"，乐也，此言沉溺于欢乐也。《毛传》言鸠鸟食桑葚过多则醉而易伤其本性，此处女子借以自况，言女子亦不能过于迷恋。诗中连用"于嗟"一词，将女子这种发自内心的嗟叹展现出来。因为男女本来有别，"男多借口，女难饰非，恶名之被，苟恕不齐"②。"守贫"，"自我徂尔，三岁食贫"，"徂"，言往也，"三岁"，虚数也，言多年，"食贫"言生活穷苦，写女子

---

① 王先谦撰，吴格等点校：《诗三家义集疏》，第313页。
② 钱锺书：《管锥编》，生活·读书·新知三联书店2007年版，第163页。

在夫家生活的情况，多年以来生活穷困，衣食无着。"女也不爽，士贰其行。士也罔极，二三其德"，"爽"，《说文》言"明也"，此处引申为差错、过失之意；"贰"，言不专一也，此处言终始相背；"罔极"，言无穷极也。写两人婚后虽生活辛劳，但女子无丝毫差错、过失，其心始终如一，而男子却终始相背，前后不一，三心两意，朝三暮四。"劳苦受虐"，主要写女子至夫家之后的辛劳生活，"三岁为妇，靡室劳矣。夙兴夜寐，靡有朝矣。言既遂矣，至于暴矣"，自从至夫家，多年以来，家中诸事皆尽心竭力，事事躬亲，每天早起晚睡，从未有一日空闲，任劳任怨，心甘情愿地操劳着家事。女子并未想到待二人生活安定下来后，男子却暴虐相向，终于将女子抛弃。男子之"暴"在诗中并未详明，然观诗中女子之结局，可以想象其时男子暴虐之不堪。

再次，叙写女子被弃后之事。诗歌中先叙兄弟嘲笑女子之细节，"兄弟不知，咥其笑矣"，王先谦《诗三家义集疏》云："后至夫家，始末情事，兄弟亦茫然不知，今见我归，但一言之，皆咥然大笑，无相怜者。"[1]从侧面写女子的悲惨遭遇。后接续写女子的自伤，"静言思之，躬自悼矣"，家人不能谅解此事，自己只能静静地回想整段婚姻的经历，暗自伤痛，无人可怜。回想起当初"偕老"的承诺，如今色衰，未及年老而被弃，只能徒增自己的失望与怨恨。

最后，回忆当年的两人初识之事。"总角之宴，言笑晏晏，信誓旦旦"，"总角"，古时男子未冠、女子未笄，结其发成两角，此处用于提示时间，指称两人幼时既已相识；"宴"，马瑞

---

① 王先谦撰，吴格等点校：《诗三家义集疏》，第318页。

辰《毛诗传笺通释》言本作"卯",束发的样子[①];"晏晏",安乐的样子。诗歌将时间切换到两人初识之时,其时男子言语温和,态度极其诚恳地发誓要相爱一生,岂料男子最后反复无常,终将女子抛弃。当时恩爱和乐、信誓旦旦的画面与今天女子被弃场景形成了强烈的对比。想到男子始乱终弃,既已如此,女子痛定思痛,心生决绝之意。

诗歌以女子第一人称视角叙述整个故事的进程,整个故事具有强烈的带入感,女子情感的变化暗含在事件的叙述之中。整个过程中叙事、议论、抒情有机地融合在一起,特别是第三章以直接引语方式插入女子的独白,带有浓烈的情感宣泄色彩。第五章在叙述其婚后的辛劳以及被弃之遭遇时,连用六个"矣"字,依次呈现其遭遇,音节急促,所叙事件环环相扣,使得整个叙述带上了强烈的感事特征,读来觉其呻吟低徊,回肠欲绝。整首诗歌在叙述故事的过程中打破时空顺序,将顺叙与插叙结合在一起,先用顺叙手法,依次铺叙两人订婚、结婚及其见弃的遭遇,至诗歌的结尾则用插叙手法,叙述两人相识与交往之初的恩爱情景,使得诗歌首尾呼应,形成一种圆融的叙事结构。

### (二) 人物形象立体

徐岱《小说叙事学》指出:"叙事总是和叙人难舍难分,叙事的目的是为了叙人;反过来也一样,只有写好了人,我们才能更清楚地体会到'事'的魅力。"[②] 人物形象塑造的成功与否

---

① 马瑞辰:《毛诗传笺通释》,第 213 页。
② 徐岱:《小说叙事学》,商务印书馆 2010 年版,第 155 页。

成为检验叙事水平高低的一个重要标准。故事型叙事在人物塑造方面已经由单一的人物塑造转向多个人物塑造，同时在人物塑造的过程中开始尝试展现立体的人物形象。《卫风·氓》一诗成功塑造了一对矛盾冲突的人物形象，即痴情女与负心郎。

1. 痴情女——诗中的女子形象

诗歌中的女主人公痴情、勤劳、刚强坚毅，其性格特质伴随着诗歌中事件的推进而渐进呈现，人物形象由平面逐渐发展为立体。

首先，塑造了从恋爱、订婚到结婚时期的痴情恋女与忧喜交加的嫁女形象，主要集中于诗歌的第一、二章。一方面，诗歌用典型细节来叙写人物内心复杂而细腻的变化。"氓"至女子之处商量婚期，结果未能达成一致，但此时女子已然芳心暗许。"氓"离开后，女子恋恋不舍。诗中通过女子送别的典型细节来展现其内心的这种不舍，写女子将"氓"一直送出了城门，还依然不舍，故又送过了淇水，一直送到顿丘。结果在此地两人又谈起婚期之事，虽然婚期未定是因为男子未能找到好的媒人来说合，造成此结果的原因在于男子，但是见到男子因此而生气、发怒，女子便于心不忍，答应男子将婚期定在秋天。通过这两个典型的细节将痴情恋女不顾礼仪的形象刻画出来。另一方面，诗歌通过"乘""望"等人物动作的变化来塑造形象。诗中第二章已到婚期，女子按捺不住心中的喜悦，便不顾形象"乘彼垝垣"，登上破败的土墙，不停地张望着男子到来之处，将急于出嫁的女子形象刻画得惟妙惟肖。诗中从"以望"到"不见"之后的"泣涕涟涟"，再到"既见"之后的"载笑载言"，通过一系列动作与行为来展现女子心中的担忧与喜悦。此外，诗歌中的人称变化也表现出女子之急迫。第二章中连用三个"尔"字，写占卜与迎亲之事。占卜是古代婚俗中十分重要的组成部分，但此时的女子对占卜之事丝毫不关心，仅在听完男子"体无咎言"的简略回答后，便急切地催促其驾车来迎娶自己，进一步强化了迫不及待的待嫁女子形象。从后文结果来看，女子的急迫与过分沉溺于恋情，无疑为自己的悲剧埋下了伏笔。

其次，诗歌塑造了婚姻中的女子形象。在诗歌的第三、四章中，刻画了年长色衰而不见容于其夫的妇女形象。诗歌中用"兴"法来写女子容色渐衰的过程。诗言"桑之未落，其叶沃若"，以桑树上柔嫩的枝叶来写女子年轻时之容貌，"桑之落矣，其黄而陨"，以枯萎、飘落的桑叶写女子芳华已逝，容颜渐老。诗中之所以以"桑"起兴，桑叶正用以养蚕，此正与第一章言氓"抱布贸丝"之事相合，盖此女本或有采桑、养蚕、缫丝之事，其见桑叶之变正与其人所历之事形成了一种同构关系，纳入诗歌之中便显得自然而亲切。诗中通过对以往生活中"夙兴夜寐，靡有朝矣"这一典型事件的追溯，写出了婚姻生活中勤劳、隐忍的妇女形象。诗歌以斑鸠食桑葚过多而醉引出女子怨恨自己对爱情过于投入，反而渐被疏离之事。虽生活清苦而女子其心如旧，始终如一，而男子却渐有二心，进而引出了女子的心理独白，写出了此女的坚贞与怨愤。女子满怀怨愤地大声疾呼，其言男女有别，女子本不应该沉溺于恋情，以致今日之不可解脱，在反复的吟咏中强化了自身形象。

最后，刻画了被弃之后的女子形象。诗歌通过两个事件塑造了孤独自伤的弃妇形象。其一，从周边之人写起，写女子被弃之后返回娘家，家中兄弟不知其在夫家所遭受之暴虐，反加嘲笑，无人怜悯，从侧面写出弃妇之痛。其二，从弃妇自身写起，"静言思之，躬自悼矣"，当初自己一念之差，遇人不淑，致使今日之痛，后悔无及，只能独自承受。此外，诗歌通过今昔对比刻画了她的决绝的态度。诗第六章，写当年两人有说有笑、情感和睦，男子信誓旦旦地保证一定与女子"偕老"，不想今日变其所言，将女子抛弃。既然已经变心，那就到此为止吧。女子在今昔的对比之中逐渐将其怨愤的情绪收归于决绝。此诗的有力之处在于并不过于渲染这个被弃女子的可悲可怜，而着力刻画其愤然决绝的态度。把一个生活中的弱者，写成了不屈服、不卑微的形象。在男尊女卑、男子可以三妻四妾而女子只能从一而终的社会里，这是一个颇具反抗精神的形象。

随着事件的叙述，诗歌中依次塑造了痴情恋女、忧喜交加的嫁女、婚姻生活中勤劳隐忍的妇女、孤独自伤的弃妇及具有反抗精神的女子形象，人物形象由平面变为立体。

2. 负心汉——诗中男子的形象

《卫风·氓》诗中不仅塑造了女子这一立体的人物形象，还塑造了负心汉——男子的形象，二者在全诗中的关系一直处于变化之中，使得人物关系变得复杂。

"氓"，唐石经作"甿"；《毛传》言"氓"，民也；《说文解字》言"甿"为田民也；马瑞辰《毛诗传笺通释》认为氓与甿对文之时则意有别，各自行文则意相通[1]，其说为确，诗中"氓"即言"民"也。诗中对于男子的称呼前后有变化："氓""子""士""尔"。马瑞辰言："诗当与男子不相识之初则称氓，约与婚姻则称子；子者，男子美称也。嫁则称士；士者，夫

---

① 马瑞辰：《毛诗传笺通释》，第 210 页。

也。"① 徐与乔《增订诗经辑评》言其称氓、子、尔、士，或鄙之，或亲之，或责之，皆为怨妇之词。② 以诗为被弃女子所作，故其称有变。

首先看婚前男子的形象。诗歌主要通过样貌及其动作行为塑造了表里不一、貌似敦厚而实为狡猾的男子形象。开篇以女子的视角来叙述男子的样貌："氓之蚩蚩"，"蚩蚩"，《毛传》言为敦厚的样子。在女子眼里，氓是忠厚可靠之人。接着，诗歌通过男子假装以布贸丝，实为商量婚期之事来表现其表面敦厚老实、实则狡猾的形象。在与女子商量婚期而未果后，男子脾气暴躁之本性显露。婚期未定本为男子无良媒之故，却迁怒于女子，这也为下文言其行为暴虐埋下了伏笔。

其次，婚后男子形象。诗歌塑造了负心男子的形象。我们从女子的娓娓诉说之中可以见到男子在婚后行为放荡、用心不专、终始不一，甚至行为暴虐。此外，诗歌中最后一章通过追述两人相识之时男子"偕老"的诺言，与如今其将女子抛弃的现实相对比，塑造了一个轻于言诺、口惠而实不至的负心汉形象。

以《卫风·氓》为代表的故事型叙事成为《诗经》叙事中最为璀璨的明珠，其在艺术及内容上均成为中国早期诗歌叙事的典范，对中国文学叙事产生了诸多影响：其一，在事件的选取上对《孔雀东南飞》一诗产生了重要影响，诗歌中女子婚后辛苦劳作之事及遭弃返家之后被兄弟嘲笑之事，都可从中窥见《卫风·氓》一诗的影子。其二，在结构模式上，《卫风·氓》

① 马瑞辰：《毛诗传笺通释》，第 210 页。
② 张洪海：《诗经汇评》，第 159 页。

一诗所形成的始乱终弃、痴心女子负心郎的情节主题模式成为中国文学中一个重要的母题，在后世文学作品中得到众多的演绎。其三，关于事件的叙述技巧以及人物的塑造手法，均为后世诗歌叙事提供了借鉴。

### 三、史诗型叙事

作为外来词的"史诗"最早见于亚里士多德《诗学》一书。《辞海》指出"史诗"："指古代叙事诗中的长篇作品。以重大历史事件或古代传说为内容，塑造著名英雄的形象，结构宏大，充满着幻想和神话色彩。"① 《汉语大词典》谓"史诗"为"叙述英雄传说或重大历史事件的叙事长诗"。黑格尔在其《美学》一书中直言中国人没有"史诗"。20 世纪以来，伴随着西方文学理论的传播及文学史书写的现实需求，关于中国有无史诗的问题引起了学者们的广泛关注，认为中国无"史诗"者若王国维、胡适、茅盾等人，持中国有"史诗"说者若陆侃如、郑振铎、张西堂等人。

冯沅君、陆侃如《中国诗史》一书提出了"周的史诗"的概念，其认为《生民》《公刘》《绵》《皇矣》《大明》《出车》《采芑》《江汉》《六月》《常武》等 10 篇可视为"周的史诗"，叙述了周民族的发展及周初建国的历程。② 张西堂《诗经六论》中则指出除二雅 10 篇外，《商颂》中的《玄鸟》《长发》《殷武》以及《鲁颂》的《泮水》《閟宫》等篇亦"相当于"史诗。③ 陈

---

① 舒新城主编：《辞海》（第六版），上海辞书出版社 2009 年版，第 2066 页。
② 陆侃如，冯沅君：《中国史诗》，大江书局 1931 年版，第 168 页。
③ 张西堂：《诗经六论》，商务印书馆 1957 年版，第 49 页。

桐生《史记与诗经》一书在梳理《史记》与《诗经》文本关系的基础上，认为《史记·周本纪》所记载的周人先祖姜嫄、后稷、公刘、古公亶父（大王）、季历、周文王、周武王等人创业、建国的事迹，是"直接取材于《诗经·大雅》中的《生民》《公刘》《绵》《皇矣》《大明》《文王有声》及《鲁颂·闷宫》等诗篇"。① 基于前辈学者之论述，本文从中国有史诗说。② 中国的史诗与西方的史诗，在篇幅长短、故事性强弱上颇不相同，不宜以西方史诗为标准来衡量中国史诗，从而把中国史诗排除在史诗范畴之外。

"史诗"作为中国古代叙事诗中一种典型类别，在事件叙述及人物塑造方面皆形成了其独特的类型特征。史诗型叙事源于西周，其中以周部族史诗五首最具典型代表性，《大雅·生民》一诗主要叙述后稷事迹，陆侃如认为"这是一篇很生动的后稷传"。该诗将叙述的重点聚焦到后稷出生之神迹与农事之长。《公刘》叙公刘由邰迁豳开疆创业之事，《绵》叙公亶父迁岐山之事，《皇矣》叙文王伐密灭崇之事，《大明》叙武王克商之事。其所叙述的事件在时间、空间上跨度很大，其所叙之人往往为历史中的真实人物，诗歌结构宏大，整体上呈现出一种庄严肃穆的叙事风格特征。

史诗型叙事发展到春秋时期，已呈式微之象，而以《闷宫》一诗最具代表。《闷宫》为鲁公子鱼颂僖公兴祖业、复疆土、建

---

① 　陈桐生：《史记与诗经》，人民文学出版社2000年版，第213页。

② 　按：关于有无"史诗"问题的争论参见赵沛霖：《诗经史诗古今研究大势》、林岗：《二十世纪汉语史诗问题探论》、冯文开：《20世纪〈诗经〉史诗问题的论争与反思》等。

新庙功德之作。① 该诗延续了周初部族史诗的叙述方式，回顾了周民族发展的辉煌历程，从现有文献来看，其当为周代史诗收尾之作。故本节以《鲁颂·閟宫》为例分析史诗型叙事之特质。②

## （一）宏大的历史事件与典型细节

### 1. 记述宏大的历史事件

《鲁颂·閟宫》以极其浓缩的语言将厚重的历史事件压缩为事件片段，通过事件的铺排来叙述鲁国历史。其所叙之事短小精悍，按时间顺序依次叙写，因淡化了事件的情节关联而具有极强的跳跃性。诗歌将重点放在具有代表性的宏大历史事件之上，在叙事风格上呈现出一种庄严肃穆的特征。诗中具体人物、对应诗歌内容及历史事件见下表。

《鲁颂·閟宫》中的人物、对应诗歌内容及历史事件

| 人物 | 对应诗歌内容 | 历史事件 |
| --- | --- | --- |
| 姜嫄 | 赫赫姜嫄，其德不回。上帝是依，无灾无害。弥月不迟，是生后稷。 | 姜嫄生后稷 |

---

① 按：关于《閟宫》一诗诗旨历来争论纷纭。有颂僖公能复周公之宇说、颂美僖公说、因僖公修庙而为颂祷之词说、颂僖公能修寝庙说、颂僖公愿其继周公之德说、颂僖公郊祭说、史臣夸美僖公祀祢庙说、颂美奚斯新作祖庙说、美路寝成说、僖公修太庙说、祀僖公说、颂周公说、颂周祖先及鲁僖公说等。本文从邵炳军"《閟宫》为鲁公子鱼颂僖公兴祖业、复疆土、建新庙功德之作"说，其当作于鲁僖公四年（前 656 年）顷。邵炳军：《春秋文学系年辑证》（三），第 466 页。

② 按：冯沅君、陆侃如《中国诗史》、张西堂《诗经六论》及当前文学史著作对于周初五首史诗的分析已经相当细致，故本处特取《閟宫》一诗，尝试梳理从周初到春秋时期史诗型叙事的纵向变化。

| 人物 | 对应诗歌内容 | 历史事件 |
|---|---|---|
| 后稷 | 黍稷重穋，稙稚菽麦。奄有下国，俾民稼穑。有稷有黍，有稻有秬。奄有下土，缵禹之绪。 | 后稷稼穑 |
| 古公亶父（大王） | 后稷之孙，实维大王。居岐之阳，实始翦商。 | 迁岐山 |
| 周文王、武王 | 至于文武，缵大王之绪，致天之届，于牧之野。无贰无虞，上帝临女。敦商之旅，克咸厥功。 | 牧野之战战前讲话克商 |
| 周成王 | 王曰叔父，建尔元子，俾侯于鲁。大启尔宇，为周室辅。乃命鲁公，俾侯于东。锡之山川，土田附庸。 | 封鲁之事 |

其一，诗歌从鲁国的渊源写起，铺叙周部族兴起的历程，脉络清晰，结构严谨。

姜嫄弥月生后稷之事，其事详见《大雅·生民》、《史记·周本纪》、《列女传》卷一《弃母姜嫄》。《史记·周本纪》载姜嫄为帝喾之妃，其在郊野见巨人脚印而高兴不已，踩之而有身孕，十月而生子，名之曰弃，是为后稷。诗歌中将此行为神秘化，带有神话叙事的色彩。诗言姜嫄感孕乃是履帝之足迹，推源周之兴本为天意，此事明显带有上古时期母系社会知其母而不知其父的特征。

后稷种植百谷之事。后稷之事详见《大雅·生民》《史记·周本纪》。姜嫄履帝迹而孕，弥月生后稷。姜嫄以为此子不祥，出生之后便将后稷丢弃在小巷之中，结果牛马经过之时皆回避；后又被丢弃在树林之中，恰逢林中人多，被挪至他处；最后被放在沟渠中的冰面之上，结果鸟儿皆用其羽翼庇护。其母遂养之。《閟宫》诗中"降之百福"，即或言此事。周人重视农业生产，即导源于后稷。后稷幼年便以种植为游戏，及其成人，以耕种为乐，周围之人皆学习他，后被尧帝举为农官。"奄有下国，俾民稼穑。有稷有黍，有稻有秬"，叙述的正是后稷教百姓种植庄稼之事。后稷以农耕之事被荐为官，其后又被封于邰，始以姬为姓，此为周族兴起的一个标志性事件，故诗歌中特举言之。

古公亶父迁岐山之事。"大王"，《礼记·大传》言"牧之野，武王成大事也，既事而退……追王大王亶父、王季历、文王昌"，周武王追尊古公亶父为"大王"。①《大雅·公刘》载公刘率周部族迁移到豳地，至古公亶父时，由于戎狄入侵，战乱不断，民不聊生。其于心不忍，于是率领周部族再次迁移到岐阳之地，诗中所言即此事。②古公亶父筑建宫室、设立官职，四方之民咸往归之，其众多举措极大地增强了周部族的实力，为其后伐商奠定了基础。

周武王伐商、克商之事。诗中采用概叙的方式，将武王克商之事，纳于数句诗歌之中，并抓住了克商过程中最为关键的牧野之战一事。诗言周文王、武王继承太王古公亶父的事业，替天行道，讨伐殷商。至牧野一战，武王誓师，言不要有二心和畏惧，上帝会眷顾行军战士。其后一举攻克商王军队，集合殷商俘虏，完成了克商大业。史载文王为克商做了大量的准备工作：先是团结诸侯，解决了虞、芮两国的争端，后西伐犬戎、密须，然后讨伐中原的耆、邘、崇都，并迁都于丰。③武王继承

---

① 《礼记正义》，第3264页。
② 详参：《诗·大雅·绵》《史记·周本纪》。
③ 《史记》，第117—119页。

了文王的事业，与诸侯结盟，誓师北伐，至于牧野决战，推翻殷商的中央政权。据《逸周书·世俘解》载，共降服诸侯国 650余，俘虏 30 万余。① 至此建立周朝，定都镐京。

其二，周成王封叔父周公之子伯禽于鲁之事。"王"，《毛传》言为周成王，"叔父"，周公也，"元子"，周公之子伯禽也。傅斯年《大东小东说》言秦汉"大东""小东"有别，封鲁之事实有两次②，从诗中复言封鲁之事来看，其说为确。诗中叙第一次分封，周成王言于周公，立其长子伯禽为鲁公，开拓疆土，作周王室之屏障。《史记·鲁世家》亦载封鲁之事，"遍封功臣同姓戚者。封周公旦于少昊之虚曲阜，是为鲁公。周公不就封，留佐武王"。③ 言封鲁者为周武王，受封者为周公。从诗中所叙来看，其说或误。据傅斯年所言伯禽首次被封当在河南鲁山县，其地为鲁域之原。④ 郭克煜《鲁国史》认为伯禽首次受封在管、蔡叛乱以前。⑤ 诗中叙伯禽第二次受封之事，周成王命伯禽为鲁公，侯于东方，并赐给他山川、土地以及附庸之国。"东"，傅斯年认为其包括了曲阜在内的地区。第二次受封，言伯禽由河南鲁山迁移至曲阜之地，时间当在周公东征胜利以后。⑥ 则如诗中所言，鲁国初封于鲁山，次迁于曲阜，其始封之君为伯禽。

---

① 黄怀信:《逸周书汇校集注》,上海古籍出版社 1995 年版,第 462—463 页。
② 傅斯年:《大东小东说》,《历史语言研究所集刊》,中华书局 1987 年版,第 102 页。
③ 《史记》,第 1515 页。
④ 傅斯年:《大东小东说》,第 102 页。
⑤ 郭克煜:《鲁国史》,人民出版社 1994 年版,第 46 页。
⑥ 郭克煜:《鲁国史》,第 45 页。

诗歌用极其精练的语言叙述了周部族的兴起及周朝的建立，最后归结到伯禽受封于鲁，将一千余年的历史变迁容纳在数章诗歌之中，孙鑛《批评诗经》谓"叙太王、文、武之迹，甚简赅，语质而态饶"。①

2. 铺叙典型细节

史诗型叙事也关注到了诗歌中的事件细节，对典型事件的细节进行详细描摹，叙事极为细腻。《閟宫》一诗详细铺叙了祭祀之事。其一，着重刻画前往祭祀途中的旗帜与车马。"龙旂承祀"，"龙旂"，郑《笺》谓"交龙为旂"，《周礼·司常》有"王建大常，诸侯建旂"，《郊特牲》"旂十有二旒，龙章而设日月，以象天地"；"承祀"言"视祭事"也。言鲁僖公载着画有交龙的旗子前去祭祀。交龙之旗本为诸侯之用，旗子一般插于车栏后边的旗洞之中。②"六辔"，按照周代车马制度一般是四马六辔；"耳耳"，马瑞辰言为"尔尔"之假借，其言车马之盛。其二，精细描摹了祭祀之时牺牲及乐舞的状况。细腻地描述祭祀时所用牺牲的情况，"白牡"，即白色公猪，"骍刚"，即赤黄之牛，"毛炰"，即烤乳猪。其在叙述之中着重叙述牺牲的颜色，且在语言上多用名词短语，连续罗列，读之如在眼前。乐舞作为祭祀之中的重要组成部分，诗歌之中亦有叙述，写出了祭祀之时"万舞洋洋"的盛大场面。

其二，诗歌中还叙述了军队出征的状况，并对战车、武器、士兵、盔甲等的细节进行了详细叙述。写鲁公兵力强盛，其言"公车千乘"。古制一乘有甲士 10 人、步兵 20 人，500 车为一军，则其"徒"即有 3 万之数。写武器，则有"朱英绿縢。二

① 张洪海：《诗经汇评》，第 839 页。
② 扬之水：《诗经名物新证》，天津教育出版社 2007 年版，第 407 页。

矛重弓"，仔细描绘了长矛上的红缨、箭袋上的绿丝，士兵也准备好两枝长矛、两张弓箭，写出了其准备之充足。

其三，诗歌中还详细描绘了建庙之事。诗歌用工整的句式详细描绘了伐取木材制作栋梁的过程，"徂徕之松，新甫之柏。是断是度，是寻是尺。松桷有舄，路寝孔硕"，其言从徂徕山砍来松树、新甫山砍来柏树，然后劈开木材制成栋梁。诗中四句接连叙述其过程，用语繁密，读之恍惚若见其时之境。

### (二) 英雄人物群像的塑造

史诗型叙事类诗歌中的人物多为英雄形象，诗中展现其文治、武功，往往在历史事件细节的叙述之中塑造其形象。

其一，塑造了周部族英雄的群像。诗歌主要着眼于周部族发展的过程，强调英雄人物在历史中的作用。"赫赫姜嫄"，"赫赫"，鲜明的样子，言姜嫄之德；正因其品德纯正，才得到上帝的垂青，孕育了周民族的始祖，诗中重在言其创史之功。后稷为周始祖，长于耕种，立为农官，周人之创业自后稷始。古公亶父迁于岐山之阳，奠定了克商大业的基础。周武王承继天命，诗中叙述了其伐商于牧野，始建周朝之功。

其二，塑造了鲁僖公承继周德、收复周宇、建立新庙的明君形象。诗中言鲁僖公为"周公之孙，庄公之子"，以此言其出生尊贵，身份显赫。"春秋匪解，享祀不忒"写鲁僖公不忘祖德、勤于四时之祭祀。"至于海邦，淮夷来同""至于海邦，淮夷蛮貊。及彼南夷，莫不率从"写其收复周宇、蛮夷俯首之功。

史诗型叙事类诗歌是中国早期叙事诗的一种典型代表，其叙事过程形成了独特品质，长于叙述宏大的历史事件及塑造民族英雄群像。至春秋时期，伴随着史官记事的发展、诗史功能的分化，史诗型叙事已经逐渐显现出式微之象。

综上所述，《诗经》中的诗歌叙事类型主要包括场景型叙事、故事型叙事及史诗型叙事三类。三种叙事类型在具体事件的处理与人物形象的塑造上呈现出明显的差异。场景型叙事注重对于事件片段的演绎，综合运用空间的转换、动词的变化来推动诗歌叙事，同时在此过程中通过动作、服饰等塑造人物。场景型叙事所选取众多典型场景，成为中国诗歌中众多主题的策源地，是中国诗歌叙事中应用较为广泛的叙事类型。故事型叙事在《诗经》中仅有少数几篇，其特点是追求情节的完整与人物形象的丰满，这种独特的叙事风格为后世诗人所青睐，从《孔雀东南飞》《木兰诗》到白居易的《长恨歌》《琵琶行》，皆可见此体影响，成为后世中国诗歌叙事中较为典型的类别。史诗型叙事产生于特殊的历史条件之下，长于宏大叙事以及塑造英雄形象，伴随着史官记事的发展以及史书载体的变化，汉民族文化系统中的这种史诗型叙事逐渐淡出历史舞台。

## 第三节　《诗经》的叙事手法：赋比兴

赋比兴作为中国独具特色的文学理论术语，以往研究已注意到"赋"法的叙事特质，而"比"法、"兴"法多用于诗歌中的抒情分析，于其叙事则论述甚少。① 本节尝试论述"赋"法、

---

① 按：傅修延已注意到《诗经》中赋、比、兴与叙事的关系，他认为《诗经》中的赋包括"简略叙述"和"铺排叙述"；将"比"视为"隐喻性叙事"，可分为"直指""显比""暗喻"及"借拟"，并认为《诗经》是那个时代"隐喻性叙事"的"集大成者"；"兴"的叙事则异常复杂，涵盖了"比"的内容。见傅修延：《先秦叙事研究——关于中国叙事传统的形成》，第126页。

"比"法、"兴"法是如何参与到《诗经》叙事之中的，各自又表现出了怎样的特质。

## 一、赋比兴概念流变

赋、比、兴作为传统"诗经学""六义"中的"三义"，历来为《诗经》研究者所重视，对其概念及意义的阐发汗牛充栋，今略述其演变。对赋、比、兴概念的阐释经历了四个阶段：首先，作为太师所教授的"六诗"内容；其次，与《诗经》发生联系，特指《诗经》中所运用的手法；再次，普遍用于诗歌分析，泛化成为诗歌创作的手法；最后，关注点转移到赋、比、兴的叙事问题上。以下具体来看。

### （一）从六诗、六义到"体""法"并用

据传世文献，赋、比、兴并称始见于《周礼·春官宗伯》，其曰："大师，掌六律，六同……教六诗：曰风，曰赋，曰比，曰兴，曰雅，曰颂，以六德为之本，以六律为之音。"[①]"六诗"与"六律"并列，指太师教授的六种科目。[②]《周礼》中只记载了关于"六诗"的分类，并未对其做出明确解释，这种初始文献记录的模糊性，为后世赋、比、兴概念的诸多阐释埋下了伏笔。同时，需要注意的是在《周礼》中仅就太师的职责做了说

---

① 　郑玄注，贾公彦疏：《周礼注疏》，影印阮元校刻《十三经注疏（清嘉庆校刊本）》，中华书局 2009 年版，第 1717—1719 页。

② 　按：郑志强《〈诗经〉"六诗"新考》一文认为："这是古典文献中最早将上古诗体分为六类的记载。因为有此记载，战国以后的诗歌研究者就开始在经典诗歌选集《诗经》中进行诗体的研究和分类，试图找出二者的对应关系。"（《中州学刊》2006 年第 6 期）

明，并未明确将赋、比、兴与《诗经》联系起来。

《毛诗序》曰："故诗有六义焉：一曰风，二曰赋，三曰比，四曰兴，五曰雅，六曰颂。"①《毛诗序》所载与《周礼》顺序相同，改"六诗"为"六义"，具体将风、雅、颂、赋、比、兴与《诗经》联系在一起。相较而言，《毛诗序》中对风、雅、颂做了较为详细的解说，于赋、比、兴则未有详论。《毛传》明确标出了其中用"兴"的诗篇，据《困学纪闻》卷三"毛氏自《关雎》而下，总百十六（原作百六十）篇，首系之兴：《风》七十，《小雅》四十，《大雅》四，《颂》二"②，共于116篇诗歌标注"兴也"。其中，102篇标注"兴"于首章次句下，如《周南·关雎》一篇，其在"关关雎鸠，在河之洲"一句后标"兴也"二字；在首章首句下标"兴"的共有3篇，包括《召南·江有汜》《卫风·芄兰》《陈风·月出》；在首章三句下标"兴"的共有8篇，包括《周南·葛覃》《召南·行露》《王风·采葛》《齐风·东方之日》《豳风·鸱鸮》《小雅·采芑》《小雅·

---

① 按：关于毛《序》的作者及时代历来众说纷纭，实难离析，洪湛侯《诗经学史》列18种，兹列如下："《大序》子夏作，《小序》子夏、毛公合作"；"子夏所作"；"卫宏所作"；"子夏所创，毛公、卫宏又加润溢"；"汉之学者作"；"《大序》与《小序》首句为子夏作，其下毛公申足其辞"；"毛氏之学，卫宏集录"；"《大序》孔子作，《小序》国史作"；"诗人自作"；"村野妄人作"；"毛公门人记其师说"；"秦汉经师所作"；"毛苌以前经师所传、毛苌以下弟子所附"；"《大序》与《小序》首句刘歆作，其余卫宏作"；"卫宏或其他后汉人所作"；"《大序》不知谁作，《小序》为大、小毛公所作"；"《大序》采周秦旧说，《小序》为汉人作"；"汉代'毛诗家'所作"。洪湛侯：《诗经学史》，中华书局，2002年版，第157—161页。

② 王应麟撰，翁元圻等注：《困学纪闻》（全校本），上海古籍出版社2008年版，第321页。

黄鸟》《大雅·绵》；在首章四句下标"兴"的共有 2 篇，包括《周南·汉广》《大雅·桑柔》。刘勰在《文心雕龙·比兴》篇中将《毛传》只标兴的原因归结为"比显而兴隐"，以"兴"义隐约难见，故其独标兴体。① 《毛传》的标注方法已显示出"兴"与《毛诗序》中所阐释的风、雅、颂三类诗体划分类别的差异性。

郑众较早对比、兴作了解释，其云："曰比曰兴，比者，比方于物也。兴者，托事于物。"② 他从文学表现手法的角度来理解比、兴，并指出了两者的差异。顾易生、蒋凡《先秦两汉文学批评史》认为郑众已关注到比、兴与客观物象之间的联系，指出"这是对于诗歌的艺术规律进行总结的初步尝试。它表明了诗歌创作是通过具体物象，即人、事、物，来表现生活、抒发情志的"。③ 特别是"比方于物"的界定，为后世定义"比"义的基本概念范围奠定了基础，影响深远。许慎《说文解字》从字形、字义的角度分别解释了赋、比、兴的概念，"赋，敛也，从贝，武声"；"比，密也，二人为从，反从为比，凡比之属皆从比"；"兴，起也，从舁同，同力也"，其中关于"兴，起也"的解释，确定了后世"兴"义阐释的基本范围。④

在郑众对比、兴解释的基础上，郑玄明确界定了赋、比、兴的概念，指出"赋之言铺，直铺陈今之政教善恶。比，见今

---

① 刘勰撰、范文澜注：《文心雕龙注》，人民文学出版社 1958 年版，第601 页。

② 《周礼注疏》，第 1719 页。

③ 顾易生，蒋凡：《先秦两汉文学批评史》，上海古籍出版社 1990 年版，第407 页。

④ 《说文解字注》，第 282、386、105 页。按："从，相听也。"

之失，不敢斥言，取比类以言之。兴，见今之美，嫌于媚谀，取善事以喻劝之"。① 此处已将《序》中所体现的"上以风化下，下以风刺上，主文而谲谏"和"美盛德之形容"的"美""刺"融合进了对赋、比、兴的阐释之中，以配合其在《诗谱序》中的"正变美刺"理论。郑玄作为东汉末年经学大家，其解释对后世产生了深远的影响。

随着文学"自觉时代"的到来，魏晋时期有关赋、比、兴的解释，开始大放异彩，并呈现出一种诗学的普适性。此一时期赋、比、兴逐渐被从《诗经》中离析出来，普遍运用到对一般诗歌的解读之中。挚虞《文章流别论》中指出"赋者，敷陈之称也。比者，喻类之言也。兴者，有感之辞也"，言"赋"为铺陈，"比"为以类似之物作比，"兴"为因感而发。② 刘勰在《文心雕龙·比兴》中着重区分了比、兴之差异，其曰："故比者，附也；兴者，起也。附理者切类以指事，起情者依微以拟议。起情故兴体以立，附理故比例以生。比则畜愤以斥言，兴则环譬以记讽。盖随时之义不一，故诗人之志有二也。"③ 钟嵘《诗品序》更将其概括为诗之"三义"，"故诗有三义焉：一曰兴，二曰比，三曰赋。文已尽而义有余，兴也；因物喻志，比也；直书其事，寓言写物，赋也。宏斯三义，酌而用之，干之以风力，润之以丹彩，使味之者无极，闻之者动心，是诗之至也。"④ 钟嵘详细界定了赋、比、兴的概念，并指出了诗歌创作过程用

---

① 《周礼注疏》，第 1719 页。
② 挚虞：《文章流别论》，《中国历代文论选》，上海古籍出版社 2001 年版，第 190 页。
③ 刘勰撰，范文澜注：《文心雕龙注》，第 601 页。
④ 钟嵘撰，陈延杰注：《诗品注》，人民文学出版社 1980 年版，第 2 页。

赋、比、兴的缺点：若专用比、兴则其意深沉，意深沉则文辞往往不显；专用赋则意浮浅，其文辞易散漫而无归宿。钟嵘所论，已显示出将赋、比、兴泛化运用到诗歌创作之中的趋势。

### （二）从"三体三辞""三体三用"到"三经三纬"

至唐代，对赋、比、兴的阐释在经学、文学两个方面都有所深入。一方面，随着科举考试的发展，"五经"成为科举的官方教材。从经学角度来看，孔颖达主持编纂的《毛诗正义》作为《五经正义》的组成部分颁行天下。他在"疏不破注"的原则之下，继续阐发赋、比、兴与"美刺"的关系，言"赋"为直接陈述其"事"，没有避讳，于"事"之"得""失"均有涉及；"比"为"比托于物"，因为有所畏惧，不敢直言，所以通过"比"来陈述；"兴"则主要是赞扬之辞，"故云'见今之美以喻劝之'"。[①] 同时，孔颖达指出"风、雅、颂者，诗篇之异体，赋、比、兴者，诗文之异辞耳，大小不同，而并得为六义"，将风、雅、颂概括为诗之"体""形"，将赋、比、兴概括为诗之"辞""用"，"三体三辞"之论断，成为一种官学主张，颁行天下。从现存的唐代"诗经学"著作来看，成伯玙《毛诗指说》一书，对赋、比、兴的经学解释逐渐有所突破。成伯玙言风、雅、颂为诗人"所歌之用"，赋、比、兴为诗人"制作之体"，提出"三体三用"之说。同时，他进一步界定了赋、比、兴之意，"赋"为"敷"之意，主要用于铺陈事件，以"恶类恶名"言之者为"比"，"以美拟美"者为"兴"。[②]

---

① 《毛诗正义》，第 565 页。
② 成伯玙:《毛诗指说》,《景印文渊阁四库全书》第 70 册,台湾商务印书馆 1986 年版,第 173 页。

另一方面，随着唐代诗歌的发展，诗歌评论从多方面拓展了赋、比、兴阐释的深度与广度，使得有关赋、比、兴的诗学阐释呈现出繁荣景象。皎然《诗式·用事》篇已谈论到比、兴的关键区分点，即"象"与"义"之别："取象曰比，取义曰兴。义即象下之意。凡禽鱼、草木、人物、名数，万象之中义类同者，尽入比、兴，《关雎》即其义也。"①《文镜秘府论·地卷·六义》引诸说详细论述了赋、比、兴之意，论"赋"引二说，一言"布"也，即安排之意，通过事件的铺排来抒写情志；二言"赋"为"错杂万物"，即交错掺杂万物，言其物类之丰也。书中论"比"亦引二说，一言"全取外象以兴之"曰"比"，若"西北有浮云"之类；二言"比"为直接比喻其身，若"关关雎鸠"之类。论"兴"亦引二说，一言"兴"多于诗前"立象"，"后以人事谕之"，并举《关雎》之例；二言"兴"为"指物及比其身"，多借他物以言。②《文镜秘府论》所引例证，已将《诗经》中诗篇与曹丕《杂诗》二首并列分析，拓展了赋、比、兴的适用范围。

至宋而疑古之风大盛，新说杂出。欧阳修《诗本义》认为比、兴相类，多同用，其言"比"为"以类相附"，并指出古人诗中以物为比、兴，一般只取多义中的一层，来寄托其意志。③王安石《诗义钩沉》卷一言比、兴之别曰："以其所类而比之，之谓比。以其感发而况之，之为兴"，强调"比"所用为同类，

---

① 皎然：《诗式》，见《历代诗话》，中华书局1981年版，第30—31页。
② 遍照金刚：《文镜秘府论》，人民文学出版社1975年版，第55—56页。
③ 欧阳修：《诗本义》，第17页。

"兴"重在感发。① 胡寅《致李叔易》引李仲蒙语，从物、情关系之不同来辨别赋、比、兴："赋"为"叙物以言情"，多直陈其"物"，直抒其情；"比"为"索物以托情"，情感多附着在"物"之上；"兴"为"触物以起情"，"物"触动了诗人的情感，"物"有"刚柔""缓急""荣悴""得失"之别，诗人亦根据不同情况各言其情，"物"实则包括了"物"与"事"等多个层面。其论述较为清晰地阐述了赋、比、兴在叙"物"言情上的艺术特征。②

至南宋理学大兴，朱熹之说影响较大。朱熹《诗集传》言"赋"为"敷陈其事而直言之"，即直接铺叙陈述其事；"比"由"彼物"与"此物"构成，通过比喻将两者联系起来；"兴"由"他物"与"所咏之词"构成，"先言他物以引起所咏之词"。③ 他指出"兴"有同类之兴与"全无义理"之兴两类；"赋"含托言之事与所经历之事；"比"为"比喻"。④ 朱熹明确将"事"与"物"纳入赋、比、兴之中，体现了经学与文学解释通用的观念。⑤ 同时，他还以章为单位，对《诗经》全文用赋、比、兴的情况进行了完整的归纳。朱熹《诗集传》于 305 篇 1141 章中，

① 王安石撰，邱汉生辑校：《诗义钩沉》，中华书局 1982 年版，第 8 页。

② 胡寅：《斐然集》，《景印文渊阁四库全书》第 1137 册，台湾商务印书馆 1986 年版，第 534 页。

③ 朱熹：《诗集传》，第 2、4、6 页。

④ 按：需要注意的是此"比喻"与今日所用不同，其所指更加宽泛，据鲁洪生《关于朱熹赋比兴理论的几点考辨》一文，认为"它们既包含着比喻，也包含着比拟、对比、寄托、使用事典、乃至寓言等"。鲁洪生：《关于朱熹赋比兴理论的几点考辨》，中国诗经学会编：《第四届〈诗经〉国际学术研讨会论文集》，学苑出版社 2000 年版，第 1277 页。

⑤ 按：尤其是朱熹"里巷歌谣"之说，到民国时期影响重大。

共标注"赋"727处，"兴"274处，"比"111处，兼类29处。① 此外，他提出了"三经三纬"之说，赋、比、兴"三经"，"是做诗底骨子，无诗不有，才无，则不成诗。盖不是赋，便是比；不是比，便是兴。如《风》《雅》《颂》却是里面横串底，都有赋、比、兴，故谓之三纬"。②

后元刘瑾《诗传通释》、元梁寅《诗演义》、元刘玉汝《诗缵绪》、明姚舜牧《重订诗经疑问》诸书多承朱熹之说。元郝敬《毛诗原解》则属少有的另立新说者。其言"赋"为"铺叙括综"，"比"为"意象附合"，"兴"为"感动触发"。同时，他指出赋、比、兴三者并非完全独立，也无截然判别之界限，而是存在着一种转化关系："兴者，诗之情"，诗人的情感因物而触动，此时为"兴"；既而将这种情感以言语表达出来，此为"赋"；"赋者，事之辞"，"赋"在铺叙的过程之中"不欲"过于明显，因托物而言，此即为"比"，"比者，意之象"。③ 明季本《诗说解颐》则在承继之外有所补充，书中《总论》言"赋"为"直述事由"，极力描述其情状；"比"为"即物为喻"，其意多在言外，包括在诗歌中接续言其所喻之事和诗中并不出现所喻之事两种类型；"兴"为"因物发端"④，引起下文，于触发之物有取其义者，亦有不取其义者。季本论"赋"之说基本延续了朱熹的解释，而于"比""兴"则多有补充。

---

① 夏传才主编：《诗经学大辞典》，河北教育出版社2014年版，第195页。

② 《朱子语类》，第2070页。按："三经三纬"之说，始见朱鉴《诗传遗说》，其后编入《朱子语类》。

③ 郝敬：《毛诗原解》，《湖北丛书》，光绪十七年三余草堂刊，《序》。

④ 季本：《诗说解颐》，《景印文渊阁四库全书》第79册，台湾商务印书馆1986版，第七十九册，第7页。

至清代，对赋、比、兴的阐释在汉学、宋学方面皆有延续，对诗"六义"之"三体三用""三经三纬"之说亦有承继。① 若陈启源《毛诗稽古编》、胡承珙《毛诗后笺》、马瑞辰《毛诗传笺通释》、陈奂《诗毛氏传疏》皆尊《毛诗序》、郑玄之说。姚际恒《诗经通论·诗经论旨》解赋、比、兴，在朱熹《诗集传》的基础上有所推进，其言"兴"为借物以起兴，不必与诗中之意相关联，于"比"则承朱熹之说②，同时其在具体篇目的分析中强调了事物的区别性。戴震《诗比义述序》云"立言"的方式无非有三种，或直接铺叙事件，或通过譬喻，或托事与物；"赋"较为直接，而"比"较为婉转曲折，"比"义易寻而"兴"义难觅，但"比"在一定条件下可与"赋""兴"相通，言"兴既会其意矣，则何异于比？比如见其事矣，则何异于赋？"③ 林昌彝《海天琴思录》则将《风》《雅》《颂》与赋、比、兴对应起来，其言《颂》多用赋，《雅》多用兴，《风》则用比，亦可备一说。④

在经学阐释之外，清代诗话中关于赋、比、兴的阐述值得特别关注。庞凯《诗义固说》认为"赋"为"意之所托"，于诗中为"主"，"兴"为"意触而起"，"比"为"借喻而明"，"比""兴"于诗中为"宾"，为诗忌喧宾夺主也。⑤ 黄生《一木堂诗

---

① 按：同时关于赋、比、兴到底是诗体还是一种写作手法亦有不同意见。毛奇龄认为赋是一种体裁。章炳麟《六诗说》认为赋、比、兴是诗体。
② 姚际恒：《诗经通论》，中华书局1958年版，第1页。
③ 戴震：《戴震全集》，清华大学出版社1997年版，第5册，第2610页。
④ 林昌彝：《海天琴思录》，上海古籍出版社1988年版，第81页。
⑤ 庞垲：《诗义固说》，郭绍虞编选，富寿荪校点：《清诗话续编》，上海古籍出版社1983年版，第713页。

麈》言及诗歌创作时，云："诗有写景，有叙事，有述意，三者即《三百篇》之所谓赋、比、兴也。事与意，只赋之一字尽之，景则兼兴、比、赋而有之。汉魏诗赋体多，唐人诗比、兴多。六朝未尝无赋、比、兴，然非《三百篇》之所谓赋、比、兴也。宋人未尝无赋、比、兴，然只可谓宋人之赋、比、兴也。"① 其将诗歌内容归纳为写景、叙事和述意三类，并与赋、比、兴相对应："赋"用以叙事、述意，"比""兴"则用以写景。这种关于赋、比、兴之用的观念与中国诗歌的抒情传统相联系，在传统的诗歌理论中叙事一直被归在"赋"的作用之下，从郑玄开始一直延续至今。

综上所述，以往对赋、比、兴的阐释，总体来看有两个特点，第一，赋、比、兴概念基本内涵逐步确定、明晰，从"六诗""六义"到"三体三辞""三体三用"，再到"三经三纬"；至唐代，其作为一种文学表现手法的界定，逐渐得到认可。第二，注重比、兴概念的区分。传统研究中已注意到"赋"在叙事中的作用，而对于比、兴在诗歌中是如何承担叙事任务的，尚未充分注意。

本节使用的"赋"法、"比"法、"兴"法概念，是将其视为一种文学表现手法。文学表现手法有直接、间接之分，具体来看，赋是一种相对直接的表现手法，比、兴属于相对间接的表现手法。赋固然主要是用于叙事，比、兴也承担着叙事的功能。诚如董乃斌《从赋比兴到叙抒议——考察诗歌叙事传统的一个角度》一文所说，"赋作为叙述既可叙事，亦可叙情，而

---

① 黄生：《一木堂诗麈》，张寅彭选辑：《清诗话三编》第 1 册，上海古籍出版社 2014 年版，第 101 页。

比、兴虽非直叙，却与写景、状物、叙事关系密切"。① 本节将《诗经》置于中国诗歌叙事传统的大背景之下，具体分析"赋"法、"比"法、"兴"法是如何参与到诗歌叙事中的。

## 二、"赋"法与《诗经》叙事

"赋"法是《诗经》中运用较多的表现手法，朱熹《诗集传》于 1141 章中，共标注"赋"727 次。从郑玄《周礼注》之"赋之言铺，铺陈政教善恶"到孔颖达《毛诗正义》之"赋者，直陈其事，无所避讳，故得失俱言"，再到朱熹《诗集传》之"赋者，敷陈其事而直言之者也"，历来关于"赋"的解释，或言"直陈"，或言"敷陈"，皆可见其与"事"之关系，故本节尝试在归纳《诗经》用"赋"情况的基础上，概括其用"赋"法叙事的主要特点。

据传世文献来看，《毛诗故训传》一书较早关注了《诗经》用"兴"的情况。其于 116 篇标注"兴也"，其后著作虽偶有论及，然标注文本者甚少。至朱熹《诗集传》，于《诗经》全文标注"赋也""比也""兴也"。为便于行文分类，本节以《诗集传》所标注"赋""比""兴"为主要标准，同时参考《毛传》、姚际恒《诗经通论》、方玉润《诗经原始》诸书，对《诗经》进行归纳。② 综合来看，《诗经》用"赋"法叙事者共 170 篇，《国风》部分 72 篇，《小雅》41 篇，《大雅》19 篇，《颂》38 篇。

---

① 董乃斌：《从赋比兴到叙抒议——考察诗歌叙事传统的一个角度》，《徐州工程学院学报（社会科学版）》2016 年第 1 期。

② 按：朱熹《诗集传》所标注诗歌用"赋"的章节，由于对赋、兴理解的差异，有多篇在《毛传》中标"兴"。本文在统计过程中多从朱熹《诗集传》说。

《诗经》"赋"法叙事重在铺排事件，因而其叙事的章法更多体现在时间、空间架构上。约瑟夫·弗兰克在《现代文学中的空间形式》一文中提出了文学"空间"形式的问题，其后为西方叙事学理论所关注。有关叙事空间的概念，定义繁多，大致上可归纳为"物理的、抽象的、心理的、地理的、自然的、社会的、文化的、实际的、感知的、存在的、认知的、静态的与动态的、开放的以及封闭的、文本的空间"等。① 本文所用的叙事空间指诗歌文本在叙事过程中所呈现出的地理的、自然的、社会的一种客观形式。叙事时间在西方叙事学理论中是一个更加复杂的概念，热奈特在《叙事话语》中指出："研究叙事的时间顺序，就是对照事件或时间段在叙述话语中的排列顺序和这些事件或时间段在故事中的接续顺序。"② 罗钢在《叙事学导论》一书中将其概括为"顺序"和"时距"两个层面。③ 本文所用的叙事时间概念是指诗歌文本中所呈现出的事件演进的序列及其组合方式。

相较于原始歌谣，"赋"法对《诗经》诗歌叙事过程中的时间、空间方面做了多方面拓展，具体看来，可分为以下三类：

### （一）顺叙事件过程

顺叙是指按照时间、地点顺序铺叙事件的发生过程，由接续的几个独立小事件共同构成完整的叙事图景。在这一过程中人物、时间、地点呈现出一种线性特征，事件的衔接依靠时间延续及空间转变来完成。顺叙是诗歌叙事中基本的时间、空间

---

① 程锡麟等：《叙事理论的空间转向——叙事空间理论概述》，《江西社会科学》2001 年第 11 期。
② 热拉尔·热奈特：《叙事话语 新叙事话语》，第 14 页。
③ 罗钢：《叙事学导论》，第 133—145 页。

组合方式，是《诗经》诗歌"赋"法叙事中的常见方式。诚如宗白华《美学散步》所言："我们的宇宙是时间率领着空间，因而成就了节奏化、音乐化了的'时空合一体'。这是'一阴一阳之谓道'。"① "赋"法用"顺叙"叙述事件，在《诗经》中具体可分为以下两类：

顺叙同一空间、不同时间中事件的演进。在《诗经》中，若《小雅·瞻彼洛矣》《小雅·宾之初筵》《召南·摽有梅》《王风·丘中有麻》《陈风·宛丘》等篇，均是顺叙在同一空间、不同时间下事件的演进过程。有的诗篇明确提示事件发生的空间线索，并通过人物的活动暗含时间线索、摄取事件，如《小雅·宾之初筵》②：

> 宾之初筵，左右秩秩。笾豆有楚，殽核维旅。酒既和旨，饮酒孔偕。钟鼓既设，举酬逸逸。大侯既抗，弓矢斯张。射夫既同，献尔发功。发彼有的，以祈尔爵。
>
> 籥舞笙鼓，乐既和奏。烝衎烈祖，以洽百礼。百礼既至，有壬有林。锡尔纯嘏，子孙其湛。其湛曰乐，各奏尔能。宾载手仇，室人入又。酌彼康爵，以奏尔时。
>
> 宾之初筵，温温其恭。其未醉止，威仪反反。曰既醉

---

① 宗白华：《美学散步》，上海人民出版社1981年版，第113页。

② 按：据邵炳军《春秋文学系年辑证》，关于《小雅·宾之初筵》诗之时世前贤有四说：一为周幽王之世（前781年—前771年）说，（毛《序》）；二为阙疑说，《后汉书·孔融传》、宋戴溪《续吕氏家塾读诗记》卷二同；三为周厉王之世（约前857年—前842年）说，元刘玉汝《诗缵绪》卷十二；四为周平王之世（前770年—前720年）说，明何楷《诗经世本古义》卷十九。本文从何楷说。邵炳军《春秋文学系年辑证》，第9—10页。

止，威仪幡幡。舍其坐迁，屡舞仙仙。其未醉止，威仪抑抑。曰既醉止，威仪怭怭。是曰既醉，不知其秩。

宾既醉止，载号载呶。乱我笾豆，屡舞僛僛。是曰既醉，不知其邮。侧弁之俄，屡舞傞傞。既醉而出，并受其福。醉而不出，是谓伐德。饮酒孔嘉，维其令仪。

凡此饮酒，或醉或否。既立之监，或佐之史。彼醉不臧，不醉反耻。式勿从谓，无俾大怠。匪言勿言，匪由勿语。由醉之言，俾出童羖。三爵不识，矧敢多又。①

全诗五章，纯用"赋"法叙事，"为周平王宜臼击败携王余臣、收复周都镐京，由西申归宗周后，为欢庆光复王都而燕饮群臣盛典之场面。"②诗第一章述燕射之礼。"宾之初筵"，写宾客开始入座，"宾"字道出了参与宴会的人物：周王及同姓诸侯、卿大夫；"初"字提示了诗歌的时间线索，宴会自此开始；"筵"字则提示了诗歌中的空间线索，诗中所叙之事即发生在宴会之上。"初""筵"二字奠定了全诗中时间、空间的基本框架。紧接着"笾豆有楚，殽核维旅。酒既和旨，饮酒孔偕。钟鼓既设，举酬逸逸"，交代了宴会中食物的陈列及宴会中的和乐氛围。沿

① 《毛诗正义》，第1039—1046页。

② 邵炳军：《春秋文学系年辑证》，高等教育出版社2013年版，第9页。按：关于《小雅·宾之初筵》之诗旨历来有数说：悔过说，若朱熹《诗集传》："卫武公饮酒悔过，而作此诗。"方玉润《诗经原始》："卫武公饮酒悔过也。"劝诫说，《续吕氏家塾读诗记》之"卫武公致劝诫之意"。讽刺说，毛《序》："卫武公刺时也"，程俊英《诗经注析》："讽刺统治者饮酒无度失礼败德的诗。"庆功说，邵炳军《春秋文学系年辑证》："为欢庆光复王都而燕饮群臣盛典之场面。"本文从"庆功说"说。

着此时空线索，诗歌转向射礼的准备情况。据《仪礼·乡射礼》，射前三日设侯，箭靶已竖起，射手已经集中在靶场之上。诗前8句言射礼之初的燕饮，后6句言大射之事。第二章先叙述祭祀之中乐舞演奏的情况，以乐降神，再概叙祭祀的宏大场面及子孙献礼。诗前两章遵循时间线索，概叙燕射之礼，明孙鑛《批评诗经》卷二指出其"述礼处甚浓古"。第三章再次回到燕饮，集中笔力叙述燕饮场景。诗中叙述宾客醉态，尤见章法：未醉之时"威仪反反""威仪抑抑"，"既醉"之时，"威仪幡幡""威仪怭怭"，层层推进，摹写宾客从"未醉"到"既醉"之时仪态的变化。第四章，延续时间线索更进一层，叙写宾客"大醉"，"载号载呶"写其吵闹，"乱我笾豆，屡舞僛僛""侧弁之俄，屡舞傞傞"写其手忙脚乱，离坐而舞。至若"既醉而出"一句，宴会方结束。第五章总收全诗。

再如《小雅·瞻彼洛矣》，诗依次铺叙事件发生的地点、参与事件的人物及事件目的。诗中叙述天子会诸侯，于洛水边检阅军队之事，本质上铺叙同一地点、不同时间下发生的事件。诗中起句以"赋"法写景，同时叙述事件发生的地点。

有的诗篇在提供具体空间线索的基础上，泛化时间线索，此种情形并非是线性延续，而是在宏大的时间背景下，强调在时间变化基础上的行为一致性。如《陈风·宛丘》：

> 子之汤兮，宛丘之上兮。洵有情兮，而无望兮。
> 坎其击鼓，宛丘之下。无冬无夏，值其鹭羽。
> 坎其击缶，宛丘之道。无冬无夏，值其鹭翿。①

---

① 《毛诗正义》，第800页。

诗歌写的是一女子于宛丘之上翩然起舞。首章直接道明事件发生的地点，"宛丘之上兮"，宛丘是陈国的丘名，陈奂《诗毛氏传疏》言陈国之宛丘，"犹之郑有洧渊"，皆为国中之人游观之场所。<sup>①</sup>《汉书·地理志》载，陈国本为"太昊之虚"，周武王封舜帝后裔妫满于陈，建都于宛丘之侧，并妻之以长女大姬，"妇人尊贵，好祭祀，用史巫，故其俗巫鬼"。<sup>②</sup> 此诗中女子之行为正是受巫风之影响。程俊英《诗经注析》认为诗中的主人公是一位"以巫为职业的舞女"，确为卓见。诗歌叙写一个女子在宛丘上跳舞，她有时戴着"鹭羽"，击着鼓，有时戴着"鹭翿"，击着缶。诗将这女子的行为置于"无冬无夏"的宏大时空背景之下，强调这位舞女无论是寒冬还是炎夏，皆在此地舞蹈。

有的诗篇将重点放在时间演进上，淡化空间因素，以清晰的时间变化推动诗歌叙事，如《召南·摽有梅》：

> 摽有梅，其实七兮。求我庶士，迨其吉兮。
> 摽有梅，其实三兮。求我庶士，迨其今兮。
> 摽有梅，顷筐塈之。求我庶士，迨其谓之。<sup>③</sup>

诗歌叙写一位女子待嫁的急迫心情。诗三章，隐去空间线索，而突出时间变化。树上结出果实了，但果实在逐渐减少，时间的流逝引起女子对自身处境的感慨，这便是整首诗歌的叙

---

① 陈奂：《诗毛氏传疏》，《儒藏·精华编》第 33 册，北京大学出版社 2009 年版，第 319 页。
② 《汉书》，第 1653 页。
③ 《毛诗正义》，第 613 页。

述框架。两周时期男女婚嫁各有其时，《周礼·地官·媒氏》载"媒氏"掌管男女婚姻之事，男子 30 当娶，女子 20 当嫁。仲春之月，令男女相会以成婚姻，当此之时，不但私奔之事不被禁止，而且要处罚无故不嫁娶者。郑玄《笺》云"女二十，春盛而不嫁，至夏则衰"①，钱澄之《田间诗学》引谯周云："'男自二十以及三十，女自十五以及二十，皆得以嫁娶。'先是则早，后是则晚。"② 诗中之女子显系当嫁而尚未能者。诗歌中暗含了两层时间线索：一层是树上梅子从"其实七兮"到"其实三兮"，又到更多被摘取而"顷筐墍之"；随着时间的流逝，树上的梅子越来越少，这一时间线索可看作是一种隐含的叙事动力。另一层是从"迨其吉兮"到"迨其谓之"，首章言等待"吉"日，女子尚为从容，而"迨其今兮"，"今"，"急辞也"③，已言今日嫁娶亦可；到"迨其谓之"，"谓"，会也，指仲春男女之会，已是"不待备礼"之语④，三个词语表现出三种心态，也将时间的推移暗含其中，此处的时间实为一种心理时间。诗歌将树上梅子的变化与女子内心求偶的心声组合在一起，通过两层时间线索各自所代表的独立事象，共同推动叙事进程。

顺叙不同时间、不同空间中事件的演进。顺叙中另一类时空组合方式便是时间、空间同时转换，诗歌所叙之事，各自独立镶嵌在叙事链条之上，逐层推进，每层相对独立的时间、空间里的事件都是一种场景的截取。如《秦风·驷驖》：

---

① 《毛诗正义》，第 613 页。
② 钱澄之：《田间诗学》，黄山书社 2005 年版，第 49 页。
③ 《毛诗正义》，第 613 页。
④ 《毛诗正义》，第 613 页。

　　驷驖孔阜，六辔在手。公之媚子，从公于狩。

　　奉时辰牡，辰牡孔硕。公曰左之，舍拔则获。

　　游于北园，四马既闲。輶车鸾镳，载猃歇骄。①

　　诗歌用"赋"法铺叙秦君打猎之过程。首章叙"将狩猎之时"，地点是前往围场的路上。截取了路上的动态场景，写秦君宠爱的臣子驾车赶往围场。"从公于狩"一句，交代了诗歌所叙为狩猎之事；"公之媚子"一句交代了参加狩猎的人员——秦君及其宠臣。第二章叙"正狩之时"，写围场之中的狩猎场景，兽官"虞人"放出应时的野兽，秦君指挥狩猎，最终猎得野兽。第三章叙"狩毕之时"，地点是离开围场的路上，写秦君乘车马前往北园的场景。整首诗歌脉络清晰，诗人在三章中依次铺叙三个时空场景，共同构成狩猎的完整过程，这三个时空场景在纵向上呈现出一种线性延续，从横向来看又各自独立。此诗作于秦襄公时期，诗歌呈现出早期诗歌叙事的质朴风格，孙鑛《批评诗经》评之为"古质饶态"。

　　《秦风·蒹葭》一诗除了时间上的铺叙之外，在空间上做了更多扩展。诗中在追寻"伊人"的心绪之下，幻化出一个虚拟的空间。其诗如下：

　　蒹葭苍苍，白露为霜。所谓伊人，在水一方。溯洄从之，道阻且长。溯游从之，宛在水中央。

　　蒹葭萋萋，白露未晞。所谓伊人，在水之湄。溯洄从之，道阻且跻。溯游从之，宛在水中坻。

---

① 《毛诗正义》，第235页。

蒹葭采采，白露未已。所谓伊人，在水之涘。溯洄从
之，道阻且右。溯游从之，宛在水中沚。①

　　程俊英、蒋见元《诗经注析》指出这是一首"抒写思慕、
追求意中人而不得的诗"。② 其说为是。诗歌三章，每章首句叙
写所见之景，其后叙写主人公为追求爱人所幻化出的虚拟空间。
从时间上看，"蒹葭苍苍"一句交代了主人公是在秋日的清晨，
看着河边的蒹葭，拟想追寻自己思慕的"伊人"。从第一章到第
三章写白露凝结成霜、"未晞"到"未已"，细致地描绘蒹葭上
露水慢慢减少的过程，通过白露形态的变化暗示时间逐渐推移。
同时，时间的演进逐渐带动了诗歌中空间的变化。本诗中的空
间并非实际空间，是诗中的主人公幻化出来的，"溯洄溯游，既
无其事，在水一方，亦无其人。"③ 主人公在这个虚拟的空间中
追寻着自己的爱人。第一层空间线索为主人公逆着水流追寻
"伊人"，从"在水一方"，即"在大水之一边，假喻以言远"④，
到"在水之湄"，"湄"，即郑《笺》所云岸边水与草交际的地
方；再到"在水之涘"，即水边，空间上呈现出一个由远及近、
逐渐清晰的趋势。第二层空间线索是主人公顺着水流追寻"伊
人"，从"宛在水中央"，到"宛在水中坻"，再到"宛在水中
沚"。"央"是泛指在水中间，"坻""沚"，皆为水中小沙洲，
《尔雅》别之云："小洲曰渚，小渚曰沚，小沚曰坻。"此层追寻

---

① 《毛诗正义》，第791—792页。
② 程俊英、蒋见元：《诗经注析》，中华书局1991年版，第344页。
③ 戴君恩：《读风臆评》，《四库全书存目丛书》经部第61册，齐鲁书社1997
　　年版，第256页。
④ 《毛诗正义》，第791页。

空间也呈现出一个由模糊到逐渐具体的过程。诗歌中未明言思、愁，但诗中所叙之事，通过两层空间线索伴随着时间线索的推移而交织在一起，共同构成了一个完整的"追寻"时空体，使得整首诗歌呈现出一种"意境缥缈，声韵悠长"① 的风格特征。

再如《小雅·渐渐之石》一诗，叙写将士东征之事，前两章在宏大的时空背景下概叙武人东征的情形，言山高路远，征途艰险；第三章，"有豕白蹢，烝涉波矣。月离于毕，俾滂沱矣"一句，截取东征路途中一个实时动态场景，剥离出一个相对独立的时空线索，叙写将士东征途中之狼狈，方玉润《诗经原始》称其为"造语奇峭，惊人耳目"。②

**（二）逆叙事件过程**

逆叙是一种通过倒推时间、空间线索叙述事件的叙事方式，通过逆序转换时空，层层追溯事件的开端，最后点明当前之事。具体看来，包括两类：第一类是纯粹逆用时间、空间顺序，依次变换时间、空间，颠倒事件发生的逻辑顺序。如《周南·葛覃》：

> 葛之覃兮，施于中谷，维叶萋萋。黄鸟于飞，集于灌木，其鸣喈喈。③
> 葛之覃兮，施于中谷，维叶莫莫。是刈是濩，为絺为绤，服之无斁。
> 言告师氏，言告言归。薄污我私，薄浣我衣。害浣害

---

① 程俊英，蒋见元：《诗经注析》，第345页。
② 方玉润：《诗经原始》，第469页。
③ 按：《毛传》于"维叶萋萋"句下标"兴也"，朱熹《诗集传》于首章下标"赋"，从逆叙的角度来看，首章为其所见之实事，故从朱说。

否，归宁父母。[①]

　　《毛传》于"维叶萋萋"句下标"兴也"，朱熹《诗集传》首章标"赋也"，从诗中所述内容来看，朱说为是。朱熹认为诗中第一章为"后妃既成絺绤而赋其事，追叙初夏之时，葛叶方盛，而有黄鸟鸣于其上也"。[②]将诗歌中第一章内容视为追叙之事，实为卓见。吴闿生《诗义会通》则明确指出此诗之"用逆"，诗歌本叙归宁一事，而由归宁追述为絺为绤之事，由此而念及于山谷之中采葛之事，开篇从采葛写起，至篇末方点明归宁之事，实为"文家用逆之至奇者也"。[③]

　　诗中第一章逆写时间、空间，叙已然之事。诗叙写女子于盛夏之时，所见谷中之葛及鸣叫的黄鸟，皆为动态之景之事。虽为写景，实为赋事，为诗中之人所见之事。事因景起，此处写景已然被安置在叙事链条之上。寓事于景是诗歌创作中一个重要的手法，冒春荣《葚原诗说》云："凡作诗不写景而专叙事与述意……即乏生动之致，意味亦不渊永，结构虽工，未足贵也。善诗者，常欲得生动之致、渊永之味，则中二联多寓事于景。"[④]第二章写采葛制衣。第三章写"言告师氏"，回家探望父母。诗中事件的自然时空顺叙应为：女子先有归宁父母之意，"因归宁而浣衣，因浣衣而及絺绤，因絺绤而念刈濩之劳，

---

① 《毛诗正义》，第580—581页。
② 朱熹：《诗集传》，第39页。
③ 吴闿生：《诗义会通》，中西书局2012年版，第3页。
④ 冒春荣：《葚原诗说》，《清诗话续编》，上海古籍出版社1983年版，第1574页。

因刘濩而追叙山谷蔓生的葛，及集于灌木的喈喈黄鸟所触起的归思"。① 崔述在《读风偶识》对此诗所叙之事的逻辑关系，做了进一步的梳理，对诗中为何使用逆序做了部分说明，其言：

> 《诗》之为体，多重末章，而前特为原起。此篇本为归宁而作，然不遽言归宁，先言葛叶之生、时鸟之变，感物思亲，此其时矣。然而絺绤未就，妇功未成，不敢归也。待葛既盛，制为衣服，妇功成矣，夫家之事毕矣，可以归矣，而仍不遽归也。乃借师氏以请于夫，而云"害浣害否"，犹为不敢必之词焉。其敬事而不敢顾其私，尊夫而不敢擅自主，为何如哉！归宁父母，孝也，人子之至情也，犹不敢专如此，况其他乎！②

其论甚明，其屡言"不敢"二字，诗中采用逆叙，与当时历史背景下女子的社会地位、礼制规范以及由此带来的心理变化有密切的关系。

《诗经》中还有一类，以逆叙时空线索为基础，逐句设问，在打破诗歌叙事的线性结构后，采用了一种全新的叙事节奏，使得叙事链条呈现出波浪式的起伏。如《召南·采蘩》：

> 于以采蘩，于沼于沚。于以用之，公侯之事。
> 于以采蘩，于涧之中。于以用之，公侯之宫。
> 被之僮僮，夙夜在公。被之祁祁，薄言还归。③

---

① 程俊英、蒋见元：《诗经注析》，第6页。
② 崔述：《崔东壁遗书》，第533页。
③ 《毛诗正义》，第597页。

　　《序》言："《采蘩》，夫人不失职也。夫人可以奉祭祀，则不失职矣。"① 朱熹《诗集传》云："南国被文王之化，诸侯夫人，能尽诚敬以奉祭祀，而其家人叙其事以美之也。"② 皆言诗中所叙为夫人奉祭祀之事。诗中的情感倾向极为隐晦，其将重点放在叙写采蘩祭祀之事上。③ 蘩，白蒿也，祭祀之时公侯夫人执蘩菜以为助祭。《大戴礼·夏小正》有二月"荣菫采蘩"，《毛传》言"皆豆实也"，与郑玄《笺》"以豆荐蘩菹"可合而读之。④ 诗歌第一、二章以设问方式依次概叙于沼、沚、涧中采集白蒿，实为祭祀之前的准备工作。第三章写祭祀，诗歌将叙述的重点放在参与祭祀夫人的发饰上，先写祭祀之前严装以待，"僮僮"，"竦敬也"；后写祭毕释服，"祁祁"，"舒迟也"，自庙返回寝宫。诗中所叙之事，其自然的时空逻辑顺序应是先有祭祀之事，祭祀需要夫人持蘩助祭，后才追叙祭祀所用的白蒿从"涧""沼""沚"采集而来。诗歌打破了这种逻辑顺序，采用类似于自问自答的设问方式，倒推由采蘩到祭祀的整个时空顺序。一问一答之间，其所叙之事形成了一种错落有致的节奏韵律。第三章，叙事节奏突然加快，仅提示了祭祀的开始与结束，省略祭祀的具体过程，叙事至此戛然而止，空留余响在耳。类似的还有《召南·采蘋》一诗：

---

① 《毛诗正义》，第 597 页。

② 朱熹：《诗集传》，第 11 页。

③ 按：诗中所言之事，或有以为所叙为蚕事者，若方玉润《诗经原始》"夫人亲蚕事于公宫也"，程俊英、蒋见元《诗经注析》"描写蚕妇为公侯养蚕的诗"。本文从《序》祭祀说。

④ 马瑞辰：《毛诗传笺通释》，第 74 页。

于以采蘋，南涧之滨。于以采藻，于彼行潦。

于以盛之，维筐及筥。于以湘之，维锜及釜。

于以奠之，宗室牖下。谁其尸之，有齐季女。①

全诗三章，朱熹言"大夫妻能奉祭祀，而其家人叙其事以美之也"。②诗歌所述实为齐之季女祭祀之事，但刻意翻空出奇，把主人公放在最后才推出来。从事件发生的自然逻辑顺序来看，诗歌整体的时空结构应为：齐国季女在宗庙中主持祭祀，并将祭品放在宗庙的窗下，此为当下的时空线索；由此出发，追叙祭祀所用的蘋藻用锜及釜煮过，这些蘋藻采来之时是用筐及筥盛着，藻是从沟水、积水中采得，蘋是从南山溪水边采得。但诗歌采取逆叙之法，逆转叙事时空，从采蘋、采藻开始追叙整个祭祀的准备过程，将齐女祭祀的实时场景放在最后。戴君恩《读风臆评》云："前面是虚衍，是铺叙法，末二句是实点，是关锁法。"诗歌在逆叙的整个过程中连用 6 个问句，5 个"于以"，使得其叙事"奔放迅快，莫可遏御，而末忽接以'谁其尸之，有齐季女'，如万壑飞流，濡染一注，大奇大奇"，一问一答恍若连珠之炮，在打破线性叙事的基础上，创造出一种间隔叙事的独特形式，其叙事奇绝，造句独具匠心，戴君恩评之曰："诗本美季女，若俗笔定从季女说起，此却先叙事、后点季女，是倒法，且叙事处滔滔絮絮，极其详悉，至点季女只用二语便了，尤是奇绝。"③

---

① 《毛诗正义》，第 602—603 页。

② 朱熹：《诗集传》，第 12 页。

③ 戴君恩：《读风臆评》，第 235 页。

有的诗歌从当下出发，追述已然之事。《郑风·丰》一篇，采取的便是此种叙述方式。具体来看：

> 子之丰兮，俟我乎巷兮。悔予不送兮。
> 子之昌兮，俟我乎堂兮。悔予不将兮。
> 衣锦褧衣，裳锦褧裳。叔兮伯兮，驾予与行。
> 裳锦褧裳，衣锦褧衣。叔兮伯兮，驾予与归。①

《仪礼·士昏礼》载士之昏有"六礼"，需依次行"纳采""问名""纳吉""纳徵""请期""亲迎"6个步骤及其礼仪。《郑风·丰》诗所追述的便是婚礼中的"亲迎"部分。诗歌前两章从新郎写起，倒叙新郎"亲迎"之事，第一章叙述长相英俊的新郎在巷中等待新娘，第二章叙述身材魁梧的新郎已经来到堂中等待新娘，时间、空间的变化暗示了新郎迫不及待的心绪。此时按照礼仪，"父醴女而俟迎者"，但是从"悔予不送兮""悔予不将兮"二句来看，新郎并未顺利接到新娘，至于新娘为何没有出现，诗歌中没有做具体交代，仅追述了亲迎时新郎、新娘的动作、样貌，从"悔"字来看或非新娘之本意。新郎的等待与新娘的懊悔亦形成了鲜明的对比。第三、四章回到当下，叙事视角转向新娘，其时新娘穿着华丽的嫁衣，待于房中，虽然新郎已经离开，但此刻新娘仍希望新郎能驾车来迎娶自己。

### （三）打破时空顺序的叙事

《诗经》"赋"法叙事中还有一类诗歌，彻底打破了事件在时

---

① 《毛诗正义》，第 627—628 页。

间、空间上的线性特征，随心之所至，陈事之推移，顺叙是此类诗歌的基本时空框架。若《邶风·击鼓》一篇，在顺叙的时空线索之上，加入补叙事件。此诗前三章依次铺叙行军中的时空变化，从行军出发，到最后行军散乱，将士兵行军之过程做了点睛式的叙述，《毛诗序》谓"怨州吁也"，诗人之怨，贯穿全篇。诗中首先叙述了一个对比事件——国内修城与边塞出征，以此写出行军之始，已心生倦怠。一个"独"字，将行军之怨，刻画得深入人心。诗歌第四章突转，补叙与家人离别时的誓言，"死生契阔，与子成说。执子之手，与子偕老"，诗歌中两层时空线索互相交织，离别时的深情与行军的劳苦形成了鲜明对比。乔亿《剑溪说诗又编》彰之为"征戍诗之祖"。[①] 按照诗歌中的时空框架，打破时空线索的叙事具体可分为以下几类：

遥叙。所谓遥叙，即叙述遥远时空或者虚拟时空中的事件。这类诗歌在情感倾向上多为表现思念之情，由于情感的推动，使得诗歌中的主人公将叙述的重点转移到自己所思之人身上。金圣叹在评点《西厢记》卷五时引王瀚（勤山）语将其概括为"倩女离魂之法"，其言"美人于镜中照影，虽云看自，实是看他，细思千载以来，只有离魂倩女一人，曾看自也"，并举杜甫《望月》"遥怜小儿女，未解忆长安"二句，言杜甫将自己心中之思"置儿女分中"，实为"自忆自"之语；又举王维《登裴迪秀才小台作》"遥知远林际，不见此檐间（端）"一句，亦是将自己眼中所见，移置到远林之中，亦为"自望自"之语。[②] 钱锺

---

① 乔亿：《剑溪说诗又编》，《清诗话续编》，第 1115 页。
② 王实甫撰，金圣叹批评：《金圣叹批本〈西厢记〉》，凤凰出版社 2010 年版，第 80 页。

书《管锥编》认为"倩女离魂法"可追溯至《诗经》及六朝乐府，并言此法机杼有二，"一施于空间，一施于时间"。① 若《周南·卷耳》：

> 采采卷耳，不盈顷筐。嗟我怀人，寘彼周行。
> 陟彼崔嵬，我马虺隤。我姑酌彼金罍，维以不永怀。
> 陟彼高冈，我马玄黄。我姑酌彼兕觥，维以不永伤。
> 陟彼砠矣，我马瘏矣，我仆痡矣，云何吁矣。②

　　诗歌通过顺叙和遥叙，构筑了两层时空框架：其一为采卷耳之妇人所在时空，其二为行役丈夫所在时空。首章按照时空线索顺叙当下之事，截取了一个劳作的动态事件场景，铺写一妇人心不在焉地采摘卷耳，虽采了又采，却仍未装满浅筐，原是思念丈夫之故，最后干脆把筐子扔在大道之旁。"采采""寘"，两个简单的动作将妇人的心不在焉刻画得惟妙惟肖，戴君恩《读风臆评》称此章"绝妙千古"。第二、三、四章，诗歌从对面着笔，时空转入妇人虚拟的时空之中，此时叙事视角也转变为丈夫自叙，诗中屡称"我"，以丈夫第一人称自叙，暗含深意，杨义认为其是"作者和文本的心灵结合点，是作者把他体验到的世界转化为寓言叙事世界的基本角度"。③ 诗中通过接续三个事件场景，详叙妇人之夫登上"崔嵬""高冈""砠"之事，

---

① 钱锺书：《管锥编》，第192—195页。
② 《毛诗正义》，第583—584页。
③ 杨义：《中国叙事学》，人民出版社1997年版，第191页。

此三章"无端转入登高，不必有其事，不必有其理，奇极妙极"。① 实际皆为虚写，意在通过重章叠句的形式，铺叙丈夫在外劳累、思家的场景。《卷耳》中诗人的情感通过两层时空线索中事件的铺叙缓缓道出，妇人、丈夫虽身处异地，其事亦异，然其情则同。再如《魏风·陟岵》：

> 陟彼岵兮，瞻望父兮。父曰："嗟予子行役，夙夜无已。上慎旃哉，犹来无止！"
> 陟彼屺兮，瞻望母兮。母曰："嗟予季行役，夙夜无寐。上慎旃哉，犹来无弃！"
> 陟彼冈兮，瞻望兄兮。兄曰："嗟予弟行役，夙夜必偕。上慎旃哉，犹来无死！"②

《毛诗序》云"《陟岵》，孝子行役，思念父母也。国迫而数侵削，役乎大国，父母兄弟离散，而作是诗也"。③ 其言得诗大意。全诗三章，共有两层时空线索。第一层是行役孝子所在的时空，在空间上即为他乡。诗用"赋"法铺叙行役在外之人"陟彼岵兮""陟彼屺兮""陟彼冈兮"，远望自己的父亲、母亲、兄长。此处为虚写事件，通过铺叙空间变化及远望动作的延续，营造出一个行役孝子登高望乡的事件场景。诗中三章首句，皆运用重章叠句的方式来强化这种场景，强调孝子每时每地皆在远望着家乡的亲人。诗未明言思乡，而是重复铺排此事

---

① 戴君恩：《读风臆评》，第 233 页。
② 《毛诗正义》，第 759 页。
③ 《毛诗正义》，第 759 页。

件场景，以此将行役孝子思乡情绪表现得含蓄婉转而又真挚动人。诗中第二层时空线索，是父亲、母亲、兄长所在的时空，在空间上即为家乡。此层时空线索为在外行役孝子所虚拟，钱锺书言此为"分身以自省，推己以忖他；写心行则我思人乃想人必思我"，①由孝子思念家人进而推想家人亦在思念自己。由此出发，孝子"因想亲亦方思己之口吻"，借家人口吻写自己心事，虚构了父亲、母亲、兄长对其殷切嘱咐的事件场景。一方面，三章屡言"夙夜无已""夙夜无寐""夙夜必偕"，既是叙家人念其行役之辛劳，亦是孝子自诉之语。另一方面，三章反复铺叙"上慎旃哉，犹来无止""犹来无弃""犹来无死"，家人嘱咐其保重身体，希望孝子能够早日返乡，实皆为孝子自诉。两层时空线索中，接续铺陈 6 个事件场景，共同构成了现实与虚拟交织的时空框架。其中登高望乡更是成为后世诗歌中的一个重要题材，乔亿《剑溪说诗又编》称其为"羁旅行役诗之祖"。②

预叙。预叙，即预先叙述将来发生之事，是对未来事件的暗示或预期，属于叙事链条上向后之事，叙述的事件由确然转向未然，是特定时间、空间中发生之事。③《诗经》诗篇"赋"法叙事中的"预叙"，与中国小说、戏曲不同，其预叙之事往往带有不确定性，在本质上是一种设想与渴望发生之事。两周时期作为中国诗歌叙事的发生期，其所预叙的内容，更加关注事

---

① 钱锺书：《管锥编》(第 1 册)，第 226 页。
② 乔亿：《剑溪说诗又编》，第 1115 页。
③ 罗钢：《叙事学导论》，第 135 页。

件在时间、空间上的延续性，并呈现出一种原始的质朴特征。①
如《小雅·采绿》：

> 终朝采绿，不盈一匊。予发曲局，薄言归沐。
> 终朝采蓝，不盈一襜。五日为期，六日不詹。
> 之子于狩，言韔其弓。之子于钓，言纶之绳。
> 其钓维何？维鲂及鱮。维鲂及鱮，薄言观者。②

诗为妇女思念行役丈夫之作。此诗在顺叙的基础上，将预
叙作为补充成分。诗前两章，顺叙当下之事，叙写女子之相思。
这种相思并未明言，而是通过采绿一匊、发曲局、采绿一襜和
逾期未归四个相对独立的事件片段来展现。诗以女子第一人称
叙述，写其整个清晨都在采摘绿草，却连一捧也未采满；接着
写女子在采摘绿草之时，忽见其长发因久不沐而"局"。此二事
皆因女子心有他事，故无心采摘、无心梳妆，已为第二章叙述
事由埋下伏笔。第二章先叙无心采摘蓝草，后直接点明事件缘
由：女子无心他事，只因其夫行役在外，本来说好五日返家，而
今却逾期未归。四个事件既有劳作之事，亦有日常闺中之事，
叙事婉转曲致，层层推进，看似平淡而实含波澜，逐渐道明妇

---

① 按：先秦时期诗歌叙事用预叙之法，其实在赋诗言志、断章取义的情况
下显得更加清晰。过常宝言："春秋时期，由于诗与仪式的特殊关系，人
们相信诗具有神圣性，因而也就相信通过诗所表现出来的个人品性是
无可隐讳的，并可以据此推断出赋诗人的命运"，"赋诗过程中人是无法
掩饰自己的心志的，而他的心志必然会对命运有所影响"。（过常宝：
《原史文化及文献研究》，第144—145页。）

② 《毛诗正义》，第1062—1063页。

人在劳作与家庭生活中，处处思念逾期未归之人，将事件与抒情有机地融合在一起，读来如泣如诉。

末两章转入预叙，作为对当前之事的一种延续，摹写妇人想象之事。丈夫归来之时，其必追随丈夫的脚步，亦步亦趋，虚写打猎、钓鱼、观鱼等事件。尤其是诗末一个"观"的动作，写妇人看丈夫钓鱼的情景，作为诗眼，将诗中妇人之情绪写到极致，读来"余音嫋嫋"。吴闿生《诗义会通》云"三、四章归后着想，真乃肠一日而九回"。[①] 诗未明言情，然情隐事中、含而未发，摹写思妇，读来令人动容。预叙所建构的时空框架在后世小说、戏曲之中亦有较为广泛的运用，在其开端之时多"采取大跨度、高速度的时间操作，以期和天人之道、历史法则接轨"，直接导致了对于个体或单独事件的忽略，而更加关注宏观视野下"对历史和人生的透视感和预言感"。[②]

时间、空间对比中的叙事。《诗经》中还有一类诗歌，在用"赋"法的过程中，对比不同时间、空间中发生的事件。有的诗歌着重突出时间线索，叙述今昔对比。若《秦风·权舆》：

　　於我乎！夏屋渠渠，今也每食无余。于嗟乎，不承权舆！

　　於我乎！每食四簋，今也每食不饱。于嗟乎，不承权舆！[③]

---

① 吴闿生：《诗义会通》，第 214 页。
② 杨义：《中国叙事学》，第 152 页。
③ 《毛诗正义》，第 796 页。

诗用第一人称"我"，叙述今昔生活的对比。"人之处世，衣、食、宅三者，最为切要之物，而衣依爵命服之，故人君加恩意者，因宅与食而见之"。① 故诗歌将叙事聚焦在住所及饮食的变化上。"夏屋渠渠，今也每食无余""每食四簋，今也每食不饱"为"赋"法叙事，首章两句为往昔住所与今日饮食的对比，次章两句为今昔饮食对比，对比结构上两章有所变化。诗中的两处"今"字提示了叙事时间上的变化，"夏屋渠渠""每食四簋"叙写以前住在深广的大屋里，每顿饭可吃四簋；"每食无余""每食不饱"，则叙写当下食不果腹的生活状况。从诗歌所叙之事来看，其虽仅仅铺叙住所、饮食之变，但从中依然能察觉到"我"在叙述中所展现出的"今不如昔"的感叹。从宏观的时代背景来看，"春秋时代，私田渐多，各国纷纷实行按亩税田。领主没落，生活下降。这首诗就是当时社会变革的一种反映"。②

有的诗歌叙述同一时间、不同空间下发生的不同事件，两者形成一种对比叙事。如《王风·君子于役》：

　　君子于役，不知其期。曷至哉？鸡栖于埘，日之夕矣，羊牛下来。君子于役，如之何勿思？

　　君子于役，不日不月。曷其有佸？鸡栖于桀，日之夕矣，羊牛下括。君子于役，苟无饥渴！③

---

① 竹添光鸿：《毛诗会笺》，凤凰出版社 2012 年版，第 840 页。
② 程俊英、蒋见元：《诗经注析》，第 360 页。
③ 《毛诗正义》，第 699 页。

朱熹《诗集传》云："大夫久役于外，其室家思而赋之曰：君子行役，不知其还反之期，且今亦何所至哉？鸡则栖于埘矣，日则夕矣，羊牛则下来矣。是则畜产出入，尚有旦暮之节。而行役之君子，乃无休息之时。使我如何而不思也哉。"① 其述诗旨甚明。诗歌中"日之夕矣"，提示了整首诗歌的时间线索，即一天将要结束的黄昏之时，《周易·随卦·象辞》言"君子以向晦入宴息"，同时也是暗喻"当归之时"。中国古代社会一直以农耕为主，人们顺应自然的时序，日出而作，日落而息，万物皆是遵循此理。"黄昏作为白昼与黑夜、劳作与休息、喧嚣与沉寂、忙碌与闲暇、清晰与混沌的分水岭，同样决定了它是一天中最富生命意识和哲理意味的时刻"。② 诗人截取此黄昏片段，同时铺叙了两个空间的事件：第一层概叙在外行役的君子，经年累月，不知何时能归，家中妇人挂念其是否会肚肠饥饿；第二层中铺叙了妇人所见的两个事件场景，皆为家中日常生活之事，充满浓郁的生活气息。一个是鸡已回到"埘""桀"，一个是牛、羊已从坡上下来，关进了栏里。两层空间线索中的事件，一层叙君子未归，一层叙家畜已归，形成了强烈的对比，妇人的思念之情正是在不同空间事件的对比中得到强化。清许瑶光《雪门诗钞》卷一《再读〈诗经〉四十二首》亦有"鸡栖于桀下牛羊，饥渴萦怀对夕阳。已启唐人闺怨句，最难消遣是昏黄"之论。③

---

① 朱熹：《诗集传》，第56页。
② 唐瑛：《穿越黄昏的精神行吟——中国古典诗歌的黄昏意象论析》，《中南民族大学学报（人文社会科学版）》2006年第1期。
③ 转引自钱锺书：《管锥编》，第173页。

综合来看，《诗经》"赋"法叙事中更加关注事件的时间、空间线索，在时空架构上包括以下三种类型：顺叙事件过程，包括顺叙同一空间、不同时间事件的演进及顺叙不同时间、不同空间事件的演进两种情形；逆叙事件过程，包括纯粹逆用时空顺叙、颠倒事件发生的逻辑顺序，依次变换时间、空间及在逆叙时空线索的基础上逐句设问、打破诗歌叙事的线性结构三种情形；打破时空线索的叙事，包括遥叙虚拟时空中的事件、预叙及时空对比叙事三种情形，奠定了中国诗歌叙事中基本的时空框架类型，对后世诗歌叙事影响深远。特别是遥叙虚拟时空中的叙事一类，从高适《除夕》"故乡今夜思千里，霜鬓明朝又一年"，到白居易《望驿台》"两处春光同日尽，居人思客客思家"，到韦庄《浣溪沙》"夜夜相思更漏残，伤心明月凭栏干，想君思我锦衾寒"，再到范成大《望海亭》"想见蓬莱西望眼，也应知我立长风"，皆可见此体风神，开创了中国诗歌叙事中一个独特的时空框架。

## 三、"比"法与《诗经》叙事

刘怀荣《赋比兴与中国诗学研究》一书从文化人类学的角度切入，认为"比"字象形之义源于"原始舞蹈"，一为集体舞之象，取"多人"之义，一为二人并舞，两者皆有"密"之义，并指出"比"是源于"类比、联想为特征的认知方式和思维方式"，在原始社会时期人类语言词汇贫乏，思维的抽象能力也较为低下，因此多选择具体事物进行思维表达，其后又演变为以具体事物来说明或解释抽象事物，后来随着人类思维的发展，开始将其用于诗歌之中。[①] 确如其论，人类认知思维的发展，为

---

① 刘怀荣：《赋比兴与中国诗学研究》，人民出版社2007年版，第65、83—85页。

"比"法的产生提供了坚实的土壤。历代关于"比"的论述纷繁芜杂，先述诸说如下：

郑众认为"比"即"比方于物"，已指出"比"含"物"与被比之物。郑玄认为"比"为"见今之失不敢斥言"，故"取比类以言之"，其将美刺观念用在"比"的阐释之中，认为"比"主要用于"刺"。刘勰《文心雕龙·比兴》指出"比"即"附"，且其"显"，"比""附理者切类以指事"，主要以契合所写事理的类似事物来比喻说明，此处已言"比"中含事，并指出"比"在情感上有所倾向。贾岛《二南密旨》言"比"为"类"，"妍媸相类、相显之理。或君臣昏佞，则物象比而刺之；或君臣贤明，亦取物比而象之"。① 其在书中云"舟楫""桥梁"用以比"上宰"或"携进之人"，"白""孤烟"以比"贤人"，"黄叶""败叶"以比"小人"，已指出诗歌中入"比"之象的丰富性。

朱熹《诗集传》认为"比"为"以彼物比此物也"，清晰地指出了"比"法中确含二物，《朱子语类》卷八十所载则更加明确，其言"说出那物事来是兴，不说出那物事是比"，强调了"比"法的隐约性特征，明确指出了入"比"之象包括了"物"与"事"等内容，且较为清晰地论述了"比"法中"物"与"事"的关系，"比是一物比一物，而所指之事常在言外"。② 郝经《毛诗原解》言"比"为"托物"。季本《诗说解颐·总论》认为"比"为"即物为喻，意在言外"，其言"比"法中用物作喻，其意旨往往隐约，且指出"比"法中所叙之事有二类——

① 贾岛：《二南密旨》，《四库全书存目丛书》集部第 415 册，齐鲁书社 1997 年版，第 100 页。
② 《朱子语类》，第 2069 页。

"有相继言其事者，有全不言其事者"，明确指出了"比"法叙事特质。①

从《诗经》来看，"比"字意义有二②：其一，为"听从"之意，《大雅·皇矣》有"王此大邦，克顺克比"，《毛传》认为"比"即为"择善而从"③，朱熹《诗集传》认为此处为"上下相亲"之意④，屈万里《诗经诠释》指出"比"为"亲附"之意；其二，为"比拟"之意，《邶风·谷风》"既生既育，比予于毒"，郑玄《笺》言"视我如毒螫"。⑤

历来诸说之中，"比"多与"兴"纠缠在一起，两者多对举而言，使得"比"义在阐述过程中变得更为隐晦。我们可从以往研究中提炼出以下几个关键词："比方""喻类""因物喻志""索物""引物"，从中可以窥见传统论述中更加强调"比"所含的"物"与"志"的关系。⑥叶嘉莹指出赋、比、兴是中国古典诗歌中"借物象与事象传达感动并引起读者感动的三种表达方式"，其在本质上反映了"心"与"物"之间的互动关系，其中"比"反映的是由"心"及"物"的关系。⑦近年来已有学者开

---

① 季本：《诗说解颐》，第 7 页。

② 向熹：《诗经词典》(修订本)，商务印书馆 2014 年版，第 17 页。

③ 《毛诗正义》，第 1150 页。

④ 朱熹：《诗集传》，第 246 页。

⑤ 《毛诗正义》，第 641 页。

⑥ 按：杨昊《赋比兴略辨》一文指出"比是一种用与所要表达之物相关的物象来表达情感或意志的表现手法。其形式是用他物来言此物，目的是间接地表达此物，起到含蓄委婉、意在言外的作用。从心物关系的角度来说其特点是'由情及物'，即先有某种情志，然后找相关的物象来表达。"杨昊《赋比兴略辨》，《晋城职业技术学院学报》2012 年第 6 期。

⑦ 叶嘉莹：《中西文论视域中的"赋、比、兴"》，《河北学刊》2004 年第 3 期。

始关注"比"法的叙事功能。傅修延《先秦叙事研究：关于中国叙事传统的形成》一书将"比"归为"隐喻性叙事"，言其多借助"意象"以摹拟主观、客观之事物，以达到"象征效果"。①董乃斌认为"比"并非空对空之言，而必须是"具体的"，其多"借助外界事物作曲折婉转的表现"，而在这个过程之中其一定会借用"描叙"的方法，而这种"描述"本身即为一种"叙事"。②

综上所述，"比"作为一种间接的表现手法，不仅可用于抒情，亦可用于叙事。"比"法本身的隐含性特征，使得"物"自身所涵盖的范围存在较大的阐释空间，除了自然之象外，"比"象中尚含有事的成分及内容，甚至直接与历史事件密切关联。

《诗经》用"比"法叙事情况如下：全诗用"比"法叙事者22篇，其中《国风》18篇，《小雅》4篇。另，"赋"法、"比"法兼用者，共8篇。③综合来看，《诗经》中的诗歌有用一事、物为比者，有用数事、物为比者，有通篇用比者。从内容上来看，《诗经》中入"比"者有数类，包括日常生活之事、动物之行为及自然之象等，所用之象，实均含"事"的成分，而所叙之事带有隐喻性特征。具体来看：

其一，以日常生活之事为比。若《邶风·绿衣》，以服制之乱喻妾显而夫人微，暗指卫庄公被嬖妾所迷惑而庄姜失位之事④；《唐风·采苓》以采苓、采苦、采葑三者之名实相乖、美

---

① 傅修延：《先秦叙事研究：关于中国叙事传统的形成》，第127页。

② 董乃斌：《从赋比兴到叙抒议》，《徐州工程学院学报》2016年第1期。

③ 按：关于《诗经》中的"比"法统计，历来标准不一，本文中所列，系参考《毛传》《诗集传》诸说标注，特此说明。

④ 按：此节所涉及诗歌诗旨历来颇多争论，本文择善而从，文中不再赘述。

恶无定喻谗言似是而实非；《齐风·敝笱》以破鱼笼不能制大鱼喻鲁桓公不能制止其妻文姜的败德之行。

其二，以动物之行为比。若《周南·螽斯》以螽斯之多子比喻贵族子孙众多；《卫风·有狐》以狐之不渡河比丈夫之不归；《魏风·硕鼠》以硕鼠食黍、麦、苗喻统治者的残酷剥削与贪婪；《唐风·鸨羽》以雁不得已集于树喻君子忙于王事，不能安处；《曹风·蜉蝣》以朝生暮死之蜉蝣喻朝中那些衣着华贵而不知国难将近、死亡无日的小人。

其三，以自然之象入比。若《邶风·终风》，以终风且暴、霾、曀，喻卫庄公逐渐疏远庄姜之事；《唐风·有杕之杜》以生于路边的杕杜喻己之寡弱；《唐风·扬之水》以水无力于石喻昭侯之微弱。

另外，有的诗篇更连用数象为喻。若《邶风·匏有苦叶》以"匏有苦叶"喻女子当嫁；《卫风·木瓜》以赠木瓜而还之以琼瑶喻厚报恩也，假日常赠物之事以言，含双层比喻。

需要说明的是，本节所言《诗经》所用之"比"法是作为一种表现手法，即指文学创作活动中所运用的技巧和处理材料的方法。具体来看，"比"法叙事特质大致有如下诸端。

### （一）以入"比"之事统领全诗

入"比"之事，能够统领全诗，构成诗歌全篇结构的主要框架。其所选取之事不断变化，使之成为诗歌延续的一种内在动力，驱动诗歌叙事的演进，最终得以形成诗歌的整体框架。如《邶风·终风》：

终风且暴，顾我则笑。谑浪笑敖，中心是悼。

终风且霾，惠然肯来。莫往莫来，悠悠我思。

终风且曀，不日有曀。寤言不寐，愿言则嚏。

曀曀其阴，虺虺其雷。寤言不寐，愿言则怀。①

《毛诗序》曰"《终风》，卫庄姜伤己也"。② 诗以终风且暴、且霾、且曀，喻庄姜渐被卫庄公疏远之事。庄姜之事见于隐公三年《左传》："卫庄公娶于齐东宫得臣之妹，曰庄姜，美而无子，卫人所为赋《硕人》也。又娶于陈，曰厉妫，生孝伯，早死。其娣戴妫生桓公，庄姜以为己子。公子州吁，嬖人之子也，有宠而好兵，公弗禁，庄姜恶之。"③ 据《毛诗序》，《诗经》中涉及庄姜的诗有《邶风·绿衣》《燕燕》《日月》《终风》及《卫风·硕人》5篇。

具体来看，此诗四章，诗中以"终风且暴""终风且霾""终风且曀""曀曀其阴，虺虺其雷"作为入比之象，用自然物候的变化喻庄公对庄姜由冷淡至凶暴的态度，两者构成了一种对应关系，风的变化成为一种表征，与诗歌所叙之庄姜的境遇密切结合在一起。"终风"一词是理解此诗的关键。关于"终风"之解，约有二类。第一类，作名词解：其一，解为"终日风"，苏辙《诗集传》、范处义《诗补传》、朱熹《诗集传》、吕祖谦《吕氏家塾读诗记》、杨简《慈湖诗传》、钱澄之《田间诗学》等持此说；其二，作"西风"解，孔颖达《毛诗正义》持此说；其三，作"末风"解，王质《诗总闻》持此说；其他尚

① 《毛诗正义》，第629—630页。

② 《毛诗正义》，第629页。

③ 《春秋左传正义》，第3742页。

有"恶风"（姚舜牧《重订诗经疑问》）、"大风"（姜炳璋《诗序补义》）、"恒风"（郝懿行《诗问》）、"泰风"（胡承珙《毛诗后笺》）之说。第二类，作连词解，为"已""既"之义，王引之《经传释词》（引王念孙语）持此说。[①] 本书取王念孙说。《经传释词》："终，词之'既'也。"[②] "终……且……"为《诗经》时代固定用法，即今日所言"既……又……"。

诗歌第一章以"终风且暴"为比。"暴"，朱熹《诗集传》言"疾"也，言风之迅疾；"谑浪"，即放荡戏谑的样子；"笑敖"，嬉笑、傲慢无礼的样子。王先谦《诗三家义集疏》言"盖谑非不可谑，谑而浪则狂。笑非不可笑，笑而敖则纵"[③]。"悼"，朱熹《诗集传》言"伤"也。诗中狂起的暴风与庄公的狂荡暴疾在深层次上形成了一种对应。此时卫庄公虽尚见庄姜，亦有顾庄姜则笑之时，但行为放荡戏谑，态度傲慢无礼，无丝毫敬爱之意。庄姜对此不敢斥言，只能暗自担忧伤心。第二章，"霾"，《说文》言"风雨土也"，即大风扬起尘土之意。以"终风且霾"作"比"，言风愈加迅猛。诗以大风迅疾、尘土飞扬，时而遮蔽日光，喻庄公所受迷惑渐重，逐渐疏远庄姜，始则偶见庄姜，最终不复见也。第三章，"终风且曀"，"曀"，《尔雅》曰"阴而风"也。与第二章相比，此时之风更为迅猛。大风既起，天已渐阴，日月无光，以此喻卫庄公所受之迷惑愈加严重，已不复至庄姜之处。庄姜只能半夜自言自语，希望庄公能知道

---

① 张慧贤：《诗经邶风终风研究》，山西大学 2011 年硕士论文。按：以上诸说据张慧贤论文概括。

② 王引之：《经传释词》，上海古籍出版社 2014 年版，第 189 页。

③ 王先谦撰，吴格等点校：《诗三家义集疏》，第 166 页。

自己的思念。第四章"曀曀其阴，虺虺其雷"，以天色昏暗、雷声乍起喻庄公所受的迷惑越来越深且没有停止的迹象。

诗歌将事件的始末隐去，用"比"法叙事，"风"的变化成为事态变化的一个提示，推动事件不断演进；每章提示事态变化的一种程度，通过"此事物"与"彼事物"的比照对应，四章共同呈现出庄姜被逐渐疏远的事实。全诗通过庄姜的自白，表达其对夫君的深爱之情，即使庄公举止轻狂、行为放荡、粗暴无礼，最后抛弃她，她仍深切地盼望着夫君能够回心转意、幡然醒悟，不再被迷惑。

### （二）"比"法叙事隐微曲折

"比"法叙事隐微曲折，意在言外，对于中国诗歌叙事形成隐微风格影响重大。傅修延指出"比"为隐喻性叙事，并将其概括为"直指""显比""暗喻""借拟"四类。[①]"直指"与"显比"之象较为简略，其主要功能在于引发生动活泼的形象思维，避免刻板的平铺直叙。"暗喻"之中则入"比"之象与"被拟事物"之间形成了一种"同构"关系，两者的相似性极易引发读者的联想。[②]"借喻"则在"象"与"被拟事物"之间产生了一种"象征效应"，部分诗歌甚至隐去了"被拟事物"，使得两者之间的联系更加"隐晦"。[③]《诗经》用"比"法中的直比，若《周南·汝坟》"未见君子，惄如调饥"；再如《卫风·伯兮》"首如飞蓬"，多是穿插在诗歌的叙事链条之上，强化了叙事的

---

① 傅修延：《先秦叙事研究：关于中国叙事传统的形成》，第127页。

② 按：笔者认为"比"法中入"比"之象与"被拟事物"并非"同构"关系，实为一种"对应"关系。

③ 傅修延：《先秦叙事研究：关于中国叙事传统的形成》，第126—128页。

形象性与生动性。

《诗经》中"比"法叙事，以暗喻为多，充分利用了入比之物事与被拟物事的对应关系，将事件以一种隐晦的方式呈现出来，特别是在涉及具体历史事件之时，这种隐微的叙事特征能含蓄委婉地记录下当时所发生之事。若《齐风·敝笱》一篇：

> 敝笱在梁，其鱼鲂鳏。齐子归止，其从如云。
> 敝笱在梁，其鱼鲂鱮。齐子归止，其从如雨。
> 敝笱在梁，其鱼唯唯。齐子归止，其从如水。[①]

《毛诗序》云"《敝笱》，刺文姜也。齐人恶鲁桓公微弱，不能防闲文姜，使至淫乱，为二国患焉"。[②] 诗以破鱼笼不能制大鱼喻鲁桓公不能制止其妻文姜的败德之行。文姜，鲁桓公之妻，齐襄公之妹。其事见于桓公十八年《左传》《史记·齐太公世家》《鲁周公世家》等。

据《春秋》《左传》所载，文姜在未嫁之时便与其兄齐襄公私通。鲁桓公三年，桓公与齐僖公之女文姜成婚。十八年春，鲁桓公将与齐襄公会于泺地，携文姜同往。大夫申繻进谏制止此事，其言"女有家，男有室"，互相尊重才符合礼制，违背此点必招致祸事。桓公未听，遂与文姜同往齐国。至齐国后，文姜复通于齐襄公，此事为鲁桓公所知，因而斥责文姜，文姜将此事告知齐襄公。其年四月，齐襄公宴请桓公，借机让公子彭生杀死桓公，随后立太子同，即庄公。文姜因此不敢归鲁，滞

---

① 《毛诗正义》，第 749 页。
② 《毛诗正义》，第 749 页。

留在齐国。齐襄公与文姜私通之事，在鲁桓公被杀之后，仍持续多年。史载庄公二年冬十二月，鲁夫人文姜会齐襄公于禚地，庄公二年《左传》亦载，"书，奸也"，言文姜与齐襄公通奸，故《春秋》特载其事；庄公四年二月，文姜宴请齐襄公于祝丘；庄公七年春天，文姜会齐襄公于防地。① 直至次年，齐襄公被公孙无知所杀，私通之事方止。

以上是整首诗歌所涉及的历史事件，回到诗歌本身来看，诗歌的四字句式使得其所叙之事必须凝练而精当。本诗之中，与文姜、齐襄公私通之事相关的只有"齐子归止"一句，将文姜回齐国的场景提示出来，事件中的其他细节则通过"比"法隐晦叙述出来。

本诗之中有两层"比"法。第一层以敝笱不能制大鱼比鲁桓公不能制其妻。"敝"，破败也；"笱"，捕鱼之器也；"鲂鳏""鲂鱮"，大鱼也；"唯唯"，言鱼出入不受限制，"鱼行相随即不能制"。② 破败之笱在鱼梁之上，但遇到的却是鲂鳏之类的大鱼，这不是破败之笱所能捕获的，用以喻桓公这样的微弱之君，娶的却是强盛的齐国女子，"非微弱之夫所能制，刺鲁桓之微弱，不能制文姜也"，只能任其"唯唯"，出入难制。③ 郝敬《毛诗原解》亦言"笱之制鱼，可入不可出，敝则鱼出矣。以比帷薄不修也"。④ 桓公的微弱、文姜的强势及文姜"唯唯"之丑事，诗歌用"比"法隐微地呈现出来。

---

① 《春秋左传正义》，第 3827、3828、3831 页。
② 马瑞辰：《毛诗传笺通释》，第 310 页。
③ 《毛诗正义》，第 749 页。
④ 钱澄之：《田间诗学》，第 243 页。

第二层为直比，诗歌三章分别用"比"法叙事，状文姜随从之貌，以喻仆从之盛。"如云"，《毛传》云此言其出行之盛也，郑《笺》认为云所以顺风而行，暗示文姜知鲁桓公微弱，因而恣肆其行，随从之人亦多随之为恶；"如雨"，《毛传》云此言其随从之多也，《笺》认为"如雨"言其行为无常，"天下之则下，天不下则止"，言随行之人的善恶，皆为文姜所指使，钱澄之《田间诗学》云"不独言其多，谓其倾从如雨之从天而下也"①；"如水"，《毛传》云此所以喻众也，郑《笺》认为"水之性可停可行，亦言侄娣之善恶在文姜也"，钱澄之《田间诗学》言"不独言其众，如水之长流而不息也"。②"如云""如雨""如水"，非叹仆从之盛，正以笑公从妇归宁，故仆从加盛如此其极也③。

诗歌运用两层"比"法，隐微曲折地将历史事件隐含在诗歌叙述之中，故虽"事在诗外"，却能以入"比"之象与诗歌中的场景紧密结合，互为表里。相比于史书所载，虽简略隐微，却能将事件的要点表达出来。《诗经》中此类隐微叙事风格，成为中国诗歌叙事传统中的一大特色。

### （三）"比"法叙事扩充了诗歌含事的容量

"比"法叙事尚简洁，其所叙之事往往能切中事件的根源所在，通过此物事与彼物事之间的对应关系，将宏大的历史事件压缩在数句之中，扩充了诗歌含事的容量。诗歌中于所叙事件之褒贬，往往于"比"中可见。若《唐风·扬之水》一篇：

---

① 钱澄之：《田间诗学》，第 244 页。
② 钱澄之：《田间诗学》，第 244 页。
③ 方玉润：《诗经原始》，第 237 页。

扬之水，白石凿凿。素衣朱襮，从子于沃。既见君子，云何不乐。

扬之水，白石皓皓。素衣朱绣，从子于鹄。既见君子，云何其忧。

扬之水，白石粼粼。我闻有命，不敢以告人。①

此诗有"刺晋昭公"说，言昭公微弱，国中之人将叛而归于曲沃，毛《序》、郑《笺》、欧阳修《诗本义》、朱熹《诗集传》、方玉润《诗经原始》、高亨《诗经今注》皆持此说；有"警醒晋昭公"之说，言其无叛心，作诗以警醒昭公曲沃将叛之事，严粲《诗缉》、钱澄之《田间诗学》、姚际恒《诗经通论》、胡承珙《毛诗后笺》等持此说。从诗歌文本来看，作诗之人并无叛意，尤其是第三章"不敢以告人"一句，言之明矣，故本书从警醒昭公之说。《国风》之中以《扬之水》为题者共三篇。日本白川静《诗经的世界》一书认为"扬之水"反映的是古代的"水占"习俗，其有二类，一是以"楚""薪"等在水面上的漂流情况来占卜、预测事件的"吉凶"和"成败"；一是通过水面之上漂浮的物品是否受到岩石的阻碍预测事件吉凶。此亦可备一说。②

此诗为晋潘父从者警醒昭侯并密告潘父与桓叔结谋欲叛之作，"当作于晋昭侯元年至孝侯元年（前745年—前739年）之

① 《毛诗正义》，第769页。
② 白川静著，杜正胜译：《诗经的世界》，东大图书公司2009年版，第27—28页。

间"。① 严粲《诗缉》卷十一论之甚详，言当时曲沃桓叔有篡位
之谋，大夫潘父暗自参与此事，欲为之内应。晋昭侯不知，故
诗人作诗以警醒昭公，提醒其不要以为曲沃在外而祸事犹缓，
如今国中有为内应者，想要奉桓叔为君、密谋篡位，既有外患，
又有内应，祸事迫在眉睫。诗中揭发潘父与桓叔之谋，以此忠
告昭侯，语义殷切。② 曲沃叛乱之事详情见于《左传》《史记》，
其曰：

> 惠之二十四年，晋始乱，故封桓叔于曲沃，靖侯之孙
> 栾宾傅之。师服曰："吾闻国家之立也，本大而末小，是以
> 能固。故天子建国，诸侯立家，卿置侧室，大夫有贰宗，
> 士有隶子弟，庶人、工、商，各有分亲，皆有等衰。是以
> 民服事其上而下无觊觎。今晋，甸侯也，而建国。本既弱
> 矣，其能久乎？"惠之三十年，晋潘父弑昭侯而立桓叔，不
> 克。晋人立孝侯。③
>
> 昭侯元年，封文侯弟成师于曲沃。曲沃邑大于翼。翼，
> 晋君都邑也。成师封曲沃，号为桓叔。靖侯庶孙栾宾相桓
> 叔。桓叔是时年五十八矣，好德，晋国之众皆附焉。君子
> 曰："晋之乱其在曲沃矣。末大于本而得民心，不乱何待！"
> 七年，晋大臣潘父弑其君昭侯而迎曲沃桓叔。桓叔欲入晋，
> 晋人发兵攻桓叔。桓叔败，还归曲沃。晋人共立昭侯子平

---

① 邵炳军：《春秋文学系年辑证》，第109页。
② 严粲：《诗缉》，《景印文渊阁四库全书》第75册，台湾商务印书馆1986年
版，第149页。
③ 《春秋左传正义》，第3786—3787页。

为君，是为孝侯。诛潘父。①

晋昭侯元年（前745年），昭侯封桓叔于曲沃。曲沃地理位置绝佳，位于浍河与汾河相交之地，土地肥沃，交通便捷。加之其时桓叔已58岁，善于经营，暗结人心，"晋国之众皆附焉"，曲沃成为晋国仅次于都城的政治经济要地。从桓叔封于曲沃之后，曲沃在规模上也逐渐超过了晋昭侯所居之都城，为"曲沃小宗代替大宗翼提供了客观的条件"。② 时人君子已预言，此为祸乱之源。至晋昭侯七年，发生叛乱。晋大夫潘父与桓叔密谋，在都城发动政变，弑晋昭侯姬伯，迎桓叔继晋侯之统。桓叔欲发兵都城，时晋国尚有支持昭侯者，起兵反攻桓叔，桓叔败归曲沃，潘父被杀掉，政变以失败告终。③ 此为史书所载，从桓叔被封于曲沃至与潘父谋乱、再到最后失败之概述。

诗歌中所叙之事当在叛乱之前，以一个旁观者的视角，揭露潘父至曲沃与桓叔密谋之事。诗三章前两句含有两层"比"象，以水无力于石，喻昭侯之微弱，以白石喻桓叔之强盛。"扬之水"，即为浮扬之水，言水既浅且缓而无力。"凿凿"，《毛传》言鲜明的样子；"皓皓"，《毛传》言洁白之貌；"粼粼"，《毛传》言水之清澈也。马瑞辰《毛诗传笺通释》言之甚明："盖以喻晋昭微弱，不能制桓叔而转封沃，以使之强大，则有如水之激石，不能伤石而益使之鲜洁，故以'白石凿凿'喻沃之强盛耳。"④

---

① 《史记》，第1638页。
② 李孟存、李尚师著：《晋国史》，三晋出版社2014年版，第30页。
③ 李孟存、李尚师著：《晋国史》，第31页。
④ 马瑞辰：《毛诗传笺通释》，第341页。

诗中三章屡言水之弱而石之白，恰好抓住此历史事件中最为切要之处，即昭侯微弱而桓叔强盛，其事件的根本在于当初不应封桓叔于曲沃之地。

首两章后四句，直叙潘父至曲沃与桓叔密谋的过程。"沃"，"曲沃也"；"鹄"，"曲沃邑也"。皆晋之地名。"素衣朱襮"，《毛传》云"诸侯绣黼，丹朱中衣"，按礼制当为诸侯之服，而潘父为大夫，此言其僭越礼制也。"既见君子"，"子"，桓叔也，言密谋者身份。"云何不乐""云何其忧"，言潘父与桓叔谈之甚愉，无有忧虑。诗末二句，言告密者之难，凌濛初云："素衣朱襮，何等服物！我闻有命，何等密谋！而明明见之篇什，不敢告人。此阳虽为沃，阴以耸晋厮养卒，所谓名为求赵王，实欲燕杀之也，是巧于告密者。"[1] 亦从侧面说明要叛变者乃潘父等人，而国中之人尚"拳拳于昭侯"，并无反叛之意。[2]

诗中用"比"法概述了桓叔与昭侯之间的关系，点明了宏大历史事件的关键节点及整个叛乱的祸乱之源在于当初封桓叔于曲沃之地，致使昭侯弱而桓叔强，失去了对桓叔的节制，从而引发了整个事件，祸患延续数十载。

### （四）《魏风·硕鼠》"比"法叙事分析

《魏风·硕鼠》一篇，诗旨历来诸说纷纭，据邵炳军《春秋文学系年辑证》归纳共有以下数十种："刺重敛"说、"履亩之税"说、"受财失众"说、"遗我行资"说、"民困于贪残之政"说、"刺大夫之新得政者"说、"民欲归仁"说、"魏人怨其大夫贪戾"说、"百姓畔之"说、"战祸连年、百姓痛苦"说、"农人

---

① 钱澄之：《田间诗学》，第 273 页。
② 严粲：《诗缉》，第 148 页。

刺喝血的统治阶级"说、"被压迫奴隶反抗剥削"说、"节祭日活动表演之歌"说、"臣去其君时的'声明书'"说、"祈鼠祝词"说、"腊祭驱鼠之歌"说、"自由民反对新兴地主阶级沉重剥削"说、"晋南农民的觉悟"说、"作者为晋国私门即新兴封建地主"说、"晋国私门文人宣传新政之政治鼓动诗"说。① 本节从鲁诗"履亩税"说。②

诗歌以"比"法叙事，用借喻将施行履亩税之制的统治者喻为贪婪的"硕鼠"，"事在诗外"，全篇将诗歌本事隐去，借老鼠的贪婪之行，揭露施行履亩税制度的统治者之暴行。③ 其诗如下：

> 硕鼠硕鼠，无食我黍。三岁贯女，莫我肯顾。逝将去女，适彼乐土。乐土乐土，爰得我所。
>
> 硕鼠硕鼠，无食我麦。三岁贯女，莫我肯德。逝将去女，适彼乐国。乐国乐国，爰得我直。
>
> 硕鼠硕鼠，无食我苗。三岁贯女，莫我肯劳。逝将去

---

① 邵炳军：《春秋文学系年辑证》，第414—415页。按：限于篇幅，仅列诸说大要，各说出处详见《辑证》。

② 王符撰，汪继培笺：《潜夫论笺校证》，中华书局1985年版，第168页。

③ 按：有以"硕鼠"为"鼫鼠"者。陈乔枞《三家诗遗说考·鲁诗遗说考》卷二："《艺文类聚》九十五引樊光云'《诗》硕鼠，即《尔雅》鼫鼠也。'是'硕'与'鼫'古字通。《易释文》云：'晋如鼫鼠，《子夏传》作硕鼠。'李鼎祚《周易集解》引《九家易注》：'鼫鼠喻贪，谓四也：体离故欲升，体坎欲降，游不渡渎，不出坎也；飞不上屋，不至上也；缘不及木，不出离也；穴不掩身，五坤薄也；走不先人，外震在下也。五技皆劣，四爻当之，故云晋如鼫鼠也。''鼫鼠喻贪'之义，足与此诗相证明。"然"硕""鼫"古字相通之例，除此之外，未见类者，故此说存疑。

女，适彼乐郊。乐郊乐郊，谁之永号？①

据桓宽《盐铁论·取下》载，古之时，在位者取于民有其定量，天子之费用有其限度。丰收之年亦不多取，饥荒之年则延缓。用民之力，一年之中只有三天。赋税不过十分之一。在位者爱护臣民，为臣者亦尽其力，以此方能天下太平。然"及周之末涂，德惠塞而嗜欲众，君奢侈而上求多，民困于下，怠于上公，是以有履亩之税，《硕鼠》之诗作也"。②王符《潜夫论·班禄》亦载"其后忽养贤而《鹿鸣》思，背宗族而《采蘩》怨，履亩税而《硕鼠》作"。③齐诗、鲁诗所论相近④，皆言《硕鼠》为履亩税而作，诗中所隐含之事，正是履亩税实施之后，国君贪婪嗜欲、奢侈无度，人民生活困顿，进而发出逃离的呼号。

履亩税制度于史有载，宣公十五年《春秋》书"初税亩"，即履亩而税。杜预注："公田之法，十取其一。今又履其余亩，复十收其一。"其言履亩税制度即在公田取十分之一的基础之上，剩余的私田亦征收十分之一。《春秋》三传中于"初税亩"条，多有非议，《左传》以为"非礼也"，其言所征收的谷子不应超出赋税规定，以此方能富民。宣公十五年《公羊传》以为《春秋》特言"初税亩"之事，为"讥"也，所以讽刺统治者之暴敛。⑤宣公十五年《穀梁传》以为"非正也"。⑥至《汉书·食

---

① 《毛诗正义》，第761—762页。
② 桓宽：《盐铁论》，上海人民出版社1974年版，第87页。
③ 王符撰，汪继培笺：《潜夫论笺校证》，第168页。
④ 王先谦撰，吴格等点校：《诗三家义集疏》，第433—434页。
⑤ 《春秋穀梁传注疏》，第5242页。
⑥ 《春秋穀梁传注疏》，第5245页。

货志》亦言周王室衰微之后,君主贪婪无度,奸臣污吏大行其道,政令不信,上下互相欺骗,"故鲁宣公'初税亩',《春秋》讥焉。于是上贪民怨,灾害生而祸乱作"。① 初税亩,即履亩而税,此制度之施行直接加重了人民的负担,必然招致他们的怨愤和咒骂。

"硕",郑《笺》言"大也"。"鼠",除此诗外,《诗》尚有二首,《召南·行露》"谁谓鼠无牙,何以穿我墉",《鄘·相鼠》"相鼠有皮,人而无仪",皆与此诗在情感倾向上一致,表现出对"鼠"的厌恶、憎恨,本诗更为直接地以之喻贪婪的统治者。"硕鼠"重言,借斥鼠以斥责其君主也。"黍""麦",皆为民之所食,统治者贪婪无度,"黍"不足因而食"麦","麦"不足终至于食"苗"②,终将民力搜刮殆尽,三章之中屡言而逐渐加重,正借此以"疾其税敛之多也"。

"三岁",三年也。《周礼·地官》《秋官》言"及三年,大比","民数改定版籍",当此之时听任民之迁徙。③ "贯",即事奉也。三章之中重言侍奉三年之事,正所以痛斥在位者不修其德,致使民众怨声载道。

"莫我肯顾","顾"即还视之意,犹念也,言施政者不肯顾念民众之疾苦,故民众心生恨意;"莫我肯德",言不肯施德于民;"莫我肯劳",言不肯安慰其心。"逝",即往也、去也,乃与贪婪的统治者诀别之辞。"乐土",郑《笺》云即有德之国也。严粲《诗缉》云诗中连称"乐土",正以喜谈乐道于彼,"以见

---

① 《汉书》,第 1124 页。
② 钱澄之:《田间诗学》,第 265 页。
③ 钱澄之:《田间诗学》,第 265 页。

其厌苦于此也"。①"直"，即正也，《毛传》云得其正直之道。

全诗三章，通篇用"比"法构筑诗歌框架。诗以第一人称叙事，强化了诗歌所叙之事的现场感。诗中交织着两层事件，第一层，呼号"硕鼠"不要再吃我的黍、麦、苗，以喻统治者的贪婪。黍，为五谷之长，"丰年之时，虽贱者犹能食黍"；麦，"接绝续春，交夏之时，旧谷已绝，新谷未升，民于是乏食，而麦最先熟，故以为重"。② 此三者，于民而言，乃生存之本，亦是诗中暗喻事件的关键之所在。从"黍"到"苗"，隐微地道出统治者在履亩税施行之后，全然不顾人民的劳苦，层层加重对人民的剥削。同时在诗歌形式上，叠句而言，将统治者步步紧逼、无以复加的贪婪之行呈现出来，读之恍若跃然纸上。诗中第二层，叙以"我"为代表的人民，侍奉国君三年之后，因国君无德、不慰民心，乃决定决然而去，"逝将去女，适彼乐土"，去到没有剥削的有德之处、理想之国。诗中并未直言评价"我"所处之国，而只是重言赴"乐国"，隐微地暗示出本国之"不乐"，以"我"的决然姿态，反衬出此地统治者的贪婪。诗中通过"比"法，将对统治者的抱怨隐微地暗含在对"硕鼠"的强烈控诉之中。

综上，"比"作为一种间接的表现手法，不仅可用来抒情，亦可用来叙事。首先，从入"比"之象来看，进入"比"法中的"象"本身已带有了事件的成分，其类别丰富，涵盖了日常生活之事、动物行为以及自然界中不断变化的物象等；另外，诗歌中有以一物为比者，有连用数喻者。其次，从"比"法叙

---

① 严粲:《诗缉》，第 143 页。
② 钱澄之:《田间诗学》，第 265 页。

事的具体情况来看，入"比"之象进入诗歌之中形成诗歌叙事主体链条，其变化推动着诗歌中叙事的演进，二者形成了一种对应关系。事件的叙述被压缩在极其简短的诗句之中，同时，事件的变化及其背后丰富的历史背景皆暗含在"比"象之中，因而极大地扩充了诗歌叙事的容量。此外，由于入比之象本身带有阐释的多种可能性，使得诗歌在叙事风格上亦呈现出隐微的特征。

## 四、"兴"法与《诗经》叙事

赋、比、兴中以"兴"的意义最为复杂。《毛传》独标"兴"体 116 处，以"兴"义最为隐约，刘勰《文心雕龙》言："《诗》文宏奥，包韫六义；毛公述《传》，独标兴体，岂不以风通而赋同，比显而兴隐哉？"[①] 以往研究中主要是集于"兴，起也"的界定，进而将"兴"与"情"密切联系，强调"兴"法在抒情中的作用，甚至成为中国抒情传统中的典型手法，几为不刊之论。本节试图勾勒"兴"义的演变轨迹，并探讨"兴"法叙事特质。

传统研究中关于"兴"义的阐释众多，郑志强《〈诗经〉兴体诗综考》一文将其概括为 7 种：其一，释"兴"为"起""作"，《尔雅》、许慎《说文解字》、孔颖达《毛诗正义》、朱熹《诗集传》持此说；其二，解为"起情""感动发奋"，刘勰《文心雕龙》、朱熹《大学章句》持此说；其三，解为"假借"或"假托"，郑众、陈奂《诗毛氏传疏》持此说；其四，解为"象"也，《集韵·证韵》、赵沛霖《兴的源起》持此说；其五，解为

---

① 刘勰撰，范文澜注：《文心雕龙注》，第 601 页。

"譬喻"，郑《笺》、陆德明《经典释文》、《汉书》颜师古注持此说；其六，解为"感物"，张铣注萧统《文选序》持此说；其七，认为"兴"只是诗歌起头的"套语"，用于"凑韵"或"协韵"，顾颉刚、钟敬文、朱自清、刘大白持此说。① 此七说基本概括了以往关于"兴"义的界定。特别是赵沛霖《兴的源起》一书，详细概括了诗歌中"兴"产生的过程：先有自然界中客观存在的自然物象，其后原始宗教开始分别赋予各类物象以不同的观念，然后被赋予的观念内容开始与自然物象之间产生了习惯性联想，进而这种习惯性联想开始运用到诗之中并开始产生了"兴象"，其后习惯性联想产生了抽象化的倾向，且最终呈现为规范的诗歌形式，即"先言他物以引起所咏之词"。②

概观有关"兴"义的阐述，传统研究中特别注重"兴"的抒情功能：

> 挚虞《文章流别论》：兴者，有感之辞也。③
>
> 刘勰《文心雕龙·比兴》：兴者，起也……起情者依微以拟议。④
>
> 胡寅《与李叔易书》引李仲蒙语：触物以起情谓之兴，物动情者也。⑤

---

① 郑志强：《〈诗经〉兴体诗综考》，《浙江社会科学》2008 年第 10 期。
② 赵沛霖：《兴的源起——历史积淀与诗歌艺术》，第 75 页。
③ 挚虞：《文章流别论》，《中国历代文论选》，上海古籍出版社 2001 年版，第 190 页。
④ 刘勰撰，范文澜注：《文心雕龙注》，第 601 页。
⑤ 胡寅：《斐然集》，第 534 页。

　　三者皆强调"兴"位于句首，作用在于触物起情。特别是陈世骧在 20 世纪 60 年代发表的《原兴：兼论中国文学特质》一文，在构建中国文学抒情传统的过程中，将"兴"作为典型代表。他认为"兴"字的原义是"初民合群举物旋游时所发出的声音，带着神采飞逸的气氛，共同举起一件物体而旋转"。① 且指出"兴"在古代社会与抒情诗歌的出现关系密切，"兴"的"呼喊"最早应是出于初民的"发乎欢情"，其将"兴"产生的原理概括为：

　　　　我们可以断定"民歌"的原始因素是"群体"活动的精神，源自人们情感配合的"上举"的冲动……如此，这个人回溯歌曲的题旨，流露出有节奏感有表情的章句，这些章句构成主题，如此以发起一首歌诗，同时决定此一歌诗音乐方面乃至于情调方面的特殊型态。此即古代诗歌里的"兴"。②

　　陈世骧强调"兴"与"情"的关系，认为《诗经》中用"兴"的作品代表着"原始时期撼人灵魂的抒情诗歌"。③ 结合《中国的抒情传统》《中国诗字之原始观念试论》等文所形成的关于中国文学抒情传统讨论的热潮，使得"兴"与"情"的关系得到迅速的传播。其后，郑志强将"兴"所代表的情感类型直接概括为"喜乐愉悦情感的抒发""忧伤哀怨情感的抒发"及

---

① 陈世骧：《陈世骧文存》，辽宁教育出版社 1998 年版，第 155 页。
② 陈世骧：《陈世骧文存》，第 158 页。
③ 陈世骧：《陈世骧文存》，第 159 页。

"思乡怀人情感的抒发"三类。① 董乃斌在《从赋比兴到叙抒议》一文中指出了这种观点的局限性，认为"兴"不仅可以抒情，也可以用于叙事，其谓"比、兴都必须是具体的，不可能空对空……必须借助外界事物作曲折婉转的表现"。② 并较为详细地论述了"兴"是如何参与到诗歌叙事之中的。

反观传统研究，其中不乏提到"兴"的叙事功能。汉郑众较早看到了"兴"与"事"之间的联系，其论曰"兴者，托事于物也"，"托"，假借、假托也，言"兴"所以借物言事。③ 汉郑玄在此基础上加入美刺的观念，将"兴"解为"见今之美，嫌于媚谀，取善事以喻劝之"，言"兴"多取"善事"。④ 清刘宝楠《论语正义·阳货》注指出郑众、郑玄二解，各有所得，"先郑解'比''兴'就物言，后郑就事言，互相足也。'赋''比'之义皆包于'兴'，故夫子止言'兴'。《毛诗传》言'兴'百十有六，而不及'赋''比'，亦此意也。"⑤ 两者所论互相补充，已经揭示"兴"中所含的"物"与"事"。

《文镜秘府论·地卷·六义》篇阐明了"兴"法叙事的基本结构，"兴者，立象于前，后以人事谕之，《关雎》之类是也"，指出了"兴象"与"事"在诗歌中的对应关系。⑥ 宋梅尧臣在《答韩三子华韩五持国韩六玉汝见赠述诗》一诗云："圣人于诗

---

① 郑志强：《〈诗经〉兴体诗综考》，《浙江社会科学》2008 年 10 期。

② 董乃斌：《从赋比兴到叙抒议——考察诗歌叙事传统的一个角度》，《徐州工程学院学报（社会科学版）》2016 年 1 期。

③ 《周礼注疏》，第 1719 页。

④ 《周礼注疏》，第 1719 页。

⑤ 刘宝楠撰，高流水点校：《论语正义》，中华书局 1990 年版，第 690 页。

⑥ 遍照金刚：《文镜秘府论》，第 55—56 页。

言，曾不专其中。因事有所激，因物兴以通。"点明了"兴"产生的机制，强调"兴"是由"事"所激发，然后借物起兴。① 宋黄彻则进一步指出，"兴者，因事感发"，强调了事中含情。②

宋朱熹《诗集传》认为"兴"法为"先言他物以引起所咏之词"③，指出了"兴"法由"他物"与"所咏之词"两部分构成，并以"章"为单位呈现在诗歌之中。《朱子语类》卷八十又载其论，"言其事，而虚用两句钩起，因而接续去者，兴也"，明确指出了"兴法"在诗歌内部的结构，先虚用两句引起，接续叙事，两者结合共同构成了完整的"兴法"。④ 明袁黄《诗赋》则概括了"兴"法形成的情、事融合，浑然一体的特质，其言"感事触情，缘情生境，物类易陈，衷肠莫罄，可以起愚顽，可以发聪听，飘然若羚羊之挂角，悠然若天马之行径，寻之无踪，斯谓之兴"。⑤ 清李重华《贞一斋诗说》言"兴之为义，是诗家大半得力处。无端说一件鸟兽草木，不明指天时而天时恍在其中；不显言地境而地境宛在其中；且不实说人事而人事已隐约流露其中。故有兴而诗之神理全具也"。⑥ 指出了"兴"法叙事"隐约"的风格特征。董乃斌《中国古典小说的文体独立》一书明确指出了"兴"的"含事"特征，并认为"兴"法中所叙之

---

① 梅尧臣著，朱东润编年校注：《梅尧臣集编年校注》，上海古籍出版社 1980 年版，第 336 页。

② 魏庆之：《诗人玉屑》（"巩溪论四始六义"条），中华书局 2007 年版，第 385 页。

③ 朱熹：《诗集传》，第 2 页。

④ 《朱子语类》，第 2067 页。

⑤ 徐中玉主编：《中国古代文艺理论专题资料丛刊》（第 2 册），中国社会科学出版社 2013 年版，第 15 页。

⑥ 李重华：《贞一斋诗说》，《清诗话》，中华书局 1963 年版，第 930 页。

事并非直接叙说，而是"转弯抹角"，通过多种多样的形式，借用暗喻或者隐喻的方式婉转地呈现。"兴"法叙事中，"事"暗含在诗歌文本的深层之中，"从表面却只能看到某些似是而非、影影绰绰的线索"，事件的完整面貌需要通过这些线索来追溯。"兴"法在叙事手法上的独特性，使得作品呈现出一种"含事"的特质。①

综合来看，"兴"作为一种表现手法，感事而发，在结构上由"他物"与"所咏之物"两部分组成，"他物"起"引起"作用，其中"物"涵盖了自然之事与人事等广阔内容，两者共同完成了诗歌的表达，兼具抒情与叙事功能。

本节参照朱熹《诗集传》中的方法，"兴"皆对应每章，用于每章诗歌的整体结构之中，不再割裂，并从整体上来分析诗歌中用"兴"叙事的情况。现将《诗经》诗篇用"兴"法叙事情况统计如下：全篇用"兴"法叙事者55篇，"赋"法、"兴"法叙事兼用者41篇，"比"法、"兴"法叙事兼用者8篇，"赋"法、"比"法、"兴"法兼用者11篇。

通过以上的统计，可看出"兴"法在《诗经》中运用较为普遍。《诗经》诗篇"兴"法中"他物"主要由两类构成：一类是自然之事。这些自然之事，本身呈现出一种动态变化，暗含着人事的道理。若《周南·关雎》写河中小洲上关雎合鸣；《召南·鹊巢》写鸠占鹊巢；《秦风·黄鸟》写黄鸟在枣树上凄楚地鸣叫，以动物的行为纳入整个"兴"法之中。再如《周南·樛木》写葛藟攀爬在樛木之上；《周南·桃夭》写桃树长出柔嫩的

---

① 董乃斌：《中国古典小说的文体独立》，中国社会科学出版社1994年版，第16—17页。

枝条，开着鲜艳的桃花；《王风·中谷有蓷》山谷中的益母草因天旱不雨而干黄枯萎……皆以植物的形态纳入"兴"法之中。一类为人事。若《周南·兔罝》写猎人设网捕兔；《召南·何彼襛矣》写用丝线钓鱼；《鄘风·柏舟》写河中泛流的柏舟；《陈风·东门之池》写可以沤麻的东门之池……涵盖了渔猎、出行、日常劳作等人事。《诗经》诗篇"兴"法中"他物"所含之事构成了"兴"法叙事的基础，使得"兴"法叙事特质的分析具备了可行性。

"兴"法叙事中最具特色之处，在其所用自然事件与诗歌所叙之事形成了一种同构关系，呈现出一种"物我"融合的态势。诗人看到的景象与诗歌的本事密切联系，构成叙事链条的一部分。"兴"法叙事在处理诗歌之中景、事、情的过程之中，已开始逐渐形成一种相对固定的结构特征。以下从几个方面分别来探讨"兴"法叙事的特质。

## （一）所叙之"物"与"事"形成了一种同构关系

在"兴法"叙事中，部分"他物"由自然事件构成，并基于两周时期诗人普遍的心理特质，与所咏之事件形成了一种同构关系。先秦时期的诗歌中，"物我"呈现出一种合一的状态。在《诗经》中，自然物象与诗人的叙述自然而然地融为一体，浑然天成。"物"作为一种有生命的存在，与诗人同在，在更大的程度上表现为诗歌中自然物象变化的拟人事化，而此种拟人事化，并非是刻意寻求自然的变化与人事相契合，而是诗人发自内心感受到人事与自然物象变化在精神层面上的融合。这种融合是在天人合一的蒙昧时代背景之下的一种原始思维模式，万物有灵，与人事皆通，无人为雕琢之痕迹。正是基于此种心理，使得诗歌中自然之事与诗歌所叙之事有了融合的可能性。李瑞卿在《中国古代文论修辞观》一书中亦指出："《诗》中所兴的自然之物都是客观存在物，这些形象情态丰富，自成一体，显示着自己的独立生命形式，它们与人彼此对应，感情上产生共鸣，地位上却是处于平等。"① 诗人看到的"他物"与诗歌的本事有着密切联系，甚至构成了叙事链条的一部分。下面通过具体的诗歌分析，来看看"兴"法中的"他物"是如何被纳入诗歌叙事当中的。如《召南·殷其雷》：

> 殷其雷，在南山之阳。何斯违斯？莫敢或遑。振振君子，归哉归哉！
>
> 殷其雷，在南山之侧。何斯违斯？莫敢遑息。振振君子，归哉归哉！
>
> 殷其雷，在南山之下。何斯违斯？莫或遑处。振振君子，归哉归哉！②

此诗为大夫妻子送夫行役之作③。诗三章，《毛传》于此诗未言兴，然细究诗中所言，从朱熹《诗集传》说，三章均用

---

① 李瑞卿：《中国古代文论修辞观》，中国传媒大学出版社 2007 年版，第 74 页。

② 《毛诗正义》，第 609 页。

③ 按：邵炳军《春秋文学系年辑证》总结此诗诗旨诸说为"劝以义"说、"妇人思征夫"说、"人民逃亡之歌"说、"奴隶们深藏愤懑的火种"说等，此从王质《诗总闻》之"妇人思征夫"说。邵炳军：《春秋文学系年辑证》，第 177 页。

"兴"法。① 诗歌中每章首两句为"他物",与诗中所叙的行役之事形成了一种同构关系,且呈现出一种拟人化的特征。首先,"雷"声与王命形成一种对应关系。《毛传》言"雷出地奋,震惊百里。山出云雨,以润天下"②。"震惊百里"见于《周易·震卦》彖辞,孔颖达《疏》认为雷之发声,犹如君主施行政教以动国中之人,因而称之为"震","惊"言警戒也;古者雷声震惊百里为诸侯之象,"诸侯之出教令,警戒其国疆之内"。③ 郑《笺》云"雷以喻号令于南山之阳,又喻其在外也。召南大夫以王命施号令于四方,犹雷殷殷然,发声于山之阳"。④ 朱鹤龄《诗经通义》言"雷为号令之象,故远行从政者以此为兴"。⑤ 指出了雷声与王命之间的联系,确为卓见。"雷"声正与诗中令君子出行远方的王命形成了一种同构关系。诗中三章屡言"殷其雷","殷",雷声也,极摹天气之恶劣,清胡璧城《诗经》评点,"殷其雷三字琢炼极□,后世五、七言未有能状之者"。⑥ 殷殷的雷声与王命之急迫形成对应。其次,雷声在南山之变与行役大夫不宁遑处的状况形成对应。诗中奉王命出行的大夫正逢雷声殷殷作于南山,一会儿在南山之南,一会儿发于南山之侧,一会儿在南山之下。诗中屡言"在",不断变换着方位的雷声由"阳""侧"而终至"下"。清刘大櫆《诗经读本》引吕仲本语

---

① 　朱熹:《诗集传》,第14页。
② 　《毛诗正义》,第609页。
③ 　《毛诗正义》,第699页。
④ 　《毛诗正义》,第699页。
⑤ 　朱鹤龄:《诗经通义》,《景印文渊阁四库全书》第85册,台湾商务印书馆1986年版,第23页。
⑥ 　张洪海:《诗经汇评》,第49页。

"阳而侧，侧而下，雷愈近而君子愈远"①，清储欣《诗经》评点本言"由'阳'而'侧'而下落，将渐近者，然反逼更有力"。②一方面，雷声愈近而大夫愈走愈远，两者之间形成了一种反差；另一方面，变换着的雷声，正与大夫行役在外居无定所、不敢怠慢的处境形成了一种同构关系。

再如《王风·中谷有蓷》一篇：

> 中谷有蓷，暵其干矣。有女仳离，慨其叹矣。慨其叹矣，遇人之艰难矣。
> 中谷有蓷，暵其脩矣。有女仳离，条其歗矣。条其歗矣，遇人之不淑矣。
> 中谷有蓷，暵其湿矣。有女仳离，啜其泣矣。啜其泣矣，何嗟及矣。③

诗写女子被弃。《毛诗序》云"夫妇日以衰薄，凶年饥馑，室家相弃尔"。④诗三章，《毛传》言首两句兴也，朱熹《诗集传》以为全诗用"兴"法，从朱说。⑤诗中以山谷中益母草的变化构成"他物"，与诗中所叙女子的遭遇相合，形成一种同构关系。具体来看：

其一，诗中"兴"法中的"他物"以山谷中的"蓷"为核

---

① 张洪海：《诗经汇评》，第 50 页。
② 张洪海：《诗经汇评》，第 50 页。
③ 《毛诗正义》，第 701 页。
④ 《毛诗正义》，第 700 页。
⑤ 朱熹：《诗集传》，第 58 页。

心，"蓷"本身与妇女的日常生活有着密切的联系，"提起益母草，可以使人联想到妇女的婚恋、生育、家庭、婚姻"①。"蓷"，《韩》诗谓即"益母也"，又名"茺蔚"；《广雅·释草》言"益母"即"茺蔚"②；孔颖达《正义》引郭璞说："今茺蔚也，叶似蓷，方茎白华，华注节间，又名益母。"③综上，则"蓷"即"益母草"，又名"茺蔚"。李时珍《本草纲目·草四·茺蔚》："此草及子皆充盛密蔚，故名茺蔚。其功宜于妇人及明目益精，故有益母、益明之称。"④罗典《凝园读诗管见》言"女人难产，用益母草"。⑤则"蓷"即今日所言益母草也，长于潮湿之地，作为一种药材常用于妇科疾病。因而诗歌以"蓷"为核心已然与诗歌中所叙"女子"产生了联系。此外"蓷"对生长环境有较高要求，蔡卞《毛诗名物解》谓蓷"茂于沃壤，当夏中和之时，旱则干，水则死，有和平之性"⑥；严粲《诗缉》言"其性宜湿"。⑦益母草的这种生长习性也与诗歌中夫妇之间的相处产生了联系。

其二，益母草因天旱无雨而干枯与夫妇遭遇艰难而女子被弃的遭遇在诗歌中亦形成了同构关系，"物"与人的遭遇何其相

---

① 姜亮夫、夏传才等编：《先秦诗歌鉴赏辞典》，上海辞书出版社1998年版，第140页。

② 王先谦撰，吴格等点校：《诗三家义集疏》，岳麓书社2010年版，第343页。

③ 《毛诗正义》，第701页。

④ 李时珍：《本草纲目》(校点本)，人民卫生出版社1979年版，第951—952页。

⑤ 鲁洪生编：《诗经集校集注集评》，第1745页。

⑥ 鲁洪生编：《诗经集校集注集评》，第1746页。

⑦ 严粲：《诗缉》，第99页。

似。"暵"，《说文》"干也"。"脩"，《释名》"干燥而缩也"。"湿"，"㬐"之假借，《广雅》"㬐，曝也"。《钦定诗经传说汇纂》记谢枋得云，诗中三章，言"菼"之暵，一节更紧一节，而诗中女之怨恨，亦一节更深一节。[①] 姚际恒《诗经通论》指出"干""脩""湿"，逐渐由浅及深，而女子之"叹、歗、泣亦然"。[②] 诗中变换字词来极尽摹写益母草遭遇干旱而变得干枯，具备了拟人化的特点，这与诗歌中女子所遭遇的困境形成共鸣；正是这种由人及物的叙述方式，使得诗歌中所写自然之事与人事在精神形成了一种融合的境界，完整呈现在诗歌的"兴"法叙事之中。

### （二）景、事、情依次呈现的雏形结构

《诗经》中的部分诗歌已具备了景、事、情依次呈现的雏形结构，这也为"兴"法叙事与景、情密切结合提供了可能。"兴"法往往跳过诗歌的本事，选择使用一种源于本事的含蓄、朦胧、缥缈的"事象"，并在其中熔铸了诗人独特的主观之感，使得动态之事与静态之象有机地结合在一起，从中既可观见"事"的脉络，亦可见自然之物象。其中，"事"的脉络往往与物象结合在一起，事件的节点也由物象充当，二者之间若即若离，最终使得诗歌整体上呈现出一种独特的状态，读来觉诗中有事；然欲观事，则仅见物象，欲查物象，则在事脉之中。"兴"中含事，"事"在"兴"法中处于一个相对固定的位置，诗歌之中先有触发之物，其后伴随着事件；触发物有时与事件密切相关，或为事件的背景，或与事件具有某种深层的同构关

---

① 　鲁洪生编:《诗经集校集注集评》,第 1758 页。

② 　姚际恒:《诗经通论》,第 96 页。

系；最后是情感的表达，三者共同构成了完整的"兴"法叙事。"事"在整个"兴"法中的重要位置，使得其在阐明诗歌的本事与诗歌的情感指向方面意义重大。

在这样的结构中，人物形象的塑造尚处于雏形阶段，诗歌中的主人公形象往往是隐约显现。这或许与中国传统诗歌的演唱有很大关系。《诗经》时代诗皆可入乐，在演唱的过程中，诗歌叙事中的人物为演唱者所替代，此时，诗歌成为一种仪式化过程中的有机组成部分，而不再是单纯的文字宣泄。从《诗经》中的诗歌来看，这种仪式化过程与诗歌叙事中主人公的弱化有着极大的关系。下面细看"兴"法中，景、事、情的结构是如何呈现的。若《王风·扬之水》：

> 扬之水，不流束薪。彼其之子，不与我戍申。怀哉怀哉，曷月予还归哉？
> 扬之水，不流束楚。彼其之子，不与我戍甫。怀哉怀哉，曷月予还归哉？
> 扬之水，不流束蒲。彼其之子，不与我戍许。怀哉怀哉，曷月予还归哉？[①]

诗写戍卒思归[②]。《毛传》于首章二句下言"兴也"，朱熹《诗集传》言三章皆"兴"也，这里从朱说。诗三章，在结构上

---

① 《毛诗正义》，第700页。
② 按：此诗诗旨有《毛诗序》"刺平王"说、朱熹《诗集传》"戍者怨思"说、方玉润《诗经原始》"戍卒怨"说、程俊英《诗经注析》"戍卒思归"说等，此从"戍卒思归"说。

相同，均是遵循着景、事、情的顺序。诗每章首二句写景，此处关键在于"扬之水"之解。古人于此有二说：一认为"扬"当为"激扬"解，言水之有力，《毛传》言"扬"为"激扬"；《说文》言"扬"为"飞举"；郑《笺》云"激扬之水至湍迅，而不能流移束薪"[①]；王安石《诗经新义》言"水之扬，足以流束薪"[②]，此解似于理不通——若言水之有力，则为何冲不走成捆的柴草？一认为"扬之水"言水力弱，不足以流"束薪"，欧阳修《诗本义》"激扬之水其力弱，不能流移于束薪"[③]；程颐《程氏经说》言"扬之水澜也浅，故力不足以流薪"[④]；苏辙《诗集传》言"扬之水，非自流之水也。水不能自流，而或扬之，虽束薪之易流，有不流矣。水之能自流者，物斯从之，安在其扬之哉"[⑤]；朱熹《诗集传》言"扬，悠扬也。水缓流之貌"，其说颇得诗义。诗中三章重言"扬之水"，言水流缓慢，从不能"束薪""束楚"到"束蒲"，所言之物愈来愈轻，但水依旧不能流动，极言水之弱也。同时水流的缓慢已为三、四句所叙之事提供了背景，与周王之微弱、不能发动诸侯形成了一种同构关系。

诗每章三、四句叙事。诗中所叙之事详见《史记·周本纪》。西周末年，幽王昏庸无能，宠溺褒姒，任用奸佞虢石父，废掉太子宜臼以及申后。申后乃申侯之女，此举引发申侯之怒，申侯乃与缯、西夷犬戎勾结攻打幽王，杀幽王于骊山之下。申

① 《毛诗正义》，第700页。

② 鲁洪生编：《诗经集校集注集评》，第1725页。

③ 欧阳修：《诗本义》，第27页。

④ 《诗经集校集注集评》，第1725页。

⑤ 苏辙：《诗集传》，《儒藏·精华编》第24册，北京大学出版社2008年版，第50页。

侯拥立故幽王太子宜臼，继承周之大统，是为平王。为躲避犬戎，平王迁都洛邑，历史至此进入春秋时期。其初，王室衰微，诸侯兼并。楚国日益强大，侵削小国，"申""甫""许"皆姜姓之国，特别是"申"乃平王母亲故国，且离王畿较近，为防不测，平王乃发兵戍守此三国。方玉润《诗经原始》亦言"夫周辙既东，楚实强盛。京洛形势，左据成皋，右控崤函，背枕黄河，面俯嵩高。则申、甫、许实为南服屏蔽，而三国又非楚敌，不得不戍重兵以相保守"。① 此为诗中所言戍守之事的时代背景。诗歌截取了事件的一个片段，重点铺叙将士戍守小国之事。三章重言戍守之事，而屡屡变换地点，"戍申""戍甫""戍许"正与写景部分中"束薪""束楚""束蒲"在结构上相对应，写出了戍守战士来回奔波的场景。同时，"兴"法中所言"他物"与所叙之事融合，为后文情感的抒发做了铺垫。

诗每章五、六句抒情。诗中三章重言"怀哉怀哉，曷月予还归哉！"言明思念家乡，不知何时才能回归故里。诗中呈现出的情感其实已完全熔铸在前文景物描写与事件叙述之中，景、事、情有机地融合在了一起。徐复观言"兴所叙述的主题以外的事物，是在作者的感情中与诗的主题溶成一片，在这里，不能抽出某种概念，而只能通过他所叙述的事物，以感触到某种感情的气氛、情调、韵味、色泽。被感情融化了的事物，常与感情飘荡在一起而难解难分"。② 诗中一二句写屡屡变换的景象，三四句叙述不断变换的戍守地点，而唯一不变的正是最后对故土的思念之情。诗歌在结构上由自然之事、人事的变换到情感

① 方玉润：《诗经原始》，第194—195页。
② 徐复观：《中国文学精神》，第30页。

的始终如一，由景及事，最后言情，结构精巧。

再如《王风·葛藟》：

> 绵绵葛藟，在河之浒。终远兄弟，谓他人父。谓他人
> 父，亦莫我顾。
> 绵绵葛藟，在河之涘。终远兄弟，谓他人母。谓他人
> 母，亦莫我有。
> 绵绵葛藟，在河之漘。终远兄弟，谓他人昆。谓他人
> 昆，亦莫我闻。[①]

朱熹《诗集传》云"世衰民散，有去其乡里家族，而流离失所者，作此诗以自叹"。[②] 诗三章全用"兴"法，在结构上依次叙写景、事、情。诗先写眼中之景。"绵绵"，《毛传》言即长而不绝的样子。[③] 郑《笺》言"葛""藟"皆生长于水边，得河水之润泽，故能长大而绵延不绝。[④] 孔《疏》"绵绵然枝叶长而不绝者，乃是葛藟之草，所以得然者，由其在河之浒，得河之润故也"。[⑤] 连绵不绝的葛藟，因为有河水的滋润、庇护而枝叶繁茂，不为风雨所伤。绵绵的葛藟正与后文诗人失去亲人庇护的遭遇形成对比。失去了家人的庇护，诗人迫于生活而无奈向人求助，奈何无人相帮，诗中截取出呼喊他人为"父""母""兄"的场景；司马迁《史记·屈原列传》言"疾痛惨怛，未尝

---

① 《毛诗正义》，第702—703页。
② 朱熹：《诗集传》，第60页。
③ 《毛诗正义》，第702页。
④ 《毛诗正义》，第702页。
⑤ 《毛诗正义》，第702页。

不呼父母也"，将诗人落魄的窘境写得淋漓尽致。最后写求助而不得，没有人肯照顾、亲近、安慰"我"，至此戛然而止；诗人之后的遭遇如何，诗中并未呈现，留下无尽的想象空间。

综上所述，"赋"法叙事特质主要体现在其对诗中之事在时间及空间的安排上，包含了顺叙、逆叙及打破时间线索的叙事等多种时空结构，较为详细地铺排了诗歌中地点、人物、事件，在很大程度上奠定了中国诗歌叙事中基本的时空结构类型及叙事方式。"比"法叙事，以入"比"之象带动诗歌叙事，拓展了诗歌叙事的容量，同时叙事风格上亦呈现出隐微的特征。"兴"法叙事，将自然事件纳入叙事链条。此一时期，自然景物更多的是一种随手拈来、即目所见，使得诗歌所呈现的内容在人事之外涵盖了更加广阔的社会场景。同时，"兴"法叙事中已经隐含了景、情、事的结构雏形。其后魏晋时期，诗歌中的情、景、事，已经开始呈现出合一的趋势，且三者之间的关系开始互相勾连，成为中国诗歌风格中独特的魅力所在。特别是"比"法、"兴"法叙事对其后屈原《离骚》的创作产生了极大影响。

中国文学抒情传统的提出，其在本质上是晚清、民国以来东西文化比较的延续，其目的在于通过中西文化的对比来突出中国文学中所存在的有别于西方民族文学的特色，即中国以诗歌为代表的抒情文学为主，而西方文学则以史诗、小说及戏剧等为代表的叙事文学为主。在此种观念的引导之下，部分学者开始关注中、西文学在发展源头时期的代表作品，通过对《诗经》《荷马史诗》等代表著作所展现出的抒情与叙事差异的比较，归纳出了中国文学的独立特质，即富有民族特色的抒情传统。在这一过程中，对于"抒情"的概念广泛吸收了中、西文学批评中的元素，而对于叙事则多是以西方文学理论标准来衡量，且因此得出了中国文学在叙事上薄弱的结论。此种理论最大的局限在于忽略了中国文学中亦存在着大量的小说、戏曲等叙事文学作品，同时诗歌不仅可用于抒情，其亦可用以叙事，且中国诗歌中的叙事亦有着其独立发展脉络，足以称之为一种传统。《诗经》是中国诗歌叙事叙事传统发生期的代表作品，其在叙事上已展现出众多独特的品质。具体来看：

首先，《诗经》之中已经展现了丰富的"事"件类型。西周时期诗歌中的"事"件类型主要包括祭祀、战争等国之大事。随着社会形态的变迁，到两周之际诗歌创作主体开始遍布社会各个阶层，因而诗歌中所叙之"事"亦发生了变化，饥者歌其食而劳者歌其事。同时采诗、献诗制度也有力地保障了贵族之事与平民之事进入诗歌之中。诗歌中所涵盖的"事"件类型已有很大拓展，由国之大事扩展到与民息息相关的种种，包括了战争、行役、戍守、祭祀、婚姻恋爱、田猎、农事、燕饮以及日常生活之中的送别、出行、赠物、各国风俗等等。《诗经》中丰富的事件类别为中国后世诗歌叙事奠定了坚实的基础。

其次，《诗经》展现了丰富的叙事类型，奠定了中国诗歌叙事的基本类型。场景型叙事是《诗经》中应用较为广泛的叙事类型，多截取一个事件片段或者场景镜头，重点叙述一个事件的侧面，或连续叙述几个片段，通过人物动作或空间变化来推动诗歌叙事；同时以四言为主的句式本身限制了诗歌叙事的拓展，因而其所叙之事往往简略，这也直接导致了诗歌人物形象隐约难见。故事型叙事则以《卫风·氓》为代表，其已能够叙述一个情节相对完整的故事，并在其中塑造典型的人物，故事型叙事在秦汉以后成为中国诗歌叙事中最具典型的代表。史诗型叙事往往见于文学的发生期，具体到汉文化系统来看，主要见于西周，至春秋时期尚有少数诗歌带有史诗的痕迹。史诗型叙事用极为精练的语言将宏大的历史事件压缩为事件片段，叙事过程中极其跳跃，并通过历史细节塑造部族英雄形象。

再次，赋比兴广泛参与到诗歌叙事之中，在叙事方法上为后世提供了多种借鉴。"赋"法在叙事过程中长于架构不同的时间、空间结构，为《诗经》提供了丰富的时空结构类型，包括顺叙、逆叙以及打破时空线索等类型，奠定了中国诗歌叙事中基本的时空结构类型。"比"法则通过将日常生活之事、动物之行、自然之象等丰富的内容纳入"比"象之中来建构诗歌叙事结构，而正是由于"比"象的使用，使得"比"法叙事呈现出一种隐微的风格特征。"兴"法以"自然之事""人事"入兴，与诗歌所叙之事形成同构关系，使得诗歌在表层结构上已经开始构建"景""事""情"依次呈现的雏形结构，而在深层结构上呈现出一种融合的特质。

最后，本章虽尝试研究《诗经》叙事的整体状况，但在具体论述中尚有诸多问题未能涉及，特别是关于诗歌叙事与小说、戏曲叙事的区别，以及诗歌叙事与历史叙事的区别方面，仍有待在今后的研究中继续深化、改进。

# 第三章

# 《楚辞》与诗歌叙事传统的演进

如果说《诗经》基本奠定了中国古典诗歌叙事传统的根基，那么屈原《楚辞》则是标识诗歌叙事传统的演进，彰显着诗歌叙事传统在战国时代的独特风貌。《楚辞》作为个体作家创制的作品，屈原有效承继了一以贯之的诗歌叙事传统内核，吸收了《诗经》"赋""比""兴"法等所表征的叙事性技巧。屈原在叙述现实政治事件、个体经历遭遇、楚地风物民俗的同时，还为叙事传统注入了浓烈的主观性、微观性情感，使得抒、叙传统紧密地相融于一体。为此本章将从诗歌叙事内容和叙事技巧两个层面入手，通过分析以《楚辞》为代表的战国诗歌叙事，围绕《离骚》自传性叙事、《九章》"赋""比""兴"法的叙事性、《天问》题图叙事、《九歌》信仰仪式叙事等模块来探究作者承继叙事传统、叙述现实事件、编排叙事要素的联动过程，以此揭示出战国诗歌抒、叙一体的叙事面貌。

## 第一节 《楚辞·离骚》自传性叙事

梳理先秦时代诗歌、散文传记性传统的演变特征，可知从春秋时期开始，诗歌、散文中呈现出向自传性传统转衍的时代轨辙，文本在叙述发生之事、个体行为习惯，以及抒发情绪情感等层面，愈加强调主体独立性。《楚辞》时代，屈原将自传性叙事传统吸纳发挥，将作者自我的事件遭遇、思想情感等直接作为描述对象，融入诗歌文本创制中，自我叙事特性鲜明，成为自传诗成型过程中不可忽视的转捩点。这其中最有代表性的莫过于《离骚》篇章，韩兆琦先生评价"《离骚》是中国文学史上第一篇自传性质的作品"①，章培恒先生亦认为"《离骚》是综合性的自叙"②。

考量《楚辞·离骚》叙事性特征，学者们普遍采用小说、史诗的叙事概念予以评判，故认为其缺乏完整的事件、生平经历零散、无法形成长时间段的自我传记，等等。若是按照后世相对成熟的叙事概念，强调文本必须具备完整的事件叙述情节，则古典诗学中与之相符的作品屈指可数。《楚辞·离骚》虽然情感强烈、缺乏完整之事，但并不意味着其文本就没有叙事成分、就没有叙事性。将小说、史诗的叙事概念简单挪用至诗歌的做法，显然没有考虑到中国古典诗歌这一文体，其叙事注重描述片段而非完整事件的特征。要之，《离骚》自传性叙事研究要有所突破，需将抒情与叙事同作为表达手段进行处理，适时扩大叙事概念外延，摆脱后世强调完整事件叙述的概念束缚。

## 一、《离骚》自传性叙事内容

应该说，《楚辞·离骚》是叙事与抒情相糅合的文本形态，

---

① 韩兆琦主编：《中国传记文学史》，河北教育出版社1992年版，第1—2页。

② 章培恒、骆玉明：《中国文学史（上）》，复旦大学出版社1996年版，第149页。

情感情绪浸润贯穿于"我"的生平经历、政治遭遇、志向理想、神游纪行等片段当中。《楚辞》自传性叙事内容也多围绕上述展开。

## （一）自叙家世谱系

《离骚》为屈原创作于遭怀王疏远之时，时间大概是楚怀王十六年（公元前 313 年）①。开头一段追叙其家世谱系、降生场景及名字由来，历来为学者所关注：

> 帝高阳之苗裔兮，朕皇考曰伯庸。摄提贞于孟陬兮，惟庚寅吾以降。皇览揆余初度兮，肇锡余以嘉名。名余曰正则兮，字余曰灵均。纷吾既有此内美兮，又重之以修能。②

刘知几《史通·序传》盛赞此段叙述，"盖作者自叙，其流出于中古乎？案屈原《离骚经》，其首章上陈氏族，下列祖考，先述厥生，次显名字。自叙发迹，实基于此。"③中国古典诗歌中追述远祖谱系的叙事模式，来源于屈原《离骚》当中。追述远祖家世，实际上是解决传主从何而来的身份表征之问题。这就要求作者立足时代，以回溯的眼光，历时性地叙述家族谱系的传承变迁情况，交代清楚重大事件和重要人物的经历。追述先祖发迹、家族谱系，出于悼念祭奠、渴望先祖荫庇之义。更重要

---

① 汤炳正、李大明、李诚、熊良智注：《楚辞今注》，上海古籍出版社 1996 年版，第 1 页。
② 王逸注，夏祖尧标点：《楚辞章句》，岳麓书社 1989 年版，第 4 页。
③ 刘知几撰，黄寿成校点：《史通》，辽宁教育出版社 1997 年版，第 76 页。

则是主人公此举的政治意味，即通过溯源世系，厘清高贵血统，提高政治地位，拉近君臣关系。自传性文本的逻辑理路，则是要揭橥这些重大事件、重要人物以及家族传承的核心品质，阐明这种世系维持的纽带力量如何影响着主人公性格命运、理想道路的模塑选择过程。

"帝高阳之苗裔兮"，主人公自我陈述出身、血统之高贵，是先帝颛顼之胤末。"苗者，草之茎叶，根之所生也；裔者，衣裾之末，衣之余也"①，君王与"我"都是楚始祖颛顼之远孙，分割不断。"朕皇考曰伯庸"一句则告知屈氏一族的由来，明确屈氏是楚王族之分支，"暗寓宗臣之一体也"②。屈原用追溯主人公"我"世系的形式开篇，"开口谱系，相关字字血诚"③，虽一时被君主误解疏远，但"我"明为宗臣之事实，休戚与共之志向从未改变。

"摄提贞于孟陬兮，惟庚寅吾以降"二句，类于史书《春秋》记录时间之法，按照年、月、日编排顺序，详细交代人物事件的时间信息。《周礼·地官·司徒》有载："凡男女自成名以上，皆书年、月、日名焉"④。时间标识的存在，符合自传记事真实性之原则，故闻一多认为"本篇托为真人自述之词"⑤。屈原运用当时成熟的天文历法标记，用岁星（木星）运行来记录年份，用夏历记月，"庚寅"干支记日，故主人公"我"降生

---

① 朱熹撰，蒋立甫校点：《楚辞集注》，上海古籍出版社2001年版，第7页。
② 黄文焕：《楚辞听直》，《四库全书存目丛书·集部》第1册，齐鲁书社1997年版，第415页。
③ 黄文焕：《楚辞听直》，第415页。
④ 《周礼注疏》，第1579页。
⑤ 闻一多：《离骚解诂》，载《清华学报》1936年第1期。

之日是太岁在寅那一年，正月庚寅日。而"我"降生时间皆与"寅"相关，"岁月日皆以寅而降生，为得气之正也"①，可知"我"降生之日奇特，具有履端正始之开创意义，寓意"我"从诞生之日起就绝非等闲之辈。

后边的六句叙述父亲当初为"我"起名纳字之事。按周礼制度，赐名是在孩子出生三月时，取字是在男子成年礼士冠礼上，由"名""及"字"时间相隔较远，体现了叙事时间的流动。主人公"我"名、字之含义，刘永济先生认为乃取义于正则、灵均。"正则"为平正而有法则，即屈子名"平"的意义。"灵均"，美善而均一，即屈原字"原"的含义②。起名纳字作为人生重要礼仪，《礼记·内则》《仪礼·士冠礼》等记录丰富，仪式过程较为繁缛；而诗中仅两句带过，投射点乃是主人公名、字含义之美，更好突出"我"的品质，而并非关注仪式本身的叙事过程。

要之，此段叙述发迹世系之语，主人公"我"是以一种自我表露、娓娓道来的陈述形式来溯源呈现，其叙事功能则要说明君臣关系紧密，不可分离。如清人王夫之所评："言己与楚同姓，情不可离；得天之令辰，命不可亵；受父之鉴赐，名不可辱也。"③ 在事件紧密度上，叙述"我"世系之因、降生之奇、名字之美的片段，是与随后发生的政治遭遇事件暗合呼应的。此段结束之后，意味着故事时间发生了转移，叙事视野从"我"

---

① 陆善经等：《文选集注》，1936 年日本京都帝国大学文学部影印本，《楚辞集校集释》，湖北人民出版社 2003 年版，第 51 页。

② 刘永济：《屈赋音注详解》，上海古籍出版社 1983 年版，第 1 页。

③ 王夫之：《楚辞通释》，《楚辞文献集成》第 10 册，广陵书社 2008 年版，第 6815 页。

往前看的回溯，转成"我"看当下的叙事进程。

### （二）叙写自我情绪

《楚辞·离骚》之所以被公认是古今第一首政治抒情长诗，在于直接描述了主人公"我"的情绪情感。"离骚"理解为遭受忧愁之义①，此诗是屈原在政治遇挫后的真挚情感倾诉。明人朱应麒评价《离骚》，"皆以写其愤懑无聊之情，幽愁不平之致，至今读者尤为感伤，如入虚墓而闻秋虫之吟，莫不咨嗟叹息，泣下沾襟"②。需要注意的是，此处朱氏认为作者是在"写情"，而非是传统所认为的"抒情"，也就说明情感是可以作为客体用来观察记录的。文本呈现的情感情绪并不是主人公无病呻吟，而是其对现实政治事件的真切反映，带有一定的时间叙事性逻辑。《离骚》主人公的情绪情感中正因是有君臣理乱事件的支撑，故不能忽视其自然内含的叙事成分，证实了抒情与叙事是相融合的状态。兹取主人公"恐""伤"等情感进行叙述分析。

《楚辞·离骚》中关于"恐"的叙述有多层意涵，均是与政治遭遇之事相缕联，主人公复杂的心理镜像可由此管窥。"汩余若将不及兮，恐年岁之不吾与"是对于年岁易老、力追不待之

① 司马迁曰："离骚者，犹离忧也。"班固："'离'，犹遭也；'骚'，忧也。明己遭忧作辞也。"颜师古："'离'，遭也；扰动曰'骚'。遭忧而作此辞。"钱澄之："离为遭，骚为扰动。扰者，屈原以忠被谗，志不忘君，心烦意乱，去住不宁，故曰'骚'也。"戴震："离，犹隔也；骚者，动扰有声之谓。盖遭谗放逐，幽忧而有言，故以《离骚》名篇。"按照梳理，有关"离骚"的说法多达10余种，此不赘述。具体可参罗建新、梁奇：《楚辞文献研读》，广西师范大学出版社2011年版，第66—72页。

② 蒋之翘：《七十二家评楚辞》，《楚辞文献集成》第22册，广陵书社2008年版，第15968页。

感慨。"汩"为楚地方言，疾行之意，言"我"进德修业，欲及时也①。"惟草木之零落兮，恐美人之迟暮"表达对于怀王即将步入衰残暮年、"唯恐楚王不得极其盛年而偶之"②的担忧。"岂余身之惮殃兮，恐皇舆之败绩"暗含着屈原对楚国前途命运的深重关切。屈子此处以车之覆败讽谏，"以皇舆言之，且于行路之比亦切也"③。"老冉冉其将至兮，恐修名之不立"透露出主人公的不安焦虑，年命衰老速至，"君子疾没世而名不称焉"④。"理弱而媒拙兮，恐导言之不固""凤皇既受诒兮，恐高辛之先我"叙述主人公神游渴求有娀佚女、有虞二姚之事。"恐"兆示了求女失败的结局，体现"我"要求女，但囿于媒、理才质拙弱，高辛已抢先安排玄鸟诒赠而"我"被迫中止的不甘失落心态。"恐鹈鴃之先鸣兮，使夫百草为之不芳"，以"恐"鹈鴃早鸣致使百花凋谢作喻，担忧年老精力不逮，纵有明君相识，无法辅佐出任。

《离骚》主调是哀伤痛惜，正如清人周拱辰所言"侘傺致痛，郁伊贡愤"⑤。此情感通贯于主人公追叙求索的过程始终，其间有对国家前途命运的哀伤、对怀王不能进德修业的叹息，

---

① 钱澄之：《庄屈合诂》，《四库全书存目丛书》子部第164册，齐鲁书社1997年版，第680页。

② 朱熹撰，蒋立甫校点：《楚辞集注》，第8页。

③ 汪瑗：《楚辞集解》，《四库全书存目丛书》集部第1册，齐鲁书社1997年版，第9页。

④ 何晏集解，邢昺疏：《论语注疏》，影印阮元校刻《十三经注疏（清嘉庆校刊本）》，中华书局2009年版，第2518页。

⑤ 周拱辰：《离骚草木史》，《楚辞文献集成》第8册，广陵书社2008年版，第5416页。

对人才变质的惋惜等复杂叙事内容。"余既不难夫离别兮,伤灵修之数化"道出"我"不会因与君相别而难过自责,真正哀伤的是君王听信谗言,政令屡次变更。"虽萎绝其亦何伤兮,哀众芳之芜秽"指出"我"不会感伤芳草自然枯萎,真正悯伤的是所育人才竟然堕落腐化。"长太息以掩涕兮,哀民生之多艰"言主人公长久叹息,哀伤百姓遭逢乱世而掩面哭泣。"曾歔欷余郁邑兮,哀朕时之不当"则是"我"在舜帝面前陈辞已毕,哀伤自己生时不当,没有正逢舜、禹、汤、武举贤之时机。"仆夫悲余马怀兮,蜷局顾而不行",主人公内心去留的冲突,通过车夫、马的神态叙述得以呈现,"己之系心宗国,不忘故君,一一俱在言外吞吐,曲终余韵,真觉意味无穷"。[①] 己是宗族世卿,不忍远去,依旧留在楚国,"忠君爱国之心,郁结不解,除死之外,无第二条路也。"[②]

### (三) 自叙理想志趣

《楚辞·离骚》叙写了主人公较多的理想志趣片段,具有较强的自传性叙事意义。理想志趣是个体对于世界、社会、人生的价值取向,其形成过程是长期渐进的,反映出个体在长时间段的行动情况,也就带有历时性的叙事标识意义,自然是叙述表征自传性的重要畛域。理想志趣的形成过程,并不是一帆风顺的,当理想志趣遭遇挫折、与他人产生利益纠葛之时,就会激发出相对复杂的矛盾冲突,诸多事项会被囊括吸纳,展现出

---

① 朱冀:《离骚辩》,《楚辞文献集成》第 12 册,广陵书社 2008 年版,第 8193—8194 页。

② 林云铭:《楚辞灯》,《四库全书存目丛书》集部第 2 册,齐鲁书社 1997 年版,第 174 页。

个体挣扎的心理状态和艰辛的道路旅程，故其呈现方式是立体、多维的。每个人的理想志趣都存有差异性，个体形塑选择理想志趣的方式亦是多元的，那么文本就能集中展现芸芸众生的差异化表征。

《离骚》有关主人公理想志趣的叙写，围绕着国家与个人两大维度展开，内容分别指向美政和修行。国家层面上，主人公疾呼美政理想。美政代表屈原对于国家治理的探索，其核心是以民为祉，手段是以德治国，强调道德教化和法度原则，具体实施则是要任用贤才，弃用奸邪小人。《离骚》主人公对怀王满怀期许，希望楚王能够有所改变，诚修先王之德法。"不抚壮而弃秽兮，何不改乎此度"希望君王趁年德盛壮之时，废弃谗佞之人，改变惑谗之度，修正先王之法。"怨灵修之浩荡兮，终不察夫民心"，作者埋怨"君心纵放，如水之浩荡无涯，靡所底止也，狂惑不定之意"[1]，终究不能明察忠臣之心。而"终"字可见楚王之举已非一朝一夕，故屈原直呼痛斥楚王之不作为。"皇天无私阿兮，览民德焉错辅"指出上苍没有私心，不会偏袒，"观万民之中有道德者，因置以为君，使贤能辅佐，以成其志也"[2]。作者劝谏怀王能修德向善，敬畏上苍。"夫维圣哲以茂行兮，苟得用此下土"告知怀王要想赢得天下、成为万民之主，其根本策略是具备圣明的才智、高尚的德行。屈原于《离骚》中直接表露出详细的施政方针，希望怀王采纳实施。"举贤而授能兮，循绳墨而不颇"则是屈原在列举夏禹、商汤、文王事迹后，归纳出三代之王的兴邦之法，即推举贤才、遵循法度，也

---

① 汪瑗:《楚辞集解》,第14页。
② 王逸注,夏祖尧标点:《楚辞章句》,第23页。

就是清人林云铭所谓"用人之当，守法之正"①。

个体层面，屈原尤其注重个人道德品质的培养，始终将爱国之志、国家利益放在首位，秉持君子懿范来约束自身行为。因为道德品质的修养是长期过程，故要不断省思，保持清醒认知，才能长久保持美好之志。《离骚》主人公反复诉说这些品质，并在一定的场景氛围下表征描述，就是要突出其对于人生道路的影响意义。《离骚》主人公所叙优秀品质、人格魅力，足以已让后人景仰。"忽奔走以先后兮，及前王之踵武"点出主人公辅助楚王鞠躬尽瘁、奔走先后的忠心之志，他希望楚王能够继承先王之美德、履践先王之遗迹，使国家走上正轨。"忽者，言奔走先后之急，而怆惶不暇安详之意"②。"忽驰骛以追逐兮，非余心之所急"叙述党人急急忙忙追逐权贵、谋求财禄的志向选择，显然不是主人公本心急于去做之事；主人公急切之事则是奉行仁义。"苟余情其信姱以练要兮，长顑颔亦何伤？"点明主人公追求修养的至高境界。只要内心情志真正美好、精粹纯一，即便是面黄肌瘦、憔悴消损，又有什么可悲伤的呢？"謇吾法夫前修兮，非世俗之所服"承续上文主人公"揽根贯薜""矫桂索绳"之事，点出主人公效法先贤之装束，以求修洁芳美，非当下世俗之人所打扮，寓意屈原高洁粹美，不与世俗合污之质。

### （四）陈述政治遭遇

《楚辞·离骚》常被学者公认是政治抒情长诗。政治本身就

---

① 林云铭：《楚辞灯》，第 170 页。
② 汪瑗：《楚辞集解》，第 9 页。

是事件表征，自是与诗歌叙事性脱不了干系，表明了抒情与叙事的不可分离。此诗借助于描述政治事件而抒发作者感情，真实反映了怀王时期的政治事件与屈原之间的多重关联。游国恩先生认为"《离骚》之文，词虽浑涵，实则多有所指"①，道出诗中所叙与现实之事的紧密关系。这就意味着，诗中所叙内容是有现实指涉的，并非虚泛空洞的自由描述，《离骚》人间部分就是对于现实政局的真切映射。关于屈原《离骚》写作之政治背景，司马迁《史记·屈原列传》中就已厘清，"屈平疾王听之不聪也，谗谄之蔽明也，邪曲之害公也，方正之不容也，故忧愁幽思而作《离骚》"②。叙述主人公一段时期的经历遭遇，也是诗歌自传性的重要内容。《离骚》所叙政治遭遇，恰是体现了屈原生平经历中刻骨铭心之事，其中政治事件的起因、经过、结果以及带给作者的影响，这些均是自传性色彩的重要成分。

《离骚》所叙政治遭遇事件是基于作者在楚国政局的关系网络展开。屈原的政治关系网络可分三类：一是与楚王，二是与同僚党人，三是与所育人才之间。屈原与三者之间的事件关联冲突在诗中皆有所叙述反映，这里重点论述屈原与楚王、屈原与所育人才之间的事件关联。

诗中所叙主人公的政治遭遇，在涉及与楚怀王之间的事件关联时，并没有如史传典籍那般直接深刻地叙述怀王的愚昧事件③，也没有像诗中集中揭露小人谗佞媚俗那样详细披露之态。

① 游国恩：《楚辞论文集》，古典文学出版社 1957 年版，第 171 页。
② 《史记》，第 2482 页。
③ 《史记》之《楚世家》《屈原列传》《张仪列传》《樗里子甘茂列传》、《新序·节士》、《战国策·楚策》等典籍中有楚怀王事件的叙述，此不赘述。

出于忠君爱君之目的，作者刻意削减笔锋，过滤到场景过程，只交代事件的轮廓结果，抑或是采用委婉迂回的叙述策略，用比兴之法托喻结局。主人公被怀王贬黜之事，作者仅是用"謇朝谇而夕替"带过——早晨上朝进谏，晚上即遭弃置，并未过多叙述具体细节。诗中透露作者遭弃事件的信息虽少，但关键性信息即事件结果并未缺失，作者借助香草叙事体系予以委婉交代。"既替余以蕙纕兮，又申之以揽茝"是以借喻方式婉转告知主人公遭弃之因，即是因用蕙草兰芷作为佩饰而招致祸殃。这里并未直接交代事件之因，但根据诗作及史料等信息，读者可推测缘由——无非就是上官大夫、靳尚等党人编造谣言，怀王偏听降罪所致。清人徐英评论道："以上述从政之迹，及被谗之事……此一段与《史记》及《新序》所载事实相应。"① 由此诗歌与史传在叙事层面保持了准确性与一致性。

虽然《离骚》文本抒情性强烈，但并未遮蔽掉作者对于现实政治事件的叙述，故而《离骚》不仅抒发屈原忠君爱国之情，还叙述作者的政治遭遇事件，叙事与抒情要素始终互动相融。屈原以诗歌的形式记录历史，真实反映事件，尤其是其对人才背叛事件的记叙，有效弥补了史传典籍之缺失，承担起记录历史事件之功能，无疑具有"诗史"的意义。可以说，《离骚》是作者以个人经历撰写的一部楚国"信史"，从楚王、党人、培育的人才三个关系维度，用相对客观公正的态度来叙述评骘政坛现状。这一真切表征历史的叙述方式也得到了唐代刘知几的盛赞："若乃宣、僖善政，其美载于周诗；怀、襄不道，其恶存于

① 　徐英：《楚辞札记》，钟山书局排印本，《楚辞文献集成》第 30 册，广陵书社 2008 年版，第 21736—21737 页。

楚赋。读者不以吉甫、奚斯为谀，屈平、宋玉为谤者，何也？盖不虚美、不虚恶故也，是则文之将史，其流一焉。固可以方驾董狐，俱称良直者矣。"① 可知《离骚》强烈的抒情性并未抵消其历史真实性的表达，反倒是屈原用个体微观的真切感受，助推《离骚》记录政治事件叙事功能的实现，抒情与叙事在更深层次上得以缩联。

## 二、《离骚》自传性叙事的表现形式

上一节在剖析《离骚》自传性叙事内容时，已涉及部分段落的叙事技巧。然这是基于《离骚》微观单一事件的探讨，对整体宏观视野下的自传性叙事是如何组织编排的，并未展开有效讨论。要想探究这一问题，必须熟稔《离骚》的生成语境和本质属性，意识到抒情与叙事同为文本表达中不可分离之手段。两者的关系并非是只有抒情而无叙述的对抗排斥关系，而是一种互动依托的并列合作关系。《离骚》自传性叙事的展开，仅仅满足传主身份是主人公"我"的基本底线稍显单薄，还需借助于诸多人称视角、事件场景、时间空间等叙事要素的配合，诗歌自传性叙事才得以完整呈现。

探究《离骚》的自传性叙事表现形式，需要抉发作者叙事时黏附于何种事件质素关系之上。这需将文本中相对独立的故事场景进行分解，形成基本叙事单位，归纳出事项共同所指，反推蠡测出文本依托的事件脉络，抑或是关注诗歌反复叙及的情节片段，以此寻找潜在的事脉缀连暗合之处以及场景事件的连接点，挖掘出支撑文本演进的叙事骨架，最终解决作者通过

---

① 刘知几撰，黄寿成校点：《史通》，第 76 页。

何种手段进行事件编排等问题。本节拟对《离骚》文本自传性
叙事的表现形式略作探讨。

### （一）抒情、叙事两大表达手段的共生互动

回归到本章的讨论话题，笔者认为抒情与叙事同作为表达
手段，在文本行进中配合穿插，积极处理着自我世界与外部事
件的关联要义，这是《离骚》呈现出极强自传性特征的核心基
础路径。当文本指向于作者自我世界，聚焦于描述自我想法、
观点、情绪、志趣时，则是自抒胸臆之法则，常是被视为自我
抒情。当文本投射于外、注重个体与外界联动时，尤其是在关
联作者参与的日常生活事件，抑或是想象构拟的神游之旅时，
则叙述成分更丰富，可当作自我叙述。此处的抒情，并不等同
于传统观念之抒情，两者属于不同范畴。传统观念之抒情，认
为《离骚》是作者为抒发情感而作，是作为最初动机和目标指
向来实现的，故抒情统摄着一切文本因素，这是就文本潜在的
功能意义来说。

笔者从文本要素组织层面出发，此处将抒情定义为存在于
文本要素之中的、与叙事并列的表达手段及内容成分。这也意
味着文本中未必所有元素都是抒情，叙事在其中也有一定的位
置空间。此处抒情概念的界定，更遵循《离骚》文本要素的实
际存在情况，有助于把抒情从唯一目的指向、囊括一切的传统
功能观点中挣脱出来，更恰如其分地进行文本形态的叙事性
分析。

上一节中，笔者在对《离骚》自叙性内容进行分类时，已
将"叙写自我情绪"文本片段作为表达手段的抒情来看待。抒
情与叙事同作为文本的表达手段，按照两者在《离骚》组织层

面的显隐比例——即在某一诗句片段中抒情与叙事成分孰多孰少，可分为主抒型、主叙型、抒中含叙、叙中带抒等多种类型①。按照清人鲁笔的十二分法，笔者拟对前三段落中抒、叙类型予以分析②。具体如下表：

《离骚》文本抒、叙类型数据比例统计表

| | 主抒型（出现次数/所占段落比重） | | 抒叙混合型（出现次数/所占段落比重） | | 主叙型（出现次数/所占段落比重） | | 段落单位数量 |
|---|---|---|---|---|---|---|---|
| 第一段 | 3 | 25.00% | 3 | 25.00% | 6 | 50.00% | 12 |
| 第二段 | 4 | 23.53% | 2 | 11.76% | 11 | 64.71% | 17 |
| 第三段 | 3 | 21.43% | 4 | 28.57% | 7 | 50.00% | 14 |
| 第四段 | 4 | 40.00% | 3 | 30.00% | 3 | 30.00% | 10 |
| 第五段 | 3 | 25.00% | 3 | 25.00% | 6 | 50.00% | 12 |

---

① 相较于主抒型、主叙型，对于文本中抒中含叙、叙中带抒的类型，在实际分析过程中谁的成分稍微多一些，拿捏区分未必得当，可因人而异。但不可否认，这些文本片段中均有抒情、叙事成分，是抒情、叙事成分含混相融的一种状态，是处于主抒型、主叙型之间的一种状态。

② 从抒情与叙事成分对比上看，从"帝高阳"到"字余曰"，前8句明显是主叙型，主人公以回顾的视野，追叙家世谱系。"内美""修能"两句是抒中含叙型，主人公感慨诸多美质贤能集聚一身。"扈江离""纫秋兰"两句是主叙型，"汩余若""恐年岁"两句是主抒型。"朝搴阰""夕揽洲"两句是主叙型，"日月忽""春与秋"两句是抒中带叙型。"惟草木之零落兮"至"何不改乎此度"4句，则是主抒型，"乘骐骥"两句则是叙中带抒型。依此类推，参照这种抒、叙类型划分法，笔者还对文本其他段落的抒、叙类型进行统计。需要说明的是，一是统计单位划分。以每两句诗作为一基本单位，根据所属类型，数量依次叠加。二是对于抒中含叙、叙中带抒型的处理。由于这两种类型在实际文本分析中不易甄别，但都属于主叙、主抒中间过渡的类型，均有一定的叙事、抒情成分，故笔者统一将其归入抒叙混合型。

（续表）

| | 主抒型（出现次数/所占段落比重） | | 抒叙混合型（出现次数/所占段落比重） | | 主叙型（出现次数/所占段落比重） | | 段落单位数量 |
|---|---|---|---|---|---|---|---|
| 第六段 | 1 | 16.67% | 2 | 33.33% | 3 | 50.00% | 6 |
| 第七段 | 4 | 18.18% | 9 | 40.91% | 9 | 40.91% | 22 |
| 第八段 | 2 | 12.50% | 1 | 6.25% | 13 | 81.25% | 16 |
| 第九段 | 2 | 10.00% | 6 | 30.00% | 12 | 60.00% | 20 |
| 第十段 | 4 | 33.33% | 4 | 33.33% | 4 | 33.33% | 12 |
| 第十一段 | 8 | 30.77% | 7 | 26.92% | 11 | 43.71% | 26 |
| 第十二段 | 4 | 20.00% | 1 | 5.00% | 15 | 75.00% | 20 |
| 合计 | 42 | 22.46% | 45 | 24.06% | 100 | 53.48% | 187 |

统计《离骚》抒、叙类型的数据比重情况，可得出如下结论：

其一，从整体看，文本中有主叙型、主抒型、抒叙混合型，其中抒叙混合型在文本中占有不可忽视之比重。

其二，从总体数据看，主叙型所占比重超过了文本一半还多，远大于主抒型所占比重。

其三，不同段落中抒、叙类型数据比重是不同的。绝大部分段落都是叙事比重明显多于抒情比重。当然也有个别情况，如第四段中，抒情比重超过了叙事比重，第十段则是抒情比重与叙事比重基本持平。

其四，就抒情、叙事各自所占比重集中分散程度看，抒情比重在第一、二、三、五、十、十一段中较为集中，其余段落则较为分散，最大峰值出现在第四段，达到了40%，最小则出现在第九段，仅为10%；而叙事比重则基本相反，除了第四、七、十、十一段落比重较小之外，其余段落比重都超过了50%，第八段和第十二段叙事比重最大，分别达到了81.25%和75%。

结合数据分析可知，在《离骚》自传性叙事策略上，抒情、叙事同作为表达手段已得到运用。抒情、叙事互相配合，不可缺失，共同护持文本要素的组织编排，自传性叙事在此基础之上得以系统展开。这一文本形成过程中，抒情、叙事并未绝对排斥分离，多是处于一种混融碰撞状态，只是在某些段落、单一诗句中，抒情、叙事的外在表征存在轻重的差异变化。

抒情比重较大的段落为第一、二、三、四、五、十、十一等段，这些段落的共同点是主人公在楚国故都，并未进行相对频繁的物理位移运动，场景空间切换缓慢，文本上处于一种相对静止状态，多是作者精神层面的臆想意愿。按照事件发生顺序，第一、二、三、四、五段落是当下的主人公"我"看过去的主人公"我"。由于"我"所经历的事件发生于过去，这和当下之"我"明显有一定距离，意味着过去事件已经凝固成为一既定事实、独立事项，成为当下主人公诉诸于情的客体。这些事件多是主人公的政治遭遇，如怀王疏远、小人中伤、谗佞当道、人才变质、时俗污秽等等，作者在追叙现实政治经历时，内心的伤痛记忆难免会被刺激，情绪激动彰溢于字里行间。

叙事比重最大的第八、第十二段出现于主人公两次神游事件中，其共同特征在于主人公远离故都、求女远行，场景空间切换频繁，叙事节奏较快，处于持续的物理运动中。主人公视野投射于外，聚焦于叙述外在发生的旅途事件、沿途景物场景的描摹以及地点位置的位移交代，显然没有足够时间去省思自身状况。主人公已是以局内人身份，积极参与到神游事件的组织编排当中。事实上，除了第八、第十二段叙事比重最大之外，在文本绝大多数段落中，叙事所占比重均是较大的，不仅是在主人公神游事件中，而且也在楚地故都的现实片段里。当然这还不包含抒叙结合中的叙事成分，也就表明文本层面的《离骚》叙事比重是远大于抒情比重的。显而易见，这与认为《离骚》是抒情诗，故所有成分都是抒情的、都是为抒情服务的传统观点相"悖离"。

为什么此处的抒情会与传统的抒情观点产生"悖离"？这是一个饶有意味的话题。回归到本节最初的探讨。传统认知的抒情是从文本功能角度出发，认为屈原是为了抒发情感而创作《离骚》，以至于后续愈演愈烈，一切文本要素都归之于抒情，哪怕是叙事成分也被当作抒情、是为抒情服务的。笔者定义的抒情，是从文本要素的组织层面出发，将其作为一种表达手段、内容成分来对待。而笔者辨析抒情概念，指出并非文本中一切要素都是抒情；若将一切要素归于抒情，则抒情概念过于空泛，其他文本质素的外延会被明显挤压。笔者指出只有文本中涉及描述主人公的情感情绪、心理活动、思想观念、态度志趣时，才可界定为抒情，而文本中涉及人物的动作行为、事项元素、事件进程等体现线性变化痕迹时可称为叙事。① 故从文本层面比对抒情、叙事两种表达手段组织情况时，就会出现叙事比重大于抒情比重的情况。

究其根源，笔者认为《离骚》主人公的情感抒发需要借助于较多叙事要素的支撑。抒情不单是空头呻吟埋怨，须要有所指向控诉、有所交代映射，究竟是何人、何事、何物触发了主人公的情感，文本又该如何处理展现这种情感。况且情感作为

① 此处抒情与叙事概念的界定，笔者均采用较为宽泛的定义。某种程度上说，此处的抒情与叙事可能用抒情性与叙事性定义更为合适。

原动力，在文本中持续生发、反复宣泄，跌宕起伏，自然也就带有了事件变化、时间演进的标识。《离骚》文本的抒情是以一种情感与事件捆绑交融的方式呈现，情感附着于事件场景方得以释放表达，而这种显现方式显然依赖于各类叙事要素的护持，也就客观上增加了叙事要素之比重。加之原有文本中就有专门记录事件的叙事成分，两类叙事成分叠加在一起，故叙事比重多于抒情比重的情况也就不难理解。当然，抒情黏附于事件上，不可避免地会冲击事件的完整性，造成叙事续断性、碎片化现象。综上，同为表达手段的抒情、叙事是共生互动、不可分离的关系，其在文本组织上是紧密配合的状态，共同指向传主的内心世界与外部关联，文本自传性叙述的基本策略大致若此。

### （二）第一人称叙述者与叙事视角的文本实践

学界已开始借鉴西方叙事学理论来剖析《诗经》中的叙述者、叙事聚焦等叙事要素①。战国以降，伴随写作方式从集体书写向私人书写的转变完成，诗人的主体意识更加增强，叙述者、叙事视角等叙事要素也就拥有抉发新变的潜能。熊良智认为屈

---

① 邵炳军师发表多篇有关《诗经》叙事要素的文章，如《春秋诗歌"叙述者"介入叙事的多元形态——以两周之际"二元并立"时期诗作为中心》（《上海大学学报》2015 年第 4 期）；《从"自述其名"方式看"卒章显志"叙事模式的变迁——以〈崧高〉〈烝民〉〈巷伯〉〈节南山〉〈閟宫〉为中心》（《南京师范大学学报》2015 年第 4 期）；《春秋社会形态变迁与诗歌叙事主体构成形态演化》（《江海学刊》2015 年第 4 期）；《从〈诗经〉自述其名方式演进看叙事主体的强化——以〈崧高〉〈烝民〉〈巷伯〉〈节南山〉〈閟宫〉为中心》（《苏州大学学报》2015 年第 4 期）等。这些文章均适度借鉴了西方叙事学理论，对《诗经》文本叙事要素进行了系统探究，丰富了《诗经》叙事研究的视角。

宋时代因楚辞作家身份已明确，身世遭遇等都能确定，故在楚辞作品中探讨诗人的视角，分辨作者、叙述者与人物角色的声音成为可能①。熊氏熟稔《楚辞》文本属性及作者事实，合理借鉴西方叙事学理论进行解读，为《楚辞》叙事性研究提供了新思路。本节拟对《离骚》第一人称叙述者、叙事视角等叙事性要素进行分析。

1. 第一人称叙述者的功能意义

所谓叙述者即作品的叙述主体，也就是文本具体故事的讲述者。叙述者的身份及其在叙事文本中所表达的方式与参与程度，决定了叙述者发出的叙述声音，也决定了叙事文本的基本特征②。任何文本故事都需要叙述者传达讲述，故叙述者对叙事性文本至为重要。《离骚》文本故事的叙述者"我"，类似于传统观念中的抒情主人公"我"，但在叙事功能发挥上，如传达叙述信息、转换故事层次、干预事件进程，以及与受述者的交流互动等层面，有着重要效用。

《离骚》文本故事使用了第一人称叙述者，意味着叙述者始终借用故事主人公"我"的口吻叙述事件经过，故事主人公"我"的政治遭遇、事件经验、情绪意图等成为叙述对象。作为故事讲述者的"我"与作为故事主人公的"我"是重合一致的，只要叙述主体"我"与故事主人公"我"不相违背，读者很难察觉，这是《离骚》呈现自传性叙事特征的基本逻辑。《离骚》第一人称叙述者"我"多是由第一人称代词"余""吾""朕"

---

① 熊良智：《楚辞的叙述视角》，《社会科学战线》2015 年第 1 期。

② 谭君强：《叙述学导论——从经典叙事学到后经典叙事学（第二版）》，第52 页。

"予""我"等来指代承担。

《离骚》大量采用了第一人称叙述者"我"，增强了故事的真实性和亲切感，尤其是在当叙述内容中夹杂有某些具体可靠的历史事件和明确的时空背景时①。《离骚》开头一段藉由叙述者"我"交代了主人公的个人信息，"帝高阳之苗裔兮，朕皇考曰伯庸。摄提贞于孟陬兮，惟庚寅吾以降。皇览揆余初度兮，肇锡余以嘉名。名余曰正则兮，字余曰灵均"②，故事主人公"我"的家世谱系、出生年份与月日、名字等关键信息逐一呈现。叙述者"我"作为故事主人公"我"的替身，两者界限几乎消解，叙述主体"我"叙述的信息实际上就是故事主人公"我"所经历的事件，第一人称"我"传达的只能是人物本身经历参与、印象深刻的事情，真实感较为强烈。这些事件与作者屈原的现实政治遭遇有关联，后世学者正是借助于这些信息蠡测屈原的大致生平和《离骚》作品的创作年代。

《离骚》使用第一人称叙述者"我"，往往意味着鲜明的主体性和浓郁的抒情性③。《离骚》叙述者"我"既然与故事主人公重合，说明作为叙述者的"我"充当了故事一人物，无法知晓其他人物的内心世界。如文本第四段"我"之所以被谣言中伤，是因"众女嫉余之蛾眉兮，谣诼谓余以善淫"④，这是"我"的敏锐观察之语，掺杂了个体色彩。至于众人加害之因与奸邪小人的想法，通过叙述者"我"是无法知晓的。显然叙述者

---

① 徐岱：《小说叙事学》，第 306 页。

② 王逸注，夏祖尧标点：《楚辞章句》，第 3 页。

③ 徐岱：《小说叙事学》，第 308 页。

④ 王逸注，夏祖尧标点：《楚辞章句》，第 14 页。

"我"的投射点是切身经历事件和自我内心世界，是以个人独白的形式叙述自己的行动习惯、情绪心理。如"民生各有所乐兮，余独好修以为常。虽体解吾犹未变兮，岂余心之可惩"① 直接表露主人公"我"好修正直的行为习惯，即便躯体肢解，内心也不会屈服；"曾歔欷余郁邑兮，哀朕时之不当。揽茹蕙以掩涕兮，沾余襟之浪浪"② 揭示"我"自哀生不逢时的郁结悲叹心理，一个垂涕痛哭、泪沾衣襟、蕙草拭泪的主人公形态跃然纸上。相对密集的自我事象叙述，个体化、私人化色彩的凸显，文本的抒情性也随之增强。

《离骚》频繁出现的第一人称叙述者"我"以及其所带来的真实感、亲切感、主体性等效果，模糊消解了真实作者、叙述者与故事主人公三者的界限。这种效果使得后世不少学者掉入"陷阱"，无法分辨叙事主体与真实作者的声音，认为《离骚》抒情主人公"我"是与真实作者屈原等同一致的，主人公"我"的事件行为就是真实作者屈原的实际行为。然而，叙述者不会是真实作者，作品一旦创作出来，真实作者便与叙述主体分属不同层次。主人公"我"只是作品中构拟出的一个人物，即便《离骚》故事主人公"我"与真实作者屈原有高度吻合之处，也不能混为一谈。更何况《离骚》叙述的神游故事中，作者屈原根本不可能在神界遨游，在神界遨游的无疑是故事中的人物，现实中并不存在这种现象，作品传递的是叙述者的声音。

2.《离骚》第一人称叙事视角的文本实践

叙事视角是指在叙事文本中将事件要素描述呈现的观察角

---

① 王逸注，夏祖尧标点：《楚辞章句》，第17—18页。

② 王逸注，夏祖尧标点：《楚辞章句》，第24页。

度，其本质是处理叙述者与故事之间的关系问题，叙述者强调如何"说"，而视角更关注如何"看"①。叙述者以谁的眼光观察世界、以谁的口吻来说话以及向谁说、和说谁，他在讲述故事中，运用什么方式表现自我，怎样组织、编排故事的结构顺序等则成为叙事视角的基本内容和意义所在②。根据叙述者与故事圈层的距离远近及流动介入程度，叙事视角可分故事内、外视角两类，《离骚》叙事视角大致若此。

由于《离骚》故事采用了第一人称叙述者"我"，叙述者"我"与故事主人公"我"相重合，叙述者"我"由此进入故事圈层，站在故事主人公"我"的视角来观看周围事物，这是故事内视角。而叙述者"我"与其他人物处于同一平面，视角受限遮蔽，只能叙述他人行动言语，无法俯视进入他人内心世界；事件发展进程亦难预料，按照主人公"我"的行动轨迹完成整个故事。限制性视角使得故事人物、事件能在稳定圈层内顺利推演，不受太多干扰，亦会给读者留下期待悬念。这种第一人称内视角在言语对话、神游行动等动态事件中体现明确。

---

① 荷兰学者米克·巴尔用"聚焦"来替换"视角"的概念，以纠正传统叙事研究中如叙事视角、透视、观察点、视点等概念未能很好区分"说"与"听"的问题。米克·巴尔认为"聚焦"是指文本中所呈现出来的诸成分与视觉（通过这一视觉这些成分被呈现出来）之间的关系即视觉与被"看见"、被感知的东西之间的关系。学者谭君强认为聚焦涉及谁在作为叙事文本中视觉、心理或精神感受的核心，叙事信息通过谁的眼光与心灵予以传达，在叙事文本中所表现出来的一切受到谁的眼光的"过滤"，或者在谁的眼光的限制下被传达出来。具体可参谭君强：《叙述学导论——从经典叙事学到后经典叙事学（第二版）》，第85页。

② 祖国颂：《叙事的诗学》，安徽大学出版社2003年版，第149页。

女媭詈骂、灵氛占卜、巫咸降神章节中均有"曰"字：

> 女媭之婵媛兮，申申其詈予。曰鲧婞直以亡身兮，终
> 然殀乎羽之野。
>
> 索藑茅以筳篿兮，命灵氛为余占之。曰两美其必合兮，
> 孰信修而慕之？
>
> 巫咸将夕降兮，怀椒糈而要之。……曰勉陞降以上下
> 兮，求榘矱之所同。

"曰"字是故事人物女媭、灵氛、巫咸发声之标志，"曰"字之
后紧跟说话内容，女媭、巫咸、灵氛与主人公"我"以言语对
话的形式处于同一圈层中。故事人物一旦开始说话，意味着叙
述视角会发生明显转移。投射点会从故事外的叙述者"我"，转
向故事内的主人公"我"，再转向具体故事人物女媭、巫咸、灵
氛身上。伴随此三人陈述完毕，主人公"我"予以应答抑或思
忖行动，投射点又会流动到故事主人公"我"身上。在叙述者
"我"的故事圈层流动以及"我"看与"看"我的视角内转变动
过程中，叙述者"我"与故事主人公"我"的声音时离时合，
产生缝隙，使得叙述者、故事人物的声音容易辨别。故事中
"我"的姿态从主动者变成旁观者，其他故事人物的话语行动也
得到呈现。当然这里呈现的只是故事人物的表层形式，无法窥
探其深层的心理镜像。

《离骚》故事主人公"我"在回顾性叙述中，通常有两种眼
光在交替作用：一为叙述者"我"追忆往事的眼光，另一为被追
忆的主人公"我"正在经历事件时的眼光。这两种眼光可体现
出主人公"我"在不同时期对于事件的不同看法或对事件的不

同认知程度①。叙述者"我"是指已脱离过去故事圈层的当下之我，当下离发生之事已有一段间隔，故追忆往事的眼光是叙述者"我"站在当下看过去的故事主人公"我"，含有此刻"叙述"自我的体验反思。被追忆的"我"指向过去之"我"，"我"处于故事圈层之中，是已遭受诸多事件、产生情绪起伏的"经验"自我②。而这种被追忆的"我"正在经历事件的眼光注重于还原叙述当时发生的场景事件，展现当时场景下故事主人公的感受体验。这种切身感受无疑具有极强的穿透力和持续性，有助于跳脱出既有故事圈层，影响作用于当下之"我"。

《离骚》故事中"经验"自我与"叙述"自我的缝隙距离，促成了自传性意义的生成彰显。两种自我虽被统摄于第一人称叙述者"我"之下，但由于"经验"自我在前、"叙述"自我在后，两者之间存在一时间差，也就传达出主人公彼时与此刻之间两种不同的自我经验和真实镜像，主人公"我"前后对比清晰，这其中渗透进主人公历时性变化的轨迹，自传性意义也随之体现。"叙述"自我与"经验"自我并非静止不变，有时两者所指具体意涵也存在冲突错位现象，会给故事叙述产生能量张力。

## 三、叙事性场景的编排衔接

场景即场面，是故事人物、事件、环境等所营造的具体可

---

① 申丹：《叙述学与小说文体学研究》，北京大学出版社 2001 年版，第 223 页。

② "经验"自我不仅指主人公"过去"的事情，亦可指主人公正在经历的事情。

感的活动画面①。场景是自传性叙事展开的基本单位，而将传主
自我历经的不同阶段场景以某种叙述顺序组合链接，便构成自
传性叙事。叙事性场景的数量确保了自传性叙事的时间长度以
及传行为事迹的完整度，而叙事场景的链接方式决定了自传
性叙事的基本叙述逻辑。《离骚》故事场景可谓繁富奇特，看似
"出入古今，翱翔云雾，恍惚杳茫，变化无端"②，但"未尝不联
络有绪"③。纵览《离骚》叙事性场景的组织过程，是以主人公
"我"神游之旅为分界线，大致可分人间、神境两类场景。在故
事场景编排上，呈现出人境——神境——人境——神境——人
境交替更迭的叙事性顺序。

### （一）人间场景的断续章法

明人胡应麟《诗薮》曾用"纡回断续"形容《楚辞》形态
特征，若评价《离骚》自传性叙事场景的组织编排特点，亦是
恰如其分。所谓"纡回"，即为不直接说出，借他事他物委婉叙
述之意。屈原处理《离骚》故事场景多采用比兴之法，与迂回
之意相通，此处不专门展开，待于下文讨论"赋""比""兴"
叙事章法时重点谈及。所谓"断续"，是指《离骚》在自传性叙
事场景的组织编排进程中，与主人公"我"关联的叙事性场景

---

① 此处采用广义的场景概念。叙事学上的场景更多地被作为戏剧性情节
的集中点，在场景中，故事时间的跨度和文本时间跨度大体上是相当
的。最纯粹的场景形式是对话。谭君强：《叙述学导论——从经典叙事
学到后经典叙事学（第二版）》，第 141 页。

② 赵南星：《离骚经订注》，《楚辞集校集释》，湖北教育出版社 2003 年版，第
234 页。

③ 许学夷撰，杜维沫校点：《诗源辩体》，中国古典文学理论批评专著选辑，
人民文学出版社 1987 年版，第 40 页。

呈现出叙述暂时中断、叙述完其他场景后又转回接续的形态特征。

在《离骚》人间自传性叙事场景的编排进程中，作者打破单一事件完整叙事之法，采取诸多事件齐头并进的组织策略，但每个事件只能依次片断叙述，这直接导致了叙事场景断续之法的发生。《离骚》人间的叙事性场景编排是以主人公"我"的社会关系网络展开叙述，社会关系网络的复杂多向性决定了"我"经历的事件是繁密深刻的，由此营造的叙事场景亦是丰赡多样的。伴随叙事主体"我"与叙事客体之间的互动转移，故事场景在"我"、君王、党人、所育人才之间流动转换，形成了自传性叙事场景编排中的断续之法。

要想在《离骚》有限的文本容量里细致全面地叙述主人公"我"的自身行为，"我"与党人、"我"与君王等诸多关系场景，这显然很难实现。作者的处理方式是抓住主要事件的某一核心场景进行叙述，如主人公"我"与君王的关系场景，诗中用三句粗略交代。至于此事件场景的其他部分，如君王昏庸无道之行径、好大喜功之性格，"我"对君王的复杂哀怜之情感，"我"施行美政、反复劝谏之诉求等则在之后的段落中间继续叙述，并借由事件发展过程、意涵脉络、情感波澜等将各处零散的叙事性场景连贯聚合，由此形成较为完整的事件场景组织过程，断续章法之"续"得以实现。

《离骚》文本故事的人境部分，因受制于文字叙述平面线性特征之约束，在事件叙述顺序上，文本故事虽有诸多事件场景，却只能先叙其中一件，再叙其他事件场景，不可能诸多场景同时叙述。一旦某一事件场景开始叙述，其他事件场景便陷入停滞局面。同样，当其他事件场景占据文本空间开始叙述时，此事件场景进程也会暂时中断，这是事件场景组织编排进程中"断"的章法。"断"也就意味着《离骚》文本的每一段落中，读者只能窥探到诸多事件场景的某一横截面，而非全部面貌。那么事件场景在有限的容量中仅被述及局部片段，所叙事件进程并未完毕，只有在当下的事件场景叙述结束后方能继续叙述。纵观《离骚》自传性叙事场景的编排情况，主人公"我"所牵扯的所有事件场景都会历经先"断"再"续"的过程，这也成为其文本叙事的惯性体征。

**（二）神游场景的历时性叙述**

《离骚》主人公神游虽是想象虚构之事，却是叙述了主人"我"在一段时间内的行动旅程，构成了相对完整的故事情节，符合自传诗书写的历时性特征。相较于之前人间场景主要依靠文本内在意脉和情感的流动来组织连接，主人公神游场景的叙写则持续谨严、转换有序，是以主人公"我"的行动旅程为逻辑顺序，组织串联起一个个场景片段，从而构成一组相对完整的故事情节。屈原《楚辞》的纪行叙事，除在《离骚》神游篇章集中叙述外，《九章·涉江》《哀郢》等篇也有大段主人公流放江南旅程的记叙。本节重点论述《离骚》神游叙事场景的组织策略及其意义所在。

《离骚》神游场景的组织编排是历时持续的结构过程，相邻的叙事性场景之间极少有间隔停滞，事件叙述较为流畅，这与人间叙事性场景的断续编排显著区别。《离骚》神游场景集中出现在第八、九、十一段，分别叙述主人公"我"叩见天帝、求见神女、升腾远游等事，事件与事件衔接紧密，首尾相连。每一事件都有起因、过程、结果，可形成相对独立的事件体系，故事中的诸多细节都能关涉。文中这三件事情都是单独成段，自成一体，单一事件进程完毕之后，依次进行其他事件叙述，而非如人间场景一般，事件进展暂时中止，转而叙述其他事件，某一事件以片断的形式散落于诗中各处。兹以主人公"我"求女一事来分析神游叙事性场景的组织编排形式。

求女事件依次由主人公"我"寻求宓妃、寻求佚女、寻求二姚等内部事件衔接组成，行动场景之间环环相扣，线索演进清晰，组成了相对完整的线性叙事链条。"我"求见宓妃之前，先是叙述求见宓妃原因是"哀高丘之无女"，并进行一番精心准备，"溘吾游此春宫兮，折琼枝以继佩。及荣华之未落兮，相下女之可诒"，之后正式开始求女旅程。主人公求见宓妃之时，先让雷师丰隆乘云寻找宓妃居处，"我"解下佩带香囊以订下誓约，命令蹇修为媒传递消息。接着叙述媒理来回往返、熙熙攘攘之场景，宓妃个体性格、生活习惯随之而来。宓妃"忽纬繣其难迁""保厥美以骄傲"的乖戾性格、"日康娱以淫游"的生活习惯，这些事项细节应是主人公与宓妃相处之后，亲身体验观察得出。而最终的结果是宓妃"虽信美而无礼兮"，却不是"我"心仪类型，只能是以"违弃而改求"的结果收场。

求见佚女一事，主人公"我"始终只是作为局外人远望，并未与简狄面对面进行交谈，这也直接导致文本叙述的主体焦点发生错位偏转。身在高耸矗立玉台当中的美女简狄，本该成为神游进程中的重点叙事对象，作者却极少叙述，场景几乎是空白；反倒是主人公遣使鸩、鸠二鸟为媒一事，成为叙事焦点。

如清人鲁笔所言，"奸似忠，佞似信，深于败事，写得刻酷"。[①]
鵅、鸩二鸟前去传达聘问，鸩鸟其性谗贼，不可信用，还诈告
我，言不好也。[②] 鸩鸟其性轻佻巧利，多语言而无要实，复不可
信用也。[③] 鸩、鵅事件的插入，使得求女事件场景的编排富有波
澜性，"借鵅鸩纡折生波"[④]。主人公满腹犹豫之际，思忖亲自拜
访又不合礼仪规范，恐怕凤凰已接受帝喾高辛的聘礼，已先我
一步去说媒。预设事件已然发生，主人公被迫放弃，寻求简狄
之事就此夭折。

神游叙事场景的组织编排是借助主人公的行动轨迹建构，
藉由其现场性、进行中的动态行为，时间、地点的交替更迭予
以实现。如果之前人间场景的组织中，偏重于陈述主人公个人
心理活动、描述既往发生之事，是一种回忆性静态行为编排的
话，那么神游场景则是针对主人公当前发生事件、亲身参与其
中、随着"我"的行动而即时上演编排，正如刘永济先生所言，
"即从述素志转入素行也"[⑤]。在主人公"我"的神境场景组织
中，时间标识清晰，先后出现三次"朝夕"对举现象，分别是
叩见天帝事件中"朝发轫于苍梧兮，夕余至乎县圃"，求见神女
一事中"朝吾将济于白水兮，登阆风而绁马"，升腾远游一事里
"朝发轫于天津兮，夕余至乎西极"，这暗含神游旅程的流逝。

① 鲁笔:《楚辞达》,《楚辞文献集成》第 10 册, 广陵书社 2008 年版, 第
7278 页。
② 王逸注, 夏祖尧标点:《楚辞章句》, 第 32 页。
③ 王逸注, 夏祖尧标点:《楚辞章句》, 第 32 页。
④ 蒋骥:《山带阁注楚辞》,《楚辞文献集成》第 9 册, 广陵书社 2008 年版, 第
6080 页。
⑤ 刘永济:《屈赋音注详解》, 第 16 页。

主人公的活动范围，根据金开诚先生所论，"空间上是以神话中的昆仑山为中心的"①，《离骚》整篇的诸多地点，如县圃、阆风、西极、流沙、赤水、不周、西海等，均与昆仑相关。姜亮夫先生指出，"此皆环绕昆仑之高峰、大水、灵地、奇境，则屈子之憧憬于昆仑者，极其频繁而深切"②，这些神话地点相关研究已有考证，此处不予展开。主人公也在上述神话地点的不断变更中移动，每一地点都会形成短暂的事件场景，串联在一起，整个主人公"我"神游场景也由此组织建构。

战国诗歌的自传性叙事，是在秉承先秦传记、写人叙事传统的基础上，叙事对象实现了由他者叙事向自我叙事的重要递变。体现在《楚辞·离骚》叙事层面，便是文本通篇聚焦于主人公自我形象的描述营造。作者依次追述家世谱系，叙写自我情绪、理想志趣、政治遭遇、神游经历等一系列与自我相关的行动事项。在此进程中，作者运用诸多艺术形式来促成自传性叙事实现。如自我情感与事件的共生互动成为自传性叙事的基本逻辑，第一人称的叙事者、叙事视角为构成关键要素，叙事场景断续性、历时性的连接成为叙事片段编排顺序。综上，战国诗歌的自传性叙事在自传诗形成过程中发挥关键性作用，应该给予重视。

---

① 金开诚、董洪利、高路明注：《屈原集校注（重印本）》，中华书局1999年版，第103页。

② 姜亮夫校注：《重订屈原赋校注》，天津古籍出版社1987年版，第120页。

## 第二节　《楚辞·九章》"赋""比""兴"法的叙事性

"赋""比""兴"作为"诗学之正源，法度之准则"①，通贯于中国古典诗歌文本的生成创作、表现手法、审美批评等诸多层面。在抒情传统唯一的范式影响下，无论是内涵，抑或是外延，"赋""比""兴"皆是在诗歌抒情功能意义的前提下构设生发，特指专为抒情服务的表达技巧。如元人杨载指出，"赋、比、兴者，皆诗制作之法也"②，"赋""比""兴"的表现手法大多聚焦于如何为抒情所用，极少关注其与叙事的内在关联。而诸如情感抒发赖以借用的叙事性要素、相对独立的事件场景片段等本该隶属于叙事范畴的部分，这些也借由"赋""比""兴"的诗法实践被通归于抒情范畴。

为此，学者董乃斌指出古典诗歌源头《诗经》里的"赋""比""兴"法，不单可以抒情，还可用来叙事。"赋既可以是叙事，但又不只等于叙事，它还可以是抒情乃至述意。而比兴也并不就等于抒情，更多的情况下其实倒是描叙或述事，只是其描叙之事往往除诗面所写外还另有寓意而已。"③ 董氏的论断，给我们探究《楚辞》中"赋""比""兴"法中蕴含的叙事性成分有所启发。《楚辞》既然是承续《诗经》而来，"《骚》者《诗》之变，《诗》有赋兴比，唯《骚》亦然"，自然在《楚辞》

---

① 何文焕编：《历代诗话》，中华书局1981年版，第725页。
② 成伯玙：《毛诗指说》，第173页。
③ 董乃斌：《从赋比兴到叙抒议—考察诗歌叙事传统的一个角度》，《徐州工程学院学报（社会科学版）》2016年第1期。

"赋""比""兴"法中保留有《诗经》的叙事性传统，又会在战国独特的社会语境下生发出叙事特质。

有鉴于此，本节探究《楚辞》"赋""比""兴"法的叙事性要素问题。在爬梳"赋""比""兴"概念流变的历史轨辙下，剔抉出其内部承载的相对稳定的叙事传统内核，重点分析作者在《楚辞·九章》中运用"赋""比""兴"法来描叙现实事件，组织叙事性要素，呈现叙事性场景的过程，以此揭橥在抒情性极强的诗歌文本中，传统诗学概念"赋""比""兴"所葆有的叙事性内涵，以及内部包含有抒情、叙事两大传统融合互动的基本事实。

## 一、《楚辞·九章》赋法的叙事性

### （一）赋法的直陈叙述

赋法的重要特征就是直陈，也就是原原本本、明切直接地叙述故事人物、事件片段，这具体表现在一方面要叙述出作者自然应激的想法活动，另一方面要描述出事件发生的真实性，切合事件的本来面貌。《楚辞》之所以被后世视为长于幽怨之情的抒情性诗歌，是因为屈原直接书写了大量主人公情感情绪、心灵世界、精神状态等微观片段，由此文本被定义为抒情性诗歌也是应有之义。内容属性固然是促成《楚辞》为抒情性诗歌之因，但作者描述处理情感的方式则更为关键，这直接决定作者情感的显露形态与冲击程度。显然，屈原是用叙事性极为直接的赋法来叙写主人公在遭遇政治事件后的情感心理状态，抒情与叙事由此融通。

1. 直叙其情

直陈的叙述手法运用于《楚辞》书写中，意味着主人公

"我"毋需依托中间介质来委婉表达情感，而是直接叙述宣泄情感。明人汪瑗有言："其所叙忧愁之情者，特欲杂之以成章耳。"①，汪氏此处并未将其定性为传统上的抒情，而是表述成叙情，突出了情感是可成为他者予以观察描述的，"特欲杂之"表征了屈原是将个体真实情感的描述较为真实随意叙述于行文当中。因为情感情绪是流动起伏的，线性特征突出，通过其变化轨迹，"我"的心理状态、观念想法就可清楚展现，作者背后及其遭遇的现实事件也可洞察一二。赋法直陈的叙述性手法，使得作者常采用独白倾诉的方式来叙述主人公"我"的微观动态，直接宣泄情感，回忆政治遭遇，这也进一步模糊了故事主人公"我"与现实作者的界限，促使文本的叙事视角趋于微观内敛。屈原运用赋法来直陈其情，集中于《离骚》《九章》等写实性篇章中。

屈原直叙情绪动机，是围绕着"君子—小人"二元对立的叙事基点，其叙述重心则是"我"与众人的行为差异性，以此揭示二者在道德人格的本质性分歧。《惜诵》主人公"我"直陈诉说心理活动时，众人丑态伎俩暴露无遗，作者遭殃受祸、政治失意的事件过程，也在"我"与众人的对立关系叙述下映射而出。"追述未放以前之情事，故自白其忠直之易知，以冀君之违众以鉴己"②。主人公"我"竭尽忠诚侍奉君王，却被众人孤立排挤。"我"言行可迹、情貌相合，却不如众人傈媚狡黠、善用机巧权谋之术。主人公"谊先君而后身兮"，"专惟君而无他兮"，皆为楚王着想，谁知却成为众人怨恨戕害的对象。从"羌

---

① 　汪瑗:《楚辞集解》,第 126 页。
② 　王夫之:《楚辞通释》,第 6949 页。

众人之所仇"到"又众兆之所雠"，"我"招致怨恨程度加深。
"壹心而不豫兮，羌不可保也"，心念专一不疑却无法保虞自身，
"疾亲君而无他兮，有招祸之道"，迫切想要亲近君王、诉说清
白，却终招致罪殃、罹遭祸害，可谓"盖言其忠愈盛，而其祸
愈深"①。

毋庸置疑，屈原是以清晰直切的赋法叙事，追述还原作忠
造怨之事。"我"与众人之间始终处于不可调和的紧张对峙中，
叙事视角在我的专一行为与众人的敌视反应之间来回移动，在
对比观照中二者界限清晰分明。"以背众为始祸，以疾亲为催
祸，无往而不招矣"②，事件进程顺叙而下，伴随众人怨恨程度
加剧而推进深入。而"我"行为不群、颠越狼狈的窘境也让众
人窃喜嗤笑，最终落得"纷逢尤以离谤兮，謇不可释"的下场。

2. 直叙其事

直叙其事是指作者将现实发生的事件过程原原本本、清晰
直接地叙述出来，类于史官的秉笔直书，忠实记录着现实发生
的事件。这意味着文本之事与现实之事并无明显缝隙，二者是
高度一致、互相映证的关系。赋法直陈叙事是在尊重现实发生
之事的逻辑下开展叙述，强调事件的本真性、客观性、完整性。
这要求作者叙写现实事件过程中，毋需构拟过多的藻饰，只要
平白叙述发生事件、展现事件发生的最初面貌就可。文本中自
然会透露出诸多事件细节，诸如时间、地点、人物、场景等，
这些也成为作者事件经历的重要参照，带有历史叙事的功能意
义。在赋法直陈叙事的影响下，现实事件的叙述不会被过滤掉

---

① 汪瑗:《楚辞集解》，第 104 页。
② 黄文焕:《楚辞听直》，第 500 页。

太多信息，事件的完整性也最大限度得以保留。同时，抒、叙显现形态上，由于确保事件在文本叙述中相对独立自主的优先位置，事件过程直接表露，文本呈现出清晰明了的线性叙事脉络。情感议论即便干预，也多是附属其间，并不会冲击隔断叙事进程，故而形成文本叙事性强于抒情性的局面。

《楚辞》直叙其事多是以叙述主人公"我"的家世身份、政治遭遇、贬谪路线等来展开，在《九章》等篇章里表征清晰，成为研究屈原生平经历的重要史料。《九章》之《涉江》《哀郢》均为屈原顷襄时放于江南所作①，叙述"被迁在道之事"②。姜亮夫先生认为《涉江》"盖纪其行也"，大致作于"《哀郢》自故都东窜而后，盖复自陵阳溯江而西，往来于江南之时也"③。至于《哀郢》，汤炳正先生认为作于屈原被流放至陵阳的第九年，其中一部分则是对自己于顷襄王二年被流放时启行的追忆④。因二诗大量记叙屈原流放之时的行旅征程及沿途风光景色，叙事性较强，纪行诗作范式的雏形大致具备，故并为千古述征诗赋之祖，亦"后世游记之嚆矢也"⑤。

《涉江》《哀郢》等行旅之作是屈原对一段时空内自我行为的直接记录，叙述出流放贬谪之事的真实面貌。同时，《涉江》《哀郢》叙述了主人公精神世界、心路历程，暗示背后政治事件是导致此次行旅经历之因。这也印证了南朝谢灵运《归途赋·并序》论述文人行旅之作"或欣在观国，或怵在斥徒，或述职

① 蒋骥：《山带阁注楚辞》，第6242页。
② 王夫之：《楚辞通释》，第6963页。
③ 姜亮夫校注：《重订屈原赋校注》，第445页。
④ 汤炳正、李大明、李诚、熊良智注：《楚辞今注》，第136页。
⑤ 徐英：《楚辞札记》，第21844页。

邦邑，或羁役戎阵，事由于外，兴不自已"① 的创作缘起，说明文本行旅事件之外潜藏有本源性事件，纪行文学正是在这一外部事件催发下才得以生成。

在赋法直叙的干预下，《涉江》《哀郢》较为清晰地勾勒出屈原晚年流放的行旅历程，时令、路线、交通工具、行进方式、沿途风光图景、水文气象等事件要素直接显现。《涉江》主人公"我"征途适届秋冬之交，行程是由鄂渚开始，再至方林停顿，过洞庭湖经由沅水逆流西上，朝发枉陼，夕宿辰阳，最终抵达湘西之溆浦，方向大抵"自东北往西南"②，路径清楚明晰。主人公豫道所乘工具有马车，"马行山皋，车舍方林，时将由陆而舟行也"③，又乘舲船，士卒齐举船桨奋击水波上溯，陆路、水路交替进行，"其昔年舟车劳顿可知矣"④。抵达溆浦之后，沿途景色荒凉，树林幽深昏暗，猿猴栖息之地，山高蔽日，幽晦多雨，霰雪纷扬无际，云重紧连屋檐，"凡言入浦、入林、入山三层，历诸苦境"⑤。

《哀郢》主人公"我"启程之日为仲春二月甲日的早晨，行程是从郢都出发，沿着江水、夏水，途径夏首、夏浦，最后抵

---

① 严可均校辑：《全上古三代秦汉三国六朝文·全宋文》，中华书局1958年版，第2599页。

② 蒋骥：《山带阁注楚辞》，第6242页。

③ 林兆珂：《楚辞述注》，《楚辞文献集成》第6册，广陵书社2008年版，第3900页。

④ 杨胤宗撰：《屈赋新笺》，《楚辞集校集释》，湖北教育出版社2003年版，第1390页。

⑤ 沈德鸿撰：《楚辞选读》，上海商务印书馆新中学文库本，湖北教育出版社2003年版，第1398页。

至陵阳，"所记的时地甚详"①。交通工具以舟为主，"楫齐扬而容与兮"，众人船桨一齐划动，驾船顺流而下。主人公偶尔也会陆行，登上江中沙岛极目远眺。对比二诗所述主人公的行旅路线，《哀郢》主人公"我"的行程方向恰好与《涉江》相反，大略是自西向东。"自郢至东系水路，其大势虽不过沿江夏二水之间。然或东或西或南，或上或下，其水势之曲折萦回，叙述最详"②。

### （二）赋法的铺陈叙述

赋法直陈叙事强调原本直接地叙述，那么铺陈叙述则是全面穷尽地叙述。古典文论家里对于"赋"的普遍印象为铺陈、敷布之义，不少论述有对赋法叙述事物路径的思考。东汉刘熙《释名》卷六指出"敷布其义谓之赋"③，此处"敷布"即是穷举之义，胪列扩展与事物相关联的义项。晋代挚虞《文章流别论》谓"赋者，敷陈之称也"④，亦是如此。刘勰《文心雕龙·诠赋篇》抽绎出"赋者，铺也，铺采摛文，体物写志"⑤的文体特征，即通过铺列大量的文藻来刻画事物、摹写情志，兼论"赋"作为表现手法和文体两方面的功能意义。

《楚辞》赋法铺叙主要基于纵向、横向、立体等维度展开。一种是纵向维度，基本是以时间为顺序，在事件本身发展的既

---

① 游国恩撰：《楚辞论文集》，第 299 页。
② 汪瑗：《楚辞集解》，第 125 页。
③ 刘熙：《释名》，影印丛书集成初编本，中华书局 1985 年版，第 99—100 页。
④ 严可均：《全上古三代秦汉三国六朝文》，第 1905 页。
⑤ 刘勰著，范文澜注：《文心雕龙注（上册）》，第 134 页。

定框架里，按照事件发生过程、事物自身规律、个体认知程度等组织编排，增饰事件局部细节、加长拓展事件进程、交代还原事件真实原因等，使得事件叙述脉络更加完整清晰。一种是横向维度，通过列举与事件相关联的事物、典故、片段等叙事质素，反复细致地叙述某一情绪情感、事物事项等，使之在同一平面上有序组织排列，也就形成了磁场集聚的规模效应，由此本源事件在相邻质素的比较碰撞中，得以全面深刻的观照。

还有一种是立体维度，突出体现在主人公神游叙事中。屈原通过建构与人境并置的神境空间，大量叙述主人公"我"在神境的巡游活动，拓宽丰富了文本层次，易给读者留下瑰丽奇幻的感官印象。在赋法铺叙实践中，这几种维度往往是交叉融合、紧密相联的，有时未必明确区分。下面以《离骚》《九章》部分章节为例，从主人公"我"的情感情绪、心理活动、故事情节等入手，探究这些材料如何运用铺陈之法来叙述组织的。

1. 情感情绪的铺叙章法

《楚辞》情感情绪的铺叙之法，体现在对主人公"我"情感情绪的极尽胪举和对其外在表征的细致摹写之中，目的在于"备极可怜之状"①。这一铺叙进程里，屈原常会将"我"抽象的内心情感诉诸于外，诗歌文本的转换路径大致有二。一是情感在文本中单独存在，毋需掩饰或借助外物，而是直接宣泄暴露。如《九章·哀郢》"心不怡之长久兮，忧与愁其相接"叙述忧愁相连、永无断绝之状；《抽思》"心郁郁之忧思兮，独咏叹乎增伤"叙写怀忧不释、忧思甚多之态；《怀沙》"郁结纡轸兮，离愍而长鞠"叙写心情冤曲、身体遭受痛苦，等等。铺叙之法介

---

① 黄文焕：《楚辞听直》，第509页，

入其中，便是大量铺排叙述主人公"我"的内心情感样态。

二是主人公"我"的情感黏连于外在物事，涉及天气、时令、景物等叙事要素，亦有迁谪、行旅、疏远等具体事件经历，并与身体感知等相混合，内在心情也就得以具象化、可视化、场景化，在文本中形成一辨别可感的片段。如《抽思》"悲秋风之动容兮，何回极之浮浮。数惟荪之多怒兮，伤余心之忧忧"叙写主人深悲于秋风动容之感，"寒风袭人，而体慄色变之状"①，天气、时令、天极等要素内蕴其中，又回忆昔日楚王多妄怒、"我"无罪而受罚的具体事件，情绪、环境与事件交相混融，以致我心忧伤痛。"占之天意，则如彼；观之人事，则如此。多怒，则予心更伤矣。"② 铺叙之法就是对于与主人公关联的叙事信息的拓展叠加。

应该说，铺叙之法实际上就是对于主人公内心愤懑的情感如何影响外在精神感官动态、个体行动遴选这一系列轨迹的集中描摹，伴随这一动态性轨迹的线性展示，文本的抒情、叙事也得到较为完整的结合。

2. 心理活动的铺叙章法

所谓心理活动，是指主人公"我"对于政治殃祸以及周遭物事的感受体认、思索想法、动机意愿，一般是在主人公在经历事件后形成，常常是以相对琐碎零散的片断形式嵌入文本叙述中。应该说，心理活动较为真切地记录了作者对于发生事件的感知思考，其间自然带有浓郁的情感色彩，但在过滤情感成

① 蒋骥：《山带阁注楚辞》，第 6252 页。
② 陈本礼：《屈辞精义》，《楚辞文献集成》第 15 册，广陵书社 2008 年版，第 10451 页。

分之后，亦保留有一定数量的叙事成分。心理活动包含有主人公追忆已然事件的起因经过、个体参与事件行为的反思回顾，以及对未来行动愿景的构拟预设等叙事内容，而对主人公造成重大影响创伤的事件细节，比如废黜、党争、流放等政治事件必然会被作为核心质素，在心理活动中不断涌现、反复述及，得到多角度的审视。同时，"我"的心理活动并非静止不变，会随着现实事件的发生发展而起伏变化，心理活动对于事物的体认程度亦是遵循由浅入深、循序渐进的线性时间顺序。这也证实了《楚辞》心理活动描写中是有叙事性存在的，抒情与叙事是相互协合互动的。

《楚辞》铺叙心理活动，一般是以主人公内心独白、公开议论的形式进行，文本呈现的琐碎感知片段是与其背后依托的现实事件紧密相连。心理活动的铺叙章法，若依据事件属性分类，无外乎以下三种。一是反思过去已然之事的心理铺叙。此时作者已遭遇党人打压，无法深得楚王信任，政治境遇困顿萧瑟，主人公站在当下回望过去，存有一定的时空落差。故铺叙章法是遵循前后对比性逻辑进行编排，过去的事件细节与当下的心理活动得以交汇贯通。其叙事视角关注于过去事件对于当下现状造成的持续影响，主人公汲汲于寻找过去之事的缘由，故有关过去事件细节的叙述相对密集。

二是铺叙当下行进之事的心理认知，如主人公在游记、迁谪、行旅途中，随见随感，叙事时间多是进行状态。心理活动的铺叙是与事件发展情况是同步并列进行的，心理活动融于事件进程中间。在线性推进的时间惯性下，主人公较少关注过去发生之事，更是在从当下事件的认知体征里，衍生出对于前途未卜、命运莫测、志向坚定与否的担忧迷惑与想象期待。

　　三是铺叙心理动机意愿。主人公被废黜贬谪后，迫切想要改变现状，内心自然有不少预设，希冀幻想着在某种理想条件下达成某种政治理想，以此阐明自己的政治主张。这一类心理活动的铺叙，注重于罗列个体的政治愿望，是主人公在对发生事件深刻反省之后提出的现实举措，问题指向清晰，功利性色彩突出。

　　3. 事件过程的铺叙章法

　　《楚辞·九章》铺叙事件过程的叙述方式有二，其一是主人公以追叙的形式回忆事件过程，其二是主人公参与助推事件进程。在第一种叙述方式中，由于事件已尘埃落定，主人公亲身经历过，对于发生的事件了然于心，也就为主人公思忖事件过程、组织故事材料腾出余地。而主人公是站在当下回望过去，发生的事件距离当下已有一定间隔，主人公实际上已脱离故事圈层，成为事件之外的省思者。应该说，已然事件多是在主人公甄选材料后予以组织呈现，其对于事件过程的干预程度较高。在保证事件完整性的情形下，主人公在回忆勾勒、材料组织层面会有所倾斜，侧重于复述记忆深刻、意义重大的事件细节，强于其他事件过程的叙述力度。关键性叙事细节会集中罗列，以此造成了有详有略、有张有弛的叙事格局，主人公极强的情感抒发力度也被灌注其间。如《九章·抽思》乃是主人公"追叙往日在朝辅君，初谗至于见放一事"[1]：

　　　　昔君与我诚言兮，曰黄昏以为期。羌中道而回畔兮，反既有此他志。憍吾以其美好兮，览余以其修姱。与余言而

---

[1]　姜亮夫校注:《重订屈原赋校注》，第468页。

> 不信兮，盖为余而造怒。愿承间而自察兮，心震悼而不敢。
> 悲夷犹而冀进兮，心怛伤之憺憺。①

此处作者并没有过多叙述政治失意事件的全部过程，而是铺叙了楚王与"我"约定不能善终、"言君与己始亲而后疏"②的片段细节，重点聚焦于叙写楚王行为善变特征的层面。楚王昔日曾与自己约定同心谋国至终，然却惑于小人中途改路，反有他志。楚王又向"我"展示美好才能，"以佞幸为美好修姱，骄而示之"③，已经不守信用，还要对我怒气冲冲，"造怒承不信，最为扼腕"④。而"我"想要寻求机会表白心意，盼能进言，内心惊惧万分，忧愁难安。可见，在铺叙主人公被疏远一事的过程经历时，作者有意识地提纯加工，选择最能凸显事件进程的场景细节重点叙写。

《楚辞》铺叙事件过程的第二种方式是主人公作为事件发展一员，因事件尚在进行中，所以参与助推了整个事件进程，这在神游叙事和纪行叙事事件中表现突出。由于主人公身在故事圈层中，无法知晓事件发展态势，亦无法预测事件发展结果，只能自觉接受正在进行的发展过程，自然也不会像追忆型叙事那般主动筛选信息、撷取关键场景密集叙述。如此事件发展进程不会过多受到干预，会自主地演绎呈现，衍拓出更大的叙述张力，形成了宏阔的叙事场面、并置的叙事空间、完整的事件

① 王逸注，夏祖尧标点：《楚辞章句》，第131—132页。
② 朱熹撰，蒋立甫校点：《楚辞集注》，第83页。
③ 林兆珂：《楚辞述注》，第3915页。
④ 黄文焕撰：《楚辞听直》，第508页。

线条等叙事面向。

## 二、《楚辞·九章》比法的叙事性

从作为《诗》法之"比"的本义可知，"比"是通过叙述与当下事件相类的《诗》旨来达到讽谏、沟通之目的，可见"比"是一种间接委婉的叙事方式。比法叙事的逻辑关键，便是要求作者寻找到与当下情境紧密相似的物事，从而在彼物事与此物事之间建立恰切的纽结点，在物事性质之间形成一种可融通传递、互为替换的比附观照关系，以此达到刘勰所论"比"之"写物以附意，扬言以切事（《比兴篇》）"①的要义。

《楚辞》的比法叙事，通过详细叙述所类物事的活动情况来牵引映射出当下事件之情形，故所彼物事在叙述中占据重要位置。这样一种类比性的叙事逻辑，若抽绎成语言形式，近于西方符号学概念中的隐喻和转喻②。"隐喻是以主体和它的比喻式的代用词之间的相似性或类比为基础的，而转喻则以人们主体之间进行的接近的（或'相继的'）联想为基础"，隐喻和转喻"代表了语言符号学研究中的共时性模式（直接的、并存的、

---

① 刘勰著，范文澜注：《文心雕龙注（下册）》，第 601 页。

② 语言学家索绪尔提出语言系统存在句段关系和联想关系两轴（可参费尔迪南·德·索绪尔（Ferdinand de Saussure）著，高名凯译：《普通语言学教程》，商务印书馆 1980 年版，第 170—171 页），学者一般将其译为横组合关系和纵组合关系以拓展概念的符号学意义。横组合关系表现在言语中，是两个以上的词在所构成的一串言语里所显示的关系；与此相反，联想或纵组合关系，是把言语以外的词语连接起来，成为凭记忆而组合的潜藏的序列（赵毅衡编选：《符号学文学论文集》，百花文艺出版社 2004 年版，第 18 页）。结构主义学家雅克布森继之提出隐喻和转喻的概念，本书的隐喻、转喻的概念便是引用雅克布森的说法。

'垂直的'关系）和历时性模式（序列的、相继的、线性发展的关系）的根本对立的本质"。① 隐喻的可替代性使得诸多相似的事象物象在稳固的形式上纵向替换。

由于《楚辞》"比"的表现手法通常是以"赋而比""比而赋"以及单纯"比"的三种形式交相混融出现，且"赋"是当下事件的直接叙述，而"比"则是藉助彼物事叙述来折射当下，故在诗中常常呈现一会是指涉物事的叙述，之后又转入当下物事的叙述，出现指涉物事与当下物事并驾齐驱的叙事性格局，这是在《楚辞》比法叙事研究中尤其需要注重的情形。在梳理了比法叙事的形式逻辑、显现形态后，此节将对比法的象征性叙事、比法的主体化叙事和比法的历史事类叙述等进行剖析。

### （一）《楚辞》比法的象征性叙事

《楚辞》比法艺术的重要意义在于，屈原赋予所喻物象以深刻的社会意涵、情感色彩和事件成分，从而实现比法范畴之下的比喻手段向象征手段的嬗变。这种递变意味着彼物与此物不仅存有事物相似性层面的单一关联，还蕴含其他多重层面的意义纽结。也就是说，彼物与此物之间的联系更为紧密，"其称文小而其指极大，举类迩而见义远"②，彼物所能承载涵括的情感、事件容量也就更为庞杂。可见，《楚辞》笔法的象征性叙述显然是比喻更高级的形式，是对《诗经》纯粹单一的比法特征的突破超越，二者不可同日而语。毛庆先生指出屈原诗歌中很多是象征手法，却常被看成是一般的比喻，根本区别在于比喻中的

---

① 黄华新、陈宗明主编：《符号学导论》，河南人民出版社 2004 年版，第296—297 页。

② 《史记》，第 2482 页。

比喻物一般不具有代表性，而且不固定；象征则不然，象征物对被象征的内容来说，必定具有相当的代表性，并且在一定的时空条件下，还具有相对的稳定性。①

　·　所谓象征性叙事，是指《楚辞》对于所象征的物象、事象运动情况以及象征物象、事象与现实本体指涉二者关系的叙述表达。《楚辞》象征性叙事的顺利展开，得益于象征手法实践中形成的完整和谐、对峙有序的喻象系统。东汉王逸已清晰觉察到《楚辞》中象喻体系的二元对立的特征，"善鸟香草，以配忠贞；恶禽臭物，以比谗佞；灵修美人，以媲于君；宓妃佚女，以譬贤臣；虬龙鸾凤，以托君子；飘风云霓，以为小人"，后世刘勰②、贾岛③等一大批文学家都认识到《楚辞》中和谐统一的象征性体系，已绝非纯粹比喻那样简单。如王逸所述，两类象征物之间界限明确，善恶是非、正邪黑白的对立属性突出，助推建构了《楚辞》中蔚然有序的象喻系统。"以配、以比、以

---

① 此外毛庆先生还指出了象征与比喻的两点区别：比喻是在比喻物与被比喻物之间取其一两点相似之处，并未有整体的要求；而象征则要求象征物与被象征的内容之间，多方相似，从而使象征物能象征出一个较完整的艺术形象。象征有暗示的特点，而比喻没有。比喻，不论是本体出现（明喻），还是不出现（暗喻），或者以否定形式出现（反喻），意思都很明白，也比较单一。象征则不同，它有较完整的形象性。具体可参毛庆：《试论屈原诗歌的象征手法及其特色》，湖北省社会科学院文学研究所编《屈原研究论集》，长江文艺出版社1984年版，第102—104页。

② 刘勰在《文心雕龙·辨骚篇》指出"虬龙以喻君子，云霓以譬谗邪，比兴之义也"，亦触及两大传统。具体可参刘勰著，范文澜注：《文心雕龙注》，第46—47页。

③ 贾岛在《二南密旨》中提出"妍媸相类相显之理，或君臣昏佞，则物象比而刺之；或君臣贤明，亦取物比而象之。"

媲、以譬、以托"等说明象征物与楚国政局之间是紧密相连的，善恶两类象征物指涉楚国政局中不同的身份、立场，由此牵连的象征物内部以及象征物之间的诸多矛盾碰撞关系的叙述，则成为楚国政局中两股截然对立的党派事件冲突的真切写照。

《离骚》中道路喻象大致可分正道和邪径两类。正道是指坦荡光明的大道大路，而邪径则指与正道全然不同的偏邪狭曲小路，两类道路的对立属性，象征着楚国政局中贤臣与小人这两类群体在人生道路抉择层面的根本冲突。诗中君王因听信谗言、误入歧途，身为贤臣的主人公劝导其行正道，"乘骐骥以驰骋兮，来吾导夫先路"，此处"骐骥"，即骏马，以比贤智①，言君能任贤人，我得申展，则导引君如先王之道路，通过切入道路喻象，主人公的心理活动呼之欲出。主人公继而列举"彼尧舜之耿介兮，既遵道而得路。何桀纣之猖披兮，夫唯捷径以窘步"的典故以劝谏。路为大道，径是邪道，尧舜遵循正道故而得路昌盛，桀纣贪图小路招致困窘灭亡。"得路者，安坐而至；窘步者，覆辙以亡。从古以来明明有此二种"②，道路喻象在叙述中的功利性意图可见一般。

《离骚》道路喻象一旦显现，必然会牵连诗中人物道路抉择时的场景情形，影响到后续的行动过程、最终结局等诸多事件要素，这也构成事件的线性发展轨迹，带有了叙事的功能意义。如在"惟夫党人之偷乐兮，路幽昧以险隘。岂余身之惮殃兮，恐皇舆之败绩"，党人们偷取一时之乐，所行之路昏暗不明，致使国家前途倾危，后续党人们在邪路上如何谄媚君王、陷害贤

---

① 朱熹撰，蒋立甫校点：《楚辞集注》，第18页。
② 钱澄之：《庄屈合诂》，第681页。

臣等事件场景足可管窥一二。而党人们选取近便邪路的鄙劣行径亦刺激到主人公的系列举动，牵扯出另一行动主体"我"参与政治事件的过程细节。主人公想要谏诤，并非担心遭受灾殃，而是恐怕君王之车覆败，盖不敢斥言其君，故以皇舆言之，且于行路之比亦切也①。作为行动意义的道路喻象，积极促成了《离骚》叙事体系的建构。

**（二）《楚辞》比法的主体化叙事**

比法既然是"以彼物比此物也"，即在普遍类比性思维的前提下，以当下物事为本体，借助于寻找与其相似的喻体，在他者观照中以委婉间接地寄寓作者的功能诉求。那么比法叙事就是通过叙述喻体的动作表征、行为情况等事件要素，以映射依附本体，从而建立某种意义关联，喻体本身的发展情况自然也就成为叙述重点。而喻体本身的叙事要素如何组织、叙述过程中喻体的存在意义的显现方式、喻体的叙述与本体物事之间的互动关系如何建构，上述种种则是比法叙述成功与否的关键要义。笔者为此引入主体化叙事的概念，以期剖析比法中的叙事艺术。

所谓主体化叙事，是指在比法叙述进程中，喻体在文本圈层形成相对独立密集的事件单元、片段场景，进而清晰展现出自身特质、发展变化等存在意义的叙述现象。在喻体的叙述情形里，与本体物事建立恰切关联的路径是藉由二者的相似共通之处来实现。由于喻体与指涉本体处于不同圈层，本体物事常在言外，二者之间也就保持有一定距离，故在《楚辞》叙述中常会造成喻体物事表征于上、本体物事潜隐于下的互动局面，

---

① 　汪瑗：《楚辞集解》，第9页。

当然亦会发生喻体与本体混融的现象。

屈原创作《橘颂》，借赞咏橘树来抒情言志，无疑有其合理性。但在咏物抒情的传统影响下，文论家过多集中于咏物诗中"情"的部分，忽视"物"的主体性价值即比法中喻体的存在功能意义，致使关注点从表征之"物"偏移至潜层之"人"，咏物诗中"物"作为主体的叙事要素组织情况便无从论及。兹以《九章·橘颂》为例，分析《楚辞》比法中的主体化叙事。

《橘颂》是屈原放逐江南之前①，"美橘之有是德"② 而作，今人多认同其为屈原青年时代担任三闾大夫一职时的作品③。此诗通过叙写喻体橘树的外在表征和内在品性，"前一节形容其根叶华实之纷缊，后一节称美其本性德行之高洁"④，"因比物类志为之颂，以自旌焉"⑤，阐明本体作者之心志，从而构建起橘树的主体化叙事。

外在表征层面，作者在对自然物象橘树的本性环境、生长周期、外表情状等致密观察基础上，从整体观照、局部细节两个维度，详尽叙述了喻体橘树的资禀、根株、枝干、花叶、果实、色彩等要素。喻体橘树作为主体的构件兼备，喻体本身的叙事要素组织情况，主体化的功能意义随之相对独立地呈现开来。诗中前 4 句，作者基于整体观照的视角，褒赞了橘树生于

①　按：明人汪瑗认为"此篇乃平日所作，未必放逐之后之所作者也。……曰：此正可见屈子幼而学之者此也，壮而行之者此也。"具体可参汪瑗：《楚辞集解》，第 166—167 页。

②　洪兴祖撰，白化文等点校：《楚辞补注》，中华书局 1983 年版，第 155 页。

③　林家骊译注：《楚辞》，中华书局 2015 年版，第 147 页。

④　林兆珂：《楚辞述注》，第 3946 页。

⑤　王夫之：《楚辞通释》，第 7006 页。

楚国、适应当地土壤气候、难以移徙江北的物理事实，奠定诗篇颂橘之格调。"嘉树二字，一篇之纲领，篇内皆颂其道德志行之可嘉，而其所以可嘉者，又在乎受命不迁也"[1]，"生南国兮"点明橘树在"物"发生层面已然具有的事件性意义。

后之12句，作者层层递进，依次叙述喻体橘树丰富的微观要素。细节要素从根株开始，"深固，言橘之根"[2]，橘树植根之深，故其难迁，心志专一。橘树绿叶白华，缤纷茂盛，惹人喜爱。橘枝层叠，利刺尖锐，圆果簇聚成团。已熟、未熟橘果杂糅俱盛，或青或黄，烂然而明。橘果外表皮色明亮，内部瓤肉色泽洁白，如同君子可托重任。"纷缊宜修，姱而不丑兮"，如清人林云铭所言："又合全树而总言之，见其所得皆善，不与他树为类也。"[3] 要之，作者进行橘树主体化叙事之时，遵循从宏观到微观、由表入里的叙述顺序，橘树生长周期为标识的叙事时间隐含其中。诗中主人公视角是流动变化的，聚焦于橘树情状的细腻之处，暗示出主人公动作行为的变化情况——逐渐向橘树靠拢、距离由远及近、剥开橘果观察等系列行动表征。

由于喻象橘树的品性是与本体"我"的人生志趣是高度相似的，关系极其紧密。作者叙述喻体橘树本性的同时，处处与本体主人公品格交相呼应，事物之间产生同构重铸效应，喻体橘树也就高度拟人化，与主人公混融一体。清人陈本礼为此论述道："看来句句颂橘，又句句不是颂橘。但见原与橘分不得是

---

①　汪瑗：《楚辞集解》，第167页。

②　蒋骥：《山带阁注楚辞》，第6288页。

③　林云铭：《楚辞灯》，第211页。

一是二，彼此互映，有镜花水月之妙。"① 喻体的主体化叙事随之实现。

### (三)《楚辞》比法的事类叙述

比法叙述是用叙述喻体来间接指涉本体的表达方式。就喻体性质而言，其对象种类不囿于物象，还囊括有事象。清人李重华指出，"比，不但物理，凡引一古人、用一故事，俱是比"②，由此喻体对象的丰富性牵扯出《楚辞》比法叙述里面不容忽略的事类叙述。所谓事类，是指主人公叙述当下政治境遇之时，征引与其类似关联的外部事件要素，有事迹、言论、史实、行动、事件片段等形式。既然事类本质是与事件脱不了干系，那么其本身的叙事特质自不待言。

《楚辞》征引事类的表征功能，引起后世学者的高度关注。西汉司马迁指出《离骚》征引事类的特征意义，"上称帝喾，下道齐桓，中述汤武，以刺世事。明道德之广崇，治乱之条贯，靡不毕见"③。"上、中、下"点明《离骚》征引事类之中，按照由远及近的时间顺序编排，征引功能不仅在于刺讥时下政治事件，还在于阐明推崇道德意义，传递治国举措和政治理想。东汉班固注意到《离骚》征引两类截然不同的历史事类，"上陈尧、舜、禹、汤、文王之法，下言羿、浇、桀纣之失，以风怀王"。④ 东汉王逸指出屈原引用前人事例之情形，征引前人事类是符合道义传统的，"言己放逐离别，中心愁思，犹依道径以风谏君也，故上述唐、

① 陈本礼：《屈辞精义》，第 10517 页。
② 李重华：《贞一斋诗说》，第 930 页。
③ 《史记》(第 8 册)，第 2482 页。
④ 王逸注，夏祖尧标点：《楚辞章句》，第 3 页。

虞、三后之制，下序桀、纣、羿、浇之败"①，通过总结历史的经验教训以达到作者的政治企图，"冀君觉悟，反于正道而还已也"。

《离骚》叙事进程里集中征引历史事类之处有二，一是出现在主人公"我"渡过沅、湘，在帝舜面前大声陈诉一事；二是灵氛、巫咸等劝其勉力远走，升降天地，寻求君臣勠力同心一事。屈原博古多闻，熟稔历史，将神话、民间传说、地方故事、史书等史料事项汇融铸通，故在事件叙述之时，可以游刃自如地驾驭事类，遴选甄别出事类群像，使其有序排列。历陈故往事类之时，屈原是从讽谏劝君的政治意图来撷选事类的，"全是为楚王对症发药"②，政治功利指向性明确。历史事类的政治质性是作者首要关注且至为重要的，一方面藉由政治质性的紧密相连、内部融通，凭借叙说历史经验教训以针砭时弊，"语语是楚王之病，亦语语是古来昏庸之主大共之病"③，随之历史事类也就契合于时下事件，这是内在逻辑层面。另一方面，政治性质影响干预到既往事类在事件叙述编排中的叙述顺序，以及事类概貌的显现角度与方式，这是属于外在表征层面的内容。两方面的缘由，促成屈原征引古人事类的根本逻辑。

## 三、《楚辞》兴法的叙事性

### （一）《楚辞》兴法叙事概貌

兴法的叙事性，与比法的叙事性近似，本质特征亦是间接

---

①　王逸注，夏祖尧标点：《楚辞章句》，第2页。

②　朱冀：《离骚辩》，第8103页。

③　王邦采：《离骚汇订》，《楚辞文献集成》第12册，广陵书社2008年版，第8419页。

性叙述，就是在事物具备相似性基础的前提下，通过先叙述他者物事牵引出本体物事的叙述方式。然而"比""兴"之间毕竟是有区别的，在叙述表征上，兴法与比法在所引之物与其牵连事件之间的关联程度、显现位置等方面是明显不同的。朱熹注意到这一点，并概括出"比""兴"差异之处："比是以一物比一物，而所指之事常在言外；兴是借彼一物以引起此事，而其事常在下句。"① 在朱熹看来，比法在叙述进程中专注于喻体的叙述，喻体指涉本事的位置是在文本叙述圈层之外。"不说出那物事是比……比底只是从头比下来，不说破"②，意味着本事彻底被喻体遮蔽掉，无法暴露于文本表征，不会被提及说出。而兴法叙述则不然，本事出现在故事圈层里，本事是与他物相黏连的，他物叙述完之后，本事便在下句交代，"说出那物事来是兴"。

回归到《楚辞》兴法叙述上，《楚辞》兴法出现于《九歌》之《湘君》《湘夫人》《山鬼》《少司命》等篇，其兴法叙述基本沿袭《诗经》兴法叙述之路径，同样是"先言他物以引起所咏之词"，而叙事要素及叙事技巧层面发生变化，彼物内容多是楚国风物，地域特征较为明显。相较于《诗经》里蔚然大观的兴法数量，《楚辞》兴法数量着实少得可怜。"《诗》之兴多而比、赋少，《骚》则兴少而比、赋多"，同一文本框架内，赋法、比法叙事的勃兴无疑冲击挤压了兴法叙事的运用空间，这一内部显著变动的趋势值得注意。

由于他物与本事内在意涵的一致性，他物在兴法进程中率先显现，其表征形态、活动情况直接暗示了后续本事介入故事

---

① 黎靖德编，王星贤点校：《朱子语类》，第 2069 页。

② 黎靖德编，王星贤点校：《朱子语类》，第 2069 页。

进程的角度方式，他物的意义作用就不言而喻。以此观附《楚辞》兴法的叙述形态，根据他物的性质成分，大致可分以物象活动状态、人物行为动作、环境景物情形等为牵引的三种兴法叙事性类型。此节将以朱熹《楚辞集注》中标注的兴法段落为依据，重点剖析这三种兴法叙述形态中他物、本事的叙事要素及组织情况。

**（二）《楚辞》兴法的叙述类型以及彼物事的叙事要素**

所谓物象活动状态，是指《楚辞》兴法叙述过程中，他物表征以自然物象为主，呈现物象的存在状态、活动轨迹和变化情况等叙事要素，如《湘夫人》"沅有茝兮醴有兰，思君子兮未敢言"。所谓人物行为动作是指与物象活动状态相对应、他物表征为人物活动亦或是拟人化的行为迹象，如《山鬼》"山中人兮芳杜若，饮石泉兮荫松柏，君思我兮然疑作"。既然有"人"这一叙述主体的动作介入，与之牵连的叙事属性自不待言。而环境景物情形，强调他物内部多物象的流动组合，建构成一时令情境、活动场景、氛围环境，如《山鬼》中"雷填填兮雨冥冥，猿啾啾兮又夜鸣"，以此牵引出后续的本事。三种兴法叙述类型藉由内在叙事要素的配合融渗，共同促成《楚辞》兴法叙述的展开。

《楚辞》兴法性叙述中，彼物事表征多为某一事物的存在状态；既然是事物的存在状态，无论是流动变化还是相对静止，都展现了事物在某一时刻的行动轨迹，随之也就带有事件意义，叙事性质不言自明。屈原是用白描的手段刻画叙述彼物事的存在状态，无论是自然物象，抑或是环境景物都被置于相对客观的文本情景中审视。而故事叙述者是与彼物事保持有一定距离，事物的动作行为情形也就原本细致地揭示而出。彼物事的叙事功能不单体现在事物本体状态意义的呈现，还体现在影响了后续本事中主人公的心理活动表征，兹以《九歌》之《湘君》《湘夫人》《山鬼》等篇兴法叙述为例分析。

《湘君》"石濑兮浅浅，飞龙兮翩翩。交不忠兮怨长，期不信兮告余以不闲"①，朱熹认为"此章兴而比也"②。"浅浅"指湍水急流之貌，"翩翩"指龙船迅疾前行之貌，石滩间江水快速流淌，所驾龙舟飞速前行，皆是事物的运动变化情况，事件意义也就生成。而两类事物的叙事意涵皆指向一去不返之意，主人公因以生感，影响牵引出心理活动的变化：二人交往若不能真心相待，怨恨之情就会滋生绵长，约定期限相会而不守信诺，便用没有闲暇的理由敷衍搪塞。

《湘夫人》"沅有茝兮醴有兰，思公子兮未敢言。荒忽兮远望，观流水兮潺湲"，东汉王逸言沅水之中有盛茂之茝，澧水之外有芬芳之兰，异于众草，以兴湘夫人美好异于众人也③。彼物事叙述中，沅水长有茝草、澧水长有兰草这是既定事实，已成为一种惯习事件。藉由兰茝芬芳之品性引申出湘夫人含情脉脉、思念湘君却不敢说出来的情态。

《山鬼》兴法叙述中，"雷填填兮雨冥冥，猿啾啾兮又夜鸣。

---

① 王逸注，夏祖尧标点：《楚辞章句》，第60—61页。
② 朱熹进而解释，所谓兴者，盖曰石濑则浅浅矣，飞龙则翩翩矣，凡交不以忠，则其怨必长矣；期不以信，则必将告我以不暇而负其约矣。所谓比者，则求神而不答之意亦在其中。具体可参朱熹撰，蒋立甫校点：《楚辞集注》，第35页。
③ 王逸撰，夏祖尧点校：《楚辞章句》，第63—64页。

风飒飒兮木萧萧,思公子兮徒离忧"①,则是通过叙述雷声隆隆、阴雨绵绵、猿猴啾啾长夜不停、风声飒飒树叶掉落的天气环境的变化情形,带有了事件的性质意义。目睹险恶环境,自然触动了山鬼的心理活动:思念公子的心情陡增,徒然忧愁无可奈何。

### (三)《楚辞》兴法中彼物与事件的接续性关系

《楚辞》兴法中由彼物构成的叙述场景、个体行为等叙事片段,多是与后续事件处于同一故事叙述进程,作为不可或缺的事件序列,涵摄于后续文本故事的组织编排之中。关于兴法的表征形式,朱熹已多次论及:"兴是以一个物事贴一个物事说,上文兴而起,下文便接说实事。"② 但对兴法中彼物与其继之实事的接续性关系问题,即兴法中彼物构成的叙述场景、个体行为等片段是否为后续实事的某一部分,是否处于同一事件进程维度上等问题却语焉不详。这里着力思考兴法中的彼物是否有效参与文本事件进程的实际问题。

需要明确,兴法中的彼物出现在文本叙事表征中,但并不代表其就是文本故事进程中的某一场景序列。兴法中彼物所构成的叙述场景,亦有可能只是一个外在牵连的场景,处于事件之外的位置,与下文叙述的故事事件难有瓜葛,而牵引下文的本事却是文本主体的故事叙述。如《诗经·关雎》"关关雎鸠,在河之洲"一向被认为是兴,但是否为牵引下文的君子渴慕追求淑女主体事件中的某一场景则很难明确。《诗经》兴法叙述

① 王逸撰,夏祖尧点校:《楚辞章句》,第78页。
② 黎靖德编,王星贤点校:《朱子语类》,第2069页。

中，彼物与牵连的本事之间的关系大多是脱节分离、含混不清的，彼物很难有效介入后续主体事件的进程里。而《楚辞》兴法叙述则不然，彼物与牵连的本事之间序列关系紧密，彼物有效地介入后续的主体故事进程中。此以《九歌》之《少司命》《山鬼》等兴法段落为例，探究本物与下文本事的接续性关系。

《少司命》是南楚祭祀少司命神的乐歌，《周礼·春官·大宗伯》载，"以槱燎祀司中、司命"①，马茂元先生认为"大司命总管人类的生死，所以称之为大；少司命则专司儿童的命运，所以称之为少"②。"秋兰兮麋芜，罗生兮堂下。绿叶兮素枝，芳菲菲兮袭予。夫人自有兮美子，荪何以兮愁苦"，按南宋朱熹言"上四句兴下二句也"③。上四句叙写供神之室的装饰，秋兰麋芜分散生长在祭堂之下，碧绿叶子，白色花朵，浓郁花香，促成清幽洁净的氛围场景，自然是为群巫迎接少司命神的主体事件特意营造。"堂中迎神，不觉有香气掩至，以草所生者自有美种起兴，生下文"④，"巫自谓芳菲袭人，兴神之降临"⑤，引出群巫登场高唱迎神辞的情景："世间求子之人均有美好的子女，少司命又有什么可担心忧虑的。"从兴法中彼物营造的神圣场景切入，从一花一木开始，视角由浅入深，转移至群巫迎接司命神，再至司命神降临的主体事件。叙事顺序环环相扣，依次发生，彼物建构的图景也就接续到主体事件的叙述进程当中。

《山鬼》兴法叙述中，"采三秀兮于山间，石磊磊兮葛蔓蔓。

---

① 《周礼注疏》，第 1633 页。
② 马茂元选注：《楚辞选》，人民文学出版社 1998 年版，第 64 页。
③ 朱熹撰，蒋立甫校点：《楚辞集注》，第 40 页。
④ 林云铭：《楚辞灯》，第 185 页。
⑤ 陈本礼：《屈辞精义》，第 10545 页。

怨公子兮怅忘归，君思我兮不得闲"①，清人胡文英言"我欲采三秀之芝以自华，然石磊磊而不可行，葛蔓蔓而不得入。君既不肯华我，我又不得自华，所以起下'怨公子'句"②。山鬼在文本中被作者予以拟人化处理，兼具有人的思想行动，带有叙事的成分。在彼物中，山鬼在山间寻采灵芝，然石头堆积、葛草蔓延，终不能得。本事里边，山鬼自叙怨思复杂的情绪，一边怨恨思慕之人无法赴约，惆怅忘返；一边替其辩解：或许他也是想念我，只是没有空闲罢了。可知山鬼既在彼物叙述中充当行动人的角色，又在牵引的故事里边是绝对的主人公；山鬼这样的双重角色，使得彼物叙述与故事本体叙述得以接通，文本故事叙述进程上显然是同一人物所为。就事件发生顺序而言，正是彼物中山鬼的动作行为，才促成后续故事里边山鬼自叙情绪，线索排列清晰，前因后果联系紧密。

　　将战国诗歌《楚辞》"赋""比""兴"法的叙事表征置于整个先秦"赋""比""兴"叙事传统的流变进程中考察，可知本义是言说方式的"赋""比""兴"，在保持固有叙事内核的基础上，又衍生出新的叙事特性。尤其"赋""比"内涵发生较大改观，这与屈原积极的文学实践密切相关。"赋"在《楚辞》叙事中赓续了直陈叙述的传统，流变出铺陈叙述的方式。"赋"不仅可以叙事，又可以叙情，促进了抒情、叙事的融合。"比"在葆有间接叙事的传统上，经过屈原的调剂干预，出现了象征性叙事、主体化叙事以及事类叙述等内涵。"兴"虽然变化不大，屈

---

① 王逸注，夏祖尧标点：《楚辞章句》，第77—78页。
② 胡文英：《屈骚指掌》，《楚辞文献集成》第15册，广陵书社2008年版，第10707页。

原创作实践中较少涉及，也依旧保持着彼物与背后事件的接续关联。综上，"赋""比""兴"所蕴含的叙事方式在战国诗歌创制中获得了长久的发展，对后世诗歌中"赋""比""兴"法叙事产生了深远影响。

## 第三节　《楚辞·天问》题图叙事

中国自古以来就有题图叙事传统，早期绘画多以宗庙壁画形式存在，传递出丰富的叙事性信息。宗壁图像作为广义之画，关涉事类多样，叙古鉴今、训诫教化的政治功能突出。《楚辞·天问》是屈原"见楚有先王之庙及公卿祠堂，图画天地、山川、神灵，琦玮僪佹，及古贤圣、怪物行事。……仰见图画，因书其壁"① 之作，《天问》被认定是现存最早的题画诗并不为过。本节以《楚辞·天问》题图叙事传统为研究对象，重点分析战国题图诗《天问》的叙事性特质。屈原在《天问》文本编排进程中，叙述撷取了宗庙壁画的哪些事类内容，又是采用何种叙事技巧来组织事类内容，以及对于中国传统题画诗的叙事模式有何意义？本节尝试对上述问题进行解答。

### 一、《天问》题图叙事内容

孙作云先生指出，"《天问》中所问的重要事项，一定见于壁画，但屈原根据这些壁画发问时，往往上钩下连，牵涉许多

---

① 　王逸注，夏祖尧标点：《楚辞章句》，第82页。

史事，而不会皆见于壁画"①。孙氏将《天问》所反映的楚国宗庙图像分为三类：绘于宗庙主室天棚上的天象图及天上的神怪图、墙壁上的"大地图"、画人类起源及历史人物的画像②。在孙氏观点启发下，《天问》指涉的壁画内容形态可根据事件性质进一步提炼，笔者分别以"天事图""地事图""人事图"来概括文本题图叙事内容，以期蠡测在各自叙事范畴里，图像本身关联的事件内容以及叙事功能的表征样貌。

### （一）"天事图"叙事内容

所谓"天事图"，是指《天问》中所涉宗庙壁画中与"天"相关联的事项图像。《天问》中"天事图"可分为两类，一是叙述日月星辰之事的图像，上节提及的楚地曾侯乙墓星象图便属此类。日月星辰多是与人们日常生活关联的事物，反映了时人对于天体运动轨迹的认知记录，故而描述的图像多呈现实之态。二是叙述与天体相关的神怪图像。由于时人科学知识的匮乏，无法精准认知天体运动中的奇异现象及运动规律，便构拟出一套话语体系，以原始不自觉想象方式来解释神怪异物的形成及其出现过程。这些神怪异物之图多是想象虚拟之象，带有一定的叙事性情节。

《天问》"天事图"有关日月星辰事项的叙述，具体如下：

> 隅隈多有，谁知其数？天何所沓？十二焉分？日月安属？列星安陈？出自汤谷，次于蒙汜。自明及晦，所行几

---

① 孙作云：《天问研究》，河南大学出版社 2008 年版，第 62 页。
② 孙作云：《天问研究》，第 64 页。

里？夜光何德，死则又育？①

主人公此段发问，涉及群星图、星野图、星宿图、太阳轨迹图、月亮盈亏图等天事图像。图像反映出宇宙诞生、天体形成之后，日月星辰等遵照既定的秩序次第运转的事件信息。"隅隈多有，谁知其数"，屈原面对着群星图中诸多星际角落发问，谁能知晓其确切数量？"天何所沓？十二焉分"，"沓"为复合重叠之义，"十二焉分"是指日月交会分黄道周天为十二等分。昭公七年《左传》载伯瑕在回答晋侯日食之问时已注意到星野划分问题，"日月之会，是谓辰"，按杜预注解为"一岁日月十二会，所会谓之辰"②。此处应是屈原观看星野图、星宿图等星象图，思考天体组织排布、区域分属等问题，随之提出天上的日月会合于何处，黄道如何划分为十二区域，日月为何悬于天而不坠落，列星如何布列于天、运行不紊等一系列天象规律问题。

时人幻想与天体关联的神怪图像，《天问》如此呈现：

> 厥利维何，而顾菟在腹？女岐无合，夫焉取九子？伯强何处？惠气安在？何阖而晦？何开而明？角宿未旦，曜灵安藏？③

此处天体神怪图像有月中蟾蜍图、尾星九子母图、风神伯强图、天门图。"厥利维何，而顾兔在腹"反映月中蟾蜍图。"顾兔"

---

① 王逸注，夏祖尧标点：《楚辞章句》，第84—85页。
② 《春秋左传正义》，第4449页。
③ 王逸注，夏祖尧标点：《楚辞章句》，第85—86页。

含义兹从闻一多先生观点，顾兔当即蟾蜍之异名。古人观察月象表面斑点黑影情况，当下科学观测已证实是月表凹凸不平的环形山投射所致，而在当时无法合理解释，时人便想象出这些黑影乃是一只蟾蜍，马王堆汉墓出土的 T 形帛画绘有月中趴着一只蟾蜍的图像得以证明。屈原发出疑问，月中难道真的有一只黑色的蟾蜍？"女歧无合，夫焉取九子"指向尾星九子母图，这来源于二十八星宿之尾宿。尾宿由九颗星组成，相类于后宫子嗣绵延的景象，后来演化成女岐九子的传说。《史记·天官书》载有"尾为九子"说，《索隐》引宋均曰："属后宫场，故得兼子。子必九者，取尾有九星也"[1]，显然尾星九子的传说已经完备。《汉书·成帝纪》载有"元帝在太子宫生甲观画堂。"应劭曰："画堂画九子母"[2]，元帝是在画九子母图像的画堂边出生。屈原在女岐九子母图像前质问道：女岐没有经历婚配，九子如何诞生？

### （二）"地事图"叙事内容

　　与"天事图"相似，"地事图"是指《天问》中所涉宗庙壁画中描绘与大地的生成构造、奇物景貌关联的事件图像，图像蕴含着楚人对于地理知识的理解与想象。《天问》所涉"地事图"可分以下类别：一是叙述大地的地形概貌、地势景观等地理要素的图像；二是以昆仑山为中心的区域图像，涵盖根据神话传说绘制的神灵图像；三是以罕见的奇异物事为叙述中心的图像。《天问》所叙地形概貌类图像如下：

---

① 《史记》，第 1298 页。
② 《汉书》，第 301 页。

康回冯怒，地何故以东南倾？九州安错？川谷何洿？东流不溢，孰知其故？东西南北，其修孰多？南北顺𫐐，其衍几何？[1]

大量文献证实周代已有丰富的地图存在，那么《天问》中出现诸多地事图自然是对这一社会现实的反映。此段《天问》所涉地理类图像主要有地形地势图、河谷海洋图、幅员疆域图等类型，屈原多是就地理类图像中既定地理要素的原因、形成过程、流动方式等进行发问，叙事性质不言而喻。

昆仑山是古传说中的神山。《山海经·海内西经》叙述其瑰丽奇幻之景，"海内昆仑之虚，在西北，帝之下都。昆仑之虚，方八百里，高万仞。上有木禾，长五寻，大五围。面有九井，以玉为槛。面有九门，门有开明兽守之，百神之所在。在八隅之岩，赤水之际，非仁羿莫能上冈之岩"[2]。《穆天子传》载录周穆王"宿于昆仑之阿……升于昆仑之丘……禋□昆仑之丘……至于西王母之邦"[3] 的传说。此外，《逸周书》《庄子》《列子》《吕氏春秋》《淮安子》等典籍中均有关于昆仑之位置、物产、风貌的等叙述想象，证实了昆仑传说在先秦时代蔚为流行。故以昆仑山为中心的区域图像，应该是宗庙壁画中常见题材，切合了时人渴望长生不老的祈愿。《天问》涉及的昆仑图像，具体如下：

---

① 王逸注，夏祖尧标点：《楚辞章句》，第 88 页。

② 袁珂校注：《山海经校注》，巴蜀书社 1991 年版，第 344—345 页。

③ 郭璞注：《穆天子传》，《四部备要·史部》第 44 册，中华书局 1936 年版，第 9—11 页。

> 昆仑县圃，其凥安在？增城九重，其高几里？四方之
> 门，其谁从焉？西北辟启，何气通焉？日安不到，烛龙何
> 照？羲和之未扬，若华何光？[1]

此段所叙昆仑图像，屈原胪列一连串昆仑山内部标识物事的图像，如县圃图、增城图、四方山门图、西北缺口图、烛龙图、若木图等，涵盖有地势地貌、建筑排布、神灵异物等诸类别，反映出昆仑山异乎寻常的神山本性。从文本提问对象由宏观逐渐向细微的变更顺序，可知屈原面对昆仑图像，采取了循序渐进、层层深入的观察顺序。

宗庙壁画绘制奇异物事的图像，带有指导民众辨正妖邪、趋利避害的功利效用，透露出人们在面对未知事物时的新奇恐惧心理。宗壁所绘奇异物事之图像，《天问》亦有载录：

> 焉有石林？何兽能言？焉有虬龙，负熊以游？雄虺九
> 首，倏忽焉在？何所不死？长人何守？靡蓱九衢，枲华安
> 居？一蛇吞象，厥大何如？黑水玄趾，三危安在？延年不
> 死，寿何所止？鲮鱼何所？鬿堆焉处？

此处反映奇异物事的图像，主要有石林图、鸣兽图、虬龙负熊图、雄虺九首图、靡蓱枲华图、巨蛇吞象图、鲮鱼图、鬿雀图等类型，涉及地理景象、飞禽走兽、植物样貌、图腾神灵、异域习俗等类别，折射出奇异物事独特的存在方式。楚地风物亦是宗庙壁画的重要叙事对象，诸如"靡蓱九衢，枲华安居"描

---

① 王逸注，夏祖尧标点：《楚辞章句》，第89—90页。

述楚地特有的浮萍、枲之麻花，宗壁图像叙事内容的地域性可见一斑。

### （三）"人事图"叙事内容

"人事图"是指《天问》中所涉宗壁图画上主要绘制历史人物事迹的图像类型。这些历史人物在本民族形成发展进程中做出过重大贡献、产生过重要影响，诸如部族始祖、先王先烈、先达贤人等。"人事图"主要叙述历史人物的事件经历，以及民族治乱兴亡的变化历程，图像反映的是某一人物在一段时间内的行为事迹，叙事线索清晰，特性鲜明。从政治功能看，国君在巡览先祖先王业绩、王朝兴衰变更的历史图像时，强烈直观的叙事内容会深刻冲击其精神心理，以达到躬省反思、知古鉴今的训谏教化功能。此时的屈原正流放于汉北，在观看这些历史英雄人物图像时，内心难免会与之相比较，悲愤抑郁之情渗透进文本图像的描述当中，由此引发出作者自觉的联想反思。那么，《天问》"人事图"的叙述样态，便呈现出描述宗壁所涉历史人物图像的自然状态，与作者陷入对所涉历史人物命运思忖的重构状态相并置的局面。

从叙事数量看，《天问》所叙宗壁"人事图"远多于前述"天事图""地事图"，足见"人事图"在宗壁图像体系中的重要地位，"人事图"亦是屈原叙述的重心。按照《天问》叙述内容，"人事图"大致可分三类：一是鲧禹治水图像，二是夏、商、西周王朝的人物图像，三是春秋诸侯国的人物活动画像。从叙事内容可知，《天问》所涉"人事图"是以各朝君王为叙事中心，按照事件发生的时间顺序编排，类于故事连环画的形式，依次串联讲述图像信息，展现王朝治乱兴衰的历史图景。因春秋诸侯国的人物图像较为零散，此节重点叙述夏、商、西周三代的人事图像。

1. 夏朝人事图

《天问》所涉夏朝的人事图像，应是从鲧禹治水图说起，但因鲧禹治水图上承天事图，下启地事图，在文本中是一个相对独立的图像叙述段落，将在下一节重点讨论，此不赘述。《天问》反映夏朝兴衰历史的人事图像，就从大禹与涂山氏女相遇图像开始。"禹之力献功，降省下土四方，焉得彼嵞山女，而通之于台桑？闵妃匹合，厥身是继。胡维嗜不同味，而快晁饱？"① 此段叙述禹王图，聚焦于大禹生平之事，所绘图像包括禹治理水患、巡视四方、相遇、迎娶涂山氏女，以及涂山氏女产子等一系列场景，集中叙述大禹在一段时间内的行为事迹，形成了较为连贯的事件链条。

启王图是在启与伯益争帝的历史事件基础上进行绘制的。《竹书纪年》记载"益干启位，启杀之"② 一事，《史记·燕召公世家》载燕王哙禅让子之一事，燕人征引"已而启与交党攻益，夺之"③ 传闻，表明启与伯益相争之事在战国广泛流传。《天问》所叙启与伯益相争图，"启代益作后，卒然离蠥。何启惟忧，而能拘是达？皆归躲嚭，而无害厥躬"，④ 应是由启被拘逃脱、启与伯益两部族交战、启大获全胜等场景组成。此外，启王图还

---

① 王逸注，夏祖尧标点：《楚辞章句》，第93—94页。
② 朱右曾辑，王国维校补，黄永年校点：《古本竹书纪年辑校》，辽宁教育出版社1997年版，第2页。
③ 《史记》，第1556页。
④ 王逸注，夏祖尧标点：《楚辞章句》，第94页。

涉有"启棘宾商，《九辩》《九歌》"，启向上帝祭祀《九辩》《九歌》一事。《山海经·大荒西经》有云："开上三嫔于天，得《九辩》与《九歌》以下，此天穆之野，高二千仞，开焉得始歌《九招》。"① 郝懿行认为，"'宾''嫔'古字通。'棘'与'亟'同，盖谓启三度宾于天帝，而得九奏之乐也"②。

伴随羿、浞、敖以及少康王图、桀王图的描述，折射出夏朝由盛转衰直至覆灭的事件历程。《天问》此段图像所反映的史实，相较《离骚》主人公"我"陈词重华时所胪列的夏朝治乱兴衰的系列事件，两者形成了"语""图"层面的互文关系。羿图所绘"帝降夷羿，革孽夏民。胡躲夫河伯，而妻彼雒嫔？冯珧利决，封豨是躲"③ 的畋猎图像，按王逸言羿弑夏家，居天子之位，荒淫田猎，变更夏道，为万民忧患④之事的反映。浞图以及其子敖图，绘制内容应是父子二人密谋揆灭后羿一事。"浞娶纯狐，眩妻爰谋……惟浇在户，何求于嫂"⑤，反映出图像大致是由浞诱引后羿之妻、浇淫洗其嫂等情节组成，凸显其放纵肆欲、祸国殃民的无道行径。羿、浞、敖等图像是以负面性质出现，无疑对当时君王起到防微杜渐的警醒作用。

2. 商朝人事图

披览《天问》所涉商朝的人事图像，包含简狄图，商汤图，伊尹图，王亥、王恒图，上甲微图，纣王图等内容，这些图像

① 袁珂案：开即启也，汉人避景帝（刘启）讳改。具体可参袁珂校注：《山海经校注》，第473页。
② 郝懿行笺疏：《山海经笺疏》，中国书店1991年版，第286页。
③ 王逸注，夏祖尧标点：《楚辞章句》，第95—96页。
④ 王逸注，夏祖尧标点：《楚辞章句》，第94页。
⑤ 王逸注，夏祖尧标点：《楚辞章句》，第96—98页。

与商民族变迁进程中的重要节点息息相关。商朝人事图是以图像形式叙述了商民族从起源到建国再至迁都、时局动荡、遂至亡国的兴衰历程，堪称商民族的史诗画卷。"简狄在台，喾何宜？玄鸟致贻，女何喜"① 透露简狄图像中的事件细节，可与《诗经·玄鸟》② 《吕氏春秋·季夏纪》③ 等文献载录相互印证。《天问》简狄图应是由帝喾率后妃简狄于高台祭祀高禖神求子、燕子飞过遗卵、简狄吞卵而怀孕生子等一连串场景构成，较为清晰地勾勒出相对完整的商部族起源情形。

　　《天问》王亥、王恒、上甲微等商先公图像能被后人重新认知，离不开王国维先生的爬梳考证。在其《殷卜辞中所见先公先王考》一文中，王氏从出土殷虚卜辞中所载人名夋、土、季、王亥、上甲等切入，反推梳理了传世文献里的商先公先王事实。他认为"《天问》所说，当与《山海经》及《竹书纪年》同出一源，而《天问》就壁画发问，所记尤详"，并指出"（该秉季德，厥父是臧……何变化以作诈，后嗣而逢长？）此十二韵以《大荒东经》及郭注所引《竹书》参证之，实纪王亥、王恒及上甲微三世之事，而《山海经》《竹书》之'有易'，《天问》作'有

---

① 王逸注，夏祖尧标点：《楚辞章句》，第 101 页。

② 按《诗经·商颂·玄鸟》："天命玄鸟，降而生商，宅殷土芒芒。古帝命武汤，正域彼四方。……"毛《传》曰："春分玄鸟降，汤之先祖有娀氏女简狄配高辛氏帝，帝率与之祈于郊禖而生契。"（《毛诗正义》，第 1343 页）

③ 按《吕氏春秋》卷六《季夏纪·音初》："有娀氏有二佚女，为之九成之台，饮食必以鼓。帝令燕往视之，鸣若谥隘。二女爱而争搏之，覆以玉筐。少选，发而视之，燕遗二卵，北飞，遂不反。"（许维遹：《吕氏春秋集释》卷六，中国书店 1985 年版，第 10—11 页）

扈'，乃字之误……"① 可知王亥图是由王亥困于有易国，被迫放牧牛羊；王亥拿盾协合万舞，引诱有易氏之女；王亥行淫事，出家门被杀等图像组成，较为完整地再现王亥了在有易国的经历遭遇。继之的王恒图，"恒秉季德，焉得夫朴牛？何往营班禄，不但还来"② 应是描述王恒前去有易颁赐爵禄，借机获取失去的载车大牛一事。上甲微图描绘上甲微讨伐有易国取胜，晚年荒淫无度，并诱引其弟行淫乱、谋害其兄、篡取王位一事。应该说，王亥、王恒、上甲微三位殷商先公的图像信息均与有易国密切相关，是商国与有易国之间关系变化不定的真切写照。

需要注意伊尹图的存在。伊尹相汤伐桀灭夏，功勋显赫，虽不是殷商先公先王，但在《天问》所叙图像中仍给予较大篇幅。此图像大致是以伊尹的行动过程为叙事线索，《天问》重点叙述伊尹如何向商汤靠拢、主动接近的事件经历。图像推测应是从伊尹奇异的出生场景绘起，"水滨之木，得彼小子"叙述伊尹出生于水边树木中，《列子·天瑞篇》亦有"伊尹生乎空桑"③的记载。"成汤东巡，有莘爰极。何乞彼小臣，而吉妃是得"④大致描绘成汤东巡有莘国，伊尹作为陪嫁媵臣以求商汤一事。

---

① 王国维：《观堂集林》，上海古籍书店影印民国二十九年商务印书馆长沙石印本，卷九第6—7页。按《山海经·大荒东经》："有困民国，勾姓而食。有人曰王亥，两手操鸟，方食其头。王亥托于有易、河伯仆牛。有易杀王亥，取仆牛。"郭璞注引《竹书》曰："殷王子亥宾于有易，而淫焉，有易之君绵臣杀而放之，是故殷主甲微假师于河伯以伐有易，灭之，遂杀其君绵臣也。"今本《竹书纪年》："'帝泄'十二年，殷侯子亥宾于有易，有易杀而放之。十六年，殷侯微以河伯之师伐有易，杀其君绵臣。"

② 王逸注，夏祖尧标点：《楚辞章句》，第103页。

③ 杨伯峻注：《列子集释》，中华书局1979年版，第16页。

④ 王逸注，夏祖尧标点：《楚辞章句》，第103—104页。

按《史记·殷本纪》载："伊尹名阿衡，阿衡欲奸汤而无由，乃为有莘氏媵臣，负鼎俎，以滋味说汤，致于王道。"① "缘鹄饰玉，后帝是飨。何承谋夏桀，终以灭丧"② 描绘伊尹初仕借助烹调鹄鸟、修饰玉鼎之际，向汤陈述治国之道及最终共谋伐桀事宜。按《韩非子·难言篇》："（伊尹）身执鼎俎为庖宰，昵近习亲，而汤乃仅知其贤而用之。"③《天问》伊尹图的诸多叙述，显示出开国功臣伊尹在商朝人事图体系里不容忽视的地位。

3. 西周人事图

西周人事图相对完整地反映出周民族形成、发展、转衍、覆灭的历史事实。按照王朝发展进程，西周人事图大致可分周部族形成发展图、周部族建国图以及周王朝兴衰图三个部分。下面将系统论述西周人事图的叙事内容。

周部族形成发展图，是由姜嫄像、后稷像、太王像等组成。"稷维元子，帝何竺之？投之于冰上，鸟何燠之？何冯弓挟矢，殊能将之？既惊帝切激，何逢长之？"④《天问》叙述始祖后稷像，涉及后稷的不少活动事项，可与《诗经·大雅·生民》所叙后稷事迹相印证。

后稷图应从其母姜嫄踩巨人脚印怀孕⑤绘起，姜嫄像亦是以

---

① 《史记》，第94页。

② 王逸注，夏祖尧标点：《楚辞章句》，第101页。

③ 王先谦撰，钟哲点校：《韩非子集解》，新编诸子集成本，中华书局2003年版，第22页。

④ 王逸注，夏祖尧标点：《楚辞章句》，第108—109页。

⑤ 按《史记·周本纪》："周后稷，名弃，其母有邰氏女，曰姜原，姜原为帝喾元妃。姜原出野，见巨人迹，心忻然说，欲践之，践之而身动如孕者，居期而生子。"（《史记》，第111页）

此事件为依据绘制。图像继之描述后稷被帝喾抛弃荒野、屡次获救的奇幻情形，如丢弃在寒冰上，大鸟用羽翼温暖后稷。后稷图不仅绘制后稷务农稼穑之事，还应绘制其持弓挟箭的场景。太王像主要描述古公亶父避狄迁岐一事，《诗经·大雅·绵》亦详细叙述此段史实。《天问》有"迁藏就岐，何能依"的叙述，应是屈原就图像中周太王迁徙宝藏于岐、民众浩荡随从的场景予以发问。

《天问》涉及之周民族建国图，是由文王像、武王像和姜太公像等组成。文王像叙述简略，屈原仅有"伯昌号衰，秉鞭作牧""受赐兹醢，西伯上告"二句，简单勾勒文王向上天诉告其子伯邑考被商王做成肉羹一事。姜太公像用"师望在肆，昌何识？鼓刀扬声，何所急"两句，叙述姜太公获文王赏识的事件经过。《天问》叙述武王像和姜太公像较为密集，可见屈原有意识地遴选图像以恰合《天问》的组织安排。《天问》武王像应是按照武王伐纣战争的蓄势、进行、结束的时间顺序排列。"会晁争盟，何践吾期？苍鸟群飞，孰使萃之"[1] 描述众将帅士气高涨、如约而至的战备场面。既而叙述两军恶战的场景，"争遣伐器，何以行之？并驱击翼，何以将之"[2] 道出武王伐纣之时，发遣作战器具、将士并驾齐驱、攻击纣王两侧的过程。最后描绘武王取胜、蹂躏商纣尸体之事。《天问》此处提及"到击纣躬"事件，《史记·周本纪》亦有描述："（武王）遂入，至纣死所，武王自射之，三发而后下车，以轻剑击之，以黄钺斩纣头，县

---

① 王逸注，夏祖尧标点：《楚辞章句》，第104—105页。
② 王逸注，夏祖尧标点：《楚辞章句》，第105页。

大白之旗。"①《天问》还叙述武王对于商纣的极度忿恨和急切讨伐的情绪:"武发杀殷,何所悒?载尸集战,何所急?"②

《天问》事关周王朝兴衰图,涵盖昭王图、穆王图以及幽王图,相较于周民族形成、建国的图像,较为琐碎零散,所绘图像的事项多是君王穷兵黩武、利欲熏心、荒淫惑乱之举动,抓住君王某一荒谬性场景展开描述,图像劝谏警醒的功能突出。"昭后成游,南土爰底?厥利惟何,逢彼白雉?"③此处映射昭王图大致是昭王讨伐荆楚之事,按《古本竹书纪年》载录有昭王征楚之事,"昭王十六年,伐荆楚,涉汉,遇大兕。十九年,天大曀,雉兔皆震,丧六师于汉。昭王末年……王南巡不返"④。穆王图中,"穆王巧梅,夫何为周流?环理天下,夫何索求"描绘出穆王周流天下、远征四方之事。昭公十二年《左传》有"穆王欲肆其心,周行天下,将皆必有车辙马迹焉,祭公谋父作《祈招》之诗,以止王心"⑤的相类叙述,道出穆王好大喜功、贪婪肆乐的事实。幽王图中,"周幽谁诛,焉得夫褒姒"⑥,描绘幽王得到褒姒因以招致天命惩罚的事件。

《天问》所载天事图、地事图以及人事图,囊括宗壁图像中大量的叙述事类,发挥了早期图像"成教化,助人伦,穷神便,测幽微,与六籍同功,四时并运"⑦的政治功能。比较三类图像

---

① 《史记》,第124页。

② 王逸注,夏祖尧标点:《楚辞章句》,第110页。

③ 王逸注,夏祖尧标点:《楚辞章句》,第105—106页。

④ 朱右曾辑,王国维校补,黄永年校点:《古本竹书纪年辑校》,第12—13页。

⑤ 《春秋左传正义》,第4483页。

⑥ 王逸注,夏祖尧标点:《楚辞章句》,第106页。

⑦ 张彦远:《历代名画记》,丛书集成初编本,中华书局1985年版,第11页。

的叙事容量，可知屈原聚焦于人事图的描绘叙述。屈原所述人事图内容，无外乎唐代画师张彦远《历代名画记》所概括的两大事类题材："留乎形容，式昭盛德之事；具其成败，以传既往之踪。"[1] 屈原通过叙述、质疑宗庙壁画的事类内容，表达了强烈的干预现实和讽谏政治的意图。

## 二、《楚辞·天问》题图叙事策略

《天问》既然是屈原呵壁而作，意味着宗壁图像在《天问》形成过程中起到了积极重要的作用。最为直接的影响，就是《天问》所涉的诸多事类，多是屈原直接如实地转述宗壁图像内容，即图像信息自然进入《天问》文本。这从上节《天问》所涉天事图、地事图以及人事图内容及其描述状态中即可窥见。然《天问》毕竟是由屈原个体创作的文学作品，带有鲜明的艺术构思、现实政治关怀的痕迹，故而宗壁图像的叙事作用不可无限夸大。宗壁图像实际上是以事类题材的角色被纳入作者视域当中以供甄选利用。屈原如何组织运用这些基本材料，藉以契合作品叙事表达的需要，这才是《天问》文本形成的关键要义。

### （一）以"天"观念为叙事主线的编排方式

《天问》事类编排过程中，屈原是以"天"的观念范畴作为事类叙述的内在主线，遵循由远及近的叙事时间顺序，将宗壁图像所涉事类以及衍绎而出的古今一切无法知晓的事件贯通。由此，《天问》以"天"观念为核心范畴支撑的逻辑体系建构完成，诸多事类也在"天"观念指涉下整饬有序地编排。如姜亮

---

① 张彦远：《历代名画记》，第 11 页。

夫先生所论，"考《天问》全篇，涉及怪迂者，多僻斥之问；言及人事者，多以天道、天命为说，则天字固亦可贯全文矣。"①

《天问》所涉"天"的概念范畴，是以叙事内容是否关涉人事活动为界限，析出前后两类不同的叙事意涵：天事和天命。两类"天"概念的叙事内核指涉不同，也就导致了《天问》所涉事类在逻辑编排层面存有一定差异。天事指向宇宙秩序形成之时，此时的天是指自然物质之天，并无生命有机体的存在痕迹，处于自然物质要素的形塑阶段。天事囊括有天体天象、阴阳变化、大地样貌等为主的天地活动事项，指向上节列举的天事图以及地事图的地势地形部分。需要注意，《天问》关于天事的叙述有一些属于创世神话范畴，抑或是诸子演绎之说，目的是给世界起源提供一解释说法，描述天地世界生成创造的过程。囿于古人的认知水平，叙述天事造物之时，难免有一些想象荒诞的痕迹。

《天问》叙述人事活动事项，除遵循上述自然之天所奠定的顺叙时间外，屈原还借用西周之际"天"观念的"天命"因果叙事逻辑来编排事类。这里的"天命"是指有意志、有人格的天，具有绝对至上、不可违抗的权力命令，类于冯友兰先生所论主宰命运的天，是以天、帝等形式出现。由于"天命"概念是流动变化的，在西周之际发生重大变化：一是愈加重视道德意义在天命中的作用，"天"无论是奖赏授予天命，还是惩罚撤销天命，都视道德情况而定；二是强调天命无常，并非是命定论亦或是宿命论②。屈原吸纳"天命"双重内涵后，《天问》叙述

① 姜亮夫校注：《重订屈原赋校注》，第 260 页。
② 吾淳：《春秋末年以前的宗教天命观与自然天道观》，《中国哲学史》2009 年第 4 期。

人事活动时，就要竭力揭示出君王行为与天命奖惩、天命变更之间的必然关联，以此证明天命的正义权威性，劝谏时下君王要修身修德、谨慎警惕，以得天命护佑。

在"天命"因果叙事逻辑影响下，《天问》编排事类之时，注重叙述君王的哪些行为表征招致天命奖惩、"天"又是如何将天命奖惩于君王等内容，这使得文本在叙述人物行为事类层面明显集聚。《天问》胪列的人事活动，多是有关君王荒淫不道之行径，以及上天收回天命以惩罚君王的表征。君王行为愈是荒谬不堪，其遭受天命惩罚的力度愈是强烈，君王招致天命惩罚的过程是渐进持续的，天命最大的惩罚莫过于革孽亡国。

> 武发杀殷，何所悒？载尸集战，何所急？伯林雉经，维其何故？何感天抑地，夫谁畏惧？①

此段叙述上天收回天命、惩罚商纣的情形。按王逸言武王伐纣，载文王木主，称太子发，急欲奉行天诛，为民除害也②。之后两句叙述纣王自缢前的凄凉场面：纣王向天呼告，触天抢地，难道内心还曾有敬畏上天之心？屈原借纣王不尊天命致使受惩亡国的结局，总结了天命靡常、随时变更的规律。"皇天集命，惟何戒之？受礼天下，又使至代之？"③君王应时刻修行礼义，常怀警戒畏慎之心。按朱熹言："皇天集禄命以与王者，何不常有以戒之，而使至于危亡乎？王者即受天之礼命而王天下，天又何

① 王逸注，夏祖尧标点：《楚辞章句》，第110页。
② 王逸注，夏祖尧标点：《楚辞章句》，第110页。
③ 王逸注，夏祖尧标点：《楚辞章句》，第110—111页。

为使他姓代之乎？其警戒之意，至深切矣。"①

### （二）多样化的问难形式

《天问》独特的问难形式中，影响助推叙事进程的技巧策略有多种，除了广泛使用带有叙事意义的疑问词，还有多样化问难方式的运用实践。根据所提问题与事件属性，以及相邻问题之间的逻辑关系，多样化的问难方式具体可分为同类事项的连类发问、单一事件的递进式发问、单一人物事迹的重复发问，以及同一事件主题的对比发问等相关形态。

所谓同类事项的连类发问，是指屈原会将类别属性相近相通的事项组织编排于一起，作者在提问其中一事之后，紧接着便将其余相似事件随之提起，形成了事件、问题之间横向密集的叙事格局。在连类发问形式的影响下，同类事项之间按照平行并列的逻辑关系组织排布，同类事件、问题之间的联系度差，松散破碎情况突出，某一事件的历时性行为表征很难深入有效叙述。但是在较少的篇幅中囊括了诸多事类，使得叙事信息密度增大，叙事容量也就获得拓展。连类发问的问难形式在《天问》天事、地事部分分布较多，如地事有关于奇异物事的叙写发问：

> 焉有石林？何兽能言？焉有虬龙，负熊以游？雄虺九首，倏忽焉在？何所不死？长人何守？靡蓱九衢，枲华安居？一蛇吞象，厥大何如？黑水玄趾，三危安在？延年不

---

① 朱熹撰，蒋立甫校点：《楚辞集注》，第69页。

死，寿何所止？鲮鱼何所？魃堆焉处？①

可见，地事部分奇异物事的叙问顺序，基本是杂乱无章的，物事、问题之间横向堆积、密集排列，这应是与图像中针对奇异物事的叙事模式不无关系。上文已提及这些奇异物事大多来自宗壁图像，奇异物事存在方式的特殊性，常常是单独存在，无须考虑与其他物事的关联。故而画师单独描绘成像，抓住奇特物事中最富有标识、迥异之处叙述，显现奇异物事运动进程中的某一场景瞬间，图像所绘奇异物事就是横向排列的组织关系。如此再看《天问》连类发问的编排关系，显然是受到了图像叙事模式的影响。

单一事件的递进式发问，是指作者专门就某一传说事件等采取循序渐进、层层深入的发问方式，旨在挖掘出本源事件当中叙述事件进程的细节片段等叙事要素，这些叙事要素不见于既有的事件描述。在此种递进发问方式的影响下，叙述事件形成过程的细节片段会重新组合在一起，力求还原出相对真实的事件发生语境。递进式发问方式多是针对某单一事件，强调事件叙述的完整深刻，注重诘问长时间段的叙事场景，体现的是作者对于该事件细节的深刻议论。那么作者在叙述发问事件之时，常勾勒出相对完整细致的事件发展过程，形成长时间段的事件链条。这种发问方式多是在人事部分出现，人事部分的问难体系的构建，就是通过一个个单一事件的递进式发问缀连形成。如屈原对夏朝后羿夺权失权等系列场景的渐进式发问：

① 王逸注，夏祖尧标点：《楚辞章句》，第90—92页。

> 帝降夷羿，革孽夏民。胡躲夫河伯，而妻彼雒嫔？冯
> 珧利决，封豨是躲。何献蒸肉之膏，而后帝不若？浞娶纯
> 狐，眩妻爰谋。何羿之射革，而交吞揆之？①

此段按照历时性时间顺序，较为清晰地勾勒出后羿夺权又失国的事件过程。作者连续追问事件进程细节，直接指涉后羿以及其臣寒浞等拙劣荒淫之行径：后羿为什么要射击河伯并迎娶其妻洛水女神？为什么射杀野猪献祭上帝，上帝却不保佑他？为什么后羿威猛强悍，却被寒浞合谋其妻陷害消灭？作者最终目的是想抉发出这些场景细节的内在联系，到底是何种缘由促使后羿一再铤而走险、沉溺享乐，最终导致灭亡的命运，以此来警戒劝勉当下。

反复发问是指《天问》伴随某人某事的重复出现，作者予以多次提问诘难的方式。既然某一人物、事件多次出现，自然是文本的叙事重点，随之作者接续发问其间细节，也就强化了此类人物事件在叙事进程中的表达意义。屈原每次问难视角的差异，使得同一人物、事件透露出不同内涵，潜在遮蔽的人物、事件细节成分也就被重新发掘，那么人物、事件的完整性、深刻性也就得以展现，历史本源事件可能被真实还原起来。同时，人物、事件成分分散于文本各处，作者以问难的方式串联起人物、事件在不同阶段的叙事重心，也就相当于在时间链条上标识出人物行为、事件过程的脉络痕迹，不失为一观察人物行为以及事件进程变化的有益途径。

---

① 王逸注，夏祖尧标点：《楚辞章句》，第95—96页。

## 三、个体的政治遭遇事件对叙事要素的影响

《天问》虽是屈原呵壁而作，但并非原封不动地照搬描述宗壁图像内容，现实政治遭遇干预影响了《天问》叙事要素的组织生成。《天问》叙事要素的组织编排是与屈原的现实政治遭遇事件紧密相连的。孙作云先生认为《天问》大致创作年代为楚怀王三十年、秦昭王八年（公元前 299 年）的秋天，也就是作于屈原第一次流放于汉北期间①。由于《天问》是屈原在流放途中所作，字里行间饱含有个体愤懑不平的情感，以及对楚国政治现状的严重关切。司马迁《屈原列传》曾言"余读《离骚》《天问》《招魂》《哀郢》，悲其志"②，指向屈原遭受到严酷的现实政治事件。东汉王逸指出屈原创作《天问》是"以泄愤懑，舒泄愁思"，自然是对无辜遭受小人谗佞事件的排遣。《天问》所涉事类必然会指涉反映现实之事。姜亮夫先生点明："《天问》除天地日月山川灵异诸问外，其涉及人事者，多有现实意义。……且先后次序，自天地自然至三代史实，而以楚之贤君愚臣为结，则自有作者自己之思想结构在其中。"③

夏、商、周三代历史兴衰事件，在整个《天问》的事类叙述体系中占据重要位置。林庚先生认为："《天问》乃是古代传说中的一部兴衰史诗……《天问》的兴亡史是以夏、商、周三代为中心的，这三代历史的发问占了整整一百句，超过全诗一

---

① 孙作云：《天问研究》，第 12 页。
② 《史记》，第 2503 页。
③ 姜亮夫校注：《重订屈原赋校注》，第 259 页。

半以上的篇幅，它的兴亡感也就是全诗主题的焦点。"① 林先生此论解释了屈原运用诸多三代兴衰事件的缘由意义。屈原甄选组织诸多事类，一方面出于文本事类编排顺序的需要，每朝的历史兴衰事件大略都有相对完整、较长时段的情节发展过程。更重要的一方面，是作者希望通过叙述兴衰事件的图像细节，呼应反馈楚国政局情况，力求发挥讽谏训诫、干预时下政治的教化功能。

《天问》有关夏、商、周三代历史兴衰事件，作者遵循历时性的叙事顺序来编排组织。在此种编排顺序的影响下，反映朝代重要拐点、变迁进程的事件场景会依次有序地纳入时间链条上统筹排列。每一朝代的历史兴衰进程大抵相似，是由英雄始祖的奇幻降生，部族筚路蓝缕、生息壮大，夺取政权、王朝建立，王朝的动乱事件，王朝覆灭等一连串事件片段组成，三代历史兴衰的脉络历程得以较为清晰完整地勾勒呈现。

当然，屈原并非笔力均匀地描叙每一处叙事场景，其叙事重心是放在政权更迭之际的衰亡图景上。如运用较大篇幅，从不同角度、不同时间来叙述武王伐纣、纣王自杀等场景。"会朝争盟，何践吾期？苍鸟群飞，孰使萃之？到击纣躬，叔旦不嘉。……争遣伐器，何以行之？并驱击翼，何以将之？""载尸集战，何所急？伯林雉经，维其何故？何感天抑墬，夫谁畏惧？"作者密集地叙述发问此类图像事件，旨在让楚王明白天命随时变更，故应遵循正道、抛弃秽举，其对楚国现实政局的干预意义不言而喻。

---

① 林庚:《天问论笺》,人民文学出版社1983年版,第6页。

屈原甄选叙述三代历史兴衰事件，其功能不仅在于针砭时弊、劝谏楚王及时回省，更是希望从中抉发出王朝兴衰递嬗的历史规律，汲取经验教训，为扭转楚国政局、复振王朝基业提供有效实用的理路途径。清人王夫之认为《天问》围绕"有道则兴，无道则丧"的政治主旨，"篇内言虽旁薄，而要归之旨，则以有道而兴，无道则丧"，"黩武忌谏，耽乐淫色，疑贤信奸，为废兴存亡之本"。在王夫之看来，《天问》蕴含屈原忠君爱国的深切忧虑、期盼君王能有所作为的复杂情绪，"原讽谏楚王之心，于此而至，欲使其问古以自问，而躐三王五伯之美武，违桀纣幽厉之覆辙。原本权舆亭毒之枢机，以尽人事纲维之实用。"①

清人夏大霖指出屈原叙述王朝兴亡事件，目的是提供治国理政的行动纲领，以达到"明道德之广崇，治乱之条贯"的政治效能。"愚细看到'皇天集命''悟过改更'句，知其志意所归，就他讲帝王的正道，推寻入去，却好是一篇道德广崇、治乱条贯的平正文字，庶几欣赏矣乎！"②他认为《天问》是以正道治纲来通贯纽结的，"始以皇古开天，圣人之道为准，中分平天、成地、治人之三支。历引二帝、三皇，至于桀、纣，陈法陈戒，《传》所谓明道德之广崇，治乱之条贯者也。"③聂石樵先生认为，从对《天问》文理、层次的分析中，屈原得出所寻求的历史兴亡答案。"简单说，选贤任能则兴，听信谗谄则亡；重

---

① 王夫之：《楚辞通释》，第6908页。

② 夏大霖：《屈骚心印》，《楚辞文献集成》第11册，广陵书社2008年版，第7693页。

③ 夏大霖：《屈骚心印》，第7810—7811页。

民纳谏则兴，忌谏淫色则亡；行仁政则兴，施暴行则亡。这就是他对朝代之所以兴或亡、历史之所以前进或倒退的认识。"① 要之，作者叙述三代历史兴衰事件，带有极强的现实政治干预功能。

屈原征引诘问的历史事件，是与楚国奸邪党人把持朝政、屈原等正直之士屡遭政治打压、国运衰微的时局事件紧密互动的。清人林云铭《楚辞灯·天问》指出屈原征引的历史事类是对楚国现实的真切写照，历史人物可与现实人物比对参照。"兹细味其立言之意，以三代之兴亡作骨，其所以兴在贤臣，所以亡在惑妇。惟其有惑妇，所以贤臣被斥，谗谄益张，全为自己抒胸中不平之恨耳。篇中点出妹喜、妲己、褒姒，为郑袖写照；点出雷开，为子兰、上官、靳尚写照；点出伊尹、太公、梅伯、箕、比，为自己写照。末段转入楚事，一字一泪，总以天命作线，见得国家兴亡，皆本于天。"② 综合林氏观点，屈原所引事类大抵有邪恶、正义两组人物群像，映射楚国政局奸邪小人与贤臣君子两类截然不同的政治群体。

在屈原征引的邪恶人物群像中，主要涵括惑妇、奸佞两类。惑妇事例中，屈原列举妹嬉、妲己、褒姒，影射楚国后宫郑袖不守女贞德行。又举奸佞雷开，讽刺楚国子兰、靳尚等蒙蔽君主，打压忠臣的鄙劣行径。对于夏桀因宠溺妹嬉亡国之事，屈原发问："妹嬉何肆，汤何殛焉？"按王逸言桀得妹嬉，肆其情

---

①　聂石樵:《屈原论稿》,中国古典文学研究丛书,人民文学出版社1992年版,第154页。

②　林云铭:《楚辞灯》,第199—200页。

意，故汤放之南巢也①。针对妲己、雷开等一干人等祸国殃民之行径，以及商纣不辨是非、用谗弃贤的荒谬行为，屈原深表不满。"彼王纣之躬，孰使乱惑？何恶辅弼，谗谄是服？……雷开阿顺，而赐封之？"是谁使商纣变得昏庸不堪，为什么他会如此厌恶忠臣而任用谗佞小人？朱熹指出"惑纣者，内则妲己，外则飞廉、恶来之徒也"，清人邱仰文认为屈原此举"罪妲己，为郑袖写照"②。"殷有惑妇，何所讥？"按王逸言妲己惑于纣，不可复讥谏也③。"周幽谁诛，焉得夫褒姒？"清人王夫之认为"篇内于女戎之祸再三言之，盖深痛郑袖之祸楚"④。对于惑妇、奸邪两类历史人物，屈原强烈控诉，直接揭露其行径。屈原此举是在借古讽今，鞭挞现实，揭露批判楚国腐朽混乱的政治时局。

屈原征引的正义人物群像中，涉及伊尹、比干、梅伯、箕子、姜子牙等贤臣，他们殚精竭虑，然却命运屯蹇。作者对伊尹曾为媵人、有莘国君弃贤不用一事表示愤慨。"水滨之木，得彼小子。夫何恶之，媵有莘之妇？"有莘氏国君为何要厌恶他，让他做有莘氏姑娘的陪嫁？按明人黄文焕所言，"夫何恶者，诃弃贤也。"⑤周拱辰所论："此亦嘲有莘之君也。嗟乎，维莘有才，维汤用之。彼昏不知，以贤资敌，独一莘主哉！"⑥而比干惨死、梅伯被剁成肉酱、箕子装疯卖傻的结局更是令人唏嘘，

---

① 王逸注，夏祖尧标点：《楚辞章句》，第 99 页。
② 邱仰文：《楚辞韵解》，《楚辞文献集成》第 20 册，广陵书社 2008 年版，第 13984 页。
③ 王逸注，夏祖尧标点：《楚辞章句》，第 109 页。
④ 王夫之：《楚辞通释》，第 6936 页。
⑤ 黄文焕撰：《楚辞听直》，第 469 页。
⑥ 周拱辰：《离骚草木史》，第 5626 页。

"比干何逆，而抑沉之？……何圣人之一德，卒其异方？梅伯受醢，箕子详狂"。于是屈原质问道：为什么圣人美德相同而结局却是迥异？即清人李陈玉所言："同一圣人，其受祸亦有不同。"[①] 林云铭所论："天生圣人辅君，以咸有一德者也，其卒也不复能同。"[②] 这些贤臣的事件表征，是与作者在现实中政治失意、屡遭排挤陷害的经历遥相呼应。作者在叙述贤臣反遭不公事件之时，蕴含有深切同情与唏嘘不满的情绪。

《天问》胪列的两类人物群像，惑妇奸佞祸国殃民，恶行累累却未受到任何惩罚；而贤臣君子一番忠君爱国之心，却无辜招致祸害，连生命都无法保全。针对政治事件中这种付出不对等、结果反差强烈的困惑逻辑，作者试图从历史规律中寻找解释原因。屈原一方面梳理政治事件中所关涉的各方利益关系，叙述发问事件的原因进程，认为正是君王自身不作为、深受小人蒙蔽、不辨是非才导致谗佞高张、忠贤菹醢的局面；另一方面屈原则将此种现象归于多不可解的天命，通过天命世事无常的特征来消弭内心痛苦、调和历史事件善恶人物命运不相协合的矛盾。正如清人李陈玉所论，"天道多不可解，善未必蒙福，恶未必获罪；忠未必见赏，邪未必见诛。冥漠主宰，政有难诘，故著《天问》以自解。此屈子思君之至，所以发愤而为此也。"[③]

毋庸置疑，先秦时期存在广泛的著图叙事传统，通过绘制图像来记录社会事件已成为不争的事实。《天问》便是屈原在观

---

① 李陈玉:《楚辞笺注》,《楚辞文献集成》第 8 册,广陵书社 2008 年版,第 5267 页。

② 林云铭:《楚辞灯》,第 198 页。

③ 李陈玉:《楚辞笺注》,第 5225 页。

看宗壁图像后创制而成，自然《天问》叙事内容是循宗壁图像而出，"天事图""地事图"以及"人事图"是楚国宗壁图像的主要叙事内容，尤以"人事图"为叙事重心。由此足见宗壁图像的叙事内容在《天问》事类形成的基础性作用。在《天问》事类的组织编排中，屈原充分发挥个体的想象，嵌入当下政治社会的语境，促成文本事类的组织编排。如以"天"观念为叙事主线的编排方式，以独特的问难形式贯穿起叙事进程的演进，以及个体的政治遭遇干预了叙事要素的分配等等，这些事项体现了作者的主动创造力。要之，《天问》题图叙事是著图叙事历史传统与时代语境、个体丰沛想象的耦合产物，对后世诗歌叙事传统的广泛融合提供了有益的启示。

## 第四节　《楚辞·九歌》信仰仪式叙事

《列子·说符篇》叙"楚人鬼"[①]，《吕氏春秋》卷十《孟冬纪》载"荆人畏鬼"[②]，《汉书·地理志》描述楚地"信巫鬼，好淫祀"[③]，这些史料揭示了楚人"崇鬼好祠"群体文化传统。楚人围绕"信鬼好祠"的精神信仰，形成了一系列活动程式，笔者称之为信仰仪式。所谓信仰仪式是指楚国的各类社会场合中，人们因鬼神崇拜、趋吉避凶的功能需要而形成的一系列具有规范流程的仪式活动，这些仪式活动往往是由巫觋群体执行，包

---

① 杨伯峻：《列子集释》，第 260 页。
② 许维遹：《吕氏春秋集释(上)》，第 14 页。
③ 《汉书》，第 1666 页。

括祭祀、卜筮、祈雨、禳灾等具体事项。

应该说，信仰仪式无论是其形成语境，还是本身展演环节，都具有极强的叙事性。就形成语境而言，信仰仪式因事而生，事件缘由清晰明确，常是在国家或个体遭遇困境、进行重要行动时而祈求神灵护佑。相较于中原诸侯国，楚国因原始信仰传统成分残留较多，信仰仪式更为普遍特殊。就展演环节来看，信仰仪式本身就是一系统性事件，具有固定的时间节点、组织环节与人员分工。在信仰仪式中间，一般是由巫觋扮演主要角色，遵循一定的流程步骤，按照历时性的时间顺序有条不紊地上演，形成神灵降临、欢送神灵的氛围场面。可见，信仰仪式的叙事性是毋庸置疑的。

《楚辞》不少篇目如《九歌》等，叙述记录了楚国诸多祭祀信仰仪式的过程细节，尤其是巫觋降神招魂仪式，使得文本中间带有极强的叙事性，信仰仪式与文本叙事性的互动关系也就成为一饶有意味的话题。基于此，本章讨论《楚辞·九歌》信仰仪式的叙事性问题，剖析巫觋在仪式进程的叙事意义何在，探究信仰仪式作为叙事原型，如何影响文本的叙事结构编排，以及作者又是运用何种叙事编排方式来描述信仰仪式等问题。

## 一、《九歌》文本性质的绌绎厘定

《楚辞·九歌》的文本性质，历来学界众说纷纭[①]，笔者认

---

① 关于《楚辞·九歌》性质的研究，潘啸龙、陈玉洁等已对讨论《九歌》性质的诸多观点，如传统的民间祭歌说，以及新起的"楚郊祀歌"说、"楚王室祀典"说、"非祠神所歌"说及"赋咏祭事"说等进行了详细的论述辨析，此不赘述。具体可参潘啸龙、陈玉洁：《〈九歌〉性质研究辨析》，《长江学术》2006 年第 4 期。

为应是屈原在楚地民间祭歌的基础上加工改编所成。应该说，《九歌》不是屈原一时之作，其搜集改编民间祭歌是有一段时间的，故应写定于屈原晚年流放江南之后①。东汉王逸《楚辞章句·九歌序》论述道：

> 昔楚国南郢之邑，沅、湘之间，其俗信鬼而好祠。其祠，必作歌乐鼓舞以乐诸神。屈原放逐，窜伏其域，怀忧苦毒，愁思沸郁，出见俗人祭祀之礼、歌舞之乐，其词鄙陋，因为作《九歌》之曲。上陈事神之敬，下见己之冤结，托之以风谏。故其文意不同，章句杂错，而广异义焉。②

首先，王逸叙述《九歌》生成的民间生态语境。沅、湘之间有崇信鬼神的祭祀风俗，《九歌》原是当地民众在祠祀神灵过

---

① 按清人蒋骥所言，"《九歌》不知作于何时，其为数十一篇，或亦未必同时所作也"（蒋骥：《山带阁注楚辞》，第6096页）。聂石樵指出"从《九歌》的内容看，它描写的方面很广，既有南方的沅湘，也有北方的黄河和西方的巫山，并且包括各种神祇。要描写、加工的素材这样广阔，必须经过一个搜集整理的过程，这个过程可能比较长，因此它不是一时一地之作，但最后写定应是在顷襄王时被放逐到江南以后"（聂石樵：《屈原论稿》，第187页）。王晓波认为《九歌》十一篇，其中作于放逐以后的，除蒋骥认为的《国殇》《大司命》《少司命》《山鬼》《河伯》外，还应有《湘君》《湘夫人》，其他几篇为早年之作。（王晓波：《〈楚辞·九歌〉的写作年代辨析》，《四川大学学报》1983年第4期）。姜亮夫认为《九歌》不是一时一地之作，既然是屈原对沅湘民间祭歌的加工、创作、改制，必然有一个相当长时间的搜集、整理、创作的酝酿过程。加之吟咏之中的忧愁幽思的情绪，说明它的写定不大可能是屈原的早年时代（姜亮夫、姜昆武：《屈原与楚辞》，安徽教育出版社1991年版）。

② 王逸注，夏祖尧标点：《楚辞章句》，第53—54页。

程中的祭祀乐歌，带有一定程式性。祠祀过程中，巫觋作乐歌舞以娱神降神，自然是与巫觋的核心职能——降神紧密相连，这也直接点明了《九歌》的本质属性。

其次，王逸指出《九歌》文本形成过程与作者屈原之间的关系。屈原流放沅、湘，作为旁观者，应是看到当地民众祭祀、歌舞、降神等仪式流程。因为《九歌》原文本"其词鄙陋"，故而屈原对其歌词改编加工，也就形成了现在的《九歌》。至于屈原改编《九歌》原有文本的哪些成分、哪些结构，融入了个体何种想象，我们无法知晓，亦有后世学者进行推测。

朱熹认为屈原对于《九歌》文本的改动体现在两个方面。一是更定鄙俚陋俗之语，原文本"蛮荆陋俗，词既鄙俚，而其阴阳人鬼之间，又或不能无亵慢淫荒之杂。……故颇为更定其词，去其泰甚"。二是在通篇事神的事类框架中注入忠君爱国的情感，"因彼事神之心，以寄吾忠君爱国、眷恋不忘之意，是以其言虽若不能无嫌于燕昵，而君子反有取焉"，以达到"诸篇皆以事神不答而不能忘其敬爱，比事君不合而不能忘其忠赤，尤足以见其恳切之意"① 效果。应该说，屈原在改编加工《九歌》过程中，会掺入个体情感，但若将民间祭祀乐歌肃穆敬重的事神主题处处比附成作者事君不合，则明显穿凿扭曲了文本的固有属性，故而招致了后世学者的反对。如清人钱澄之认为："《九歌》本楚南祀神之乐章，原从而改正之，虽其忠爱之思，时有发见，而谓篇篇皆托兴以喻己志者，凿矣！"②

王逸《九歌序》表达了个人见解，然这并非是文本性质的

---

① 朱熹撰，蒋立甫校点：《楚辞集注》，第31页。
② 钱澄之：《庄屈合诂》，第677页。

真正揭示。"上陈事神之敬，下见己之冤结，托之以风谏"，王逸认为《九歌》蕴含着屈原愤懑冤结之情和对君王的讽谏之意，这些是王逸的个人解读，未必符合文本自身属性。虽然《楚辞》诸篇叙事主题是作者控诉不幸的现实遭遇，但也不能以此律正所有的作品内容，使其成为解读的唯一依据。

从叙事内容看，《九歌》各篇祭祀的程式痕迹清晰，体系组织完整，就是一组系统性祭祀天神、地祇、人鬼的乐歌。周秉高《论〈楚辞·九歌〉是叙事诗而非抒情诗》指出，《九歌》作品以写人记事绘景状物为主的事实表明，这是一组记述战国后期湘西民间各种不同祭祀场面的叙事诗，而非屈原自述"冤结"之情和寄寓"讽谏"之意的抒情诗①。即便是屈原有所加工改编、倾注情感，也很难颠覆民间祭祀乐歌的本质结构属性。正如金开诚先生所言，"《九歌》虽由屈原修改加工，但各篇的抒情主体均为巫者所饰的鬼神本身；其中祭祀天神的五篇虽有代表设祭世人的群巫参与，但所唱之词止于对善神的祝颂与思念"。②

梳理《九歌》文本问题可知，《九歌》应是屈原在楚地民间祭歌的基础上加工改编所成。虽然文本难免会掺入作家个体的痕迹，却很难撼动乐歌文本固有的祭祀娱神根性和程式结构。这也意味着《九歌》作为楚国祭祀神祇的乐歌，是由巫觋在特定祭祀仪式场合中演唱，以达到通神娱神的功利目的。显然乐歌的仪式功能属性决定了乐歌文本自身的叙事题材和事件性质，

---

① 周秉高：《论〈楚辞·九歌〉是叙事诗而非抒情诗》，《云梦学刊》2016年第3期。

② 金开诚、董洪利、高路明注：《屈原集校注（重印本）》，第187页。

那么现实巫觋降神仪式的事项细节，无疑是文本叙事的重点。巫觋在祭祀过程的行为活动，祭祀仪式的组织流程等事项随之进入文本，自然制约着乐歌文本叙写方式和叙述技巧的运用表达。

归纳《九歌》所叙事类，可以发现以巫觋降神仪式为核心的祭祀仪式，贯通于文本的叙事进程当中，发挥着重要的叙事效用。作为现实特定场合里面发生的原型事件，巫觋表演的降神仪式在被吸纳进乐歌之后，成为文本中间赖以存在的叙事主题。巫觋降神仪式常是文本叙事进程的高潮集中部分，有效支撑起事件内容的叙事构架。其间盼神娱神的功利指向，成为推动文本事件演进的持续性动力，影响着乐歌叙事要素的组织编排。那么巫觋降神仪式如何影响文本叙事要素的组织分配、推动文本的叙事进程、干预文本叙事声音的？本节通过剖析《九歌》文本的流程顺叙化、神灵故事化、场景回忆化等多种表征巫觋降神仪式的叙事编排方式来解答上述问题。

## 二、流程顺叙化的叙事编排方式

按照巫觋降神仪式在文本叙事进程中的显现程度、文本叙事重心与视角切入，以及文中事件与现实事件的紧密关系，《九歌》叙事编排方式大致可分为流程顺叙化、神灵故事化、场景回忆化等类型。所谓流程顺叙化，是指乐歌按照迎神、降神、娱神、颂神、送神的祭祀程式过程来统摄篇章结构，调谐组织事类内容、叙事要素。在叙事编排方式影响下，祭祀程式过程在事件叙述中占据核心位置，所以很难有其他外来事件的干扰，故而形成了相对稳固的叙事环境，那么与祭祀程式相关的事件细节便得到充分体现。从叙事顺序看，此种叙事编排方式使得乐歌遵循事件发生发展的自然顺序，历时性叙述祭祀仪式的各个环节步骤，流程之间衔接紧密有序，清晰勾勒出巫觋降神仪式的线性演进轨迹。相较其他叙事编排方式，流程顺叙化的叙事优势在于完整全面地叙述了巫觋降神仪式的事项细节，真实记录了楚国民间祭祀仪式的情形。由于《九歌》是一组民间祭祀神祇的仪式乐歌，自然《九歌》较多运用流程顺叙化的方式进行编排，主要有《东皇太一》《云中君》《大司命》《少司命》《东君》《礼魂》等篇目。

《东皇太一》是祭祀天神的乐歌，围绕着祭祀天神的程序流程，乐歌依次详细地叙述了祭者及灵巫的装束、祭堂的陈设、祭品的芳洁和音乐的繁盛等系列场景片段：

> 吉日兮辰良，穆将愉兮上皇。抚长剑兮玉珥，璆锵鸣兮琳琅。瑶席兮玉瑱，盍将把兮琼芳。蕙肴蒸兮兰藉，奠桂酒兮椒浆。扬枹兮拊鼓，疏缓节兮安歌，陈竽瑟兮浩倡。灵偃蹇兮姣服，芳菲菲兮满堂。五音纷兮繁会，君欣欣兮乐康。[①]

《东皇太一》降神仪式的叙事编排方式，明人汪瑗评价颇高，"此篇虽不过八十七字，其文颇短，然亦自有条理法度，有起结次第。首章言卜日以飨神，中二章言飨神之事，卒章言神之来飨也"[②]。"起结次第"表明文本事关祭祀仪式流程的叙述，具有相对清晰的叙事脉络。有关"卜日飨神""飨神之事""神

---

① 王逸注，夏祖尧标点：《楚辞章句》，第54—55页。
② 汪瑗：《楚辞集解》，第64页。

之来飨"等事类的提炼概括，指出乐歌遵循神灵降临之前、降临之时、降临之后的历时顺序来组织编排。乐歌首章四句是以主祭人的口吻，言主祭者卜日斋戒、带剑佩玉、诚敬以迎神也[1]。此章胪列的事项透露出事件的时间标识明确，祭祀仪式尚未开始。中间四句叙述了祭品陈设情况，"备言陈设飨荐之丰洁也"[2]。从美玉装饰的供案开始，佳肴祭食都是用各类芳香美好的植物来铺垫制作，包括蕙草、兰叶、桂花、椒实，"四者皆取其芬芳，以飨神也"[3]。相较于前，叙事时间在不断流动演进，叙事视角投射到祭祀仪式的现场准备事宜中。"扬枹兮拊鼓，疏缓节兮安歌，陈竽瑟兮浩倡"三句是"将其乐歌之备，以为娱神之敬"[4]，通过列举群巫鼓乐舒缓、歌声安然、竽瑟齐鸣等繁盛美妙的场景，渲染出迎神娱神的肃穆敬重气氛。

依次叙述完祭食、声音之美的场景后，祭祀仪式便迎来了巫觋降神的高潮部分。最后四句"灵偃蹇兮娇服，芳菲菲兮满堂。五音纷兮繁会，君欣欣兮乐康"叙述象征神灵的巫师降临祭堂、歆飨祭品盛乐的场景。此处着力抓住神灵身着美丽服饰、起舞翩翩，乐声纷繁交会、神灵内心喜悦等场景细节来叙述刻画，侧面反映出正是人们祭祀恭敬诚意才导致神灵愉悦的因果局面。在天帝喜悦安乐美好的氛围中，乐歌中祭祀流程的历时化叙述也宣告结束。

流程顺叙化的编排方式，《九歌》除了有以祭祀仪式的准备

---

[1]　屈复：《楚辞新注》，《楚辞文献集成》第 15 册，广陵书社 2008 年版，第 9053 页。

[2]　蒋骥：《山带阁注楚辞》，第 6098 页。

[3]　朱熹撰，蒋立甫校点：《楚辞集注》，第 31 页。

[4]　林云铭：《楚辞灯》，第 178 页。

发生的先后顺序外，还有以所祀神灵的运行轨迹作为依据参照的叙事顺序。通过叙述所祀神灵的运行轨迹，对应匹配着祭祀仪式进度，实现叙事时间从自然向人为的投射，以此逐步推移完成整个祭祀仪式的事类叙述过程。以神灵运行轨迹为牵引的叙事编排方式，在祭祀日、月、星、辰等自然天体的乐歌中体现较为显著。

周拱辰详细剖析了《东君》一日之内的太阳运动轨迹与其祭祀流程事项的密切关联。"《东君》一章……按此是昧爽朝日之仪，时尚属夜分而未旦，故曰'将出'，曰'将上'，既明而曰'夜皎皎''照吾槛''抚余马'，主祭者特想象日出时光景耳，未即真也。于是驾辀建旗，考钟鸣鼜，陈诗合舞，恍惚神之来临。然而仰视天，而天郎天弧犹在矣，北斗犹悬矣，于是举矢射之，操弧而使天狼天弧之沦，援斗酌之。而速日之出，东君方撰辔高翔，夜之冥冥者，始恍然而东出乎？'冥冥东行'，言夜皎皎者始东行而晓也。此皆一日内情事。"[1] 此外，《九歌·云中君》叙事编排方式与之相似，云神飘忽不定、转瞬即逝的运行轨迹对祭祀流程的排布产生一定影响。

流程顺叙化主导的编排方式里面，未必《九歌》所有篇章都是完整详尽地叙述祭祀仪式的全部过程。有些乐歌会依据自身祭祀需要、叙事意图，灵活调整事类安排顺序，过滤掉部分仪式流程，着力叙述拓展祭祀仪式的某一片段。如《大司命》便是径直从巫觋降神这一事件高潮部分进行切入：

> 广开兮天门，纷吾乘兮玄云。令飘风兮先驱，使冻雨

---

① 周拱辰：《离骚草木史》，第5858页。

分洒尘。

　　君回翔兮以下，逾空桑兮从女。纷总总兮九州，何寿夭兮在予！

　　高飞兮安翔，乘清气兮御阴阳。吾与君兮斋速，导帝之兮九坑。

　　灵衣兮被被，玉佩兮陆离。壹阴兮壹阳，众莫知兮余所为。折疏麻兮瑶华，将以遗兮离居。老冉冉兮既极，不寖近兮愈疏。

　　乘龙兮辚辚，高驼兮冲天。结桂枝兮延伫，羌愈思兮愁人。愁人兮奈何，愿若今兮无亏。固人命兮有当，孰离合兮可为？①

首章四句当是主巫饰演大司命的自我叙述之词，言大司命从敞开的天宫大门出发，踩踏青云，命旋风开路，令暴雨清洗灰尘，姜亮夫先生所言"此段乃神出场时所歌也"②。此乐歌的叙事编排方式省略了前期迎神的事类准备情况，而是直接从巫觋降神这一祭祀流程的核心环节开始叙述，叙事重心放在巫觋通神与大司命的沟通交流的事件层面。后之四句叙述神灵大司命盘旋飞翔、降临下界、群巫赞神掌握世人寿命的情形。"此节言神既降而遂往从之，因叹其威权之盛，操天下生死也。"③

　　在叙述大司命功德的同时，也叙述了主祭之人虔诚敬奉的心理。"灵衣兮被被，玉佩兮陆离。壹阴兮壹阳，众莫知兮余所

① 王逸注，夏祖尧标点：《楚辞章句》，第66—68页。
② 姜亮夫校注：《重订屈原赋校注》，第217页。
③ 屈复：《楚辞新注》，第9066页。

为"四句描述了大司命的装束佩戴，云霞衣裳飘动，玉佩光彩闪耀，并点明其抟分阴阳、执掌生死的职能，"此言大司命所以操九州生民寿夭之故而极赞其功德之盛如此。"[1] 最后描述神灵高飞离开、一去不复返，群巫们采结桂枝、伫立依恋的送神场景。可见，《大司命》遵循着降神、颂神、送神的叙事编排方式，并非事无巨细地展现祭祀仪式各个环节，而是详略得当、疏密结合，以神灵降落为叙事起点，集中横向展拓之后的仪式环节部分，形成了同一叙事编排方式下的丰富形态。

### 三、神灵故事化的叙事编排方式

所谓神灵故事化，是指巫觋围绕着神灵职能、降临情形以及祭祀的地点环境等要素，借助于丰沛的联想、虚构等手段，在《九歌》构拟成一个个叙述所祀神灵故事的事件片段。既然文本是以叙述神灵故事的方式编排文本构架，故事本身就包含有极强的叙事性。将人物、时间、地点、事件等诸多叙事要素吸纳进来，按照一定的事件发生发展顺序予以组织编排。只不过此处的叙事对象置换成了神灵，由扮演神灵的巫觋表演叙述而已，故事蕴含的事件属性自然不会损减。应该说，这些故事片段囊括有神灵的行为动作、活动轨迹、心理感受、经历遭遇等事件内容，在文本中间相对独立完整地呈现开来。乐歌的叙事线索清晰明朗，叙述神灵在某一阶段的行为活动状况，事件起承转合的线性特征显著。

如此叙事编排方式影响下，《九歌》此类文本聚焦于描述某一神灵的活动轨迹，而祭祀仪式流程的叙写退居次席，行文当

---

[1]　王夫之：《楚辞通释》，第 6886 页。

中很难见到集中叙述祭祀仪式的细节部分，甚至部分乐歌中对于祭祀仪式的叙写付之阙如，全然不见祭祀仪式的进程片段。出现此种叙述表征，是巫觋将祭祀过程充分想象化、熔铸于神灵活动事项之间的结果，并非与祭祀仪式毫无干系。乐歌中间神灵的某些行为事项看似是相对独立的个体性行为，实际上是祭祀仪式的某种叙写变形与意义转喻，可以算作是现实祭祀仪式的折射解读。如《九歌·湘君》体现出文本将迎神过程的焦虑心情想象化，化拟成神灵之间爱慕相恋的叙事模式。刘永济先生认为"此篇叙述巫觋迎神的诚敬勤苦如此，而神终不降，因而有'心不同''恩不甚''交不忠''朝不信'等疑虑，皆所以表达迎神的心情委婉曲折有如此种种也"①，足以体现出神灵故事与现实祭祀仪式过程的密切关系。

此类乐歌同样是巫觋在祭祀仪式上表演，是以迎神娱神为最终功能。叙事视角全然投射至神灵身上，以神灵的活动踪迹作为叙事中心来牵引。在丰富文本叙事形态的同时，也表达人们敬慕神灵以期降福的虔诚心理。神灵故事化的叙事编排方式，突出体现在《湘君》《湘夫人》《山鬼》等篇章叙述里。

《湘君》《湘夫人》为楚人祭祀湘水之神的乐歌，马茂元先生指出："湘君和湘夫人为配偶，是楚国境内所专有的最大的河流湘水之神。"②楚人在加工乐歌的过程中，叙述想象神灵活动之时，渗透进人事感情上的联系，平添诸多湘君与湘夫人之间悲欢离合的情节成分，使之转化成为神灵之间爱慕相恋的故事。明人汪瑗道出《湘君》与《湘夫人》在事件上的密切关联："此

---

① 刘永济：《屈赋音注详解》，第88—89页。
② 马茂元选注：《楚辞选》，第55页。

篇盖托为湘君以思湘夫人之词，后篇又托为湘夫人以思湘君之词。……湘君则捐玦遗佩而采杜若以遗夫人，夫人则捐袂遗褋而搴杜若以遗湘君，盖男女各出其所有以通殷勤，而交相致其爱慕之意耳。二篇为彼此赠答之词无疑。"①《湘君》叙述湘君与湘夫人之间爱慕相约而无法相见的故事：

> 君不行兮夷犹，蹇谁留兮中洲？美要眇兮宜修，沛吾乘兮桂舟。令沅湘兮无波，使江水兮安流！望夫君兮未来，吹参差兮谁思！
>
> 驾飞龙兮北征，邅吾道兮洞庭。薜荔柏兮蕙绸，荪桡兮兰旌。望涔阳兮极浦，横大江兮扬灵。
>
> 扬灵兮未极，女婵媛兮为余太息。横流涕兮潺湲，隐思君兮陫侧。桂棹兮兰枻，斫冰兮积雪。采薜荔兮水中，搴芙蓉兮木末。心不同兮媒劳，恩不甚兮轻绝！石濑兮浅浅，飞龙兮翩翩。交不忠兮怨长，期不信兮告余以不闲。
>
> 鼌骋骛兮江皋，夕弭节兮北渚。鸟次兮屋上，水周兮堂下。
>
> 捐余玦兮江中，遗余佩兮醴浦。采芳洲兮杜若，将以遗兮下女。时不可兮再得，聊逍遥兮容与。②

《九歌·湘君》是以湘君的行为活动为叙事线索，依次叙述湘君苦恋、迎接、寻找湘夫人等经历遭遇，诸多事件片段按照历时性顺序排布，组成了一个拥有事件产生发展过程的故事演进脉

---

① 汪瑗：《楚辞集解》，第67页。
② 王逸注，夏祖尧标点：《楚辞章句》，第58—62页。

络，正如明人汪瑷评价："此篇极有规模、条理、次第、法度。"① 开头叙述湘君苦恋湘夫人而精心准备、打算前去迎接的迫切心情，"自怨其傍徨之极，而神终不可见矣"②。次段叙述湘君久候湘夫人不至、驾飞龙前去迎接、历经艰辛路途却未能相见的事件遭遇。很明显，这些都是主祭者幻想神灵湘君的行动事项，清人陈本礼为此指出："已上皆凿空幻想，其实湘君何曾留、何曾吹、何曾驾飞龙而扬灵耶？……其写神之不测处，真得鬼神之情状矣。"③ 末段叙述湘君遍寻湘夫人不得、只能重返约会地点、最终约会失败后黯然离开的事件结局。后篇《湘夫人》是以湘夫人为叙事对象，渐进叙述湘夫人苦恋、等待、迎接、寻找湘君的经历过程，同样具备完整独立的故事发展脉络，因故事情节与《湘君》类似，此处就不展开论述了。

《湘君》《湘夫人》是可寻检到一些祭祀仪式的流程痕迹，说明文本在神灵故事化的叙事编排实践中，会考虑到祭祀仪式等其他因素的影响，有关神灵故事的自主想象程度未必那么彻底自由。而在《山鬼》叙事进程中则几乎见不到祭祀仪式的痕迹，金开诚先生认为"篇中没有迎神、降神的描写"④，证实了文本在相对独立的故事圈层中，是以神灵山鬼的行为活动、心理想法的变化过程来组织编排叙事要素，叙事与抒情的结合度更加隐密。《山鬼》是祭祀山神的乐歌，从叙事内容看，当是饰

---

① 汪瑷:《楚辞集解》，第 70 页。
② 陆时雍:《楚辞疏》,《楚辞文献集成》第 6 册，广陵书社 2008 年版，第 4347 页。
③ 陈本礼:《屈辞精义》，第 10531 页。
④ 金开诚、董洪利、高路明注:《屈原集校注(重印本)》，第 274 页。

为山鬼的女巫独自演唱的形式来进行，"拟山鬼之状，而因代其语"①。文本是以自叙的方式描述自我行为、心理活动等事项，从山鬼自身的视角切入，亲切自然：

> 若有人兮山之阿，被薜荔兮带女罗。既含睇兮又宜笑，子慕予兮善窈窕。乘赤豹兮从文狸，辛夷车兮结桂旗。被石兰兮带杜衡，折芳馨兮遗所思。
>
> 余处幽篁兮终不见天，路险难兮独后来。表独立兮山之上，云容容兮而在下。杳冥冥兮羌昼晦，东风飘兮神灵雨。留灵修兮憺忘归，岁既晏兮孰华予。
>
> 采三秀兮于山间，石磊磊兮葛蔓蔓。怨公子兮怅忘归，君思我兮不得闲。山中人兮芳杜若，饮石泉兮荫松柏。君思我兮然疑作，雷填填兮雨冥冥，猿啾啾兮又夜鸣。风飒飒兮木萧萧，思公子兮徒离忧。②

乐歌分为三部分，首段叙述山鬼妆束之美、前去赴约动作和等待恋人的欣喜心情。山鬼身披薜荔，腰系松萝，含情而视，微笑美好，驾赤豹出行，后有狸猫随伴，乘辛夷之车，捆结桂枝为旗，攀折芳香花草以送思慕之人。次段山鬼自述所处的恶劣阴森环境、到达约会地点不见思慕之人的忧虑急切心情。山鬼身处幽深竹林，深不见天，因道路艰难致使姗姗来迟，独立于山巅不见思慕之人。此时云霞变换，天色幽暗，暴风骤雨，山

---

① 戴震:《屈原赋注初稿》，民国二十五年辑印《安徽丛书》本，广陵书社2008年版，第9672页。

② 王逸注，夏祖尧标点:《楚辞章句》，第76—78页。

鬼慨叹想要挽留思慕之人共度美好时光，然却年华老去、韶光易逝，迟暮别离的感受涌上心间。

终段叙述山鬼日常生活习惯之余，着重叙写了山鬼的心理活动。山鬼微妙的心理活动是在流动变化的，山鬼连续设想爱慕之人无法赴约的原因，期盼其能早些来到。山鬼每一次幻想都牵连出个体时下复杂忧伤的情绪，叙事情感力度也在不断增强。如明人汪瑗所论："一章言思我不得闲，二章言思我然疑作，三章不言公子之思我、而言我思公子徒抱离群之忧者，则公子之不思我也可见矣，其思我之情又以渐而杀也，然山鬼之思公子之心终无时而已也，可谓忠厚之至、爱人之深、律己之严矣。"[①] 神灵故事化的叙事编排方式，是将神灵置于微观个体叙述的位置，较为细腻地描摹出神灵多层面的活动镜像。

## 四、场景回忆化的叙事编排方式

场景回忆化的叙事编排方式体现在《九歌·国殇》中。《国殇》祭祀对象，朱熹所言"谓死于国事者，《小尔雅》曰：无主之鬼谓之殇"[②]，指向卫国战死者之魂，即《国殇》是祭祀战死者之乐歌。既然为国赴死是不正常的死亡，死后亡魂便属于人鬼的范畴，刘永济先生认为"《九歌》所迎者，皆天神、地祇，而非人鬼"[③]，祭祀程序上不需要巫觋迎神的仪式。那么主巫在演唱过程中，多是叙述为国捐躯将士们的激战场面，以此达到安抚亡魂的信仰目的。就事件性质而言，属于过去时，作者以

---

① 汪瑗:《楚辞集解》，第 87 页。
② 朱熹撰，蒋立甫校点:《楚辞集注》，第 47 页。
③ 刘永济:《屈赋音注详解》，第 114 页。

叙述者的身份站在当下回望追叙过去事件，以此串联起文本的叙事架构。

在前两种叙述编排方式中，乐歌所叙祭祀流程，神灵故事的事件过程是与巫觋降神仪式表演是紧密契合、相互指涉的关系，自然就有许多映射巫觋降神仪式的片段。在场景回忆化的叙事编排方式里面，人鬼地位偏低，主巫在祭祀仪式上毋需表演与神灵通感的仪式过程，乐歌叙述中也就少了相关祭祀流程以及神灵活动的事件场景；取而代之的，则是更多回忆叙述楚国将士们在战场上厮杀缠斗、刀光剑影的现实画面，以表达楚人对于为国牺牲战士的钦佩安抚之情。应该说，《国殇》运用赋法铺叙的手法，较为真实地记录了楚国将士血战杀敌、战死沙场的悲壮场面：

> 操吴戈兮被犀甲，车错毂兮短兵接。旌蔽日兮敌若云，失交坠兮士争先。凌余阵兮躐余行，左骖殪兮右刃伤。霾两轮兮絷四马，援玉枹兮击鸣鼓。天时坠兮威灵怒，严杀尽兮弃原野。
>
> 出不入兮往不反，平原忽兮路超远。带长剑兮挟秦弓，首身离兮心不惩。诚既勇兮又以武，终刚强兮不可凌。身既死兮神以灵，子魂魄兮为鬼雄。①

明人汪瑗评论《国殇》，"此篇极叙其忠勇节义之志，读之令人足以壮浩然之气，而坚确然之守也。"② 汪氏评价所谓"极叙"，

---

① 王逸注，夏祖尧标点：《楚辞章句》，第79—80页。
② 汪瑗：《楚辞集解》，第88页。

说明《国殇》文本的叙事场景繁密，不容小觑。表演形式上，按照金开诚先生观点，"全篇应分为两部分，前一部分是饰为受祭将领的主巫的独唱，内容是自述战场上激烈战斗的情况；后一部分是群巫的合唱，内容是对为国牺牲的主将的歌颂"。①

从叙事内容上看，《国殇》按照战争发生发展的叙事时间线索，叙述我军将士在战场上英勇无畏、浴血杀敌的事件过程。文本依次记录了将士见敌、操持吴戈、身披恺甲、开始进攻的场面。中间叙述了两军近距离交战、战况惨烈的景象：敌军侵犯我屯军、践踏我军行列，左侧骖马已死，右侧也遭受重创，车轮深埋，马腿紧拴，手持鼓槌，擂起战鼓。再至叙述战斗结束、勇士惨遭杀戮、抛尸疆场的最终结局。叙事节奏激昂紧凑，战争场面层层推进，作者深入到战争内部两军恶战的环境中来凸显楚国战士的战斗精神。

乐歌第二部分是对为国捐躯将士们的歌颂，"乃表国殇在生之素志"②，通过反复追叙将士们当初出征报国的事件片段和直接赞颂其刚强不屈、不可侵凌的意志品质来实现。文本首先回忆了将士们在战争开始之前，就已做好以死报国的担当决心，"追言始战之时只知有进无退，不觉去国之远而死于此地"③，"当带剑挟弓之日，豫知身首分离，而不分为之惩止，其誓死之志久矣"④。作者抓住了将士英雄生前和死后两方面来颂扬其意志品质，生前武艺超群、宁死不屈，死后魂魄武毅，长为鬼中

---

① 金开诚、董洪利、高路明注：《屈原集校注(重印本)》，第283页。
② 汪瑗：《楚辞集解》，第89页。
③ 林云铭：《楚辞灯》，第191页。
④ 王夫之：《楚辞通释》，第6904页。

豪杰。正如清人屈复所言，"此节生则勇武刚强、忠义报国，死为鬼雄，宜享祭祀于无穷也。"①

以巫觋降神为核心的信仰仪式叙事传统延续于整个先秦时期，楚地巫风浓郁，故而巫觋降神仪式极为流行。巫觋降神仪式已作为叙事原型影响到《楚辞·九歌》叙事要素的组织编排。《九歌》不仅有直接描述巫觋降神仪式的场景片段，其叙事结构的生成组织也受制于巫觋降神仪式流程的影响。作者围绕巫觋降神仪式，形成了《楚辞·九歌》丰富多样的叙事编排方式，如流程顺叙化、神灵故事化、场景回忆化等具体类型，显示出屈原承继信仰仪式的叙事传统、积极加工改造的实践努力。此外，《招魂》《大招》等是与复礼招魂仪式紧密相关，屈原吸纳了招魂仪式的流程，渲染夸饰招魂辞，造就了瑰丽奇幻的叙事效果。

作为中国诗歌叙事传统的重要组成部分，以《楚辞》为代表的战国诗歌一以贯之"缘事而发"的叙事传统内核，同时又在叙事传统的链条上呈现出鲜明的时代演进面貌。这种时代表征主要体现在以下三个层面。

一是抒情与叙事融合互渗的景观。《楚辞》中弥漫着大量的主人公情感情绪的描述，其情绪的产生显然是有背后政治事件的诱发，两者是互相支撑、不可或缺的关系，只不过显现方式不同而已。情感处于相对显性的位置，事件处于相对隐性的位置，这才导致了情感与叙事在表征层面不平衡的局面。实际上叙事潜隐于深层，并未消失，在主人公情感情绪的诉求中亦能捕捉背后政治事件的大致轮廓。主人公反复咏叹的情感直接表

---

① 屈复：《楚辞新注》，第9084页。

露，就是针对个体的政治遭遇以及特定的社会事件而言。屈原以一种"比""兴"隐喻的艺术形式将背后之事委婉牵引而出，这与情感情绪的直接宣泄、喷薄而出自然形成了鲜明的反差。当然，《楚辞》也有直接明显地叙述事件发展进程的段落。比如《离骚》神游事件的叙述、《九歌》祭祀场景的描摹。可以说，抒情与叙事以各自不同的存在方式相互支撑、融合博弈，构成了叙事传统在战国时代的独有景观。

二是个体化文学性叙事的涌现。伴随屈原、宋玉、荀子等文人作家的出现，他们注重从个体视角来叙述记录社会重大政治事件，尤其聚焦于书写政治事件投射于心灵的创伤感受、理想道路夭折、命运变幻无常等深刻体验，如《离骚》《九章》便是屈原记录了主人公被疏远流放期间的微观心理，《成相篇》反映荀子对于楚国春申君遇害一事的看法。这些是以个体文学的形式记录历史，带有"诗史"的质性，可以算是作家在某一时期内的微观心灵史，显示出个体强烈干预、改造现实的意愿。文人作家凭借着想象力和自身涵养，也在积极赓续调适着叙事传统，丰富诗歌叙事的手法技巧，提高了诗歌叙事的艺术水平。如屈原叙述自我经历遭遇的自传性叙事手法，拓展"赋""兴"手法的叙事因素以及将"君子—小人"深层叙事结构运用于诗歌叙事编排；荀子改造民间乐歌"成相体"的形式体例等具体叙事实践。此外，散布于史书、子书中间的歌、谣、杂辞等，多是由底层民众创作，虽叙事要素相对简单，体现社会重大事件发生后的民间反馈，确是对于官方宏大叙事的有效补充。

三是信仰仪式在战国诗歌叙事编排中举足轻重。应该说，现存以《楚辞》为代表的战国诗歌多是叙写楚地风俗民情，与信仰仪式有关的事件片段自然占有重要分量。无论是宗庙祭祀仪式，还是巫觋卜筮、降神仪式，抑或是招魂复礼仪式等，《楚辞》篇目大多是直接叙述。如《离骚》中间便插叙主人公命令巫觋灵氛占卜释占的事件片段，随之叙写主人公迎候巫咸众神纷纷降临的景象。这些叙事场景与现实巫觋迎神进程并无大异，表明信仰仪式已是作者叙写的事件素材之一，纳入文本叙事中间，成为诗歌叙事进程的组成部分。同时，现实中信仰仪式的展演过程常是作为叙事原型进入到诗歌叙事编排，影响主导着整个诗歌叙事的结构框架和编排秩序。如《九歌》就是对祭祀神祇、巫觋降神仪式的顺叙描写，《招魂》是对复礼招魂仪式的摹仿加工。可见，信仰仪式叙事是与战国诗歌的叙事编排紧密相关的。

要之，本章从以往被学界忽视的叙事视角出发，系统考察战国诗歌所承继的叙事性传统和呈现的时代面貌。主要从叙事内容和叙事技巧两个层面入手，重点探究战国诗歌创制形成当中，作者承继叙事传统、叙述现实事件、编排叙事要素的联动过程，以此揭示出战国诗歌的叙事性面貌，进而探索诗歌内部抒情与叙事两大传统之间的互动融合关系。

# 第四章

# 秦汉诗歌叙事传统的传承与新变

秦代诗歌的昙花一现后，以叙事见长的汉代诗歌上承灿烂的"诗骚传统"，下启魏晋六朝的文人吟咏，开创了中国叙事诗发展的一个繁荣期，创造了中国古典诗歌"感于哀乐，缘事而发"的乐府叙事典范，为中国诗歌的叙事传统注入了鲜活的艺术养分。汉代诗歌尤其是乐府歌诗，在叙事的过程中，融合了叙事与抒情两大艺术手法，体现了重事而趋抒情、重情而归叙事之抒叙一体的叙事形态，充分反映了中国古典诗歌叙事与抒情两大传统相辅相成的交融关系。

## 第一节　秦代诗歌的叙事形态及功能

根据考古发现与传世文献可知，秦代已设置乐府官署，且具有一定数量的诗歌创作。但传世的秦代诗歌却屈指可数，可信的仅有七篇秦始皇刻石颂诗和数首民歌民谣。秦代诗歌具有独特的叙事风貌，无论是刻石颂诗的溢美之词，还是民间歌谣的批判之音，都与当时的政治环境息息相关，由此刻石颂诗的官方叙事和民歌民谣的民间叙事，均带有浓厚的政治叙事色彩。同时，叙事主体的身份、立场和遭际的迥异，又营造出判然不同的叙事态度和叙事风格：刻石颂诗作为一组"颂秦德"① 的政治叙事诗，其叙事内容、叙事结构与秦帝国的政治文化需求密切相关；而歌谣的民间叙事则真实地再现了秦帝国的民意民情，具有突出的历史评判功能。二者既各有特色，亦相映成趣，使得秦代诗歌作为历史记录的一部分，承担着以诗为史的叙事功能，通过诗歌叙事鲜明地反映出秦帝国的政治特质与时代精神。同时，汉承秦制，初立的大汉王朝没有雄厚的文化和文学根基，便自觉地将秦文化移植到新生的汉文化土壤中，其中乐府官署就是在承袭秦代乐府职能的基础上进行重建与扩充的，因此了解秦乐府的设置及秦代诗歌的创作概况，对于研究汉乐府的发展及诗歌叙事概貌有沿波讨源的意义。

## 一、秦代诗歌创作概况

所谓秦代诗歌即秦始皇二十六年（前 221 年）秦始皇统一天下、至秦二世三年（前 207 年）子婴投降这一时期创作的诗歌。秦始皇横扫六合，建立了我国历史上第一个中央集权的封建专制国家，文学创作本该进入一个崭新的阶段，但战国时期秦国上层统治者迭代相因的法治传统浸润已久，重"耕战"而轻"文学"②，加之秦王朝国祚短暂，统一不久即实行极端的政治高压统治和文化专制政策，放缓了秦代文学的发展步伐，因

---

① 《史记·秦始皇本纪》载：(二十八年)"登之罘，立石颂秦德焉而去。""作琅邪台，立石刻，颂秦德，明得意。"(三十七年)"上会稽，祭大禹，望于南海，而立石刻颂秦德。"

② 西周春秋时期秦人就有"尚武"传统，但总体上应该说是"武功"与"文治"并重的。参见宁镇疆、龚伟：《由清华简〈子仪〉说到秦文化之"文"》，《中州学刊》2018 年第 4 期。

而没有形成使秦代文学开花结果的适宜环境，流传下来的秦代诗歌更是寥寥可数，可信的只有秦始皇东巡刻石铭文七篇及民间歌谣数首。

### （一）秦代诗歌的定位及意义

虽然秦代诗歌不成规模，难以宏观全面地把握其叙事形态，但通过对流传诗歌的文本分析可知，无论是秦始皇东巡刻石清峻庄重的叙事风格、严整统一的叙事结构，还是秦代民间歌谣抒叙结合的表现形式、历史评判的叙事功能，均直接脱胎于秦帝国的社会矛盾和政治统治，使刻石的官方叙事和歌谣的民间叙事既对立又统一，构成一个完整的叙事体系，对秦帝国的精神风貌和时代特质进行了真实而丰富的建构。同时也可以证明，秦代的诗歌园地并非一片荒芜，这也有利于重新审视刘勰"秦世不文"[①] 的历史认识，因而秦代诗歌及其叙事表现值得做一番细致的讨论。

虽然乐府歌诗在汉代蓬勃发展并蔚为大观，但"乐府"之名的出现至迟可追溯至秦代；秦始皇陵附近出土的刻有秦篆"乐府"二字的错金甬钟，及西安市近郊秦遗址出土的带有"乐府"字样的秦封泥，均为秦代已立乐府官署提供了最直接可靠的历史物证，推翻了争论已久的汉武帝始立乐府的传统说法[②]。

---

① 　刘勰著，范文澜注：《文心雕龙注》，第 134 页。
② 　参见寇效信：《秦汉乐府考略——由秦始皇陵出土的秦乐府编钟谈起》，《陕西师大学报》1978 年第 1 期；袁仲一：《秦代金文、陶文杂考三则》，《考古与文物》1982 年第 4 期；许继起：《秦汉乐府制度研究》，扬州大学 2002 年博士学位论文；陈四海：《从秦乐府钟秦封泥的出土谈秦始皇建立乐府的音乐思想》，《中国音乐学》2004 年第 1 期；陈瑞泉：《秦"乐府"小考》，《天津音乐学院学报》2005 年第 4 期等文。

"乐府"为秦代官制在《汉书·百官公卿表》有明确记载：

> 奉常，秦官，掌宗庙礼仪，有丞。景帝中六年更名太
> 常。属官有太乐、太祝、太宰、太史、太卜、太医六令
> 丞……少府，秦官，掌山海池泽之税，以给共养，有六丞。
> 属官有尚书、符节、太医、太官、汤官、导官、乐府、若
> 卢、考工室、左弋、居室、甘泉居室、左右司空、东织、
> 西织、东园匠十六官令丞……武帝太初元年……乐府三
> 丞……①

结合对乐府钟、秦封泥等文物及相关文献的考索，秦代音乐机构的设置基本明确，即奉常所属的"太乐"和少府所辖的"乐府"，因二者职能的不同，分属于不同的管理机构。两套音乐系统分工明确，各司其职，"太乐"主要掌管宗庙祭祀、典礼仪式等方面的音乐，即雅乐；"乐府"主要掌管供帝王观赏享乐的音乐，即俗乐。虽然有关秦代乐府的资料凤毛麟角，但出土文物与史书记载的互相印证，目前可以将秦代断定为乐府发展史的开端。秦代乐府对汉乐府的创建和发展起着关键作用，"王者必因前王之礼，顺时施宜，有所损益，即民之心，稍稍制作，至太平而大备"②。汉承秦制，初立的大汉王朝自觉地将秦文化移植到新生的汉家文化土壤中，汉代乐府官署就是在承袭秦代乐府职能的基础上不断建立、扩充与完善的。至汉武帝扩充乐府，乐府从一个国家音乐机关发展成一种影响深远的诗体，在中国

---

① 《汉书》，第726—732页。
② 《汉书》，第1029页。

诗歌史上具有不同寻常的意义①，为中国诗歌叙事传统开创了一条不可或缺的乐府叙事传统。所以了解秦乐府的设置及其发展概况、探讨秦乐府与汉乐府的承继关系等，对于研究汉乐府有追本溯源的意义。

### （二）秦代诗歌的叙事概貌

由于秦代文学资料极度匮乏，有关秦代乐府的编制、规模、乐种、曲调等情况已经难究其详，只能通过一些零碎的文献记载以窥其貌。《汉书·礼乐志》："高祖时，叔孙通因秦乐人制宗庙乐。""周有《房中乐》，至秦名曰《寿人》。""《五行舞》者，本周舞也，秦始皇二十六年更名曰《五行》也。"② 可见汉宗庙雅乐所师习的秦乐，又是承袭了周代雅乐，体现了乐舞的一脉相承。《史记·秦始皇本纪》："所得诸侯美人钟鼓，以充入之。"③《说苑·反质》："秦始皇既兼天下，大侈靡……关中离宫三百所，关外四百所，皆有钟磬帷帐，妇女倡优……'妇女倡优，数巨万人；钟鼓之乐，流漫无穷。'"④ 据此可以想象秦代倡优巨万、钟鼓不息的乐舞盛况。李斯《谏逐客书》也有一段对秦时乐舞情况的直接描述："夫击瓮叩缶弹筝搏髀，而歌呼呜呜快耳者，真秦之声也；《郑》《卫》《桑间》《昭》《虞》《武》《象》者，异国之乐也。今弃击瓮叩缶而就《郑》《卫》，退弹筝

---

① 参见赵敏俐：《重论汉武帝"立乐府"的文学艺术史意义》，《社会科学战线》2001 年第 5 期。

② 《汉书》，第 1043—1044 页。

③ 《史记》，第 239 页。

④ 刘向撰，向宗鲁校证：《说苑校证》，中华书局 1987 年版，第 516—517 页。

而取《昭》《虞》，若是者何也？快意当前，适观而已矣。"① 此所谓"快意""适观"表明了异国之乐快人耳目的娱乐功能，相较于传统的秦声，秦王政更偏爱娱乐效果较强的异国之乐，而且将异国之乐里属民间俗乐的郑卫之音列于《昭》《虞》等雅乐之前。这既体现了秦"乐府"供秦王观赏享乐的职能，又表明了秦王政的娱乐需求及对俗乐的喜爱。以"郑卫之音"为代表的民间俗乐，开始逐渐形成一股新的乐舞潮流和社会风气，这实际上表明，秦统一六国之后所建立的大一统帝国，诗歌创作在以《诗经·秦风》所代表的"秦声"基础上，采取了兼容并蓄的文化策略，吸收了六国之乐，形成了新的诗歌创作风格。总而言之，相较于秦代雅乐，乐府机构的设置不仅迎合了当时统治阶级的享乐需要，对俗乐的发展具有一定的促进作用；而且从历史的流变角度考察，这一举措从制度上为汉代及以后历代乐府诗歌的高度发达奠定了基础、开创了先河，在乐府发展史上具有举足轻重的历史意义。

除了以上秦代乐舞活动的记载外，还有一部分有关秦代具体歌诗创作的文献值得注意。《汉书·艺文志》著录了有目无辞的"《左冯翊秦歌诗》三篇""《京兆尹秦歌诗》五篇"，当是"孝武立乐府而采歌谣"所收集的秦地歌诗，即所谓"秦楚之风"，汉武帝去秦代未远，其中或许包括秦代创作的歌诗作品。秦代帝臣文人的歌诗创作，记载有三：其一《史记·秦始皇本纪》："（始皇）三十六年……始皇不乐，使博士为《仙真人诗》，及行所游天下，传令乐人歌弦之。"② 秦始皇曾曰："吾慕真人，

---

① 《史记》，第 2544 页。
② 《史记》，第 259 页。

自谓'真人'，不称'朕'。"① 可见此《仙真人诗》是博士官从驾奉诏所作，主题当是表达始皇对真人的仰慕、对长生的祈求。《文心雕龙·明诗》："秦皇灭典，亦造仙诗"②，或即此诗，惜已不传。鲁迅《汉文学史纲要》谓此诗"盖后世游仙诗之祖"③。《仙真人诗》所表现的是纯粹的神仙长生旨趣，已不同于屈原借游仙题材"坎凛咏怀"④ 的《离骚》等篇，可以说《仙真人诗》开启了汉代游仙诗追求"列仙之趣"的先河。这也从一个方面显示出了秦、汉神仙思想及相关诗歌创作的一脉相承关系。

其二《汉书·艺文志·诸子略》"《黄公》四篇"注："（黄公）名疵，为秦博士，作歌诗，在秦时歌诗中。"⑤ 其三郭茂倩《乐府诗集》于《秦始皇歌》注引陈释智匠《古今乐录》："秦始皇祠洛水，有黑头公从河中出，呼始皇曰：'来受天宝。'乃与群臣作歌。"所作即《秦始皇歌》："洛阳之水，其色苍苍。祠祭大泽，倏忽南临。洛滨醳祷，色连三光。"⑥ 乃秦始皇祭祀洛水、歌颂祥瑞之歌。诗歌采用典雅庄重的四言句式，体现了祀神祈福时的虔诚肃穆，该诗所叙祀神之事虽然荒诞离奇，但实则体现了秦始皇时天人交通和五德终始的思想观念，《史记·封禅书》：

---

① 《史记》，第257页。

② 刘勰著，范文澜注：《文心雕龙注》，第66页。

③ 鲁迅：《汉文学史纲要》，《鲁迅全集》卷九，人民文学出版社2005年版，第395页。

④ 钟嵘《诗品》评价晋郭璞的游仙之作时，将游仙诗分成"坎凛咏怀"与"列仙之趣"两类。参见钟嵘著，曹旭笺注：《诗品集注》，上海古籍出版社2011年版，第319页。

⑤ 《汉书》，第1736页。

⑥ 郭茂倩：《乐府诗集》，第1706页。

> 秦始皇既并天下而帝，或曰："……周得火德，有赤乌之符。今秦变周，水德之时。昔秦文公出猎，获黑龙，此其水德之瑞。"于是秦更名河曰德水，以冬十月为年首，色上黑，度以六为名，音上大吕，事统上法。[①]

秦得水德，故祭祀洛水之祥瑞便具有非凡的政治意义，其不仅是天降福佑的舆论显现，更是秦始皇标榜与维护其统治合法性的宗教仪式。由此可见，该诗虽然叙事简洁，但"诗外之事"却包蕴着复杂的神学内涵和丰富的历史观念，这一点在汉《郊祀歌》19 章的叙述中体现得更为明显。

可惜的是，除《秦始皇歌》外，以上所涉诗歌均已亡佚不传，但由此可以推测，秦代确实存在一定数量的诗歌创作，且基本有明确的创作背景和创作目的，博士群臣是主要的创作群体，其功能主要是用于娱乐消遣和宗教祭祀。因而不能因为流传下来的秦代诗歌寥若晨星，就否定秦代诗歌创作的客观事实。秦代在政治上是一个极具建树的王朝，但由于在思想文化方面采取诸多的极端措施，影响了秦代文学的正常发展，使秦代诗歌面临一个严苛的叙事环境，表现在秦始皇凭借政治权利过度干预诗歌叙事，主导着秦代诗歌叙事的外部环境与内部形态。保存在秦代史传中的刻石颂诗，叙事主体是以李斯为主的群臣，是在秦始皇东巡的政治语境中呈现出的官方叙事话语。秦王朝压制百姓、钳制舆论，目前所存秦代民间歌谣皆散见于秦代之后的其他典籍，这些歌谣虽是民间叙事，但仍然关联着当时的政治环境，实质上是以民间个体对暴政的体验为主的政治叙事。

---

① 《史记》，第 1366 页。

所以，秦代诗歌叙事表现在既对立又统一的两个层面：一是具有颂美功能的秦始皇东巡刻石颂诗的官方叙事，一是具有批判功能的秦代民歌民谣的民间叙事。

## 二、秦始皇刻石颂诗的官方叙事及颂美功能

7首秦始皇刻石颂诗通篇叙述秦始皇的文治武功，可以看作一组歌功颂德并宣示统治主权的政治叙事诗。由于秦国刻石纪事的文化传统以及秦始皇东巡的历史文化语境，秦始皇刻石颂诗具有显豁的文化现实意义与强烈的政治统治需求，形成了与政治生态直接联结的官方叙事形态以及润饰鸿业的颂美功能。

### （一）秦始皇刻石颂诗的官方叙事

秦始皇曾多次巡游帝国的东部新版图并举行封禅，封禅是包含着告成于天、天下大治等政治内涵的祭祀活动。记载秦始皇东巡期间封禅颂德的刻石文字，作为一种祭祀仪式文本，遵循了预先设定的规范化、神圣化的言说模式与创作机制，采用长篇四言颂诗之体，文辞浑朴庄重，结构谨严有序，韵律和谐整齐[①]，这种模式化的文本秩序具备诗歌的基本质素，风格颇类《诗》之《雅》《颂》，可称为秦刻石颂诗，其创作出于直接的政治目的[②]；这种规范化的语言体现了统一的政治秩序，叙述的均

---

① 如泰山刻石，司马贞《索隐》："其词每三句为韵，凡十二韵。下之罘、碣石、会稽三铭皆然。"琅邪台刻石，司马贞《索隐》："二句为韵"等。

② 柯马丁《秦始皇石刻——早期中国的文本与仪式》："在东部地区竖立纪念碑性的、略带威慑性的石刻，则是另外一种礼仪议程的组成部分，即向被征服地区的民众及其神灵宣示征服。"参见柯马丁著、刘倩译、杨治宜、梅丽校：《秦始皇石刻：早期中国的文本与仪式》，上海古籍出版社2018年版，第95页。

是秦帝国的政治之事，可称之为政治叙事诗。胡应麟《诗薮》评价秦刻石颂诗："其辞古质峭悍，当时政事习尚，直可想见，真秦文也。"① 中国古典诗歌中的"事"，其包含的范围极其广阔，与西方叙事学所定义的"事"即"故事"，在内容和范围上是大不相同的。"所谓'事'，其实是包含了人类一切生活内容在内的社会现象，乃至与人的生活发生联系的一切自然现象等；简言之，世上凡有人参与的一切活动，都可以成为文学所表现的'事'，也就成为我们研究要关注的'事'。"② 叙事即是陈述事情、陈述事实，有头有尾的完整事件属于典型的"事"，与诗歌相关的事物、事由、事态、事象等也是事，并非一定要严格要求事件情节的完整性和连贯性。由于刻石的应制性质、文体形式、政治目的等因素，秦始皇东巡刻石并未对当时的具体历史事件作详赡的叙述，而是以概叙（概括叙事）的方式，通篇列叙（罗列叙述）秦始皇的文治武功，反复颂扬天下一统，词约而义丰；同时又简练地交代了刻石事件的前因后果，具备大致的事件轮廓和清晰的叙事因素，因而这些刻石颂诗的本质实为一组歌颂秦德的政治叙事诗，是秦帝国为威慑六国遗民、安抚天下黔首、建构国家认同、巩固专制统治的政治举措和文化产物。《史记·秦始皇本纪》对秦始皇东巡刻石有较详细的记载：

> 　　二十八年，始皇东行郡县，上邹峄山。立石，与鲁诸儒生议刻石颂秦德，议封禅望祭山川之事。乃遂上泰山，立石，封，祠祀。……刻所立石，其辞曰：……

---

① 　胡应麟：《诗薮》，上海古籍出版社1979年版，第128页。
② 　董乃斌：《关于中国历代诗歌叙事研究的思考》，第9—10页。

　　于是乃并勃海以东，过黄、腄，穷成山，登之罘，立石颂秦德焉而去。

　　南登琅邪，大乐之，留三月……作琅邪台，立石刻，颂秦德，明得意。曰：……

　　二十九年……皇帝东游，巡登之罘……请刻于石……其东观曰：……

　　三十二年，始皇之碣石，使燕人卢生求羡门、高誓。刻碣石门。坏城郭，决通隄防。其辞曰：……

　　三十七年十月癸丑，始皇出游。……上会稽，祭大禹，望于南海，而立石刻颂秦德。其文曰：……①

根据历史记载，石刻文字计有峄山刻石、泰山刻石、琅邪台刻石、之罘刻石、东观刻石、碣石刻石、会稽刻石等 7 处②，全都竖立在秦帝国的东部新版图之内，体现了"乃抚东土"（《史记·秦始皇本纪》）的政治意图。这组刻石颂诗是扈从群臣追诵皇帝功德业绩的应制之作③，叙事风格清峻庄重，与歌功颂德的叙事内容相得益彰，体现了秦始皇当时的政治文化诉求和秦

---

① 《史记》，第 242、244、249—250、251、260 页。

② 《史记》载录了除峄山刻石之外的其他六处刻石全文。峄山刻石颂诗，《史记》未载，有宋太宗淳化四年(993)郑文宝据南唐徐铉临摹《峄山碑》拓本所刻传世，清代学者严可均据此辑入《全上古三代秦汉三国六朝文·全秦文》。

③ 如峄山刻石"群臣诵略，刻此乐石，以著经纪"；之罘刻石"群臣诵功，请刻于石，表垂常式"；东观刻石："群臣嘉德，祗诵圣烈，请刻之罘"等。《史记·秦始皇本纪》亦直言："群臣相与诵皇帝功德，刻于金石，以为表经。"

帝国昂扬奋发的精神面貌，具有典型的时代风格与鲜明的历史内涵，故而"始皇勒岳，政暴而文泽，亦有疏通之美焉。"① 古今学者一般认为这组刻石颂诗出自李斯之手，刘勰《文心雕龙·封禅》："秦皇铭岱，文自李斯。法家辞气，体乏弘润。然疏而能壮，亦彼时之绝采也。"② 郦道元《水经注》亦将刻石作者归于李斯，《水经注·泗水》："秦始皇观礼于鲁，登于峄山之上，命丞相李斯以大篆勒铭山岭。"③ 指的是李斯作峄山刻石；《水经注·渐（浙）江水》："秦始皇登会稽山，刻石纪功，尚存山侧。孙畅之《述书》（已佚）云：'丞相李斯所篆也。'"④ 指的又是李斯作会稽刻石。《晋书·卫恒传》："秦时李斯号为二（工）篆，诸山及铜人铭皆斯书也。"⑤ 诸山铭即秦始皇刻石。《史记·秦始皇本纪》会稽刻石张守节《正义》曰："其文及书皆李斯。"⑥ 严可均《全上古三代秦汉三国六朝文·全秦文》案："秦刻石三句为韵，唯《琅邪台》二句为韵，皆李斯之辞。"⑦ 鲁迅《汉文学史纲要》："秦始皇东巡郡县，群臣乃相与诵其功德，刻于金石，以垂后世。其辞亦李斯所为，今尚有流传，质而能壮，实汉晋碑铭所从出也。"⑧ 可见，始皇七刻的文字出自李斯

---

① 刘勰著，范文澜注：《文心雕龙注》，第194页。
② 刘勰著，范文澜注：《文心雕龙注》，第393—394页。
③ 郦道元注，陈桥驿注释《水经注》卷二五《泗水》，浙江古籍出版社2001年版，第398页。
④ 郦道元注，陈桥驿注释《水经注》卷四十《渐（浙）江水》，第623页。
⑤ 房玄龄等撰《晋书》，中华书局1974年版，第1063页。
⑥ 《史记》，第261页。
⑦ 严可均校辑：《全上古三代秦汉三国六朝文·全秦文》，第122页。
⑧ 鲁迅：《汉文学史纲要》，第395页。

之手比较可信，当然也不排除其他扈从臣子甚至秦始皇本人的参与。李斯是法家的代表，受法家思想浸润较深，重视严谨法度的意识也会自觉反映在文学创作上：一是秦始皇刻石颂诗的语言风格浑朴质直而缺乏细腻润泽的文采，表现出独特的"疏""壮"之美；二是在刻石颂诗的结构模式上，表现出对整齐划一的追求；三是部分石刻文本具有严厉的劝诫口吻和法治伦理。这对秦刻石颂诗的叙事风格和叙事结构产生了直接影响。

综观七篇刻石颂诗，皆有相应的历史事实可以稽考，这些史实所承载的相对客观的历史时空，记录了刻石颂诗产生、传播的背景及其叙事线索，与颂诗的文本内容紧密相融，既存史又存诗，以诗补史，以史证诗，诗内所叙之事与诗外之实事即诗歌创作的历史语境共同构成了一个完整的叙事系统。七篇刻石颂诗主要以歌功颂德、润饰鸿业为基调。就叙述的内容而言，涉及当时的军事、政治、法律、经济、文化、礼俗等诸多方面，主要包括四点：第一，诛灭六国，统一天下。这一点在七首颂诗中均有不同程度的体现，兹不赘举。第二，勤于政事，安抚四极。如泰山刻石颂诗："皇帝躬圣，既平天下，不懈于治。夙兴夜寐，建设长利，专隆教诲。"东观刻石颂诗："皇帝明德，经理宇内，视听不怠。"第三，颁定律令，厉行法治。如会稽刻石颂诗："秦圣临国，始定刑名，显陈旧章。初平法式，审别职任，以立恒常。"之罘刻石颂诗："大圣作治，建定法度，显著纲纪。"第四，端正风俗，教化人伦。如泰山刻石颂诗："贵贱分明，男女礼顺，慎遵职事。"碣石刻石颂诗："男乐其畴，女修其业，事各有序。"通过这些叙述，可以看出秦始皇早期为巩固大一统王朝而励精图治、勤于政务的一面。

就颂诗的叙述结构而言，每首颂诗的文本结构趋于同一且层次分明，基本是先交代刻石的历史背景，然后以"平天下"与"治天下"为两大叙述核心，先称颂秦始皇"禽灭六王""平一宇内"之千秋功业，继而一一列叙其在政治、经济、文化等领域"经纬天下"的革新措施，并强调"天下咸抚""黔首安宁"的统治效果，最后以诗歌叙事文本中"卒章显志"的叙事结构模式交代刻石的动机和目的，叙事结构工整有序。同时，对于刻石颂诗的叙事结构，有一个值得注意的文化现象，即 7 篇刻石颂诗皆 36 句或 72 句[①]，且韵数、章数、句数及字数全都是 6 的倍数，这或许与秦崇尚"五德终始"说中的水德有关[②]，《史记·秦始皇本纪》：

> 始皇推终始五德之传，以为周得火德，秦代周德，从所不胜。方今水德之始，改年始，朝贺皆自十月朔。衣服旄旌节旗皆上黑。数以六为纪，符、法冠皆六寸，而舆六尺，六尺为步，乘六马。[③]

---

① 峄山刻石、泰山刻石、之罘刻石、东观刻石各 36 句，琅邪台刻石与会稽刻石各 72 句。《史记》载碣石刻石为 27 句，按其它各篇颂诗的篇章结构，此颂诗开头缺少交代秦始皇出行情况的部分，严可均辑校此文，认为开头"上脱九句"，应当符合此诗的实际情况。

② 关于"六"与秦始皇尚水德相联系的观点多遵从《史记》的记载，具体可参见蒋经魁：《秦始皇东巡刻石考述》，《驻马店师专学报》1989 年第 3 期；程章灿：《传统、礼仪与文本——秦始皇东巡刻石的文化史意义》，《文学遗产》2014 年第 2 期。也有学者持反对观点，认为"数以六为纪"与水德无关，如安子毓：《秦"数以六为纪"渊源考》，《中国史研究》2018 年第 4 期。

③ 《史记》》，第 237—238 页。

可见，始皇七刻这种严格的结构模式有其深厚的历史文化内涵，即对水德终数"六"这一吉祥数字的尊崇。"水德"是秦始皇改制称帝的理论依据，故而始皇"分天下以为三十六郡""收天下兵，聚之咸阳，销以为钟鐻，金人十二""徙天下豪富于咸阳十二万户"[①] 等，其中数字"十二""三十六"皆是 6 的倍数，应该均是这一现象的历史反映。

### (二) 秦始皇刻石颂诗的叙事分析

由于 7 篇秦刻石颂诗所叙内容及其文本结构、语言风格具有高度的相似性和严谨的秩序感，遵循了一种相对统一的叙述模式[②]，故不一一赘述，而选以东观刻石颂诗与会稽刻石颂诗作案例分析。东观刻石颂诗如下：

> 维廿九年[③]，皇帝春游，览省远方。
> 逮于海隅，遂登之罘，昭临朝阳。
> 观望广丽，从臣咸念，原道至明。
> 圣法初兴，清理疆内，外诛暴强。
> 武威旁畅，振动四极，禽灭六王。
> 阐并天下，灾害绝息，永偃戎兵。

---

① 《史记》，第 239 页。

② 具体可参见柯马丁《秦始皇石刻：早期中国的文本与仪式》第四章《铭文的结构分析·各个主题结构》。

③ 严可均《全上古三代秦汉三国六朝文》据《史记·秦始皇本纪》校录此文时，改"维二十九年"为"维廿九年"，参见严可均校辑《全上古三代秦汉三国六朝文·全秦文》，第 122 页。如此则全篇皆为整饬的四言体式，刻石颂诗在结构形式上遵循了相当严谨的韵律模式。本节认为严整的四言体式更符合刻石颂诗的文本形态。

> 皇帝明德，经理宇内，视听不怠。
>
> 作立大义，昭设备器，咸有章旗。
>
> 职臣遵分，各知所行，事无嫌疑。
>
> 黔首改化，远迩同度，临古绝尤。
>
> 常职既定，后嗣循业，长承圣治。
>
> 群臣嘉德，祗诵圣烈，请刻之罘。①

从叙事角度来看，东观刻石颂诗具有严整的叙事结构，开头 9 句先总体交代秦始皇春游的基本情况，包括时间、人物、地点、环境等历史叙事背景。秦始皇登山临海，视野开阔，壮丽山河尽收眼底，始皇的意气风发引起陪从之臣的无限思绪，情满于山，意溢于海，由锦绣河山联想到始皇的丰功伟绩，颂诗继而自然地转换叙事视角，由全知的叙事视角转为"从臣（当为李斯）"的叙事视角，以"从臣"为叙事主体，聚焦于始皇的文治武功：首先宣扬始皇"清理疆内，外诛暴强""振动四极，禽灭六王"的大一统功绩，继而偃武修文，由统一天下过渡至统治天下，先是以"皇帝明德，经理宇内，视听不怠"赞颂始皇广开言路、勤于朝政，然后由大及小、由面到点，具体列叙两件秦始皇为巩固大一统政权所采取的举措：一是彰明礼义法度，使各司其职、朝纲有序，即"作立大义，昭设备器，咸有章旗。职臣遵分，各知所行，事无嫌疑"。一是移风易俗，教化民众，使百姓遵循轨度，令国家长治久安，即所谓"黔首改化，远迩同度，临古绝尤"。然后叙述通过这些举措所要达到的治理效果，即"常职既定，后嗣循业，长承圣治"。颂诗结尾，采用篇

---

① 《史记》，第 250 页。

末点题即卒章显志的叙事方式公开叙事主体，表达叙事意图，以此点明刻石的创作缘由——"群臣嘉德，祗诵圣烈，请刻之罘"。全诗采用概叙兼列叙的叙事方式，宏观概述秦始皇的赫赫功德，叙述视角、叙述结构和叙述层次非常清晰。其他 6 篇刻石颂诗亦大致具备东观刻石颂诗的这种叙事形式。

同时，这组政治叙事诗虽然在叙事内容、叙事风格和叙事结构上大同小异，但又表现出微妙的不同之处，即创作中不墨守成规。李斯能够根据不同历史时期秦始皇的政治措施和政治需求，适时地调整和侧重刻石所要歌颂的具体内容，使叙事内容更具多样性和阶段性。如始皇三十二年有"坏城郭，决通堤防"的举措，所以同年的碣石刻石颂诗即有"堕坏城郭，决通川防，夷去险阻"的对应叙述。这一特点最明显地体现在秦始皇三十七年最后一次巡游所刻的会稽刻石颂诗：

> 皇帝休烈，平一宇内，德惠修长。
> 卅有七年①，亲巡天下，周览远方。
> 遂登会稽，宣省习俗，黔首斋庄。
> 群臣诵功，本原事迹，追首高明。
> 秦圣临国，始定刑名，显陈旧章。
> 初平法式，审别职任，以立恒常。
> 六王专倍，贪戾慠猛，率众自强。
> 暴虐恣行，负力而骄，数动甲兵。

---

① 严可均《全上古三代秦汉三国六朝文》据申屠駉重刻会稽碑拓本录文，作"卅有七年"，如此则全篇皆为整饬的四言体式。参见严可均校辑《全上古三代秦汉三国六朝文·全秦文》，第 123 页。

阴通间使，以事合从，行为辟方。

内饰诈谋，外来侵边，遂起祸殃。

义威诛之，殄熄暴悖，乱贼灭亡。

圣德广密，六合之中，被泽无疆。

皇帝并宇，兼听万事，远近毕清。

运理群物，考验事实，各载其名。

贵贱并通，善否陈前，靡有隐情。

饰省宣义，有子而嫁，倍死不贞。

防隔内外，禁止淫佚，男女絜诚。

夫为寄豭，杀之无罪，男秉义程。

妻为逃嫁，子不得母，咸化廉清。

大治濯俗，天下承风，蒙被休经。

皆遵度轨，和安敦勉，莫不顺令。

黔首修絜，人乐同则，嘉保太平。

后敬奉法，常治无极，舆舟不倾。

从臣诵烈，请刻此石，光垂休铭。①

该诗最突出的特点体现在用大量篇幅宣传大一统思想及封建礼教。关于会稽刻石颂诗，司马贞《索隐》："三句为韵，凡二十四韵。"张守节《正义》："此二颂三句为韵。"② 因而会稽刻石实际为两篇颂诗，各 12 韵，36 句。较其他诸篇，此二颂第一篇在歌颂秦始皇并灭六国的伟大功绩上着墨最多，从"六王专倍"至尾句"被泽无疆"共计 18 句，占全诗篇幅的二分之一。秦始

---

① 《史记》，第 261—262 页。

② 《史记》，第 261 页。

皇二十五年"王翦遂定荆江南地；降越君，置会稽郡"①，会稽属于越国，纳入秦国版图的时间较短，且远离秦帝国统治的核心区域；为加强对全国各地尤其是会稽等边远地区的专制统治，故而颂诗再次严厉谴责关东六国"暴虐恣行"的分裂割据，颂扬和宣传"被泽无疆"的大一统思想，以此抚恤天下黔首勠力向秦，建构和维护秦王朝的国家认同。

此二颂第二篇的重点在于端正歪风陋俗、宣扬封建礼教以禁止男女淫乱，使谨遵人伦轨度。虽然泰山刻石、碣石刻石亦叙述了教化男女的相关内容，但都轻描淡写，唯独此篇用了近三分之二的篇幅专门对男女伦理作了浓墨重彩的强调。就各自内容而言，泰山刻石颂诗："贵贱分明，男女礼顺，慎遵职事。"碣石刻石颂诗："男乐其畴，女修其业，事各有序。"均是在表彰男女各守其分、各修其业，恪守伦理。与此相对，会稽刻石颂诗则是"独就禁绝奸淫之事，极力铺张其变革之效"②，对"有子而嫁""夫为寄豭""妻为逃嫁"等一系列有悖封建伦理道德的行为进行直接的揭露与批评，并明令"禁止淫泆，男女絜诚"，且以严厉的法律形式规定"有子而嫁""夫为寄豭"皆为死罪。为什么这一叙事现象不见于其他刻石而只见于会稽刻石？顾炎武《日知录·卷十三·秦纪会稽山刻石》最早论述到这一问题，且影响较大：

　　……《吴越春秋》至谓句践："以寡妇淫泆过犯，皆输山上。士有忧思者，令游山上，以喜其意。"当其时，盖欲

---

① 　《史记》，第 234 页。
② 　张玉毂撰，许逸民点校：《古诗赏析》，中华书局 2017 年版，第 59 页。

民之多，而不复禁其淫泆。传之六国之末，而其风犹在，故始皇为之厉禁，而特著于刻石之文。以此与灭六王、并天下之事并提而论，且不著之于燕、齐，而独著之于越，然则秦之任刑虽过，而其坊民正俗之意固未始异于三王也。[1]

顾炎武认为始皇"坊民正俗之意"是正确的，但其判定会稽刻石的目的是禁止会稽地区的"淫泆"之风这一说法似乎没有事实根据。首先，秦始皇刻石的目的在于将其功德昭告天下，每一次刻石并不是专门针对此次所巡之地，而是指向全国各地，因而不同的刻石只是因时而异，并不是因地而异。其次，《史记·货殖列传》和《汉书·地理志》等对吴越地区的社会状况略有记载，但均未直接记述该地有所谓的"淫泆"之风。相反，《史记》《汉书》对赵国、中山、郑、卫等地的记载中却有明显的"淫泆"问题，如：

中山地薄人众，犹有沙丘纣淫地余民，民俗懁急，仰机利而食。丈夫相聚游戏，悲歌忼慨，起则相随椎剽，休则掘冢作巧奸冶，多美物，为倡优。女子则鼓鸣瑟，跕屣，游媚贵富，入后宫，遍诸侯。[2]

郑国……土狭而险，山居谷汲，男女亟聚会，故其

---

[1] 顾炎武撰，黄汝成集释，栾保群、吕宗力校点：《日知录集释》，上海古籍出版社2013年版，第751—752页。

[2] 《史记》，第3263页。

俗淫。①

> 卫地有桑间濮上之阻，男女亦亟聚会，声色生焉，故
> 俗称郑卫之音。②

最后，在秦始皇统一之前，已严厉禁止会稽刻石所说的"淫泆"之风，南郡守腾于秦始皇二十年（前 227 年）发布的公文《语书》中，认为"长邪避（僻）淫失（泆）之民，甚害于邦，不便于民"，明确要求地方官员严格执行"去其淫避（僻），除其恶俗"的法令③。

综上，对于秦始皇而言，民风民俗的淳厚与否关系到社会秩序和国家政权的稳定，会稽刻石距统一六国已十年有余，而当时社会风俗存在的问题表明，关东六国的百姓依旧各殊其俗，在文化心理上与秦朝的政令法规仍然存在明显的差异与抵触。此时国家的政治、经济、军事等方面均已通过相关的制度法规而实现统一，同时也需要建立统一的文化秩序。但文化层面的民俗民风具有习惯性和长久性，教化民俗非一朝一夕之事，这令晚年的始皇更加重视风俗教化，故而始皇在最后一次会稽刻石中，着重以官方律令的训诫形式"大治濯俗"，使"天下承风"，以"嘉保太平"，通过强调对全国各地风俗风气的整饬，建立一个统一的风俗文化秩序，在文化心理上加强东方六国对秦王朝统治的认同。由此可见，且不论会稽地区是否存在"淫

---

① 《汉书》，第 1652 页。

② 《汉书》，第 1665 页。

③ 睡虎地秦墓竹简整理小组编：《睡虎地秦墓竹简》，文物出版 1990 年版，第 15 页。

洗"之风，但比较明确的是，会稽刻石的叙事现象不是专对该地区的风俗现象，而是面向全国各地重申以法治俗，这正体现了刻石颂诗在叙事上因时而异而非因地而异的时效性特征。

### （三）秦始皇刻石颂诗的叙事成因

秦始皇刻石颂诗独特的官方叙事形态及其颂美功能，有其深刻的形成原因。其一，与其文体特征密切相关。秦始皇刻石既可看作铭，又可视为颂，铭与颂在功能上具有相同的宣扬德威之作用。"勒石赞勋者，入铭之域"[1]。首先从勒石的行为方式上看，刻石颂诗属于铭体，襄公十九年《左传》载鲁大夫臧孙纥论铭："夫铭，天子令德，诸侯言时计功，大夫称伐。"[2] 即天子作铭是为了赞颂美德，故而秦始皇刻石颂诗以政治叙事诗的形式颂赞秦始皇泽被天下之德。又"箴全御过，故文资确切；铭兼褒赞，故体贵弘润；其取事也必核以辨，其摛文也必简而深，此其大要也"[3]。所以秦刻石颂诗叙事恢宏而分明、概括而凝练，符合"核以辨""简而深"的文体属性。其次从内容上看，刻石颂诗属于"敬慎如铭"的颂体，颂体具有"美盛德而述形容"的功能指向，故"秦政刻文，爰颂其德"，刻石颂诗通篇颂美秦始皇文韬武略、励精图治之"盛德"，叙述统一六国、统治天下之"形容"，正是颂体颂德功能的体现。同时"容告神明谓之颂""颂主告神"，刻石颂诗乃封禅之礼仪文本，目的在于祭祀神明，故而"义必纯美"[4]。其二，追本溯源，与秦国刻

---

① 刘勰著，范文澜注：《文心雕龙注》，第214页。
② 《春秋左传正义》，第4273页。
③ 刘勰著，范文澜注：《文心雕龙注》，第195页。
④ 刘勰著，范文澜注：《文心雕龙注》，第156、157页。

石纪事的文化传统有关。我国传世的石刻文字以《石鼓文》为最早，稍后有《诅楚文》，都是春秋时期秦国的刻石。石刻这种载体具有纪念性、权威性和长久性，将文字刻之于石，既可昭示天下，亦可传之后世，"秦始皇东巡刻石，正是在这种文化传统的基础上发展起来的，秦石鼓对秦始皇刻石的影响最为明显。"① 石鼓上用大篆铭诗十首，称为《石鼓文》，郭沫若将其年代定为秦襄公八年②。《石鼓文》十首四言诗的内容主要是"纪田渔之事，兼及其车徒之盛，又有颂扬天子之语"，"鼓文虽不明言祭祀，而独纪掌祭祀之官，知田渔与祭祀有关矣。以田渔之所获，归而献诸宗庙，作诗刻石以纪其事"。③ 由此可见《石鼓文》是对秦君行猎活动的记述和歌颂，应是当时秦国宫廷诗人奉诏以作祝颂之辞，秦王勒令刻石以记其功。对比秦始皇刻石颂诗与《石鼓文》，可以发现许多一脉相承的特性：叙事主体皆为朝廷近臣，叙事语言皆采用四言句式，叙事功能皆关乎歌功颂德和祭祀活动，只是由于历史语境不同，因而在谋篇布局、遣词造句等方面表现出明显的差异。

　　综上，秦始皇刻石颂诗的官方叙事形态既与其兼备"颂"与"铭"的文体特征有关，又与沿袭秦国刻石纪事的文化传统有关，刻石的文体特征与秦国刻石纪事的文化传统，制约与规范着秦始皇刻石颂诗的叙事形态。同时，刻石颂诗又产生于秦

---

① 程章灿：《传统、礼仪与文本——秦始皇东巡刻石的文化史意义》，《文学遗产》2014 年第 2 期。

② 参见郭沫若：《石鼓文研究·诅楚文考释》，科学出版社 1982 年版，第 99 页。

③ 马衡：《石鼓为秦刻石考》，《凡将斋金石丛稿》卷五，中华书局 1977 年版，第 171 页。

始皇东巡的历史语境，具有直接的现实意义与强烈的政治需求。始皇东巡的目的主要有二，一为"公"，一为"私"，承载了对"公"的政治统治和"私"的个人仙路的期待："公"是通过巡游东方，宣扬秦始皇的文治武功，以镇抚和教化民众，统一意识形态，加强东方人对新帝国政权的认同，从而巩固大一统的专制集权统治；"私"是寻仙问药、以求长生成仙的个人欲望①。正是这种敏锐的政治洞察力和宏远的政治视野，使得七篇刻石颂诗的叙事被嵌入政治统治的整体语境，具有鲜明的政治性；同时又伴随历史进程的发展而表现出相应的阶段性，其叙事内容的重复性和叙事结构的独特性，正是秦帝国政治文化需求的直接彰显，而其叙事内容的阶段性又是这一政治文化需求的历时性体现。

## 三、秦代歌谣的民间叙事及批判功能

### （一）秦代民间歌谣的批判叙事

秦代民间歌谣亦存数首，这些作品是否真是秦代歌谣，已不可确证，虽然其文本来源晚出，但综合其内容主旨、情感表达及本事语境等来看大抵是可信的。这些民间歌谣大都体制短小，有的仅一两句，如南朝梁任昉《述异记》卷下载始皇二十六年《童谣》："阿房阿房亡始皇。"北魏郦道元《水经注·泗水注》载《泗上谣》："称乐太早绝鼎系。"《神异传》载《长水童

---

① 如《史记·秦始皇本纪》记载秦始皇二十八年东巡郡县，于琅邪台刻石勒功之后，"齐人徐市等上书，言海中有三神山，名曰蓬莱、方丈、瀛洲，仙人居之。请得斋戒，与童男女求之。于是遣徐市发童男女数千人，入海求仙人。"

谣》："城门当有血，城没陷为湖。"比较完整的有汉辛氏《三秦记》载《甘泉歌》："运石甘泉口，渭水不敢流。千人唱，万人讴。"晋杨泉《物理论》载《秦始皇时民歌》："生男慎勿举，生女哺用脯。不见长城下，尸骸相支柱。"南朝宋刘敬叔《异苑》卷四载《秦世谣》："秦始皇，何强梁，开吾户，据吾床，饮吾酒，唾吾浆，飧吾饭，以为粮，张吾弓，射东墙，前至沙丘当灭亡。"① 这些民间歌谣有三言、五言、七言不等，语言形式不拘一格，叙事风格直白通俗、不事修饰，且句意简单，在民众之间易口耳相传，是当时民意民情最直接的表达，是真正的民俗艺术，体现了民间原生态的社会状况及其叙事形态。另外，秦代的民间歌谣均是"感于哀乐，缘事而发"②，针对当时具体的社会事件或自抒情怀，或指陈时事，情感的表达直白而犀利，喜怒爱憎都通过简短的歌谣体制鲜活地迸涌出来，体现了抒情与叙事相辅相成的艺术手法。

　　民间歌谣具有印证和补充历史的作用，而且民间歌谣中所反映的历史事实与史官所记官方正史的视角有时大相径庭，甚至背道而驰。秦代民间歌谣作为历史记录的一部分，具有明确的针对性、强烈的政治性和尖锐的批判性，所以秦代民间歌谣虽然在艺术审美功能上朴实无华，但在历史价值的评判功能上却十分突出，这也体现了民间歌谣的叙事特质。秦始皇为了自己生前和死后的享乐而大兴土木，建造豪华奢侈的宫殿和陵墓，且经年累月、旷日持久，徒耗大量民力、物力和财力，天下百

---

① 以上本段诗歌文本均录自逯钦立：《先秦汉魏晋南北朝诗》，中华书局 2017 年版。

② 《汉书》，第 1756 页。

姓苦不堪言，怨声载道①，这在《童谣》和《甘泉歌》中有深刻的体现。《童谣》："阿房阿房亡始皇。"叙述的是修建阿房宫之事，阿房宫的浩大工程使人民付出极大的劳役代价，以致民不堪命，对始皇疾之如仇，故而吐露出咒骂始皇早日暴毙的心声，情感抒发不可谓不强烈，叙事线索不可谓不直接，虽只有短短的七个字，却包涵着丰富的历史内容，如谶言一般预示着秦王朝的灭亡。关于《甘泉歌》，《三秦记》："始皇作骊山，陵周回跨阴盘县界，水背陵，障使东西流，运大石于渭北渚，民怨之，作《甘泉之歌》曰：'运石甘泉口，渭水不敢流。千人唱，万人讴。金陵余石大如塸。'"② 该诗叙述了民工运巨石修建骊山墓之事，是一首叙事线索清晰的叙事诗。首句开篇点题直接交代叙事缘由——"运石甘泉口"；继而通过渭水为之断流的环境描写和民众怨声四起的场景描绘，点明工程之巨大、民众之辛劳，场面有多壮观，叙事就有多沉重，仿佛一帧帧真实的动态镜头，具有十分强烈的视觉冲击力；"金陵余石大如塸"则通过细节叙事指出巨石之大，侧面衬托出民工的劳动强度之大，按照当时的运输工具和科技水平，可以想象需要付出多少血汗代价。

《泗上谣》："称乐太早绝鼎系。"叙述了秦始皇二十八年东巡途中泗水捞鼎之事，《史记·封禅书》："其后百二十岁而秦灭

---

① 如班固《汉书·楚元王传》："秦始皇帝葬于骊山之阿，下锢三泉，上崇山坟，其高五十余丈，周回五里有余，石椁为游馆，人膏为灯烛，水银为江海，黄金为凫雁。珍宝之臧，机械之变，棺椁之丽，宫馆之盛，不可胜原。又多杀宫人，生薶工匠，计以万数。天下苦其役而反之，骊山之作未成，而周章百万之师至其下矣。"见《汉书》，第1954页。

② 辛氏撰，刘庆柱辑注：《三秦记辑注》，三秦出版社2006年版，第60—61页。

周，周之九鼎入于秦。或曰宋太丘社亡，而鼎没于泗水彭城下。"①《汉书·郊祀志》亦记："后百一十岁，周赧王卒，九鼎入于秦。或曰，周显王之四十二年，宋大丘社亡，而鼎沦没于泗水彭城下。"② 因而秦始皇："过彭城，斋戒祷祠，欲出周鼎泗水。使千人没水求之，弗得。"③ 这一事件在汉画像中也多有体现，据统计，"目前山东、江苏、河南和四川等地出土可考的汉画捞鼎图共有三十余件，绝大部分集中在山东西南，也就是泗水流域的地区"④。鼎乃立国重器，而始皇暴虐无德，天怒人怨，因此系鼎之绳断绝而求鼎不得，这首民谣恰似一则秦王朝气数将尽的政治预言，体现了民间日常生活中的谶纬叙事思维，即通过谶纬的叙事形式使社会事件建立起神秘的逻辑联系，从而传达出对该事件的认识、评判和预警，同时使故事更具趣味性和吸引力，《泗上谣》就是体现了民间谶纬叙事思维对泗水捞鼎这一政治历史事件的价值评判。

再如三国吴杨泉《物理论》著录《秦始皇时民歌》："（秦始皇）使蒙恬筑长城，死者相属，民歌曰：'生男慎勿举，生女哺用脯。不见长城下，尸骸相支柱。'"⑤ 该民歌是一首句式整齐的五言诗，根据五言诗发展的历史规律来看，秦代应该不会出现如此完整的五言句式，可能经过了后人的加工改定。该民歌

---

① 《史记》，第1365页。

② 《汉书》，第1200页。

③ 《史记》，第248页。

④ 邢义田：《汉画解读方法试探——以"捞鼎图"为例》，颜娟英主编《中国史新论·美术考古分册》，台北"中央研究院"、联经出版事业股份有限公司2010年版，第21—22页。

⑤ 杨泉撰，孙星衍辑：《物理论》，中华书局1985年版，第13页。

的语言形态或许已不是原来的面貌，但诗歌的叙述内容应该是一以贯之的，这首歌谣从民众的直观叙事角度反映了秦时修筑长城的悲惨情景，对修筑长城时的繁重徭役和劳民伤财进行了激烈批判和血泪控诉。该诗语虽短，情却长，让人如闻控诉之声，如见沉痛之容。而且该歌叙事结构别出心裁，首二句"生男"与"生女"相对举，本来是重男轻女，但现在却男不如女，这一对"生"不合常理的叙述极具反差效果和讽刺意义；接下来叙事顺承，对这一不合理现象进行解释，不能生养男丁，因为他终究要服徭役化作长城下的累累白骨。在叙述劳工惨状时不作多余叙述，只直观地截取长城下"尸骸相支柱"的惨烈视觉画面，就足以令人触目惊心，叙事技巧精练而又不事雕琢，完全以民间视角折射出秦始皇修筑长城时民工悲惨的血泪史。《秦始皇时民歌》还为后世的诗歌创作提供了源源不竭的艺术源泉，对陈琳《饮马长城窟行》及杜甫《兵车行》两首叙事诗均产生了重要影响，如《饮马长城窟行》："生男慎莫举，生女哺用脯。君独不见长城下，死人骸骨相撑拄。"《兵车行》："信知生男恶，反是生女好。生女犹得嫁比邻，生男埋没随百草。君不见，青海头，古来白骨无人收。"均可见出《秦始皇时民歌》的影子。这也体现了秦代民间歌谣的长久生命力及其在我国诗歌发展史上的积极作用和艺术影响。

## （二）秦代饮酒歌诗的叙事情趣

另外，北大藏秦简有 4 首与饮酒行令有关的歌诗，由于不是纯粹文学意义上的"饮酒歌诗"，而是饮酒时用于吟唱劝酒、助兴取乐的酒令，故而可称之为酒令歌诗。虽然秦简的主人可能是秦的地方官吏，但酒令歌诗反映的是秦人的日常饮酒生活，属于一种民俗活动，仍可归为民间歌谣的范畴。酒令歌诗 4 首皆为韵文，语句参差不齐，叙事不拘一格而又生动风趣。如竹牍所载《酒令》首句"東菜（採）淫桑，可以食（飤）蠶"，以采桑食蚕的情景起兴，采桑食蚕既与人的情感世界渗透绾合，又以诗性的启示勾连相应的叙事序列，从而引出子湛与子般吃饭喝酒的叙事内容；木牍二"醉不歸，夜未半殹。趣趣駕，雞未鳴 1 殹天未旦"一句，将"醉不歸"与"趣趣駕"相对而叙，先叙酣饮之状，豪言夜半不归，继而笔锋一转，移叙驾车急驱连夜而归，在前后的叙事对比中凸显了饮酒的乐趣及饮酒之人的率真风趣；木牍一所载《酒令》的叙事相对比较完整，歌诗如下：

> 不日可增日可思，檢檢（鬣鬣）披（披）髮，中夜自來。吾欲爲怒 1 烏不耐，烏不耐，良久良久，請人一柸（杯）。黃黃烏邪，醉（萃）吾冬梅（梅）。2（正面）①

全诗以第一人称"吾"为叙事视角，当是饮酒时叙述者即席"吟诗"，以自己的口吻直接吐露其所为所思。叙述者因感于来日无多，往事又难以释怀，以致半夜难眠，夜起仿徨，"檢檢（鬣鬣）披（披）髮"一句形神毕肖，使主人公长发披肩而踯躅不安的神态跃然纸上。夜不能寐，叙述者此时满腔愤懑郁结良久，正苦于无处宣泄，恰巧朋友深夜拜访，于是叙述者借酒消愁，与朋友花前月下一醉方休。这组《酒令》当是秦简的主人生前以令助酒时所吟唱的诗歌，叙事自然活泼，颇具生活气息，

---

① 李零：《北大藏秦简〈酒令〉》，《北京大学学报》，2015 年第 2 期。

同时又体现了文士阶层闲情逸致的生活情趣，与前述讽刺时政的民歌民谣判然不同，属于秦代民间歌谣中比较独特的一类。

要之，秦代具有一定规模的诗歌创作，虽然秦代传世诗歌仅寥寥数首，但综观 7 篇秦始皇刻石颂诗和若干民间歌谣，可以发现，秦代诗歌具有独特的时代风貌：就诗歌书写与传播介质而言，一是通过刻石文献保存流传，一是通过口耳相传经久不衰；就诗歌作家群体社会阶层而论，一出自上层文臣之笔，一出自底层民众之口；就诗歌叙事容量而言，一是宏观上的群体颂德，一是微观上的个体体验；就诗歌叙事内容而论，一是彰显大一统政治的伐善自矜，一是揭露暴政下的民生疾苦；就诗歌叙事属性而言，一是政治叙事诗，一是民间叙事诗；就诗歌叙事风格而论，一是叙事庄重，一是叙事通俗。既各有特色，亦相映成趣。同时，秦代诗歌的文学价值不在于其艺术审美，而突出地表现在政治文化和社会认识两个方面，无论是刻石颂诗的官方叙事还是歌谣刺诗的民间叙事，都与当时的政治环境息息相关，政治事件的线索清晰可循，但由于叙事主体的身份、立场和遭际的迥异，从而表现出判然不同的叙事态度和叙事风格：刻石颂诗用典雅规整的四言，热烈歌颂统一的秦王朝；民间歌谣则用直白通俗的口语，深刻揭露底层的社会民生。这使得秦代诗歌叙事作为历史记录的组成部分，带有浓重的政治叙事色彩，从官方和民间两个层面承担着以诗为史的叙事功能，继承着美刺政治的优良传统，既有对"秦德"的宣扬，又有对"秦暴"的批判，通过诗歌叙事反映出秦帝国的政治统治和社会矛盾，体现着秦帝国的精神风貌和时代特质。

## 第二节　汉乐府歌诗叙事的戏剧性特征

"戏剧性"既是戏剧文学的一个核心概念和基本属性，也是文艺美学中一个重要的审美范畴。作为审美属性的戏剧性，不仅存在于戏剧文学之中，还可以渗透到其他非戏剧文体。诗歌在一定条件下便可以具备戏剧性，戏剧性可以使非戏剧的叙事诗歌甚至抒情诗歌更加跌宕生姿、扣人心弦，达到引人入胜的抒叙效果。汉乐府歌诗作为汉代诗歌的主体，既是一种以叙事见长的诗歌，又是一种诗歌、器乐、舞蹈等多种因素相结合的综合性表演艺术，不仅在音乐文体特征上与戏剧具备一定关联性和相似性，而且在歌诗生产和表演机制上讲求于短制中见波澜，力求在时间有限的人物表演中，达到情节多变、情境生动、形象真切的戏剧性效果，以最具戏剧性和观赏性的方式引起观众共鸣。所以用"戏剧性"的审美概念去观照汉乐府歌诗的叙事形态，不失为一个行之有效的研究视角。

### 一、戏剧性：观照汉乐府歌诗叙事的有效视角

汉乐府歌诗是一种以音乐性和叙事性为主要特征的、从属于音乐歌舞表演的、以娱宾遣兴为主要功能的综合性艺术，这决定了其在叙事方面所具有的一些独特的技巧和面貌。在研究汉乐府的叙事艺术时，不能单纯地将其当作徒诗来考察，还要考虑到诗、乐、舞等音乐表演方面的因素，歌与舞、歌与百戏相结合的乐舞表演方式，赋予汉乐府歌诗一定的表演性。在艺术性质与表演形式上，汉乐府歌诗与戏剧艺术具有一脉相承的延续性与相似性。戏剧性作为一种源于戏剧的广义的审美属性，

并不为戏剧所独有，可以在不同文体中共通、互渗。

什么是"戏剧性"？近现代许多中、西戏剧理论家，都试图给"戏剧性"下一个准确的定义，但结果仍是众说纷纭、莫衷一是，至今关于"戏剧性"的廓清、界定依旧充满争议性而不断被讨论①。威廉·阿契尔在《剧作法》里便困惑地问到："我们在用戏剧性这个词汇时，究竟指的是什么？"②顾名思义，戏剧性的概念来自戏剧的范畴，是戏剧艺术基本审美特性的集中表现，是戏剧之所以为戏剧的根本属性和艺术特质。但戏剧性是否为戏剧艺术所独有？答案是否定的；诗歌、小说、电影、广告是否具备戏剧性？答案是肯定的。"戏剧性"既是戏剧文学中的一个核心概念，也是文艺美学中的一个重要理论范畴，它是一个具有延展性的动态概念，有狭义和广义之分——狭义的戏剧性专指戏剧文本或者戏剧舞台的艺术属性，而广义的戏剧性则指在戏剧艺术的基础上，呈现出的一种在不同文体中可以共通、互渗的共有审美属性。如果用僵化的视野把"戏剧性"拘囿于戏剧艺术之中，则限制了这一审美属性的涵摄范围和艺术功能，因为无论是在欣赏小说、诗歌、散文等语言艺术，还是影视、舞蹈、音乐等表演艺术的过程中，都可以体验到、感知到戏剧性的存在。

诗歌、小说、戏剧、散文等不同的文体特征之间既界限分

---

① 关于戏剧性的概念的模糊性和争议性，可参见董健：《戏剧性简论》，《戏剧艺术》2003 年第 6 期；濮波：《对戏剧性的再认识》，《文化艺术研究》2009 年第 5 期；汪余礼、刘娅：《关于"戏剧性"本质的现象学思考》，《戏剧（中央戏剧学院学报）》2019 年第 4 期等文。

② 威廉·阿契尔著，吴钧燮、聂文杞译：《剧作法》，中国戏剧出版社 2004 年版，第 26 页。

明，又存在互渗、互融的现象，比如小说也有诗性特征，出现了一种追求诗美效果的诗化小说，诗歌的因素便介入了小说；再如戏剧的"诗化"也可以赋予戏剧艺术以诗性之美①，诗歌的因素又介入了戏剧。同样，诗歌尤其是叙事性较强的诗歌，在叙事的过程中对情节结构、人物冲突、形象塑造等方面的巧妙安排，也可以具备一定的小说或戏剧的艺术特性，如汉乐府歌诗中的《陌上桑》就像一部独幕短剧，《孔雀东南飞》又像一篇短篇小说或传奇，清李中黄《逸楼论诗》："以诗作传奇，乐府之所由设也。《焦仲卿》叙事极详，人所不说，我必说到，里巷翁妪，琐细俗态，不尽致不已。"② 所以，不同文体之间的艺术属性是可以互相借鉴、融合的，小说、戏剧可以具备"诗性"，同样诗歌也可以具备"戏剧性"，作为审美属性的"戏剧性"并不是戏剧所独有的艺术特性。

虽然诗歌与戏剧分属两种不同的文体，不能等量齐观，甚至在许多艺术层面存在根本性差异，但"文本的性质大同小异，它们在原则上有意识地互相孕育、互相滋养、互相影响；同时又从来不是单纯而又简单的相互复制或全盘接受"③。戏剧家张庚也指出："在戏曲跟诗歌的关系上，戏曲是用诗歌来唱故事，是诗歌与表演、歌舞相结合的发展得最复杂的形式，是从最简单的唱民歌开始一直发展到戏曲这样一个发展的路线中的一个

---

① 可参见赵先正：《戏剧的诗化与诗性之美》，《四川戏剧》2006年第6期；易勤华：《戏曲诗性论》，福建师范大学2006年博士学位论文。

② 李中黄：《逸楼论诗》，《清诗话三编》第2册，上海古籍出版社2014年版，第888页。

③ 蒂费纳·萨莫瓦约撰，邵炜译：《互文性研究》，天津人民出版社2003年版，第1页。

新阶段。"① 诗歌与戏剧并不是完全独立、隔绝的两种文学样式，诗歌影响着中国戏剧的形成，戏剧也会给诗歌创作带来新的艺术启发，所以诗歌与戏剧是两种关系非常紧密的文体。鉴于诗歌与戏剧的关系，诗歌中具备一定的戏剧性也就顺理成章，有些叙事性诗歌便在有限的篇幅中展示出了类似戏剧的情境、情节和话语，给人以戏剧性的审美感受。

关于诗歌的戏剧性，赵伐《论抒情诗戏剧性的可能》一文指出抒情诗也可以利用各成分间的相互抵牾而形成的矛盾语景来展示戏剧性特征②；董乃斌《戏剧性：观照唐代小说诗歌与戏曲关系的一个视角》一文从戏剧性的生长发育来看诗、小说、戏曲三者的关系③；吴晟《中国古代诗歌戏剧性因素初探》一文则从戏剧动作的设计、戏剧声部的组合、戏剧场景的安排、戏剧情境的布置和戏剧结构的经营五种基本类型，探讨中国古代诗歌中的戏剧性因素④；陶文鹏、赵雪沛《论唐宋词的戏剧性》一文指出了词中展示出戏剧冲突、戏剧动作、戏剧情境等各种戏剧因素⑤；杨四平《事态叙事：现代汉诗的戏剧性文法》一文则指出戏剧性是现代汉诗最突出的特征⑥。由此可见，不仅中国

---

① 张庚：《戏曲艺术论》，中国戏剧出版社 1980 年版，第 40 页。

② 赵伐：《论抒情诗戏剧性的可能》，《宁波大学学报》1996 年第 3 期。

③ 董乃斌：《戏剧性：观照唐代小说诗歌与戏曲关系的一个视角》，《文艺研究》2001 年第 1 期。

④ 吴晟：《中国古代诗歌戏剧性因素初探》，《文艺理论研究》2006 年第 3 期。

⑤ 陶文鹏、赵雪沛：《论唐宋词的戏剧性》，《文学评论》2008 年第 1 期。

⑥ 杨四平：《事态叙事：现代汉诗的戏剧性文法》，《文艺争鸣》2015 年第 2 期。

古典诗词中有戏剧性，现代汉诗中同样存在戏剧性；不仅叙事诗词中存在戏剧性，甚至在抒情诗歌中也存在一定的戏剧性。用戏剧性这一审美属性去观照诗歌不失为一种研究范式。当叙事诗歌具有一定"戏剧性"时，不仅不会影响诗歌的艺术价值，而且会给诗歌注入蓬勃跃动的叙事活力，对诗歌生动如画的叙事艺术大有裨益。

　　中国诗歌的演进，从始至终都和音乐密切相关。乐府与戏剧同为音乐文学，二者深厚的渊源关系及其艺术相似性，在今人的论著中亦有论述，如周贻白《中国戏曲发展史纲要》："汉代诗歌中，如《陌上桑》《王昭君》《孤儿行》《妇病行》之类。或叙述，或代言，皆明著故事，而着意于故事中人物的描述，或竟仿其声口而致以咏叹。事实上，中国戏剧的文词之成为半叙述半代言的体制，应当和这类故事诗具有相当的关系。同时，这类诗歌，基本上是汉代民间的歌谣俗调，先有讴唱，然后才著为文词，因而在音乐上，特别是声乐方面，也当是中国戏剧声调上的一项基础。"① 赵敏俐把汉乐府叙事歌诗称为"表演唱"，认为它们"是介于短篇叙事诗和折子戏脚本之类的歌唱文学。在那种特殊的历史条件下，它最好地综合了音乐、诗歌、戏剧等几种艺术形式，成为有着独特韵味的一代文学艺术形式"②。由是可见，在表现形式与艺术形态上，汉代乐府歌诗与戏剧有着千丝万缕的关系，那么"戏剧性"便顺理成章地成为

---

① 周贻白：《中国戏曲发展史纲要》，上海古籍出版社1979年版，第7—8页。

② 赵敏俐：《中国诗歌通史》（汉代卷），人民文学出版社2012年版，第229页。

观照汉乐府歌诗叙事形态的有效视角。

## 二、汉乐府歌诗叙事的戏剧性成因

汉乐府歌诗突出的艺术特点就在于其叙事性，"叙事性在乐府中是仅次于音乐性的一大特征，其从文学角度视之，则同样处于核心位置。音乐性关涉的主要是乐府的表演形式和艺术功能，叙事性则多关涉乐府诗的内容和表现手法，从文学研究的本位来说，对乐府叙事性的关注应当不在其音乐性特征之下。"[1]而且在叙事性的基础上彰显出更加成熟的艺术特征——叙事的戏剧性。充足的叙事因素的介入和突出的演唱话语的参与，是汉乐府歌诗戏剧性的重要基础，也由此形成了其别具一格的戏剧性发生机制。虽然戏剧性并不是汉乐府所独有的叙事特性，唐诗宋词等也有戏剧性[2]，但唐诗宋词的戏剧性更多地体现为一种为诗情诗意服务的艺术手段，是"诗"的叙事性表达，不是"戏"的戏剧性诉求，而汉乐府的戏剧性却是主动的、内在的、必要的叙事质素，不仅为"诗"服务，也为"戏"服务。汉乐府歌诗自身的演唱和表演性质决定了其必须注意戏剧性的叙事效果，这是汉乐府戏剧性审美表现的内在动因。此外，汉乐府歌诗的生产与消费状况以及现实主义诗歌传统亦与内在动因相

---

[1] 董乃斌主编：《中国文学叙事传统研究》，中华书局 2012 年版，第 217 页。

[2] 参见董乃斌：《戏剧性：观照唐代小说诗歌与戏曲关系的一个视角》，《文艺研究》2001 年第 1 期；张海鸥：《论词的叙事性》，《中国社会科学》2004年第 2 期；吴晟：《中国古代诗歌戏剧性因素初探》，《文艺理论研究》2006 年第 3 期；袁凤琴：《诗中有"戏"：唐人绝句戏剧性因素初探》，《中国戏剧》2007 年第 7 期；陶文鹏：《论唐宋词的戏剧性》，《文学评论》2008年第 1 期等文。

辅相成，共同促成了汉乐府歌诗的戏剧性。

## （一）汉乐府歌诗的歌唱和表演性质

汉乐府的戏剧性特征由它的演唱和表演性质所决定。汉乐府歌诗是诗、乐、舞等多种因素相结合的综合性表演艺术，是一种用眼观、用耳听、用心感受的音乐娱乐艺术，因而会表现出不同于徒诗的艺术形态。尽管由于受传播技术条件的限制，在古代本来从属于音乐表演艺术的乐府歌诗，到后世只留下了以文字为载体的诗歌语言，有关汉乐府的曲调声韵、乐器演奏、演唱机制等乐舞体系已无从详考，但这并不影响其已成为普遍共识的乐歌属性。从诗歌的原生形态来看，汉乐府歌诗是用于歌唱表演的音乐文本，它的直接受众并不是阅览白纸黑字的读者，而是舞台下诉诸听觉和视觉的观众，是以娱乐和观赏为主的，比如《长歌行》（仙人骑白鹿）叙述骑白鹿的仙人上华山、采仙草、炼仙药，之后奉药为人祝寿之事，从诗中"来到主人门，奉药一玉箱。主人服此药，身体日康强"来看，这应该是以卖艺为生的民间歌舞艺人，在寿宴上唱给"主人"听的，以祝"主人"身体康健、益寿延年，诗中的"主人"很显然便是被祝寿的对象，是观赏这一歌唱表演的受众。明胡应麟《诗薮》已经言及这种现象："乐府尾句，多用'今日乐相乐'等语，至有与题意及上文略不相蒙者，旧亦疑之。盖汉、魏诗皆以被之弦歌，必燕会间用之。尾句如此，率为听乐者设，即《郊祀》延年意也。"[1] 清毛先舒《诗辩坻》："古乐府掉尾多用'今日乐相乐，延年万岁期'，又'延年寿千秋'，又'别后莫相忘'等

---

[1]　胡应麟：《诗薮》，第19页。

语，有与上意绝不相蒙者。此非作者本词所有，盖是歌工承袭为祝颂好语，随词谱入，奏于曲终耳。"① 再如《陌上桑》"坐中数千人，皆言夫婿殊"，所谓的"坐中数千人"应该指的是坐在台下观赏罗敷巧拒太守这一出好戏的观众。"主人"和"坐中数千人"这些标识歌唱的信息直接嵌入歌诗文献，正是体现了汉乐府歌诗的演唱性质，而这种演唱性质意味着它同时具有表演性，比如《安世房中歌》《练时日》《华烨烨》中的迎神、神降都充满了浓郁的歌舞表演色彩，甚至在《天门》中出现了"饰玉梢以舞歌，体招摇若永望"的舞蹈工具和表演体态，在《天地》里出现了"千童罗舞成八溢，合好效欢虞泰一。九歌毕奏斐然殊，鸣琴竽瑟会轩朱"的盛大歌舞场面，表现出了乐府歌诗的表演性以及由此衍发的戏剧性。

从汉画像石和有关文献材料的分析来看，汉代盛行"厅堂说唱"，"厅堂说唱"即在居家厅堂上表演的供人欣赏的说唱节目，汉乐府的叙事再现性、戏剧表演性以及世俗生活化正与此有直接关系②。如1969年山东嘉祥南武山古墓发现的三块汉画像石③，其中第三石第二格，左方刻三个女子，最前方一女子抚琴，身后两人以掌击节。琴上方处刻一盘，盘内置一樽一碗。画像石中呈现的明显是厅堂宴饮时的歌舞娱乐情景，与汉乐府《鸡鸣》中"上有双樽酒，作使邯郸倡"之宴饮娱乐场景相差无几。再如江苏邳县白山故子东汉二号墓第三石上的乐舞

① 毛先舒：《诗辩坻》，《清诗话续编》，第23—24页。
② 参见廖群：《厅堂说唱与汉乐府艺术特质探析——兼论古代文学传播方式对文本的制约和影响》，《文史哲》2005年第3期。
③ 参见朱锡禄、李卫星：《山东嘉祥南武山汉画像石》，《文物》1986第4期。

图，堂内有四位歌舞艺人，其中 1 人抚琴歌唱，身旁 3 人双手合于胸前，似在随之伴唱①，正与《宋书·乐志》所记"出自汉世"的《但歌》（已佚）"一人倡，三人和"②的演唱形态相吻合。这些摹写日常生活的汉画像石恰是汉乐府歌诗唱演性质的实物见证。汉乐府歌诗是多种表演艺术因素交融的结果，虽然现在很难断定汉乐府歌诗到底有多大的表演性，但其表演的戏剧性特征却是客观存在的。汉乐府的说唱表演决定了其以叙事性的模仿和再现为主，富于故事性和情节性，而主观的抒情内容偏向私人化，缺乏生动的故事情节和戏剧冲突，不仅娱乐性不足，而且不太适合富于动作和对话的歌舞表演。为了实现表演的娱乐效果和满足观赏者的娱乐需求，歌舞艺人在创作和加工乐府歌诗时，需要自觉地遵循娱宾乐主而不是抒情达意的功能，努力追求人物的个性化和情节的戏剧性，尤其注意戏剧性的叙事效果，力求给观众以赏心悦目、引人入胜的观赏感受。

汉末魏晋，文人五言诗兴起，随着文人徒诗创作的不断繁荣，诗歌逐步脱离音乐的限制而独立发展。不少乐府诗或沿袭旧题或自创新题，名为"乐府"但并不入乐。乐府作品和表演的距离越来越远，乐府诗的创作自然也就不再考虑戏剧性效果了。而且随着时代的进步和文学自觉的逐步深化，文人的个体精神在时代洪流中渐次觉醒，随之而来的便是文学的个性化与抒情性的张扬。另外诗歌的审美观念也开始向辞藻、声律、意

---

① 参见尤振尧、陈永清、周甲胜：《江苏邳县白山故子两座东汉画像石墓》，《文物》1986 年第 5 期。

② 沈约撰，王仲荦点校：《宋书》，中华书局 1974 版，第 603 页。

境等方面拓展，使得情节与故事不再是诗歌最关心的问题，新的艺术追求甚至与叙事相排斥。由于诸上各因素的影响，因而在有汉以后的诗歌创作实践中，乐府歌诗的叙事不断被消解，叙事诗的抒情化成为魏晋以降文人诗越来越明显的一个趋势。随着此趋势的不断推进，诗歌的叙事因素随之减弱，叙事诗逐渐沉寂，而文人化、个体化的抒情则顺势而上，不断高涨，逐渐压倒叙事，因此中国诗歌史并没有在乐府歌诗的叙事之路上继续深化，而是发展成了另外一种文人抒情诗的面貌。正因为如此，也使得由演唱性质和表演叙事决定的汉代乐府歌诗，在中国诗歌史上发展出一种独特而又突出的艺术现象——叙事性和戏剧性。

### （二）汉乐府歌诗的生产与消费

再者，从艺术消费与生产的角度来看，艺术消费是艺术生产的动力，起着调节艺术生产的作用。前面提到汉乐府的戏剧性是由它的演唱性质所决定，那么为何戏剧化的歌舞艺术能够在汉代大行其道，汉代的歌舞艺术生产又是如此的繁荣兴盛呢？这并不是偶然的文学现象，而是政治、经济、文化、社会等多种因素共同作用的必然结果。文学作为某一社会文化的一部分，只能发生在某一特定的社会环境中，汉代诗歌的戏剧性与其产生的社会环境息息相关：两汉四百年的历史，除了西汉末年和东汉末年的动乱以外，基本上是歌舞升平的太平盛世，持续繁荣的社会经济和长期稳定的社会秩序，促进了艺术享乐需求的增长和歌舞艺人队伍的壮大，最直接的结果便是形成了汉代浓厚的娱乐风气，构成了主要由皇室贵戚、达官显宦、富商大贾等社会上层人物组成的的庞大消费群体，以至于出现了"豪富吏民畜歌者至数十人"①"优人管弦铿锵极乐，昏夜乃罢"②"防兄弟贵盛……多聚声乐，曲度比诸郊庙"③"倡讴伎乐，列乎深堂"④ 等诸多歌舞娱乐盛况。这种充斥于宫廷到民间的歌舞享乐之风在现有的文献记载、诗歌文本和出土的汉画像石（砖）中均有不同程度的描绘⑤。

乐府歌诗的主要消费者，是汉代社会的贵族官僚和富商大贾，作为上层的消费者，除了关注自身的衣食住行和喜怒哀乐以外，描摹世俗生活的叙事性歌诗是他们了解现实世界尤其是社会下层百姓生活的一扇窗口。艺术消费调节艺术生产，这些上层的消费者丰富的歌舞娱乐生活和强烈的娱乐消费需求，势必对乐府歌诗的艺术表现产生一定影响，由于演奏时间不可过长，歌舞艺人在创作过程中考虑较多的肯定是紧凑的观赏效果，这就决定他们会采用叙事诗的方式去演绎片段式的故事，力求在篇幅有限的表演过程中，以最具戏剧化和观赏性的方式去取悦观众、打动观众。因此汉代乐府歌诗在表演故事时，大都不是连贯完整地叙述人物行动和事件进程，而是把笔墨集中于主人公命运中最富戏剧性的时刻，即集中于时间、地点、矛盾和

---

① 《汉书》，第 3071 页。

② 《汉书》，第 3349 页。

③ 范晔撰，李贤等注，宋云彬等点校：《后汉书》，中华书局 1965 年版，第857 页。

④ 《后汉书》，第 1648 页。

⑤ 具体可参见赵敏俐：《中国诗歌通史》（汉代卷）《从宫廷到民间的歌舞娱乐盛况》一节以及潘啸龙《汉乐府的娱乐职能及其对艺术表现的影响》（《中国社会科学》1990 年第 6 期）、廖群《厅堂说唱与汉乐府艺术特质探析——兼论古代文学传播方式对文本的制约和影响》（《文史哲》2005 年第 3 期）等文。

人物关系高度密集的场景中，以此使故事的情景生动如画、情节跌宕曲折、人物形象生动、情感饱满真切，带给观赏者以如见其人、如临其境、如历其事的审美感受。

同时在艺术生产方面，汉代还流行乐舞百戏，这些百戏集中了音乐、舞蹈、杂技、魔术、武术等各种技艺，比如张衡《西京赋》所载"总会仙倡"："总会仙倡，戏豹舞罴。白虎鼓瑟，苍龙吹箎。女娥坐而长歌，声清畅而蜲蛇；洪涯立而指麾，被毛羽之襳襹。度曲未终，云起雪飞。初若飘飘，后遂霏霏。复陆重阁，转石成雷。"① 既有"女娥坐而长歌""被毛羽之襳襹"的人物扮饰，又有"云起雪飞""转石成雷"舞台效果，已经不单单是歌舞的演唱和场景的布置，而已经趋近于故事的表演。《西京赋》还记载了一出角抵戏："东海黄公，赤刀粤祝。冀厌白虎，卒不能救。挟邪作蛊，于是不售。"② 按东晋葛洪《西京杂记》所记《东海黄公》："有东海人黄公，少时为术，能制龙御虎。佩赤金刀，以绛缯束发，立兴云雾，坐成山河。及衰老，气力羸惫，饮酒过度，不能复行其术。秦末，有白虎见于东海，黄公乃以赤刀往厌之。术既不行，遂为虎所杀。三辅人俗用以为戏，汉帝亦取以为角抵之戏焉。"③ 可见，《东海黄公》已经不同于一般的逞力角逐、竞技表演的角抵戏，而是有着人虎相斗的角色扮演和故事情节，带有一定的戏剧因素。乐舞百戏与汉乐府歌诗同具唱演性质、共求娱乐效果，所以汉代杂以故事情节的、近似戏剧表演的乐舞百戏的艺术生产，应该

---

① 萧统编，李善注：《文选》，中华书局1977年版，第48页。

② 萧统编，李善注：《文选》，第49页。

③ 葛洪：《西京杂记》，中华书局1985年版，第16页。

也会对乐府歌诗情节组织、唱演形式、娱乐诉求等方面的创作构思产生一定的戏剧化影响。

### （三）汉乐府歌诗与现实主义诗歌传统

最后，汉乐府歌诗的戏剧性特征，与它"感于哀乐，缘事而发"的现实主义诗歌传统有关。我国古代叙事诗基本都是取材于丰富多彩的现实生活，富于人民性和现实主义精神。两汉诗歌将《诗经》的写实性发扬光大，生动描摹了汉代气象万千的社会生活和真实可感的精神风貌，犹如一幅巨幅画卷，笔触间挥毫大气，包罗万象。所以肖驰《中国诗歌美学》认为汉代叙事诗戏剧化的秘密"就在于其直接的人民性，就在于人民生活对它的哺养。"① 汉乐府反映的社会内容十分丰富，在时代潮流的汹涌澎湃之间，社会的繁荣与动荡、人民的幸福与苦难、情感的张扬与挣扎，不同的社会阶层、不同的生命个体，挥洒着不同的情感体验，不同的精神世界。可以说汉乐府所反映的世俗内容，就是生活经历的体验到艺术经验的转化与升华，是整个汉代社会的生动缩影与人物命运的真实写照。在汉代乐府歌诗中，叙事性较强的诗歌主要致力于描摹戏剧性的社会世俗生活，尤其是描摹社会底层人物的命运浮沉与生活疾苦。当我们展开汉代乐府歌诗这轴波澜壮阔的历史生活画卷时，戏剧的冲突犹如大海的惊涛骇浪，裹挟着震天动地的力量迎面扑来，使我们如临其境地感受到戏剧性的真实和震撼。

所谓艺术源于现实，现实交织人生，现实生活本身就是丰富多彩的、不可捉摸的、充满偶然性和戏剧性的。这些戏剧性

---

① 肖驰：《中国诗歌美学》，北京大学出版社 1986 年版，第 112 页。

的生活素材以诗歌艺术的形式被加工、表现出来，反映着社会生活中苦乐掺杂的世态世相，体现着时代漩涡里悲喜交加的社会本质。汉代是一个波澜壮阔、气象万千的时代，上演着更多戏剧性的社会转变，孕育着更多戏剧性的命运历程。而汉乐府歌诗又是"缘事而发"，是对现实生活的再现，充满着戏剧性的人生经历，所反映的都是当时社会生活中一个个具体的哀乐之事，一次次鲜活的生命体验。如《东门行》中的铤而走险，可以清晰地目睹"来入门，怅欲悲"的生活困境和"拔剑东门去"的困兽犹斗；如《孤儿行》中的兄弟倾轧，可以真切地感受"命独当苦"的苦难人生和"兄嫂难与久居"的人性险恶；《羽林郎》中的正邪对立，可以直白地看到官奴"调笑酒家胡"的无耻行径和胡姬"多谢金吾子"的巧妙斗争……这些生活悲剧也好，人间喜剧也罢，无一不包蕴着张弛有度的诗性空间和戏剧张力，宛如一幕幕扣人心弦的情景剧，演绎着一个又一个戏剧性的生活时刻和情感瞬间。这些诗歌的创作背景本身就具有真实而生动的故事情节，具有复杂而激烈的矛盾冲突，具有丰富而立体的人生百态，只需经过歌舞艺人精心的的戏剧审美创造，便可成为倡优据以演唱的歌舞剧脚本，使汉乐府歌诗在文本及表演层面均具有突出的戏剧性特征。

由上可见，汉乐府歌诗的戏剧性特征是多种因素综合的结果，第一表现为内部艺术形式的影响，即演唱和表演的乐舞性质。歌舞艺人为了实现表演的娱乐效果和满足观赏者的娱乐享受，他们在创作、加工乐府歌诗时，需要力求故事情节的戏剧性和人物塑造的生动性，以此带给观众夺人耳目、动人心弦的戏剧性感受。第二表现为外部社会诸因素的熏染，如汉代浓厚的歌舞娱乐风气，艺术消费调节艺术生产，强烈的歌舞娱乐消费需求，使得汉乐府歌诗以最具戏剧化和观赏性的方式去取悦观众；再如形态万千的社会历史环境，汉乐府歌诗集成和发扬了现实主义诗歌传统，从气象万千、蓬勃跃动的汉代世俗生活和悲欢离合、酸甜苦辣的生命体验中汲取灵感，再现汉代历史洪流中的戏剧性时刻。内部与外部因素的交织影响，共同促成了汉乐府歌诗的戏剧性特征，成就了汉乐府歌诗突出的叙事艺术特质。

## 三、汉乐府歌诗戏剧性特征的具体表现

一代有一代之诗歌，历朝历代的诗歌园地百花竞放。但并不是所有诗歌都具有鲜明的戏剧性，戏剧性的前提是要具备充分的叙事性，只有具备足够的人物行动、情节构思、情景渲染等叙事因素，才更能产生情感、价值、动机等方面的戏剧冲突，给人以别出心裁、扣人心弦的戏剧性感受。因而以叙事性的完备程度作为参照，去进一步界定诗歌戏剧性特质的话，汉代诗歌十分契合这一标准。对于汉乐府歌诗来说，其戏剧性一般表现为捕摄客观生活中人物矛盾尖锐、事件冲突激烈的戏剧性场景，通过对这一戏剧性场景的精心剪裁，以"短剧"的形式演叙人物行动的选择和心理状态的变化，通过截取叙事时间和压缩叙事空间，创造情节紧凑、人物鲜明、意蕴丰厚的戏剧审美感受。通过对汉乐府歌诗文本的分析考察，并参考结合前辈学人的研究成果，可以将汉乐府歌诗的戏剧性特征归结为矛盾冲突的戏剧性、情节设置的戏剧性和形象塑造的戏剧性三个主要方面。

### （一）矛盾冲突的戏剧性

矛盾冲突是推动戏剧性情节发展的核心动力，是组织戏剧

性结构方式的中心焦点，也是判断一首诗是否具有戏剧性的重要标志。戏剧性的实质表现为不同动机的人物在特定场合中的矛盾冲突。汉乐府歌诗中的矛盾冲突一般可以分成三种情况：人与人之间的冲突、人与环境之间的冲突以及人与自身的冲突。

第一种是人与人之间的冲突，这种冲突一般体现为情感的、动机的或价值观的矛盾对立，在这种强弱双方不平衡的矛盾对立面前，不同立场的人物表现出不同的行为方式，以此捍卫自己的独立人格。矛盾冲突的发生、发展与消解的过程，正是集中的、紧张的戏剧性效果的展现过程。

《陌上桑》一诗中，罗敷与使君的冲突便是典型的人与人之间的冲突形式。诗歌通过使君和罗敷的直接对话，以戏剧对白的形式设置、推动人物冲突。在构成矛盾冲突的另一关键人物"使君"出场之前，诗歌用大量笔墨侧面描摹罗敷之美，为罗敷与使君的矛盾冲突制造铺垫，罗敷的美貌引起了使君的贪羡，从而引出罗敷智斗使君的戏剧性情节。诗歌在进行罗敷的外貌描摹时，叙事节奏一直是轻松明快、从容舒缓，而至矛盾的制造者"使君"登场，则犹如平地起波澜般掀起人物冲突——"使君遣吏往，问是谁家姝？"使君觊觎罗敷的美貌并采取实际行动，戏剧性气氛骤然升起。"使君"先"遣吏"打探罗敷，接着又进一步邀请罗敷"共载"。"使君"的步步紧逼显出了罗敷的真性情，刚开始面对"使君"时，罗敷的回答是不卑不亢、落落大方，而当"使君"的丑行暴露后，罗敷则不畏权势、慷慨愤然地直言怒斥："使君一何愚！"叙事节奏由缓而促，仅寥寥数语，一个敢爱敢恨、坚贞刚烈的罗敷形象宛立面前。继而，诗人运用"赋"的铺叙手法，犹如戏剧唱词般以罗敷的口吻直接叙出"夸夫"情节，此处表面为罗敷"夸夫"，字句之间却体现着激烈的矛盾对抗，即通过如挟风霜、如掷金石的"夸夫"话语，严拒"使君"的无理要求和丑恶行径，声声入耳的斥责之厉渲染出引人入胜的戏剧性氛围。由于相和歌辞属于演唱的艺术，因而语言或者叫唱词是整个乐府歌诗演唱过程中的核心部分，在语言这一层面，《陌上桑》表现出一个突出的戏剧性特点：善于用简练而又生动的对话推进故事情节，同时注意营造和渲染紧张的戏剧性气氛，通过在矛盾冲突的尖锐交锋中展示可感可视的人物性格。《陌上桑》充分体现了汉乐府演唱故事的策略，即充分发挥故事表演中的戏剧化手段，在有限的篇幅中用戏剧性的表现方式巧妙地推进情节冲突、揭示人物性格、表明情感立场。

相对于叙事因素已经较为成熟的《陌上桑》，叙事长篇《孔雀东南飞》更是代表了汉代诗歌的叙事高峰。《孔雀东南飞》的戏剧性表现更为突出，全诗宛如一出人物众多、情节繁复、结构谨严的多幕剧①。《孔雀东南飞》中的人物冲突复杂而鲜明，

① 关于《孔雀东南飞》所具备的戏剧性因素，前人已有所论及，如宋徵璧《抱真堂诗话》："《焦仲卿》及《木兰诗》，如看彻一本传奇，使人不敢作传奇。"李中黄《逸楼论诗》："以诗作传奇，乐府之所由设也。《焦仲卿》叙事极详，人所不说，我必说到，里巷翁姬，琐细俗态，不尽致不已。"二者均将《孔雀东南飞》比作传奇，正是其叙事之戏剧性特征的体现。再如贺贻孙《诗筏》从人物性格冲突方面，点明了《孔雀东南飞》戏剧性的叙事功能："叙事长篇动人啼笑处，全在点缀生活，如一本杂剧，插科打诨，皆在净丑。《焦仲卿》篇，形容阿母之虐，阿兄之横，亲母之依违，太守之强暴，丞吏、主簿、一班媒人张皇趋附，无不绝倒，所以入情。若只写府吏、兰芝两人痴态，虽刻画逼肖，决不能引人涕泗纵横至此也。"以上评论虽然只是将《孔雀东南飞》简单地比作传奇或杂剧，但实际已经开创性地揭示出该诗叙事的戏剧性特征。

全诗由焦母遣归兰芝、夫妻话别、母亲辞媒、兄长逼婚、兰芝许嫁、夫妻重会、夫妻殉情等一系列典型情节连缀构成，人物之间不断激化以致无法调和的种种矛盾，有序推动着情节的进展。诗歌通过刘兰芝和焦母、焦仲卿和焦母、刘兰芝与刘兄、焦仲卿和刘兰芝这四对层次分明的人物冲突连缀故事情节，在生动如画的矛盾对峙中凸显人物性格，具有直击人心的戏剧性效果。如焦母遣归兰芝这一叙事片段，便分别由兰芝与焦母、焦仲卿与焦母的冲突连缀组合而成。刘兰芝未嫁之前知书达理、雍容尔雅："十三能织素，十四学裁衣，十五弹箜篌，十六诵诗书。"既嫁之后夙夜匪懈、勤恳持家："鸡鸣入机织，夜夜不得息"。然而接下来却发生叙事陡转："非为织作迟，君家妇难为！妾不堪驱使，徒留无所施。便可白公姥，及时相遣归。"如此端庄贤惠的兰芝却不见容于刻薄的婆母，通过兰芝自请遣归的慷慨自述，开门见山地引出人物冲突的故事背景，揭示兰芝与焦母之间尖锐的冲突对立。在对人物冲突进行铺垫以后，诗歌便详细刻画冲突的过程：仲卿求母一段，是第一次人物冲突，冲突以"堂上启阿母"的求情开始，以"阿母谓府吏"的断然回绝和"府吏长跪告"的苦苦哀求进一步推进，以"阿母得闻之，槌床便大怒"的训斥和"府吏默无声"的拜退结束，冲突以焦仲卿对焦母的屈从而消解，焦母的专横和仲卿的软弱跃然纸上。但这种冲突的消解只是暂时的，它蓄积着更尖锐的冲突能量，仲卿的软弱无能使得兰芝只能驱遣辞别，于是便引发了第二次冲突——焦母和兰芝的直接对立："上堂拜阿母，阿母怒不止。"这是刘兰芝和焦母的最后一次直接冲突，婆媳之间无法化解的矛盾构成了叙事链中最关键的一环，这种戏剧性的人物冲突直接促进着人物性格的发展与成熟，影响着后续情节的推进和人物命运的结局，直接导致了刘兰芝和焦仲卿共赴黄泉的爱情悲剧。当然从深层意义上分析，刘兰芝与焦母的冲突不止于人与人之间利益、情感、立场等方面的冲突对立，同时这种冲突也有着令人深思的社会意义和思想价值，即封建礼教和封建家长制对美满婚姻的剥夺和美好爱情的扼杀，主题的升华使该诗焕发着永恒的艺术生命力。从这个层面来看，人与人之间的冲突又上升为人与社会环境之间的冲突。

　　第二种冲突方式是人与环境之间的冲突，尤以人与社会环境的冲突更具典型的戏剧性。此处的社会环境主要指社会形态，包括政治制度、经济制度、婚姻制度、兵役制度等，汉乐府如《平陵东》《东门行》《妇病行》就体现了汉代政治制度下统治阶级和被统治阶级的冲突；《孔雀东南飞》《上山采蘼芜》《白头吟》则体现了妇女与封建婚姻制度的冲突；《战城南》《十五从军征》《东光》则又体现了汉代兵役制度下士兵的命运浮沉。这些作品既关怀民瘼，又针砭时弊。当然，人与社会环境之间的冲突并不是纯粹的，这中间一般还体现着人物之间的冲突碰撞，在人与人的矛盾冲突中潜藏着深层的社会问题，使人与社会环境之间的冲突蕴含着更深刻的锐度。这些诗歌与当时的社会现象几乎没有间隔与疏离，均在人与社会环境不可调和的矛盾冲突中，真实地展现着人物的挣扎与反抗、无助与妥协。在复杂的社会环境面前，每个人物尤其是社会底层的小人物，都会身不由己地被卷入时代的洪流，他们的心理状态、行为选择和人生处境无一不受到社会环境的深刻影响，在这种复杂多变的社会环境下所产生的阶级对立、价值碰撞、情感抵触，无一不迸发着戏剧性的生命色彩和艺术火花。

　　《平陵东》一诗揭露了官府对百姓的敲诈剥削，控诉官吏用绑架勒索的方式压榨人民，使得无辜百姓倾家荡产，反映了极其尖锐的社会矛盾和戏剧冲突：

> 平陵东，松柏桐，不知何人劫义公。劫义公，在高堂下，交钱百万两走马。两走马，亦诚难，顾见追吏心中恻。心中恻，血出漉，归告我家卖黄犊。

这首诗的本事发生地在平陵东，汉时这一区域可谓剥削者的天堂和劳动者的地狱，是汉代社会贫富对立的真实映照。贪官污吏对百姓进行残酷剥削和无情掠夺，正是诗歌"劫义公，在高堂下，交钱百万两走马"的生动写照。"高堂"即官府，"义公"指被官府劫迫之人，"交钱百万两走马"是官府所勒索的高额赎金。高堂本应是官员主持公道、除暴安良的正义之地，而现在贪官污吏却公然搜刮民脂、勒索钱财。面对着"追吏"的逼迫，百姓只能是"心中恻，血出漉"，为了赎回"义公"，无奈"归告我家卖黄犊"，充分反映了汉代社会阶级压迫的残酷现实。这首诗虽然篇幅短小，但却犹如一幕幕短剧，有"松柏桐""高堂""追吏""我家"等一系列叙事情景的切换，有"劫义公""顾见追吏""归告我家"等线性叙事情节的推进，尤其是"顾见追吏心中恻"一句，非常具有戏剧的画面感，集中体现了官吏和百姓针锋相对的矛盾冲突。此处有"顾见"这样直观的动作表演，有"心中恻"这样真实的情感演绎，被逼无奈的百姓悲恻前行，催人泪下；逼迫百姓的官吏则是浮收勒折，令人愤慨。这是人与社会政治环境不可调和的尖锐冲突的结果。

人与自然环境的冲突相对简单，游子背井离乡是汉代常见的社会现象，如《巫山高》即为叙述游子羁旅在外，归家不得之哀辞，郭茂倩《乐府诗集》引《乐府解题》："古词言，江淮水深，无梁可度，临水远望，思归而已。"① 郑文《汉诗选笺》："此为游子思乡，欲归不得。托巫山、淮水之高深，以言不能归之故，非必人在巫山或淮水之地也。"② 该诗起笔一"高"一"深"，以顶针之法描绘出了巫山的险峻和淮水的湍急，十分具有画面感，以此加剧羁旅之人欲归不得的悲愁之情，其渡河东归之事简略，临水远望之情悲切，寥寥数笔而感人至深。

第三是人与自身的冲突，主要指人物内心矛盾的纠葛。这种矛盾冲突在爱情主题的诗歌中体现得最多，基本是以内心独白的方式加以呈现，通过内心独白来体现人物在面临情感选择时的挣扎状态。汉代社会的歌舞演唱具有丰富的艺术表现形式，根据现有文献，大体上可以把这些歌诗艺术演唱分为三种情况：单人的独弹独唱；一人主唱，其他人伴乐或伴唱；以歌舞伴唱。按照演唱的方式来看，这种独白式的人物心理冲突类似于单人独唱，通过代言体的方式演唱一段情感历程或者故事片段，虽然单人独唱一般都表现为抒情诗的形式，很难叙述复杂的故事情节，但依旧具有叙事因素甚至戏剧成分，因为单人独唱的代言体是"设为人物口吻，以特定视角来观察或抒写自己的感受。这样的诗即使叙事意味很淡，甚至于通篇抒情，但因为抒情主人公就是思妇或游子，是特定的人物角色，所以仍具有叙事诗的性质，与那些诗人自抒情怀的作品是根本不同的"③。所以从某种意义上来说，所有的诗歌，即使是最简单、最凝练的抒情

---

① 郭茂倩：《乐府诗集》，第 228 页。

② 郑文：《汉诗选笺》，上海古籍出版社 1986 年版，第 6 页。

③ 张仲谋：《从乐府学范畴看词的叙事性》，《江海学刊》2016 年第 3 期。

诗，也都会有一个"事在诗内"或"事在诗外"的具体故事情境，可以看作是一部小小的戏剧。如《东门行》一诗：

> 出东门，不顾归。来入门，怅欲悲。盎中无斗米储，还视架上无悬衣。拔剑东门去，舍中儿母牵衣啼："他家但愿富贵，贱妾与君共哺糜。上用仓浪天故，下当用此黄口儿。今非！""咄！行！吾去为迟！白发时下难久居。"

起首四句压缩了故事时间和故事容量，以全知的叙事视角对主人公的行为进行概述，"出"而复"入"的动作折转，由"怅"而"悲"的情感波动，短短十二个字的粗线条勾勒，便使"出"时"不顾归"的慷慨坚决和"入"时"怅欲悲"的悲不自胜形成鲜明对比。叙述者无需交代事件的细节，主人公百转千回的复杂心理活动就已跃然纸上。随着叙事的展开，可以了解，男主人公之所以义无反顾地"出东门"，是因为家里已经"盎中无斗米储，还视架上无悬衣"，从"盎"到"架"出现了主人公视角的平移，这种叙事空间的切换在一定程度上铺垫着人物内心的冲突与选择，面对着无衣无食、饥寒交迫的残酷现实，最终还是"入"而复"出"，选择"拔剑东门去"。故事波折起伏，扣人心弦，此刻仿佛可以深入主人公的内心，他从犹豫不决、反复不定到下定决心的心路历程的转变宛在目前。这种铿锵有力的情感表现和心理冲突，提升了诗歌叙事的戏剧性张力，加深了诗歌的悲剧内涵，具有极大的艺术感染力。

对内心活动的刻划往往最能打动受众的心灵，乌孙公主刘细君的《悲愁歌》更是体现了人物内心无尽的挣扎与痛苦。《汉书·西域传》："乌孙于是恐，使使献马，愿得尚汉公主，为昆弟。……汉元封中，遣江都王建女细君为公主，以妻焉。……公主至其国，自治宫室居，岁时一再与昆莫会，置酒饮食，以币帛赐王左右贵人。昆莫年老，言语不通，公主悲愁，自为作歌曰：'吾家嫁我兮天一方，远托异国兮乌孙王。穹庐为室兮旃为墙，以肉为食兮酪为浆。居常土思兮心内伤，愿为黄鹄兮归故乡'"① 据《汉书·景十三王传》载，刘细君的父亲江都王刘建荒淫无道，后因谋反事发，问罪自杀。诗歌的前两句直叙远嫁乌孙之事，通过历史记载可知，刘细君远嫁乌孙王并非情出自愿，而是朝廷出于联盟西域、打击匈奴而做出的政治联姻，刘细君作为谋逆罪臣刘建之女，便被推到了历史的风口浪尖，命中注定了她身向大漠的悲剧命运，成为一个政治牺牲品。这件事情本身就颇具历史戏剧性，刘细君的内心冲突由此掀起波澜。诗歌三、四两句以白描的手法从衣食住行方面铺叙乌孙国的异域生活，对于一个无法左右命运的柔弱女子来说，远离故土、远嫁天涯已经足够悲伤，自己的余生面对的将是年老力衰的乌孙国王、言语不通的生活环境和完全陌生的生活方式，不觉更添一层无处排遣的孤独和惆怅，内心的冲突更上一个层次。诗歌最后两句"居常土思兮心内伤，愿为黄鹄兮归故乡"，便用故乡的楚声直抒其情、直叙其悲，思乡之情令人动容，内心冲突达到顶点，戏剧性也更加饱满，于是便成就了一曲千古绝唱，穿越千年的历史时空，依旧让后人悲歌咏叹。

**（二）情节设置的戏剧性**

情节既包括事件的内容，又包括对事件的结构安排，结构

---

① 《汉书》，第 3903 页。

是内容的组织形式，内容是结构的组织对象，二者一个是骨架，一个是肌理。汉代诗歌虽然也出现了像《孔雀东南飞》《悲愤诗》这样结构完整、情节曲折、声情毕肖的叙事诗，但数量毕竟寥寥无几。就叙事形态的整体而论，由于汉代诗歌诉诸表演、于短制中见波澜的艺术特征，大部分诗歌的叙事未能详细展开，而是普遍采取场景叙事的方式组织、设置故事情节。正如赵敏俐所说："它们的写作主旨都不在于故事本身的完整，而在于能在有限的艺术表演过程中，通过简单的戏剧化的表演手段和方式，让听众了解社会上某些方面的事情，某种类型人物的生活、遭际和命运。"① 所以乐府歌诗的情节设置与其艺术形态有关，因为这些作品是诉诸表演的艺术，因此采用集中、概括的场景进行叙事是这些诗篇所采用的主要方法。场景在叙事学概念中属于时长的一种，一般被认为是戏剧性情节的集中点和高潮点。"场景通常出现在富于戏剧性的内容、情节的高潮以及对一个事件的详细描述等情况下，在事件发展的关头或处于激烈变化的情况下，往往会伴随浓墨重彩的场景甚至几个相接连的场景。"② 与这种场景叙事相对应的就是片段式叙事结构的运用，即不追求事件的完整性，而是捕摄日常生活中的某一典型场景、事件发展过程中的某一典型片段，即捕捉人物矛盾尖锐、事件冲突激烈的戏剧性时刻，通过对这一时刻的精心剪裁、集中叙述，表现处在这个时刻中人物行动的选择和心理状态的变化，如

---

① 赵敏俐：《汉乐府歌诗演唱与语言形式之关系》，《文学评论》2005 年第5 期。

② 谭君强：《叙事学导论——从经典叙事学到后经典叙事学（第二版）》，第142—143 页。

《孤儿行》"瓜车反覆，助我者少，啖瓜者多"，揭示了人世的炎凉和孤儿的无助；《十五从军征》"羹饭一时熟，不知贻阿谁。出门东向看，泪落沾我衣"，透露出战争的离乱和战士的凄楚；《艳歌行》"赖得贤主人，览取为吾绸。夫婿从门来，斜柯西北眄"，表现出羁旅的艰辛和生活的谐趣……这些诗歌均是捕摄生活场景中最富表现力的戏剧性时刻展现人物的生存状态和命运处境，虽然诗歌篇幅较短，故事容量不大，情节线索不多，但在叙事的表现力上却丝毫不减。诗歌通过截取叙事时间和压缩叙事空间，把矛盾集中在一个焦点上，这样既可以避免叙事的冗长繁杂，又可以给读者留下丰富的想象空间，使得诗歌的艺术表现力有增无减，内蕴丰赡深厚，情节扣人心弦，人物惟妙惟肖戏，戏剧性效果十分突出。

情节设置的戏剧性一方面表现为场景捕摄的戏剧性。汉代诗歌的这种场景叙事的情节结构，也与其音乐性质密切相关。为了更好地体现演唱效果、娱乐功能及观众的审美感受，要求诗歌既要情节曲折多变，情景生动如画，同时由于演奏时间限制，又讲求于短制中见其波澜，因而使得汉代歌诗多补摄典型的故事场景或事件片段，以使情节更加紧凑，戏剧性特征也就更加明显。《战城南》是《汉鼓吹铙歌十八曲》中唯一描写战阵之事的作品，是典型的西汉早期战争诗：

战城南，死郭北，野死不葬乌可食。为我谓乌：且为客豪！野死谅不葬，腐肉安能去子逃？水声激激，蒲苇冥冥。枭骑战斗死，驽马徘徊鸣。梁筑室，何以南？何以北？禾黍不获君何食？愿为忠臣安可得？思子良臣，良臣诚可思，朝行出攻，暮不夜归。

该诗是场景叙事的一个典型，诗歌对所表现的战争情形并未作有始有终的叙述，而是恰当地选择陈尸遍野、乌鸦乱飞这一战后的典型惨景，来集中地加以烘托、描绘，展现了战争的残酷无情，具有尺幅千里之效。因此《战城南》的情节具有较大的跳跃性，所叙之事并不具备完整的故事形态，而是选择最具感染力的一个戏剧化的片段进行叙述，起句刚叙及"战"，便径接以"死"，诗中对士卒杀敌的悲壮场景不作一语描述，而是着意截取"为我谓乌"这一奇幻场景，设想战死者与乌鸦的对话来描写战后的惨状，想象出其不意，方东树《昭昧詹言》评曰："《汉铙歌·战城南》'为我谓乌'句妙接。"[①] 最后的"朝行出攻，暮不夜归"，将"良臣"战死疆场的悲壮一幕，如快镜头一样又重新在眼前拉过，通过这一既壮又悲的场景以小胜大，使所叙之事更显惨烈，所抒之情更加悲壮。陈本礼《汉诗统笺》评："此犹屈子之《国殇》也"[②]，而比之《国殇》，"从点出尸骸上飞舞的鸦群的情景来比较，《战城南》的炽烈程度更进一层"。[③] 由此，这首诗歌典型体现了叙事场景化特征，通过死者的悲惨经历和沉痛感受抒发对战争的诅咒和悲愤，体现了所叙之事与所抒之情相辅相成的场景叙事形态。

《艳歌行》也通过展现一个表面啼笑皆非实则令人唏嘘的生活场景：旅人久旅不归，寄居他乡，女主人帮忙缝衣，其夫见之而引致猜疑：

---

① 方东树：《昭昧詹言》，人民文学出版社1961年版，第348页。
② 陈本礼：《汉诗统笺》，《丛书集成三编》集部第34册，台北新文丰出版公司1997年版，第300页。
③ 吉川幸次郎著，章培恒等译：《中国诗史》，第109页。

> 翩翩堂前燕，冬藏夏来见；兄弟两三人，流宕在他县。
> 故衣谁当补，新衣谁当绽？赖得贤主人，览取为吾绽。夫婿
> 从门来，斜柯西北眄。"语卿且勿眄，水清石自见。"石见
> 何累累，远行不如归。

首四句起兴开端，起句叙以堂前燕冬藏夏归，应句叙以兄弟几人流宕他乡终年不归，归与不归形成鲜明对比，以燕之归来有期喻人之归期无定，这一反兴兼比的手法开门见山地奠定了诗歌感伤的情感内核。"故衣"6句"正叙客久衣敝，感妇组衣，其夫见而生疑之事"[1]，是全诗的叙事中心，也是最富冲突性的故事场景。受篇幅所限，诗歌无法全景式的展现事件的前因后果，而是选取补衣见疑这一戏剧性的场景，以第一人称的真实口吻进行集中而精练的叙述，但是人物之间的冲突和情感的流露却丝毫没有减损。善良热心的居停女主人，因为怜悯旅客而为之缝补衣服，补衣虽是不值一提的小事，却令旅客感受到羁旅在外的温暖。然而接下来却随着"夫婿从门来"发生叙事陡转，"夫婿归入门时，反隐于斜柯而眄之，盖有所猜耳。"[2] 妻子为旅人缝补的情景正巧被归来的丈夫看见，不明所以的丈夫顿时心生误会，用猜忌的眼色注视着这几个陌生的旅客，"斜柯西北眄"这一诙谐的神态生动传神，不禁令人哑然失笑。无声的猜疑甚于公开的责难，为了打消男主人对女主人和兄弟几人"莫须有"的猜疑，诗歌直接让旅人发语挑明："语卿且勿眄，水清石自见。"真相总会水落石出，然而对于背井离乡、颠沛流

---

① 张玉毂撰，许逸民点校：《古诗赏析》，第 134 页。
② 毛先舒：《诗辩坻》，第 20 页。

离的游子来说，这种受人冷眼的辛酸苦楚不言自明，故而发出"远行不如归"的真挚心声。《艳歌行》既没有浓墨重彩的描绘，也没有哗众取宠的语言，只是通过居停主妇为旅客补衣而引起误会这一矛盾交汇的生活场景设置情节，以小见大地将羁旅之人苦涩的心声深沉地流露出来。樊维钢赏析该诗曰："在这一特写镜头中，容纳了三对矛盾、三个方面人物的内心世界，即：夫妻之间，夫与流浪汉之间，流浪汉与女主人之间，此时各生想法，各具心态，各有难言之隐。"①

情节设置的戏剧性另一方面表现为场景渲染的戏剧性。对叙事情景的渲染和营造并不是直接的叙述故事，而是为故事提供一个符合人物行为动机的戏剧性背景。此处的情景并不是诗歌外部的社会大环境，而是指诗歌文本内故事发生的具体情景，如《秋风辞》"秋风起兮白云飞，草木黄落兮雁南归"式的自然景色的渲染，或《相逢行》"黄金为君门，白玉为君堂"式的物景的铺陈，或《陇西行》"好妇出迎客，颜色正敷愉"式的民俗风情的展示等，这些场景本身虽然不具戏剧性的特征，但却为故事的展开提供了一种戏剧性张力，凸显着对应的叙事情感与价值判断。

汉代叙事诗的戏剧性场景有时是单一的，如《羽林郎》《陇西行》通篇只有酒店一个场景，长诗《陌上桑》主要以"城南隅"一个场景铺叙展开；有时会随着事件展开的需要而发生转换，通过类似电影蒙太奇的手法，进行画面的剪辑与组接，富于场面调度的灵活性和时空转换的跳跃性。如《孤儿行》就出

---

① 吴小如等撰：《汉魏六朝诗鉴赏辞典》，上海辞书出版社 2016 年版，第106 页。

现了"行贾""汲水""卖瓜"三个场景，通过不同场景的转换、连接、缀合，突出孤儿生不如死的血泪之苦。《陇西行》也分为"迎客""待客"和"送客"三个场景来叙述"好妇"招待客人的详细过程。尤其在祭祀乐歌中，比如《练时日》通过对灵之斿、灵之车、灵之下、灵之来、灵之至、灵已坐、灵安留等多个场景的依次铺陈，展示出神降的过程及风采，好似戏剧中瑰丽神奇的布景一般。再如《安世房中歌》："高张四县，乐充宫庭。芬树羽林，云景杳冥。金支秀华，庶旄翠旌。"该章为"迎神之乐"，主要以铺陈的叙事手法描叙乐器演奏和仪仗饰物。祭祀所用乐器、仪仗纷繁如云影之杳冥，华丽如草木之秀华，渲染出了庄重威严而富丽堂皇的祭祀迎神场面，辉煌杳幻，如见其景，如临其境，典雅的语言透露着楚辞体的流丽与浪漫，沈德潜品评曰："末四句幽光灵响，不专以典重见长。"[1] 场景的想象力和创造力十分丰富，同时也使得诗歌平添了几分奇幻而浪漫的戏剧色彩。

### （三）形象塑造的戏剧性

汉乐府形象塑造的戏剧性主要表现为动作描写、语言表达和外貌描摹的戏剧性三个方面。首先是动作描写的戏剧性。动作作为戏剧的一种强有力的表现手段，在戏剧理论和戏剧实践中具有举足轻重的地位。亚里士多德《诗学》认为戏剧（悲剧）是对有一定长度的行动的摹仿[2]；黑格尔《美学（第一卷）》："能把个人的性格、思想和目的最清楚地表现出来的是动作，人

---

① 沈德潜选评，闻旭初标点：《古诗源》，中华书局 2018 年版，第 32 页。
② 参见亚里士多德著，陈中梅译：《诗学》，商务印书馆 1996 年版，第 63—65 页。

的最深刻方面只有通过动作才见诸现实。"① 中国的戏剧理论也极其注重戏剧的动作性，如谭霈生认为动作性"是戏剧语言首要的、基本的特性，是关系到'戏剧性'的首要问题。"② 戏剧是动作的艺术，动作是表现人物性格的基本手段，所以历来论者均是把"行动"或者说"动作"看作是戏剧的根本特征。汉代诗歌具有鲜明的戏剧性特征，自然也少不了戏剧性的动作表现。这里的动作主要指外部的形体动作，也即演唱时举手投足等直观可见的肢体动作。诗歌形体动作的戏剧性与戏曲基本一致，通过歌舞艺人形象生动的表演，把人物的动作在舞台上直观地再现出来，使观众获得直接具体的感受。但并不是所有的动作都具有戏剧性，戏剧性的动作必须是诗歌中戏剧性情节的有机部分，它必须具备这样的构造功能：一是能够引导、制约故事情节的发展轨迹，二是能够表现人物性格、塑造人物形象，同时二者又能够相辅相成、紧密交融。人是行动的主体，人的一系列行动构成事件，正是这些行动的推进，才逐渐彰显人物的性格、思想和精神状态，所以人物动作必须能够激起心灵的反应才能产生戏剧性，戏剧性的动作必须是情节化的动作，是性格化的动作，否则就只是普通的肢体动作。

戏剧性的形体动作以直观的视觉形式来呈现，如《东门行》便突显了汉乐府歌诗表演的戏剧性特征。诗中既没有对主人公身份、地位、职业等方面的详细交待，也没有开端、发展、高潮、结局等完整的故事形态，情节突然而起，又戛然而止。诗

---

① 黑格尔著，朱光潜译：《美学（第一卷）》，商务印书馆 1997 年版，第 278 页。

② 谭霈生：《论戏剧性》，北京大学出版社 2009 年版，第 4 页。

人尽可能地省略了故事的叙事性语言，而让位于出场人物的行动表演，将生活动作艺术化、节奏化，即通过"出""入""还视""拔剑"等一系列镜头般的形体动作，在推动故事情节发展同时，表现出"丈夫"犹豫的内心抉择，最终义无反顾地做出铤而走险的选择，十分具有戏剧感染力。比如"还视"这一动作，看似轻描淡写，实则对情节的发展和形象的塑造起着重要的推进作用，男主人公由于顾及家中妻儿，一旦自己铤而走险，妻儿将无依无靠，处境将更加艰难，所以"出"而复"入"，不忍抛妻弃子走上不归路；然而他最终还是义无反顾地"拔剑东门去"，狠心地"入"而复"出"，选择拼死一搏以求生存，"还视"这一饱含戏剧性的动作构成了诗歌情节发展的一个转折，为男主人公最终的行为动机提供了一个合理的烘托和渲染。"还视"即"回头看"，"还视架上无悬衣"，当男主人公回头看见衣架空空的凄惨景象，浮现在眼前的是家里的一贫如洗、是妻儿的饥寒交迫、是生活的日暮途穷，面对着无衣无食的残酷现实和穷途末路的绝望处境，男主人公最后一丝犹豫荡然无遗，于是毅然决然地走上了以身试法的不归路，一个走投无路而逼上梁山的反抗者形象呼之欲出。紧承"还视架上无悬衣"的"拔剑"这一动作颇具视觉感和戏剧性，这一动作是男主人公挣扎之后的行动突转，经过"出"而复"入"的挣扎，最终做出"入"而拔剑复"出"的决定，行动的发展从一个方向转向了相反的方向。

亚里士多德说："悲剧中两个最能打动人心的成分是属于情节的部分，即突转和发现。"[①] 突转是加强情节戏剧性的常用技

---

① 　亚里士多德著，陈中梅译：《诗学》，第 64—65 页。

巧，男主人公动作的突转构成了矛盾的中心，这一动作集中了男主人公抑制与反抗的内心冲突，见证着主人公从犹豫不决到到斩钉截铁的心路历程的转变，透过这一简单的拔剑动作，仿佛可以深入到男主人公挣扎、无奈以致悲壮、绝望的内心，男主人公这一有血有肉的反抗者形象活灵活现，让人肃然起敬。在这首诗里，男主人公"拔剑"的行为动作已经不单纯是性格的结果，而是上升为一种意志的叙事驱动力，男主人公最终的意志与决心驱动着事件的进程，这种叙事的驱动力也使人物形象更加立体可感，更具戏剧性，因为"道德判断在这样的人物的身上变得十分模糊不清，因为他们的决心与意志力使得他们的行为即使在破坏了社会规范的时候仍是值得赞叹的。"①

同时这一连串的动作表演，十分类似戏曲反映生活的虚拟性②，即对舞台上各种生活内容的假定性反映，现实生活的时间和空间具有延展的无限性，但艺术表现生活的手段却是有限的，因此舞台上代表现实时空的各种物质实体，就需要通过演员的形体表演和观众的感知联想来构造和显现，中国戏曲的舞台时空就是通过戏中人物的唱、念、做、打表现出来，汉乐府歌诗中的一些形体动作就颇似戏曲中做、打的形体艺术。如《东门行》中的"出东门""来入门"等，在表演的过程中，与开门或者关门相关联的城门或者家门等物质实体并不是真实布置、存在的，而是通过对现实生活的高度提炼和概括，借助演员的模拟动作等形体表现，激发观众对现实生活的认知和联想。同时

---

① 宇文所安著，田晓菲译：《他山的石头记——宇文所安自选集》，江苏人民出版社2003年版，第73页。

② 钮骠：《中国戏曲史教程》，文化艺术出版社2004年版，第3—4页。

这种形体动作又不是对生活中一些自然动作的简单模仿，而是经过艺术的处理后用于人物形象的塑造，用于故事情节的表达。这种虚拟的表演形式，突破了舞台时空对现实生活的限制，《东门行》中这种假定性的场景设置和形体表达是十分符合中国戏曲的舞台面貌和表演形式的。

其次是语言表达的戏剧性。动作是诉诸视觉的，而语言则是诉诸听觉的，两汉诗歌频繁运用戏剧性的对话与独白。在特定的戏剧情境中，这些虚构的人物的对话与独白蕴涵着丰富的心理内容，是揭示行为动机、推进故事情节、制造矛盾冲突、刻划人物性格的重要手段。冲突性的对话常常具有强烈的戏剧性，"真正具有戏剧性的对话，应该是两颗心灵的交往及相互影响，对话的结果必须使双方的关系有所变化、有所发展，因而成为剧情发展的一个组成部分。"① 这一点汉代诗歌中的诸多篇章已经做到，如叙事长诗《孔雀东南飞》的一个最具特色的表现形式，就在于运用大量的人物对话，《孔雀东南飞》全诗 357 句，其中 200 多句是人物对话，或是夫妻、或是母子、或是母女、或是兄妹之间的对话，在全诗中有重要的地位和作用，人物间的矛盾冲突就在丰富而生动的对话间展开，以传神的对话刻划出众多栩栩如生的人物形象，既有刘兰芝、焦仲卿这类丰满的主要人物，也有焦母、刘兄、刘母这类个性鲜明的次要人物，诗人善于撷取日常生活中的语言声音，让诗中人物通过自身的话语发展情节、铺排故事，使人物形象惟妙惟肖，不仅有利于叙事说唱，也增强了故事丰盈的戏剧性和强烈的感染力，如闻其声，如见其人，故靳荣藩《吴诗集览》："古诗庐江小吏

---

① 　谭霈生：《论戏剧性》，第 34 页。

一首，序述各人语气，有焦仲卿语，有仲卿妻语，有仲卿妻母语，有仲卿妻兄语，有县令语，有主簿语，有府君语，有作诗者自己语，沓杂淋漓，或繁或简，或因其繁而更繁之，或因其简而更简之，水复山重，曲折入妙，此古诗中创格也。"① 陈祚明《采菽堂古诗选》："佳处在历述十许人口中语，各各肖其声情，神化之笔也。"② 沈德潜《古诗源》："淋淋漓漓，反反复复，杂述十数人口中语，而各肖其声音面目，岂非化工之笔。"③ 均从人物语言对戏剧性形象的塑造方面，肯定了该诗高超的叙事艺术。

又如《上山采蘼芜》：

> 上山采蘼芜，下山逢故夫。长跪问故夫，新人复何如？
> 新人虽言好，未若故人姝。颜色类相似，手爪不相如。
> 新人从门入，故人从閤去。新人工织缣，故人工织素。
> 织缣日一匹，织素五丈余。将缣来比素，新人不如故。

这是一首通过人物对话来展现故事情节的叙事短诗，诗歌截取了弃妇和故夫一段偶然的巧遇场面。该诗完全用对话展现情节发展，刻画人物性格，虽然叙事手法单调，但已具备叙事诗的雏形。诗歌通过二人巧妙自然、短小精炼的对答，故夫和弃妇的性格、心理乃至没有出场的新人的形象均活灵活现，而

---

① 靳荣藩：《吴诗集览》（卷一下），《续修四库全书》第 1396 册，上海古籍出版社 2002 版，第 16 页。

② 陈祚明评选，李金松点校：《采菽堂古诗选》，上海古籍出版社 2019 年版，第 48 页。

③ 沈德潜选评，闻旭初标点：《古诗源》，第 77 页。

且这种戏剧性的直接对话能够让读者或听众感觉身临其境，形象直观可见，结构别开生面，收到了犹如戏剧中男女对唱般的艺术效果，张玉毂《古诗赏析》评曰："通章问答成章，乐府中有此一体，古诗中仅见斯篇。"①

　　戏剧性的独白具有一定的叙事成分，独白既是人物的内心语言，又是诗歌的故事情节，诗歌将具备一定时间长度的情节和故事化作简练的独白，以此构成简约的故事情节链，并通过人物自己的独白刻划人物自身的性格，所以独白的背后往往潜藏着巨大的故事容量和想象空间。独白往往面临着激烈的思想斗争，可以展现人物复杂而隐秘的内心活动，听其声而知其心，通过这些独白可以进入人物的内心深处，更加深入地理解独白者的情感世界。诗中的独白主体不仅是诗人的自语，而兼有戏剧化的代言角色，这种戏拟形式可以使诗歌的情感抒发更具层次感，可以通过诗歌中角色的话语进一步了解作者的情感意向和价值表达。如《上邪》：

　　　　我欲与君相知，长命无绝衰。山无陵，江水为竭。冬雷震震，夏雨雪。天地合，乃敢与君绝。

该诗乃是女子呼天以自誓之辞，叙述者完全角色化，诗人代诗中女子倾诉内心款曲。但该女子的剖白呼喊比较匠心独运，是从客观事象上着力，以具体事象表现抽象的热烈的心理活动。张仲谋对该诗的赏析十分精准独到："全篇展示的是一个热恋中女子的呼告式抒情，看上去没有什么'事'。但根据诗中'语

---

① 　张玉毂撰，许逸民点校：《古诗赏析》卷四，第102页。

码'可以延伸想象，诗中有女，诗外有君，可见这并不是独角戏，而是由小生小旦这一对痴情男女上演的'二小戏'。所以尽管'诗中无事'，而'诗外有事'。也正因为有诗外人物故事的'画框'式的镶嵌与烘托，这种抒情才显得那么精警动人。"① 诗歌从反面设誓，一连用"山无陵，江水为竭，冬雷震震夏雨雪，天地合"5 个不可能发生的非常之事作为支撑点，喷薄出女主人公海枯石烂的爱情独白，字字千钧，不同凡响。沈德潜《古诗源》："山无陵下共五事，重叠言之，而不见其排，何笔力之横也。"② 这首诗虽然短小，却十分擅长人物内心语言的描摹，不仅语言形式错落有致、自由奔放，而且通过性格化的戏剧式独白把直率热烈的人物形象表现得口吻毕肖，写出了她对爱情忠贞不渝的追求。诗歌以叙事之结构极尽抒情之能事，具象式的内心呼喊具有极强的戏剧特性。

最后，外貌描摹也具有一定的推动情节发展的戏剧性。外貌描写虽是以静态的方式展示人物的面貌、装饰、衣着等形象特征，但外貌描写还具有以"形"显"神"的动态效果，不仅可以传神拟态，还可以揭示人物行动的动机，从而进一步影响故事的发展轨迹，营造某种戏剧性效果。以《陌上桑》为例，该诗以侧面烘托的形式描绘罗敷外貌，行者、少年、耕者的不同反应状态即具有诙谐的戏剧性效果，而且正是罗敷的美貌使使君产生意乱神迷的心理动机，进而发展为"使君谢罗敷"的具体行动，外貌描写的戏剧性在此处表现得非常典型，外貌描写的叙事性效果不言而喻。罗敷出场之后，诗歌叙事的重心转

---

① 张仲谋：《从乐府学范畴看词的叙事性》，《江海学刊》2016 年第 3 期。
② 沈德潜选评，闻旭初标点：《古诗源》，第 63 页。

为对罗敷形象的层层渲染，第一个层次是直接的外貌描写，《陌上桑》的外貌描写独具匠心，诗歌运用"赋"的手法，以细密的白描铺叙罗敷的衣着穿戴："青丝为笼系，桂枝为笼钩。头上倭堕髻，耳中明月珠。缃绮为下裙，紫绮为上襦。"精致的桑篮、流行的发饰、富丽的首饰、华美的衣物，通过详细铺写罗敷服饰仪装的珠光宝气来衬托人物的花容月貌和高贵气韵，即使没有直接描摹罗敷的五官容貌，亦可领略其绰约的风姿。

诗人在进行繁密的外貌铺陈之后又采用烘云托月的方法，从观者的角度见证罗敷之美："行者见罗敷，下担捋髭须。少年见罗敷，脱帽着帩头。耕者忘其犁，锄者忘其锄。来归相怨怒，但坐观罗敷。"——挑货的"行者"见到罗敷，不由自主地放下担子捋着胡须驻足欣赏；多情的"少年"见到罗敷，则赶紧摘下帽子整理头巾，希望博得罗敷的青睐；田里的"耕者"和"锄者"则两眼傻痴地盯着罗敷，以致耽误了耕地除草的农活而互相埋怨。一个人的美从旁观者的眼中看出会更有说服力，所以诗人对罗敷的容颜相貌不著一字，避开习见不鲜的正面描摹，而是别开生面地全凭侧面烘托，敏锐地捕捉行者、少年、耕者、锄者等看到罗敷后的具体反应，通过富有表现力的、带有喜剧色彩的细节性动作和典型性情节，将旁观者如痴如醉、引人发笑的神态举止入木三分地刻画出来，如"来归相怨怒"，这一表现力十足的喜剧性情节，使得互相嗔怒的"耕者"和"锄者"活灵活现，憨态可掬，非常具有画面感，而且画面具有连续的动感，犹如一个个诙谐风趣的动态镜头，通过运动镜头的有序拉伸，将每个旁观者的动作和表情一览无遗地平移转换，最终以线串点集中于罗敷的窈窕美貌和动人魅力。但至于罗敷的容颜具体怎么美，以及究竟美到何种程度，诗人则是避实就虚、欲揭还掩，需要读者通过自己的想象力和审美观去构建。这种叙事手法犹如绘画中的留白，无需浓墨重彩即可意蕴无穷，读者通过烘托的手法和叙述的留白创造出对罗敷容貌的想象空间，既让读者欲罢不能，又有效增强诗歌的叙事张力，使得诗歌增添几分虚中见实、曲尽其妙的叙事效果。

要之，汉乐府歌诗在叙事的过程中，无论是矛盾冲突的展现、情节结构的设置还是人物形象的塑造，均一定程度上表现出鲜明的戏剧性特征，不妨以王国维《宋元戏曲史》对戏剧艺术形态的综论为汉代诗歌叙事的戏剧性特征作结：

> 后代之戏剧，必合言语、动作、歌唱，以演一故事，而后戏剧之意义始全。
>
> 现存大曲，皆为叙事体而非代言体，即有故事，要亦为歌舞戏之一种，未足以当戏曲之名也。[①]

从以上王国维给戏曲所下定义可见，其所谓的戏曲在艺术形态上必须具备这样一些艺术特征：第一，必须综合言语、动作、歌唱等多种艺术形式，也就是通常所说的唱、念、做、打。从这个层面来看，汉乐府歌诗的戏剧性是十分明显的，因为汉乐府歌诗也是诗、乐、舞等多种因素相结合的诉诸表演的综合性艺术，里面有言语，比如《孔雀东南飞》《陌上桑》《妇病行》等，均是通过大量声情毕肖的对白或独白铺陈故事情节，展现人物性格；里面有动作，如《东门行》《有所思》《十五从军征》等，均是通过一系列典型的传神达意的形体动作演绎人物的情感波

---

① 王国维：《宋元戏曲史》，百花文艺出版社 2002 年版，第 33、41 页。

动；里面有歌唱，汉乐府歌诗不同于徒诗，其原生艺术形态便是用于歌唱表演的音乐文本。第二，戏曲必须"演一故事"，即必须具有一定的故事情节。而植根于现实主义诗歌传统的汉乐府歌诗"感于哀乐，缘事而发"，普遍采用截取故事场景或生活片段的叙事结构来组织故事情节，善于捕捉人物矛盾尖锐、事件冲突激烈的戏剧性时刻，并通过对这一时刻的精心剪裁和时空布局，表现处在这个时刻中的人物行动和心理状态，出现了像《孔雀东南飞》这样故事情节曲折完整的长篇叙事诗。第三，戏曲是代言体，而非叙事体，即表演者扮演剧中人物，通过假托剧中角色的身份、口吻、行动、心理等直接演叙故事情节的发展，故事外叙述者的干预功能被故事内的代言者所弱化。而汉乐府歌诗既属于叙事体的表达范畴，出现了由第三者故事外口吻叙述故事的作品，同时又具备代言体的表现方式，大量乐府歌诗直接采用诗中人物的口吻来叙述，具有明显的代言体特征。由此可见，汉乐府歌诗的戏剧性特征不仅是成立的，而且是充分的。汉乐府歌诗是继《诗经》、楚辞后中国诗歌史上又一创作高峰，同时也是叙事诗创作的一个繁荣期。汉乐府歌诗正是以其突出的叙事性以及在此基础上异彩纷呈的戏剧性，在中国诗歌史上以及中国诗歌叙事传统中划下了浓墨重彩的叙事笔触。

## 第三节 汉代诗歌对"诗骚叙事传统"的因革

纵观中国古典诗歌的浩瀚长河，抒情诗的创作成就一直备受瞩目，在抒情诗的耀眼光芒下，叙事诗的整体关注度相对较低。但追本溯源，叙事诗同抒情诗一样悠久绵长，它自先秦始发其轫，叙事元素开始孕育；汉魏六朝完备其体，叙事能量畅然蕴蓄；唐代发扬其美，叙事功能显豁增强；宋元明清各扩其流，叙事场域极大拓展。叙事诗早已发展成与抒情诗同源共生、博弈并进的创作传统，形成了中国诗歌史上另一道别具风貌的叙事景观，在中国文学史上占有不可忽视的独特地位。中国古典诗歌不仅长于抒情，而且在叙事方面也独擅胜场，毫不逊色。在中国诗歌叙事传统的发展链条上，汉代诗歌是承上启下的重要一环。最能见出汉代诗歌特色的是乐府叙事诗，作为叙事诗创作的一个高峰，汉代诗歌开创了中国古代叙事诗的乐府传统，成为一代诗歌之大观。汉代诗歌在叙事艺术上既有对"诗骚传统"的继承，同时又守正出新，发展出诸多不同于"诗骚传统"的叙事新变。汉代诗歌在因袭与变革的叙事实践运动中，交织出独擅胜场的叙事表现，在中国诗歌史上绘下了浓墨重彩的叙事笔触。通过对汉代诗歌叙事继承与新变的考察，可以体现出汉代诗歌叙事在中国诗歌叙事传统中的准确定位与重要价值。

## 一、汉代诗歌叙事对"诗骚传统"的传承

《诗经》与楚辞以其思想性和艺术性方面的典范作用，在中国文学史上具有崇高的地位和深远的影响，中国诗歌的发展衍递无不深契诗骚精神。作为中国古典诗歌的两大源头，一个奠定了我国诗歌的现实主义传统，一个开创了我国诗歌的浪漫主义精神，熏陶和哺育了一代又一代诗人。汉代去先秦未远，汉代诗歌受"诗骚传统"的影响是非常深刻的，在抒叙形式、语言风格、情感表达等方面都可以见出诗骚的影子。

### （一）《诗经》对汉代诗歌叙事的影响

汉代诗歌受到了《诗经》的艺术滋养，关于汉代诗歌与《诗经》的渊源关系，清人多有论述，如鲁九皋《诗学源流考》："盖《房中歌》意拟《周南》，而义则取诸《文王之什》，是《大雅》之遗也。《郊祀十九章》学《颂》，《铙歌十八曲》学《小雅》，其余《相合曲》《清调》《平调》《瑟调》《舞曲歌词》《杂曲歌词》，皆风之遗也。"① 基本把汉乐府中的所有诗歌样式与《诗经》各部分一一对应，渊源有自。再如毛先舒《诗辩坻》："婕妤《纨扇》，凄怨含蓄，《绿衣》之流也。文君《白头》，悲恨讦直，其《日月》之风乎？"② 体现了汉乐府对《诗经》的艺术接受。就叙事的传承而言，从原始的劳动歌谣到密切关注现实人生的《诗经》，再发展到以叙事见长的汉乐府歌诗，中国诗歌的叙事艺术日臻完善，至汉末叙事而极，产生了我国古代最具代表性的叙事长诗《孔雀东南飞》。《诗经》作为中国第一部系统的诗歌总集，在中国诗歌叙事传统中发挥着重要的源流作用，其叙事层面的成就泽被后世，所以探讨中国诗歌叙事传统的发展进程和衍变规律，必然绕不过《诗经》。

《诗经》发轫的"饥者歌其食，劳者歌其事"③ 现实主义诗歌传统和叙事、抒情紧密结合的叙事形态，对汉代诗歌尤其是乐府歌诗"感于哀乐，缘事而发"这一叙事诗学的形成具有重要的影响。《诗经》的许多篇章，都已经体现出人物、情节、时间、空间等丰富的叙事元素。尤其是《大雅》中的《文王》《大

---

① 鲁九皋：《诗学源流考》，《清诗话续编》，第 1353—1354 页。
② 毛先舒：《诗辩坻》，第 19 页。
③ 《春秋公羊传注疏》，第 4965 页。

明》《绵》《皇矣》《生民》《公刘》等篇，赞颂了先公先王的德业和事迹，完整叙述了周部族由产生到逐步强大，最终建立周王朝的历史过程，堪称周的史诗。《诗经》虽然有叙事，但受抒情传统的影响，其抒情言志更入诗家和诗评家的视界，这也是为何古今众多学者把《诗经》当作抒情诗集的主要原因。但若通观《诗经》，叙事与抒情结合的诗篇是其主体，也就意味着《诗经》的诗篇并不是抒情独大，叙事也不是单纯地为抒情服务，而是抒情与叙事交织并行，互动互益。比如《秦风·蒹葭》虽然是一首典型的爱情诗，却存在着与情感变化相平行的叙事逻辑，并通过时间的推移和空间的转换来体现：从时间上看，从白露"为霜""未晞"到"未已"，通过这三次露珠形态的变化，来展现时间的流动，在营造秋露迷离氛围的同时，衬托主人公追求伊人的执着。从空间上看，诗歌以伊人"在水一方""在水之湄""在水之涘"的地点切换展现空间的移动，表露主人公追求伊人这一可望不可即的过程，体现了抒情的时空叙事逻辑。相反，《小雅·出车》本是一首记叙战争的叙事诗，描绘了建旗树帜、出征北伐、转战西戎等不同时空的征战画面，但却通过第一人称"我"的主体性介入，将战争的宏大叙事转向私人的细腻抒情，体现了叙事的抒情化倾向。《诗经》在抒情中既有叙事逻辑，也在叙事中含有抒情表达，对汉代诗歌抒、叙结合的特征产生了重要影响。

汉代诗歌中的乐府歌诗基本是详于叙事而略于抒情，叙事之类特多佳作，所以汉乐府歌诗在中国诗歌史上的一大贡献就是将叙事诗发展成了一个艺术高峰。"叙事"指的是作者对外在客观的事物、事象或事件（故事）的叙述，无论这叙述是片断的还是完整的，零碎的还是系统的，内容的客观性是其根本特征;而"抒情"则与之相对,指作者对自身心灵感受的直接诉说,这种表达无论是用感性语言还是用理性语言,无论是直白袒露还是含蓄曲折,都是以主观性为根本特征。所以简言之,叙事与抒情的区别就在于一个描绘客观外象,一个倾诉主观内心①。汉代诗歌以叙事见长的特征与现实主义传统是分不开的,现实主义讲求社会生活内容的客观性,这为诗歌的叙事性表达提供了广阔的现实土壤,汉代诗歌总是紧紧抓住"事",将现实生活中发生的事件经过提炼、剪裁而变成诗中之"事",而且在叙事时基本采用第三人称的中立型叙述视角,摆脱了第一人称自述的抒情倾向,以冷静、客观的态度调动叙事修辞,从不同的社会角度反映汉代气象万千的现实生活。

同时,汉代虽然是叙事诗的一个高峰,但除了《孔雀东南飞》有头有尾地叙述了一个连续完整的故事以外,其余叙事性较强的乐府歌诗都是以短篇为主。限于篇幅,基本是精心选取生活中的某一场景,或事件发展过程中的一个情节片段加以集中描述,通过别具匠心的艺术剪裁,截短叙事时间,压缩叙事空间,把故事情节中的矛盾冲突集中于一个焦点或一个戏剧性时刻。这种集中式、典型化的叙事手法,一方面使乐府歌诗避免冗长叙事,保持现实生活图景的精炼和生动,给观众和听者留下丰富的想象空间;另一方面又在反映现实生活上既广采博取又披沙拣金,从而鲜活、深刻地反映出事件的内核和社会的本质。这种场景叙事的方式是汉代诗歌叙事的一个突出特征。当然这与乐府歌诗的艺术形态有关,因为乐府歌诗不是单纯的

① 关于叙事与抒情的定义,参见董乃斌:《论中国文学史抒情和叙事两大传统》,《社会科学》2010 年第 3 期。

诗歌文本，而是诉诸表演的娱乐艺术，受歌唱表演的时间限制，因此集中、概括进行叙事是最经济、最适宜的叙事方式。正是这种不追求故事完整性和情节复杂性的场景叙事，特别利于抒发主观情感，所以又使汉代诗歌易于向抒情转化，形成叙事形式与抒情基调的绾合，"场景片断的单一性和叙述的连贯性使汉诗很容易打破叙事和抒情的界限，在叙事中抒情，在抒情中叙事，成为汉魏诗歌表现艺术的一个重要特征。"[①] 叙事与抒情凝为一体，让汉代诗歌具有强烈的艺术感染力，既有叙事的广度，又兼具抒情的深度。

### （二）楚辞对汉代诗歌叙事的影响

关于楚辞对汉代诗歌叙事的影响，前人很少论及。胡应麟《诗薮》："四言盛于周，汉一变而为五言。《离骚》盛于楚，汉一变而为乐府。体虽不同，诗实并驾，皆变之善者也。"[②] 楚辞对汉代诗歌的递嬗变衍是一脉相通的。楚辞虽然是抒情长诗，但其中也有叙事元素，比如《离骚》中发愤抒情的自传性、神游纪行的过程性，便是其叙事性的彰显。《诗经》中以个人为主体的抒情发愤之作，为屈原所继承，并在楚辞的创作中发扬光大。《九章·惜诵》"发愤以抒情"，对于楚辞，个体情感的抒发是其根本性目的，篇章结构也是随情感的流动而展开，其中所涉"事"的元素基本是为激越的个体情感所驱使和裹挟[③]。所以楚辞对汉代诗歌叙事的影响，主要体现为在叙事中融入鲜明的

---

① 葛晓音：《论汉魏五言的"古意"》，《北京大学学报》2009 年第 2 期。

② 胡应麟：《诗薮》，第 6 页。

③ 参见易闻晓：《楚辞与汉代骚体赋流变》，《武汉大学学报》2020 年第 2 期。

个体抒情性。就时间上说，汉初楚声兴隆，楚辞对汉代诗歌的影响主要集中于汉初帝王贵族创作的一系列楚歌体歌诗，突出表现为"兮"字句型的表达、骚体语词的化用、浪漫想象的创造和个体抒情的发扬，如《休斋诗话》："汉武帝《秋风词》，尽蹈袭楚辞。"①《汉诗说》："《练时日》《华烨烨》《天门开》多原于楚《骚》。"② 指的便是《秋风辞》《郊祀歌》十九章等汉初帝王贵族诗歌在浪漫的精神特质、流丽的语言风格、深挚的情感抒发上对楚辞的承袭。以汉武帝《秋风辞》为例，其在语言运用和个体抒情上与楚辞神貌毕肖：

> 秋风起兮白云飞，草木黄落兮雁南归。
> 兰有秀兮菊有芳，怀佳人兮不能忘。
> 泛楼船兮济汾河，横中流兮扬素波。
> 箫鼓鸣兮发棹歌，欢乐极兮哀情多。少壮几时兮奈老何！

　　首两句受到宋玉《九辩》的影响，宋玉《九辩》有"悲哉，秋之为气也！萧瑟兮草木摇落而变衰……雁廱廱而南游兮，鹍鸡啁哳而悲鸣"的悲秋叹息；次两句"兰有秀兮菊有芳"当是脱胎于"春兰兮秋菊"（《九歌·礼魂》），"怀佳人兮不能忘"应受"惟佳人之永都兮"（《九章·悲回风》）的影响；"横中流兮扬素

---

① 陈知柔：《休斋诗话》，郭绍虞辑《宋诗话辑佚》卷下，中华书局1980年版，第485页。
② 沈用济、费锡璜辑评：《汉诗说》，齐鲁书社1997年四库全书存目丛书影印辽宁大学图书馆藏清康熙刻本，第7页。

波"又像是"横大江兮扬灵"（《九歌·湘君》）和"冲风至兮水扬波"（《九歌·少司命》）的结合。故胡应麟《诗薮》谓"《秋风》则《骚》"①，陈祚明《采菽堂古诗选》谓之"《离骚》之遗"②，沈德潜《古诗源》称之"《离骚》遗响"③，信不诬矣。

《文选》卷四五引《汉武帝故事》："上行幸河东，祠后土，顾视帝京，欣然中流，与群臣饮燕。上欢甚，乃自作《秋风辞》。"④ 这首《秋风辞》是汉武帝行幸河东祭祀后土之际，乘楼船渡汾河时，横船中流、宴饮群臣时的悲秋之作，诗歌的叙事背景是十分清晰的。汉武帝感于零落萧瑟之秋景，怀于如兰似菊之佳人，不禁乐极生悲、触景生情，感慨岁月之流逝、人生之短促。首二句写萧瑟秋景，引发叹时惜衰的情思；三、四句以兰、菊起兴，将悲秋与怀人融为一体；五、六、七句述泛舟中流、奏乐宴饮之事，八、九句则即事抒怀，以人生易老的慨叹作结。该诗是汉武帝自抒情怀之作，有悲秋之情，有怀人之思，有昂扬之志，有欢哀之感，有惜时之叹，胡应麟《诗薮》称其为"百代情致之宗"。《秋风辞》这种个体情感的喷薄，内心世界的抒写，正是受楚辞的艺术滋养所达到的艺术境界。

随着汉武帝"乃立乐府"的礼乐创制，乐府歌诗走向兴盛，源于楚辞的楚歌体相对沉寂⑤。汉乐府歌诗"感于哀乐，缘事而

---

① 胡应麟：《诗薮》，第 131 页。
② 陈祚明评选，李金松点校：《采菽堂古诗选》，第 58 页。
③ 沈德潜选评，闻旭初标点：《古诗源》，第 36 页。
④ 萧统编，李善注：《文选》，第 636 页。
⑤ 乐府歌诗兴起之后，楚歌体歌诗并未消亡，从刘邦吟咏《大风歌》到东汉末年少帝刘辩被迫饮鸩时的绝命词《悲歌》，楚歌体一直在帝王贵族中延续。

发"，主要与《诗经》的现实主义精神密切相关，受《诗经》的影响远大于楚辞。但楚辞又没有完全退出汉代的诗歌园地，比如班固《两都赋》最后所附五首诗，《明堂诗》《辟雍诗》《灵台诗》是属于《诗经》类型的四言诗，《宝鼎诗》《白雉诗》则是带"兮"字的骚体诗。汉代文人诗的代表《古诗十九首》也可见出诸多楚辞的痕迹，如《涉江采芙蓉》除了汲取楚辞以香草寄寓情感的抒情手法外，在诗句上也多化用楚辞，"采之欲遗谁？所思在远道"出自《九歌·山鬼》"折芳馨兮遗所思"；"同心而离居，忧伤以终老"与《离骚》"何离心之可同兮，吾将远逝以自疏"相似……均是楚辞在汉代诗歌中的艺术延续。但总体而论，楚辞对汉代诗歌的影响主要还是偏向于"发愤以抒情"（《九章·惜诵》）的情感张扬，于叙事而言，则较少增益。主要在于，"诗骚传统"发展至汉代出现了文学创作格局的分流，《诗经》更多地滋养着汉乐府纷繁真实的质感，楚辞更多地哺育着汉赋流丽张扬的风格。因而楚辞对汉代文学的影响主要表现在赋体文学的发展，其直接的影响结果便是有汉一代汉赋的博丽隆盛，并使辞赋成为汉代最具代表性的文学样式。如果说汉赋彰显了汉代恢宏壮观的时代精神，体现了汉代文学的巨丽之美，那么在《诗经》影响下的汉代诗歌，则映照出汉代社会细大无遗的真实质感，胡云翼《新著中国文学史》："老实说，汉赋只不过是当代贵族社会一种时髦的装饰品、娱乐品而已；真正的时代文学、社会文学，真正有价值的文学，还是要算这些民间的诗歌呢。"① 从帝王将相到市井细民，从悲欢离合到生死爱恨，汉代诗人的笔触深入到社会生活的各个角落，闪烁着汉

---

① 胡云翼：《新著中国文学史》，北新书局 1947 年版，第 52 页。

代的生命色彩，跳动着汉代的社会脉搏。

## 二、汉代诗歌的叙事新变

虽然后代的诗歌均是在前代诗歌的艺术滋养下生根发芽、枝繁叶茂的，在诗歌过渡、演变的过程中也会葆有许多因循不变的审美经验和艺术质素，如语言风格、题材内容、现实主义传统、抒叙结合的方式等。但"文变染乎世情，兴废系乎时序"，随着时移世易，诗歌创作也是一个不断推陈出新的动态过程。诗歌的创作方法、创作内容从来不是一成不变的模式，汉代特定的社会历史条件，必然会影响着、塑造着汉代诗人独特的艺术审美，形成与前人不同的诗歌风格。相较于对诗骚叙事表现的因袭，汉代诗歌在"诗骚传统"基础上所体现的新的叙事变革，更能彰显汉代诗歌叙事的独特价值和重要地位。汉代诗歌叙事的新变主要表现在："感于哀乐，缘事而发"的叙事思想不断滋养着乐府歌诗的创作；赋、比、兴的叙事手法不断孕育出新的叙事技巧；叙事的题材类型在不断深化、拓展；五言为主、杂言为辅的语言体式和通俗自然、质而不俚的语言风格也让汉代诗歌更具叙事美感。

### （一）叙事思想的新变

班固在《汉书·艺文志》中提出的"感于哀乐，缘事而发"，是中国古典诗歌叙事理论中的重要创获，更是汉代乐府歌诗叙事的精要总结。要准确把握汉乐府的叙事性质和叙事特征，必须充分认识其"感于哀乐，缘事而发"的基本叙事精神。"缘事"虽然不能等同于叙事，但"缘事而发"指感于现实生活中的事情而发为吟咏，虽然目的大多在于抒发哀乐之情，但"感于哀乐"之抒情，需要"缘事而发"之"事"的调配，客观事件的发生、发展、完结，是触发诗人主观情感波动起伏的媒介，没有客观事件的支撑，情感就无从抒发，情之所起就会变得空洞无物，成为虚情或滥情。故而所叙之"事"是所抒之"情"吟咏的源泉、依附的载体和抒发的动力，因此汉乐府歌诗中"事"之表现和"叙"之表达相结合的重要性不言而喻，正是"事"与"情"的相辅相成，使汉代诗歌叙事如画，叙情若诉，促成了汉乐府歌诗独擅其美的叙事魅力。要之，"感于哀乐，缘事而发"体现了汉乐府歌诗抒情以叙事为体、叙事以抒情为用的基本叙事形态和叙事精神，对于理解叙事与抒情博弈互惠、交错渗透的诗歌叙事传统大有裨益。

　　由于"感于哀乐，缘事而发"的诗歌叙事品格，汉代诗歌在叙事中凝聚着抒情意味，抒情中葆含着叙事元素，抒情与叙事互通互融，难舍难分。如秦嘉《赠妇诗》，虽是汉代文人五言抒情诗中的成熟之作，但同时这组诗在叙事时间和情节设置上，体现出了叙事的连续性。第一首写秦嘉即将奉役赴京之际遣车迎妇，而徐淑因病无法返回与秦嘉面别，所遣之车空车而还，令秦嘉伏枕辗转，长夜难眠。第二首写在离别之际，秦嘉想要前往徐淑处面叙款曲，终因交通不畅未能成行，愁思更进。第三首写启程赴京时以礼物遗赠徐淑，遥寄款诚，以叙衷情①。可见这组诗具有清晰的叙事背景，是按照事情的发展推进诗人的情感起伏，以时间相续的叙事线索将绵延的情思相连，是以情融事、即事抒情，诗歌正是因为依托于秦嘉与徐淑相见不得的

---

① 参见袁行霈主编：《中国文学史（第三版）》，高等教育出版社 2014 年版，第 232 页。

叙事情境，才使得相思之情的抒发更加真挚感人，故胡应麟评曰"秦嘉夫妇往还曲折，具载诗中。真事真情，千秋如在，非他托兴可以比肩。"① 由上可见，经典的叙事中含有直接的抒情表达，典型的抒情诗中也含有清晰的叙事意味，抒情与叙事始终相得益彰地交融在一起。

　　由于抒情与叙事的紧密绾合，加之乐府歌诗诉诸表演的性质，使得汉代诗歌在叙事形态上呈现出场景叙事的方式。场景叙事在压缩叙事时空的同时，由于情节的片段设置和情感的鲜明立场，容易出现重事而趋抒情，重情而归叙事的抒叙一体的形态，以真情灌注实事、借实事吐发真情也成了汉代诗歌创作、传播的基本模式。汉代诗歌中除了《孔雀东南飞》这样首尾完具、结构完整的叙事诗外，几乎都是以场景叙事的面貌呈现。即通过选择、捕捉和剪裁现实生活中的典型事件、典型画面来再现生活，叙事凝练而又向抒情发散。这种集中、概括、典型化的叙事手法，使汉代诗歌既具备现实生活图景的生动性和真实性，又在反映现实生活方面具有无比的广度和深度，在叙事中融入作者感于哀乐的爱憎之情，从而极生动、极深刻、极饱满地反映出当时事件的情貌和社会的本质，既可以避免叙事的冗长繁杂，又可以给读者留下丰裕的想象空间和情感体验，使得诗歌呈现出情节设置扣人心弦、情感表达丰赡深厚的叙事效果和审美感受。

　　虽然《诗经》"诗言志"的创作观念奠定了中国古典诗歌抒情言志的传统，但其在展现先民丰富情感世界的同时，也表现出了"缘事而发"的感事痕迹。《诗经》"饥者歌其食，劳者歌

--------

① 　胡应麟：《诗薮》，第 28 页。

其事"① 的现实主义精神，在国风和"二雅"中表现尤为突出。《毛诗序》解释"风""雅"："是以一国之事，系一人之本，谓之风；言天下之事，形四方之风谓之雅。"② 可见"风雅"传统均与事有关，以事为本。汉乐府歌诗继承和发展了《诗经》现实主义的"风雅"精神，大多缘事而发、因事生情，充满了浓郁的生活气息，反映了广阔的社会现实，同时其揭示社会现实的深度和广度，又达到了《诗经》所未能及的程度，代表着中国古典叙事诗发展的一个高峰。之后，建安时期曹操等人直接学习"感于哀乐，缘事而发"的艺术精神，借乐府古题写时事；唐代杜甫继承和发展汉魏乐府叙事艺术而创作以叙事为核心的"诗史"；继而元稹、白居易从汉乐府歌诗汲取营养倡导"歌诗合为事而作"新乐府运动，利用乐府旧题创作即事名篇；再至清初吴伟业、清末黄遵宪等叙事诗创作的一度繁兴，"感于哀乐，缘事而发"的叙事精神一以贯之，俨然形成了一条别于《诗经》传统的乐府叙事系统，为汉代以降叙事诗的创作提供了重要的理论指导和创作实践，在中国诗歌叙事传统中闪耀着绚烂的艺术光辉。

### （二）叙事手法的新变

赋、比、兴既是《诗经》艺术特征的重要标志，也开启了我国古代诗歌创作的基本手法。汉代诗歌同样受到赋、比、兴手法的影响，并发展为一种叙事艺术手法。赋、比、兴历来基本都是与诗歌的抒情挂钩，被单一地吸纳至抒情视域去考察。但赋、比、兴不单可以抒情，亦可用来叙事。"赋"的叙事语义

---

① 《春秋公羊传注疏》，第 4965 页。
② 《毛诗正义》，第 568 页。

较为明显，钟嵘《诗品》："直书其事，寓言写物，赋也。"① 孔颖达《毛诗正义》："赋者，直陈其事，无所避讳，故得失俱言。"② 朱熹《诗集传》："赋者，敷陈其事而直言之也。"《朱子语类》又言："直指其名，直叙其事者，赋也。"赋的核心要义就是直陈其事，即对事、物、景、情等进行直接地铺衍叙述，因而赋与叙事的关联几乎没有太多争议。比与兴自古及今也一直包蕴着叙事元素，只是由于关注点放在了抒情上，而使其叙事内涵被有所遮蔽。如汉代学者郑众已经注意到比兴与具体事物的联系，认为："比者，比方于物也。兴者，托事于物也。"③ 之后郑玄又言："比，见今之失，不敢斥言，取比类以言之。兴，见今之美，嫌于媚谀，取善事以喻劝之者。"④ "斥言""嫌于媚谀"乃内心的情感郁结，"托事于物""取善事"乃情感的抒泻方式，二人均注意到比兴的实质乃是借助外在事物以抒情，正如胡朴安《诗经学》所言："兴比者，言在此而意在彼，故必托事以言，而后情之忱挚者，始可见于言外，曲折婉转以达，辞愈隐微情愈忱挚也。"⑤

历代对"比兴"的解释众说纷纭，其中最常被引据的是《诗集传》中的说法："兴者，先言他物，以引起所咏之词也。""比者，以彼物比此物也。"虽然比、兴有显、隐之别，但二者"同是附托外物"（《毛诗正义》卷一），故也常"比兴"连称。比兴是在受某一事物的感发下，综合运用联想、象征、隐喻等

① 钟嵘著，曹旭笺注：《诗品集注》，第 47 页。
② 《毛诗正义》，第 565 页。
③ 《周礼注疏》，第 1719 页。
④ 《周礼注疏》，第 1719 页。
⑤ 胡朴安：《诗经学》，岳麓书社 2010 年版，第 100 页。

艺术手段，表现另一事物、另一意义的形象思维方式。究其叙事内涵，实则包蕴着一种隐喻的叙事思维。隐喻可以理解为以彼类事物把握此类事物，主要由三个因素构成："此类事物""彼类事物"以及两者之间的联系。隐喻的"此类事物"和"彼类事物"在逻辑上具有某种潜在的关联性，如果事物在特定的语境中，可以使人在"此类事物"和"彼类事物"之间建立某种现实性或者想象性的联系，就可以构成一个隐喻。"从语言－技术的层面看，比乃是基于类似的联想，可以把它们笼而统之地看成是隐喻性操作；兴一方面是基于类似的联想，另一方面是基于相近的联想，因此可以把兴看作隐喻的转喻化或转喻的隐喻化操作。"[1] 比与隐喻的关系容易理解，兴与隐喻的关系相对隐晦和复杂一些。兴是"内蕴的感情，偶然被某一事物所触发，因而某一事物便在感情的振荡中，与内蕴感情直接有关的事物，融合在一起"[2]。所以兴辞兼有比喻、联想、象征之类的"隐形"语义，涉及了意义的牵连与转换，可以说也是一种基于隐喻的叙事性操作，而且是一种极富想象力的叙事手段，通过对一类事物的理解来体验另一类事物，从而在此物与彼物的互联中达到"言在此而意在彼"的表达效果。由此可见，比兴暗含着一种隐喻叙事思维，所以"赋作为叙述既可叙事，亦可叙情（即抒情），而比兴虽非直叙，却与写景、状物、叙事关系密切"[3]。

　　从《诗经》到汉乐府，赋的叙事表现相对稳定，但在叙事

---

① 季广茂：《隐喻理论与文学传统》，北京师范大学出版社 2002 年版，第 89 页。

② 徐复观：《中国文学精神》，第 32 页。

③ 董乃斌：《从赋比兴到叙抒议——考察诗歌叙事传统的一个角度》，《徐州工程学院学报（社会科学版）》2016 年第 1 期。

功能上又有很大拓展。以外貌描摹的用"赋"之法为例，如
《卫风·硕人》："手如柔荑，肤如凝脂，领如蝤蛴，齿如瓠犀，
螓首蛾眉，巧笑倩兮，美目盼兮。"用"赋"的博喻铺陈之法调
动华美丰赡的辞藻刻划人物的容貌美和情态美。汉代诗歌从《诗
经》中汲取"赋"之养分，用极尽夸饰的浓重笔墨去铺陈诗中女
主人公的美貌，如《羽林郎》之"长裙连理带，广袖合欢襦。头
上蓝田玉，耳后大秦珠。两鬟何窈窕，一世良所无"，《陌上桑》
之"青丝为笼系，桂枝为笼钩。头上倭堕髻，耳中明月珠。缃绮
为下裙，紫绮为上襦"，《孔雀东南飞》之"足下蹑丝履，头上玳
瑁光。腰若流纨素，耳著明月珰。指如削葱根，口如含朱丹"。沈
德潜《说诗晬语》谓《羽林郎》《陌上桑》《焦仲卿妻》："何工于
赋美人也！而其原出于《硕人》之美庄姜。"① 均是通过大量辞藻
的铺叙来渲染女性之美，形成了一种酣畅淋漓的叙事风格。

　　但若仔细分析，汉代诗歌中的赋，已经不单纯是一种艺术
表现手法，而是体现为一种更加成熟的赋法叙事。就外貌的铺
陈描摹而言，汉代诗歌的叙事意味和功能表现为两个方面。一
是增加了叙述者的评论干预。《硕人》只是单纯地铺排庄姜的容
貌体态，而汉代诗歌在外貌铺陈之后增加了诗人的直接评价，
即叙述者的声音，叙述者直接介入叙事，西方叙事学把这种现
象称之为叙述者干预（作者干预）②。如《孔雀东南飞》在铺陈

① 沈德潜《说诗晬语》，丁福保辑《清诗话》，第 554 页。
② 国内外学界对于评论干预的术语界定并不是完全一致，或称作者干预，或
　称叙述者干预。国内学界对于评论干预的探讨以赵毅衡为代表，他认为
　不存在作者干预，只有叙述者干预。因为"作者不可能直接进入叙述，必
　须由叙述者代言，叙述文本的任何部分，任何语言，都是叙述者的声音"。
　参见赵毅衡：《当说者被说的时候——比较叙述学导论》，中国人民大学出
　版社 1998 年版，第 26 页。本文持赵毅衡的观点称之为叙述者干预。

刘兰芝的外貌后加上了一句"精妙世无双"的评价；《羽林郎》在铺陈胡姬的外貌后亦有"一世良所无"的评论；《陌上桑》在铺陈秦罗敷的外貌后亦增加了"少年""锄者""耕者"的反应，从侧面显现出补充性的人物评论，颇似《左传》"君子曰"、《史记》"太史公曰"这种作者直接褒贬人物、臧否是非的叙事形式。叙述者干预体现了叙事主体的自觉意识和情感倾向，通过叙述者对故事中人物的直接评价、判断，显露诗人对叙事结构的安排和叙事进程的控制。叙事主体主动地现身诗歌文本，这表明："这些作者不但意识到自己在叙事，明白自己是为某种既定的目的而叙事，而且意识到自己是叙事的主宰。"① 相较于《诗经》单一的赋法铺陈，汉代诗歌赋法叙事中出现的叙述者干预，更彰显了叙事意识的自觉和叙事功能的进步。

　　二是增添了外貌描绘的叙事语义。《硕人》中的外貌描写只是犹如纤微毕至的工笔画，以铺采摛文的方式细致地展示庄姜的曼妙姿容，虽然也有"巧笑倩兮，美目盼兮"这一动态的传神之笔，但这种拟态传神除了使人物塑造更加气韵生动，除了激活我们对庄姜之美的联想外，对诗歌几乎没有的叙事结构上的影响。该诗四章，庄姜的外貌描写属于第二章，第一章主要交代庄姜的高贵出身，第三、四章主要写庄姜婚礼的隆重和盛大，章与章之间相对孤立，缺乏严丝合缝的逻辑结构，没有形成环环相扣的叙事机制。而汉代诗歌中的外貌描摹则摆脱了简单的静物写生，不只是单纯地提供形体相貌方面的信息，而是成为叙事序列的一部分，更好地为叙事服务。如《陌上桑》，诗

---

① 　傅修延：《中国叙事传统形成于先秦时期》，《江西社会科学》2006 年第
　　10 期。

歌运用赋法叙事铺叙罗敷的衣着穿戴之美，进而衬托人物的容貌和形体之美；而恰恰是罗敷的动人美貌和高贵气质使得使君产生搭讪的心理动机，进而发展为"使君遣吏往""使君谢罗敷"的具体行动，所以《陌上桑》中的外貌描摹参与了故事进程，具有推动情节发展、制造矛盾冲突的叙事作用。《羽林郎》中对胡姬的外貌铺陈同样是引起霍家奴"调笑酒家胡"的动机，有了这一动机之后，才有后续"多谢金吾子"等一系列情节的进展。同样在《孔雀东南飞》中，对刘兰芝的外貌描写也具有精心安排的叙事意义。这首叙事长诗并未在诗歌开端对刘兰芝的外貌做细致的交待，而是在被焦母遣归之后予以描摹。在这样一个痛苦的时刻，兰芝强压内心的柔肠寸断，天还未亮就早早地"起严妆"，而且还要"事事四五通"。面对着焦母的无端刁难，兰芝以"起严妆"的形式表达自己无声的抗争，所以平静的对镜梳妆其实是暗流涌动、张力十足。这段"新妇起严妆"的外貌铺陈，既将兰芝与焦母的矛盾推向顶点，同时也淋漓尽致地凸显兰芝不卑不亢的性格美。因而这段外貌描摹的赋法叙事便具有了深化矛盾冲突的戏剧性，使故事结构更加张弛有度，使人物形象和情节发展更加深入人心。

由于认识能力的发展及两汉独特的自然观、社会观，比兴手法在汉代诗歌里也发生了扩展与转变，不仅形成了具有新的意义的比兴体，而且比兴和叙事场景、片断之间大多具有互补和转换关系。《诗经》中比兴艺术作用如下：或烘托环境，如《郑风·风雨》"风雨凄凄，鸡鸣喈喈"；或渲染气氛，如《秦风·蒹葭》"蒹葭苍苍，白露为霜"；或寄寓情思，如《秦风·晨风》"鴥彼晨风，郁彼北林"；或描绘背景，如《周南·关雎》"关关雎鸠，在河之洲"。这些比兴的艺术作用殊途同归，那就是引譬连类的隐喻性叙事，在事物的相似性基础上，先叙述他者物事从而牵引出本体物事。但《诗经》中的比兴虽然表现出某些叙事思维和功能，但尚未真正参与到叙事进程中，比兴与叙事转接无端，叙事功能还比较弱，而汉代诗歌中的比兴虽然与叙事也有忽断忽续之处，但大部分都与叙事直接黏连，比兴与叙事连贯一体。尤其在场景叙事这一叙事方式中，比兴表现出与叙事互相结合的鲜明特点。

其一，比兴与叙事互相补充，以间接叙事的形式起到某些叙事功能。如《白头吟》叙述了分手前夕女主人公"蹀躞御沟"的场景片段，起首两句"皑如山上雪，皎若云间月"，以皑皑的山上雪、皎洁的云间月比喻女主人公内心的明净，表现了她对纯真爱情的向往。但比兴之后，叙事陡转，所爱男子移情别恋背叛纯洁的爱情后，女主人公决绝果断地与之分手。"山上雪"和"云间月"是女主人公坚贞性格的写照，这一性格特点决定着她对爱情的态度，决定着她接下来的爱情选择，为其"闻君有两意，故来相决绝"做了一个合理的铺垫，比兴与叙事场景融为一体。所以这句起兴不仅具有"先言他物以引起所咏之词"的作用，同时还对"所咏之词"起到一个交代人物个性、展现人物动机的叙事作用。但《诗经》中的比兴往往只是作为一种"引起所咏之词"的物象而独立存在，没有参与到"所咏之词"的叙事进程，或者起句和应句之间的叙事联系不够密切，因而比兴意象与起兴之后的叙事内容缺乏内在的统一性和连贯性。如运用比兴比较典型的《周南·关雎》，雎鸠的缠绵相依牵引起诗人吟咏爱情的冲动，诗人触物起情，由雌雄和鸣的雎鸠想到君子对淑女的追求，当君子和淑女登场以后，"关关雎鸠，在河之洲""引起所咏之词"的使命便完成了，之后诗歌的焦点完全集中于君子对淑女的追求，至于君子为何追求淑女，过程如何，结果如何，与雎鸠这一比兴意象在叙事上并没有必然的因果关系，起句和应句之间的连缀比较疏离。

其二，比兴还可以与场景叙事互相转化而直接参与叙事，成为叙事进程的一部分。如宋子侯《董娇饶》以花起兴，借花喻人，由花开花落感叹青春易逝、盛颜难驻，整个比兴是一场女子与花的情景对话。《董娇饶》起首的比兴与全诗叙事关系十分密切：桃花李花相对开放，采桑女攀折花技，进而引起"花"的诘责，然后继写采桑女的回答，最后写"花"的辩驳。诗歌的叙事由比兴生发，其中"纤手折其枝"是比兴到叙事的转折，比兴直接变为诗中与女主人公相对立的人物，转折之后，花与人设为问答，比兴与叙事融为一体，以对话的形式推进叙事。由此可见该诗的比兴已经成为推动和完成叙事的必要元素。再如《艳歌何尝行》以"飞来双白鹄"叙事直起，比兴中的"双白鹄"直接成了诗歌的主角，从双白鹄的形态、遭遇出发，向人的经历、情感归拢，是以白鹄的命运经历演绎人类的悲欢离合，以雌雄白鹄的病中相怜反映贫贱夫妻的患难真情。比兴与叙事互相转化，比兴即是叙事，叙事即是比兴。《诗经》中的比兴只适合表现比较单一的情绪或场景，缺乏与叙事的互动，汉代诗歌中的比兴手法与场景叙事实现了互补和转化，从而使比兴具备了鲜明的叙事学意义，拓宽了比兴的表现范围，增强了比兴的表现功能，体现了汉代诗歌在叙事手法上的进步。

### （三）叙事题材的新变

中国古代诗歌的题材类型丰富多彩，而且经历了一个漫长的产生、发展、嬗变、成型的过程。但追本溯源，大多数题材类型的源头或雏形都可以追溯到《诗经》。各个时代的诗歌作品都是社会生活的反映,《诗经》中的作品几乎涵盖了当时社会生活的方方面面,题材类型十分广泛,而且对后世诗歌产生了至深至远的影响。关于《诗经》的题材分类,洪湛侯在前人成果的基础上,将《诗经》题材概括为 10 大类:祭祀诗、颂祷诗、史诗、宴饮诗、田猎诗、战争诗、征役诗、农事诗、怨刺诗、情诗婚姻诗①。这 10 大类别基本涵盖了《诗经》时代丰富多彩的社会生活、独具时代特色的文化形态。汉代诗歌也是反映汉代社会的巨幅画卷,社会生活中错综复杂的种种社会现象、精神风貌、情感世界都得到了真实生动的反映。与《诗经》相比,汉代诗歌在叙事的题材类型有因循有创新,其中题材上的创新更能体现汉代的时代风貌。汉代诗歌题材的新变主要表现在两个方面,一是同题材诗歌的内容新变,二是旧题材诗歌的消退和新题材诗歌的出现。第一个方面是同题材的内容新变,汉乐府与《诗经》共有的题材包括政治、战争、祭祀、婚恋、寓言、诫勉、怨刺等,但由于题材繁复,涉及的诗歌比较多,只能有所取舍,选择比较有代表性的题材类型进行对比分析。

对于政治题材,《诗经》中的政治题材诗歌集中于美刺诗,包括政治颂美诗和政治怨刺诗,内容或颂美人物,或针砭时弊。就其生成的客观条件来说,《诗经》中的政治诗是周代政治生态、宗族伦理和礼乐制度变迁的产物。相对于《诗经》的政治美刺,汉代的政治诗有一个突出的新内容,即反映统治阶级内部的宫廷斗争。由于以刘邦为代表的帝王贵族大多出自楚地,承袭的是楚地的文化传统,所以这类宫廷斗争诗以楚声为尚。

---

① 洪湛侯:《诗经学史》,第 656 页。

这些帝王贵族创作的政治题材诗歌①虽然以抒情为主，但大部分见载于史籍，因此都有一个对应的本事相传，交代了诗歌产生的历史语境，体现了历史事件与诗歌文本的互动关系，诗外之事与诗内之事交相辉映。如《史记·留侯世家》所载刘邦《鸿鹄歌》，由于太子刘盈生性仁弱，刘邦想废掉生性仁弱的刘盈而改立戚夫人之子赵王如意，但遭到群臣反对；吕后在张良的帮助下请来商山四皓相助，刘邦看到太子羽翼已丰、势力已固，只好放弃废掉太子的想法，无可奈何地"召戚夫人指示四人者曰：'我欲易之，彼四人辅之，羽翼已成，难动矣。吕后真而主矣。'戚夫人泣，上曰：'为我楚舞，吾为若楚歌。'歌曰：'鸿鹄高飞，一举千里。羽翮已就，横绝四海。横绝四海，当可奈何！虽有矰缴，尚安所施！'歌数阕，戚夫人嘘唏流涕，上起之，罢酒"。联系相关历史记载来读此诗，既可以读出汉初太子之争的历史风云，又可以感受到刘邦无能为力的惆怅和戚夫人歔欷流涕的悲痛。

吕后擅权后，立诸吕为王，大肆排斥刘氏贵族，赵王刘友《幽歌》便见证了这一历史背景下统治阶级内部的激烈斗争：

> 诸吕用事兮，刘氏微；迫胁王侯兮，强授我妃。我妃既妒兮，诬我以恶；谗女乱国兮，上曾不寤。我无忠臣兮，何故弃国？自快中野兮，苍天与直！于嗟不可悔兮，宁早自贼！为王饿死兮，谁者怜之？吕氏绝理兮，托天报仇！

---

① 主要有刘邦《鸿鹄歌》、戚夫人《舂歌》、刘友《幽歌》、刘旦《归空城歌》、华容夫人《华容夫人歌》、刘去《背尊章歌》《愁莫愁歌》、刘胥《欲久生歌》、刘辩《悲歌》、唐姬《起舞歌》、刘章《耕田歌》。

《幽歌》是一首以自叙为主的叙事诗，这首生命的绝唱控诉了自己被诸吕幽禁的满腔怨怒，表达了对吕后专权的愤恨、刘氏衰微的担忧和孤立无援的绝望。该诗所纪之事与《汉书·高五王传》所载史实可以相互对读、相互印证，通过刘友声泪俱下的自叙，真实地再现了汉初宫廷斗争激烈和残酷。赵王刘友的《幽歌》与刘邦的《鸿鹄歌》前后相承，加之戚夫人被吕雉囚禁后春米所作《春歌》，完整再现了西汉初年，从太子废立到吕后干政这段统治阶级内部争权夺利、腥风血雨的历史。其他如燕王刘旦《归空城歌》、城阳王刘章《耕田歌》等都是汉代政治斗争的直接产物。

　　汉代祭祀题材诗歌在叙事观念上也表现出汉帝国时代特色。《诗经》中的祭祀诗，大多是叙述周部族发生发展的历史，或者歌颂先祖先王的功德，比如典型的《生民》《公刘》《绵》《皇矣》《大明》5首周民族史诗①。而汉代的祭祀诗，祭祀的目的主要不在于祭祖，而在于敬天，通过敬天荐神来巩固帝王权威和加强中央集权，体现了汉代祭祀诗独特的时代性和鲜明的政治性②。汉代的祭祀诗除了《安世房中歌》外，还有汉武帝定郊祀之礼的《郊祀歌》19章，这组乐章具有特定的政治历史环境。汉初推行的是五帝并立的祭祀局面，到了汉武帝时期，加强中央集权、巩固政治统治便成为摆在汉武帝面前新的时代议题，《史记·封禅书》："其秋，上幸雍，且郊。或曰：'五帝，太一

---

① 　关于《诗经》史诗的叙事学考察，可参见董乃斌：《〈诗经〉史诗的叙事特征和类型：〈诗经〉研读笔记之一》，《南国学术》2018年第3期。

② 　关于汉代和周朝祭祀观念的联系与区别，参见拙作《〈安世房中歌〉的政治叙事》，《诗礼文化研究》（第二辑），中西书局2020年版，第149—162页。

之佐也，宜立太一而上亲郊之。'上疑未定。……上遂郊雍，至
陇西，西登崆峒，幸甘泉。令祠官宽舒等具太一祠坛，祠坛放
薄忌太一坛，坛三垓。五帝坛环居其下，各如其方，黄帝西南，
除八通鬼道。"① 汉武帝将之前的五帝共祀变为太一独尊，变五
帝为太一之佐，从理论上否决了因五德终始而可能导致的王朝
更替，在意识形态领域确立了新的符合封建王朝中央集权、符
合国家大一统主导思想的祭祀体系，将帝国统治的合法性建立
在天命的基础上。为配合郊祀太一的礼乐需求，《郊祀歌》十九
章便应运而生："至武帝定郊祀之礼，祠太一于甘泉，就乾位
也；祭后土于汾阴，泽中方丘也。乃立乐府，采诗夜诵，有赵、
代、秦、楚之讴。以李延年为协律都尉，多举司马相如等数十
人造为诗赋，略论律吕，以合八音之调，作十九章之歌。"② 《郊
祀歌》十九章是一组具有浓郁宗教礼仪色彩的祀神叙事诗，所
叙之事主要是神异之事，即重点在于对祀神之情境、祥瑞之特
征等事象或物象的描叙。同时，这组诗又可以根据所叙事象的
内容再细分为若干独立而又完整的叙事系统，如《练时日》《天
门》《赤蛟》构成了迎神、娱神和送神三部曲，《帝临》《青阳》
《朱明》《西颢》和《玄冥》又成了一组祭祀东西南北中五帝的
交响曲。《宋书·乐志》论《郊祀歌》十九章："汉武帝虽颇造
新哥（歌），然不以光扬祖考、崇述正德为先，但多咏祭祀见事
及其祥瑞而已。商周《雅》《颂》之体阙焉。"③ 汉武帝在大一统
政治格局下，以新的宗教神学和政治思想重塑郊祀之礼，与

① 《史记》，第 1393、1394 页。
② 《汉书》，第 1045 页。
③ 沈约撰，王仲荦点校：《宋书》，第 550 页。

《诗经》祭祀诗大异其趣。

　　"国之大事，在祀与戎"（成公十三年《左传》），除了祭祀题材诗歌外，汉代诗歌另一重大题材——战争诗也表现出不同于《诗经》的艺术面貌。《诗经》中的战争诗有一个突出的美学风格——怨而不怒，有一个鲜明的战争心理——厌战而又耐战。这与当时浓厚的宗族伦理和宗国情感有关，在宗族血缘的凝聚下周人具有极强的宗国意识，比如他们把战争的无休无止归结于外族的侵略和宗国的安危："靡室靡家，猃狁之故。不遑启居，猃狁之故。"（《小雅·采薇》）"猃狁孔炽，我是用急。王于出征，以匡王国。"（《小雅·六月》）而不是对久战不休、久戍不归的控诉。再如他们把对战争的厌恶转化为对家人的眷念："王事靡盬，不能艺稷黍，父母何怙?"（《唐风·鸨羽》）战争的残酷消解在了脉脉温情中。即使具有批判色彩，也仅仅止于"我心伤悲，莫知我哀"（《小雅·采薇》）的自我感伤。但汉代诗歌中的战争诗却直面战争死伤的惨烈，如《战城南》："战城南，死郭北，野死不葬乌可食。"开篇便触目惊心地再现了战场上尸横遍野、群鸦啄食的战后惨状，极力渲染战场变成墓场后一幅阴森的死寂画面。首句刚叙及"战"，次句便径接以"死"。死亡这一主题在《诗经》战争诗中是从未出现的，《九歌·国殇》虽有"严杀尽兮弃原野"之语，但《战城南》的惨烈程度明显更进一层。汉代的战争诗是直叙死亡的，阵亡者暴尸城外，将战争对生命的摧残淋漓尽致地表现了出来。而且该诗以寓言的叙事形式假设战死者与乌鸦的对话，表达对统治者不恤将士的怨愤和对阵亡将士的深切悯悼，既代死者立言，又乃生者自哀，想象奇警，张玉毂《古诗赏析》："'为我'四句，顶第三句申写野死之惨，作晓乌语，痛极奇极。"①《十五从军征》也描绘了一个服役数年幸存归乡的老兵家破人亡的凄惨图景，一句满目苍凉的"松柏冢累累"，便将战争给人民带来的巨大苦痛和盘托出，因为森森的松柏和累累的荒冢代表的正是死亡，故而方东树《昭昧詹言》评此："此只是叙述本事，而状乱离之景象，令人不堪想。"② 汉代的战争诗虽然只有《战城南》《十五从军征》《东光》等寥寥数首，数量远不及《诗经》，但在情感的强度、批判的力度、艺术的深度上却毫不逊色。

最后如宴饮诗，《诗经》中的宴饮诗具有特定的政治文化内涵。周代是一个宗法等级制社会，欢聚宴饮不是单纯为了享乐，而是一种巩固政权的礼制手段，宴饮诗创作的目的是通过宴飨活动来调节人际关系、维持宗族秩序、加强宗法统治，政治性极强，娱乐性极弱。所以宴饮诗是周代宴飨礼仪活动的直接产物，体现着周代的礼乐文化精神。而与周代相反，汉代的宴饮诗则纯粹是享乐性。汉代的宴饮诗有刘邦《大风歌》，《汉鼓吹铙歌十八曲》中的《上陵》《将进酒》，《古诗十九首》中的《今日良宴会》以及《古歌·上金殿》《善哉行》等数首。如《古歌·上金殿》则描绘了富贵豪族宴请宾客的娱乐场面，诗歌详细铺绘了宴会的盛况："东厨具肴膳，椎牛烹猪羊"，物质享受十足；"投壶对弹棋，博奕并复行"，娱乐项目丰富，充满着世俗的娱乐性。再如宴会上主客赠答时所咏唱的《善哉行》："欢日尚少，戚日苦多。以何忘忧，弹筝酒歌。"言人生苦短，欢少苦多，需及时行乐，"弹筝酒歌"的饮宴目的便是用以"忘

---

① 张玉毂撰，许逸民点校：《古诗赏析》卷五，第114页。
② 方东树：《昭昧詹言》，第62页。

忧",体现了一个时代的社会风气和生命追求。又如《今日良宴会》,诗歌由歌舞升平的"良宴会"到听筝对酒的"唱高言",再从"唱高言"引发一番人生感慨。整首诗是在"欢乐难具陈"的宴会上探讨落魄失意之人如何改变生活境遇、实现人生价值,"反映了东汉末年出身于社会中下层的一般知识分子的共同遭遇。它是有其具体的社会历史内容的。"①体现了汉代特定时期的社会风尚和特定群体的时代心声。可见汉代诗歌中的宴饮描写凸显物质享乐的世俗性,完全不似《诗经》伦理政治的宗族情感。

　　汉代诗歌叙事题材新变的第二个方面是旧题材的消退与新题材的出现。随着汉代社会风貌的改变,一些反映《诗经》时代社会历史内容、思想文化内涵的题材,逐渐退出历史舞台。《诗经》时代农业生产占有重要地位,所以农事诗在《诗经》中占有重要比重②,但农事诗在汉代却不进则退,真正描写农事的诗篇寥寥无几。《焦氏易林》里有一部分记叙农耕生活的诗歌,但主题多是物候、灾患等农业现象,如:"白云如带,往往来处,飞风送迎,大雹将下。击我禾稼,僵死不起。"记述的是冰雹毁苗的自然灾害。而且限于篇幅,虽有诗篇歌咏了西汉的农业生产状况和农民生活境遇,比如《临》之《明夷》:"春多膏泽,夏润优渥。稼穑熟成,亩获百斛。"但不仅祈求丰收的占卜辞之性质较为浓烈,而且从叙事的角度来看,其叙事因素、叙

---

① 马茂元:《古诗十九首初探》,陕西人民出版社1981年版,第57页。

② 张西堂认为《诗经》中的农事诗计有《周颂》之《臣工》《噫嘻》《丰年》《载芟》《良耜》,《小雅》之《楚茨》《信南山》《甫田》《大田》以及《豳风·七月》等10篇。(张西堂:《诗经六论》,第22—27页)

事链条非常单薄，在叙事体量上更是无法与《诗经》中的农事诗比肩。汉代乐府歌诗及杂歌谣辞中称得上农事诗的只有《江南可采莲》和《郑白渠歌》。《江南可采莲》重点在于描绘"莲叶何田田"的江南风光和"鱼戏莲叶间"的嬉戏场景，而不是侧重采莲的劳动过程。《郑白渠歌》虽然也涉及"且溉且粪，长我禾黍"的农业生产，但主要是歌颂郑国渠、白渠这种利国利民的水利工程，可见二诗与"农事"的关系不可谓不远。但汉代农事诗的缺失并不代表对农业生产的忽视，相反，汉代是我国传统农业生产技术迅速发展的重要阶段，关于汉代的农业生产资料更多地见于农学著作和出土文物，比如农耕图便是汉画像砖、石的重要题材①。至于汉代农事诗的匮乏，应当与汉代诗歌的创作主体和农学著作的发达有关。汉代诗歌分为乐府歌诗和文人徒诗两部分，艺术生产的主要群体分别是倡优和文人，倡优创作的目的主要在于娱宾乐主，文人创作的目的主要在于遣志咏怀，而农事与达官贵族的娱乐和文人学士的抒怀具有一定的艺术距离，因而不是他们取材的主要对象；再者汉代农学著作较多，据《汉书·艺文志》等文献记载，约有十四部总结汉代农业生产经验的农学著作，目前残存的《氾胜之书》和《四民月令》便属其中，《氾胜之书》目前更是被认为中国最早的一部农书。就像史传文学分流了诗歌的叙事功能一样，农学著作也分担了诗歌对汉代农业农事的记录。

---

① 参见陈文华：《从出土文物看汉代农业生产技术》，《文物》1985 年第 8 期；林正同：《从画像砖、石看汉代农业经济特点》，《农业考古》1996 年第 1 期；刘兴林《汉代农业考古的发现和研究》，《兰州大学学报》2005 年第 2 期；王伟《汉画与汉代农业》，中国汉画学会第十届年会论文集等。

除了一部分题材的消退，汉代也出现了一些崭新的诗歌题材，展现了汉代诗歌叙事的新鲜活力。如《焦氏易林》四言诗在寓言诗、商旅诗、边塞诗等方面便有开创之功。再如自传体长篇叙事诗在汉代已经出现，蔡琰《悲愤诗》以第一人称讲述了自己在汉末动乱中身陷匈奴、返汉再嫁的曲折经历，已经是"一首相当完整的自传体诗"，甚至"标志了中国自传诗体的成熟"①。虽然屈原的《离骚》《九章》已经囊括了不少对自身经历的叙述，比如追溯家世生平、自叙心路历程、投射现实遭际，但偏向于浓厚的、浪漫的自我抒情，而且以艺术虚构的形式将自身经历转移到一些幻想的神游情节中，叙事意识比较淡化，叙事元素相对薄弱，因而"具备一定的自传性而不能成为自传诗"②。

汉代诗歌中比较成规模的新题材当属游仙诗。《离骚》已经出现游仙诗的元素，如上扣帝阍、广求神女、驾龙御凤、神游天国等情节。但屈原主要是以"周流上下""浮游求女"这些超现实的神性因素，把在现实世界中不能实现的美好理想转化为艺术的想象，以此寻求精神的解脱，缓冲自己对美政求之不得的苦闷、彷徨与愤慨，其目的在于借象征性的神游形式"坎凛咏怀"③，而不在于展现游仙生活的缥缈旨趣。汉代的游仙诗与楚辞明显不同，其所表现的是纯粹的游仙长生旨趣，开启了游仙诗追求"列仙之趣"的先河，对游仙诗的发展起了很重要的

① 谢思炜:《论自传诗人杜甫——兼论中国和西方的自传诗传统》,《文学遗产》1990 年第 3 期。
② 周剑之:《自我叙事：中国古代诗歌自传传统的形成》,《北京大学学报》2012 年第 6 期。
③ 钟嵘《诗品》评价晋郭璞的游仙之作时,将游仙诗分成"坎凛咏怀"与"列仙之趣"两类。参见钟嵘著,曹旭笺注:《诗品集注》,第 319 页。

作用。汉代神仙思想盛行，求仙风气浓厚，汉代帝王尤其是汉武帝更是一生热衷于飞升成仙之道，对成仙长生充满向往，极大促进了神仙方术的发展。"正是在这样的背景下，由神仙幻想发展为更真挚的神仙信仰，再由观念上的信仰发展为求仙的实践，结果在汉人的宇宙观里，一个具体而完整的神仙世界形成了。"① 所以汉代游仙诗是汉代神学思想的产物。

汉代的游仙诗可分为两类，一类是帝王系统的游仙诗，一类是民间系统的游仙诗。帝王系统的游仙诗以《郊祀歌》十九章中展现游仙旨趣的《练时日》《日出入》《天马》《天门》《华烨烨》《象载瑜》《赤蛟》等及《汉鼓吹铙歌十八曲》中的《上陵》为主，尤其是《郊祀歌》十九章中的数首，通过祭祀天地诸神表达汉武帝对神仙的仰慕及其浓郁的游仙长生思想。其中以《练时日》《华烨烨》二诗叙事性最强，在写法上也极其相似。如《练时日》通过时间推移和空间转换，对灵之斿、灵之车、灵之下、灵之来、灵之至、灵已坐、灵安留等神灵翩然而至的情状依次铺陈，表现人神交接的虔诚与喜悦，风格宏伟奇肆。

反映民间神仙信仰的游仙诗分两个系统，一是民间乐府游仙诗，计有《长歌行》《董逃行》《陇西行》《王子乔》《善哉行》《艳歌》6首；一是《焦氏易林》游仙诗。《易林》中的游仙诗虽然数量众多，但篇幅相对较短，故事情节相对简略，在叙事容量、叙事功能上不及民间乐府游仙诗。寻仙问药、仙界景象和神仙生活是民间乐府游仙诗表现的主要内容，《长歌行》《董逃行》表现了寻仙问药，如《长歌行》中诗人幻想在仙人的引导

---

① 孙昌武：《诗苑仙踪：诗歌与神仙信仰》，南开大学出版社2005年版，第124页。

下登上太华山得到仙药，并献给主人用以延年益寿，反映的正是在神仙方术盛行的时代环境下方士兜售仙药之事。《陇西行》描绘了得道升仙后所见到的美丽奇幻的仙界景象，《王子乔》《善哉行》《艳歌》则记述了逍遥自在、令人心驰神往的神仙生活。与帝王祭祀系统的游仙诗相比，表现民间信仰的游仙诗故事性更强，叙事性更完整，在游仙的形式上更加灵活多样、内容上更加丰富生动、想象上更加奇幻瑰丽。汉代游仙诗真正开创了表现"列仙之趣"的风气，是游仙诗兴起和成型的重要阶段，为魏晋六朝游仙诗创作的流行奠定了基础、提供了范式。

### （四）叙事语言的新变

诗歌是语言的艺术，语言的构成形式会随着历史的发展而不断演变。汉代诗歌叙事语言的新变主要表现为新的语言体式和新的语言风格。对于诗歌体式，《诗经》时代中国的诗歌基本是四言为主。到了汉代，经学昌盛，《诗经》被奉为圭臬，所以四言诗体一直沿用，但由于受儒家诗教的束缚而主要用于祭祀、述志、讽谏、诫勉等雅正场合，在反映社会的广度和深度上，已难再现《诗经》四言诗的辉煌。骚体则逐渐与辞赋融合，或向庙堂祭祀歌诗靠拢，骚体诗也难以再现其盛。汉代是诗体发展的一个重要转折期，我国古代的主要诗体形式在汉代基本都具备了，而且逐渐变成以五言为主、杂言为辅的语言体式。五言诗是汉代主要的诗歌体裁，从西汉五言歌谣到乐府五言诗，再到文人五言诗，这是汉代五言诗发展的基本轨迹，沈德潜《古诗源》："风骚既息，汉人代兴，五言为标准矣。"[1] 虽然五言

---

① 沈德潜选评,闻旭初标点:《古诗源》,第 1 页。

只比四言多了一个字，但却多出了一个实际的语义单位，表现出完全不同的叙事节奏①。四言诗基本是短促的二分节奏，只能分成两个独立的语义单位；而五言诗则可以分为"二二一"或者"二一二"的三分节奏，可拆分成三个独立的语义单位。一句话多出一个语义单位，使得句法结构更加复杂，内容表现更加丰赡，这意味着叙事容量的增加和叙事能力的增强。比如汉代五言诗有诗句"越鸟巢南枝"（《行行重行行》），类似的表达在《诗经》中却需要"黄鸟于飞，集于灌木"（《周南·葛覃》）这样两句诗的容量才可以表现出来。再如《诗经》中"南有樛木，葛藟累之"（《周南·樛木》），在五言诗句中只需要一句"兔丝附女萝"（《冉冉孤生竹》）就可以达到同样的叙事容量和表达效果。《诗经》中"菁菁者莪，在彼中阿"（《小雅·菁菁者莪》），同样可以套用"青青河畔草"（《饮马长城窟行》）的句式改写为"菁菁阿中莪"。也就是意味着，一句五言诗的三个独立的语义单位，在四言诗中需要两句才能表现出来，随着表现更趋复杂的社会生活的需求，四言诗体"文繁意少"的局限性和五言诗"穷情写物"的优越性便显露出来了。

同样我们还可以换一种分析方式，比如"黄鸟于飞"可以说是最简单的"名词＋动词"主谓句式，而对应汉代诗歌中"名词＋动词"的五言形式，多了一个字，却多了一个句子成分，比如"客从远方来"（《客从远方来》），"黄鸟""飞"对应"客""来"，而"黄鸟于飞"中"于"字为语助词，无实际意义，但"从远方"这一附加成分却是一个具体的表示方位的状

---

① 关于五言诗的节奏韵律、语法结构的分析，可具体参见赵敏俐：《两汉诗歌研究》，商务印书馆2011年版。

语结构，如此，则"客从远方来"的叙事容量显然比"黄鸟于飞"大，叙事能力也比"黄鸟于飞"强。同样"动词＋名词"的简单句式，也可以举出例子，《诗经》中有"采采卷耳"（《周南·卷耳》），汉代诗歌中有"采桑城南隅"（《陌上桑》），"采采卷耳"就是采卷耳，结构等同于采桑，"采采卷耳"只是叙述了事件，但采桑之后还有补语"城南隅"，除了叙述采桑之事外，还交代了采桑的地点。再如《葛覃》中的双动词句式"是刈是濩"，如果不联系整首诗来看，"是刈是濩"就纯粹只是两个动词并列，不能单独构成完整的句意。汉代诗歌中也有动词连用的句式，如"攀条折其荣"（《庭中有奇树》），很显然，同是两个动词连用，"攀条折其荣"却分别独立构成了两组动宾结构，"攀"的是"条"，"折"的是"荣"，句子成分一目了然。汉代诗歌新的五言为主的语言形式，所带来的叙事容量的增加和叙事能力的增强，由此可见一斑。同时，也使得叙事语言更加凝炼，叙事节奏更加顿挫。

　　另外，除了《孔雀东南飞》《陌上桑》等完整的五言叙事诗外，汉代诗歌尤其是乐府歌诗中大部分叙事性较强的诗歌有一个共同特征，就是以五言句式为主、杂言句式为辅，长短不定，整散不拘，没有固定的章法和句法。这是汉代诗歌一个独特的语言风格。纵观中国诗歌史，大都对语言形式表现出严格的要求与规范，先秦的《诗经》以典雅的四言句式为主，魏晋以降，文人诗追求工整的五言和七言模式，唐诗、宋词对句数和字数更是有严格的规定，而汉代的乐府诗却表现出不拘一格的自由风格。比如把汉代诗歌中的无名氏乐府歌诗，按照《乐府诗集》的分类陈列出来，可以看出，几乎每一类歌诗中都有杂言体的存在。

## 《乐府诗集》中的无名氏乐府歌诗

| 类别 | 体裁 | 题目 |
| --- | --- | --- |
| 郊祀歌十九章 | 楚歌体、四言体、杂言体 | 《练时日》《帝临》《天门》《华烨烨》等 |
| 鼓吹铙歌十八曲 | 杂言体 | 《战城南》《有所思》《上邪》等 |
| 相和歌辞相和曲 | 杂言体、五言体 | 《江南》《东光》《鸡鸣》《乌生》《平陵东》《陌上桑》等 |
| 相和歌辞吟叹曲 | 杂言体 | 《王子乔》 |
| 相和歌辞平调曲 | 五言体 | 《长歌行》（三首）、《君子行》 |
| 相和歌辞清调曲 | 五言体、杂言体 | 《豫章行》《董逃行》《相逢行》《长安有狭斜行》 |
| 相和歌辞瑟调曲 | 五言体、杂言体 | 《善哉行》《陇西行》《折杨柳行》《东门行》《妇病行》《孤儿行》《雁门太守行》《艳歌何尝行》《艳歌行》 |
| 相和歌辞楚调曲 | 五言体 | 《白头吟》《怨诗行》 |
| 相和歌辞大曲 | 杂言体 | 《满歌行》 |
| 舞曲歌辞 | 杂言体 | 杂舞《淮南王》、铎舞歌诗《圣人制礼乐篇》、巾舞歌诗等 |
| 琴曲歌辞 | 四言体、楚辞体、杂言体 | 《琴操》《将归操》《履霜操》等 |
| 杂曲歌辞 | 五言体、杂言体 | 《蜨蝶行》《古诗为焦仲卿妻作》《枯鱼过河泣》《猛虎行》《古歌》《艳歌》等 |
| 杂歌谣辞 | 五言、四言、杂言为主 | 《平城歌》《画一歌》《民为淮南厉王歌》《郑白渠歌》《成帝时歌谣》等 |

　　具体到诗歌文本，《东门行》《妇病行》《孤儿行》这些典型的汉代叙事诗，均是整散自由的杂言体形式。杂言体的叙事特色在于，相比于五言句式节奏韵律的整齐划一，杂言句式可以

使诗歌的叙事形式更加灵活多样，缓促相济，长短相谐，没有固定语式的束缚。比如《汉鼓吹铙歌十八曲》完全摈弃了传统诗骚体式而采取杂言形式，萧涤非有言："吾国诗歌之有杂言，当断自《汉铙歌》始。以十八曲者无一而非长短句，其格调实为前此诗歌之所未有也。《诗经》中虽间有其体，然以较《铙歌》之变化无常，不可方物，乃如小巫之见大巫焉。"[①] 又如《东门行》："咄！行！吾去为迟！"这一段简短有力的唱辞，可以感受到歌唱者模仿诗中人物语气的情景，语调短促沉重，掷地有声，传情真切，读之使人悲愤郁结，久久难平。而纵观整首诗，一言、二言、三言、四言、五言、六言、七言等各种句式参差交错，但却错落有致：一方面杂言的交错使叙事节奏抑扬顿挫，有缓有急，"盎中无斗米储，还视架上无悬衣"是缓，缓的是缺食无衣的无可奈何；"咄！行！吾去为迟！"是急，急的是忍无可忍、铤而走险的义无反顾。另一方面杂言的运用符合人物的个性特征，因为妻子劝阻丈夫时是声泪俱下地娓娓倾诉，所以妻子的话语以偏长的六言句式和七言句式为主。当丈夫不听劝告，毅然决然地拔剑出东门时，由于情绪激愤，所以迸发出的"咄！行！吾去为迟！"则是急促的短句。可见，体式不拘的杂言体体现了语言形式方面的创造性，使叙事语言整散结合，长短不拘，充满自由灵活的语言魅力。

对于新的语言风格，主要表现为叙事语言的通俗自然、质而不俚。《诗经》中的作品主要用于祭祀、宴饮、讽谏等场合，是周代礼乐文化的重要组成部分，是实行诗乐教化的重要工具，因此雅正是其运用的标准和追求的范式，而不符合这种标准的

① 萧涤非：《汉魏六朝乐府文学史》，人民文学出版社2011年版，第51页。

俗乐便被斥为"郑声""淫声"。屈原的楚辞是士大夫阶层"发愤以抒情"的艺术创造，体现的是心系宗国的贵族阶层之道德人格和思想气质，所以先秦时期的主流诗歌是以"君子""士"等贵族生活为主体的。而到了汉代，封建地主制社会建立，诗歌表现的主体开始由贵族生活转向平民生活，"两汉诗歌是面向广大社会群众的诗歌艺术，它所表现的是普通群众的世俗之情，也必然带来诗歌创作的通俗性。"① 而且汉代诗歌的主要部分——乐府歌诗是一个以声色娱乐为基本功能的俗乐艺术系统，其创作群体主要是市井巷陌的无名氏艺人，他们取材的对象主要来自日常的社会事象，所叙述的内容主要是世俗的风土人情，所承担的功能主要是各阶层的娱乐观赏，所以这种"流行于市井巷陌之间，肆演于豪富吏民之宅"② 的娱乐艺术，在语言上也会呈现出通俗真朴、自然晓畅的艺术风格，这一风格不刻意追求炼字、炼句、炼境的诗学法则，但却内含质朴而华藻外见，体现出无意于工而无不工的浑然天成。

关于汉代诗歌的通俗性，前人已有所论及，许学夷《诗源辩体》："汉人乐府五言与古诗，体各不同。古诗体既委婉，而语复悠圆，乐府体既轶荡，而语更真率。盖乐府多是叙事之诗，不如此不足以尽倾倒，且轶荡宜于节奏，而真率又易晓也。"③ 胡应麟《诗薮》："汉乐府歌谣，采摭间阎，非由润色。然而质

---

① 赵敏俐：《两汉诗歌研究》，商务印书馆 2011 年版，第 220 页。
② 钱志熙：《乐府古辞的经典价值——魏晋至唐代文人乐府诗的发展》，《文学评论》1998 年第 2 期。
③ 许学夷撰，杜维沫校点：《诗源辩体》，人民文学出版社 1987 年版，第 67 页。

而不俚，浅而能深，近而能远，天下至文，靡以过之。"① 或言真率易晓、或言质而不俚，均是强调汉代诗歌的通俗自然。汉代诗歌叙事风格的通俗自然，主要在于叙事的口语化，即"矢口成言，绝无文饰，故浑朴真至，独擅古今"②。比如《汉鼓吹铙歌十八曲》，由于在流传过程中"声辞相杂"③ "依声记辞"④ "字多讹误"⑤ 等诸多原因，历魏晋传讹，至沈约载录时，许多诗篇已难以通读，成为两汉乐府古辞中最难解读的一组诗歌。但凡是可以解读的诗句无一不通俗易懂，即使像《上之回》这类记行幸巡游之事的歌功颂德之作，语言也不似《郊祀歌》十九章"通一经之士不能独知其辞"⑥。通俗的语言使得《汉鼓吹铙歌十八曲》的叙事浅显流畅，胡应麟评之："《有所思》一篇，题意语词，最为明了，大类乐府《东门行》等。《上邪》言情，《临高台》写景，并短篇中神品，无一字难通者。"如《有所思》："闻君有他心，拉杂摧烧之。摧烧之，当风扬其灰！"语句不事雕琢，以自然流畅的口语率性而发，似是信口说出、随手

---

① 胡应麟：《诗薮》，第3页。
② 胡应麟：《诗薮》，第105—106页。
③ 《宋书》卷二十二《乐志四》篇末所附识语："汉鼓吹铙歌十八篇，按《古今乐录》，皆声、辞、艳相杂，不复可分。"（沈约撰，王仲荦点校：《宋书》，第667页）
④ 《宋书》卷十一《志序》："按今鼓吹铙歌，虽有章曲，乐人传习，口相师祖，所务者声，不先训以义。"（沈约撰，王仲荦点校：《宋书》，第204页）
⑤ 《乐府诗集》卷十六引释智匠《古今乐录》："汉'鼓吹铙歌'十八曲，字多讹误。"
⑥ 见《史记》卷二十四《乐书》："至今上即位，作十九章，令侍中李延年次序其声，拜为协律都尉。通一经之士不能独知其辞，皆集会《五经》家，相与共讲习读之，乃能通知其意，多尔雅之文。"

拈来，但通俗的词句中又勃发出女主人公炽热的情感和爽朗的个性，虽文同白话，但境界深挚。再如："《上山采蘼芜》《四坐且莫喧》《翩翩堂前燕》《洛阳城东路》《长安有狭邪》等，皆闾巷口语，而用意之妙，绝出千古。"① "古诗短体如《十九首》，长篇如《孔雀东南飞》，皆不假雕琢，工极天然，百代而下，当无继者。"② 均是以通俗自然的口语随语成韵，句法流畅，章法浑成，不著浮靡而以质取胜。而且在运用口语时多使用对话形式，不少还使用第二人称的口吻进行直接倾诉，如《孔雀东南飞》中刘兰芝和焦仲卿的对话都是以"君"和"卿"相称，《东门行》夫妻之间的对话以"贱妾"与"君"相谓，《妇病行》中病妇直呼丈夫为"君"，类似于家人之间家常式的促膝倾谈，虽为不假雕饰的闾巷口语但又不失于鄙俚，文从字顺，轶荡自如，真率自然。

汉代诗歌叙事风格的通俗自然还表现在一定的趣味性，陆时雍《诗镜总论》："古乐府多俚言，然韵甚趣甚"，正是言此。如颇具诙谐趣味的《艳歌行》，"斜柯西北眄"一句生动传神，一"斜"一"眄"两个简单的动作叙事如画，将丈夫斜倚眄视的猜疑情态展现得惟妙惟肖，令人忍俊不禁，达到了语谐而意悲的叙事效果。《陌上桑》在叙事情节上也是别具趣味性，尤其是"耕者忘其犁，锄者忘其锄。来归相怨怒，但坐观罗敷"这一喜剧性的夸张，耕者与锄者被罗敷的美貌深深吸引，神摇意夺，不觉丢犁弃锄，待罗敷远去便如梦方醒，彼此埋怨。这一颇具喜感的画面，使得颠倒忘形、互相嗔怒的"耕者"和"锄

---

① 胡应麟：《诗薮》，第 26 页。
② 胡应麟：《诗薮》，第 28 页。

者"活灵活现，憨态可掬，既使故事情节和人物塑造充满趣味，同时在演唱时也更能调动观听者的感官愉悦。《焦氏易林》中也有许多充满幽默氛围和调侃意味的叙事小诗，如《革》之《升》："杜鸠负装，醉卧道旁，不知何公，窃我锦囊。"以一个醉倒路边的老翁口吻，醉醺醺地道出被人顺手牵羊偷走锦囊的趣事，此翁在醉态之中还礼貌地称盗贼为"何公"，糊涂之中横生几分可爱。

要之，汉代诗歌在叙事艺术上既有对"诗骚传统"的继承，同时又守正出新，发展出诸多不同于"诗骚传统"的叙事新变。就对"诗骚传统"的继承而言，《诗经》对汉代诗歌叙事的影响主要表现在现实主义诗歌传统和抒叙一体的叙事形态；楚辞对汉代诗歌叙事的影响，主要体现为在叙事中融入鲜明的个体抒情性。就汉代诗歌的叙事新变而言，主要体现在四个方面：一是"感于哀乐，缘事而发"之叙事思想的新变，"感于哀乐，缘事而发"的叙事思想，体现了汉乐府歌诗重事而趋抒情、重情而归叙事的基本叙事形态。二是"赋比兴"之叙事手法的新变，汉代诗歌中的赋，已经发展为一种更加成熟的赋法叙事，比如就外貌的铺陈描摹，既增加了叙述者的评论干预，又增添了外貌描绘的叙事语义。比兴手法在汉代诗歌里也发生了扩展与转变，比兴不仅可以与叙事互相补充，以间接叙事的形式起到某些叙事功能，还可以与场景叙事互相转化而直接参与叙事，成为叙事进程的一部分。三是叙事题材的新变，一方面表现为政治、战争、祭祀等同题材诗歌的内容新变，另一方面表现为农事、宴饮等旧题材诗歌的消退和游仙等新题材诗歌的兴盛。四是叙事语言的新变，主要表现为以五言为主、杂言为辅的语言体式和通俗自然、质而不俚的语言风格。汉代诗歌在继承与新变的叙事实践中，交织出独特而成熟的叙事艺术，开创了中国古代叙事诗的乐府传统，是中国诗歌叙事传统链条中承上启下的重要一环。

总而言之，秦汉时期是中国历史上一次大变革时期，就诗歌而言，秦汉诗歌是中国古典诗歌承上启下的重要纽带，充分体现了中国诗歌叙事传统在秦汉时期的发展轨迹和阶段性特征。秦代诗歌带有浓重的政治叙事色彩，表现在对立和统一的两个层面：一是秦始皇刻石颂诗的官方叙事及颂美功能，一是秦代歌谣的民间叙事及批判功能。二者各具特色且相映成趣，体现着秦帝国的社会政治风貌和时代精神特质。而对于汉代诗歌，无论是内容还是形式，均彰显出具有时代特色的历史内容和独具风格的艺术成就，"在中国文学史上，它标志着中国诗歌发展的重大转折，对以后近两千年封建专制社会下诗歌的发展和诗论的发展，都产生了重大影响。"① 从内容上看，汉代诗歌继承了《诗经》"饥者歌其食，劳者歌其事"的现实主义诗歌传统，如全景画卷般反映了汉代广阔多样的社会现实和真实可感的精神面貌，揭露了汉代社会的种种矛盾和冲突，闪烁着璀璨的时代光辉；从审美风尚上看，两汉形成了乐府诗和文人诗的诗歌创作主流，促进了以"缘事而发"为导向的中国诗歌叙事传统和以"感于哀乐"为导向的抒情传统的交织与分流，成一代诗歌之大观；从语言形式上看，汉代诗歌突破了先秦诗骚体式的束缚，形成了以五言为主、杂言为辅的新诗体，奠定了魏晋以来中国诗歌创作的主要语言形式。在抒叙博弈方面，汉代诗歌融

---

① 赵敏俐：《两汉诗歌研究》，第 292 页。

合了叙事与抒情两大艺术手法，同时以叙事见长，出现了质、量可观的叙事诗以及叙事因素清晰的抒情诗。这些诗歌以其独特的叙事成就和鲜明的时代特征，让汉代诗歌成为中国叙事诗发展的一个高峰。要之，汉代诗歌作为中国诗歌叙事传统中的重要一环，不仅体现了以叙事为体、以抒情为用的审美典范和抒叙模式，为叙事传统注入鲜活的时代脉搏和发展动力，而且实证了中国诗歌叙事传统的文学史意义，充分体现了叙事与抒情两大传统相辅相成、互动互鉴的交融关系。

# 后　记

如果写作本身就是叙事，这应该是最后的部分了；与前文主要关注他者不同，这部分主要是抒发作者的感受，在经历紧张写作，感受惬意释放时尤其如此。"后记"应是"事后之记录"，自然是属于回忆总结，乃至反省性文字，古人已有"此情可待成追忆，只是当时已惘然"的共鸣之语，想到此处，突然感觉好像又不是那么轻松惬意了。

首先要感谢董乃斌先生与邵师炳军教授的信任与包容！让我们在学术刚刚蹒跚学步阶段，便有了参与国家出版基金资助项目、国家社科基金重大项目"中国诗歌叙事传统"这样对于我们值得骄傲、其他同龄人可能企羡的重要工作，尤其是能聆听甚至当面请教叙事学界乃至自己专业方向大咖的机会，何其幸哉！更要感谢董乃斌先生与邵师炳军教授，以及课题组其他师长的一路扶持激励，有些时候甚至是鞭策，作为值得体味的记忆，这将是我们继续迈向前进的基石。

"中国诗歌叙事传统"是一个极具学术价值与增长点意义的课题，对于我们这个学术经验还不是很成熟的队伍来说，一路走来，心中更多的是敬畏、彷徨与紧张，还是要感谢董乃斌先生与邵师炳军教授，以及这个项目其他师长给予我们的特别关爱。更感谢我们自己——一路走来的四个伙伴：敬畏中我们保持严谨踏实，彷徨际我们互相激励启发，紧张时我们互相取暖放松，这应是紧张甚至枯燥生活中难得的一抹亮色，也是让我们不断前行的力量。也正因为如此，我们彼此之间又多了一个团队身份，现在的我们已经或即将走向工作岗位，青春在此留下痕迹，这份作业应是见证，不枉！

根据当时项目的整体设计、内部协调安排，最初拟将承担的先秦两汉时期依时段分西周及其以前、春秋、战国、两汉四个阶段，依次由杨秀礼、石强、吕树明、王世冲分别承担，分头并进做基础的文献整理与提炼，及理论方面的研习等工作。随着工作的不断推进，我们产生了一些新的认识：包括诗歌在内的文化现象发展与物理性的历史朝代（时代）更换纪年并不总同步，如我们将建安诗歌视为中国诗歌叙事传统形成之后的诗歌作品；先秦两汉文学作品的编年工作，古贤今哲虽作了大量颇有成效的工作，成果丰硕，但大多为相对系年，而且应该承认目前相当作品还存在争议，就我们的学力很难做出科学的判断，时间也不允许我们作太多的纠缠。基于以上几个方面考量，我们采取了自认为更符合先秦两汉文学本位的分工方法，即以代表时代特色的体裁作为分工依据，对研究对象及分工作了微调，由此产生了目前呈现给大家的样子。

其中《绪论》、第一章《〈周易〉古歌与诗歌叙事传统的萌芽》由杨秀礼执笔，第二章《〈诗经〉与诗歌叙事传统的奠基》由石强执笔，第三章《〈楚辞〉与诗歌叙事传统的演进》由吕树明执笔，第四章《秦汉与诗歌叙事传统的传承与新变》由王世冲执笔。

书稿现在的样子确实仍有不够完美之处，有些在写作之前既有预料，比如目前的成果形式并不是穷尽所有、竭泽而渔式的研究，由此得出"中国诗歌叙事传统成形于先秦两汉时期"的论断，存在命题偏大而口径偏小的矛盾。尽管我们作了竭泽而渔式的前期工作，未能也不可能作全面的展示。但根据我们的工作，目前的成果形式是依据前期准备、重新框架设计及重点选择的结果，就拟讨论的重点课题及对象，我们在现有的篇幅内都尽了力所能及的展示，对"中国诗歌叙事传统成形于先秦两汉时期"的论证虽算不上完美，但应大体可信。

我们的心情依然有些沉重，好在就像这春天一样，阳光越来越明媚，各种生命都在努力绽放着自己，草儿在舒展、花儿在开放、鸟儿在鸣唱，叙述着这依然是一个充满活力和希望的春天。在这个有些特殊的春天，因为有了更多让我们感动的人和事可叙述，我们的脚步才不至于过于沉重，感恩应该是我们前进的力量，也是我们幸福的源泉！

著　者

2020 年 3 月 19 日

# 补 记

在书稿作为结项稿提交后，我们团队成员均已走向高校工作岗位，在繁忙的工作生活中，对本书稿依然坚持不断完善，尤其是要谢谢 2022 年 7 月份成果鉴定会诸位专家认真负责地审阅，并提出了积极而富有建设意义的建议，让我们的团队与书稿得到方法与思想的升华。在此基础上，我们对本于结项稿的书稿进行了一次大的调整，虽然有了新的改观，但是限于我们团队的学术积累与知识能力，书稿肯定依然有不尽如意甚至是理解有偏差的地方，有待有心之人批评指正！感谢一切关心我们的学界同行与读者，您将构成我们继续前进的力量。

感谢上海远东出版社曹建社长的大力支持，感谢责任编辑王智丽老师的辛勤劳动。感谢国家出版基金的有力资助。

著 者

2022 年 10 月 21 日